U0948989

重庆市出版专项资金资助项目

重庆新诗的多元景观

蒋登科 / 著

西南师范大学出版社
国家一级出版社 全国百佳图书出版单位

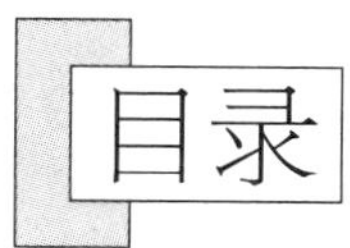

目录

多代同堂的景观

谱写生命的乐章

怀揣阳光的梦想

手执戒尺鉴诗心

王川平：与历史对话

王川平在大学时代开始诗歌创作，作品不多，出版有诗集《墓塔林》[①]《王川平诗选》等。关注他作品的人也不多，这也许与他的诗主要关注古代甚至上古文化题材有关。但实际上，王川平的诗艺探索是具有自己的特色的。

追寻人类的来源，尤其是寻找人类文化的最初形态及其现代启示，是文化研究的重要方面。王川平具有这方面的学养，当他以诗的方式在现代文化语境之下重新思考这些问题的时候，其作品就体现了独特的文化意蕴。

王川平诗歌的独特性，首先体现在诗歌题材的选择上。他的重要作品都是以古代（甚至远古）人类的活动、思想、文化作为题材的。诗集《墓塔林》中的所有作品都是关于古代的，甚至是可以从史书上找到出处的。《第一次站立》写的是人类从动物向人的转化；《墓塔林》写的是山东长清灵岩寺高僧的陵墓；组诗《四个神话英雄和一个哑巴女人》写的是传说中的一些英雄人物；《走向大运河》通过"运河"而把中国南北的人和文化连接在一起；组诗《大足石刻》取材于世界文化遗产"大足石刻"的多种佛教故事；组诗《雩舞》写的是古人求雨的仪式；组诗《莫高窟》是以著名的敦煌莫高窟作为歌唱对象的。一般而言，题材并不是诗歌优劣的决定因素，但题材可以体现一个诗人独特的文化修养与艺术修养，此所谓题材选择诗人（作家）。一个诗人的文化修养与艺术修养可以决定他处理某类题材的能力。没有农村生活经历

①该诗集在编定以后由吕进作序，但在出版时做了一些删改。吕进在序言中提到的一些诗篇，在书中未能收入，如《苹果核》以及"第二辑《蓝黑梦》"等。

的诗人,很难在农村题材作品的创作上体现自己的特色。与一般人相比,作为考古专家的王川平在理解人类历史上更深入,也更具有独特性,他在处理这方面题材上也就拥有别人所不具备的优势。

题材选择与诗歌表达也具有特殊的关系。一般而言,在熟悉的题材中发现新意比较困难,而在陌生的题材中获得艺术发现相对较易。题材的独特性在一定程度上为王川平诗歌写作的成功奠定了基础。他与“朦胧诗”诗人杨炼是同时代人,他们在诗歌的题材选择上也存在相似性,杨炼因为《诺日朗》而在诗界获得了较高声誉,而一直坚守同类题材的王川平在诗歌界的地位似乎并没有杨炼高。这并不能说明王川平的艺术成就就低了。造成这种结果,主要是因为杨炼作为20世纪80年代初期“朦胧诗”的一员而在“朦胧诗”受到质疑、获得地位的过程中受到了更多的关注,而王川平则基本上属于“单干户”,诗歌界、诗学界对他的关注一直较少。在新诗历史上,最初被忽略而最终又被重新“发现”的诗人很多,比如邓均吾、穆旦等。王川平也可以在一定程度上归于这一类诗人。

对于诗歌,题材是外在的,只是诗人情感、思想的承载体,对题材的开拓、从中获得的艺术发现才是决定诗歌艺术成就的根本。在抗战时期,艾青的许多名作都不是直接描写战争的,但他通过对人心的揭示,通过在“泥土”“太阳”“树”“桥”等意象中发掘生命的理想,表达了对国家、民族命运的关切,对人的生命的挚爱,体现了诗人独特的艺术创造和深沉的人文思想。王川平利用古代题材写作,并不是期冀告诉读者关于人类历史的一些史料,而试图通过这些题材来发现人类自身,尤其是人类的演化历程,抒写诗人对于人类命运的诗意思考。《第一次站立》是诗人“献给人的赞美诗”,作品抒写了人类为获得“人”的称号而经历的种种苦难、黑暗、摸索:“我爬行 爬进黑夜/远处 剑齿虎弯曲的胡须/弹射出星光和血的气味/弹射出威严与恫吓/恐惧的潮头一次次淹没我站立的冲动/这多少万年经久不息的骚动哟/我爬行 在黑夜里爬行/夜的黑色的火 燃烧着/燃烧着寒冷/燃烧着惧怕/燃烧着对黎明的渴求……”在这艰难的探求之中,人类因为看到了“梦的诱惑”而感受到“我—开—始—站—立/在天与地之间胶状的灰白里/竖起一个浓重的人”,“为了梦的诱惑 我的眼/第一次平视一切/太阳 一个血红血红的儿子/正从我的胯下诞生”:

他那无声的喧闹
和辉煌的色调
正把我沉甸甸的身影 绿茵茵的姓名
庄严地压向山川
我的名字是人
是
人

诗人并没有在题材上过多纠缠，而是从中发现了“人”的尊严与伟大。而这种对人的思考不只古代有，即使在现代，我们同样在思考这样的问题。可以说，诗人通过对人类演变足迹的追思，表达的是对人类自身的思考——具有现代意味的思考。而且，这种思考因为历史意识的加入而具有了独特的深度与厚度，增加了“现代”所包含的文化意蕴。吕进对王川平诗歌的这种特色有过中肯的评价，他说：“笔下是古，笔外是今；笔下是神，笔外是人。二者的重叠，于是诗就有了象外象、味外味，诗趣由此而饱满。王川平正是以远古、神话题材证明了自己的才能与优势的。”[①] 在王川平那里，题材只是他理解和表达对人的思考的材料，而对人的深度思考才是他最终的艺术目的。

王川平诗歌的整体艺术水准比较高。从他的诗集中任意选择一首诗，都可以感受到诗人在艺术上的苦心经营。《墓塔林》融合古今的构想，融合佛界与人间的愿望都得到了很好的表达，“今天联接昨天 新人联接古人 心联接心”是诗人思考历史、追寻人类足迹的最高艺术理想。在《四个神话英雄和一个哑巴女人》中，“盘古”身上有我们尊敬的“父亲”的影子，“女娲”身上有我们善良的“母亲”的品德，“羿”是男性的象征，“夸父”则暗示了一种寻求新生的力量：“滚圆滚圆的太阳/每天都是新的呀”。《走向大运河》开阔而大气，抒写了诗人对历史与现实的思考，而且不是表层的描述，而是包含浓郁文化意味的歌唱。

走向大运河，走向
祖先铺设的温和的水面
走向遥远的宁静的思念
走向古老而透明的琴弦

---

①吕进：《人的剧诗——序王川平〈墓塔林〉》，《墓塔林》，重庆出版社1991年9月出版，第4页。

琴弦上,跳动的太阳和灯盏
是祖先倔强的目光
而他那双过于疲劳的臂膀
来不及为自己点燃一袋旱烟
就早早地变成泥土
变作肱肌隆起的堤岸
岸边,年年吐绿的杨柳
是祖先永不消逝的热情
再一次把这古琴拂响

这是诗人从祖先的劳动中获得的对大运河的体验,由于与历史联接,诗篇因此而具有了独特的历史厚重感。他同时也获得了更开阔的文化与现实思考:"走向大运河,走向/运河连接的北方和南方/(啊,那嫩绿的女性的南方/那棕色的男性的北方)走向运河边鲜蘑菇一样长起的村镇/走向河面最平淡的炊烟/炊烟下的小篷船/像一只只六角形的蜂房/酿造着劳动、团聚和乳儿啼哭的芳香/大胆的带着鱼腥味的撩拨/溅起水花,在船舷间碰撞/快活的斗笠覆盖着河面/掩藏着、滋润着千种期待/水鸟的叽咕神秘地流动着。"这赋体一样的描述揭示了现实在诗人心灵中产生的情感波澜。正是在古今对比之下,诗人发现了大运河及其所代表的历史的生命之力:"只要有劳动、沉默、沉默中的心绪/大运河就不会枯竭/只要有艰辛、叹息、生的快活/大运河就不会平静/只要有许诺、渴望、热情/大运河就永远年轻/大运河不会失去形象。"这种来自历史与现实打量的自信一点都不显得空虚,因为它发自诗人的内心,发自诗人对生命的热爱与关怀。

王川平的代表作是长诗《雩舞》。诗人在该诗前面引用了《尔雅》《周礼》《经典释文》等古代典籍中对"雩舞"的只言片语的描述,并解释说:"雩舞是远古先民求雨的巫舞。如今,这种充满神秘力的舞蹈,仅存于人类非常遥远而单薄的记忆中了,但它永远不会衰老。"[①] 按照神话—原型批评理论,人类的一切活动都有其原型。荣格说:"原始意象即原型——无论是神怪,是人,还是一个过程——都总是在历史进程中反复出现的一个形象,在创造性幻想得到自由表现的地方,也会见到这种形象。因此,它基本上是神话的形

①王川平:《墓塔林》,重庆出版社1991年9月出版,第33页。

象。我们再仔细审视，就会发现这类意象赋予我们祖先的无数典型经验以形式。因此我们可以说，它们是许许多多同类经验在心理上留下的痕迹。”[①]一些学者对人类依恋原始神话的情结进行过描述：“神话是人类童年时代的产物，随着人类的成熟，神话必然消亡，现代的诗人也不复像古代诗人那样，可以直接和神交往。然而诗人却像是成人社会中的儿童，不愿舍弃稚气的幻想，对于神话世界的消失满怀忧伤。”[②] 在现代诗歌中，这样的怀念，有时候是对于神的直接呼唤，有时候是对于一种神性状态的渴望，更多的时候是体现为一种没有心理依托的失落。基于这样的观念，王川平关注古代题材，尤其是神话题材，其实是在寻找人类已经淡忘了的记忆，寻找人类最根本的来源。

史书上对祈雨的雩舞没有多少具体的记载。不过，对于诗人，只要人类曾经经历过这样的岁月，有没有详细记载已经变得不重要，诗人可以根据自己对于人类的思考去重新创造那个岁月和仪式，并把自己对于人类的思考融合其间。《雩舞》包括“序歌：土地呲牙咧嘴、不知是哭还是笑”“女巫之死”“羽舞”“旱魃的歌谣”“老酋长参与‘暴’，雷声响在遥远的海上”“雨，部落的狂欢”“女巫幽灵的舞蹈”等部分，其实是对求雨之“雩舞”的各个具有代表性场景的诗意抒写，这中间有背景的揭示，有正面渴望的表达，也有负面的得意洋洋。《雩舞》是一首剧诗，即以戏剧的样式写成的诗，但由于诗歌的抒情性，剧诗一般不能在舞台上演出。剧诗在现代诗的戏剧化手段的建构上具有独特效用，它将不同的场景组合在诗篇中，让这些场景自然“演出”，诗人较少直接露面，以此揭示现象世界的丰富与复杂，也以暗示的方式揭示诗人内心世界的丰富。

《雩舞》所表达的是一种独特的生命意识，体现了诗人对生命的关怀与热爱。在“序歌”中，诗人描绘了生命的受难：“没挂上果的枸杞子/死了/没怀过孕的野山鸡/死了/没睁开眼的土耗子/死了/土地/没有雨水/生不出孩子/……土地是一块烧焦的大卜骨/劈劈噗噗/到处开裂着不祥的征兆。”在这里，诗人把动物、植物的受难并列在一起，甚至在人们的心目中并不受欢迎

①卡尔·荣格：《论分析心理学与诗的关系》(*On the Relation of Analytical Psychology to Poetry*)，见亚当斯(H. Adams)编《自柏拉图以来的批评理论》，第817页。此处转引自张隆溪：《二十世纪西方文论述评》，生活·读书·新知三联书店1986年7月出版，第60页。

②张隆溪：《二十世纪西方文论述评》，生活·读书·新知三联书店1986年7月出版，第51页。

的“土耗子”也成为诗人关注的对象,因为在诗人的心目中,具有生命的存在都是应该受到关注的,他不以一般的价值判断来表明什么重要、什么不重要——只要是生命,一切都重要。为了保护生命,解除生命的受难,人们采取了各种方式祈雨,其间穿插了女巫的幻觉、部落狂欢等具有神秘色彩的细节体验,揭示了生命的某种神秘性;还有“旱魃”的歌谣,“我是一阵风/我是一把火/火火风风/风风火火/好呀么好风火/呼呼呼”,从反面增加了祈雨以保护生命的悲壮。雨最终来了,“欲望中的阴影越来越近 越大/阴影下的人和土地的皮肤渐渐滋润/土地和人 闭上/眼睛 不敢睁开/滋润的感受 最初的最初的/交给了皮肤/不要也不该相信眼睛”,这是心的体验,是生命的体验:

而要表现人的激动
一切面具都是多余
嗷嗷叫吧 晃动肉体
去变作陀螺 在雨鞭下飞转 泥土里打滚
去和别人碰撞 把腿跌断 笑或哭
去涂抹最开心的原色 或泥土
……

在这个时候,人忘记了一切的顾忌,只剩下生命,仿佛回到了童年,享受着生命的快乐与愉悦。

在诗的最后一节,诗人把女巫的灵魂普遍化,以“女巫的灵魂在舞蹈”作为中心诗行,把它与世界上的一切联系在一起,体现了生命的无处不在,以及为保护生命而奉献的一切也是具有永久的生命力的。“在舞蹈呀在舞蹈/只要有干渴的嘴唇和裂缝/女巫的幽灵永远舞蹈”,在这里,“女巫”已经变成了关爱生命的同义语。

吕进对《雩舞》给予了很高的评价,他说:“诗章环绕雩而雨展开人对苦难的抗争,神话或史书中的寥寥数语在诗笔下幻变为栩栩如生的生命仪式。诗人的史学知识、诗的想象力结合在灵视里,生动地再现出远古时代的景观。这‘灵视’是当代中国人心‘灵’所视,这景观饱含着当代中国人的反思默想。《雩舞》中干裂的土地对雨水的呼唤也许正应合了干渴的心灵对人性的呼唤。对当代中国读者来说,女巫体现的享受生命的欲求、献身生命的崇高、象征生命的永恒都会是亲切的。对那个‘袒身而目在顶上,走行如风’

的为虐的旱魃，读者也会有大体一致的想象的情感反应吧？”①

当然，王川平也不只是在古代、神话题材的诗歌创作上取得了成绩，他的一些关注现实，打量当下时代、人生的作品也在艺术上达到了相当的水准。《王川平诗选》中的前三辑《我们》《你们》《他们》从不同角度抒写了诗人对人生、现实的感受和思考。《回家心情》表达了诗人渴望心灵寄托而不得但仍然苦苦寻求的心理体验：“我打老远的地方来到你身边/你的笑依然很甜/你用高贵的客气接纳了我的躯壳/却把我渴望回家的心/放逐天外//我的心很累，仍想/走向你门前/去体味回家的感觉//门呢？”这种寻找是贯穿在王川平的整个创作历程中的。《长江，和我……》《苹果核》《嘉陵江》等作品对于岁月与人生的思考，《端午节》《关于重庆谈判》和组诗《林园的月光》对历史的沉思，以及诗人在山水之间打量自然与人的关系的作品，都体现了他独特的想象和诗意发现，其间蕴含着诗人独具的历史意识。无论是关注现实的诗篇，还是重新打量历史的作品，对历史的思考都是王川平诗歌的特殊取向。这种思考带来了一种对“过程”的关注，具有深度和厚度，历史、现实、未来因为他的发现而合为一体，他的诗也因此而具有了耐人品味的魅力。

2003年6月，于重庆之北

①吕进：《人的剧诗——序王川平〈墓塔林〉》，《墓塔林》，重庆出版社1991年9月出版，第3页。

“摇篮里的童年早醒了”
——简论王文顺的少年散文诗

“何必幻想没有黑夜。/夜色是最美的颜色。/有流荧飞来飞去,闪闪烁烁的金丝银线,编织你的遐想,引诱你去追寻。/你慌慌地随了而去。/想去演出一幕美丽的悲剧么?/流荧,存在于黑夜里。/流荧,飞不出黑暗去。/黑夜里的一星浮光掠影,并非都给人指示光明。”这是王文顺散文诗《回头的时候》里的一节,说话人对“黑夜”“黑色”和“黑暗”等意象的感受非常独特,似乎包含着某种难以言说的困惑与无奈,虽然并不是很深刻。但是,当我们了解到诗人抒写的不是普通的成人心态,而是少年的情怀,我们也许会为此而惊讶,甚至可能提出这样的问题:现在的少年世界真是如此吗?读完了散文诗集《红鱼》(重庆出版社1999年3月版),我找到了肯定的答案。

少年的世界是最具色彩的,充满渴望与梦幻,有时也有迷茫和苦恼。人到中年的王文顺过去主要创作抒情诗,近几年来,他却把目光投入儿童、少年的世界,尤其是后者。他的少年题材散文诗同他的抒情诗一样,给人以新鲜独特的感觉。散文诗集《红鱼》就是他最新奉献的果实。

我不知道以少年生活为题材的文学作品是否应该属于儿童文学,从王文顺的《红鱼》被列入“蒲公英儿童文学丛书”出版这一事实来看,答案似乎应该是肯定的。人们一般认为,儿童文学总是充满童稚、纯真、梦幻、哲理,没有矛盾,没有冲突,更没有苦恼。如果就儿童文学的整体情形来说,这种看法并无不妥。但是,问题似乎还有另一方面。现在的世界虽然越来越具有综合性,但是也体现出越来越精细的发展趋向,这种复杂多样的状态也许可以看成是社会、文化的现代性特征。在整个文学领域,我们通常所说的儿童文学只是一个较小的分支,然而由于表现对象和表现手段的特殊,它又是一个与众不同的分支,与成人文学几乎是对应着存在的。因此儿童文学本身也还是一个比较笼统的概念,如果划分得更细一点,它至少应该包括低幼文学、幼儿文学、儿童文学、少年文学等几个层次。在人的一生中,青年以前的人生时代在许多方面都变化很快、也很大,关于那个阶段的每一个层次的文学作品在艺术对象、手法、品性、格调等方面都存在着差异,划分得更细致一些进行研究,也许更能够揭示儿童文学本身的丰富性。王文顺的散文诗应该属于少年文学的范畴,他主要关注十六岁以上的中学生的生活和他们的心灵世界。

少年时代属于人生的转型期。它同成人时期一样有着过去、现在和未来几个时间阶段,它延续了孩提时代的一些特征,也包含着青年时代的一些人生特征并逐渐向青年过渡。但它不是定型的,变化与发展的潜能大大优于成人时期,因此也可以说,少年时代是人生最不稳定的时期之一,少年的人生感受、生活体验、人生追求、心理素质等方面都是非常丰富和多变的。也正是从这个层面出发,我们可以说,少年的世界也是最宜于入诗的。诗就是梦幻、沉思和渴望。王文顺把少年散文诗作为新的艺术探索方向,是有眼光的选择。

毫无疑问,表现少年生活、揭示少年心态是王文顺散文诗的主要内涵。但是,如果我们仅仅从这个角度去打量他的作品,那就不免有些笼统,难以揭示其独特之处。此类题材的作品都具备这样的特点。所以,我最感兴趣的是王文顺的散文诗揭示少年世界的独特角度和方式。

从我们自己的人生体验来看,现在的少年绝对不是我们那个时代的少年。社会、文化在发展、进步,少年的生活、感情也变得越来越丰富、复杂。过去的少年曾经有过的快乐,现在的少年也许都有,但是,随着社会的发展,过去的少年所没有的情感、思想乃至苦恼,现在的少年都必须面对。因此,如果现在的少年题材诗歌还是完全像以前那样,我们就只能说,它的作者没有跟上社会发展的步履,也未能准确把握当代少年的本质之所在。王文顺的好处正在于，他善于捕捉当代少年的情感世界，以现代人特有的眼光打量新时代的少年生活。

散文诗集《红鱼》由五辑组成：《幻想与思想》《那时候真好》《在栅栏两边》《山野的消息》《祖国大写意》。它不是童话，是一个真实的充满生命与感情的艺术世界，是属于现代少年的多彩世界。与大多数少年题材的文学作品一样，《红鱼》也揭示了少年的纯真、梦幻和洋溢着色彩的渴望。但是，从这部作品中，我们可以读到更加复杂的少年心态，甚至是超乎成人预料和想象的心态。这是诗人的敏锐和独到之处。

少年也有少年的欣喜和苦恼。他们承受着家庭、学校、社会的多重压力。因而在内心深处渴望着被理解、渴望着独立、渴望着有属于自己的世界，甚至因此而产生了某种逆反心理。“这才是最自然的。夜深了，就该天黑。电灯使爱迪生灿烂夺目，却使我们天天都上晚自习，天天都只有做半个梦的权利。”（《停电的时候》）种种压力使少年产生了如此的心思，却又是我们不得不承认的事实。他们呼唤着“快把我还给世界！快把世界还给我！”（《请别问我》）憧憬着广阔的大地、天空和海洋，因为“校园外是一门全新的功课呢。我们是这门功课里一个大大的问号或者大大的惊喜。/比如咖啡杯泡的哪国风情？比如布公仔讲的哪国语言？比如游戏机打的哪场战争？一切都既令人费解又令人兴奋。”（《走，我们逛街去》）少年的渴望是充满色彩的渴望，少年的苦恼也是纯真的苦恼。诗人不回避少年情感世界的成人化倾向，特别是不回避他们的看似平常却很真实的苦恼。这是具有艺术创造力的诗人最基本的素养。诗贵发现，没有发现，何来表现？对于诗歌创作，相比于华丽的辞藻，我更欣赏独特的诗意发现。更何况，王文顺在诗的表现上也并不逊色，他总是努力以少年的口吻表达少年的心态。

少年的情感世界是丰富多彩的。除了亲情、友情、师生情等通常的情感之外，现在的少年甚至也开始思考和渴望朦胧的“爱情”。爱，也许是少年情感最本真的状态，他们会为一点点伤害而落泪，会为一点点关怀而感动，甚至会为一棵小树、一只小鸟的死去而祭奠。“没有犹豫，双膝真情地弯曲，咚的一声。/我们跪倒！/遥远的地平线便瞬间地被折叠成90度。/祭奠的，是一棵小树。树下埋着一只小鸟，一个生命，一位朋友。一次生命对生命的猎杀刚刚结束。对人类自身的怒火从此炙烤着心灵。/在我们的悲痛我们的悲壮之后:/一发尖锐的枪声远去了。/一片美丽的羽翎缓缓沉落……/天空,缓缓地被撕裂着。”(《为生命祭奠》)这并不是鲁莽的行为和心态,而是少年充满爱心的内心世界的映射。他们也许极端,也许幼稚,但他们的所有思想和感情都是真实而美丽的。

爱情,自然不应该是属于少年天空的星辰。但是,他们对于“爱情”的朦胧渴望也并不是洪水猛兽,应该是很正常的现象,关键是成年人应该怎样根据他们的个性特征去加以引导。为此,关注和表现少年的“爱情”感受就成为文学作品不应该推卸的责任。曾经有一部名为《花季·雨季》的长篇小说,是关于中学生活的,其中就没有回避对学生的“爱情”感受的描写,在青少年读者中产生了不小的反响。王文顺诗集中的《在栅栏两边》一辑里的作品就有不少涉及少年朦胧的“爱情”体验,但那不是真正的爱情,正如辑名所说,是站在“栅栏两边”的少男少女的一种近似梦幻的感受。《心事》写的是散漫的遐想,有这样一段:“16岁无权拥有心之一角。大人们特别关注那里,长没长花花草草,长没长神秘。/这就是爱!?/太阳流着七彩的血液。/苍白的世界才安全吗?”沉思之中包含着没有答案的期望。《HELLO GIRL》写的是一种内心的独白,通过“我”与一位美国女孩的交往,体现了中西文化的差异以及“我”心中的某种困惑与梦想:“Hello girl!/我只能这样答应你。公园里人很多,不,太阳很多。就在你一把抓住我的同时,很多的太阳在人们的瞳孔里烽火连天。/小嘴别翘起不满。/只让你抓着胳膊。/不能挽。对!汉字不仅深奥且有性别,女孩与男孩,抓是捉迷藏,挽就有麻烦。/何况你金发碧眼。”“这样交谈与交流不也蛮好的么?/这个日子已叠印心间永不丢失。/留影会留下错误,可依然犯了。/那以后每天的早早晚晚,我总爱依傍窗栏,生怕被你的笑声艳丽了的太阳,有一天会羞得跌落。”这是一种非常真实又亲切的体验,然而也是不少成年人最不理解和支持的情感。诗人不回避存在的事实,以诗的方式将其揭示出来,体现了他对新一代的理解和关切,也体现出一个现代诗人的艺术敏感。

人们常说,回忆是成年人甚至老年人的专利。此话不免绝对。少年不同于儿童,他们已经有了并不长久却很单纯、很有魅力的“过去”,因此在面对现实、生活或者情感困惑时,他们有时候也可能会在回忆中去寻找一些寄托与支持。我们也可以认为,少年的回忆其实是对更加美好的世界的渴求。在诗集中,《那时候真好》是最富有童真的一辑,既有对儿童世界的追忆,也有诗人自己的表态。《夜话》《红鱼》《林中的小路》等都是满含童趣童真的作品,连诗人自己也倾情其中。《倾情的向日葵》所表达的是诗人在对比之中的某种渴望与祈求。"不是油画上的那朵向日葵！梵高被金钱拍卖了。这几株新生的清纯,是你们心之焦虑,心之欣慰,心之向往:/留下一片天空吧！/留下一片土地吧！/留下一方生存的思想,种植高山,种植江河,种植云彩,种植雨露,种植生命需要的食粮。/却种植着水泥钢筋。/却种植着烟雾噪声。/却种植着厄尔尼诺。/却种植着生命日渐沉重的喘息和日渐深重的叹息……/因此,那几株向日葵就努力地向上生长着。/因此,那几株向日葵静静地站在生命每一个进化的路口,向着人类,亲切微笑。"这是孩童一般的梦想,是诗人的回忆也是现代少年的当下处境。"而你们,孩子呀,便是这童话般的诗里话里,一声倾情的交响。"这是生命的交响,也是少年世界里纯真、美妙的诗意。

我欣赏王文顺的艺术眼光,欣赏他的散文诗对少年世界的倾情歌唱。少年的世界不是黑白的,王文顺的散文诗也因此而显得丰富。对于人生经历并不丰富的少年,外面的有形世界是多彩的,而他们内在的无形世界也同样丰富;短暂的"过去"是美好的,而不久的未来更加令人向往。诗人对这些方面都进行了诗意的抒写,"少年"的形象也就由此而显得丰富并具有立体感。尤其是诗人对少年心态的揭示特别让人着迷,他们的回忆、憧憬,甚至苦恼、迷惑都是那么新鲜而蕴含魅力,在其他类型的诗歌作品中是难以见到的。诗人还努力采用适合少年的诗歌语言来表达他所体会、认识的少年世界,有些语词本身就是少年学生常常使用的,比如那些取自流行音乐、儿童节目、儿童书籍的形象、语言,在一般人看来并不具有多少特色,但在花季少年那里,它们却代表着新颖,代表着潮流,也代表着他们所思考的某种方向。

王文顺本人就是一个"大孩子",他坦率、真诚。朋友们说,与王文顺交往,可以不设防。在如今的世界,这种品性虽然并不为人们所看重,但那确实是一种优秀的品德,对于诗歌写作者,它尤为可贵。王文顺从抒情诗转向写儿童诗,注目少年世界,这恐怕与他的个人修养与人生体验有关。也因此,他的少年散文诗才具有魅力——诗人在对少年心态的打量中融进了自己的人生思索。这也许会带来儿童文学的成人化倾向,不过,也可能为少年读者提供一些有益的启示,我们不能小看今天的少年所拥有的理解力。儿童、少年的世界(至少是他们所面对的世界)正变得越来越复杂,越来越难以捉摸,但愿王文顺和他的同行们所创造的诗意世界能够对此有所弥补,把最美好的世界交还给未来世界的主人,愿"红鱼"的纯真和梦想永远伴随着我们和我们的后来者。

1999年4月12日草于西南师范大学中国新诗研究所

别样的风景

——谭朝春诗歌中的反讽意味

如今的诗人队伍在构成上比较分散,不再集中于某一行业或某一部门,专门的诗人比较少了,诗人的称号往往与别的称号联系在一起。诗人的个人状态、生存处境、文化、艺术修养等呈现出多元化趋向。因此,写诗的动机、目的也发生了差异。仅以企业家诗人为例,就可以大致分为这样几种情形:一是真正有所感受,需要表达对现实、人生的某些思考;二是附庸风雅,以此显示自己的文化品位;三是借助诗歌获得一些诗外的收获。从艺术角度看,第一种情形更贴近诗歌艺术生成的基本规律。

读了谭朝春新近出版的诗集《岁月的眼睛》(中国文联出版社1999年10月出版),我觉得他主要属于第一种情形。他不是知名诗人,但他是一位真正爱诗且有一定诗才的诗人。他的诗是对自己在仕途经历、商界沉浮之后的点滴沉思,来自最具体、最直接的体验,虽然不一定具有哲学的冥思与深度,却具有生活的质感。他没有专门接受过诗学方面的学术教育,也没有通过诗歌获得诗外收获的企图,只是想写下对生活、人生乃至生命的某些思考。他在诗集的《后记》中说:“作为业余作者,我写诗喜欢有感而发,源于生活,面向大众,少有闲情去为诗而诗,或写每一首诗都刻意去追求诗艺。我只想表达,只想把心中想说的话,想抒发的情感用看起来很疏朗的分行文字表达出来。”这种追求奠定了他的诗歌获得个性的人文、艺术的基础。

诗集《岁月的眼睛》包括五辑:《船上看风景》《守望故园》《人生的项链》《生命的原色》和《甜蜜的疏影》。这些诗在篇幅上一般比较短小,大多在十行以内,最长也只有二十行左右。相比那些动辄数百行,读后不知所云的所谓的长诗来说,这种追求是应该给予肯定的。诗歌是一种表达内在体验的艺术样式,情绪的连续性对于形成诗篇的整一性具有重要作用,篇幅过长,有时会制约情感连续性的实现。同时,诗歌的精致有时候也可以体现在篇幅上。

朝春从事过多种职业,但他的诗与他的职业似乎没有多少直接的外在关联,他已经将具体生活、人生经历中的各种具体事项进行了艺术淡化,获得了对于生命的具有普世性的艺术思考,其中最核心的思想就是对于生命的完美追寻,也就是人们常说的对于生命的终极关怀。然而,这种追求在很多时候并不是直接表达出来的,而是通过讽刺、反讽甚至调侃等方式来实现的,也就是通过对诗人所不赞同的某些现象的揭示,表达他对现实、生命的理解和追求。

在现代诗歌中,讽刺、反讽是很被看重的艺术手法。这种手法一般与现实结合得比较紧密,常常采用日常口语入诗。历史、现实、生命中有一些现象,在人们以常识、惯性的眼光面对的时候,似乎是合理的,但在诗人心目中,它们却在某些方面违背了文化、社会、生命发展的规律,实际上是不正常的或者包含着不正常因素。对于这类现象,一般人只能接受、跟从,而敏锐的诗人往往能够发现其本质并以诗的方式揭示出来。诗人通过一些独特的视角对某些现象进行解剖,表明自己的批判态度,或者让对象本身体现出矛盾与冲突,从而暗示诗人对于现实、生命的思考和追求。

发现朝春诗歌的这一特点,是在读到他的《小镇见闻录》之后:

摩托车蜂拥抢夺花源/横冲直撞奔向四面八方/地摊上,冥币一叠叠/花花绿绿一张就上亿元//有轿车贴着喜字迎面开来/谁都不情愿退向两边/茶馆里,打麻将有男有女/里面更热闹放的是武打片//美容厅美发也搞按摩/歌舞厅的门帘一律遮严/小商贩大多西装革履/提篮叫卖的都是土特产//进厕所踩飞一团苍蝇/包医性病的广告随处可见/也有高楼与都市无异/站在屋顶会看得很远很远读了这首诗，我们很难说诗人所写的是进步还是后退，诗人所表达的是歌颂还是批判。诗人直接将某些现象呈现在诗中，组合成小镇的独特风景——现代的风景，也是实实在在的风景。可以说，诗人是将自己的观察和思考融合在这种复杂的组合中，既有讽刺与批判，也有肯定与赞美，而最终的判断，由读者去完成。

朝春经历过人生的顺境，也体验过人生逆旅；感受过人情温暖，也面对过世态炎凉。两种不同的体验在他身上交融，抗争，使他具有了对现实、人生进行深度打量的心理、文化基础，从而获得了对历史、现实和生命的独特体验和认知，尤其是对某些负面的因素，他更是感触深刻，这一切为他在诗歌中采用讽刺、反讽等艺术手段表达自己独特的人生思考准备了条件。

下面是他的两节诗：

多漂亮的字儿/一行行/闪耀在地面/你读吧/那血泪沧桑/直滴进你的心坎//末尾的句号/竟是一只碗

——《街头闲逛》之二

两支队伍/拥在十字路口/一个去极乐世界/一个去花烛夜//一样的长/一样的浩荡//谁先行?

——《街头闲逛》之四

诗人面对生活中极其普遍的现象，却发现了一些独特的人生本质。前者写的是一些小孩子在街头写下自己的“苦难经历”，让人同情，但他们的目的却是乞钱；后者写的是一个偶然的场景，而诗人却提出了关于人生的一个大问题：生与死的关系。但他没有给出答案，由读者去思索。

这样的诗，在朝春的创作中非常多，比如《乐山大佛》《小镇见闻录》《过缙云山贺龙院》《祈求》《打树叶》《垂钓新谣》《有一种机器人》《猫眼》《某电视剧观后》《弃婴》等。这些诗针对现实中的某些现象，或暗示，或白描，揭示了现实与生命中的某些矛盾因素，使它们自己显现出本质来，而诗人往往隐藏在背后，留给读者思考与警醒，具有独特的韵味。《乐山大佛》写道，“江对面的闹市/纸醉金迷/你也见惯不惊//甚至让饮食男女/趁夜色/在你怀中偷情”，这与佛的神圣形成鲜明对比，究竟是大佛变了还是社会的变化，诗人把问题留在了诗外；《打树叶》有一个题记：“据某报载：为了在接受上级检查时街道没有落叶，有人在夜间用竹竿抽打行道树，使树叶提前落下。”诗人由此抒发感慨:“给行道树发个文/明天要落的叶/今晚落//树叶目不识丁/听命于风/只好用竹竿/执行命令//枯叶绿叶都打干净/一叶障目的事/绝不允许发生//那长长竹竿/夜空鞭影/是不是还要挥向/天上眨眼的星星。”在现实生活中,这种走过场、搞形式的现象并不少见,而诗人却通过独特的艺术手段将其揭示出来,实际上已经超越了对某一个具体现象的思考,而是对类似现象的批判,它所提供给读者的是一双更加明亮的眼睛和更加智慧的心灵。

对反讽意味的追求增强了诗歌的强度与张力。当然,朝春的作品并不只具有反讽意味,但是,相比而言,他诗歌的反讽意味具有比较独特的艺术价值。这种手法在中国现代主义诗歌中与西方现代主义诗歌有很明显的关联。朝春也许并没有刻意向现代主义诗歌借鉴这种手法,不过,他在这种手法的应用上确实有其独特的地方。他将这种手法通过比较地道的汉语表现出来,也与现实结合得较为紧密,很少有搬用的痕迹,所以他的诗并不给人晦涩难懂的感觉。他所表达的是自己的艺术发现,但不仅仅是个人的、私人的体验;他没有追随某些热潮,而是尊重诗歌的艺术特征和规律,尊重自己的人生体验,这也许对现在的某些诗人尤其是一些年轻诗人的艺术探索有所启示。

对于艺术而言,重复别人,甚至重复自己,往往意味着艺术创造力的降低,甚至预示着艺术的退步。朝春的诗歌就单篇而言都是比较好的,但是,如果对其作品进行一番整体上的打量,就会发现,他的诗在结构、体式上存在一定的模式化倾向,一般都是在一段描述之后抒发个人升华后的情绪,仿佛人为地接上了一条尾巴。这需要诗人在不断的艺术探索中尝试使用更多的表达手段,使每一首诗都显出与众不同的特色来。诗歌发展需要多元,个人诗歌艺术的进步也要通过多种艺术方式来实现。我相信,凭着对诗歌艺术的执着,凭着丰富的人生经历和体验,朝春不会就此止步,他会获得更大的艺术上的进步,建构一道更加独特的艺术风景。

2000年3月25日—4月4日
于西南师范大学中国新诗研究所

朴素透明的抒情
——王明凯诗歌臆读

我知道明凯爱诗，因为工作和爱好的原因，最近几年，我在很多有关诗歌的场合听到过他对别人诗歌的评价，相当精彩，对于不同类型的诗、不同年龄的诗人，他都能够谈出自己的独到之处，颇有见地。

我知道明凯评诗。20世纪80年代中期，他在当时的四川省江北县（现在的重庆市渝北区）文化局工作。1987年5月，该县文化馆编印的《华蓥山》出版了一期华万里诗歌专号，明凯写了专文介绍诗人华万里，题目叫《爱的初版》，写得相当不错，有情有理，在圈子里产生了一定的影响。那篇短文引发诗人公刘撰写了一篇题为《爱应该再版》的文章，向《星星》诗刊推荐华万里和他的诗歌（主要就是刊登在《华蓥山》上的作品）。《星星》诗刊在1987年第10期一并刊发了这两篇文章，选发了华万里的诗作多首。后来在参与撰写《20世纪重庆新诗发展史》的时候，我执笔对华万里诗歌进行了评价，还专门引用过明凯的两段文字。

我知道明凯也写诗，在傅天琳的诗集《柠檬叶子》获得第五届鲁迅文学奖之后，北碚区委宣传部、区文联于2010年11月专门在傅天琳曾经长期工作过的金果园（过去叫缙云山园艺场）举行了一个“北碚诗会”，明凯专门为此写了一首诗叫《柠檬是怎么黄的》，据说是熬夜写出来的。他在会上亲自朗诵，并将其自嘲为当时非常受关注的“某某体”，但我感觉得出来，那首篇幅不短的诗语言很朴素,情意也很真挚。

虽然说了不少与明凯有关的事情,但真正和他接触,也只是最近几年的事情,在他调入重庆市作家协会工作以后,而且接触也不是很多,更不深入,都只是在作协或者其他的一些作品讨论会上。在我的印象中,明凯是一个懂文学的人,甚至是一个懂诗的人。他比较亲和,可以成为作家、诗人的朋友。

在重庆,要成为一个诗人是不容易的。重庆被称为诗歌重镇:诗人很多,每个年龄阶段都有影响不小的诗人或者诗人群体;有特色的诗人也多,每个诗人都有自己的特点,或传统或现代,或高扬或低回,或敞亮或隐晦……在我过去的印象中,虽然明凯写了多年的诗,在20世纪70年代就开始发表作品,而且很关心重庆诗歌的发展,不少诗人都把他看成是自己的朋友,但我们还很难把他称为诗人,因为他的作品实在不是很多。他写诗较多是在最近几年,甚至还有点被"逼迫"的味道,他自己是这样说的:"进入不惑之年,可以静如止水,谁知命运捉弄人,发配我到号称诗歌重镇的重庆作协来工作,我才被迫真正走入诗歌创作的马拉松跑道。上司谶言如山:让内行觉得你不外行,让外行觉得你很内行,这就是事业对你的希望。无奈之下,重拾少时的旧梦与激情,与文学打交道,与诗人和诗歌打交道。我不是诗人,但这并不影响我爱诗、读诗和写诗,况且,在诗歌的旁边呼吸,觉得四周全是飞翔的意象。"这当然是自谦之说。收到诗集《蚁行的温度》书稿的时候,我真的吃了一惊:这些年来,明凯居然写了那么多作品。我们也许可以把过去的明凯称为隐性的或者"地下"的诗歌写作者,不过,他可能因为这部诗集而浮出水面,进入更多读者的关注视野,成为名副其实的诗人。

我喜欢这部诗集的名字。"蚁行"是一种姿态,一种贴近大地的人生姿态,一种小中见大的艺术姿态,一种默默耕耘、张扬群体精神的人文姿态;"温度"是一种格调,一种人生格调与艺术格调。多年以来,人们对诗歌的温暖已经有些陌生,"蚁行的温度"也许不那么惹人注目,无法给人们带来春天的温暖和夏天的清凉,但那毕竟是行进中的温度,对"温度"的感悟也许可以为我们提供一些启迪。诗人以"蚁行"来比喻自己的人生跋涉,是应该受到尊敬的。面对历史和现实,面对梦想和未来,面对生活和他人,他不是高高在上,不在诗中居高临下地教导别人,只求写出作为一个普通生活者的心路历程,写出人世间的酸甜苦辣。

《蚁行的温度》由《反刍乡村的味道》《给青春划个逗号》《把高原镶进肋骨》和《穿越城市的罅隙》四个部分组成，体现了作者在不同时期对人生与现实的不同感悟和思考。

《反刍乡村的味道》抒写的是诗人的乡村记忆。作为农民的后代，作为时常怀念着乡村的单纯、安静的人，我很喜欢这些作品所关注和思考的情与境。在诗人的记忆中，乡村是宁静、安详的，但也是封闭、落后的。但不管怎样，诗人记忆中的父母、亲人、伙伴、邻居，以及那里的小河、山路、树木，都以其丰富的色彩，成为诗人生命中不可或缺的营养。即使远离家乡多年，环境改变了，视野开阔了，他始终觉得自己仍然是家乡的儿子："我是你松树林里/孵出来的啁啾小鸟/我曾在潺潺的小溪里/追逐小鱼的童趣/我曾在青春的暖梦中/被岩上飞来的牛角蜂螫醒。"（《归来的儿子》）这样的情感，只有亲身体验过的人才能感受；这样的怀念，只有深入骨血才会永远闪射光亮。诗人对父母的深情，使人感动。他们虽然贫穷，但他们身上的质朴、他们对生活的执着、他们对儿女的深爱，即使过去了多年，还能够在诗人的心中泛起情感的涟漪。《想起母亲》是一首非常朴素的短诗，完全是用大白话写成的，但我们可以感觉到诗人怀念母亲的深情，感受到浓浓的诗意："我银发飘飘的母亲啊/飘着飘着/就不在了。"我相信，任何人读到这里，都会动容，甚至落泪，因为诗人说出了人类普遍的心声。

《给青春划个逗号》抒写的是诗人的读书生涯。从艺术上讲，这组作品并没有什么特别突出的地方，但是，它们在记录了诗人的成长经历的同时，也记录了背后的许多故事，甚至记录了一个时代、一代人的痛苦和辛酸。这些作品都写得很实在，对一些老师的歌颂也很真实，作品中交织着梦想与期待，具有明显的时代特色。我们由此可以了解诗人的成长历程，也可以了解和反思诗人所处的那个时代。

《把高原镶进肋骨》抒写的是诗人的军旅生涯。在中国历代诗歌中，军旅诗、战争诗是很发达的。这可能和中国人面临的苦难有一定关系。军旅诗往往充满激情，具有昂扬的精神向度，追求崇高。当然，在特殊年代，军旅诗也可能是悲凉、悲壮的。随着人类文明的进步，在当代中国，军旅诗也越来越关注人性、关注和平、反思战争，这成为中国新诗不可或缺的组成部分。明凯的军旅诗也体现出大情怀、大理想。《我是国家的》代表了军人的一种精神境界:“我上上下下都是国家的/我里里外外都是国家的/我的一切/一切的一切/都是我的国家的。”这种意识几乎渗透进了他所有的军旅作品中。诗人也写到了部队生活的艰苦,写到了作为军人的自豪,还写到了他在祖国的不同地方所感受到的文化、自然。《翻越唐古拉》有这样的诗行:“我仔仔细细读过那些山/读成一队雄鹰/在上面盘旋/读成一支蚁队/在上面爬行。”他为自己能够到达那种人迹罕至的地方而自豪,也为强烈的高原反应而后怕,但最终度过了难关,书写了生命的崭新篇章。军旅生活是单调的,但也是丰富的,诗人还写到了训练,写到了战友,写到了乡亲,写到了对亲人的怀念,写到了朦胧的爱情……都是直写,但饱含深情。对于豪放的军人,他们除了肩头的责任,没有什么是需要隐藏的,没有什么是不可解决的,这种精神在任何一个民族,任何一个时代,都是至关重要的。我猜想,军旅生涯对于明凯的个性、人生态度的形成和发展是产生过重要影响的。

在诗集中,《穿越城市的罅隙》占的分量最大,接近全书的三分之一。这是一组贴近现实的诗,是和诗人生活的城市息息相关的诗,也是和诗人当下的思想、经历息息相关的诗。如果说前面几辑的作品大多带有回忆性质,是在历史的心中泛起的沧桑人世的回味,那么,这一组作品则充满现实感,写的是诗人在都市里体会的点点滴滴,有快乐也有苦恼,有回味也有期待,有人也有事,有高大的楼房也有流淌的小溪……因此,如果我们把这些作品称为这部诗集的压轴戏,应该是没有大问题的。这些作品记录着这座城市的变迁,抒写着这座城市的精神,也隐含着诗人对现实、人生的诸多思考。诗人的有些想象使人感到新奇而独特,比如《解放碑》,这座见证了重庆现代历史的建筑物,过去很高大,现在在高楼之中显得有些低矮,但它是重庆的标志性建筑,诗人把它比喻为“故事家”“思想家”“大作家”,其实是在抒写解放碑所蕴含的精神传承,在诗人心目中,它就是“一座城市的堡垒和象征/一座城市的代名词和代言人/一座城市高昂的头和不屈的魂”。《原来爱情可以分段》也很有韵味,诗人觉得,爱情在不同时期、不同环境下有着不同的滋味,比如幻想、浪漫、甜蜜、实在、永恒等都是爱情的内涵,似乎不应该以一个尺度来评价爱情的有无与真伪。诗人也以自己的体验揭示了现代文明背后的阴暗,反思人性的复杂,《买菜》《一个陌生电话》等作品所写的虽然都是我们所熟悉的故事,但和其他作品配合起来阅读,我们就会有别样的感受。有些作品的切入角度很特别，可以使人眼前一亮，比如《在空中盘旋》，“我就坐着飞机/在城的上空盘旋/看见城市渐渐变小/小得有些可怜/一只鹰的翅膀/把它全部覆盖”，一座巨大的城市，换一个角度，就会是别样的面貌。

尤其值得留意的是，即使在充满物质诱惑的都市，明凯还是特别关注精神的建构。我们在文章开头提到过他为傅天琳获得鲁迅文学奖所写的《柠檬是怎么黄的》。这首诗实际上是在写一个诗人成熟的经历，诗人首先追问，“我问生长柠檬的果园/我问照亮果园的阳光/我问黄澄澄的柠檬/我问捧出柠檬的柠檬叶子/柠檬是怎么黄的/柠檬到底/是怎么黄的”，接着，诗人从不同的角度对这些问题一一作答。独特的地缘风貌，深厚的历史文化，以及诗人经历的那些煎熬、那些绿叶、那些梦想、那些“施肥”的人，都给了诗人以启迪，于是他从中发现了一种精神，这种精神是我们熟悉的，但好像又有些陌生：

不知道柠檬是怎么黄的
就读保尔·柯察金
读懂钢铁是怎样炼成的
就知道柠檬
为什么黄了
不知道柠檬是怎么黄的
就去学那头老牛
从甲子的这一头犁到那一头
又从那一头犁到更前头
就知道柠檬
为什么黄了

语言很朴素，但所抒写的感受却是真挚的。我想，每个成功的诗人读到这里，也许都会有自己不同的感悟。

客观地说，在当下的中国诗坛，甚至在重庆诗歌界，明凯的诗都很难称为一流。不过，换一个角度说，在诗歌发展的历程中，有那么多诗人，但最终能够被历史所记忆、能够成为一流的诗人毕竟是凤毛麟角，更多的诗人和他们的作品都被淹没在时间的烟云之中。我有时候想，对于诗人，我们也许真的不应该去排什么座次，论什么高低，一个人，只要他写了，而且写的是他自己的真实感受，他以诗的方式丰富了自己的人生、修炼着自己的心性，我们就应该尊重他。明凯虽然在很早的时候就开始写诗，但他的创作主要集中在进入21世纪之后的这几年，这个时候，他已经不是那种充满梦幻的年纪，岁月的沧桑赋予他的理性思考在很多时候超越了诗歌应该具有的感悟，因此我们可以发现，他的诗和当下流行的那些诗存在着很大的差异，不属于可以引起热议、引起轰动的诗，不属于那种以机智、绚丽、超然见长的诗，事实上，诗歌的轰动效应在市场经济时代已经是明日黄花了，人们似乎更看重诗歌在自我修炼、精神净化等方面的价值。因此，很难作为诗歌艺术探索的潮流而存在。我看重的是诗人在作品中对生命的思考，对自我的尊重，以及所表达的乐观向上的情怀。

明凯的诗是质朴的，没有什么花哨的东西，也没有什么情感上的纷扰。他的诗，在手法上属于比较传统的类型，不特别讲究章法，而是随心而为，甚至使用了很多方言俚语；在情感上是有向度的，很少出现迷茫、困惑之类的状态。这些特点使他的作品能够带给人亲切、朴素的感觉。但朴素是它的面貌，真实才是它的内核。诗人所抒写的感受是真实的，不管是对乡村生活、学生时代的回忆，还是对军旅生活的重新体验、对当下时代的多维打量，我们都可以体会到诗人的发现具有自己的特点，尤其是张扬主流的价值观，这是和中国传统文化密切相关的。当然，主流价值观不一定就是政治观，而主要是人生观、道德观以及别样的人生情怀。在明凯的诗中，乐观向上的人生追求、善良忠厚的道德理念是随处可见的，而这些，恰好被当下不少诗人所忽视。他在诗中体现出来的低姿态，体现出来的把个人放在群体中的视角，也许是获得这种真实体验的基本前提。我喜欢并相信他对自己的评价："我是一只蚂蚁，一只城市的蚂蚁，我的职业、我的生活、我的思想，碌碌无为地累，碌碌无为地苦，碌碌无为地忙，我在生活的土壤里吮吸诗歌的光芒，并未放弃已经燃旺的追求与梦想。我的野心膨胀起来，就想用自己的汗、自己的泪、自己的痛、自己的血，唱一首自己的歌，我把她当成永远的追求，当成生活的意义和生命的阳光。"尊重自己感受的人，才能写出属于自己的诗篇，才能真正被别人尊重。

明凯有一首诗，题目叫《我想写一首诗》，其中有这样几行：

唱声透明
意境燃得美丽
心事漂亮成圆月亮了
我想写一首诗
主题不一定灿烂
但必须十分抒情

我想，这是诗人的追求，也是他作品的特色之所在。在透明、朴素的诗行里，我们读到了机智、幽默、平凡而亲切的王明凯，读到了诗之为诗的某些品性。

在诗歌被边缘化的时代，戴上诗人的冠冕其实并不能为自己的现实身份增加什么分量，但他们在精神建设方面的奉献却是我们这个民族和时代所需要的。在我看来，能够坚持诗歌艺术探索的人是值得敬佩的。

感谢明凯，感谢所有默默探索的诗人。

2011年3月6日，重庆之北

梁平的诗歌世界及其建构方式

很多人都不知道我是色盲
我对本色极度敏感
我眼前的本色
来自我诞生的一刹那
血红是真
雪白是纯

我的世界我无法识别
形形色色的众多表演
但任何表演都远离本色
都将自惭形秽
血红雪白:1955年12月12日

这是梁平的《1955年12月12日》中的最后两节,读了之后,让人感触颇多。那一天是他出生的日子,他开始与我们生存的这个世界发生关系。我从这些诗行中读出了诗人对于生命之真的理解和追求,以及他对非本色的蔑视。这种追求是与生俱来的,深入骨髓的,就是所谓的生命底色。诗歌是一种具有特殊本性的艺术样式,它所表达的往往就是诗人对于生命本真状态的寻求,从诗人与作品的特殊关系角度出发,我们可以肯定地说,梁平的这种生命底色一定会影响到他的诗歌写作。换句话说,对本色的追求可以为我们解读梁平的诗歌提供一种具有意义的路径或角度。

梁平是重庆诗坛上具有实力的中年诗人,在20余年的诗歌生涯中,他虽然只出版了《山风流人风流》《拒绝温柔》等诗集,作品数量并不算很多。但梁平有一个特点,他希望自己的每一首后来的诗都能够对以前的探索有所超越。尊重艺术规律的求新是梁平诗歌探索的主要目标之一。正因为如此,当一些诗人因为世纪之交诗歌生存环境的艰难而离开诗歌的时候,梁平却一直坚持在这块充满魅力的乐土上耕耘、收获。

现代诗歌之所以冠以“现代”之称,是因为它与现代社会、现代人的生活具有密切的关系。现代社会、现代生活的多样化为现代诗歌的发展提供了艺术上的多种可能。简而言之,大致有三种基本路向:有的完全以传统的方式来应对现代社会和人的变化、发展,这可以使我们在一定程度上对既往的历史有所思考和依恋,但有时候不免显得局促,甚至捉襟见肘;有人完全脱离与传统的关系,以一些全新的方式来揭示我们的生命状态,这当然比较适合对于“状态”的描述,也具有人们比较感兴趣的“现代性”,但在另一方面又与文化、观念和人心理发展的渐进特征存在断裂,出现了艺术发展与人的心理接受力的不协调性;也有人将我们已经体验、经历过的一些艺术方式与从现代生活、艺术中提炼出来的新方式结合起来,形成具有伸缩性、扩展力的艺术手段,既不忽略我们的艺术已经取得的进展,也不抱残守缺,把任何既有的东西都奉为圭臬,在“综合”的目标下探索艺术的发展之路,取得了令人欣喜的收获。

梁平的诗歌艺术探索主要属于第三种情形。他的诗歌具有探寻人性本色的基本追求,而且渗透着一些传统的文化观念和艺术手段,并在此基础上塑造了属于自己的、具有现代性的艺术个性。

探寻生命的现状及其本质是梁平诗歌的基本艺术取向。婉约是他诗歌的基本格调。基督教有原罪之说。从现实中看,这种宗教观念也不无道理。生命中有苦,而且可以说,人活在这个世界上,在很大程度上就是与苦进行抗争,就是对本色的寻觅与坚持。艺术也是如此,脱离了苦的艺术(至少是缺乏沧桑感的艺术)在很多时候都给人轻浅、浮躁之感,而对苦的不同态度往往形成艺术作品(甚至一个作家)的具有魅力的艺术格调。婉约在很多时候来自对生命之苦的向内的自我玩味。在梁平的诗歌中,这种玩味主要体现为诗人对孤独、寂寞等情感倾向的细致抒写。

孤独、寂寞是渗透在梁平诗歌中的主要生命体验。他对世界有一种不信任感,我们难以从他的诗歌中寻找这种体验的来源,因为他写的是诗,而不是叙事文学作品。在诗歌中,“故事”往往都是被淡化甚至回避了,剩下的只有诗人的感受和体验,我们只能解读诗人的感受和体验。“门关了,窗子关了/秘密总是在心跳的地方”(《秘密季节》),我们只能通过诗人的艺术创造体验解读诗人因为“心跳”而透露的“秘密”。但将他的作品综合起来考察,我们可以发现诗人对世界的不信任感也许主要来自他与这个世界的陌生甚至不相融,“很久以来我们互不相识/脸上有一种笑随时开放//肩头与肩头很亲近/彼此听得见呼吸/甚至闻到各自的体气/眼睛却在打量对方/你是谁? //一个永远没有答案的询问/在我们之间/即使固定一种形式/即使手握得更紧”(《陌生》);“想明白了许多事以后/就忘了伤痛/忘了情仇/就很是理解那些/在立正稍息的口令下/站起趴下的签字笔/只是英雄不以成败论了/天空很辽阔/海很蓝,深不可测”(《那鸟和我》);在我们的生命过程中,这样的体验是随处可见的,对于寻找真实、寻找本色的诗人,面对这些现象,他们当然是难以融入其中的。这中间就有作为诗人的梁平。

诗人不得不孤独、寂寞。这种体验可以说在梁平的大多数作品中都可以感受出来。有时候是因为爱的失落,有时候是因为梦的破灭,有时候是因为别人的不理解,有时候是在某种相对的关系中自我的失去,有时候也许不因为什么,就是由于具备这种气质。《有一种病》可以看成是这方面的代表性作品。“即使你把偌大一个城市想象为/一架瘦瘦的沙发/也觉得有太多的余地//坐卧之后又翻来覆去/填不满空虚/横竖都见空荡荡的座位。”“空荡荡的座位”是一种生命的感觉。

对于诗人来说,孤独、寂寞有时候正好是一种财富,而且梁平不是一个面对艰难就退缩的诗人。诗人说:“我和猫在对视中的颠倒/猫可以顺势倒下/而我不能,绝不。”(《人眼猫眼》) 在陌生的、难以融入其中的世界里,诗人希望做一个生命的强者。他有苦,但他更有梦。“山路很陡,很瘦/他一开始就意识到了/只是没说……危乎高哉/碑横陈为路/他走得很累,仍在走……”(《山旅》),这可以看成是诗人自己的写照;他甚至喜欢通过伤痛、孤独、寂寞去体会生命的真实与对真实的执着，有似蚌病成珠：“我不吃没有刺的鱼/就好像/我不喜欢/没有伤痛的欢乐。”（《鱼刺》）这就是梁平诗歌情绪变化的心理历程：既然每个人都有梦想和渴望，而梦想与渴望的实现要面临现实的艰难，那么就在艰难中超越、创造，获得真正的美好。我们可以发现，梁平诗歌中对生命本色的寻觅、对生命欢乐的表达随时都是与对生命艰难的揭示相伴而行的，几乎没有单纯的、轻快的、肤浅的、模式化的赞歌；由于对人的世界的陌生和不信任，有时候，诗人对生命本质的思考又是与“非人”世界（人群以外的世界）联系在一起的，给人一种人群之外有真谛的感觉。

在理解梁平诗歌对于生命真实的追求时，我们不能忽视诗人对于“水”意象的特别厚爱。“水”是一种丰富的、具有灵气的存在，它是生命的本原，也是清污去秽的手段，往往象征柔和、滋润、透明、纯洁等人生意蕴。“水流一段历史/很久以前的战争过去了/再也没有人提起//……我知道河水的每一块石头/都有故事/而我，就在某个章节里”（《似水》），诗人是一块“石头”，随时接受“水”的冲洗，他由此而获得自我的净化，生命的升华。我们甚至可以说，生活就是一块“石头”，诗人通过“水”来清洗生活、生命中的渣滓、杂物，最终获得生命的纯净。

作为一种象征，“水”意象不但渗透在梁平的许多作品中，而且他还写过不少以“水”为题材的诗篇。但梁平的“水”似乎与我们日常理解的“水”存在一些差异，好像蕴藏着诗人对人生的某些特殊感受。《说水》《在水之上》《江上，坐守黑夜》《逆水》《水手箴言》《水路不留痕迹》等都包含诗人对于现实、人生的多方面思考。《在水之上》写道：“我的心在孤寂中旅行/水之上/时间失去控制/软床想哭/想找人说话/想折磨自己。”这似乎是一次旅行的感受，但那“旅行”好像又不寻常，可以扩大为人生之旅，这样一来，诗人的“孤寂”所包含的内容就延展开去了，超越了诗篇本身。《江上，坐守黑夜》则抒写了诗人一种渴望与失望的矛盾心情：“天照样黑/我只在黑夜里渴望一醉/渴望液化成水/成你呼吸的一部分/成你窗口/流出的柔情/不该继续笑谈嘉陵江了/爱，一江水/恨，也一江水。”这里有爱的执着，也有爱的迷茫，爱恨交加的感觉构成了诗篇的新鲜。《水手箴言》确实提出了一种掷地有声的“箴言”，不过，它不仅仅是水手的，而是所有生活于这个世界的人们所不得不接受的：

每一条河

都有沸腾自己的河床
每一个水手
都有自己遇难的水路

这中间所包含的生命哲学，恐怕对每个人都具有启迪作用。《水路不留痕迹》这个题目本身就具有一种哲学味道，“该上岸的都上岸了/没有谁回头/依恋船/水路从不留痕迹/一千条船只过后/依然是水/音乐又上船舷/重复优美/重复滑落/而我/该怎样找到自己的旅程”，这最后的追问体现了诗人的无奈，更进一步说，是表达了一种生命状态。

梁平的“水”不是白水，那是有“味”的“水”，是五味俱全的“水”，具有诗味的“水”，因为它包含着诗人的酸甜苦辣和独特的生命思考。梁平是一位注重诗歌艺术表达方式的诗人，往往通过独特的意象揭示自己的生命之思，很少将各种感受直接诉诸诗篇。这恐怕也是与他注重诗歌的内在化特征密不可分的。五官感觉是普通人的感觉方式，诗人在此基础上增加了新的感觉方式，这些新的方式包括：将多种感觉综合使用，形成感官联觉；将具体的感觉虚化，或者说超现实化，形成非直接感觉方式，即通过内在心灵实现的感觉方式，可以称为心觉或灵觉。心觉或灵觉是一种“抽象”的、非现实的感觉，并不是说诗歌应该是抽象化的、完全玄学化的艺术，诗歌应该让人能够读，也就是说，诗人必须把自己的心灵感觉通过一定方式转化为人们可以接受并产生共鸣的艺术方式。在诗歌写作中，实现这种目标主要通过意象、语言的选择和创造。因此，在诗歌研究中，研究诗人的感觉方式，往往也就只有通过对诗人的意象方式和语言方式的研究来实现。

除了上面谈到的“水”，我们很难对梁平使用的诗歌意象进行更具体的分类。他似乎是一个“点物成诗”（这是一个生造的词语，或多或少可以体现我对梁平在诗歌写作中营造意象的一种感受）的诗人，只要他愿意把体验投入其中，任何存在物都可以成为他诗歌的意象，而且这些意象的组合方式往往没有外在规律，给人一种神秘之感。《一片树叶悬在半空》《叶落风景》都涉及“落叶”意象，而且都蕴含着诗人对于生命的沧桑之感，但二者所蕴含的意味却并不完全一样。

一片树叶悬在半空很久了
去年的画家

画我今年的心境
压在玻板上喘不过气
我悬在半空落不下来
半空中写诗
无疑让我的诗改变了模样
别人认不出来
我认不出自己
只需要一块石头放在树叶上
只差一个理由
落下我

——《一片树叶悬在半空》

在这里,"落叶"象征一种生命状态——没有立足之地、没有根基的状态,正是诗人在诗歌写作中所不愿意接受的状态;而在《叶落风景》中,诗人写道:

漂浮在水面上的秋
不情愿沉落

有的又爬上岸了
好像是还有什么要交代

还想回到树上吗
还以为是昨天吗

来来去去的风
七嘴八舌

而水,把一切看在眼里
纹丝不动

在这里,"落叶"又象征岁月的更替,生命的流逝。在诗歌写作中,相同的意象表达不同的意蕴,或者不同的意象表达相同、相近的意蕴,都是很平常的现象,这有时候正是诗人具有创造精神的体现,但问题的关键是诗人不能为了意象而意象,把有关无关的意象都堆砌到作品中。

也许诗人有时候希望在作品中表达的情绪过于复杂,梁平有些作品(尤其是抒写自我生命体验的作品)中的意象显得比较“凌乱”,意象之间的诗意连接显得比较模糊,这就为读者的接受设置了一些不必要的“阻隔”,或多或少会影响作品的艺术性。换句话说,梁平的有些作品存在只注重语言华丽之嫌,而读者却难以进入。矫正这种现象的基本方法是,对复杂的情绪进行更多的“冷处理”,把握情绪、体验的实质之所在,然后再凝而为诗。复杂不是诗之为诗的必要条件。

梁平有一组旅游题材的诗歌在意象营构上显得比较有特色,诗人的歌咏对象比较明确,作品的意蕴都是通过比较单纯的意象表达出来的。《长城怨》是对历史的反思:“背景和血都被省略了/一部名著/辉煌了世界上的最高艺术”;《秋》与《露》则通过白描般的笔触抒写了自然的灵气、生命的丰富:“把画布遗落在水底/忘了捡起//秋只在池边站了片刻/便五颜六色了”,“生命的意义其实很简单/仅仅一个亮点/从夜幕里跳跃而出//或者 一滴露珠/在叶尖上闪烁凌晨”;在《雨中西昌》中,诗人首先发出了“月之故乡/却不见月亮/莫非凉山真的凉?”的感叹,接着发现:“月琴声响了/穿透厚厚的雨墙/有姑娘怀抱着月琴飘过//如仙。油纸伞下/半遮着/一轮歌唱的月亮……”从叹月到赞月,诗中的“月”发生了变化——由自然之月到似月的姑娘,诗人的情绪发生了转换,诗篇也由此而洞天别现。

梁平的诗歌还在不断变化着。如果说,诗人有些向内的、抒写自我生命感触的作品因为“故事”的省略而让读者不容易进入其中,那么,他转向抒写社会、关注他人的一些作品,读起来就比较容易为我们接受。

长诗《关于她的空白履历》就是一首很有特色的作品,诗篇所关注的对象是我们所熟悉的:一个为了山区教育而献身的女性。但由于诗人采用了一些独特的手段,比如按照“姓名”“性别”“年龄”“民族”“婚姻”“职业”“奖励和处分”“工作表现”等履历表的栏目抒写对象的人生过程,并将诗人对对象的评价融入其中,语言朴素、深沉,诗篇读起来荡气回肠。尤其是“奖励和处分”以省略号表示空白,更体现了女教师在深山默默奉献一生的崇高品质。最后一节《最后一栏的说明》类似履历表上的“备注”,抒写了主人公死后的反响，对于拓展诗篇的蕴含产生了良好的艺术作用。“整整一座大山/在悲痛中感受着从未有过的空虚/啊啊，她真的去了/真的/她是大山的女儿/去和大山的每一个晨昏作伴/她是风雪的女儿/永远和风雪在一起。”现在有些抒情诗越写越长，却越来越不知道写些什么。《关于她的空白履历》既有故事，又有诗人浓郁的情绪抒写，既关注了我们生存其中的外在世界，也表达了诗人善良的内心，应该说是当下长诗创作中一首难得的好诗。

如果说梁平的大部分作品所写的都是自我的种种体验，他的欢乐主要是个人的，他的苦恼也主要是个人的，那么，他有一组以“狗”为对象（和与此命意相近）的诗，却将个人感受和社会关注、正面倡导和反面揭示结合起来，以反讽的手法揭示了现实中存在的一些现象。虽然现在不少人把狗作为宠物饲养，狗甚至成为一些人生活的一部分，但在传统文化中，“狗”的形象却不是很光彩，“狗腿子”“落水狗”“狗贼”等词语中的“狗”就是人们对“狗”的传统评价。梁平诗中对“狗”的评价虽基本上借用了人们的传统观念，所表达的却是现在的现象——发生于“人”身上的事情。《关于狗》有这样的诗行：“对狗的关注/缘于狗对人的伤害/狗的背叛理由很简单/为一根骨头/或者，为一袭裙角//狗的看家本领/从清时太监入宫就被夸大/沿至当下/所以豪宅以及其他/皆可闻其声，见其形//从此，主人与狗/相互利用勾结/狗与主人臭味相投/摇头摆尾之后，多有狂吠/天上太阳也蒙羞。”这里的“狗”是指一种人，是具有普遍意义的“狗”，“狗”为了自己的目的和“主人”相互勾结，而且每有功劳，总是要以“狂吠”来邀功。诗中的讽刺意味是显而易见的。

《又一种牌坊》揭示了那种表里不一、言行不一，而又要把自己装扮成光明磊落形象的人的可怜、可悲嘴脸，揭示了现代人的虚伪的一面。诗人以诗的方式对这种人进行了描绘：“噫！刚刚投了封匿名信/就站在台上辟谣/表情自然，无破绽/又顺手摘走几枝玫瑰/花在兜里呻吟/却到处嚷嚷捉拿凶手/还有，趁人不备使个蹚腿/乘人之危再往井里/掀几块石头！如此//而已……”其中的反讽意味是非常明显的，从另一个角度看，我们可以说，诗人对这种人、这种现象是深恶痛绝的。《嘴唇开花》所讽刺的也是类似的现象，“两唇启合/六月的天空飘落鹅毛雪/骡子多看两眼就是马//有些事不信还真不行/经常运动的部位/比较发达，比如嘴//所以有的嘴停不下来/或挤进大雅之堂/或蹲在茅厕阴沟”，“嘴”的功夫达到一定境界，就可以将黑白颠倒过来，甚至从无中生出有，所以诗人奉劝人们：“看见嘴唇开满花朵/最好远离，不然一阵风过/破坏了自己的好心情。”

《梦·小木盒及其它》可能是梁平近来花费心血较多的一首诗。在诗中，“梦”是构成作品的场景，诗人是在“梦”中感悟到诗情的；“小木盒”是一种象征，诗人推测，“基本上可以结论/小木盒是一本书”；“桅杆”是一种虚拟的东西，好像诗人是用它来暗示自己与“小木盒”的距离。诗人抒写梦中的情绪流变，围绕“小木盒”展开，通过诗人与另一个世界的人的未完成的对话，揭示了诗人与那个人——名字刻在小木盒上的人，不属于同一个世界，我们也可以认为是不属于同一种类型的人。换句话说，诗人是在通过心灵的方式与不属于自己同类的人进行搏斗，他希望通过这种搏斗揭示自己也揭示对方。最后，诗人基本上确定“小木盒”是一本书，“那盒盖上的名字是作者/盒里长长短短的句子/喂养得胖胖的/脂肪和水很重/还是有一根桅杆举起的好/端在手里/不小心掀开了盒盖/溅一地恶俗，不可收拾”，揭示了诗人对“小木盒”的主人、“小木盒”的内容的鄙视。古今中外以梦入诗的作品很多——诗歌本来就具有梦幻色彩，梁平的这首诗想象奇特、语言尖刻，将抒情、讽刺融为一体，体现了自己的人生态度和艺术发现。

梁平说：“我写诗一定是做了事，或者是别人做了事，我做的事照实说，别人做的事有选择地说。我喜欢在我的诗里写事、写人，而且最好，事是大家熟悉的事，人是大家认识的人。我相信这样的诗就有点意思了，就不像放出的风筝在半空，诗一定要沾点‘地气’才行。”（《写诗的日子有故事》）话虽这样说，但诗是不善叙事的，它往往要将“事”转化为情，或者通过“事”去体现、表达情，所以我们一般不太相信诗中的“事”，而要把握诗中的情。无“事”之诗不一定不是好诗，而无情之诗肯定不是好诗。当然，我们对“情”的理解不能太狭隘，只要是诗人内在的各种体验都可以囊括其中。

梁平所建构的诗歌世界是丰富的，他以寻求生命的真实、本色作为基本的艺术目标，从关注个人的生命体验转向关注个人以外的世界或者将个人与生存其中的世界结合起来加以打量，从一般的抒情转向对某些现象的讽刺或者将抒情与讽刺结合起来，视野拓宽了，艺术手段也多样化了。我们难以准确地找到这种转化的原因（包括内在的、外在的原因），但从诗人对于诗歌写作的基本观念看，我们相信这中间一定发生了什么“事”，只不过，在读诗的时候，我们不一定关心那些具体的“事”（事实上也是没有办法、没有必要去关心的），只留意诗人自我生活的变化所带给诗人心灵的变化以及由此而带给他的诗歌艺术探索的变化，就足够了。我也相信，没有一个人是生活在真空中的，是与世隔绝的。梁平的生活还会遇到各种各样的“事”，他的诗歌探索也还会继续发生变化（变化是诗歌艺术取得进步的基本标志之一），但愿他今后的变化能够为我们提供更丰富的诗学启示。

2001年2月1—4日匆草于西南师范大学桃花山寓所

孙江月：从迷离到敞亮

20世纪80年代中期，我就在一些报刊上读过孙江月的作品。但我和他的联系始于20世纪90年代初。当时，我刚到广西工作，在朋友的支持下准备编一套诗歌丛书《中国跨世纪诗丛》。孙江月得到消息后希望能够加入其中。后来，他的诗集《幻之水》收入该诗丛出版，是他到目前为止出版的唯一一部个人诗集，记录了他前期诗艺探索的艰难历程。他对此记忆很深，时常在电话中说起。我们当时主要是通过书信联系，我认为他的这个笔名很不错，“江月”二字富有诗意，中国传统诗中有许多以江以月作为意象的作品。后来才知道，那是他的本名。我和他见面的机会不多，十多年来大概也就两三次，一次是我从广西回重庆时和他商谈诗集出版的事情，一次是在重庆市的作家协会代表大会上，还有一次是我到丰都参加一个诗歌座谈会。每次都很匆忙，我们没有认真谈过诗。他给我的印象是，诗人气质比较浓，对诗歌的探索非常执着。他的这种执着一直坚持到现在，实在不容易，正是基于这种印象，他在编好《孙江月诗选》后希望我写点读后的感想，虽然我很忙，也有一些心理障碍（也许有人会质疑：重庆有那么多诗人，为什么偏偏要谈孙江月？），但我最终还是答应了，而且，为了避免某些不必要的疑虑，我先交代了和他的这段时间不短但有些若即若离的交往。

孙江月个头不高，显得瘦小，如果不是读他的诗或者与他长时间接触，你很难想象这样一个瘦小的身躯里居然装着那么多诗意、那么多体验、那么多活力。他一直生活在他出生的那座长江边的小县城，它的名声很大，叫丰都，人们俗称鬼城。据说，人死后都要到鬼城报到，接受阴界按照人在生时的种种行为而确定的各种待遇或处罚。我读过一些诗人写鬼城的诗，梁平就写过好几首，其中包括他的长诗《重庆书》。但我发现一个现象，除了《鬼城》和散文诗《奈何桥》等作品外，孙江月写这个题材的作品好像很少。有时我也在猜想，他究竟是因为对题材太熟悉，担心写不好而有意放弃，还是因为别的什么理由？我最终没有找到答案。不过，从他的一些作品中，尤其是早期作品中，我们倒是可以感受到一种“鬼气”的，那种带点神秘色彩但又很有味道的诗意发现，也许只有孙江月这种随时和“鬼”打交道的诗人才能体会和表达那种滋味。所以我在想，孙江月对鬼城的感悟也许已经脱离了外在现象本身，而成了一种气质，一种生死相融、阴阳相通的气质。这种气质在一定程度上可以看成“视通万物”之境的一种具体体现。

《孙江月诗选》收录的是诗人自创作以来的主要作品，包括新诗、散文诗、旧体诗等体式。作者是按照年代顺序编排的，1985—1992年的作品属于“过去的诗草”，1993—2006年的作品属于“现在的诗草”。孙江月以1992年为界把他到目前为止的新诗创作分成为了两个主要的时段，这也成为我们梳理其创作历程的重要参照。诗人没有交代这样划分的理由，这也许需要我们从作品中去感悟。为了讨论的方便，我们简单地把这两个时段称为“前期”与“后期”。

孙江月的前期创作是有点“鬼气”的。诗人也许是因为个人的感悟而步入诗国，所写的都是个人的人生体会，具有年轻人的朝气，也具有年轻人那种丰富的没有来由的混沌体验，甚至还包含一种无名的苦恼。不少诗里充满矛盾的体验，梦想与现实、个人与社会、内心与外在等等，大多是在一种矛盾的诗语场景中体现出来的，有些诗甚至充满感伤、迷茫，方向不明，显得繁复，甚至驳杂。我们可以把这个时期称为诗人的摸索期，甚至是迷茫期。他有创作的愿望，探索的意向，但在具体的创作中还存在一些困惑。

锐气和求新是孙江月早期诗歌的重要特点。他的第一部诗集叫《幻之水》，“水”本身就是一个流动的、难以捉摸的意象，再加上“幻”，就更有迷幻的感觉。我们可以把这种境界看成是孙江月前期诗歌的精神状态和艺术姿态。诗人试图把一切新的东西都借用到创作中，以昭示自己的与众不同。

于是我们可以从他的作品中发现一个现象:诗人仿佛没有找到真正的人生与艺术目标,写了那么多年,要给自己来一番总结恐怕都不容易。空灵,也是孙江月早期诗歌的重要特点:

有也为水
无也为水
升天为水
落地亦为水
人在水之上
水在人之下

左顾是水
右顾是水
瞻前顾后
乃是水
水……水……

——《幻之水》

这是一首并不好解读的诗,因为我们难以还原诗人创作时的处境和心态。但它在技法上还是有特色的,仿佛立体摄影一般把人与水的关系抒写出来,显得悠远而空灵,给人留下许多想象的空间。我曾在给诗人萧敏的散文诗集《远水》写的序言中说:"'远水'二字,使人想起许多事情,'远'是距离,不在我们身边,但与我们有关;'水'是流动的、滋润的,是一切生命都无法或缺的灵性。'远水'是梦想,是体验,是眼睛之外、心灵之中的存在,暗示着对现实的升华,对生命去处的寻找和判断。"我想,孙江月对"水"的感悟也大致如此。

诗人是敏锐的,他善于把握语言,选择独特的抒情角度。这为他的发展奠定了良好的基础。我一直觉得,一个不善于把握和使用语言的人是难以成为优秀诗人的。《现代无题九首》完成于1986年,是孙江月早期作品中比较有代表性的。既体现了诗人渴望创新、善于思索的特点,也暗示了他对生命的多维思考,甚至包含一些迷茫的体验。

男人的森林在发疯
女人的季节像祷告的爬岩藤

蜡烛在黑夜里阵痛、呻吟
小草烧焦了手
一条荒径驮着古老的歌谣
去远方……

——《现代无题九首·第三首》

作者使用了带有野性的语言,联想独特的意象,抒写了人的本性及其冲突,以及“古老的歌谣”的远去,暗示了时代的发展,观念的变迁,也抒写了诗人在这种变化中的感受。《一种死亡或者生存方式》具有一种宗教式的生命思考,其中有对生死的冥想与关怀,这也许是诗人受鬼文化影响最大的一首诗。但作品不拘泥于某种文化现象,更多的是对现实、生命的深度思考。

有些作品追求一种哲理意味,通过诗的方式抒写诗人的人生哲学、生命哲学,读起来有节奏感,这在孙江月早期作品中是值得关注的。比较有代表性的如《关于门说》《熟悉自己》《爱护诗人》等。《熟悉自己》从“自由的与不自由的”“温暖的与不温暖的”“美与不美”“爱与不爱”四个角度抒写了这些感受及其与周遭环境的关系,把人放在一定的关系里加以打量,具有特色。而且,在结构上,四节诗的抒写方式、语言结构相互对应,形成一种外在的旋律,读起来具有流动感,使哲理的表达自然而独特,没有说理的味道。

应该说,孙江月在诗歌写作上是花了功夫的。在其作品中,体验、经历、情感始终是第一位的,文字表达都来源于此。他拒绝无病呻吟。他关注现实,也思考生命。为了表达自己的某种强烈的情感,他甚至不惜模仿别人。如他的《一切》:

……
一切注解都带着牵强附会
一切信仰都凝着虔诚的目光
一切死亡都没有回音
一切生命都没有背叛
一切生活都没有情节

一切爱情都图谋占有
一切眼泪都无须说明
一切痛苦都埋在心中
一切梦话都在夜里
一切过去的都会变成将来的话题
……

还有与此相近的《每一种》。客观地讲，我不喜欢多次见到这样的表达方式。这样的写法我们太熟悉。北岛、舒婷都有过类似写法的作品，而且影响甚大。为了表达一些什么感受，为了写出产生影响的诗，就不假思索到模仿别人，肯定是难以做到的。从这个角度讲，要写出优秀的诗，不但要有独特的诗意发现，而且要有独特的表达能力，把独特的体验以独特的文本抒写出来，才可能具有新鲜感。读者是喜新厌旧的。诗人都应该明白这个道理。

尽管孙江月早期的作品具有自己的特色，但总体上看，不少作品是从"我"的角度出发的，感受也许真实甚至独特，但视野不够开阔。这也许与他所生活的环境有一定关系，也和他所处的诗歌时代和他自己的诗歌观念有关。通过细读作品，我发现一个现象，那就是孙江月不喜欢追随潮流，别人"炒"得很热的东西，他往往不一定感兴趣，而对有些被人鄙弃的东西，只要自己觉得有价值，他往往会去思考、实验甚至倡导。在早期创作中，他放弃"大我"，进入自我状态；而到了后期，在私人化、个人化写作非常流行的语境下，他又另辟蹊径，把眼光放到了对民族、文化的关注与思考上，视野开阔不少。

孙江月的这种转变大致从1993年开始。对民族、民间、传统、文化的关注与思考逐渐成为孙江月后来诗歌的特色。尤其是进入21世纪以后，其作品开始追求一种敞亮的境界。也就是说，他对生命的理解开始有了自己的标准，视野开阔了，语言朴实了，少了不少人为的因素，文化含量增加了。换句话说，诗的普视性有了一定的提升，在诗歌走向私人化、私语化的时候，他走的是一条独特的路。我们可以称之为转型期，或者定向期，在这个时期，诗人逐渐为自己找到了比较明确的探索方向。《春天，遂想起江南》《我歌唱红色的事物（组诗）》《春天的课堂（组诗）》《中国灯笼》《故乡的橘子红了》《桑，一段民间的丝织爱情》《春天的味道》《一株水稻的故事》《我熟悉这条河流》《蓑和笠》《中国春联》《喊故乡》等作品可以看作是他这个时期艺术探索的代表。亮色、底层、文化也许是描述这些作品的关键词。

亮色是希望、梦想的颜色。没有梦想、不蕴含理想光辉的诗，有时可能就是死气沉沉的诗，沉重而没有向度，使那些感觉生命茫然的读者在读后更觉茫然。我们常说诗人有思想、有境界，就是说诗人在艺术发现上应该比普通人高明，他们能够发现普通人不能感受的东西，尤其是能够为普通读者提供具有引导作用的精神指向。孙江月新近创作的作品中多次出现了“春”的意象，给人期待、抚慰，这是他的诗歌走向敞亮的重要标志之一。在普通意象上，诗人也发现了一些新的诗意。比如《红枣儿》：

红枣儿
家乡最小的马灯
一盏盏、一串串
吊在高高的树上
九月的风把它点亮了

团团的叶儿
披着暖暖的梦

我知道，秋风过后
马灯将会熄灭
但我的心不会冷去

这小小的灯呵
照亮我迟暮的人生

诗人把小小的红枣儿比喻成“马灯”，一种已经很少见到但暗示着乡村生活、艰辛历史的照明工具，想象比较独特，尤其是发现了它的启示，联系到人生的旅途，那“暖暖的梦”在诗中铺延开来。

石榴花是“江南最小的灯笼/一盏盏挂在高挑的树上/五月的风点亮了”（《石榴花》）；春风“是古寺的一袅檀香”“是原野的一曲箫音”“是牧女怀抱的琴弦”“是美人儿的香梳”（《春风》）；春雨是“醇香达到老酒”“幽巷的私语”

“婚筵的桂浆”(《春雨》)……这些比喻也许并不新鲜,《石榴花》的句式甚至和前面谈到的《红枣儿》类似,但诗人对世界、人生的看法却是独特的,他对待艺术和人生的姿态与前期相比发生了很大的变化,是对当下流行的诗艺追求的一种反拨。对这种探索,我们应该给予重视。

对底层的观照可以从两个方面来理解。一是对底层生活、世俗生活的诗意观照;二是对普通事物的观照。孙江月不是高蹈的诗人,也不是高调的诗人,他一直具有平民的情怀,尽管他试图抒写的是美与梦,是并不低俗的境界。在他新近的作品中,诗人很少使用大意象,很少采取宏大叙事的策略,而是关注普通人的生活,关注普通甚至渺小事物所蕴含的诗意启示。看似回归到日常生活,但与那种琐屑化、口语化的写作却大相径庭。《故乡的橘子红了》从普通的橘子联想到屈原的《橘颂》,“欲把一生的绿/化作永世的红/需经风霜寒露的轮回/故乡的橘子/就是这样红起来的”,这与“梅花香自苦寒来”的意蕴差不多,自然界如此,人生又何尝不是这样呢?一个小小的意象引发了诗人的诗思。他接着写道:“那亮亮的熟透的圆/不就是除夕挂满思念的灯笼?那圆圆的熟透的红/不就是游子心上的一袭乡愁?”两个反问使意境更开阔了,给人温暖、抚慰。“蓑”“笠”“水稻”“水草”这些在乡村经常可以见到的物象既具有传统意味,又来自底层,诗人也通过创造而赋予它们新的发现、新的诗意。他说“蓑和笠”是“一个民族风格的象征/一个民族气节的雕塑”(《蓑和笠》),这种提升是具有诗学意义的,因为诗人发现它们就是“五千年的风雨/五千年的日晒/五千年的霜雪/五千年的温暖……”承载如此厚重的分量,难道不应该给予赞美。从这个角度说,底层生活、日常经历也是可以入诗的,关键是看诗人从怎样的角度去把握、以怎样的姿态来表达。

文化这个词很复杂,从广义上讲,人类经历的所有事情都可以称为文化。我们这里所说的是精神文化,尤其是经过长期的积淀形成的民族文化的核心。文化可以给诗歌带来厚度、深度与广度。孙江月的诗对中国文化的观照是多方面的。他既采用了大量的传统意象入诗,并赋予它们新的诗意,也抒写了中国传统的文化意象,从中发掘一个民族的精神源头与历程。《春天,遂想起江南》唱和余光中先生的同题诗。作者在诗中使用了大量的传统意象,一韵三叹,抚今追昔,抒写了江南的历史、文化。既厚重又飘逸,既久远又现代,体现了诗人对美好江南的怀念,也抒写了诗人对江南变化的无奈："江南，梦里寻她千百度的江南/而今，伊真的老矣，老矣/想——想回也回不去了的江南/多梦的江南哦！"这里有对美好传统的怀念，也有对现代文明的反思。《中国灯笼》选择很有喜气的灯笼意象抒写诗人对历史、文化、民族精神的思考："灯笼里有炎黄春夏秋冬的嘱托/灯笼里有百姓风霜雨雪的负重/灯笼里有祖辈招财进宝的祈愿/灯笼里有黎民百姓吉祥如意的企盼/——这就是中国灯笼！ 千年的生活呵有沧桑不老的根！"这样的发现是美的，也是独特的。诗歌具有承传民族文化精神的价值，同时也不断发现、创造和提升这种精神。孙江月所探索的路子值得关注。

不仅如此，孙江月近来的诗歌创作在诗体探索方面也有所变化，更注重诗的音乐性，调整了过去的随意性，对诗的散漫给予了警觉。他试图通过自己的摸索延续传统诗歌的音乐精神，保持诗歌规范自身文体特征的艺术元素，以实现传统的现代化转换。他的许多作品，诗行都不长，节奏比较鲜明，如《中国灯笼》《红枣儿》《故乡的橘子红了》等；有的类似吟诵，接近传统的赋体，如《春天，遂想起江南》等。有些诗人也主张探索、创新，但他们所谓的"新"往往来源于诗的文体构成元素之外，对诗的生存、发展并不一定带来正面的促进作用，有时甚至会使人对诗歌这种文体及其前景产生疑虑甚至怀疑。

在二十多年的探索历程中，孙江月曾有过停顿、迷茫，后来又在诗歌观念、观照方式等方面发生了很大的变化。我个人觉得，他的这种艺术上的转变是很正常的，也和新诗史上诸多诗人的艺术探索轨迹有相似的地方。九叶诗人唐湜在《我的诗艺探索》中谈到了他的艺术转变的心理动因："年轻时，我从西方汲取过些罗曼蒂克的梦幻，一些朦胧的色彩，或一些古典的意象，一些现代的象征。这忽儿，我却要自己返璞归真，归于最朴素的真实，最恬静的抒写。我要以坦率的散文笔致追求一种诗的纯度，展开一片诗的纯净美与纯诗的美。……这不是对过去的背叛，而是人到晚年自然会有的对单纯的美的向往，一种'豪华洗尽见真淳'！"（《新意度集》，三联书店1990年版，第210页）艺术的发展逻辑就是这样，年轻时候热情沸腾的诗人往往喜欢通过较为繁复的诗篇表达一些繁复的诗情，而当诗人经历人生的苦乐、最终确立了人生的路向、找到了人生真意的时候，他就抓住这种真意展开艺术的拓展，"从对生活的一点感受触发闪光的诗"，诗篇自然就会单纯、明亮，而在这单纯、明亮之中,因为视野的开阔,却可能有最深刻的真实。

在总结自己的这种转变的时候,孙江月说:“每个作家,每个诗人,都不能脱离人民,离开土地。……二十年前的我的写作,我不敢说我为她掉下了多少眼泪;二十年后的今天,我敢说我的写作多半是怀抱泪水的。我们的民族、我们的人民、我们的父母、我们的故土从无数艰辛与困难的岁月里走来,她的崇高与伟大,我们只能以真诚的文学情怀与博大的胸襟去拥抱!现在,我写作每一首诗或每一篇文,我的内心都充溢着极度的痛苦与焦虑,因为我爱这个民族太深太真。我颤抖的笔该怎样来描写她呢?我们愧对你五千年灿烂文化的养育之恩啊!”(《谈点创作及现状》,《新诗界》2008年第一期)他的变化是必然的。从诗歌发展的历史看,对孙江月本人来说,这种变化所带来的是艺术的发展,对当下新诗艺术的探索也具有启示意义。

期待江月按照自己摸索之后选定的方向一路走下去,写出更多更好的诗。

2008年3月5日,于西南大学中国新诗研究所

流动在大地上的诗意
——序张天国诗集《流动的水墨》

应该说，我和张天国是老朋友了。2010年6月10日，重庆文学院为他的诗集《天国之歌》举行了研讨会，参加的人不少，我应邀出席并就他的诗谈了一些自己的看法。客观说，我当时并不太看好天国的诗，在肯定他的诗在处理诗歌与现实的关系、对诗歌文体的自觉坚守和具有忧患意识、向上的情怀的同时，我也谈到了他的诗存在的诸多问题，包括作品不多、手法传统、影响不大、传播有限等，并“希望今天的讨论会能够为诗人的进一步探索提供一个契机，期待不远的将来能够读到他的更多的、更好的作品”。在那以后，我们的联系并不是很多，只是偶尔在一些有关诗歌的会议上见面。不过，我时常在一些报刊上读到他的作品。

我和天国更密切的联系开始于2015年底。当时，重庆晚报副刊部的胡万俊兄顺应信息科学和数字技术的发展，建立了一个“重晚副刊群英荟”微信群，里面全是重庆文学界的师友，而且很多人都只知其名而未见其人，我在一篇文章中有过这样的概括：“这个群里有官员，但与权力无关；这个群里有土豪，但与金钱无关；这个群里有大腕，但与地位无关。”这个平台为大家提供了更为方便的交流方式，我也因此和重庆文学界的不少朋友建立了联系，其中包括联系不多的张天国。这几个月以来，我们还偶尔抽空和几个趣味相投的文学朋友一起聚会、谈诗论文，感觉挺有意思。在我的印象中，天国是一个勤奋的人，因为工作，他经常在外奔波，但他没有忘记自己的写作。他有两支完全不一样的笔，一支写报告文学，一支写诗，但相比而言，我更看重他的诗。这或许和我长期与诗打交道有关。

在信息化、数字化时代，我们常常会面对这样的现象：很多写作者都是依靠网络、博客、微博、微信发布作品，而信息和热点的不断出现，使以前的信息在短时间内就被无情地覆盖、淹没。为了使自己的作品不断受到关注，一些写作者总是以各种方式发布自己的作品，于是在写作者中出现了一种通过数量求质量甚至以数量“取胜”的特殊现象。据说，不少诗人一天可以创作数首甚至数十首诗，一年可以创作多部诗集。我并不否定诗坛上确实有一些写得既多又好的天才，但人数肯定有限。天国不是天才，他也没有追随流行的风潮。从《天国之歌》出版至今已经超过七年了，他才编选出第二本诗集《流动的水墨》。这个名字是我为他起的。选择这个名字有几个原因，一是诗集中有一首诗叫《流动的墨韵》，我觉得是一个挺好的题目，借用了一下；二是他的诗记录了很多现实的镜头，很多匆忙的背影，抒写了诗人对人生的一些感悟与思考，在表达上采用了虚实相生的手法，这些风情、身影和诗意像水墨一般泼洒在诗人的足迹和人生历程上；三是他的诗在艺术取向和风格上具有明显的中国味，较少受到西方艺术观念和手法的影响，以中国画的某种类型来描述它们的整体特征，应该是合适的；四是他在七年时间里才写出这本诗集，除了实实在在的墨迹，还有许多留白的时间和空间，恰如中国画的留白手法，恰好给读者留下了想象和创造的余地。我这样一分析，天国接受了我的建议。

读着这本诗集，我觉得自己多年前的“希望”和“期待”基本上实现了。《流动的水墨》包括四辑：“大路朝天”“亲情似水”“风月大地”和“爱的音符”。从这些辑名可以看出，诗集所涉及的主要是筑路生活、人间亲情、大地风光、人生修炼以及对爱的思考等。每一辑所选作品在数量上并不平衡，选入作品最多的是“风月大地”一辑，超过了六十首。这应该和他的生活阅历和关注重心有关。

铁路建设和与之相关的诗，是天国诗歌中值得注意的作品。他是铁道兵出身，之后又长期在铁路建设系统工作。对于基层工人的生活、情感、牵挂等等，很多局外人都不太了解。天国长期深入铁路建设工地，切身体会了筑路工人的酸甜苦辣，尤其是感受到他们丰富的情感世界，由此创作了大量贴近生活、接地气的作品。有些作品是从宏观角度打量筑路工人的豪情与追求，比如《我是祖国一枚行走的钻头（组诗）》是一组视野开阔、充满激情的诗，抒写了筑路工人对大地的爱，对祖国的爱。但我更看重诗人从个人内心去抒写他们苦乐、牵挂的作品。筑路工人时常远离家乡，远离亲人，远离现代的生活，与荒野为伴，与星月为邻，他们的内心并不都是激越的，并不都是甜蜜的，而这些细微的波澜，恰好是他们真实内心的写照。《遥远的家，继续遥远》写出了筑路工人对家的牵挂，也写出了他们身上肩负的使命：

这一刻，我伫立在
岁尾的巅峰遥望，遥望
西南某个山坳里家的焦急
盘点一年的忙碌，自豪和惭愧
伴随大山深处的阳光
穿透了心房孱弱而坚硬的窗门
面对咫尺而遥远的家
我只能说，继续遥远

这节诗在技巧上比较讲究，尤其是采用了虚实相生、矛盾修饰等语言方式，“岁尾的巅峰”“家的焦急”“心房”的“窗门”“孱弱而坚硬”“咫尺而遥远”等独特的语词组合将复杂的情感融入诗中，在抒写了忙碌、自豪、惭愧等情感之外，还蕴含着牵挂、心酸、无奈等体验：“我只能说，继续遥远”，这是四处奔波、风餐露宿的筑路工人的内心写照。

《女儿的电话》是写一个父亲在电话中对女儿说的话，可以说，完全就是电话内容的分行记录：“别打电话了/隧道贯通就回来/别催了/桥梁架通就回来/妈妈在生气/你哄哄/奶奶在念叨/你也哄哄/爷爷抽闷烟/别给他点火/老师叫我开家长会/告诉老师春节就回来……”看得出来，女儿在电话中思念父亲，渴望父亲回家，而父亲针对女儿提出的要求一一做出了回答。诗的语言非常平淡、朴实，完全来自生活中的口语，但我们可以感觉到父亲内心的矛盾与纠结，只是因为任务在身，使命所系，他只能以安慰的口吻来回答。这本是以对话方式创作的作品，但我们在诗中没有读到女儿所说的话，它们是隐藏在背后的。不过，透过父亲的回答，我们可以揣测女儿和其他亲人对父亲的思念，以及父亲不在身边时，女儿所面临的诸多困惑。在这些朴实的文字后面，我们可以深切地体会到父亲、女儿以及其他亲人心中浓浓的思念，以及因为思念而承受的种种煎熬。来自心灵深处的真情是诗歌最重要的精神力量，这种真情有时候不需要过度的打磨和包装，只要顺着心意抒写出来，就可能成为动人的诗篇。

其实，天国本来就是一个看重亲情与友情的人。他对自己的父母充满思念和怀念。我经常说，一个没有孝心的人，其品质是值得怀疑的。天国是有孝心的。他有一组怀念父母的作品，写得非常真切。《母亲的最后一扇窗户》是这样写的：

那天阴雨
告别母亲下楼
上车打火返程
偶然回头，病重的母亲
在二楼双手抓住防盗窗
望我
车掉头我再回望
母亲依然抓住防盗窗
望我
不知道母亲是要把钢铁拧断
还是要把阴雨望穿

我不知道该熄火
还是该加油
道路的后面是母亲
前面也是母亲
最后一扇窗户
挡住了我

在这首短诗中，诗人抓住母子分别时母亲的一个动作，抒写了母亲的牵挂和关爱，由此搅动了诗人复杂的内心。正是在细微的动作和内心的彷徨之中，诗人抒写了母爱的滋味和母亲在自己心中的地位，其中纠结着离别时的不舍和牵挂。母亲去世之后，诗人创作了多首怀念母亲的诗，都很朴素，但都很真挚，读来令人深思甚至垂泪。《今天是母亲的生日》有这样的诗行：“过去，母亲爱说我不爱听/现在，我想听母亲却不说了。”这句诗语言朴素，但其中蕴含着思念和心酸；《活在母亲的春天里》说，“只有活在母亲的春里/才能活在我的春里/在未来的春天里/母亲不在，我在/我在/春天和母亲/就同在”，这里依然抒写了对母亲的思念以及母亲在诗人心目中的深刻印记。这些诗句，可以说字字掏心，句句含情，母亲在诗人心目中的地位由此可见一斑。

诗人甚至把母亲和自己对比起来抒写，读读《母亲的坟(一)》：

母亲的屋子是黄土
我的屋子是高楼
母亲的外套是杂草落叶
我的外套是羊绒貂皮
母亲的早晚很安静
我的日子很嘈杂
……
母亲在里面不说话
我在外面说不出
母亲在里面长眠
我在外面失眠

诗人采取对比的方式，写出了对母亲的怀念，同时嵌入了对当下生活处境的思考。只有母亲，能够带给诗人宁静与充实。

天国的诗大多很短，直抒胸臆，但在情感喷发的时候，他也创作篇幅较长的作品，比如抒写鲁院生活经历的《寄给鲁院的情书》，比如充满挚爱、满怀牵挂与祝福的《女儿出嫁了》，等等。《女儿出嫁了》写出了一个父亲隐藏在内心的那种真情，既有失落，又有牵挂，还有祝福。“那一刻/她被幸福的河流卷走了/那熟悉的背影，那远去的背影/款款的温柔和惆怅/胀满了我的眼眶”“你就像，依附在/我躯干上的一株嫩芽/疼着我，长着你/长着你日渐婀娜的小身板/长着你课桌上的智慧，长着你/论文答辩里不可辩驳的思想/长着你大学讲台上的海阔天空/这一生注定了，你早晚/要到另一片森林开枝散叶/即使你已经在另一片领地扎根/我依然在守望，守望/你出嫁的那个方向/直到酸酸的眼睛酸出茧子”。就如天国对父母满怀深爱一样，他和女儿也是心灵相通的。这些朴素而又新颖的诗句，因为心血和父爱的渗入，显得那么圆熟，那么丰满，字字句句都是真情与厚爱。在铁路工地举行的一次张天国诗歌朗诵会上，这首诗经过艺术家的真情演绎之后，通过声音敲打着听众的心房，许多听众泣不成声。

对爱情，天国写得不是很多，而且我注意到，他写到爱情时，诗的取向不是苦涩就是回味。《沉默》或许可以看成这类诗的代表：“喧嚣的颜色/被玫瑰暗淡一个季节/不说花蕊鲜嫩/不说绿叶蓬勃/也不说根茎坚硬/所有的长夜/通通被沉默嚼碎//熟悉的陌路上/影子各行其道/脚步碾压/各自的叹息/只有星光还记得/曾经的热烈//留下的已远去/远去的已无语。”短短的一首诗，写出了人生的复杂况味。诗人使用了很多暗色、向下的语词：暗淡、沉默、陌路、叹息……并最终发出了“留下的已远去/远去的已无语”的感叹。他有一首诗《爱情》：“一剂渴望的毒药/在渴望中死去/死去中渴望//如果有爱情/世界就有鬼/聊斋除外。”他和很多人的爱情观念似乎是不一样的，如果这就是诗人体验到的爱情（扩而言之，他的人生），那么，我们可以猜测，诗人所经历的人生并不都是阳光、雨露，还有严寒、霜冻。

在和天国的交往中，我感觉他是一个热情、实诚、知恩的人。他曾经告诉我，自己在“文革”中初中毕业后，就在乡下劳动，能够走到今天，除了自己的奋斗，还依靠很多师友的帮助。他说他一直都记得那些关心、帮助过他的恩人。在他的诗中，我们也能够感受到这一点，他对父母的怀念其实就是对恩情的铭记。他私下说过，在重庆文学界，帮助过他的人很多，比如黄济人、傅天琳、王明凯、胡万俊、周鹏程，等等。他也为这些人写过诗，有些行诸文字，有些留在心间。天国比我稍长，每次见面他都叫我老师，我觉得太正式了，叫他直接叫名字或称“兄弟”，他坚决不答应，说老师就是老师，绝不能弄乱了。2016年的元旦恰好是诗人傅天琳的农历七十寿诞。我是无意中知道这个信息的，并私下告诉了天国。他说，这是大事，一定要热闹一下。他很快就约了傅天琳和她的几位同辈、晚辈好友，一起在当天下午赶到璧山。大家在秀湖公园的水街喝茶聊天，谈诗话人生，大家都很高兴。在去饭店的路上，我一直觉得天国有点心不在焉，似乎有什么心事。晚饭的时候，谜底才揭开。原来，他是边走边在手机上写诗，趁晚宴时献给傅老师。这首诗的题

目叫《致傅天琳七十大寿》,我愿意全文抄录如下:

她说她不会饮茶
她说她会耍微信
但不会抢红包
她说她二十岁才照相
她说她年轻时有点乖
她说她不怕野猪不怕野猫
但怕人
她还说她一辈子没过过生日
她说她年轻时会写新闻
不会写诗
即使写也是口号似的顺口溜
一不留神到今天古来稀了
可她将笑容和诗一起笑
如大儿童
每一个细胞和表情的细节
都是诗在发酵

我问她是谁
有人说她是傅天琳
有人说她是爱情天梯
还有人说她是窦团山
说的都对,但是
她只是一片
陪伴季节芳菲的叶子
一片黄灿灿的柠檬叶子

第一节的很多句子是傅天琳聊天时回顾自己人生经历的话,天国把它们串起来,就如珍珠项链一般勾画出傅天琳的人生和品性;第二节借用傅天琳的一些作品,轮廓式地勾勒出傅天琳的艺术轨迹。这首诗是对傅天琳人生、人品的一份诗意的总结,也是献给诗人最好的生日礼物。我记得,在六十岁生日时，傅天琳写了一首《花甲女生》，深受好评。而在七十岁的时候，她关心、帮助过的诗人主动为她写诗，这是对她的爱心、奉献的一种诗意的回报。我在想，如果不是真正喜欢傅天琳和她的作品，如果不是对长者怀有感恩之心，天国没有必要那么热情地招呼朋友长途奔波为她过生日，也不一定会为她写一首祝寿的诗。

因为工作和其他原因，天国去过的地方很多。在山水之中，他的诗思更加活跃，而且在更大的层面上抒写了他的本性。面对胡杨，他写下《胡杨不朽》，“站立不朽/因为坚强不朽/倒下不朽/因为信念不朽/时间不朽/因为灵魂不朽”，诗人在胡杨身上体验到的是坚强、信念、灵魂；他写下了《九寨沟观水》，“湖底蓝上天/云端蓝两岸/天蓝水/水蓝天/阳光月色皆落湖/双双浸透一身蓝”，诗人从不同角度吟咏九寨沟的蓝，人也陶醉其中，可以说达到了人与物的合一；在《我从秒针上来》《岁月有形》等作品中，诗人思考时间的残酷和生命的紧迫感，《岁月有形》中有这样的诗句：“我坐在秒针上往前走/咿咿呀呀的时间，在/咔嚓咔嚓的节奏上拉长拉远/乳牙开始记忆岁月的碎片/嚼碎稻田和麦浪的无数个瞬间/时间进入骨骼，由里到外/无数个不断变换固定的形象，与/岁月短暂平行穿梭。”天国本是一个乐观的人，他可以悄悄扛住人生的诸多困厄，但在情绪低落的时候，他偶尔也感受到人生的无趣。对于这样的情绪，他只能悄悄写诗，写《无聊》：“想抽烟，没火/满世界都是火/想聊天，没伴/满大街都是人/想喝茶，没水/污水遍布土地……”“唉/想要的太多/活该无聊”，这样的诗，看似白描，但其实是有深意的，除了自我发泄和反思之外，也体现了诗人对现实的诗意批判。

因此，从天国的诗中，我们可以读出一个有血有肉有情趣有追求的人。他单纯朴实，执着达观，有情有义，知恩图报，但他也面对过很多人生的困境，他默默地扛着，并通过自己强大的心力在困境中独自挣扎，一次一次地战胜了自己，一次一次实现了自我的超越与精神的净化。

天国对自己的天赋和诗艺是非常清楚的。他曾对我说过，他不是一个有才气的诗人，他的诗都是对自己的经历、思考的一种总结。的确，在天国的诗中，我们一般不会感觉到扑面而来的才气和灵气，他也很少去追随那种流行的诗歌手法，而是坚持对真实感情的抒写，或许可以说是以不变应万变。我敢说，即使在重庆诗坛上，无论是天赋还是作品的新颖度，天国都很难说是一个拔尖的诗人。但是，诗歌界的朋友们接纳了他，重庆诗坛接纳了他。仅仅在2016年上半年，天国的收获就令人吃惊，甚至有点让人嫉妒。1月17日晚上，由重庆市作家协会、重庆晚报社、中铁建设集团17局联合主办，重庆市话剧院协办的“扎根基层，服务人民——张天国诗歌朗诵会”在重庆井口的渝黔高铁工地举行，包括黄济人、陈川、王明凯等在内的重庆作家、诗人和一线工人总共数百人参加了活动，场面很大气，气氛很热烈。他的诗经过艺术家的演绎，于寒冷的夜晚带给大家一份情怀的温暖。2月27日，重庆新诗学会主办的第二届“银河之星”诗歌奖颁奖，张天国、大窗获得了这项荣誉。4月9日，首届（2015年度）重庆晚报文学奖在合川颁奖，张天国以其情真意切的散文《我凭啥走进鲁院》成为五个特等奖获得者之一。这种认可是对天国踏实的写作姿态、热忱的为人方式、真诚的人生抒写的肯定。

为什么会出现这样的情况呢？在我看来，在诗歌创作中，才气、灵气肯定是非常重要的，但相比而言，在掌握了诗歌的基本特征、写作方式之后，人生的积累、独特的感悟、深沉的思考或许才能真正给诗歌带来底蕴与厚度。张天国的诗来自现实，接地气，又经过了心灵的提炼，在抒写个人经验的同时，写出了一种具有一定普视效果的诗意。这样的诗，或许不先锋，或许无法引领潮流，甚至第一次阅读时很难给人留下深刻的印象，但是，相比于那些表面新奇而实质是同质化、空壳化的作品，那些华而不实、空洞无趣的作品，天国的诗带给我们的是与人生、现实有关的诗意。

拉拉杂杂说了那么多，并不完全在谈诗，早已远离了诗的话题。那么就此打住吧。希望天国在坚持自己已有的艺术积累、艺术经验的基础上，进一步钻研诗的语言方式、表达技巧，写出更多的不断突破自己的新作品。

2016年7月20日，于重庆之北

赵兴中的诗“江湖”

在重庆诗坛上，赵兴中也许不是同龄人中最有影响力的诗人，但他属于实力派，虽然他的作品并不算很多。他从1982年开始写诗，时间已经超过了四分之一个世纪。在接近三十年的时间里，他只出版了四本诗集《寂寞的纯》(1992)、《木偶心中的秘密》(2002)、《十年江湖夜雨灯》(2004)和《小镇书》(2008)。列出这几本诗集的名字和出版时间，是因为我发现他的每一本诗集都富有变化，从虚到实，从大到小，最终落脚到自己的身边人、身边事，于世俗之中发现美，于平凡之中表达奇。这也许是他在多年摸索之后才找到的属于他自己的运行轨迹。

兴中是学数学的，后来又教数学，按理应该是属于逻辑思维很强的那种人。但和他接触之后，我觉得他是一个非常善于把握形象和思想的人，尤其是对于美，他有着特别的感悟和敏锐，哪怕一点点能够触动他心灵的人与事，他都可以绘声绘色地给你描述出来，让你沉浸其中。他曾经讲过他在一个小镇上的生活，他接触的那些人，经历的那些事，无论是酒馆里的豪饮，还是与“黑道”的较量，确实给人一种置身“绿林”之感，但那又是事实，使人觉得他对于生活的体验是深厚、细腻而且独特的。也许正是这些来自平凡现实、来自底层的体验，奠定了他最终成为诗人的人格基础。他无法摆脱对生命的思考，无法放弃对美的渴望，更无法改变“绿林”好汉般耿直、义气的秉性。这样说，并不是要证明赵兴中是个高蹈的诗人，恰好相反，他是那样关注平常和普通的事物,在最世俗、最平常也最为常人忽略的地方发现和表达诗意。

读赵兴中的诗,我总是想到“江湖”这个词。人们对于“江湖”的理解有很多,其基本意思是与官方、主流相对的“民间社会”,是广阔逍遥的适性之处,有时也指是非纷扰之地。人们常说“人在江湖,身不由己”,其内涵是指身处特定环境中,因顾及周遭人事的压力,常常做出一些并非出于自己意愿的事情。按理说,诗属于精神性的艺术,追求独特的境界,与“江湖”难以挂钩。但在赵兴中的诗中,我们确实体会到他的身处、他的体验、他的思索有点类似于“江湖”之人,带给我们形形色色的人间浮世绘,一个特殊的诗世界。

不过,赵兴中的“江湖”和“身不由己”的“江湖”不完全一样。他可以在自己的“江湖”中体会到真正的幸福、豪气、生命和梦想。他能够游刃有余地找到自己所渴望的东西,表达自己希望表达的情感与思想。

我们可以从几个方面来体会赵兴中诗歌的“江湖”意蕴。

其一是特立独行的秉性。无论是行事还是写诗,赵兴中都不愿意随波逐流,更不人云亦云。他曾写过一篇文章《我和我的胡子相亲相爱》,谈他和他的胡子的故事。年纪轻轻就留着一大把胡子,似乎和当下人们的审美习惯不很合拍,而且曾给他带来许多尴尬和麻烦,但他就是喜欢,一直坚持了几十年,仍然坚持着。他也有一首同名的诗,我读过之后才发现,胡子在他那里已经是他生命的一种象征或者意象,“它遮住我的脸/让我偷着乐不害臊”,“它和我的皮肤相亲相爱/让我仰泳时海藻一样散开”。这就是他的个性,特立独行,但不自以为是。

在诗歌创作中,兴中也往往超越常识之外,书写人们意想不到的题材,表达常识之外的诗意。《赞美桃花时的迟疑》《江湖》之类的作品就给人这样的感觉。桃花在许多诗人笔下都是被赞美的对象,“人面桃花相映红”,而兴中却对此表现出了“迟疑”。这体现了他与别人的不同:思维的不同,感受方式的不同。“江湖”是很少有人将其作为诗的题材来使用的,而兴中用了,而且写出了自己的味道:“我在梦中,误入江湖/拦截圣旨,违背道德的意志/在星星布阵的夜晚/我留下马匹在山上/我登高望远/我看见江湖没有边界/而每座山林都隐藏着英雄。”这是写自己,也是写历史,个中滋味,只有诗人自己明白。

人们常说，创新是艺术的生命。但是，没有人能够准确地说出究竟什么才叫创新，怎样才能够创新。我个人觉得，用简单的话说，所谓创新就是追求一种人无我有，人有我新，人新我特的艺术效果。兴中的诗歌探索之路似乎就是按照这个路子走过来的。这也许和他特立独行的本性有关。他总是生活在别人的想象之外，感觉之外。他的诗也是。当你正在关注和思考他在某一时段的创作时，他马上又给你抛出了一个新的东西，使你对他刮目相看，甚至难以捉摸。他一直在实验着。《小镇书》的自序中有一段话也许可以概括他的这种追索："毫无疑问，中国的市场经济拓展了诗人视野的开阔，诗歌写作的广度和深度，对于每一个写作者而言，既是机遇，又是挑战，适合我的做法是从单一的抒情写作向着谨慎夹入叙事因素的写作转变，扩大文本容量，使得从日常生活经验出发的诗歌元素，有望直抵人类现实荒诞境况的可能性进一步得到了验证。"他是个敢于挑战的诗人，只要自己认定的方向，他就要去试验。别人放弃了的，他可以坚持；别人坚持的，他往往又敢于放弃。所以，赵兴中一直给人新鲜的感觉，只要是爱诗的人，都可能无可选择地去跟随他的思路，寻思他的实验，走进一个独特的诗意世界。

其二是浓郁的民间情怀。在赵兴中的诗中，我们很难找到几首以宏大叙事的方式来创作的诗，即使像《小知识分子》这样的大题目，写的也是他自己和身边的人与事："在喧哗的人群中，小知识分子/是寻找安宁的智者/解读社会的良心/在喑哑的时代/他们又成为人民的代言人""小知识分子，你必然是清高的/你的善良和美德，贯穿/在良知和道义的真实里/你必须清高，而且有骨气/否则你不配称为小知识分子/小知识分子，大人格，小得失/你一生操守的格致/是中国五千年锤炼至铮的骨气。"把一个很大而且抽象的题材写得让人可以轻松接受，是因为诗人融入了自己的生命体验，融入了自己的观察和思考。不过，这样的题材在赵兴中的诗歌中是极少的。

小处着眼，关怀民间是赵兴中诗歌的基本取向。我们很难把兴中诗歌的主题进行条分缕析的概括，他的诗涉及的话题太多，每个话题中都有他新奇的感悟。但我们必须肯定他在题材上的民间性追求。兴中是一个有梦想的诗人，但他不是一个高蹈的诗人。他的绝大多数作品都是取自身边的人与事，取自小人物与小事件。这一方面是诗人尊重自己人生体验的体现——他反对空洞，另一方面也是他艺术探索的一个策略——他追求与众不同的艺术效果。尤其是《小镇书》中的作品，几乎都是诗人人生历程上的一个个足印，他以诗的方式把它们转化成历史、现实和生命的构成元素，并从中发现奇迹，提升品质，寻找价值。林莽在为该诗集写的序言中说："他对一个小镇的政治、生活以及人和琐事的记录，给我们展现了世俗而鲜活的现代底层生活的现场。他的笔下不是批判，也不是个人主观臆想的赞美与抒情，它们是独具灵魂的诗歌之作。他的笔法大多是调侃与诙谐的，这种清淡的心态，正体现了诗人不是站在等同的或是对立的立足点上，而是高于生活现实的俯视与客观认知后的观照。"他注意到了兴中诗歌的题材与写作姿态。

这些作品新鲜，因为诗人的体验本就与他人不同，再加上他为这些人、事赋予了独特的诗的韵味，自然就无法被其他任何作品所取代。《一饮而尽》《感谢》《约会》《小镇书》《错误》《中药铺》《老爱人》《自画像：1987》《清明》等都是值得一读的作品。之所以列出一长串题目，是因为这些作品都自成一体，难以截取其中一行、一节来说明问题，不深入其中，我们很难领会作品之妙处。

试举《老爱人》：

一对老爱人手握手睡下
已无心亲吻，抚摸，说情话
怕在梦中走岔，他和她甚至
长夜里，比赛说废话

手握住手，安静地睡下
手心上的血脉，降温了
他和她，从枯燥乏味的身体中
把心灵之约抽干，相互取暖

黑夜里，老爱人不失眠
手握紧手睡下，像两棵歪脖老树
根盘绕，枝绕缠，合力睁开眼
看时间之磨，推出黎明的灿烂

这首诗真实得令人吃惊。俗语说,少时爱人老来伴。兴中写的这对“老爱人”其实只剩下了“伴”的生命元素,但他们仍然相依相随,相扶相持,延续着年轻时候的爱,甚至还憧憬着“黎明的灿烂”。这不仅仅是某一对“老爱人”的人生的体验,而是揭示了人生的一种必然规律,由“个别”升华为“普遍”。作品具有一定的叙述性,诗人的感情不是直接诉说出来的,而是在叙述过程中暗示出来的。这样的诗,整体性很强,一环扣一环,难以截取其中的部分进行解读。

我们经常探讨文学或者诗歌的地域特色,其实赵兴中的诗就是独具地域特色的。他的诗与他所生活的地区甚至一个小镇的历史、风情、文化紧密相关。我不敢说他的作品最终能够像沈从文的“边城”系列那样使一个小镇成为世人关注的地方,但我敢说,兴中的作品是独特的,是别人所难以取代的。而且在这种独特之中,诗人不是哗众取宠,而是真正书写了一些关于历史、文化、现实、未来的思考,使你愿意去接近它们,并最终受到它们的感染,引发新的思索。

其三是温暖的平民意识。由民间情怀引发的是诗人的平民意识。关于诗是贵族的还是平民的这个问题,在“五四”时期就开始讨论,一直到现在也还没达成共识。我以为,就精神价值来讲,诗是贵族的。即使是在很世俗的语境和对象中,诗人仍然可以发现和坚持艺术的高贵与尊严。不过,诗人的姿态可以是平民化的,他不把自己凌驾于他人之上,而是以怜爱、同情、欣赏之心去关怀那些细小的事物,关怀处在底层的人。

兴中是一个具有平民意识的诗人,他向往宁静,他为所有令他记忆的人与事感动,他还从别人的角度去思考问题,甚至存有一点遁世的隐逸思想。他曾在一篇题为《平凡的幸福通向哪里》的文章中说:“时代的喧嚣,正是寂寞的开始。窗台上的水仙,凭着一些雨水,给人渴慕或启示。而市场经济既是进步的阶梯,也是人们堕落的由头或依据。没有读者的图书馆,随处可见的腐败,庞大的社会,隐藏了世界全部的秘密。……我渴望有一天,雪下得很好,我推开窗户就喊,儿子陪爸爸妈妈滚雪球去,这纯洁的雪多么适宜我们平凡的幸福啊!我们要向它的深处修一条小径,去听一听花香中的鸟语,去朗诵古诗和童话的余韵,偶尔也幻想一下,晨雾中有神仙中的亲戚,为我们布达灵魂安宁的声音……”这完全是一种典型的田园式的追求,是那么平常,但又是那么高雅别致。所以他才写下了《我想写首诗打动我的乡村》《乡村诗人》《下岗以后回乡下种块地》等试图远离喧嚣尘世的作品。

艺术永远都是梦想的。诗人无法真正离开他生活的环境,也无法离开他所熟悉的人。他的作品中充满对平民生活的全方位观照,也充满关怀和同情,即使是调侃,即使是讽刺,那也是善意的。林莽说:“他的诗中有意无意地透露着一个文化人对中国文化传统的展示和热爱。”这其实也是他对他所了解的那些普通人的热爱。

平民意识绝不是低俗的同义语,而是一种低姿态。它可以使诗篇显得亲切,切近大多数普通读者。在《小镇书》里,他对小镇上世俗生活的摹写,就渗透着诗人对小镇历史、小镇上的人、事和一个时代的关怀与反思,尤其是揭示了生命之丰富、人性之美丑。一句话,是揭示了一个个活生生的人生场景。

在表达这种平民意识的时候,诗人主要采用了客观化的艺术手段,他叙述事件和人物,自己却隐藏在诗的背后,这样的好处是避免了空洞和说教,留给读者更大的阅读空间。但诗人的叙述是经过选择的,其间蕴含着他的思考和判断,他对普通人的关怀,对一些不正常现象的思考,体现出诗人的善良与正直,也体现出诗人特有的艺术机智。他的《酒窝》是这样写的:

它不是五官,它是庶民
它不巴结你,也不奴颜我
它有学问,它是秘密的花朵
它隐藏,它开着,但不枯萎
它害羞,喜欢在五官中和
但它不看眼的眼色,不仰鼻的鼻息
酒窝的窝,不是耳窝的窝,你一开口
说小乳房,它就笑了

如果要谈这首诗的意义,恐怕谈不出什么。我们要说的是诗人的机智,他把一个很平常的现象写得那样活灵活现,生机盎然。首先是利用一连串的比喻,说明“酒窝”的外在特征和蕴含的特性。其次是妙用文字,机趣地把“五官”之“官”与“官员”之“官”进行对比,于是有“庶民”的对应。“庶民”说明它很平常,很普通,但“不巴结”“不奴颜”“不看眼色”“不仰鼻息”的特征又揭示出它不普通的品性;同时利用了拆字方式,揭示“酒窝”和“耳窝”是不一样的,前者是包含和泄露人的情感秘密的一个花朵,于是有了诗的最后一句“说小乳房,它就笑了”。作品显得机智、风趣,读后使人会心一笑。

赵兴中建构的诗“江湖”当然不是真正的“江湖”,但也可以说是一个“江湖”的缩影。由于他借用了自己特有的经历,融入了特殊的文化和感情,使他的诗很难甚至无法被模仿,创造了独特的“这一个”,因此值得关注。

赵兴中在诗中所写的题材大多是我们熟悉的,因此要建构这样一个属于自己的诗“江湖”是很不容易的。诗人应该是下了不少的工夫。其中有两点特别值得关注。

其一,对诗的文体,赵兴中有自己独特的理解。他的诗大多为短章,不喜欢使用太长的诗句,诗句之间落差不大,有一定的内在旋律。他始终把诗当诗来写,而不是把它当散文、当小说,因此,即使具有一定的叙事因素,由于有音乐元素的加入,也不失诗的气质。他的叙述是不连贯的(连贯往往是散文、小说的任务),而是形成跳跃,形成意象、情绪之间的多种可能的联系,最终形成绵远的联想。他甚至建构了一些戏剧化的场景,将人生剧场转化到诗中,诗中的人、物、事仿佛是自己在演出,而诗人则像个旁观者似的转述者。《夜景》就采用了这种有效的艺术手段,“月亮悄悄爬起来/查看小镇上几个失眠的人”,这是典型的诗的表达方式:

一个因为受贿,胆颤心惊
一个因为失恋,落魄失魂
一个准备铤而走险
蝙蝠一样练习避开障碍和陷阱
打麻将的人,一声高喊:“碰!”
这清脆、短促、尖锐的撞击声
惊扰了隔壁天堂庵尼姑的梦境

短短的几行诗,虚实结合,写出了不同人的心态,写出了小镇的众生相,而且是黑暗之中的众生相。

其二是奇特的想象。兴中抒写的人与事在很多地方可能都存在,之所以能够受到喜爱,是因为他采用了新颖而独特的切入角度,于熟悉之中加入了陌生的发现,或者在陌生之中发现熟悉的情感体验。失恋是每个人都可能遇到的事情，写失恋的诗也很多，但兴中不落俗套，通过特别的方式来抒写，就显得非常别致新奇。试读他的《失恋者》：

像刚写出一个错别字
擦掉了笔画：横、竖、弯勾
还留着擦的痕迹

一个错别字又像一场病
打击你的身体
痛，又无从说起

像少女暗恋中的痒
羞于求医，痒
又搔不着，一拖再拖
错！错！错！

全诗不着“失恋”一词，而是通过与之接近的体验来暗喻，书写失恋者的痛苦，读后使人耳目一新。这属于诗人在熟悉中发现了陌生。

他所写的小镇生活，对于外人来说大多是陌生的，于是他总是试图在陌生之中发现一些别人也可以接受也可能体验过的情感元素，以达成和读者的对话、交流。下面是诗人的《自画像：1987》，该诗写的是诗人自己的独特体验，是很私人化的。但诗人在书写私人化体验的同时，也写出了迷茫中的寻找，而这种寻找可能是很多人都熟悉的。

没长出这一篷飞扬的乱须时——
显而易见的标志：灰，忧郁，散漫
很想骑马，但在八塘不可能遇见
一匹马和一块可以骑马的草场

乡间的农人在劳动，野鸟在飞
一条土公路，伸向葵花，雏菊，桑
蚕，四月，水牛营造的意境。喜欢
把自己揉皱，像一团纸，像一个

补考的中学生，在车站向少女求爱

向往江湖，遇见一只乌鸦，引为知己
用红铅笔打勾，为五斗米折腰
像一个痛经的寡妇，苍白的脸
无人抚慰，光明的事在黑暗中做

借酒浇愁，想做诗人真不容易
但仍坚持做以下事：看蚂蚁搬家
蜻蜓飞翔，坐气包车进城，读通宵电影
坐三轮出城，陪蝴蝶寻欢

我把这首诗引用在这里，是想说明一个诗人是如何将个人性和普视性结合在一起的，是如何在世俗之中发现和表达诗意的，是如何在陌生之中发现熟悉、走向读者的。我也在诗中找到了诗人向往“江湖”的例证。他向往的“江湖”就是民间，就是底层社会。如果稍微留心就会发现，兴中的诗中尤其喜欢使用“乌鸦”这个意象，这也许是他既投入俗世又不愿完全融入俗世的体现，黑色的乌鸦，有着不一定黑的情怀。恰如顾城在《一代人》中所说的那样：“黑夜给了我黑色的眼睛/我却用它寻找光明”，在兴中那里，“乌鸦”也许别有深意。

为兴中的诗说了不少好话，但这并不是说兴中的诗就是完美无缺的——在谈论艺术的时候，我不喜欢使用“完美”“最好”“最优秀”等表示极端效果的语词。不过，我们必须承认，兴中找到了自己的路，这值得高兴。这不是一条通往大诗人的路——大诗人的视野往往很开阔，经历的风雨和思考的问题在很多时候是全局性的。但这是一条精致且别致的路，是别人无法取代的路。我对兴中的探索持肯定和支持的态度。期待他写出更多具有特色的诗篇。

2009年5月1—2日，于重庆之北

用语言打磨人生

——李元胜诗歌的一种读法

谈论20世纪90年代的重庆诗歌,绕不开李元胜。李元胜是当下重庆青年诗坛的领军人物,也是全国青年诗人中的重量级诗人。他从20世纪80年代初期开始创作诗歌,动因十分简单:因为有话要说,因为觉得自己可以写出比某些作品更好的诗。他就这样说着,寻找着,建构着独特的艺术世界。

李元胜是一个稳重的诗歌组织者,他不浮躁,不拉帮结派,而是以诗交友,以诗会友。他是因为创作上的实绩而受到重庆青年诗人尊重的。在大学时代,李元胜就参与了许多诗歌活动,是当时"大学生诗人"群体的代表性诗人之一。在20世纪90年代后期,他主持创办的"界限"诗歌网站,团结了许多具有创新意识的青年诗人,组织了许多小型的诗歌活动,成为推出重庆诗人与作品的重要窗口。但那不是流派,更不是宗派,而是在诗歌的外在生存环境并不理想的情况下,保持了诗歌的纯洁,增加了重庆诗歌的活力。李元胜的作品不多,但品位不低,诗集《李元胜诗选》《重庆生活》是他奉献给诗坛的厚重成果。因为创作实绩突出,他1997年参加了诗刊社第十四届"青春诗会",获得过1999年度"中国星星跨世纪诗歌奖"、2000年第三届"薛林怀乡青年诗奖"、2002年度"人民文学诗歌奖"等颇具影响的奖项。

李元胜在诗歌探索中不浮躁,他经常谦虚地说,自己是"一个悄无声息的写作者”[1],他所做的是“一项悄无声息的工作”[2]。他不为诗外的目的而写诗,甚至因为诗的原因而在1994年到1996年暂停了诗的写作。我们没有见到他鼓吹自己的作品。李元胜的诗歌写作所经历的时代是中国诗坛极为活跃也极为杂乱的时代,但他和许多重庆诗人一样,一直保持着清醒,没有加入任何张扬的诗人群落,更没有组织任何带有功利性的群体,他好像总是游离于许多热闹的诗歌事件之外。李元胜的诗具有先锋性,但他的先锋是有根由的,是立足于诗的,是要建立自己对历史、现实和生命的独特理解与创造。他的先锋性不是偏执的先锋,不是以名号取胜,而是具有综合性,传统的、外国的、同时代他人的艺术经验与教训都可以成为他进行艺术探索的营养。我经常讲,对于艺术的创新,偏执的先锋是必须的,它可以为诗歌艺术的发展开路,甚至可以获得艺术与艺术之外的名声,但这样的先锋诗人往往不是成熟的诗歌果实收获者。在“五四”时期,胡适是够先锋的,他敢于否定一切,打破一切,但他的作品不是最优秀的。成熟果实的收获者往往是那些沿着先锋之路,综合了更丰富的艺术经验的诗人。李元胜属于那种可以收获成熟果实的诗人。

李元胜对诗歌创作动力的理解与众不同。他说:“我有怀疑尚待证实,我有混乱的经验需要处理,经历了这么多,我仍有初衷需要说出。”[3]这些具有个人性的追寻,不是与他人、与我们的生存环境相疏离的。李元胜不是那种为不知何时到来的“未来”而写作的诗人,他不需要用那样的借口为自己开脱,因为他的诗与当下的生存处境密切相关。他的诗中有历史,有他人,有现实,有许多其他人所同时体验到但无法表达出来的东西。他有一段话说得很精彩:“我相信同时生存在这个世界上的人,或许与我有着相同的怀疑,相同的混乱,甚至,相同的初衷。每一个人都是一片绝不相同的叶子,但所有的叶子都必须长在枝条上,这枝条连着树干,而所有的树干连向同一个大地。我们需要同样的营养,我们需要确知生存的处境和真相,我们还需要相互竞争、照耀和鼓舞,或许,只有这样,我们才能在短暂的生存中更加生气

①李元胜:《1999年度“中国星星跨世纪诗歌奖”获奖答辞》,《星星》2000年6月号。

②李元胜:《李元胜诗话》,《重庆生活》,重庆出版社2003年2月出版,第201页。

③李元胜:《李元胜诗话》,《重庆生活》,重庆出版社2003年2月出版,第201页。

勃勃。”[①]他还说，他的“写作目的”是“想把我感受到的一些特别的经验写出来，供与我类似的人分享。”[②]在当下把个人看得高于一切的诗歌处境中，敢于把自己的创造成果与人“分享”，本身就体现了李元胜的特殊之处。这中间包含着他对艺术的自信，也包含着他对生命冷静却温暖的挚爱，他因此而不会被孤立，因此而可能被许多人所认同和接受。在这个世界上，任何人都应该是独立的，但又不是孤立的、隔绝的。具有个人性的诗歌艺术探索，如果以个人与社会、他人的疏离甚至对立为前提或基础，其命运将会是黯淡的，其成效将会是微小的。李元胜主张诗人要“保持独立的判断”[③]，写诗是要发现与言说事物和事物之间的关系，是要寻找真实，是与世界平等对话，而不是凌驾于他者之上，凌驾于存在之上。他在《透过云层的阳光》中写道：“细长的草叶，是一根绿线/排着队的蚂蚁，是一根黑线/喘着粗气奔跑的马，是一根白线/我呢，也是一根有些温暖的线。”人只是丰富的现象世界中的组成分子，与所有的存在现象是平等的，而且“并不比它们更重要”，这样的认识是诗人艺术发现与艺术探索的基础，也是李元胜的诗歌创作能够保持活力与生命的根源。

正因为具有这样的创作动力，李元胜的诗歌一直拥有一种境界，简单地说，那是一种剥离表面见真实的境界，用他自己的话说，就是用语言打磨人生，“经过打磨的人生，经得起端详，因为它被打磨掉了表面的浮云和伪装，露出了本身的奇异。”[④]李元胜一直追求生命的真实，而那种真实不是他凭借臆想获得的，是来自他对现象世界的深刻体验。或者说，李元胜的诗不是建立在空中楼阁之上的，而是建立在他独特的经验与体验上的。李元胜诗歌的真实包含着善与美的因素，在一些以丑为丑的思潮流行于世的时候，他不为所动，而是坚持从浮华的现象世界中寻找着真实的善与美。他说，“我基

①李元胜:《李元胜诗话》,《重庆生活》,重庆出版社2003年2月出版,第201页。

②陈建平:《好的诗歌,松香一样的诗歌——和诗人李元胜聊天片断》,《重庆生活》,重庆出版社2003年2月出版,第194页。

③李元胜:《李元胜诗话》,《重庆生活》,重庆出版社2003年2月出版,第203页。

④李元胜:《李元胜诗话》,《重庆生活》,重庆出版社2003年2月出版,第204页。

本没有写过令人恶心的经验"[①] "我反对展览垃圾式的写作"[②],这是他对诗歌写作的一贯立场,也是他不同于一般写作者的艺术取向。他的任何一首诗,都在寻找某种与生命的本质切近的东西,虽然那种东西与我们过去的观念和认识有所不同,甚至相悖。而他希望发现的,是能够对生命的进一步延续发生作用的因素,那是一种正面的推动以至于引导。在人文关怀走向低谷甚至被人漠视的时代,李元胜的追求是值得肯定的,也是会取得良好效果的。他说:"我在不安中感到巨大的欣慰:我的悄无声息的自言自语竟然也曾给他们送去过一丝暖意。"[③]这种"暖意"是诗人与读者心灵的沟通,是诗歌艺术发挥的艺术效用,是诗歌的人文关怀所产生的回响。缺乏爱心与发现的诗人,永远无法享受到这种从读者那里反馈回来的理解与支持。

传达是诗歌写作的重要环节。再好的诗意发现,如果没有独特的艺术传达,都可能失去创造的意义。李元胜说他在艺术表达上追求"简单",其实并不简单。他的诗,大多不追求传统诗学中所说的"诗眼",不依靠某一个词或某一个诗行的突出或新奇取胜,而是注重对诗篇整体氛围与境界的建构。过去,我们经常按照诗人使用的题材把某些诗人称为"海洋诗人""森林诗人"等等,那只是一种外部的界定,不一定进入了诗的核心。对李元胜这样的诗人,我们很难甚至无法以这样的方式来解读。李元胜并不把自己的目光拘泥于某些题材上,经过长时间的探索与实验,他甚至发现:"诗歌不再仅仅存在于我的书房里,在现代生活的所有角落,我都能找到它,并用最简单的方式把它们写出来。"[④]他不是那种苦吟诗人,在诗意的把握上有着一种可遇而不可求的才能。他的许多诗,好像是从具体生活中或者从心灵中突然冒出来的,但又不是随意的,琐屑的,不是对现象世界的简单描摹。对日常生活的关注,是李元胜诗歌的重要特点,但他回避具体生活中那些纯粹个人的、琐屑的、庸俗的事象,而是在现象世界中发现独特而又能与人沟通的

①陈建平:《好的诗歌,松香一样的诗歌——和诗人李元胜聊天片断》,《重庆生活》,重庆出版社2003年2月出版,第194页。

②陈建平:《好的诗歌,松香一样的诗歌——和诗人李元胜聊天片断》,《重庆生活》,重庆出版社2003年2月出版,第194页。

③李元胜:《1999年度"中国星星跨世纪诗歌奖"获奖答辞》,《星星》2000年6月号。

④陈建平:《在身边发现新的诗意——李元胜答客问》,《重庆生活》,重庆出版社2003年2月出版,第198页。

诗意，在寂寞的沉思中揭示生命的本质。“我缝上线的皮肤/像墙的裂缝/刺眼的光从里面泄露出来/把四周照亮”（《身体里泄露出来的光》），诗人通过“新鲜的伤口”和“阵阵袭来的疼痛”理解这个世界，而“刺眼的光”就是诗人的发现，它来自“被我忘却的存在”。李元胜一直认为自己的诗歌写作是在比较轻松的状态下完成的，“没有什么太多的愤怒可以动用”[①]，但他的骨子里有着痛苦的寻找，甚至有着某种精神上的较量。在他本人，探测存在、发现真实就是目的；而读者，则可以从他的诗中找回忘却的记忆、找回并珍视生命的真实。这二者在一定程度上的重合，奠定了李元胜作为一个独特诗人的位置。

在“五四”时期的诗坛上，曾经出现过“诗是贵族的”与“诗是平民的”的讨论，这个话题在整个20世纪的诗学领域都没有得出一个公认的结论。我个人认为，所谓诗是平民的，主要是指诗的观照对象和作者的姿态。诗应该立足于日常生活、立足于对人的关怀，而不是建立在高空之上，不是建立在别人已经发现了的观念之上。贵族性则是指诗歌应该具有高境界、大视野，即使是从民间、从日常生活中发现的诗意，也应该具有精神上的高度。杜甫关注民间，但他的诗包含着对人的关怀与同情，如果以今天的眼光看，他甚至具有人类意识。而有些自认为是贵族的诗人，却只是在很小的领域里发现了生命的部分本质，像瞎子摸到的大象的腿或鼻子，不一定可以推而广之，给人们提供进一步认识生命的参照。李元胜的诗当然不能以平民化、贵族性来加以判别，但他的诗所追求的高境界、所包含的对于人的命运的忧患却是值得肯定的。即使是从个人的体验中获得的发现，也往往不止于纯粹个人化的“我”，而是有一种大情怀。《我的儿子声音嘶哑》写的是诗人个人的感受，儿子嘶哑而又忘情地啼哭，“仿佛整个天空/都已赶紧围拢过来”，“我”对他只有羡慕，“我有比他充足十倍的理由/却不敢像他这样/全心全意地痛哭一场”，这中间蕴含着一种无奈，成人在面对生存处境时的无奈。这是诗人的个人体验，但肯定不只是他的个人体验。优秀的诗，往往来自个体体验，但又能够超越个体而成为与诗人类似的更多的人的体验。优秀的诗人正是通过这样的艺术手段而获得自身独特的艺术价值。

---

①陈建平:《在身边发现新的诗意——李元胜答客问》，《重庆生活》，重庆出版社2003年2月出版，第197页。

李元胜的诗中有一种沉重，那是寻觅者的沉重。从《空白》《信封》《纸质的时间》《一天》等作品中，我们可以明确地感受到沉重的存在。“从生活的信封里/抽出了某人的一生/是不曾写下一个字的空白”（《信封》），“一页纸，遮住的是一座空山/打开书便有风雪扑来/从一个灵魂开始的漫长冬季/至今仍未结束”（《纸质的时间》），“他抽出信/撕掉想要寄出的白昼/最后，他只剩下/一个需要重新推敲的夜晚”（《一天》），这些作品充满迷茫、困惑，甚至包含着诗人对于生命的某种虚无的体验。这些沉重不是某种表面的、外在的东西，而是与生命本质的寻找有关。任何诗歌所面对的都不可能是只需要颂歌的时代。诗歌所看重的是沉思，是揭示，甚至是血淋淋的解剖。敞亮的诗是历经苦难而达天堂的境界，并不是没有底蕴。屈原达到了历代中国诗人景仰的高度，是因为他的愤世嫉俗、忧国忧民；谢灵运的“池塘生春草，园柳变鸣禽”，是大病初愈的心态，有大觉悟。读者不惧怕诗中的沉重，而惧怕诗歌的虚伪。当然，他们也希望沉重的诗中蕴含或者孕育着一些生命的光辉，以哲人的气魄与大度引导生命向某种圆满的境界不断临近。李元胜的许多诗都试图把生命的沉重展览出来，并由此寻找某种生命的光辉。《桑树在北风中熟睡》抒写诗人与一种生存状态的联系，但他发现，“桑树在北风中熟睡/如果紧握它的指节/我能够感到大地的心跳/咚——咚——迟缓而有力/就像放大了很多倍的我的心跳”，这是寒凉中的温暖和希望。李元胜的诗在歌唱自然的时候，往往蕴含着欣赏与赞美，而在面对生命处境的时候，往往包含着迷茫与苦楚，而他又常常在二者的比较中进行着自己的评判与选择。他似乎更向往自然界的生命内涵与形式。

李元胜比较看重对诗体的建设。他的作品不拘泥于某种固定的格式，但他对诗歌文体的理解是深刻的。李元胜的诗，在篇幅上大多属于短诗，诗行也相对较短，由此形成了一种特殊的内在节奏，很少出现那种诗行很长、句子散漫的情形，这在他这一代的先锋诗歌探索者中是比较少见的。

李元胜曾经以为自己不会再写诗了，所以在出版第一部诗集时就使用了具有盖棺定论味道的《李元胜诗选》这样的大名字，但他后来不但继续写了，而且越来越体现出了自己在艺术上的特色。《挖掘者说》是李元胜的人生自况，也是他的艺术追求。“面对众多的诗歌、小说和谈话/词汇堆积成的海洋/我感到自己的渺小、孤零/这并不妨碍我有掘土机一样的勇气//伤害这海洋的勇气/意味着,要划破它安详稳重的表面/把被太多的砖块掩埋的天空/一点一点地掘出来//我必须掘出被压迫着的大地/掘出它的城市和田野/还要继续挖下去,不停地/把压在上面的东西移走”,这就是诗人对人生的打磨,我们可以从中感受到诗人的特立独行,感受到他探索的勇气,感受到他生命中潜在的梦想,那就是“一点一点地露出完整的我自己”。我相信,出于对诗歌与生命的爱,李元胜今后还会继续他的诗歌写作。作为一直关注他诗歌创作的朋友,我希望他这个当下重庆青年诗界的领军人物,继续在今后成为他同时代的重庆中年、老年诗界的领军人物。

2003年11月13日,于西南师范大学中国新诗研究所

人格精神的诗美效应

——关于钟代华诗集《微笑》的思考

进入20世纪90年代的中国新诗，并不像早年的一些人所预言的那样有更大的发展与突破。相反，中国新诗在面对世纪末期的种种挑战的时候，显得很软弱，有一种举步维艰的感觉。

个中的原因自然很复杂。

有诗外因素的冲击。不少诗人、诗论家都曾谈及过，吕进曾说："我们希望20世纪的最后几年成为中国新诗的辉煌，诚然有许多诗外因素的冲击与制约。例如，日益浓厚的商品化社会与诗的隔膜，日益变化的人们的价值观念对诗的疏远，日益强大的影视文化对诗的挑战，等等。"由此，不少人对诗失去了信心，固守诗坛的仍然是那批为新诗做出过贡献的执着的诗人们，诗的作者与读者出现了日渐重合的沉重局面。

对于中国，这种诗坛现状是可悲的。但我们似乎也应该从诗歌本身找原因。只要冷静地、客观地对当今的诗坛做一分析，就会发现，当今的诗歌缺乏一种人格精神，而人格精神恰好又是作为精神产品的诗的支撑。

我们不得不痛心地说，当今的不少诗人本身就缺乏对人格的思考与建设。我们不回避我们所面临的生存环境给人的困惑，但是作为时代精神代言人的诗人应该在精神境界上是超群的。面对生命的困惑，他不应该同一般人那样仰视生活，而是应该有更高的人格目标，以一个高角度俯视生活，在展示人生现实的同时给这个时代中的人们以精神的安慰、以生命的引导。然而,如今的不少作品带给人们的只有压抑、只有迷茫,不少诗人层层解剖生命的不合理的构成,却没有在精神上找到一个合理的高度和目标。说得极端一点,有不少诗人的诗只能算是生命的再现,再现生命的困顿与迷茫,而不能算是生命的发现,发现困顿中的疏通、压抑中的光辉,他们的探索是中国新诗艺术发展所必需的,但他们的方向却是中国新诗真正走向新生所难以完全接受的。

因此,对诗人崇高人格的呼唤,对新诗的人格精神的渴盼,成了当今人们共同的心理要求。人们呼唤诗人作为民族、时代的精神领袖的崇高性,人们渴盼诗歌作为民族、时代精神航标的贵族性。说句不客气的话,当今诗坛处于这种困境,那些自称为诗人、的确也在为诗奉献,然而却缺乏崇高的人格追求、缺乏高远的人生与艺术目标的人们应当负相当的责任。基本的艺术路向都出现了倾斜,再艰难、再投入的探索也往往难以获得良好的效应。

应该感谢和尊敬那些以崇高的人格精神去解剖人生、净化人类精神的诗人。这些年,有一批诗人比更多的青年诗人显得寂寞,因为他们缺乏艺术与人生追求上的同行者,但在寂寞之中,他们所做的却是真正的诗人之事。叶延滨、桑恒昌、洪烛、朱增泉、景旭峰等等,都以自己独特的人格追求建构着自己的艺术风景,他们的每一点奉献都带给人们一种心灵的依傍与引导。

读钟代华的诗集《微笑》,也让人产生同样的感觉。诗评家石天河在为诗集写的序言《走向春天,走向阳光》中说:“从他在诗坛起步到成长为一个多次得奖的青年诗人,我往往惊异于他的诗中,总是有那么多(甚至使人觉得过多)的对春天和阳光的向往。这似乎是一个时代在诗人心灵中散布的信息,也似乎是他对未来世界的憧憬与呼唤。当然,这并不是说他没有遇到过困境,没有经受过生活的波折、刺激和创伤,而是说,在面对困境与蹉磨的时候,他能够保持乐观的自信,从不陷入绝望的感伤,而且,他似乎能把生活中的坡坡坎坎,都看得平平淡淡。因而,我感到他的诗中,有一种青春气息,有一种带着微笑带着歌唱走向春天走向阳光的力量。”

这种“力量”便是人格的力量。崇高的人格往往具有强大的道德力量、智慧力量和意志力量,这几个方面共同构成一个诗人在面对人生、面对现实时的独特的心理方式。当这种人格升华为诗的精神的时候,他的诗便具有了现实与理想的交融。对现实,诗人是进行了深入剖解的,即使是苦难,他也不会回避或者沉迷其中,而是要探寻它的实质,探寻实质的目的是要从中寻找发展与突破的力量,凝聚为一种奋进与开拓的目标。因此,具有强大人格精神的诗歌都包含着对优美人性、对和谐人生的呼唤,这样的诗能唤醒众多沉睡的心灵、叩开许多幽闭的角落,因而具有极为旺盛的艺术生命。

在流派众多的今天,钟代华的诗不属于任何流派,它只是钟代华对人生的独特发现。与过去的一些新诗相比,钟代华对“春天”与“阳光”的向往不是单调的、空洞的,而是起于诗人对生活的深悟和对人生的挚爱。与现代派的诗相比,钟代华的诗具有更多的理想光辉,虽然也揭示了生命的困惑与压抑,但它不让人沉沦,而是让人觉醒,让人向着优美的彼岸奋进。这种艺术路向是贴近中国新诗应有的主潮流的,也是众多有艺术良心、有艺术个性的诗人所共同追求的。

钟代华诗歌的这种人格精神发端于这样一个艺术立足点:既尊重自己的人生体验,又以开阔的意识审视广大的人生。他不会因为个人的困惑而掩盖更多人的清醒,他也不会因为自己的欢愉而取代众多人的艰难。诗人总是把自己的人生置于一个庞大的参照系中加以揭示。这样的诗歌追求更有利于揭示人生的实质,更有利于把握生命的大潮。

下面的这些诗行对我们理解诗人的人格追求肯定是有帮助的:

你是一支微笑的歌
飘进我陌生的小巷
从此,慰藉赶走了冷雨
寂寞消失在路旁
即使是走向没有阳光的旅途
心里也飘荡着幽香的歌唱

——《微笑》

当我们隔岸相望
总会想起往昔的那座桥
和桥下流水的悠长
穿过峰回路转的风景

桥上有我们相聚的辉煌

——《桥》

没有花朵
没有硕果
虽得不到一丝甜香
仍向着天空
长成欲飞的翅膀

——《竹魂》

这些诗不是单纯的、空洞的赞美，但是，它们的确有一种净化人们心灵的力量，这种力量是生命内部所包藏的渴望的力量，更是诗人的崇高人格在诗中的艺术闪光。

人格精神所包容的因素是很多的，最基本的应该是真诚与博爱的品格，以及因为爱而渴求与创造美好的心理趋向。真诚是人们时常谈及的，但对博爱，却谈得很少。有人把诗人的爱降格为个人感受甚至本能的性爱，这是一种很狭隘很偏颇的观念。诗人的博爱精神应该是对一切正常生命要素的关爱，诗人爱自己也爱他人，诗人关注自己也关注世界，诗人关心光明也不回避阴晦。诗人往往是因为爱才去关心人类的命运，关心生命的艰难旅程和呼唤辉煌的明天。

钟代华的诗没有写什么令人震惊的大题材，但他关心一切与生命有关的因素。他歌唱爱情，歌唱自然，歌赞一切美好的精神象征。他写《海石花》："承受海浪的冲刷/啜饮海水的浸泡/终于，质地柔软了/色泽晶莹了/岁月的更替/打扮出如花的容貌/呵，灾难和险境的边缘/常常有美的闪现。"他写《海之歌》："翻滚时尽情地奏鸣/宁静时美美地酣然/无限地拥有/无限地奉献/海 才那样永不停息地斑斓。"他还写《城市河流》《城市的树》，等等，这些诗，不只是展示了一种浅层的哲理，更是在试图寻找一种生命哲学，那便是对生命之河应该怎样流淌、应该流向何方的深思与回答。

实际上，诗歌人格精神正是一种人生哲学的艺术化。人生哲学是从众多独特体验中获得的对人生的规律性认识，诗人是通过感悟而得到它的。而在诗的人生哲学境界的建构中，诗人的人格无疑起着决定性作用。因此，诗的人格精神与哲学精神在诗中是融为一体的，它们出自诗人的体验，但能点燃更多人的心灵之灯，这便是人们常说的诗的“普视性”或称“无名性”。

用爱心构筑的诗歌殿堂与那种冷酷的表情相比，具有更丰富的异彩。因为，爱，是人类永恒的、共同的渴求。理解了这一点，也许诗便找到了一个重要的突破点。钟代华有一首《根》：

天空太辽远了
那就贴紧每一粒土
不需要颂诗不需要赞歌
只要根深
生命便长出蓬勃的灵魂

诗歌的生存又何尝不是如此呢？只要能深入生命的底蕴，在任何时候，诗都是有它生存的土壤与茁长的空间的。

在当今诗坛上，钟代华并不是很有成就的一位，但是，他的确找到了一个好的路向，用诗的人格精神去感召芸芸众生，因而，他的为数不算多的诗作中却有不少的佳品。在他的作品中，我们看不出虚假的因素，他具有了作为一个优秀诗人的基本素质。同时，钟代华仍在不断探索，在表现上也试图不断突破。所以，我们可以预期，只要他能够坚持并不断丰富自己的艺术追求，钟代华是可以成为一位很有艺术个性的优秀诗人的。

1993年10月13日，于西南师范大学中国新诗研究所

唐诗:在坚守中创造

在重庆诗坛上,唐诗是倍受关注的诗人之一。他的作品比较多,出版诗文集多部,而且每一部都有自己的特色。他的作品受到的关注比较多,2003年10月14日,诗刊社、重庆市文联、西南师范大学中国诗学研究中心联合在北碚举行了“唐诗诗歌作品研讨会”,会后不久推出了收入多位国内外诗人、评论家评论文章的《花朵与回声》。2004年,唐诗获得台湾“薛林怀乡青年诗奖”。2007年,他参加了诗刊社主办的第23届“青春诗会”,2009年5月又被《诗刊》的“每月诗星”专栏推出。在我的印象中,唐诗一直很勤奋,即使当下的诗歌受到的关注越来越少,受到的诟病越来越多,即使工作再繁忙,他也没有停下诗歌探索的步履,每年都会有新作品面世,每一部新著都或多或少地体现出新的面貌。

这些年的诗坛出现了许多新的现象,诗的观念和手法变化很大,有时甚至使一些长期置身诗坛的人都无所适从。总体来看这些变化很复杂,也很浮躁。写诗的人不少,他们在创作中体现出来的才气也不差,但关注诗的读者却越来越少,甚至有人把“诗人”这个象征崇高、创造和浪漫气质、精神自由的称谓当作贬义词来使用。诗坛的热闹在很多时候只是诗坛内部的事情,是诗人之间、诗人与批评家之间相互鼓吹、分配赞扬的活动。诗集的印数、诗歌报刊的发行量比过去下降很多。诗歌边缘化、诗歌与读者的疏离已经成为不争的事实。诗歌创作、研究在很多时候成为一种自言自语的行为,缺乏承担精神和人文理想。不过,从另一个角度思考,淡化了功利色彩的艺术探索也许才能够真正发自内心,也许才能够真正切入艺术的实质,也许才能够真正实现艺术的多元。唐诗和许多诗人一样,是在这样的语境中进行着艰难的诗艺探索。

在这个过程中,唐诗的诗在不断发生着变化。但有些根本性的东西却没有变,比如他对农村生活的关注与关怀,而这种不变正好构成了唐诗作为一个优秀诗人的个性与特色。我一直比较注意唐诗在处理诗歌与世界的关系、处理语言的创造这两方面所坚持的路向。

唐诗的诗在处理个人与世界的关系上比较小心与稳妥。他所抒写的是个人的又是公共性的情感体验。诗是个人情感的记录,与个人的关系不可忽略,但优秀的诗又不是个人的。诗人具有和普通人不同的敏锐性,但诗人不是与世隔绝的人,不是可以和他人断绝联系的人,他也同样不应该是高高在上、对世界和他人指手画脚的人。诗人应该和世界保持平等的交流和沟通。2007年初,在黄岩、苏非舒等人的策划下,诗人杨黎计划以"自囚"的方式进行一项"极限写作体验"的行为艺术,把自己关在一间与世隔绝的16平方米的房子里一年,"不看书报、不看电视、不打电话、不能上网、不见亲友……"如果成功就可以获得20万元的奖励。我当时就认为,无论是出于什么目的,他成功的可能性不大,因为在那样的环境里,他将失去和世界、和他人的联系,失去作为人的基本的外在的和精神的需要。人是需要沟通、交流的。果然,仅仅过了十一天,他就放弃了。他在题为《自囚日记:再见,我的环铁》的作品中写道:"我是一个潜逃者,我潜逃了,请不要找我。环铁作证,这11天我是快乐的。"因此,诗人在建构自己的人格的时候首先应该给自己定位,在一定的关系之中确定自己的位置。在创作中,保持个人与世界的互动应该成为一种无意识的行为,每一个诗人都应该明白自己的感情体验是在与世界的交往之中产生的,而通过诗歌表达出来,是自己的倾诉,也是说给别人听的,可以在一定程度上为他人提供启发或者参照。因此,优秀的诗人关注的是与个人有关但同时具有公共价值的情感体验,也就是具有普视性的情感体验,而对于个人的身世感、个人的隐私、个人的欲望,他们是不会在诗歌中披露的。即使有所披露,也是在与世界的对话中以独特的、诗的方式来表达。诗歌拒绝自恋与自大。

唐诗的诗一直比较注重处理个人与世界的关系，把自己放置于开阔的现实世界，放置于一定的人群中，抒写自己对于现实的认识和理解，抒写自己独特的生命体验。他在《走遍灵魂的千山万岭》的后记中说："诗歌、诗人与世界是相通的。"这是经验之谈。他有一首诗叫《背着诗歌上路》，其中有这样的诗行："背着诗歌上路/我要走遍灵魂的千山万岭/……在词语破碎的地方，嵌上汗珠/我愈走愈快/浑身诗意涌动//在铁鞋磨穿的时候/目光还未生锈/为幸福爬坡，为痛苦攀岩/山鹰用叫声/查看我的足迹//我失落不少/我得到更多//我在起点碰到自己/我在终点/找到自己……"既表达了诗人对于诗歌艺术探索的执着，也可以看出，诗人渴望在更开阔的世界里寻找和创造自己。在过去，唐诗关注最多的题材是农村生活，是都市与乡村的冲突，这些都是时代发展中的大主体，也是诗人艺术灵感的来源。最近这些年来，唐诗仍然关注这样的题材，但也有所拓展，他把农村意象加以提升，成为沟通世界、抒写内心的重要手段，下面是他的《抱着露珠睡觉的花朵》：

抱着露珠睡觉的花朵
犹如抱着细小的天空在沉思

每当这时，我想到了花朵弯腰的姿势
想到了怀抱婴儿的女人
想到了透明的思念
想到了露珠的滴落和破碎
以及爱的希冀是多么来之不易
又是多么难以保持

常有坚定不移的风吹来
常有铺天盖地的雨点飞翔
花朵摇晃着，露珠摇晃着
好似整个天空都在摇晃，然而
一群青涩的果子
正沿着粗壮的树身和枝丫纵横交错的手臂
拼命攀登

抱着露珠睡觉的花朵，月光下的花朵

梦见天空滴下了许多晶莹的嘱咐

无数果实干燥的脸庞

泪流不止

诗中有许多乡村意象，如“露珠”“花朵”“果子”等，这和诗人的生命底色有关，也连接了他过去的探索。但诗人所抒写的却不只是乡村体验，而是将这些意象用来表达自己对生命发展的思考。又如《沉默的原因》：“在这个正午的正面/我相遇了/一队细美人一般的红蜻蜓//我忘了正方形的池塘和完整的荷花/只盯着红蜻蜓/想象它们翅翼上的清香/和白昼又大又深的陷阱//我正在遭受前所未有的远离/忽明忽暗的红蜻蜓/难道它们就是我疼痛的聚散//六月，正前方有一队红蜻蜓/面对它们/我唯有沉默。”诗人通过“红蜻蜓”这个意象抒写的是自己面对困境时的感受。这些意象也因为诗人赋予了新的内涵而鲜活。这些诗所写的都是诗人自己的体验，是具有个人性的体验，但诗人并没有把自己和世界隔绝，他找到了自己与世界沟通的通道，所以他的体验又是具有共通价值的，可以为读者提供思考人生的启示。

唐诗的诗在艺术表达上注意调整自己的策略，但他始终对艺术和语言保持着敬畏之心，不以玩弄语言、吓唬读者为目标，不以缺乏诗性的探索、创新为手段。他说：“诗人因为拒绝了常规语言而获得了陌生的语言世界，诗歌也因为诗人的这种拒绝而站在了陌生语言世界的顶峰。”（《世界：诗歌的穿越》，《走遍灵魂的千山万岭》后记）这话是有道理的。但“陌生化”是艺术化、内在化，而不是非语言化、非艺术化。有些诗人对“个人化”“陌生化”这样的概念大加发挥，好像找到了玩弄艺术的根源，以为随便写什么、随便怎样写都可以是诗。这是对诗的误解，是对艺术和语言缺乏敬畏之心的表现。俗语说，无知者无畏，其前提是“无知”。而诗人应该是博识家，不应该是“无知”的人。诗歌艺术发展到今天，在语言、体式等诸多方面都形成了一些为广大诗人和读者接受和遵守的共识，艺术的创新、探索应该在这些“共识”之中进行，打破这些规则，表面上看是新奇了，但也许已经步入了非诗的领域。

唐诗一直比较注重诗歌语言上的创新，他的有些表达出人意料，体现出独特的语言机智。随便举一些例子：

天黑了,桃花都回到纸上
我揿亮纸边的灯
纸上的桃花,像一次约会
——《桃花都回到纸上》

打雷了,我在身体中
慢慢地
静了下来

震碎的花瓶,堆在诗中
像最新的历史
——《在词语中侧身而过》

心中了无痕迹
生活有了清辉

风都坐下来了
你还在天上行走
——《峨眉观月》

这些诗行给人新颖、别致的感觉,甚至使人眼前一亮。这就是创造的魅力。我们也发现,诗人的表达和日常表达是不同的,语言在诗人笔下改变了模样,独特的关联、组合方式使一些普通的词语焕发出独特的新意。这些创新是对既有传统的延续,是外在世界在内在化、诗化过程中的变形,不是对语言的玩弄,也不是对艺术的嘲笑。诗人在严肃的探索中获得了创造的收获。

艺术探索就是这样,在坚持中有所放弃,在创造中有所坚持。唐诗明白个中缘由,所以他的探索才显得新奇而又稳重,坚持而不固守。正因为这样,一提到唐诗,我们就会知道,他是一个关注农村、关注农民、关注城乡冲突的诗人。对于一个诗人,这样的特色就是自己的艺术名片,就是自己的艺术个性,就是他人无法取而代之之所在。

在这里,我想特别提到一个问题。优秀的诗人往往都有自己的代表作。我所谓的代表作，不但在艺术上比较突出，而且读者众多，反复被人提起。在新诗史上，像郭沫若的《凤凰涅槃》、刘半农的《教我如何不想她》、闻一多的《死水》、戴望舒的《雨巷》、徐志摩的《再别康桥》、臧克家的《难民》《老马》《有的人》、艾青的《大堰河，我的保姆》《雪落在中国的土地上》《我爱这土地》《礁石》、卞之琳的《断章》、何其芳的《预言》、方敬的《雨景》、田间的《给战斗者》、牛汉的《华南虎》、曾卓的《悬崖边的树》、郑愁予的《错误》、余光中的《乡愁》、北岛的《回答》、舒婷的《致橡树》《神女峰》、顾城的《一代人》、杨炼的《诺日朗》、韩翰的《重量》、杨牧的《我是青年》、叶延滨的《干妈》、傅天琳的《柠檬》《梦话》、李钢的《蓝水兵》、海子的《面朝大海，春暖花开》，等等，这些作品和诗人之间可以说是融为一体的，只要提到这些诗人，我们就会想起他们的这些作品，反之，读到这些作品，我们不用思考就知道它们的作者是谁。诗人的代表作往往在艺术上具有一定的创新，在其出现的时代为很多人接受并产生了较大影响，有时也可能和时代机缘有关。一个优秀的诗人总是和他们的代表作联系在一起的。随着时间的流逝、艺术的发展和进步，缺乏代表作的诗人一般会逐渐被读者和历史所遗忘。在当下诗坛上，优秀诗人太多，而可以列出代表作的诗人又太少。这是一种值得我们关注的现象。和许多当下的诗人一样，唐诗的作品在总体质量上是不错的，而且水平比较均衡，称他为优秀诗人并不为过。但我们现在还很难说哪一首或者几首诗是他的代表作，《唐诗的村庄》之类的作品在一定程度上是其作品题材与主题的揭示，而其影响状况还不足以称为唐诗的代表作。这是需要诗人警惕的，要成为优秀诗人，成为能够进入历史的诗人，我们不一定要推出许多作品，但一定要努力写出可以称为代表作、为诗界和读者所关注、记忆的作品。当然，代表作是在诗人的探索过程中自然形成的，这就要求诗人不断总结、反思自己的创作，不断吸收优秀的艺术元素，不断探索诗歌艺术新路，努力超越自己也超越同时代的其他一些诗人，只有这样，才有可能写出影响较大的作品。

我希望唐诗和所有的重庆诗人都能够写出传世的佳作。这样，重庆这座“诗歌重镇”将更加名副其实。

2009年10月17日，于重庆之北

伤口之上的孤苦求索

——吴岩松诗意评估[①]

吴岩松是一位富有冥思个性的诗人。他深邃纯净的目光忧郁地穿过关于外在时间和客观空间的琐碎记忆,直抵个体情感与自我灵魂的本色体验,这种体验大多体现为充满孤独和痛苦的自恋式求索。对个体情感的过分沉溺,点燃了他对周遭世界物象的梦幻与忧郁,并交混着他对现实与虚幻世界的记忆。他的诗短小而隽永,每一首几乎都在完成一次"苦涩"的分享。

吴岩松的诗歌显然与他的情感历程存在着某种暗合,大量的对生命中第N次爱的挫伤的沉痛回忆构成了他诗意营构的起点。那次"伤痛丢失的血液"弥漫在诗人的心灵,使他长期迷失于这种孤独无望的怀念。"你挥动着手臂/像挥动着乌黑的夜晚/许多年后/在那拥挤的建筑中/我将以崭新的肉体面对"(《怀念》),失落与深度的孤独感将伴随着"你走后"的时候,"四月是一枚/苦涩的果子/不要再次品尝/不要再次品尝"(《迭句》),爱情之花在春季结束时凋谢,"我"不敢"再次飞入"。"弥漫我的是水/淹没我的是水/除了水还是水"(《断章》),这个发生在夏天的爱情故事几乎要溺死诗人的心绪。当然,吴岩松的独特不在于对逝去的爱的轻轻舔舐,更在于他从这种沉痛的回忆中所触摸到的生命中真切的痛感。"我已无力再爱/无力醉生梦死//一切都不

---

①本文系与本人硕士生任毅合作完成。任毅后来攻读武汉大学文学博士,现为闽南师范大学副教授,硕士研究生导师。

能永恒/只有生锈的钉子/永埋心中”(《我说》),“钉子”钉入心灵,生锈,渐渐浸入孱弱无力的灵魂之中。“在一千个春天,我把你遗忘/像一滴血分解成众多的细胞//我就这样爱你/爱着我消失的爱/爱着暴雨洗净的天空”(《变幻的单音》),苦痛使诗人更近地体验到爱的苦难与纯净。但他不会放弃对生命底色的求索,他品味着逝去的缥缈而纯净的爱,“已经痛不知痛”(《红雨》)。“我将活着/继续活着//我将——回到自己//我将开口/我将歌唱/把我的种子/变成人类的种子/把我的心灵/变成人类的心灵”(《莉莉》),诗人终于从个人的苦难与孤独中走了出来,完成了向“大我”灵魂的升华。

当代生活中充满矫情和假象,而对现实伤痛的抚摸却有助于诗人窥见情感的本色,进而使他的诗歌呈现出与一般情诗所不同的独特深度。

与“恋之伤痛”相伴随的,或者可以称之为深层情感的潜意识体验,乃是浸入吴岩松诗心诗髓的孤独和痛苦。这种孤苦感来源于诗人对停滞的空间和时间的“断层”,也来源于自我与社会,“我”与“你”的断裂,“不只是风/不只是深夜的窗口/一张尚未售出的火车票//小雨淋湿了道路/这些树不是我的树//不只是一盏灯/不只是你”(《断层》)。爱的无解更催生了这种孤苦:“我知道你还在流泪/九月之笔为你送来了/死亡的消息//把我还给我/我流血的眼睛里/你多次被替代。”(《情诗》)孤独往往也是诗人把握自由精神王国的一种角度,“我是王/一个空荡荡的原野”,诗句里面分明带着海子式的孤傲。“我拥有爱情/它是高山上的鸟//我拥有玫瑰/让他们不敢靠近//我还呀/我还拥有一道伤口/拥有一支烟和一个打火机”(《给》),诗人在精神荒原中幻化成自由高傲飞翔的鸟,他渴望用坚贞来守护美丽的爱情,但终因给予而受到冷酷的伤害,他终于又默默地转入对孤独和痛苦的化解过程中。人生有时是无助的、绝望的:“一个紧紧裹住的秋天/再也不能象征什么//一切比生活更糟/一切都没有意义/那高高的闪电/让我不想再活。”然而,总还是会有希望——来自友爱或亲情的慰藉令人感激:“一双手/仅有的一双手//我还能再说什么/总会有人迎接我/当我泪流满面。”(《九月之歌》)有时,这种痛苦来源于某种生活的困境、无助的绝望和凄凉的死亡,在《赠Z》中,诗人就讲述了一个凄美的故事:“我看见你/在阳光下/被风吹拂着/在一片阴影中/我看见你埋下头去//我看见你在南充的土屋里/站着,睡着,哭泣着/我看见你呀/在下雪的校园里/死去,死去。”岁月的风霜、物质生活的困厄、贫乏艰辛的生存条件,使人在“阴影”中承受着巨大的压力：内心的孤独、灵魂的漂泊无依，直至生命的缓缓逝去。吴岩松并没有把他的孤独和痛苦上升到存在主义哲学的高度，他“我品故我在”，细细地品味着外在世界给予一个脆弱敏感的神经的一切冲击。这种私人化的本色体验自然地升华为某种刻骨铭心的悲观态度和与现实人生的沉痛对峙。

在孤独与痛苦的舔舐中，吴岩松的诗转向了对“情感家园”的叩问。以母爱和父爱为基础的亲情构成了他形而上的情感家园。他不可能也没有像海子那样上升为理想的精神世界，而选择了“向内的真实”。“当双目失明的我一路流浪/我哭喊过你/当我全身是秋天/我哭喊过你//你，就是你/那个长发飘散的母亲/那个我越爱越深的人”（《你吹散了故乡》），时光飞逝，在迷茫的精神流浪与收获的季节，孤苦的心灵总会怀想起故乡和母亲，进而使人想到人类情感最初的源头。“像细微的空间/一个名字/梦想着肉体//沉默的水/布满我的手//像细微的时间/一个名字/梦想着名字//像一种声音/像三个不说话的人/像父亲”（《作品零号》），在空间的立体表象和时间的沉寂中，诗歌仿佛在抒写着一种微弱的梦想和一串呓语。“是谁在思念我/我要清洁地面对//是谁，是谁/握住我的手/要我穿上他的衣衫。”（《诉说》）医治孤苦的良药便是“思念”，诗人借助“情感反照”的方式跨越了空间和时间上的距离，形象地展示了他对情感家园的深沉而孤独的追溯。“哭泣时我通往太阳/醒着时我通往我自己//树林中没有故乡/树林中没有你们//那是两个人在说话/话语中都是我”（《十月》），在痛苦中看到光明，在清醒时反省自己，在孤独的精神家园的探求中，“我”是发问者，也是回答者。在《祈祷》中，意识与无意识在诗人的心中构建了一个特殊的世界，当诗人在其间流连忘返的时候，痛苦和幸福已凝聚成不可离合的情感，“谁点燃我/谁必将复活”，对分裂情感的自然升华和整合，使全诗隐含着自祭式的祝愿和“面向大海、春暖花开”式的终极关怀意识。20世纪90年代以来新诗的个人化写作在转向个体经验抒写的同时，往往丢失了诗歌与现实人生之间客观存在的意义关联和价值使命。吴岩松在个人痛苦的体验中，总不时闪现出对社会情感的关注和善良的祈祷，这类作品尽管还很少，但它们可能是未来新诗理念重建的一个重要维度。

吴岩松的诗中存在着一种较强的自恋倾向。他的忧郁的精神世界充满着“哈姆雷特”式的自怜与自尊。“看看打碎的镜子/你要你爱上自己/通过你/

我要男孩和女孩爱上自己”(《明天》),自恋倾向的破碎,只有通过歌声(诗篇)重新唤起。“我等待一本书/掉进血液中/我等待有人把它拾起//我等待所有的梦醒来/我好结束生命//我等待常春藤/我等待”(《祈盼》),“我”的诗集浸满了“我”的心血,所以“我”渴望知音的读解;“我”的生命已不属于自己,当众人“醒”来,“我”的生命才好结束,但“我”的灵魂将永存:一个傲岸的“自我”充满了对“我”的珍爱,他仿佛肩负着唤醒世俗灵魂的自豪、悲壮与胆气,也不无自妄和书生的轻狂。“顾影自怜”是自屈原、陶渊明、周敦颐到“五四”时期的郭沫若等人以来代代传染的中国式的“雅士情结”,在文学艺术中只要把握适度,也是无可非议的。

与痛苦相呼应的,吴岩松诗中也抒写了诗人超脱现实的孤苦感的独特幸福观。他认为,世俗的幸福可以通过不偏执于爱情的方式获得,“我能看你/在街上/你走着/向着爱情的方向/退后一点/就是幸福”(《给你》)。他心目中的幸福是宁静中的自由、阅读并沉醉于古典诗文世界,进而审读自我的内心世界,然后“让秋天的色彩使我们幸福些,再幸福些”(《鹿子》),在这里,“鹿子”只是诗人想象力的象征和比拟,充满了动感和生机。“没有人比我更幸福/我像一个孤独的老人/悄悄熄灭身体的灯盏”“我意志着/意志着/我在睡眠中经历爱/在爱中飞翔”(《大鸟》),一个孤独的灵魂,一个满怀苦痛毫无生机的人,却在冥思中经历着自由的精神之恋,这是超脱于尘世的精神自由,也是属于诗人“自我的幸福”。

吴岩松的诗歌营造的纤细而模糊的意境中,始终把孤独和痛苦的个体体验作为语言的核心,把一个将私人的情感阅历和现实人生对峙起来的记忆当成了诗意的主题;有点儿敏感的艺术自觉,使他习惯性地对语句进行悖论处理,使读者的阅读始终处在现实和幻觉的频繁置换之中,并产生了一种雅各布森所说的“障碍之感”。

对于一个把诗歌等同于生命与生活的青年诗人来说,这一切,都只是吴岩松未来诗路开拓的起点。

2004年12月21日,于西南师范大学新诗研究所

刘清泉:低姿态与高追求

继2003年出版《永远在隔壁》之后,刘清泉终于又出版了一部诗集,我为他高兴。作为一位70后诗人,一个悄悄摸索不事张扬的诗人,我一直期待他不断有新的作品结集。这部诗集名为《倒退》,仅书名就很吸引眼球。诗人所理解的"倒退"不是艺术的退步,而是对待生命的一种姿态,一种不断回顾与反思的姿态,也是对现代社会速度太快、容易使人失去记忆和感受的一种反拨,是退回来并准备进一步突破的追求。

在重庆诗坛上,知道刘清泉的人不少,读过他作品的也不会少。但,真正和他见过面、接触过的人却不一定很多。我由此想到了一个词语:低姿态。现在的诗人,高调者甚多,真正以低姿态出现的似乎不是很多。我对刘清泉的这种姿态很有兴趣。

简单地说,低姿态就是耐得住寂寞。诗是寂寞的,过分的高调与张扬,不一定对创作诗歌有利。

刘清泉的低姿态在表象上首先是低调,是不随潮流、不张扬,甚至不合群、不从众。除了朋友间的聚会,清泉很少参加诗歌方面的活动,更很少在公开场合谈论诗歌,尤其是不谈自己的创作。他只是默默地写着,按照自己对诗的理解写着,带着一脸微笑,带着善意。他的这种姿态有点像他感受和理解的北碚:"不了解北碚/但我隐约知道它对书香的敏感/它尽量不发出一点声响/它把眷恋都埋在心底/所以当传说中的离别来临时/它就像我,脸上不动声色/暗地里却把你抱得更紧。”(《北碚》)清泉总是试图在“不动声色”中把自己所钟情的一切“抱得更紧”。“不动声色”历来是他为人为诗的选择。

刘清泉的低姿态还体现在他对待世界的态度上。他不是一个追求高蹈的诗人,总是平视甚至仰视一切,亲切地对待进入他视野和心灵的一切,没有凌空傲视的霸气,也没有目空一切的狂妄。他就是一个普通人,一个有情感、有思想的普通人。他和周围的世界对话、交流,分享对于生命的理解和关爱。这种姿态来源于诗人对世界与诗歌的敬畏,他说:“诗歌是一座无比阔大恢弘的殿堂,正因为如此,诗人的渺小和无能更加显而易见。我拱手行礼,躬身而退,在朝觐之后,离开之时,郑重表态——随心所欲,适可而止。”(诗集《倒退》的后记《“倒退”说》)。这种姿态使诗人关注身边的一切,关注日常生活,甚至一些细小的事物。这也许就是诗人所追随的“现在主义”的要义之所在。

低姿态不是“低水平”“低水准”。相反,在刘清泉的诗歌历程中,他始终试图以高追求作为自己的艺术目标。高追求和有些人所说的“经典化”不是同义词,更不是狂妄的代名词,而是以独特性作为自己的标志。

他是一个敏感多思的诗人,可以在任何对象中发现诗意,有时是出人意料的发现。

如《有关情人节》中的一节:

2月14日。我度过其实是在昨天
或者明天,就像那些纸
迟早都会在掌中哆嗦
此刻,我主要着眼于守望
远方那个竖起衣领的人
阳光的冷,竟然也十分抒情
那么,错过的错
今生还要多少悔恨才可以纠正……

诗人对情人节没有节日的感受,“目的地没有目的”“审美陷入疲劳”。当许多人簇拥着玫瑰或者被玫瑰簇拥的时候,诗人对情人节的感受只是属于过去或者未来的体验。他通过解读一个西方的节日,读出了人生的无奈,读出了爱的迷茫,读出了悔恨,也读出了对爱情、生命的理解。这种敏感的逆向思维促成了刘清泉,使他的发现既新奇又深刻。

他喜欢以看似轻松、诙谐而又非常突兀的口吻表达诗意。但是,有时在字面之下隐藏的却是沉重和凝思。《接到妹妹的短信》在刘清泉的诗里是比较独特的一首,但也较好地体现了他在语言机趣上的实验:

妹妹的短信显示——
在这个嘈杂、奔突的世界里
只有一个字是最重要的
……
妹妹在短信里说
“哥,我又换号码啦。
至于那个最重要的字嘛……”

“嘻嘻,你猜。”
“嘿嘿,笨笨。”
“轻!”

诗人通过对话方式把日常口语写进了诗里,表面上看很随意,但深层看,可以发现诗人是经过设计的,一方面体现了“妹妹”的调皮,另一方面也暗示了诗人自己与“妹妹”对于世界的不同看法,和自己与社会的疏离。多重意味通过戏剧化手段表达出来,令我们眼前一亮,并慢慢去品味。

《快》也是一首将轻松的话语和沉重的体悟融合在一起的诗,第一节是:“你来,你来呀,你来/我就把自己全交出去”,最后一节是“你来,你来呀,你来/快,我要让自己快乐地死去”,仿佛是在急迫地呼唤某人,充满期待与渴望,而在作品的中间几节,诗人则表达了某种沉重“我不是你,我是你镜片里的茶色”“我是唯一从冬天滑到冬天的蛇”,边缘、冬眠,与前后两节的调子差异很大,而这种差异,正好印证了诗人的呼唤或者期待是多么强烈。

这种看似矛盾而实则协调的表达对于诗歌来说是一种艺术创造。幽默、诙谐对于诗人来说也是一种智慧、一种机智,是诗人内在气质的艺术呈现。相比于那些死气沉沉的表达,无论是对于读者还是对于研究者,机智、智慧都更富有吸引力,是艺术创新在文本上的体现。

他对语言的敏感、随意使人无法模仿。对于口语写作,我并不反对,但也比较警惕。如果口语写作是为了和琐屑达成共谋,或者仅仅和个人的身世感纠缠在一起,这样的写作是值得担心甚至怀疑的。但口语写作也有很多好作品,从古到今都有。

李海洲说:“他的诗歌证明一个将会常识般被忽略的观点:词语和意象没有好坏之分,只有合适之别。”我基本赞同这个说法,但也不能说得太绝对。在刘清泉的作品里,出现频率较高的意象还是存在的,比如“纽扣”和一些代表平静、安详的乡村生活的意象。“纽扣”是一个“结”,是诗人与世界的交接点,正是这个“结”的不断解开或者重新扣紧,构成了刘清泉诗歌与世界交流、对话的通道;而在浮躁的社会语境之下,传统甚至有些封闭的乡村事物所具有的宁静、安详氛围又给人带来新的解读。因此,无论是题材还是主题,无论是词语还是意象,刘清泉的作品似乎并不看重那种标志诗人身份、出现频率很高的特定对象,像艾青的“泥土”、李瑛的“军旅”、李钢的“大海”、傅天琳的“果园”,他对语词、意象的选择好像都是根据不同的场合、不同的体验而随意为之的,但实际上诗人在无意识中还是有所侧重、有所归依的。刘清泉的对象就是世界,他的身份就是生活在这个世界的一个诗人,这使他并不多而且看上去并不开阔的作品实际上具有开阔的视野、丰富的包容,也拥有自己的美学取向。

《本来想写一篇论文》一诗,题目与正文是合为一体的,一开笔就用了一个转折词承续标题,“但落在纸上的/都是一些超薄的声音/甚至比呼吸还微不足道”,接着,诗人顺着视角的转换,通过一连串的比喻,写出了论文之不可得,最后说:“论文正是那座空空的操场/一穷二白 什么也不生长/……还有……还有那光秃秃的树枝丫/像极了我们晚年的身体。”由“论文”想到了人生的归宿,由人生的归宿反观“论文”,诗人对价值的判断已经暗含其中。这首作品具有反讽意味,读起来既轻松也沉重。

刘清泉的一些短章同样显示了诗人在语言创造上的能力。《病句》《60岁的相见》《八月》《看》《家属区》《一幕》等,不但诗意浓郁,含蓄蕴藉,而且在语言上具有穿透力,使我们很容易就被其中的诗意所感染。《病句》只有这样几行:

风带走另一粒风
敞开你的家门

一个女儿香香的睡姿
让你晚些时候的梦
缺了一角

这不是“病句”，这是删除了多余文字的诗，含蓄的诗，想象开阔的诗。

综合起来看，刘清泉的诗中隐藏着许多内心的秘密，许多来自生活的苦恼、压抑，许多与现代社会的不适应，而对于这些，他又不愿意直接说出来，而是通过自己的独特的意象、独特的语汇、独特的语词组合、独特的叙述断裂等形成诗歌的内在张力，以陌生甚至有些怪异的方式来暗示。所以他的作品读起来并不容易，第一遍阅读或者不读完他的大部分作品，我们甚至难以进入其中，但是，当我们经过反复品味，了解他是通过具体的生活场景、不断的视角转换来表达的时候，我们就可以如剥笋般一点点进入他的诗歌世界，进入他那年轻却满是沧桑的心灵。如读他的《慢》，就可以体会到回顾、反思、前瞻的意味：

此刻我站在悬崖边上，周围
是绿油油的青苔，肥肥嫩嫩的草
它们知道时速，它们让我渴望滑翔
像一支箭之于冰冷的石头；羽毛轻飘
那又是一群学生在煽风——凭栏处，晚稻
在夜间抽穗，星星在晨光里打着呵欠
因为我注定要坠入谷底，所以攀登须重新注解
你可以想象，三十年来谁一直在准备纵身一跃
如雨点落进家乡，又如影子反射着小圆镜
比小时候胖，比长大以后更淘气
我试着让自己慢下来，这才发现
风生水起，物是人非，唯有一粒米种在
人缝里，秋收过后，兀自发出壮硕的芽
……

这首并不长的诗较好地体现了刘清泉的诗在语言、结构、情调等多方面的特点。如果一个个词、一行行地解读，我们可能会觉得茫然，甚至不知所云。但是，我们在把握了诗的整体氛围之后，抓住其中的关键词逐渐切入，

也许就能较好地把捉诗人的诗思。“悬崖”“青苔”“时速”“滑翔”是一组，与其对应的是“晚稻”“夜间”“星星”，这种对应之后，诗人发现了矛盾与冲突，于是“攀登须重新注解”。接下来就是诗人的“注解”了：三十年的光阴、奔波、劳碌以及带给人的变化，最后是诗人的渴望：“试着让自己慢下来”，认真感受与体验当下的世界和自己的人生，也即是让感觉重新恢复，让心灵归于平静，结果却发现“物是人非，唯有一粒米种在/人缝里”，诗人体会到了世界的无常和人的渺小，但诗人内心的挣扎与抗争的力量，又使他的生命具有了强大的穿透力，“兀自发出壮硕的芽”。其作品的时空跨度都比较大，在视角、语言、情调等方面出现多次转换，最终落脚到“当下”，对浮躁、速度等进行诗意的反思，最终揭示了诗人对待人生与世界的态度。这首诗是对诗人“倒退”理念的诗意阐释，也是对现代文明、现代人生的独到思考。

在诗歌创作中，有了创新，不一定就是符合艺术规则的。按照李海洲的说法，刘清泉的诗还没有形成自己的艺术风格，所有风格都是他的风格，所有的风格又都不是他的风格。这一方面说明，刘清泉还在发展中，还没有定型；另一方面说明，清泉的艺术探索具有包容性，他善于吸纳各种艺术营养“为我所用”。清泉的艺术消化能力是比较强的，没有囫囵吞枣，而是将其转化为自己艺术探索的血肉筋骨，因此，在面对任何题材的时候，他都可以发现自己的诗意。对于人们热衷谈论的艺术风格，我既赞同，也持保留意见。艺术风格是一个诗人艺术探索走向成熟的体现，是他不同于其他诗人的独特之处，说到艾略特，我们就会想到他的《荒原》，想到凌乱中的秩序；说到艾青，我们就想到他的忧郁，他的泥土情结。这些是别的诗人所无法取代的，因此是值得肯定的。但是，如果把风格理解为类型或者模式，就可能制约诗人的创新和艺术的发展。因此，对于诗人，正确认识艺术风格及其价值是非常必要的。清泉不必为有没有风格而费思量。

刘清泉在诗歌中尽可能地把个人体验与群体感受交合在一起，把个人经验提升为群体的、他人的经验，这样，诗的精神价值、文化价值就可能凸显出来。诗是个人经验的艺术升华，应该具有个性，但诗不是个人的。诗可以采纳个人性的意象，但优秀的诗不能只表达个人身世感，它必须和外在世界、和他人达成共谋。因此，我建议清泉在对象的随意性、意象的琐屑性、境界的崇高性等方面做进一步的思考，调整甚至抛弃那些个人性太强的艺术元素,尤其是和个人行旅、私人经历等相关的元素,而在和读者的情感、心灵共鸣方面多花些工夫,其作品的艺术效果也许会更好。

2008年12月1日,于重庆之北

一个流落者的怨与爱

——序周鹏程诗集《迷雾城》

周鹏程来自川东北的大巴山，是我的老乡。对于很多人来说，巴中是一个遥远而陌生的地方，但在我看来，它也是一片充满诗意的土地。巴中的诗人、作家很多，最近这些年，我读到了许多乡友的诗文集，感觉特别亲切。这些诗人、作家，有些早已离开了家乡，有些还坚守在那片土地上。巴中并不富裕，山高路远，好多地方还处于一种原始的状态，但让我感觉奇怪的是，无论是离开了的还是坚守着的，他们都对那片土地充满深情。这在其他一些地方似乎是不可想象的。我和鹏程都流落在离家乡并不遥远的重庆，虽然见面的机会很少，更多的时候是通过网络交流一些信息，或者仅仅只是简单的问候，但我相信，我们对家乡的感受是一样的浓烈。鹏程甚至为加强巴中和重庆的经济文化交流做了很多具体的事情，比如组织乡友聚会、编选乡友联络图等。

在我的印象中，鹏程是个多面手。他写诗，写散文，写报告文学，还写新闻报道，而且在每个领域都有不错的收成，但他最看重的似乎是诗。他曾经出资主办过诗歌大奖赛，编辑出版以诗歌为主的民间刊物，主编过诗歌作品选集，还出版过个人诗集《花开的声音》。最近，他的一部新的诗集业已完成，在即将付梓之际，他希望我这个和诗有点关系的老乡能够为诗集写点文字。因为两个原因，一个是诗，一个是乡情，我欣然领命。

这部诗集叫《迷雾城》,乍看起来好像一本流行的侦探小说的标题。但它确实是一部诗集。鹏程的诗涉及的题材很广泛,抒写的情感复杂、多元。亲情、乡情、友情、爱情,愉悦、苦闷、迷茫、向往,等等,都可以在他的作品中找到相应的抒写。鹏程的诗集中并没有一首叫《迷雾城》的作品,但我一直在揣摩“迷雾城”这几个字的意味。鹏程长期生活在重庆,重庆曾经被称为“雾都”,“迷雾”或者“雾”可能和重庆有关,而“迷雾”则蕴含着更多的主观感受、内在的体验。“城”可能是真实的城市,因为在现代文明之中,城市始终是具有中心地位的存在,但我更愿意把它的内涵扩大一点,比如人们时常把婚姻比喻为“围城”,我们也可以顺势延展开去。其实,每一个人都可以被看成是一座“城”,酸甜苦辣的体验,高潮低谷的情绪,迷茫或者愉悦的心境,诸多滋味汇聚在一起。对于每个具体的人来说,这座“城”的丰富与复杂并不比外在的“城”少,它包括了整个世界。还有一点就是,这部诗集并不仅仅关注某座“城”,“迷雾”和“城”的意味肯定超越了字面所指。在我看来,“迷雾城”既可能是实在的“城”,更可能是诗人心中的“城”,或者就是诗人的内在世界,多重意味在这里汇聚,物质的与心灵的,过去的与未来的,自己的与他人的,愉悦的与困惑的……一切的一切都在这里找到了合适的位置,我因此对这部诗集充满了期待。

我之所以一开始就谈到了鹏程的家乡,是因为这部诗集对家乡的抒写值得关注。周鹏程有一个网名,叫“周鹏程与红色有关”,这里蕴含着和他的故乡具有深度关联的信息。鹏程的家乡是大巴山中的通江县。通江是川陕革命根据地的核心地区,关于通江的“红色”历史,很多诗人、作家都写过,其他文体不说,在诗歌方面,梁上泉先生的作品可能影响最大。梁上泉的长诗《红云崖》是当代叙事诗创作的重要成果。这部长诗在1957年6月写出初稿,到1979年5月定稿,历时20多年六易其稿才最终完成,以广为人知的“赤化全川”的标语为主线,“描写了第二次国内革命战争时期发生在川陕边根据地的一件悲壮感人的故事”。该诗后来还被改编为歌剧。出生于1931年的梁先生已经八十多岁了,但令我高兴的是,生长在那片土地上的后来者并没有忘记那悲壮的过往,仍然记得住自己的来路,仍然关注这片土地上发生的故事,关注它的未来。周鹏程是这样说的:“我自豪,我来自通江/一个与红色有关的地名/山灵水秀养育我数辈祖先、亲人和留守的乡亲。”(《通江,我依然爱你》)他还说:“我轻轻走进树林/波涛阵阵/我听到先烈们的呼吸/就是大地花蕾开放的声音。”(《观瞻王坪红军烈士陵园》)家乡的历史和文化,对后来者仍然产生了很大的影响。作为一个大巴山人,我和周鹏程一样,对“红色”有着自己独特的感受。

《迷雾城》包括四辑,分别是“一个地名的高度”“大码头的歌声”“春天的第一滴眼泪”和“古韵今咏”,如果要做简单概括,我们可以说前三辑分别抒写的是故乡、他乡、心乡,而第四辑是传统体诗词,属于另一个类别。“三乡”汇流,构成了周鹏程诗歌的基本格局。

周鹏程写故乡,角度独特。他不是以一个纯粹的山里人来看故乡,而是以一个远离家乡的城市人来反观故乡,于是诗中就多了许多别样的滋味。换句话说,他既不是以一个单纯的参与者身份在抒写,也不是以一个旁观者或者过客的身份在打量,而是将参与者、旁观者的身份合在一起,既历时又共时地抒写着记忆与现实中的故乡。在诗人心目中,故乡的名字高过一切:

我孤寂无助,在撕掉40页老黄历后
这个地名在记忆里叠加,叠加

它高过春天的第一场风,高过爱情
高过思想最高的那根银发

——《一个地名的高度》

诗人是远离故乡之后看故乡的,但故乡在他心目中仍然占据了重要的位置,可以看出他对故乡的深爱,或者说,故乡在他的人生旅途和心路历程中产生了不可或缺的重要影响。他对自己远离故土的感受不是得意或者欣慰,而是满怀歉疚。在诗人那里,故乡的一切都是他所关切的,都是美好的。故乡总是像磁铁一般吸引着他,而当他回到故乡,站在故乡的土地上,他甚至将那些没有回家的人称为“幽灵”,“我悲哀地遥望山冈/一些散落的松子,在年关纷纷回家/那些没有被磁铁吸回的可怜的幽灵/是否也在准备起程”(《年关》)。在诗人心中,那些没有故乡、远离故乡的人,就如无根的树木,如四处游荡的“幽灵”。诗人为了后代不忘记自己的故乡,不要“模糊了我的出生地”,他甚至把孩子“逐回了故乡”“让他们认祖归宗/得到了两个孩子的赞许/是变弱的月亮/是飘舞的雪花/增升了一个地名的海拔高度”(《一周后》),"月亮"和"雪花"是故乡的特色,它们带给孩子们不同的体验和记忆。由此,他也理解母亲离开城市的选择:"母亲厌倦城市的短暂休憩/只有她 在六月的夜雨里坚持回村/村庄在漆黑的夜里归位/记忆变得更加泥泞。"(《六月返乡》)故乡在的脉搏伴随着母亲心灵和情感的跳动,二者当然不能剥离。

鹏程对于故乡的爱不是盲目的,诗人太了解故乡的过去了,他同样关注故乡的现在,幽思故乡的未来。在过去,故乡带给诗人的并不是自豪,而是一种"黑色"的感受:

那一年我无家可归
天空是黑色,玉米是黑色
高粱是黑色,粮仓是黑色
黑夜装点了我的世界
寒夜给了我一双寒冷的眼睛
我却无法用它去寻找光明
——《在寒夜离开》

这首诗显然化用了诗人顾城的名篇《一代人》的意蕴,但采用了反用的方式。在记忆中,诗人的故乡不能带给他希望和"光明"。即使在后来,当诗人重新回到家乡的时候,他依然发现,"村子是巨大的磁铁,只生长老人的希望/我是冲向村子的伏兵,在村子完全荒凉之前/我不能退守阵地,不进不退/我要听到村子最后一个声音"(《村子是巨大的磁铁》);即使是"故乡的石头",也远离了家乡,在都市或者他乡呻吟,"石头在呻吟,在建筑物下回忆/石头在忍耐,在疾驰的车轮下一忍再忍/这些负重的生命,断裂了历史/石头忘记了来自何方/自己又将走向何处/石头很迷茫"(《故乡的石头》)。留守或者远离,延续或者断裂,成为当下故乡人最为纠结的心态。这其实也是诗人的心态。爱与怨,一直纠缠在鹏程的作品中。为此,诗人只能无奈地表态:"巴中,我离你渐行渐远/却在心中越来越近/注定这一生回不了你的身旁/那就在远方游历/带着根的恩情。"(《说给巴中》)他以投入情感的方式怀念故乡,祝福故乡,于是就有了诗。

家乡如斯,他乡又如何?事实上,在很多诗人那里,家乡始终占据着远胜于他乡的位置,因此在他们的作品中,无论他乡如何富庶,如何繁华,诗人的情感往往都将其与家乡对比,不是对比外在的元素,而是对比它带给诗人的内在体验。童年一般都会在诗人的生命中刻下深深的印记，在他乡，诗人在很多时候获得的不一定是更加符合期待、更加完美的感受，他们反而会以更加挑剔的眼光来打量自己的当下。在他乡，诗人的身份无非这样几种：不是流落，就是寄居或者创造。流落、寄居所包含的失意感自不待言，创造也不一定都能够带来成功和舒心。身居他乡的周鹏程更多地感受到钢筋水泥的压抑，自我放逐的孤独，彷徨无路的迷茫。

《大码头的歌声》成为诗集的辑名之一，可以看出诗人对这首诗的看重，全诗不长：

我想起十年前我乘风而来的场景，雾排成长龙
许多番茄挂在江面之上，我误以为那是灯火
记忆中的朝天门第一次为一只颠沛流离的小鸟洞开

在两江之汇，在清与浊的互融点，我流放了十年时光
那些改变了形状的木头游在长江之上，嘉陵之水沉寂
静得几乎让那些从红光里紫光里飘出的歌声难以透气

今天，我的梦准备撤离，就从这个大码头开始
悄悄地，悄悄地，让心登上三号码头......
卖报纸的、烤羊肉串的、擦皮鞋的、发传单的，统统不理

朝天门的小鸟心灰意冷，怀念闪烁的水波
声声汽笛在一个世纪里延伸，生长
长出悲伤，长出忧愁，长出渐渐模糊的大码头

可以说，这是一首为诗人的他乡体验定调的诗。“十年前”开始的流浪和期待，到今天依然没有好转，反而令诗人“心灰意冷”“长出悲伤，长出忧愁”。在他的许多作品中，孤独、迷茫、悲伤、忧愁都成为无可回避的主调。

说得更具体一些，诗人的孤独和迷茫来自于对环境的不适应，来自于与他人、与世界的无法交流。他喜欢黑色和夜晚，“要尊重夜晚，尊重时间的一半/重夜间降落的一切/有些痛苦、有些忧伤、有些无奈/在夜间，不要打骂，不要惊走了正在降落的幸福//还在绝望、哭泣的幽灵/请打开你的眼睛，在夜间/

流星正在审批我们的心愿/那些熟睡的鱼，摆着各种姿势的河草/都在用自己的方式守望即将降落的/爱情、美丽、诗歌与快乐”(《在夜间降落》)。在诗人看来，各种滋味总是在夜晚泛起，有痛苦、忧伤、无奈，也有即将降落的“爱情、美丽、诗歌与快乐”。如果说在白天，各种感受是混杂在一起的，那么在夜晚，现实与梦想则以清晰的形态降临在诗人心中，他可以更准确地判断自己：“每个夜晚，大地为自己披上华彩/白昼根本无法区分，纠缠白云行走的另一半/我的妻子看不见我的门，她的心很宽/几乎把我的门挤到天边，这敞着的门谁会看见//只有我的儿子常来这里游玩/他不会问及我的门是为谁开。”(《40年谁见证》)诗人的“门”一直敞着，但没有人进入，除了鸣唱的小鸟，除了纯洁的孩子。这“门”是诗人的心灵之“门”，情感之“门”，期望之“门”，它始终空着，心灵、情感、期望也都空着，能够不孤独、迷茫吗？在黑夜，诗人也可以更加清醒地反思和寻找自己：“我忘记了从哪里来/也回忆不起将要走向何处//是谁把生活扫地出门/将命运的足推向黑夜。”(《与黑夜为伍》)不知来处，也不知去向，这样的体验是真实的，但对于具体的生命来说，也是压抑和苦闷的。

诗人抗争过，但他的抗争有时是无效的、虚无的、梦幻的。我们也许可以把《一个梦》中的“粗鲁人”看成诗人抗争的对象。事实上，不是诗人去抗争他，而是他在追赶着诗人，并且在其追赶的时候，诗人只有奔跑、逃离，同时从潜意识里发出一声缺乏力量的吼叫：“我要他们一起向我屈服，向我道歉！”这些都只是梦中的体验。在他的吼叫还没有成功的时候，“房间里的灯亮了，我醒了”，他的抗争也因此失败了。“粗鲁人”的意象有如左右我们命运的某些东西，我们往往知道它们的存在，但很多时候又不知道它们究竟在哪里。因此，在现实中，我们的抗争也可能是盲目的、无效的。

在诗人那里，对人生与现实充满迷茫的不只是他自己。很多人都如此。他的不少作品用场景或细节剪切的方式，勾勒了都市人的生存状态。比如那个“老公跑了”的女人，“过往的人有人醒着，有人遗失了耳朵/这个追寻的女人不知道黑夜无边无际/背着希望在雨中游荡，与绝望对抗/傍晚的广场，带着几分彷徨”(《雨落在九龙广场》)；比如“发廊的小妹”，“发廊的小妹/来自郊区的农村/大街小巷闪烁的霓虹灯/吞噬了如诗如歌的花季”(《发廊的小妹》)；比如来到都市“森林”里栖息的“异乡人”，“现在，森林里多了一个小异乡人/他们只好决定在这里繁衍,代代生存//现在,异乡人正与巨额的贷款较劲/与森林一起成长的还有长长的利息”(《森林》)。这样的人、那样的人,合在一起就是世界,就是“我们”。可以说,鹏程的《我们》抒写的就是他所理解的人生,我愿意把它引用在这里:

活着是一群人,穿梭于是与非的尘世/死去是一具尸体,浪费别人的眼泪/归宿是一把灰土,还要占据一个洞穴

这样的一个过程,是头发的生命在检验/是一张纸在记录,是一个人在思念/是一串思想在作鬼

在荒唐中延续荣耀,在荣耀中更加荒唐/在思量中绝望,在绝望中思量/在满足里活着,在活着里满足

一些欲望 ,一些表象/一些实质,把愚蠢的人变聪明/把聪明的人变愚蠢

为某些事情放不下,为某些人放不下/为某些物放不下,在放不下的情况下放下/在放得下的情况下放不下

注定,我们是绝望无知的人/我们是绝望无知的尸体/我们是绝望无知的灰土

这是一种充满荒诞的体验,调子有些低沉,格调有些灰暗,甚至带着一丝绝望的哀怨,但谁又能说这不是“我们”的真实状态,或者“我们”在某个时段的真实状态呢?诗人的敏锐有时可以把我们忽视的那些东西提示给我们。

这就是现在的都市人的复杂心态,就是生活在他乡的“异乡人”的生命处境,就是现代文明带给普通生命的强大冲击。不过,我们发现,当诗人离开都市,返回家乡,或者走进山野,走进大自然,走进可以舒放心灵的地方,他的情感立即就换了一副面孔:怡然、悠闲,充满向往,当然也有反思。这样的感觉,我们可以从他的《春满二圣(组诗)》《在春天奔跑》《春天娓娓而来》《滨海的风(组诗)》《在春天,寻找花开的声音》等作品中体会到:

我要学会忘记
因为春天会覆盖一切
从今天起我重新学会走路
像河流坚强 像白云悠闲
从今天起我请求春天覆盖忧郁

覆盖思念以及幼稚的死去活来
——《在春天奔跑》

从明天起，停止一切抒情
忘记诗歌，爱情，草原，露水
从明天起，我将和你永远在一起
在春天，寻找花开的声音
——《在春天，寻找花开的声音》

可以看出，周鹏程不是一个心怀绝望的诗人。他其实是充满梦想和幻想的，只要遇到合适的机缘，他的心灵将向阳光敞开，向春天敞开，向梦一般的美好敞开。而这种敞开有一个不可忽视的参照与指引，那就是在他的生命中积淀了特殊力量的故乡。

周鹏程的诗是驳杂的，我们很难从中理出一种单一的情感线索。他回忆，他向往；他关注自己，也关注他人；他困惑迷茫，同时又充满向往。从向下的角度讲，他的诗试图挖掘现实与生命的迷茫、困顿，但其间又蕴含着一种超越的期待。这样的诗，可以带给我们沉思，反省，使我们深度体验驳杂的现实与复杂的内心，也为我们敞开了一扇扇可以接受阳光照射的窗口。言为心声，鹏程的诗在语言、结构、语气、格调等方面也就因此显得比较复杂和多样：有的细腻，娓娓道来；有的粗放，大刀阔斧；有的充满怨恨，有的却满含挚爱；有的如行云流水般倾泻，有的又如唯美的艺术品一样精雕细琢……他甚至化用了北岛、顾城、海子等诗人的经典名句，将他所认同的诗歌传统消融在自己的艺术探索之中。

换句话说，周鹏程的探索还处于行走、变化之中。他没有固定的框套，不坚守单一的向度，不遵循既定的思维模式。在很多时候，他只是随心随性而写。这样的诗人，往往都具有较大的可塑性和提升空间。阅读这部诗稿，我花费了相当长的时间，我可以体会到诗人内心的丰富与复杂，但直到现在，我也没有完全理清诗人究竟应该走一条怎样的路。上面所谈的只是一些点滴的感受，肯定不全面，也可能不准确。不管怎样解读，相对于诗人来说，我都只是一个“旁观者”，一个“外人”。我觉得，鹏程应该抽时间理一理自己在诗歌艺术探索中的得失，分析一下自己的长与短，最终实现扬长而避短的未来发展。因此，我期待他的新变，期待他的下一部作品，期待流落在重庆的大巴山“夜莺”在两江交汇的都市发出更为独特、清晰的鸣唱。

2014年9月24日，于重庆之北

点滴都是爱，万物皆关情

——序彭敏诗集《老家是我相思的富矿》

到现在为止，我和彭敏只见过一次，那是2014年初在重庆市作家协会的全委会上。另外有几次，他正好到我所在的北碚，约我聚聚，不过我恰好在外地，所以错过了。但读他的诗、和他的联系应该有比较长的时间了。在重庆的70后诗人中，彭敏是非常勤奋的一位，也是收获较大的一位，我在不少报刊上都读到过他的作品，他自己还自印了几部诗集。或许是他的名字重复率太高，最初读到他的作品时，因为没有标注诗人所在地，我不太清楚他是否是重庆诗人，后来才从朋友那里知道他的一些情况，于是在我关于重庆诗人的记忆里就多了这样一个值得关注的名字。

彭敏的诗路是很宽的，除了抒写故乡，他还有不少其他题材和主题的作品，有些作品甚至具有明显的探索性。比如《一些事物》只有五行，却写得非常有味道："曲折起来/隐蔽起来/远与近，长与短，浅与深，白与黑……/一些事物风化了/又露出深埋的牙。"诗意并不那么明朗，但我们又似乎能够感觉到一些什么。似有似无的状态是最令人不忍舍弃的状态，也是读者最希望能够领悟的状态。2015年5月，重庆市作家协会为了培养青年作家，在全市范围内开展了"结对子"活动，选择了30位青年作家由一些年长的作家像导师一样结对指导。有一天在和诗人傅天琳通电话的时候，我问她指导了哪些人，她说其中一个是彭敏。她又说："其实彭敏已经很成熟了，哪里用得着指导嘛。”我和她的看法一样，彭敏确实已经比较成熟了，不过带带也很好，他可以因此获得更多的信息和更宽的思路，并不是坏事。对彭敏来说，《老家是我相思的富矿》这部诗集是他的一部带有专题性的作品集，不一定能够代表他的整体水准，但他对故乡的多重体验在一定程度上体现了诗人的一种独特的情感取向。

我是一个比较看重故乡的人，虽然它贫穷落后，偏远无名。我曾经写过不少关于故乡的散文，也谈论过家乡的很多作家，其中最根本的动力就是来自对故乡的牵挂和怀念。我一直觉得，没有故乡的人是很可悲的，因为他们不知道自己的根在哪里，天生就有一种漂泊感。不过，我和故乡的关系与彭敏有些不同，因为我读大学时就离开了，故乡大多数时间都只是存在于我的记忆和回忆中，而彭敏长期在故乡生活、工作，随时感受着故乡的关爱，故乡的变化。他是置身故乡的怀抱去体验故乡的。回忆中的故乡带给我们的往往是一种苍茫的感觉，有些悲凉，而置身其中时，诗人所获得的可能更多的是温暖、明亮。正是因为这种体验的类似性，我对彭敏的诗有着很高的阅读期望。

彭敏一直注重对故乡的抒写。这部诗集收录的作品起于20世纪80年代，止于最近的2015年，延续的时间长达近三十年，贯穿了诗人的整个创作历程。就题材和主题来说，彭敏关于故乡的诗大致是从三个方面展开的。

其一是以故乡的山山水水作为寄情的对象，抒写诗人对于家乡的深情。对于彭敏来说，家乡的任何一个景物都是诗人的诗思之源，他通过对这些记忆中或者现实中的景物的抒写，表达了对故乡的怀念和深情。诗人所抒写的很多地点和景物是我们都不熟悉的，也很难在中国的地图上找到。换句话说，它们在这个世界上非常渺小，但对于诗人来说，它们却非常大，时刻挤满了诗人的情感空间。比如《三官村》：“一根竹竿串起十座山的乡愁/孤独地立在村野//巴茅在哭声中分开道路/哭声在灌木中找到童年”；比如《老屋》：“老屋，枯瘦如柴 爬满皱纹 衣衫褴褛/在风雨中从不喊一声疼/我仿佛看见/爷爷又从里面走出来/把挺直了一辈子的腰再挺直一次”；比如《老家》：“哎，老家/多像墙上那座老式挂钟/时时将我敲醒”；又比如《又见偏岩子》：“偏岩子，有父亲的影子/总把阳光留给我/目光的海洋里/生长风帆和鸟语”。这些诗行都来自诗人对故乡的不断体验和发现，既抒写了外在的景致，又表达了精神层面上的启示和依恋。诗人一直从故乡获得方向和力量。《小村儿》是这样写的：

小村儿
是吊在偏岩子身上那块红兜肚
绣上桃花落满鸟语

一幅油画，青绿青绿的思念
舒缓地铺向田野
画里画外
没有骨
只有影儿
柔柔地缠绕我一生

“小村儿”就是诗人的故乡，他使用了一些看似平常但又很别致的比喻来抒写那片土地，“红兜肚”“鸟语”等等在诗人那里都满含深意，而这些“油画”“思念”如“影儿”般伴随着诗人，甚至是“缠绕”他的一生。这样的乡情，只有置身其中或者从其中获得过精神营养的人，才能真正抒写出来。《一尺长的身体·万丈长的记忆》，以一种特殊的方式抒写了诗人对童年、对故乡的体验：

母亲对我说：
一尺把长开始把你养大……
说着说着眼圈红了起来
听着听着我就缩小成一尾蝌蚪
在水中游呀游

摆尾的间隙
看见一只大青蛙
对着天空发呆

在母亲的回忆中，儿子也仿佛回到了童年，回到了原初的状态，再次体验了生命的不断生长。“大青蛙”是长辈的象征，儿子感受到了父辈的艰难，这可以从母亲的“眼圈红了”体会到，也可以从“对着天空发呆”的形象感受到。在这首诗中，诗人不避俚语俗句，将一些方言如“尺把长”等写入诗中，切合母亲的身份，增加了一种亲切之感。

其二是对故乡人物的全方位关注，感悟时间与命运相关的命题。在一个人的一生中，他所遇见的有些人往往可以给他深深的印记。在中国传统文学的研究中，不少学者非常注意对一些作家的交游情况的梳理，这样可以从其交往的对象中把握作家的人生态度和情感、精神取向。对于创作者来说，因为每个人都是独特的个体，人物诗往往又难以写出别样的诗味。彭敏诗中涉及的故乡人物很多，除了父母和兄弟姐妹，更多的是普通的乡亲，包括伙伴、老师、邻居，甚至是并不熟悉的人。这些人物大多是普通人，尤其是那些处在生活底层的人，比如打工者、伤残者等。我们由此可以看出，诗人在选择人物的时候是花费了心思的，他不是要为这些人物树碑立传，而是通过对这些普通人的生活和心理的描写，抒写诗人对于故乡的深情，表达他的人文情怀和对弱者的同情之心。在这里，我们避开有关和诗人有着血肉联系的父母的作品，来谈谈别的一些作品。《卿瞎子》《十九岁的女工从五楼跳下》《咸泪水浸泡的稻种》《老水牛和李大叔都默不作声》《礼物》等作品所抒写的可以说都是普通人的辛酸史，揭示了人生的艰难与沧桑，充满人文关怀。《脚手架支起天空》写的是打工者“吴明”受伤之后不得不回到家乡的事情，其中有这样的诗行：

头儿好说歹说你还是回村里去吧
望着工友们背着铺盖卷到另一城市上火车的背影
吴明感觉自己像补墙缝时用不完整块砖被砍掉的砖碴

他被卡在连接城市与乡村的喉管里进退维谷

一个健全的人变成了类似“砖渣”的存在，并因此被这个世界所忽视甚至抛弃，在人生的道路上处于一种“进退维谷”的状态。诗人通过朴素的语词写出了民工在这种处境中的复杂心理。如果诗人对其没有深入的了解，没有用心的理解，没有巨大的同情，我敢说，他是无法写出这样的诗篇的。

诗人写别人其实也是在写自己。《姐姐，你怎么老了》写的不只是“姐姐”的人生变化，更多的是对岁月流逝的追问：

泉水漂出来的姐姐

玉米浆奶大的白嫩的姐姐
儿时和我推石磨吱呀吱呀推童年时光的姐姐
远走他乡打工为我攒学费攥紧老家目光的姐姐

你怎么老了

在诗人的记忆中,“姐姐”非常漂亮、活泼、善良,但他却发现“姐姐”突然老了。诗人回忆了“姐姐”人生历程的几个片段,然后来一句“你怎么老了”,并在作品中多次出现,但他没有对这个诗行进行额外的生发,而以对比的方式暗示了一种特殊的体验,既表达了诗人对“姐姐”的感激,对美好岁月的怀念,也抒写了时间和生活的残酷。这里实际上有诗人自己对人生的感悟。

《回望》中的“父亲”形象其实也有这样的意味:“父亲老了/随儿子来到县城居住/总爱穿着草鞋丈量乡村的记忆,或者/乘电梯爬上十八层高楼/远望村庄上空悠悠的白云。”“父亲”老了,离开了家乡,但他依然保持着在家乡时的习惯,“总爱穿着草鞋丈量乡村的记忆”,或者站在高楼上“回望”家乡。从“父亲”身上,诗人体会到了岁月的流逝和对故乡的回忆在“父亲”身上刻下的深深印记。其实,诗人自己也是如此,他对故乡的思念并不比父亲少,童年的岁月始终潜藏在他的心灵深处。

彭敏诗中的人物抒写抓住了对象的特征和心理,揭示了现实世界的丰富和复杂,也暗示了诗人对现实中存在的不公正现象的关注和思考,更深层次地说,蕴含着诗人对命运的感悟。其中所透露出来的挚爱、关怀、深思、反省,是对生命的终极关怀的一种体现。

其三是通过对“虹”的感悟,体验一种纯美的境界。在彭敏的诗中有一个特别的意象“虹”,贯穿了他诗歌创作的始终,更是贯穿了整部诗集。根据我的简单统计,在这部诗集里,“虹”这个意象(或者说词语)出现了60余次,可以说是出现频率最高的词语了。除了少数几处是以“彩虹”一类的组合词方式出现之外,其余各处都使用了单音节词“虹”,这不得不引起我们的关注。诗人对“虹”的抒写,有些是以其作为主要意象,有些是作为意象穿插在诗篇中,而前者所占的比例比后者高出许多。

在具体的抒写中,诗人往往以第二人称的方式直呼“虹”,将其作为对话和言说的对象。我们在诗人的其他文字中,没有见到过任何关于“虹”这样一个人的记载，也没有关于诗人对“虹”这种自然现象有着特殊感受的描述，但在一些诗篇中，我们可以读出多种关于“虹”的形象来。这个意象既是自然景观中的“虹”，更是一个女性的形象，她给诗人带来了无数的美好记忆，同时还是一种象征，代表了一种美好，一种怀念，一种向往。“虹”在诗人的心里刻下了深刻的印记，似乎是别的形象所无法替代的，诗人只要写诗，“虹”的形象就可能出现在他情感的深处，他也就会有意无意地在诗篇中流露出与之有关的体验。这样的作品很多，在《靠近你便靠近疯狂的魔女》《你的影子随星光升起时》《平行飞翔》《吹灭夜晚所有的灯想你》《躺在你情感的草原上》《荒芜的岁月长出绿色植物》《缀满雾霭与美酒的黄昏》《呼唤穿过星群》《粉嫩的幻想爬满山坡》《惊心动魄地撞上你》《虹，一头挑天堂一头挑地狱》《周而复始地喊我吵我碎我》《我在漩涡里挣扎》《江河湖泊同我一起呼吸》《云朵里栽种天堂的树》《灵魂的坡坡地栖落虹》《春天的约会，没有预订》《思念流成一条河》《独白》《寻觅红尘》《一封未邮至的情书》《燃烧的玫瑰》等大量作品中，我们可以读出诗人对“虹”的类似恋人的向往、思念、怀念甚至怨怼。在诗人心目中，“虹”是纯洁的，高尚的，也有些神秘，“有千古之谜/在你身上打结”（《靠近你便靠近疯狂的魔女》），“是什么让你蹙眉/惊落了月牙儿/曾经藕白桃红的笑声/是你厚葬的往事么”（《缀满雾霭与美酒的黄昏》）；“虹”曾经给诗人带来了忧郁和痛苦，“虹，你的忧郁像雷电/击穿我的伤疤/时光的箭簇滴血不止”（《我的忧郁像敞杯中的酒》），“呼唤，穿过星群/扎进回忆的漩涡/越来越弱的回声/摇响悲戚”（《呼唤穿过星群》），“往事，于阵痛中蜂拥而至/击溃披甲的诗人/虹，你会发光吗/为什么给春天包裹的心灵/烙上一个个美丽的伤痕”（《粉嫩的幻想爬满山坡》）；当然，“虹”也是诗人一直怀念、思念的形象，“穿过岁月的堡垒/望你的忧郁/那是一弯新月船/一头挑天堂/一头挑地狱”（《虹，一头挑天堂一头挑地狱》），“天堂的门早已打开/虹/你为何向地狱的方向飘去/我坐在时间的门槛上/噙泪望你”（《江河湖泊同我一起呼吸》）。从《一封未邮至的情书》中，我们可以明显意识到“虹”就是一个独特的人，至少是诗人心目中的理想恋人。

不过，对现代诗歌的阅读，我们不宜过多去“索隐”。在中国文化中，“虹”本身就是一个象征美好的意象。在彭敏的诗中，“虹”的意象既是现实的虹，也是心灵的虹，更可能是诗人关于青春、爱情、生命、向往等的美好记忆。这种记忆深深嵌入诗人的生命之中，像他对故乡的思念一样，已经成为诗人的一种自觉的行为，因此也是我们探讨其创作历程，解读其诗歌作品的重要切入口。

从景物到人物，从群像到个体，彭敏的诗歌全方位观照了和自己的生命密切相关的故乡，其中的记忆和怀念令人动容，而诗中所体现出来的人文情怀在很大程度上又将诗人的故乡和整个社会融合在一起，使其成为我们这个时代的缩影。这些年来，诗歌界流行一个词叫“诗歌地理学”，其核心内容指的是诗人对于某种地域性现象、文化、体验的全方位和深度关注，这有助于诗人抒写自己完整的精神世界。在我看来，地域文化肯定可以为诗歌提供重要的文化信息和精神资源，但诗人的关注一定不能拘囿于地域本身，而应该将其作为一种情感与生命的载体，在昭示题材和主题的独特性的同时，尽可能使诗篇具有超越性，达到一种艺术上的普视性效果。

彭敏的探索是有成效的，这当然不是说他已经达到了难以超越的水准。如果要求苛刻一些，他的作品也还存在一些可以进一步打磨、推敲、提升的地方，比如有些作品还显得比较粗疏，精致度不够；有些作品直接说出情感的名字，含蓄度有待提升；有些作品更多地是描述一些现象，而对现象的剪裁方式、内在蕴含的拓展还可以做得更独到。在文体建构方面，当下的很多诗人都以“自由”作为首要的标准，这在一定程度上放弃了诗歌在形式上的规定性。彭敏的诗在这方面有时也显得比较随意，在分行时将一些词语活生生切断，比如“时间呈加速度栽向大地　砰　瞬间/的静”“女孩终究没拿到敲开大学校门的报/名费”“把少女的青春少女的梦想自戕在血/泊中”（《十九岁的女工从五楼跳下》），“孙老汉伸出接钱的手僵着一动不/动，像”（《咸泪水浸泡的稻种》），“鞭在半空突然停下来，像/睁大眼睛的逗号或者划掉错处的删/改符号”（《老水牛和李大叔都默不作声》），“只留下喘息、痛和一阵紧似一阵满/天满地的悲歌”（《暴风雨》），等等，这种分行方式不太符合汉语的习惯，也不利于读者的欣赏。希望他在今后的探索中，在诗的难度写作上投入更多的精力，在诗的独特性上下更多的工夫，对作品进行更多的打磨与提炼，进一步追求诗的精致，写出更多更好的作品。

2015年6月16日，于重庆之北

从裂缝处，生出语言的胚芽

——序熊魁诗集《我在巫山等你》

熊魁通过电子邮件发来了他的诗集《我在巫山等你》，这些来自高山峡谷中的诗行，使我首先想起了充满神秘、梦幻色彩的巫山。

巫山位于长江三峡的腹地，我去过那里多次。第一次去巫山的时候还没有高速公路，三峡大坝也没有建成，我们只能先乘汽车到万州，再换乘轮船去巫山，长江在高山峡谷之间奔流而下，确实使人非常震撼。返回的时候也必须走同样的路。在我的记忆中，从巫山逆水到万州，普通轮船需要整整一个通宵。

如果仅仅从现实生存的角度看，巫山的很多地方还处于没有开发的原生状态。在整个县域，几乎没有什么平地，人们都生活在峡谷、深山之中。在巫山，我们见到的几乎都是悬崖峭壁，峡谷险滩。多年前，诗人柏铭久告诉我，他曾多次进入到巫山深处，和村民一起吃住，他走过的那些山路非常崎岖坎坷，山里人辛辛苦苦养大的肥猪甚至无法运到山下去卖，稍不注意就可能跌下万丈深渊，他由此体会到了生命的脆弱。但是，也是在那里，他看到了村民们以他们特有的方式延续着生命，坚强而柔韧，朴素又执着，于是他怀着敬意创作了颇受关注的《神女峰背后》的系列作品，歌唱生命力的伟大和人性的淳朴。

不过，巫山的名气确实很大，因为它与三峡有关，与峡江文化有关，与船工号子有关，和历代文人骚客结下了不解之缘。屈原的《山鬼》、西汉铙歌《巫山高》、宋玉的《神女赋》、刘禹锡的《竹枝词》以及陈子昂、李白、杜甫、黄庭坚、陆游、范成大、刘基、高启、毛泽东、刘白羽、舒婷等古今名人的歌唱，使巫山这个位于三峡腹地的小城为世人所瞩目。考古专家在巫山发现了204万年的龙骨坡“巫山人”遗址，整个三峡大地被认为是“东亚型人”演进的摇篮。在中国，能够享有这样的历史、文化的城市并不是很多。

我到巫山，主要是旅游，那种山水和文化合一的旅游是很惬意的，每次都有不同的收获，而且感觉巫山的变化很快也很大。它已经是国家5A级景区，长江三峡、大宁河小三峡早已享誉世界，三峡水库蓄水后又形成了凝翠湖、琵琶湖、双龙湖、大昌湖、神女溪等山水景观，以县城为中心方圆130公里之内，囊括了三峡大坝、神农架、神农溪、天坑地缝等著名的风景名胜。巫山的交通状况也大为改善，长江已经成为真正的黄金水道，水平如镜，水阔如湖；高速公路已经通到了县城，据说，巫山的神女机场已经动工修建，几年以后还有铁路穿境而过。我在想，养在深山人未识的巫山，一定会为越来越多的人所知晓，这中间当然也包括巫山的历史文化和当下的诗人、作家。

在这个意义上，我说生活在巫山的人是艰辛的，但也是幸福的。现实生活的艰辛被精神生活的充实淡化、升华了，因而他们有了改变自己生活的决心和动力。他们通过劳动、通过思考塑造了一种充满智慧与活力的精神。在巫山，不会背诵几首竹枝词，甚至不会随兴而歌，不算是真正的巫山人；不知道神女的故事，也不算是真正的巫山人；不会爬山、不会涉水的人，同样不是真正的巫山人。巫山人能够把山的雄奇、水的灵秀巧妙地融合在一起，有山的强健，也有水的柔情。他们个个都可以成为诗人。

熊魁是巫山的儿子，他热爱那片神奇的土地，也期待着更多人去了解和亲近那里的山与水，于是他把自己的诗集命名为《我在巫山等你》。这其中的乡土情结是很明显的，诗人对于巫山的深情也表露无遗。乡土就是这样，不管它多么偏远贫穷，不管它多么封闭落后，不管它多么坎坷崎岖，只要是和自己的生命融合在一起了，它就会以一种精神的方式永远流淌在我们的心灵中，成为支撑和指引我们前进的营养。拥有故乡的人是幸福的，它会使你获得根的感觉，它会使你感到踏实，它会在你漂泊无依的时候带给你力量和目标。熊魁在《巫山有大红》中说，“你是我的世界，是我十万亩疆土”“我爱你，没有谁比我更坚决，更彻底”，足见故乡在诗人心中的分量。

对熊魁，我并不陌生，虽然我们至今只见过一次。大概是在2000年夏天的时候，我应邀去重庆教育学院举办一个诗歌讲座，听讲座的人很多，其中就有熊魁。他当时在那所学校学习，讲座结束的时候，他交给我一件作品，是一首长篇系列散文诗。浏览之后，我觉得他很有才气，语言新颖，想象开阔，感情跌宕起伏，如飞流直泻。后来，我们通过几次信(是手写的那种，不是电子邮件)，我一直鼓励他坚持自己的追求，相信他最终会有所收获。虽然后来因为这样那样的原因，他中断过写作，但最终还是回到写作上来了。近几年，交流的方式更便捷了，他经常到我的博客里看看，留言给我，我也通过这种方式和他交流人生与诗歌。我知道，他真的坚持下来了。诗集《我在巫山等你》就是他奉献给我们的成果。

这本诗集包括“大爱巫山”“高唐笔记”“白驹过隙”“低处光芒”“萍踪掠影”五辑，涉及诗人人生体悟的诸多方面，但我发现，每个部分的分量是不一样的，前三辑的篇幅显然更大一些。“大爱巫山”抒写诗人对于巫山及其文化的厚爱；高唐出自宋玉的《高唐赋》，现在是巫山县城的所在地，据说当地还要修建高唐观，建设中国恋城，为人们寻梦提供一个充满文化意味的现实平台，因此，“高唐笔记”可能是诗人对于当下生活甚至爱情的感悟和思考；“白驹过隙”说的是时间的流逝，抒写的是诗人人生历程上的点点滴滴。可以看出，熊魁的这部诗集所涉及的话题是很丰富的。他是一个敏感的诗人，也是一个多思的诗人。

爱是熊魁诗歌的基本主题。这好像是一个伪判断，因为爱与死是任何文学作品的永恒主题。不过，我要说的是，熊魁所抒写的爱是一种特别的爱，是对他所生活的那片土地的爱，是对那片土地上积淀的深厚的文化的爱，并由此升华出他对人生、现实的爱。神女峰是很多诗人都写过的题材，舒婷的《神女峰》歌唱了对于爱情的独特思考和对于人性的深刻领悟，已经成为当代新诗的经典之作。熊魁也有同题作品，但他主要是抒写神女带给现代人的启示，和现代人应该怎样对待这样的启示，诗中有这样的诗行：

……

在对你的仰望中
终于懂得三峡

是人类必经的产道
爱，从这里受孕
也从这里一点点长大

所以，我们要举起
摄像机，以照片
和相框的方式
领你回家，好好养老
好好爱。如果这不够
那么，让我们岩羊一样
攀到你身边，用唇齿
梳理你的银丝鬓发
用干枯的柴柯
为你生燃一堆篝火
煨融漫天雪冻，然后
陪你，一起眺望远天杳鹤

既实在，又超然，这就是熊魁理解的爱，也是他对待爱的独特方式。和其他一些诗人不同的是，他在接受这种爱的同时，也愿意给予回报。在我看来，在坚守自我体验的同时，善于与世界互动，应该是一个优秀诗人的必要素质。

内在化是熊魁诗歌在表达上的基本特点。他不叙事，甚至对细节的运用也很谨慎，他往往采取轻声倾诉的方式，直接抒写内心的体验，将它们转化成优美、妥帖的表达。比如《圣泉书院》：

我拉一叶扁舟，逆流而上，有希声之音破空而来
有无边落木，萧萧之音，撒布而下，有人在名字的山丘
开掘一孔万古的长江，滔滔汩汩，从上游弥灌而下

茹毛，狩猎，饮血，燧火，远去的事物，远去的
名词，如今躺在一座宏大的建筑上，一些名词掖进
一个人的衣服，多余的形容词都被建筑师，这刽子手

斧斧削去，我听到我的身体，骨头跟赘肉离析的痛
一些名词在里面扭动，发出轻微精细的音节，响至邈远

我拉一叶扁舟，拉过唐风宋雨，拉过秦时云汉时月
转过身，桨声灯影，震落先生头顶的积雪，我如渡我
而来的扁舟，即使散落成木，成为哑巴，也会在长江
骨血的滋育下，从腐木成泥，从裂缝处，生出语言的胚芽

诗人借用了赋体的方式写诗，想象很丰富，视野也很开阔，从蒙昧远古写到文明人世，从文化启迪写到深挚真爱，还写到文化的穿透力和生命力。但他没有过多铺陈，而是直接写出内在的体验，写出历史和文化带给一个地域和诗人自己的启示。诗人是怀着崇敬的心情感受这一切的，所以他愿意以自己的方式延续这种文化。这就是三峡人的精神境界，也是三峡文化能够代代相传的根源所在。

悠久的历史和深厚的文化是三峡人最为自豪的遗产，熊魁也是这样，他的很多作品都关注三峡地区的历史文化，而且好像是置身其中，与祖先对话，与历史交流，以此来启迪人们对于现实和生命的思考。除了巫山等具有文化内涵的自然景点之外，他还关注真正的文化景观，《高唐观》《龙骨坡》《巴人悬棺》等都是这样的作品。在这些作品中，诗人歌唱古人的伟大、历史的深远，但他更把自己投身其中，思考或者反思我们对于人生的态度。巴人悬棺是巫山大宁河的一道历史的风景，但是，至今没有人解开这个千年之谜，诗人以自己独特的想象，抒写着他对这个秘密的解读，而且，将其延伸到现在，延续到生命的永远："三千年来/我在借天地的道场做一次恒久的佛事/我把自己悬挂成绝壁石缝/一只谛听大宁河上/人来人去的耳朵/不管听你还是听我/一种声音正告：请别惊扰/谁要试图打开这只穿苔而卧的/黑匣，谁就在制造另一次生命的事故。"虽然诗人的诗意发现无法作为解开千古之谜的答案，但他却为我们提供了关于生死的思考，别有一番风味。即使是写现代的风景与文化，诗人也可以写得很有特色，比如《马路》中有这样一节："那匹斑马。四蹄紧扣羸瘦的路/被行人和车轮踩踏得生疼/四通八达的血管向体外延伸/星罗的厅。棋布的城。栉比的楼/鳞次的铺。扶着透明管壁/聆听黑的涛。白的波。惺惺惜惜。"诗人写的是斑马线，是现代都市的产物，但是在

诗人那里,它却是有生命的,把人与都市紧紧联系在一起。

当然,诗人并不是没有体会到人生所具有的艰难,尤其是内心所面临的煎熬。否则他就不是诗人——诗人不只是会唱赞歌的,他更会发现生命最深处的秘密。《名字》也许是诗人表达人生孤独苦闷的代表,他用拟人的方式,写出了名字所包含的秘密,那其实就是诗人内在的秘密。“这是一间房子/一个人在里面住了三十九年/吃喝拉撒睡/别人在对面的远方/即使用望远镜也难窥一斑/更别想见我金身”,这其实就是诗人所描述的人生经历。封闭,难得与外界交流,“有人喊门,或笃笃地敲击/我会打开/打开天窗,说亮话/我说:你进去,我出来”,可以看出,他对于这种封闭的生活是不满意的。也许这就是现代人的生活。《移民》《扁担》《卖红薯的少妇》《拾荒人》等所抒写的都是普通人的生活,是对现实的关注。诗人以爱心和同情之心打量他们,感受他们的艰难,也体会他们的执着。诗人对拾荒人的刻画非常细致:“你蹲守在露天演艺场门外/蓄势待发,羸弱的身子/是内心的围栏,只待晚会结束/就像长时间分居后,扑向/爱人的嘴唇,沉醉/一出观众缺席的深吻/你站在远处,歪头等待一个愤青/喝完仅剩的矿泉水,然后/重重摔在地上的塑料瓶/你用火钳钳住生存的/重和痛,你的蛇皮袋/大窗小眼,你的袖口贼亮/你的补丁重逢补丁的破风衣/因风鼓噪,在苍白的/月光下,拉长这座城市的侧影。”我之所以引用了这长长的诗节,是想揭示诗人观察生活的细致,而对于诗人,如果不深入生活的内里,把握生活的本质,他是很难写出现实与生活的真谛的。而诗人更是在抒写对于拾荒人,对于底层生活者的关爱以及自己从他们身上获得的感受:

我无心问你,来自哪里
这个问题并不重要
苦难,在挨天逐日对垃圾
刨根究底式的探寻里,成为
一门必修课,谢谢你!拾荒人
你让我明白:怎样在拾荒中
洁净灵魂,幸福是这样
与我比邻而居,尽管
小叶榕霓虹和路灯

早已耷拉着耳朵，而你
像风驱动静水，这张四季的
唱片，像冬天一剂深重的
雪，治愈着脚下大地悲秋的身体

对底层的关注和同情，也许可以成为考量一个诗人人格的标尺，还可以考量他对于生命和生活的态度。关注底层的诗人，也许不一定是有大理想大抱负的人，但他一定是具有爱心、同情心的人，是内在品质比较优秀的人。我就是这样看待熊魁的，虽然我和他没有现实中的接触。

在艺术探索的道路上，熊魁非常注意对传统文化、传统艺术手段的发扬。他的很多作品中使用了大量的具有古典韵味的词句，这可能与巫山和诗人的文化积淀有关。诗人喜欢使用大量的自然意象，喜欢使用铺陈的方式把他所感受到的现象放大、扩容，使其成为内心情感的栖居之所。《回到张家堡》《高唐观》《望霞公园》等诗，虽然不是什么大主题，但都使人觉得韵味十足，虚实相生的表达，使非常普通、平常的意象具有了浓浓的诗意。仅读《回到张家堡》的前两节：

我要回到张家堡
在冬阳把浮于大气上的云朵擦拭
干净以后，乘坐飞鸟磁石一样啁啾尾音的
丝线，追随马堰河口呼出的气息
沿那段九转十八弯的回肠
回到张家堡，一个灵魂的小小褶皱

回到张家堡，回到青陶瓦，铜门锁
四四方方斗笠的尖顶搭放在黏土围筑的泥墙
如座座从历史闺阁抬出的大花轿的张家堡
每片明瓦都是她的眼睛，每扇窗页
都是她的肺叶，我在一滴眼波里
抚摸童年泳动的流线，在
嘀嗒的心音里打探女子，旧时容颜
但不见那俊眼修眉，顾盼神飞

对于我们这些普通读者，张家堡是什么地方并不重要。诗人将其刻画得如画境、如梦乡，说明张家堡在他的心里是具有特殊地位的，因为那是他的家乡。诗人以极其细致、别致的笔触刻画张家堡的一切，实的，虚的，都以形象和抽象的方式来到我们眼前、心里，古典味与现代味相结合，内在与外在相融合，实写和虚写相配合，构成了一副韵味盎然的诗意图。

读完整部诗集，我觉得，熊魁的诗不属于当下流行的写法，相对比较传统，但他并不回避探索。他是真的把诗当成了诗在写，这是一个真正的爱诗者不可或缺的素养。他回避口语化，注重诗意的提炼；他回避过度的晦涩，但又追求诗的含蓄内化；他喜欢铺陈，但有时又追求简练，甚至写过只有三行的短诗。换句话说，熊魁是在根据情感表达的需要调整自己的诗路。

在大量诗人追求新变的时代，也许熊魁的作品受到的关注不一定很多，而且随着时间的推移，不少作品也会慢慢被人遗忘，这几乎是绝大多数诗人的宿命，但是我愿意说，这部诗集里的作品在艺术品质上是达标的，几乎没有一首是拼凑的。在每一首作品中，我们都可以读出诗人对于历史、文化、人生的独特思考，读出诗人在艺术表达上所花费的心血。20多年前，我曾经鼓励他，今天，我仍然愿意给他更大的鼓励：巫山那片土地是神秘的，也是充满诗意的，凭借既有的学养，凭借心性的善良，凭借更多的体验与思考，只要坚守着，必将有更大的收获，像他自己所说的那样，“从裂缝处，生出语言的胚芽”。

是为序。

2011年3月15日，于重庆之北

亚军：手握一把“双刃剑”

亚军的本名叫宋亚军。几年前，他在四川外语学院进修的时候就和我有联系，经常通过电子邮件发些作品给我，偶尔也通通电话，或者把他新近发表的作品寄给我。我虽然读得零散，但觉得他是一个具有艺术敏感的诗人。最近，亚军要出版诗集了，虽然他给诗集起的名字《我从一个男人和女人中间穿过去》有点长，而且多少给人一点怪怪的感觉，甚至让人觉得作者是不是在追赶流行文化，但是，读着其中的一些作品，我对他的诗美感觉有了进一步的了解。他希望我为诗集写几句话，我欣然接受。对年轻的诗界朋友，我向来视他们为未来诗歌的希望。

从年龄上看，亚军属于70后诗人，也有人把这个年龄段的诗人称为“中间代诗人”。亚军本人在他的简介中说自己是“现在主义诗群同仁”。我听说过这个诗群。大概在几年前，诗人邱正伦（阿伦）和我说起过这事，他们还发表过宣言，但我没有特别留意。这些年来，对于诗坛上的各种所谓的群体、流派、口号，我听得不少，也曾经关注，但总体感觉炒作痕迹太重，真正具有突破意识、能够以大量优秀作品为支撑的群体并不多。从字面理解，“现在”乃此刻、在场之意，这个群体也许是要追求某种艺术上的“在场感”，关注当下的某些现象，并通过现象揭示诗人所要表达的深层体验。这种追求也许与当下诗歌中流行的叙述性倾向有一些关联。

抓住具有诗意的现象、细节，敷衍成篇，其实是不少诗人所追求的。这可以在一定程度上避免诗歌的空洞化、口号化，把诗与具体的现实、人生结合得更紧密一些。而且，每一种现象、细节在不同诗人的生活中是存在很大差异的，通过不同的诗人表达出来以后，其个人特征往往非常明显。亚军生活在重庆东南部一个比较边远的小镇，他的生活环境、他所面对的各种人、事本来就比较独特，再来一番个人化处理，其陌生化的程度自然会别有一番特色。陌生化是诗的重要艺术品格之一。优秀的诗往往都是独辟蹊径的诗，不重复前人、别人，也不重复诗人自己。当然，实现陌生化的方式很多，有视角上的陌生化，有语言上的陌生化，有艺术发现的陌生化，有艺术表现的陌生化……简单说，陌生化就是赋予诗歌作品以新鲜感。

亚军诗歌的陌生化也许主要体现在诗歌格调的独特性上。具体说，就是具有一种消解意识。这种追求在当下的青年诗人中比较流行。对于消解，我并不否定，任何观念往往都是在消解、建构，再消解、再建构的过程中逐渐求得发展的。新诗是在对旧诗的某些因素的消解中诞生、成长的，朦胧诗是在对20世纪50年代以来诗歌的单一化、公式化、概念化等倾向的消解中获得创造的。前些年在诗歌界流行的“pass”之类的词语，其实可以看成是消解的别称。不过，我也注意到诗歌艺术探索中的一些值得进一步思考的现象，有些诗人为了把自己的所谓探索、创新标榜为“独创”甚至“第一”，而把具有创新意味的消解理解为肆意嘲弄、挖苦甚至对前人的全盘否定，试图割断艺术发展的内在线索，其实这是一种不明智的做法。诗歌是一种具有关怀的艺术，仅用否定、谩骂、嘲弄、调侃这类否定的诗意难以真正抒写出生命的本真意义。而且，在有些诗人那里，他们消解、嘲弄、讥笑、否定的都是自己之外的人、事，而把自己看成是这个世界的最高“裁判”，视野比较狭隘，往往难以把握艺术消解的尺度和标准，只要不合“我”意的各种观念、思想、现象都一概给予否定。这不是大诗人的品格。大诗人往往都心怀天下，情注万物，思接千载，试图通过自己的艺术发现与表现，揭示具有普遍性的人生哲学，往往追求一种肯定的诗意。大诗人是独特的，但大诗人的作品有时可能是“无名”的，大诗人具有超越个人的艺术品格。

亚军诗歌的消解意识虽然也存在讽刺、嘲弄、调侃等味道，但与其他一些诗人不同的是，他在很多时候不把自己放在高于世界和他人的位置上，而是把自己也作为了消解的对象。在他的诗中，诗人自己同他所抒写的世界一同上升或者一同下落。他有不少作品直接使用了“亚军”这两个字，比如《21世纪初：亚军和他的朋友们》《镇政府》《亚军的美女们》等，我想其中的“亚军”应该就是诗人自己。诗人在讥讽、调侃中包含着自嘲，使人觉得他没有把自己凌驾于他人和世界之上，即使是消解，他也是把自己和这个世界、和他人平等对待。不过，亚军在有些作品中，因为使用了消解手法而使一些本来严肃的话题、主题变成了调侃，比如《青松的老子死了》《远伦这狗日的不是人》等，从题目就可以看出诗人的态度。在《青松的老子死了》中，作者也许是想抒写“人死如烟灭”的理念，使人们能够轻松对待死亡，但却让人觉得诗人的态度中少了一些怜惜、同情等情怀，多了一些玩世不恭的心态：

那天远伦打电话来说，青松的老子死了
青松的老子死了与我有什么关系，我努力地想
从秀山到黔江，中间还隔着酉阳，酉阳人民都没有悲痛
我隔那么远为什么要悲痛？又不是我老子死了
我说我老子还得了中晚期食道癌，没有人过问，国家没有解决一分钱
我只关心我的老子，那个干了几十年革命工作躺在床上养病的家伙
风莲后来给我发短信息，也来汇报这个事情，好像我是她老总
我说我知道了，不就是死了个人，又不是死你老子
就是你老子死了和我又有什么关系
过了好多天，再没有人给我提起青松的老子死了这事
我突然想起青松的老子死了，我就给青松打了个电话过去

这种随意而琐屑的口语表达中暗示了作者对于世道的某种不满，但其中所体现的冷漠让人吃惊。人情、怜悯的缺失是当下人性中的弱点，而诗人却追随这种潮流，并对其中揭示生命意义的内涵进行消解，而且反复玩味。我个人觉得，这种消解方式及其所体现出来的格调不值得提倡。它少了对生命的关怀。

生活化、现场感是亚军在诗歌探索中所体现出来的重要的艺术向度。这有助于诗歌摆脱玄远、空洞的毛病。但是，这种追求是一把“双刃剑”，如果把握好了，可以密切诗与现实、人生的联系；如果把握不好，就可能把诗推向琐屑、俗气甚至无聊的境地。亚军抒写他所体会的渝东南民风民俗，武陵山区的文化及其生命意蕴，对于人生价值的正面思考，等等，是具有诗意和

价值的。像下面这些诗行：

玉米秆 它的血脉连通了阳光
肤色金黄 笑容灿烂
根深入父辈的脊梁一样的
弓形、褐色、瘦硬的土地
有着谦虚、朴实、耐劳的质
嚼一口玉米秆 你将尝到
山里妹子脸上成熟的甘甜
——《月光下的玉米地》

雪峰山一定有一块冰哽塞了喉咙
当我经过，它一激动
就呛出了一个毛孔舒张的春天
和满眼的汩汩溪流
——《过雪峰山》

诗人通过这些抒写，揭示了某种生命的体验，发现了世界的活力，带给读者的是启发，是动力，是温暖的关怀。

亚军的大多数诗篇写得自然而流畅，他把握语言的能力是相当不错的。他自己认为“诗歌是用语言之外的语言说话”，这话有道理。诗不是叙述，不是照相，诗所需要的是诗人的发现，而这种发现往往需要采用非日常语言才能表达出来。但这种自然、流畅的另一面可能就是随意：对诗歌文体的随意处理。亚军的有些诗，诗行很长，缺少节制，读起来仿佛散文，与人们习惯的具有音乐性、节奏感、旋律美的诗歌文体存在很大差异。如果所有诗人都这样尝试，我担心已经基本定型的诗歌文体会被其他文体所取代——虽然人们可能会继续称之为诗。在诗学界，人们一直在反思胡适的“诗体大解放”“作诗如作文”等主张所带给新诗的艺术局限，而诗歌界却有一些人在进行着有过之而无不及的实验，这种情形值得我们认真思考。

从以上的简单解读看，敏锐而具有才气的亚军还处于诗歌探索的寻觅期，还没有形成属于自己的艺术道路。他手里握着的是一把艺术探索的“双刃剑”：消解与建构、自由与制约。能否处理好这些关系是决定诗歌艺术探索是否最终取得成功的关键。我希望亚军能够不断摸索，更能不断总结自己在艺术探索上的得失，尤其是不要追随某些流行的做法，要开动自己的脑筋，调动自己的才气，使这把“剑”既不至于伤及诗歌，又能够摸索出具有新意的艺术道路。

2007年4月8日，于重庆之北

重庆新诗的多元景观

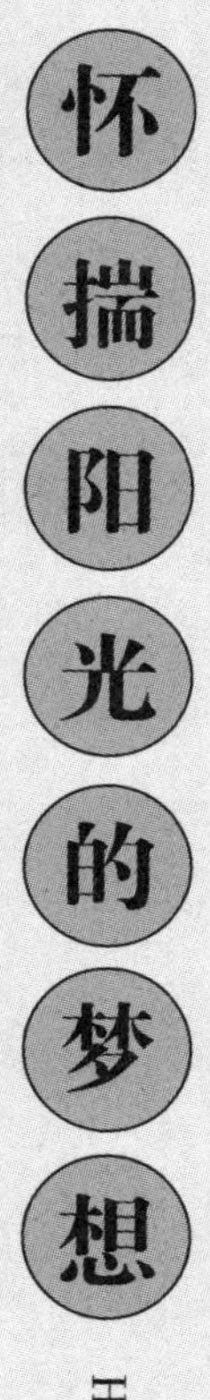

HUAICHUAI YANGGUANG DE MENGXIANG

苦难在成熟中芬芳

——傅天琳《柠檬黄了》的一种解读

从20世纪80年代以来，傅天琳在诗坛上的位置好像一直就没有被动摇过。她不断在摸索自己的创作之路，越写越好，而她的许多作品还是和早期一样，无论是题材、意象还是精神气质，都与她曾经劳动过19年的果园保持着直接或间接的联系。到现在为止，似乎还没有第二个人比她更合适使用“果园诗人”这个称呼。“果园”已经成为诗人傅天琳的重要标签，也是她诗歌精神的重要源泉。

傅天琳是在20世纪80年代初带着诗集《绿色的音符》走向诗坛的，这部诗集以清新、自然、朴素的风格受到读者的喜爱，曾经获得过“第一届全国新诗（诗集）奖”（1979—1982），这个奖项后来演变为“鲁迅文学奖”的诗歌奖，或者说是“鲁迅文学奖”诗歌奖的前身。在那以后，她创作过许多其他题材和主题的作品，包括大海、行旅、域外体验、儿童情怀，也写过不少优秀的散文，但她始终没有忘记自己的“果园”。在21世纪之初，因为家务原因，她停下了诗笔，在诗坛上几乎见不到她的影子。熟悉她的人都为她可惜，也期望她能够早日“归来”。停笔数年之后，她从2004年起重新开始诗歌创作，这些新的作品，感受更全面、体验更深刻、表达更成熟，几乎所有作品都可以称为好作品，其中就包括了她以果园生活为题材的新作。

傅天琳把最美好的青春年华都交给了果园。果园曾经带给她宁静，也带给她委屈甚至屈辱，但更多的是带给她思考、启示，甚至带给她认识人生及其价值的态度和方式。这样的影响是终生的，深入骨髓的。她曾经在1998年12月出版的《傅天琳诗选》的序言中说：

我没有学历，15岁去了一个农场，在那里开荒种树19年。19年，决定了我的一生。

漫山桃红李白，而我一往情深地偏爱柠檬。它永远痛苦的内心是我生命的本质，却在秋日反射出橙色的甜蜜回光。那宁静的充满祈愿的姿态，是我的诗。

做人做诗，都从来没有挺拔过，从来没有折断过。我有我自己的方式，永远的果树的方式。果树在它的生活中会有数不清的闪电和狂风，它的反抗不是掷还闪电，而是绝不屈服地把一切遭遇化为自己的果实。

作为诗人，影响了她一生的经历一定会成为她诗歌的主题和气质。傅天琳新近创作的作品被编为《柠檬叶子》出版（上海文艺出版社，2009年12月），从这个书名就可以看出诗人持续不断的果园情结。在各种水果中，诗人历来偏爱柠檬，早在1977年，她就写过题为《柠檬》的短诗："那些年/柠檬是最被人鄙弃的了/没有成熟是涩的/成熟了是酸的/多像是厄运的象征/就连小偷/也不屑于看它/其实/那是人们的食橱里/没有糖。"在诗人的感受中，这种水果，无论成熟与否，都是不讨人喜欢的。在当时，她感受到人们不喜欢它的原因似乎比较简单，是因为"没有糖"，因此无法改变它的滋味，或者说无法提升它的美味。在诗中，诗人也像当时的许多诗人那样把对外在物象的感受与人生体验结合起来，把柠檬和"厄运"结合起来，这既是一种创作的方式，也是诗人对自己命运的思考。

三十一年之后，傅天琳早已离开了她曾经劳动、生活的果园，但果园生活、果园意象仍然回响在她的生命流程中。2008年11月，傅天琳创作了一首《柠檬黄了》。相比于《柠檬》，《柠檬黄了》篇幅要长许多，抒写的感受要深沉、开阔许多，表达上更内敛、精致许多，但它仍然是诗人对于自己人生经历、体验的诗意书写，只是这种书写更成熟，更富有浓郁的诗意和令人惊喜的启迪。

"柠檬"和"黄"是《柠檬黄了》这首诗的核心意象。诗人通过它们抒写的是成熟的果实，也是对成熟人生的诗意把握。在这里，"柠檬"已经超越了自然的水果，变成了诗人心目中生命历程的象征，“黄”则象征成熟，象征收获。从青涩到黄熟的过程，就是生命成长、发展的过程，对这个过程的感悟、诗化就是对生命的总结和评价。这样的评价只有经历丰富、感受敏锐的诗人才能够获得。对于和果园命运相系近二十年的诗人傅天琳来说，完成这样的诗可以说是水到渠成的事情。

在诗的开篇，诗人就首先表达了她对“柠檬”的成熟的一种态度，“柠檬黄了/请原谅啊，只是娓娓道来的黄”，以平静的口吻表达了对于成熟的看法，不是那种热烈的、激动人心的、风风火火的成熟，更不是惊世骇俗的成熟，换句话说，诗人对于人生的感悟和总结是以很低调的方式开始的。究竟是一种怎样的“黄”、怎样的成熟呢？诗人接着写道：“黄得没有气势，没有穿透力/不热烈，只有温馨”“它就这样黄了，黄中带绿/恬淡，安静。这种调子适宜居家/柠檬的家结在浓荫之下/用园艺学的话讲：坐果于内堂。”这属于很普通的生命的成熟，是默默地、静静地成熟。

这种安静是自我修养的过程，也是自我完善的结果。诗人是这样感受“柠檬”的心态和成熟过程的：

它躲在六十毫米居室里饮用月华
饮用干净的雨水
把一切喧嚣挡在门外
衣着简洁，不懂环佩叮当
思想的翼悄悄振动
一层薄薄的油脂溢出毛孔
那是它滚沸的爱在痛苦中煎熬
它终将以从容的节奏燃烧和熄灭
哦，柠檬

“柠檬”是孤独的，但它不寂寞。它在自己的世界里独自修炼，独自芬芳，独自成长直至成熟。成长与成熟的过程并不如它最后的安静那样轻松，它有“滚沸的爱”，那是自爱，也有对于促成它成长的环境的爱，但它也必须面对“痛苦”，不过，因为有“思想的翼悄悄振动”，它最终在痛苦的煎熬中，超越了自己，超越了一切。“从容的节奏”是它自己的节奏，正是这种不受外力左右的节奏，促成了“柠檬”能够沿着自己的方向、自己的目标“燃烧和熄灭”。“哦，柠檬”是一种感慨，语出随意却发自心底，体现了诗人对这种很普通但也很独特的果实的欣赏与赞美，进一步说，体现了诗人对逆境中不低沉、不堕落、不放弃精神的一种真切的心理回应。

在果树中，柠檬树是极其普通的，但在诗人眼中，它也是“最具韧性”的：

从来没有挺拔过
从来没有折断过
当天空聚集暴怒的钢铁云团
它的反抗不是掷还闪电，而是
绝不屈服地
把一切遭遇化为果实

这个诗节其实就是我们前面提到的诗人自述的分行排列。诗人与柠檬的关系之密切，由此可见一斑。柠檬树很平常，但平常中却蕴含着一种自我独立的品格，并由此生发出一种面对苦难的达观态度。面对外在的种种苦难，它并不是没有反抗，它的反抗不是以那种对立的方式体现出来的，而是以一种特殊的方式和态度，“绝不屈服”地把苦难默默地消化，转化为果实。在这里，诗人对柠檬树内在的自我完善给予了很高的评价，其实是对人生的某些遭际和如何面对这些遭际的态度的诗意概括。诗篇所包含的内涵由此而无限扩大了。

苦难过后，柠檬黄了，成熟了，“满身的泪就要涌出来”，但“它依然不露痕迹地微笑着/内心像大海一样涩，一样苦，一样满”。不大喜，不大悲，按照自己的方式生长，按照自己的方式体会，苦与涩都深深地包藏，而流露出来的是“不露痕迹的微笑”，这是一种大度、大气的人生写照，也是诗人的一种人生态度。

“柠檬”黄了，成熟了，诗人也因此感悟到时间的公正。在这里，诗人的时间意识使诗的境界得到了更高的提升。时间是最公正的检察官，无论是对于人生还是对于艺术，都是如此。能够敏感于时间的人是最能够理解生命及其创造、价值的人。诗人往往属于这个人群中的重要成员。

没有比时间更公正的礼物
金秋，全体的金秋，柠檬翻山越岭
到哪里去找一个金字一个甜字

也配叫成果？也配叫收获？人世间

尚有一种酸死人迷死人的滋味

叫寂寞

即使在时间的流程中经过了太多苦难的煎熬，成熟的“柠檬”仍然还是“柠檬”，很普通，尤其在人世间，人们还是要小看它，瞧不起它，认为那不算什么“成果”，不是什么“收获”，于是诗人深深感悟到人世间其实更复杂，即使包含苦难的果实，也必须面对“一种酸死人迷死人的滋味”，那种滋味就是“寂寞”，是无人理解的寂寞，无人接受和认同的寂寞。在这里，诗人已经把“柠檬”的命运提升为和“柠檬”一样经历苦难的人的命运。诗的境界也因此而开阔起来。

不过，诗人之所以偏爱“柠檬”，歌颂“柠檬”，是因为“柠檬”的品格：

而柠檬从不诉苦

不自贱，不逢迎，不张灯结彩

不怨天尤人。它满身劫数

一生拒绝转化为糖

一生带着殉道者的骨血和青草的芬芳

就像它的成长过程必须经历无数风月雷电而默默承受一样，诗人在这里其实只是对“柠檬”的品格进行了更具体的书写、更明了的提升，“拒绝转化为糖”、拒绝逢迎恭维，充满自尊与自爱，这也许恰好是“柠檬”总是面对苦难，总是被人忽略的主要原因，而这，正是“柠檬”之为“柠檬”的本质之所在。在早期的《柠檬》中，诗人认为人们之所以不喜欢“柠檬”是因为“人们的食橱里/没有糖”，她感悟到的原因是外来的，被动的。而在这首诗里，是“柠檬”主动地“拒绝转化为糖”，角度的变化，体现了诗人对人生认识的深入，对艺术感悟的细腻和对“柠檬”个性特征把握得更加准确。在她看来，在“柠檬”生长、成熟的过程中，主体的因素比客观原因更为真实、重要，其实人也是这样。

在诗人那里，品性独立的“柠檬”却是高贵的，像“带蒂的玉”，它有自己的目标，自己的方向，自己的品格，因而它的“黄”，虽然不那么显眼，只是“娓娓道来的”“绵绵持久的”，但却拥有自己的“审美和语言”，拥有自己独特的魅力和价值。

对于《柠檬黄了》这首诗，仅进行这样的文本解读似乎是不够的。在诗中，“柠檬”其实只是一个象征，象征那种有着“柠檬”一样的命运、具有“柠檬”一样品性的人。更具体地说，在这里，“柠檬”其实是诗人自己的写照，是一种生命的自况。傅天琳的青春岁月和果园紧紧联系在一起，她对人生的感悟和果树、水果紧紧联系在一起，是那些果树和水果给了她人生的启悟，她又由此来反观自己的人生。在傅天琳的真实生活和诗歌创作中，“柠檬”和诗人都是合为一体的，你中有我，我中有你，你就是我，我就是你。在前面，我们引用了诗人对自己的人生和诗的自我总结，其中有这样的说法：“做人做诗，我都从来没有挺拔过，从来没有折断过。我有我自己的方式，永远的果树的方式。”读完这首诗再来回味这些话，仿佛她的《柠檬黄了》就是对这种自我人生总结的艺术化处理。因此，欣赏这样的诗，我们不但是在欣赏诗人创造的美妙诗篇，美好境界，其实也是在欣赏诗人，欣赏她追求平淡、真实但不屈服的品格，欣赏她化苦难为动力、化遭遇为果实的人生态度和方式。在傅天琳的诗中，苦难意识是很明显地暗含在其中的，但她总是以自己的内在力量将这些苦难的轮廓模糊化，将这些苦难的影响轻浅化，而流露出独立且坚韧的承担，流露出柔弱但不可侵犯的坚强。

这样的感悟和体验在傅天琳的诗里随处可见。2006年12月，在她进入六十花甲的时候，诗人曾写过一首诗叫《花甲女生》。从这个题目中，我们就可以看出诗人的乐观与开朗。诗人写道：“一大早我就敞开胸怀/从里到外推开六十道门/放出六十只雀鸟飞向山林/一大早就开始清扫/全身挂满消毒水，塑料袋/我要清扫整整六十年的垃圾。”诗人其实是在总结和反思自己过去的人生经历。她由此感觉到：“现在，空旷的屋子盛满光明/我把客人请到沙发坐下/客人就是我自己。我说喝吧/这杯柠檬水，六十年才慢慢泡淡/化解了所有的酸，所有的苦/流下满口芬芳。”还是“柠檬”的滋味，但诗人从中品到的是“芬芳”。这种提升是诗人人格精神的升华。诗中有这样一节：

你属草木
上天赐你一双不具攻击性的植物的手
柔而不弱，贫而不贱
掩映在盘根错节的紫藤中，注定
只能探寻泥土、石头和飞鸟的踪迹

与一只甲虫亲密对话

这实际上是诗人对自己人生的全面总结，其格调和《柠檬黄了》差不多。在诸多苦难包围的人生历程中，诗人一直生活在自己的世界里，这个世界就是诗的世界，就是“柠檬”面对苦难而独自成熟的世界。诗的世界使诗人避免了无谓的牺牲和不可自拔的沉迷。相比于早期《柠檬》的青涩和理念化特点，《柠檬黄了》无论是感受还是表达，都要成熟许多、丰富许多。善于和生命、艺术的发展一同进步的诗人，其创造力也是惊人的。在20世纪的女诗人中，我特别看重郑敏、傅天琳等在创作力方面的超群之处，一个善于思考，一个敏于感悟。

傅天琳一直是一个很低调的人，她似乎从来就不是很自信，无论是对于诗还是对于自己所做的事情，就像柠檬树那样总是荫蔽于群林之中。这恐怕和她在人生历程中经历的苦难有关。但是，因为有自己的方向，自己的目标，所以她没有停下来，而创造了独特的面对苦难、书写苦难的艺术方式。这种经历造就了傅天琳眼光向下、感觉向内、精神向上的人生态度，也造就了她的诗历苦难而获升华、历地狱而达天堂的独特境界。由于诗与人的不可分，再加上傅天琳是一个善于随时反思自己的诗人，一个充满童心的人，她甚至渴望回到三岁去，“用三岁的笑声去融化冰墙/用三岁的眼泪去提炼纯度最高的水晶//我们这些锈迹斑斑的大人/真该把全身的水都拧出来/放到三岁去过滤一次”（《让我们回到三岁吧》），这是一种不断求新求纯的追求。我们可以认为，只要她生活在这个世界上，只要现实中还存在矛盾、冲突、苦难和可以期待的美好，傅天琳就会继续创作，奉献她对于人生的更为深刻的体悟。

2010年6月23—25日，于重庆之北

宁静、和谐是她永远的梦想

——序萧敏散文诗集《远水》

十多年前，我写过一篇关于萧敏散文诗的短文，题目叫《透视生命的幽微》，我是想揭示诗人通过艺术探索而形成的对生命的细微感受。那时，她才出版了两部散文诗集《三月，女人的三月》和《萧敏散文诗》。我在文中说："萧敏的散文诗所表现的生命现状与精神渴求是复杂的，爱与恨、苦与乐、无奈与渴望、希望与失望等等交织在一起，构成现代人特别是现代女性的真实的生命情景。但是，与那种充满哀怨、彷徨的作品不同，萧敏的散文诗在面对生命的惶惑时所表现的不是传统女性柔弱易碎的形象，而是充满自我省思、自我变革的意识，体现出一种不屈的人生意志，大胆地爱、真诚地奉献、无畏地创造等等，使她的散文诗具有一种令人沉思的人格魅力，形成一种具有穿透力与感召力的强张力效应。"现在再读，觉得当时的感受是真实的。我尤其对"幽微"二字有兴趣，生命具有现实性，任何艺术样式都可以表达，但是，对于生命中、心理上一些微妙的体悟，也许只有诗歌才能最细致、最准确地传达出来。

十多年过去了，这个世界发生了太多的变化。我和萧敏基本上没有什么联系，各人忙着各人的事情，只是偶尔从一些报刊上读到她的一些作品。最近她突然告诉我，要出版一部新的作品集了。我才知道她还在坚持着。我心中不由升起了一份敬佩之情。在"物质""实用""享受"等成为流行词语的今天，还坚持诗歌创作，打造精神家园，这本身就是一种值得敬佩的追求。

我听有人说过，这十多年来，新诗带给人的感觉并不是很好，多元面貌下的混乱，看似亲近的远离，热闹背后的冷寂，再加上文化、娱乐方式的不断增加，物质与精神的严峻对垒，人们对诗意、诗情的期待淡漠了很多，甚至有人怀疑新诗是否还有希望。也有人认为，在新诗中，只有散文诗领域不是那么热闹，只有散文诗的探索没有太多的“出轨”，所以还拥有一批不算多的“铁杆”爱好者。我不想对这样的评价进行再评价，每个人有每个人的看法。我对新诗的前途是乐观的，一个没有诗的民族往往是缺乏梦想与希望的民族，一个没有诗意的时代往往也是缺乏深度的时代。

因为工作和兴趣的关系，我和散文诗界的交往一直比较多。就我的感受来看，散文诗作家一般都比较能够耐得住寂寞，他们在这片寂寞的园地上耕耘、思索、创造，取得了不错的收获。艺术家在很多时候都是寂寞的，寂寞中的探索也许是推进艺术发展的重要动力。萧敏也处在这寂寞的人群中，而且最终有了新的收获，这当然值得祝贺。萧敏希望我为她的这部新的作品集写点什么，而且说是王尔碑老师向她推荐的。王尔碑是我敬重的老诗人，萧敏也是多年的朋友，这两层关系加在一起，我自然无法推辞。

这部名为《远水》的集子其实是一部选集，是诗人二十多年诗艺探索的收成。全书包括“书写故土”“生命之钥”“素手拈花”“一路蹁跹”“淡蓝色角落”和“诗路探寻”六个部分，每个部分均有不同的题材和主题，我们由此可以看到诗人的视野是比较开阔的，而且也可以从中发现诗人不变的人生思考和艺术探求。“远水”二字，使人想起许多事情，“远”是距离，不在我们身边，但与我们有关；“水”是流动的、滋润的，是一切生命都无法或缺的灵性。“远水”是梦想，是体验，是眼睛之外、心灵之中的存在，暗示着对现实的升华，对生命去处的寻找和判断。

关注人生的广度和深度，是萧敏散文诗的一贯追求。所谓广度，是指她所打量的人生领域很广泛，希望由此确认人的位置与价值。她甚至关注儿童的世界，那是人生起步和着色的时期。所谓深度，是指诗人无论关注现实、思考历史，还是感悟生命自身，都最终落脚到对生命的思考上。终极关怀是其散文诗的精神向度，也是诗人能够坚持这园地的重要动力。我突然想起了《萧敏散文诗》的自序：“我试着用散文诗表达和倾诉来自心灵的一切，我喜欢这种方式。在表达的过程中，修正灵魂，丰满人格，力图真实和真诚地呈现自我。”诗人这样追求着，也这样探索着。对生命的关注始终是萧敏散文诗的艺术目标之所在。

对散文诗文体的独特理解和把握是萧敏散文诗获得成功的前提。她实验，但不随意，总是在一定的规则中实验，在一定的制约中实验。她的散文诗，引导我们感悟、思索，把我们带到她所体验、寻觅的世界之中，那是一个充满快乐、追求但又少不了迷茫、困惑的世界，是一个真实的精神园地。

诗人为自己探索数十年的诗选所撰写的自序很短：“从古典的流水中酌取一脉留韵，在清秀的月色里聆听遥远的诗语，由此，爱和飞翔的词汇汹涌而至，成就了这本散文诗。”我们由此读到了诗人的古典意味、传统感受，这些意味与感受在今天仍然具有不可忽视的价值，因为我们知道，今天来自于过去，现代来自于传统，那些试图把过去完全否定、一笔抹掉的做法是不科学的。这种追求奠定了萧敏散文诗的基调：她是一个现代诗人，是不缺乏传统思考、传统营养的现代诗人。

就我对萧敏的了解和对其作品的阅读，我觉得她在散文诗创作上的一些特点是很突出的。

对自然的歌唱是萧敏散文诗的重要主题，她在自然中沉醉、沉思。这种孤独但也丰富的观照成就了她散文诗的独特风味。《独坐野码头》有这样的诗段：

独坐野码头，江风呼呼如旧，灼人心扉的号子早已沉没江底，船笛高亢的长鸣，一阵阵撕裂心旌。看两岸霓虹闪烁，看满江灯火如星，眼底却翻卷着白色的泡沫和垃圾的漩涡。推开时间，问一问过去和未来，谁在呻吟？谁在喊痛？恍如隔世的预言，让我无法表述……

独坐野码头，灵魂出窍，却无法逃避，只在心里默祷：愿所有的泥土都能填海，愿所有的岩石都能补天，轰轰烈烈之后重返自然与和谐。

自然、和谐是诗人对现实、人生的渴望。这种渴望来自诗人丰富的体验，来自她对生命价值的终极思考。这样的感受既现实又空灵，在现实的大地上飞升，在心灵的世界里积淀，最终成为浓得化不开的诗意。

《日子》是执着，是怀念，是自省，也是梦想，是对人生某种情缘的总结。无论快乐、欣慰，还是苦恼、迷茫，都是人生的滋味。诗人不会因为其中之快乐而盲目快乐，不会因为其中之苦恼而颓然放弃，经历过丰富人生的人都可以从中读出不同的滋味：

日子有限，人生很短。守着日子不知不觉已日下半山。而你苦苦等待的那个人一直没有出现。

那个人陌生而又熟悉，那个人日思夜盼，足音可辨。那个人前世曾与你结伴同行，今生却被一剖两半。为了寻找这份等待，你迷迷惘惘在人世途中颠踬几十载。

你为长夜守更，在他没有敲门之前，在他没有完全地走进你的生活之前，你一定守着日子，决不走开。你等的那个人他也一定在等你，只是命运的手指，还没有向你指点迷津，你还未能端正奔向他的途径。

日子很忠实地与你随行，陪伴你一路风雨，于是你告别路边形形色色的诱惑和允诺，信守时间之外的预约，感谢日子。

对女性的关注是萧敏散文诗中一个值得注意的点。作为女诗人，我相信她对女性的理解应该是深刻的、独特的。这些作品中充满无奈、苦恼、快乐、追寻，女性的柔弱、坚强都通过诗人的细致解读蕴含于诗中。这些构成了真正的生命现状。《三月，女人的三月》是她的代表作之一，写出了女性世界的丰富，写出了女性的自豪：

三月，咬紧嘴唇，血红的齿痕，绽开朵朵紫杜鹃，煽动了三月，点燃了三月，三月天也因此而日渐明丽。

那渐行渐远的，是瑟缩的懦怯，

那越走越近的，是怒放的簇簇红裙子。

对色彩的描述是这篇作品的特色。红色是燃烧，是勇敢，是希望，是梦想，诗人通过简洁的诗句把这些体验融合到诗篇中，抒写了女性的自豪自尊。我记得有人说过，不管一个人对自己的作品有多好的感觉，只要表现了对女性的亵渎，这样的作品就不属于好作品。对人的尊重，尤其是对女性的尊重，应该是当下文化的重要向度。作为女性的诗人，萧敏所抒写的女性情怀是丰富的，也是自尊自爱的。

我喜欢萧敏散文诗含蓄、优雅的格调。她的作品使用许多意象，尤其是化用一些传统意象，增加了作品的文化意蕴，沟通了现代和传统的联系，也形成了作品细腻、委婉的风格。她的《小荷》：

洁白洁白的你，单纯得让人心疼。面对水中倒影，透明的阳光下，清清的香气正潺潺地流溢。

雨打在绿色背景上，一把遮风蔽雨的老伞，撑起一片古老的音韵。

洁白洁白的你，是我今生今世永难摆脱的心境。两眼沧桑，坐在风雨中静静地注视。

试图用一种宁静的心情与你对话，迷惘中却找不到一句合适的语言。

作品通过具体与抽象的交织，人与世界的交流，个人生命历程的反思，体现了诗人对于纯洁、宁静的生命状态的追求。“小荷”也是诗人复杂、艰难地反思自身的参照，是诗人梦想的心境，是诗人对生命终极状态的期待。诗中的“倒影”“老伞”“音韵”等让人体会了传统的宁静、和谐境界的魅力，也抒写了现代都市人的回归之梦。

萧敏的《天鹅湖》中有这样的段落：

远离尘嚣，让想象穿透生灵原野，在自由的空间翱翔——那是天鹅的翅膀，那是可以列阵自由迁徙，不羁往返于天地间的翅膀。而不是只能徘徊于湖面，只能作超低空表演的失去长翎的羽翼。

白昼，一扭脸匆匆而逝，夜色一层层裹紧了湖面，总裹不住比夜色更为深沉的想飞的翅膀。

天空因翅膀而辽阔；大地因渴望飞翔而充满希望。

这是一章具有哲理性的散文诗。自然如此，生命如此，诗又何尝不是如此呢？我愿意把这章作品看成是诗人的人生追求，也看成她的诗观。这里的每个意象、每种感受都包含丰富的意蕴。我常常说，一个人不一定要成为诗人，但一定要努力成为一个有诗意的人，萧敏是有诗意的人，同时也是诗人，心灵的自由与飞升的梦想是诗人所追求的永恒目标。因此，我只愿意把这部诗集看作是萧敏散文诗艺术探索的又一个驿站，而不是她艺术生命的顶点，更不是终结。我期待她为我们奉献更多的好作品。

2007年9月14日，于重庆之北

阅尽沧桑见真纯

——简论杨恩芳的诗歌创作

重庆是诗歌重镇，这已成为诗界和学界的共识。重庆的诗人多，尤其是具有自身特色的优秀诗人多；重庆推出的诗歌作品多，在新诗发展中具有影响的作品也多；重庆的新诗发展基本上没有断代，每个时代都有自己的代表性诗人和作品；重庆的诗学研究活跃，在海内外都有很大的影响。新诗历史上的每个重要时期，都有重庆诗人或者评论家为其做出的贡献。

在重庆文坛上，杨恩芳主要长于散文、小说创作，但她也是诗人。她的诗在写作上属于比较传统的类型，独自成长于潮流之外。她在多种诗体上都有过试验，既有主流的自由诗、格律体新诗，也有传统的格律体诗，是在深厚的重庆诗歌沃土上生长出来的值得关注的艺术收获。

在谈论诗歌的时候，我一般忌讳使用“完美”一类的语词。在诗歌发展史上，真正可以称为完美的诗少之又少。新诗的历史化程度还不是很高，大量的作品还需要接受时间和艺术的长期检验与淘洗。很多受到关注的作品都只是在某个或者某些方面显出了自己与众不同的特点，有的体现在感受的敏锐上，有的体现在体验的新锐上，有的体现在语言的超越上，有的体现在体式的创新上，有的体现在内在的厚重上。如果单纯从艺术表达上来考察，杨恩芳所采用的相对传统的话语方式并不具有冲击力和吸引力，但是，只要我们用心品味其作品中所蕴含的情感厚度、人生深度、生命热度，我们又不得不承认她的诗是和她的生命发展紧密结合在一起的，抒写了自己甚至她所代表的一代人在心灵上经历的茫然、煎熬和超越。她的作品对于人生真谛、理想光辉的抒写体现了一种魅人的人格力量。

面对人生和现实，诗歌写作可以有多种角度和取向。有的诗人不断玩味自己面对的艰难和苦难，有的避开艰难和苦难抒写一种浅显的光明，也有的在对艰难和苦难的超越中思索人生的价值与方向。就诗歌艺术的发展来说，每个角度、每种写法都有其道理和价值。诗坛的多元便由此而产生。但是，我们应该承认，诗人之所以被称为诗人，主要是他们可以比普通人更敏锐，可以发现更多现实和生命的秘密；优秀的诗人之所以优秀，除了艺术表达上的独创性之外，他在尊重自己的心灵体验的同时，还是一个时代或者众多他者的心灵世界的发现者，可以通过自己的发现为更多的人提供精神上的启示。优秀诗人对现实和人生的感受具有广度与深度，同时又在精神上对现实、人生实现了超越，成为某种精神的引领者。

杨恩芳的诗题材很广泛，她的足迹所至、心灵所向都成为诗的题材和主体。在异域他乡，诗人以一个中国人特有的文化底蕴去品味、欣赏别种文化的魅力；在神州大地，诗人用一个现代人的情怀去感悟中国文化的深厚和山川河流的启示；在岁月的历程中，诗人以一个参与者、亲历者的身份去回味、提炼现实的启示以获得心灵的净化、提升。在她的作品中，我们读到了《亚马逊河上丛林》的“天人感应”，读到了《飞行的城市》的“立体的圣景”，读到了《澳洲牧野》的“蓝天流云追白羊”“潇洒坐骑羊背上”的开阔与恬静，读到了《塞纳河》“深长的诗意”，读到了《印象伦敦》中“人文精神的伟岸”，读到了《激情西班牙》里“天地都有激情奔放”的民族精神；我们更读到了《莫高窟》“一代代精英延绵千年的艺术联唱”，读到了《青海湖》的宁静，读到了《镜泊湖》的寓意，读到了《九寨七彩》的灵秀，读到了《漓江水》的清纯、秀丽，还读到了《黄山看日落日出》的感悟：

起伏峰谷，
方知天高地厚、人生匆忙；
会凌绝顶，
才懂精神至上、天地久长！

以及《孔庙》中的喟叹：

真理自古任评说，
千年磨砺光更亮。
七上八下人生事，
起落沉浮正沧桑。

从这些浮光掠影的列举可以看出，无论是行旅抒怀、探景寻幽，还是访古述今、由己及人，杨恩芳都善于将自己的感受投射到对象之中，或者从所观所涉的事象之中发现某些人生的思索和启示。她回顾和感悟的是岁月的沧桑，而她认同和赞美的是纯净、超然的人生境界，其中还蕴含着一种超越的、奋进的精神力量——通过诗人的心灵熔炼而生成的人格的力量，这种力量带给人净化与飞跃，也带给人启迪和引导。从艺术表现的角度看，这是一种比较传统的写法，如果把握不好，很容易形成某种表达上的模式化特征；但是，它也是许多读者比较熟悉和乐于接受的方式，处理好了可以获得很多人的认同和接受。

在杨恩芳的作品中，我更喜欢她以自己的人生阅历作为背景，以精神超越作为旨归的那类诗。在中国当代特殊的政治、社会语境中，杨恩芳他们那一代人所经历的事情是独特的，可以说充满了自己无法主宰的沧桑。但是，也正是这种沧桑，炼就了他们强大的心理素质，塑造了他们明确的人生目标，他们最终超越了现实的沧桑而生发出对现实、人生的独特理解。这种超越和它蕴含的力量是具有魅力的，成为杨恩芳和许多与她同龄的诗人的作品中所特有的精神力量。

杨恩芳有一首《形悖其意》，我愿意把它引用在这里："一生追忆，/都为那逝去的美丽。/执着寻求，/常常是终难拥有。//默默无语，/常常是心潮荡激。/独自言语，/往往因孤心太寂。//高声言痛，/常常是小病初疾。/麻木不吟，/往往因痛苦至极。//八方云游，/往往是心无路走。/万事随意，/常常因死心断欲。//生活总是/形悖其意。"这是一首非常尖锐的哲理诗，诗人从几个不同的角度，书写了现实与人生中的表里差异、"形""意"矛盾。这样的感受触及人世的本质，没有阅尽人世艰难的人是难以获得的。由此，我们可以认为，杨恩芳的诗不是以技艺上的新颖取胜，使人惊喜和欣赏的主要是她对人生的体验，是从复杂的体验中发现和提升的人生思索和启示。

对于诗歌而言，仅仅写出诗人所经历的一切——无论是阴暗的还是阳光的，无论是向下的还是向上的，无论是外向的还是内敛的，还不足以触动人心，也不足以构成诗的高境界。在杨恩芳的诗中，她对艰难、苦难的超越，以及超越之后所形成的具有哲理性的人生思索，才是其诗歌的主要价值之所在。下面是我从她的一些作品中选择出来的诗行：

以阳光的心态融入社会的阳面，
会得到阳光的普照而生活得更阳光；
以阴暗的心态角逐社会的阴面，
常常会被阴影笼罩而生活得更阴暗！
——《阴阳心态》

到老年，
才懂得什么叫牵挂。
那是一种缓缓释放的疼痛，
一种生命血液的吸纳；
那是人生烛光的不竭燃烧，
一种渐渐消淡的光华；
那是融进你生命无法剥离，
结在命脉上，
一碰就会喷血的痂。
——《牵挂》

无论一生阅人万千，
永难忘却的，
还是那印在心底的名片。
无论时空多么遥远，
永远不断的，
还是艰苦岁月结下的情缘。
——《寻找密林深处的青春》

担当人生，

只能是自己的肩头。
——《肩头》

爱,是一种升华,
她使狭隘的天地豁然开朗,
黯然的心境撒满阳光,
平淡的生活顿生情趣,
渺茫的未来充满希望。
——《爱的真谛》

诗歌不可能把诗人所经历的一切具体、琐屑的事实都直接体现在作品中。在诗中,具体事实在很多时候是隐藏的,而由这些事实所生发出来的情感体验才是诗的核心。上面这些诗行都很朴素,但都抒写了诗人对人生、世界的感受,是诗人对人生哲理的总结,体现出诗人独特的人生智慧。它们具有一种向上、乐观、超越的力量,具有面向外在世界的丰富,也具有面向未来的理性光辉,对读者的启迪作用是明显的。这些作品对个人经历和历史的重新发现和独特反思,使它们超越了具体的人与事,成为具有普视意义的精神产品。

也许有人会说,和当下大多数诗歌作品相比,杨恩芳的诗在观念上不够新潮,在表达方式上不够丰富。而我,喜欢的恰好是这种和别人不一样的超然与单纯。苏东坡曾经说过:“大凡为文,当使气象峥嵘,五色绚烂,渐老渐熟,乃造平淡。”九叶诗人唐湜在谈到自己后期的创作时也说:“年轻时,我从西方汲取过些浪曼蒂克的梦幻,一些朦胧的色彩,或一些古典的意象,一些现代的象征。这忽儿,我却要自己返璞归真,归于最朴素的真实,最恬静的抒写。我要以坦率的散文笔致追求一种诗的纯度,展开一片诗的纯净美与纯诗的美……这不是对过去的背叛,而是人到晚年自然会有的对单纯的美的向往,一种‘豪华洗尽见真淳’!”[①]“平淡”不是平庸,“单纯”不是单薄。在艺术上,平淡和单纯都是超越表象深入本质、超越外在深入内里的体现,是诗人艺术成熟的体现,也是诗人真正体会到人生、艺术真谛的体现。优秀的诗是激情之后的积淀与冷却,是经历之后的提升与超越,是繁杂之外的净化

①唐湜:《我的诗艺探索》,《新意度集》,生活·读书·新知三联书店1990年9月出版,第210页。

与纯化,是浮躁之后的淡定与从容。杨恩芳自己也在诗中说:“清心淡欲身自轻,参透红尘人空灵。”(《普陀山海天佛国》)她的诗是深入生命的诗,也是超越浮躁和繁杂的诗,更是阅尽沧桑、只留纯真的诗。

杨恩芳把自己的诗集命名为《日月之恋》,“日月”是久远,是宽广,是包容,是深厚,是黑夜的光明和白昼的温暖。它暗示了诗人对世界、对人生的态度。作品中所体现出来的理想光辉既是诗人人生的升华,也是诗人奉献给读者的精神营养。

2012年3月17日,于重庆之北

隐藏了故事的"自叙传"

——虹影诗集《我也叫萨朗波》臆读

这些年来，虹影的小说受到读者的大量关注，甚至在读者和学者中引起了广泛的争鸣。但虹影在骨子里是一位诗人，这不仅因为她的文学之路是从诗歌创作开始的，她的小说里渗透着诗歌的文笔、感受和表达方式，而且她一直坚持写诗。她说："我的诗是我的小说的浓缩版，是小说的血液。"①她先后出版了诗集《天堂鸟》《伦敦，危险的幽会》《白色海岸》《快跑，月食》和《沉静的老虎》等诗集，《我也叫萨朗波》是她新近奉献的一部诗集。虹影的诗歌创作在数量上并不很多，这部诗集的出版距离上一部在大陆出版的诗集已经15年，而且它和诗人在这期间所经历的人生变故有着密切的关系，虹影说："这期间发生了许多事，最大伤心事，是我的母亲走了，我写了长篇《好儿女花》来纪念她；最大喜事，是我的女儿来了，我写了《小小姑娘》，讲给她听我童年的故事。"②在虹影那里，纪念母亲、迎接女儿的，主要还是长篇小说，诗是生长在另一种境况下的文字，不只是伤心和纪念，也不只是欣喜和迎接，而是交织着伤心与欣喜，有着更为丰富的人生蕴含，更为个人的内在情怀，恰如诗人自己所说的："看着女儿，想着母亲，我是一个夹在生死之间

---

①蒋登科：《虹影：诗歌是我小说的血液》，《重庆诗歌访谈》，重庆大学出版社2013年10月出版，第236页。

②虹影：《自上一本诗出版》，《我也叫萨朗波》，江苏文艺出版社2014年1月出版。

的人，太多的空白跨过时间与悲伤袭击我，小说不能填充心里的空白，只有诗。"[①]可以说，在虹影那里，小说与诗的功能是具有明确划分的，只有其中任何一种，无论是诗还是小说，都构不成生活和文学中的虹影。

因此，要了解虹影，尤其是她的精神世界和她的生命感受，读她的诗应该是一种有效的选择。在许多读者那里，虹影的诗和她的小说不同，她的诗是属于小众化的，个人性很强，不太好读。因此，对于虹影的诗，我们只能尽可能透过她的文字，进行一番多少带着个人性的臆读。

萨朗波，抑或山鲁佐德

虹影有着独特的中国生活经历，后来又长期生活在西方，更多的时间是在中西文化间穿行，她的人生观念和文学创作受西方文化影响很大，她的有些书名就来自西方的故事或者经历。这些故事或者经历，有时是深入生命的骨血的，有时也许只是一种表达上的策略。诗集《伦敦，危险的幽会》，就表面看，似乎写的是诗人在伦敦的情感体验，但她本人却说："《伦敦，危险的幽会》只是书名如此，跟生活在哪里没有太大关系。"[②]《我也叫萨朗波》其实也一样，既是一首诗，也是诗集的名字，而且是来自西方文化的名字。

不过，既然涉及外国文化或者经历，要读懂这个题目或者说这首诗，甚至要读懂虹影的这部诗集，我们就必须知道萨朗波的故事。

萨朗波这个形象出自法国作家福楼拜的小说《萨朗波》。这部小说描写的是公元前三世纪的故事，迦太基在第一次布匿战争中被罗马军队打败，要担负巨额赔款，但统治阶级挥霍无度，以致国库空虚，连雇佣军的军饷都无法支付。雇佣军在利比亚人马托的带领下举行哗变，包围了迦太基城。在这个过程中，马托爱上了迦太基统帅阿米尔卡的女儿萨朗波，并在希腊奴隶斯庞迪斯的引导下潜入迦太基城，盗走了保佑迦太基城的神衣。这件神衣恰恰是由萨朗波负责守护的。阿米尔卡回师解救迦太基城，初战失利，幸亏萨朗波只身走进马托的营盘，取回神衣，才扭转了战争局势。阿米尔卡使用计谋包围了起义军，又用分化瓦解、收买叛徒的办法对起义军逐个击破，最

①虹影:《自上一本诗出版》,《我也叫萨朗波》,江苏文艺出版社2014年1月出版。

②蒋登科:《虹影:诗歌是我小说的血液》,《重庆诗歌访谈》,重庆大学出版社2013年10月出版,第237页。

后将其彻底消灭。马托被俘,并被残忍地处死,萨朗波的眼光同马托的眼光相遇以后,如受雷击一般,也倒地死去。这个结局最终泄露了萨朗波最深处的秘密。

虹影诗歌其实也泄露了她内心的秘密。她的爱如同萨朗波一样,为了爱,她可以背叛,可以无视道德,深刻而无奈。从情感上说,萨朗波在忠、义的冲突中,既不愿舍忠,也不愿舍义,但她还是无奈地舍爱而守忠,最终只能以死来证明自己的真实感受。虹影的《我也叫萨朗波》是这样写的:

爱一个人
成为一个梦
远比无梦更虚无

这是诗人最核心的人生体验。“我死了/什么也不知道/美貌如此结束,时代如此结束/今天的海上看不见鸟/给我一杯红葡萄酒吧/再给我一只苹果/萨朗波只是一个名字”,在诗人眼里,“你们都不是好心肠的人”“他闭上眼睛/很冰冷/我的嘴唇贴上去却如火燃烧/哦,他才是一个好心肠的人”。我们不知道诗人这里所说的“你们”究竟是指哪些人,也许是杀死自己爱人的人,也许是所有的其他人,但我们知道这里的“他”指的是萨朗波心中的“马托”或者诗人心目中深爱的人,而她却将“好心肠的人”推向了断头台。在这种无奈的爱中,身、心的体验都得到了舒展,所以她愿意以生命去追随。诗歌标题中的“也”字强化了诗人与萨朗波性格和追求的相似。

诗集《我也叫萨朗波》包括五辑,分别是“非法孩子”“莲花戒”“悲伤的秤”“蝴蝶与蝴蝶”和“九城记”。同题诗《我也叫萨朗波》收录在第一辑“非法孩子”中,这也许和诗人的个人身世有关。因此,在这里,诗人所抒写的萨朗波的爱,也许不能仅仅理解为男女情爱,而包含着更开阔的内涵;爱的受伤、无奈,也不只是情爱的受伤和无奈,而包括亲情之爱的受伤和无奈。诗人选择这首诗作为诗集的名称,既说明诗人喜欢这首诗,也暗示了诗集的核心主题。

作家毛尖对虹影及其作品有着独特的理解,阐述得也非常到位。她为诗集写了一篇代后记《我也叫山鲁佐德》,这其中又涉及另外一个外国神话中的人物。山鲁佐德是《天方夜谭》中的一个英雄女性,她通过讲故事感动了残忍的国王,拯救了自己的生命,也拯救了无数少女的生命。这两个形象在一定程度上可以说是虹影的人生象征,这个“私生女”因为母亲而遭受了很多人生的苦难,而成人之后的她则试图通过诗歌或者其他的倾诉方式来超越这种苦难而获得心灵、情感上的升华。从萨朗波到山鲁佐德,这其实是把虹影的诗歌提升到了一个更高的境界,在毛尖看来,"这个以洛可可风格浮现在人间的虹影,其实只是她的面纱,犹如山鲁佐德的故事,活命只是其最小的功能。一千零一个故事,救下的不仅是山鲁佐德自己,以及这个国家的无数少女,更重要的是,它们改变了操纵这个国家命运的山努亚。这个才是山鲁佐德的最大功能"①。这也许可以看成是女性文学尤其是女性主义文学的一个整体精神趋向,通过对自身的认知和价值的揭示,来引导一个国家、一个时代对于众多话题的重新思考。

萨朗波、山鲁佐德都是来自外国的文学人物或者神话人物,她们身上凝聚了一些独特的文化意蕴和人文精神,虹影对她们的厚爱或者说读者从她的作品中读出的感受,一方面是因为她受到了西方文化的影响,另一方面也是诗人在悠久的历史文化中找到的可以和她精神相通的意象。读虹影的诗,我们必须对中外文化都有所了解,否则,经常跳进我们眼睛的人物、意象、典故等等,会使我们无所适从。

这两个形象,或多或少体现了虹影诗歌的精神特质,爱与痛是其核心元素。诗人的爱不是一种单纯的爱,而是由爱的痛苦、迷茫甚至牺牲、死亡,共同构成了虹影的人格元素,也构成了她诗歌的精神和人格特质。

虹影的诗,就如她的人生经历一样,一直都显得非常"复杂"。

耐读的情感"自叙传"

虹影由写诗转向写小说,主要有两个原因:"一是小说的形式和内容更为宽广,可以表达更多意义;二是写诗无法养活自己,且自己的诗一直处于边缘地位。"②这应该是真话。虹影的小说是当代小说中的"另类",也是独具一格的一类,要么是和自己的身份、经历结合在一起的,要么关注和自己的人生有类似性的题材,我们可以称其为"自叙传"小说。就她的小说而言,仅题材就容易引起读者的兴趣,"养活自己"自然应该没有问题。

---

①毛尖:《我也叫山鲁佐德》,虹影诗集《我也叫萨朗波》"代后记",江苏文艺出版社2014年1月出版,第194页。

②蒋登科:《虹影:诗歌是我小说的血液》,《重庆诗歌访谈》,重庆大学出版社2013年10月出版,第236页。

小说因为有连续性的故事和情节,读起来往往比较轻松。虹影的诗在本质上也是诗人的“自叙传”——她的每一首诗的背后都可能有一个吸引读者眼球的故事,但诗不能写故事,也还没有人对现代诗进行“索隐”式的研究,因此,这种“自叙传”只能是属于心灵的“自叙传”。这样的诗,割断了各种体验之间的显在联接,只留下一个个看似孤零零的情感之“点”,如果不了解诗人,甚至不了解诗人所处的特殊的时代,读起来自然比较困难,自然也就会落得像诗人自己所说的那种“边缘地位”。在当今这个有些浮躁也有些忙碌甚至有点茫然的时代,要通过诗歌这种文体的探索而获得“养活自己”的收益,几乎是痴人说梦。但是,虹影在骨子里是个诗人,当她能够“养活自己”的时候,她仍然不会疏离对诗的青睐,因为诗是她的最爱,诗也是她那些“养活自己”的作品的根基。

我有时从读者的角度把诗分为三种类型:好读且耐读的诗、好读不耐读的诗、耐读不好读的诗。诗歌中真正好读且耐读的诗并不是很多,我们面临的常常是这样两种极端的情况,一种是好读但不耐读,一种是耐读但不好读。前者也许可以直观、明白地告诉我们一些人生的感悟或者道理,但缺乏回味,往往不是诗的上品;而后者也许在艺术上可以给我们提供更多的启示,但阅读起来比较困难,因而常常处于少数或者边缘。不过,相比而言,作为诗歌研究者,我对后者拥有更多的兴趣。

诗是去掉故事情节的人生,进一步说,诗才是揭示诗人人生秘密的艺术。而大多数读者喜欢的是故事,而不是故事引发的思考与感悟。因此,在同一个人身上,同样主题、不同文体的作品可以产生完全不同的效果,他的小说可以成为读者大量阅读的文本,而诗歌则属于小众文本,里面隐藏着更多私密的信息。虹影就是这样的作家和诗人。

虹影的诗中始终蕴含着两个字:爱,痛。

虹影的爱不是我们常说的大爱。她爱自己的母亲,爱自己的女儿。但她从来不直接说出自己的爱恨,有时甚至显得冷冰冰的。不过,我们透过文字和意象,可以读出这种爱,以及爱与痛的交织。《我的成长》是这样写的:

悲伤是一个点,折叠后
成一条线
再一擦

成为一道山
成为一条河
深深的河
我站在河中央,看你

你背对我
背对无数个点
你把自己的指头切掉
你也把别人的头颅切掉
它们通通滚在地上
如一枚枚豆子和萝卜
我站在海洋深处,跟着鲸鱼跃出海面

我们似乎很难将诗的题目和内容联系起来。但只要细细阅读,我们可以发现,这其实是一首充满深爱的自叙诗。“悲伤”是这首诗的基调,由“点”而“山”而“河”,“我”就是在悲伤的“河”中生长的。而“你”(也许是诗人一直赞美的母亲)却背对“我”,背对“无数个点”,承受无限痛苦,这还不算,“你”还“把自己的指头切掉”“也把别人的头颅切掉”,因为这些可能就是“我”的“悲伤”的来源,举重若轻的“你”切下的这一切“如一枚枚豆子和萝卜”,体现出母亲为了“我”付出了巨大的代价,而“我”正是在这种氛围中“跃出海面”。诗人并没有直接诉说“悲伤”,没有诉说“成长”的曲折和沉重,也没有说“你”有多伟大,但字里行间蕴藏的却是诗人所体验的人生的艰难和对“你”满怀的爱意与敬意。

虹影的诗具有明显的女性色彩,她总是通过自己的独特体验来审视世界。她尊重自己的体验,没有宣泄女权主义的意思,而是通过女性的视角打量世界,展示女性精神世界的开阔和生命力的强大。我们不能否认她对身体、对性都有自己的特殊书写,但那些都是干净的体验,甚至是圣洁的体验。她似乎没有以消费身体、精神作为自己诗歌的主题。在她那里,对灵魂的清洗才是她追求的人生和艺术目标。因此,她的作品就如她的人生一样,充满痛,充满爱,爱与痛的交织构成了她的人生底色,也构成了她诗的底色。这种底色没有因为时间的流逝而淡化,反而因为时间而流淌出新鲜的

诗意。虹影对时间有一种特别的敏感,《小姐姐》中的时间意识体现得尤其明显:

我从墓穴中钻出来
泥土生泥土
泥土归泥土
时间,时间就是开花的斧子

在去向那森林之王之前
我发现你也在墓穴里
血浓于水
我要带你快跑
远离那世界
时间,时间就是结果的斧子

对于生命来说,时间的压力总是很大。我们不想去揣测诗人笔下的"墓穴"究竟是一种怎样的生存状态或者情感体验——那一定不是一种美好的状态,但我们可以肯定,这种状态和时间有关。"斧子"是可怕的凶器,从"开花的斧子"到"结果的斧子"使人觉得诗人对这种"凶器"的认识是经过了一个漫长的过程的,而且总是伴随着她的人生。不仅如此,进入这"墓穴"的不只是她一个人,还有她的"小姐姐"。在一首书写爱与关怀的诗中,诗人使用了"墓穴""斧子"一类可以称为尖锐的意象,足见在诗人的生命历程中,爱始终伴随着痛与苦,也许还有凶险。这样感受到的爱才是真爱,因为它是经过了考验的爱。

因为"故事"的缺失,即使读完虹影所有的诗歌作品,我们也很难像阅读小说那样理解诗人经历的具体人生事件。我们只能大致揣摩她所经历的人生轨迹和心路历程,尤其是她对待人生的态度。这种态度更内在、更个人、更切近生命的本真。她的诗——《写作》也许可以让我们或多或少揣摩其作品的取向:"原地行走的人,家乡/渡口的对岸/石头房子/欲望的秘密,三十几年/不停地称颂的//一个名字,备受折磨/自由的夏季/幻想过现在/写作,从你受伤的暗影描叙起/包括你怀中金黄的虎,跟着你说/冬日结束。""备受折磨"的"名字""受伤的暗影""金黄的虎"是诗人一直关注的话题,而这些都是极其私人化的体验,属于诗人的情感“自传”。

在诗集简短的序言中,虹影特别感谢毛尖通过解读她的作品而“阐释女性与国家的关系”[①]。毛尖是这样说的:诗人虹影,反复思量的关键词,是女人和她的祖国,这对构成彼此因果的关系,用她诗中的话,就是——

因为祖国不存在了
祖国走了
因为我的形体与你的形体
像干枯的树,记不得发芽”[②]

毛尖找到的理由,除了诗人在作品中体现出山鲁佐德式的救赎情怀之外,更明显地是在虹影对待西方文化的姿态和态度上。虹影在“九城记”中打量西方城市的时候,不是我们时常见到的“惊叹”,而是“以情爱的方式向我们展现了异质的压力和甜蜜的敌意,因此也就再一次,她向全诗的主题做出回应:我开始种植来自祖国的花”[③]。毛尖在文中引用的诗行出自虹影的《我的手掌 你的手掌》,全诗是这样的:

不要看,一看便是沙漠
我们的爱只剩下一颗星
乌云一来就会熄灭

大地薄如一层纸
穿过它,赶快穿过
即使我们会破碎
一个人走了
因为祖国不存在了
祖国走了
因为我的形体与你的形体

①虹影:《自上一本诗出版》,《我也叫萨朗波》,江苏文艺出版社2014年1月出版。

②毛尖:《我也叫山鲁佐德》,虹影诗集《我也叫萨朗波》“代后记”,江苏文艺出版社2014年1月出版,第196—197页。

③毛尖:《我也叫山鲁佐德》,虹影诗集《我也叫萨朗波》“代后记”,江苏文艺出版社2014年1月出版,第197页。

像干枯的树，记不得发芽

诗人使用了“祖国”一词，也抒写了“祖国不存在了”“祖国走了”之后的那种无根、脆弱的生命体验，但要把这样的体验上升到“女性与国家的关系”，似乎还有些勉强。虹影的诗中很少涉及这类大题材、大主题，她都是通过个人的体验来抒写自己对于生命的感悟，更多地属于个人的“自叙传”。她在“祖国”的经历给她留下的更多的是心灵和情感的创伤而不是快乐和抚慰，因此，要把她的个人体验放大到“国家”层面，恐怕还难以找到足够的依据。当然，有一点是可以肯定的，虹影对于“根”的看重是毫无疑问的，她的诗始终立足于曾经的经历，即使身处他乡，她的诗中也回响着故乡的旋律，飘荡着山城的影子。虹影的“祖国”，也许就是她的精神归依之所。

从这个角度说，虹影以她的国际化身份创作的诗在本质上是属于当代中国的，是属于汉语文化的。她了解中国文化，在骨子里也属于中国文化，而且可以站在中国之外打量中国和中国文化，对于故土、亲情、文化也许看得更清楚，感受得更真切 。她的精神历程属于和她有类似经历、类似体验的同一代中国人。这让我们想起了叶维廉在20世纪五六十年代之交创作的那些作品，他当时身处和大陆几乎处于隔绝状态的台湾，但他内心却思念着家乡，怀念着大陆的文化，于是借鉴了西方诗歌的一些手法，创作了不少具有特殊意味的诗篇，尤其是著名的《赋格》，成为台湾现代诗的代表性作品之一。这些诗，外表似乎是西化的，但是，他采纳了很多古语古韵入诗，儿童时代的歌谣“予欲望鲁兮，龟山蔽之，手无斧柯，奈龟山何”等也融入诗中，他骨子里深藏着对祖国、家乡的怀念。虽然曾经相互隔绝，而台湾只是中国的一个省，如果说这个类比也许不太合适或者不具有足够的说服力的话，那么我们也可以注意到，叶维廉到美国长期生活之后，他的诗文，他的学术研究仍然深深地烙上了中国文化的印记。他在诗学研究上，研究方法、表达方式或许更多地采用了西方的话语范式，而且使用了大量的西方术语，篇幅也很长，但他所关注的一直是中国文化，强调的是中国传统文化的先锋性。虹影在这方面和叶维廉很相似，她只是站在中国之外看中国，站在中国文化之外感受中国文化，她的精神血脉始终是源自中国的。他们的主要区别在于，叶维廉当时创作那样的作品，包含了主动借鉴和环境压迫的双重动因，而虹影所处的时代已经不存在外在环境的压迫了。她的姿态是主动的。

隐秘的“冷抒情”

诗歌本是以情感为内容的艺术样式，任何称为诗歌的作品之中都蕴含着诗人的情感体验。但是，在抒情方式上，每个诗人可能都是不一样的：有的直抒胸臆；有些采用比较含蓄但较易把握的方式书写，情感线索相对明显；而有的甚至将情感体验深深地隐藏起来，我们很难从文字的表面或者意象之间的简单关系中把握诗人的情感体验。因此，对于不同的诗，我们需要采取不同的方式去解读，甚至只能尽可能揣摩诗人的书写方式及其背后的意蕴。在多年之前，我曾在参与一本书的有关内容的书写时，认为卞之琳的诗属于“冷抒情”范畴，他的很多作品将诗人的真实体验隐藏起来，只留下一些似乎没有关联的意象或者细节，使我们难以进入其中，而又试图去破解其中的悬念。这种方式有时又称为“客观化”书写，就是借用一些意象、场景的组合，让这些意象、场景自由“演出”，建构一种具有张力的诗意情景和氛围，诗人一般不直接站出来说出感情、体验的名字。他们的体验蕴含在字里行间，需要读者慢慢去品味、猜度。这种方式在西方的现代诗中比较流行，不少中国诗人以为这种方式是西方诗人的创造，因此乐意将其借用过来。事实上，这种方式在很大程度上经历了一个“出口转内销”的过程，只要我们了解一下庞德等诗人如何从汉语诗歌中获得创造的灵感，他们的作品如何影响了西方现代诗的走向，就可以大致知道这个过程。事实上，在中国传统诗歌中，由于受到尊崇自然的哲学、文化观念的影响，“客观化”书写是普遍存在的，比如“鸡声茅店月，人迹板桥霜”“枯藤老树昏鸦，小桥流水人家，古道西风瘦马”，等等，都属于这种情形。我有时不太喜欢使用“客观化”这个词，因为对于诗人来说，只要进入其作品的任何文字，都不可能是纯粹客观的，而是浸润着诗人的心血，只是以一种类似客观的方式展现出来而已。

虹影的诗在写作方式上应该属于“冷抒情”的范畴。毛尖在概括虹影这部诗集的特征时说：“整本诗集，最常见的背景是‘水’，最主要的色调是‘蓝’，最频繁的意象是‘鱼’，最重要的人格是‘母亲’。”[①]这一概括大致是准确的，勾勒了诗人的情感轮廓以及这些情感的生成背景和大致取向。而且，她还特别谈到：“各自独立的一千零一个故事，有隐秘的关联。各自独立的

---

①毛尖：《我也叫山鲁佐德》，虹影诗集《我也叫萨朗波》“代后记”，江苏文艺出版社2014年1月出版，第195页。

虹影的诗歌，也有隐秘的关联。水啊水啊水，我从来没有见过，一部诗集这么渴，不过，被水、鱼、蓝、母亲串联起来的诗歌，虽然很女性化，中间也出没着女性诗歌标志性的‘乳房’和‘项链’，‘爱情’和‘悲伤’，但自始至终，诗人的声音不颓废。”①这样的评价也是中肯的。但是，她始终没有就虹影的某一首具体的作品进行解读，或许诗人的具体诗篇真的难以破解，我们只能通过对她作品的整体阅读，把握其作品的氛围、基调和取向。

其实，除了毛尖提到的几个核心意象，虹影诗中还有几个值得特别注意的意象，比如“死”，这是死而后生的“死”，这是九死一生的“死”；还有与“死”有关的“血”等；另外一个值得关注的词是“家乡”，这个“家乡”可能是诗人真实的“家乡”，也可能是她的精神之“乡”，她的情感依托或者归依之所。此外，她的作品中还时常涉及一些在中国文化中具有不吉利象征的物象，诸如“乌鸦”“猫头鹰”“墓穴”，或者本身就显得尖锐的意象，如“斧子”“刀子”，等等。这些意象或者物象与“水”“鱼”“蓝”“母亲”等意象组合在一起，构成了特殊的张力，也生发出别样的诗意。因此，解读虹影的诗，必须努力破解毛尖所说的“隐秘的关联”。我个人觉得，这种关联至少应该从三个方面加以考察。

其一是作品内部的关联，包括题目与文本的关联，诗行之间的关联，诗节之间的关联，意象之间的关联，等等。在虹影的很多作品中，题目和内容似乎没有直接的关系，比如上面提到的《我的成长》，题目是写人生历程的，而作品本身好像只是书写了某种感受，和成长、和过程之间的关系并不明显，但是，如果我们将二者联系起来，就可以发现，诗人在作品中只是提炼了“成长”中最核心、最本质的元素和体验，她的“成长”就是伴随这种感受而实现的。又比如《冰山》《几百里的激情》等，我们实在很难揣摩出“冰山”这题目和短短的六行诗之间的关联，只是“吸着一面镜”或许透露了一点信息；“几百里的激情”这个题目很新鲜，以长度来表达激情，本来就具有诗意。作品中“西南方”“那里有一个人”等意象，透露出诗人是在“几百里”之外想念某个人，“坐在书里看书”的人，而作品中多次出现的“刀子，刀子”，或许透露了这种感受的刺痛感或者强烈程度。还有《摧毁》，作品很短：“把一个女人

①毛尖：《我也叫山鲁佐德》，虹影诗集《我也叫萨朗波》“代后记”，江苏文艺出版社2014年1月出版，第195页。

的童年装进/一个翡翠的壳里，她的老年开始/她死后，下一场暴雨/一群蜂在我们头上盘旋。”我们可以读懂作品所书写的内涵，“童年”因为“翡翠的壳”而开始了“老年”，这种对女性人生的总结可以说入木三分。这首诗除了题目和正文之间的神秘关联外，“暴雨”“蜂”这些意象之间的关联也是我们解读作品的关键，每个读者或许有不同的串联方式，最终读出不同的意味。总之，在虹影的诗中，题目与正文之间、意象之间、诗行之间的跳跃一般都是很大的，每个跳跃之间的关系往往是省略的，而省略掉的这些内容，既可能是诗人经历过的具体的事件，也可能是诗人有意采取的一种艺术策略，更可能是二者兼而有之。虹影不愿意把诗写得过于明白晓畅。这样的表达方式在不太注重语法、字词连接方式的传统诗歌中再正常不过了，单纯的名词的并列、物象的罗列都可以成为优美的诗句，但是，对于习惯了现代汉语的“顺畅”特征、注重语法元素完整性的读者，在现代汉语诗歌中采用这种方式也许会被认为是晦涩的，不符合规范的。事实上，追求不合规范的更合规范，在“破”中求“立”，恰好是诗歌艺术探索的重要特点之一。

其二是作品之间的关联，就是不同诗篇之间的内在联系。就这部诗集来看，五辑作品各有相对独立的主题，但它们在创作时间、创作语境等诸多方面又存在交叉，比如第一辑“非法孩子”的创作时间为2007—2013年；第二辑“莲花戒”的创作时间为1999—2006年；第三辑“悲伤的秤”的创作时间为1990—1997年；第四辑“蝴蝶与蝴蝶”的创作时间为1992—1995年；第五辑“九城记”的创作时间为1991年。这个时间序列跨度达到二十多年，其中既有“空白”（比如1998—2005年），也有交叉（比如第三辑、第四辑和第五辑），而且，在这期间，诗人还出版过其他作品集，这部诗集也许可以在一定程度上被看成是诗人的一部作品选集。就现实生活来说，二十多年时间里发生各种变化是必然的。就创作来说，如果每一辑的作品是按照相对集中的题材或者主题编排的，那么我们可以看出，诗人关注的题材、主题在不同时期出现了交叉、重叠。那么，要解读虹影的诗，要揣摩其情感变化的轨迹，我们就必须去揣摩每首诗、每辑作品之间的关联。这种关联究竟是什么呢？我们当然很难找到一个标准答案。简单而言，就作品的主题来说，虹影的诗涉及个人成长经历、爱情、亲情、友情、行旅等，还有关于宇宙人生的感悟和思考，这些主题虽然在不同时期有所侧重，但在很多时候是相互交叉的。也就是说，诗人在她的整个创作历程中都关注着这些主题，每个主题之间的相互渗透是必然的，因此她的成长之中有亲情、有友情，她的行旅之中有人生、有文化，她的痛与苦之中有超越、有向往。换句话说，我们无论阅读她的哪类作品，都必须把它们看成是抒写诗人人生体验的综合性文本，而不能单一地认为某首诗写的就只是某种感受或者体验。因此，如果要准确地说出虹影不同题材、主题的诗歌之间究竟是什么关系，答案只有一个：这种关系太复杂，就如人生一般，只有一首一首地通过文本、用我们的心灵去解读。读虹影的诗，我们可以不去考虑诗人写了什么，只需要考虑我们自己读出了什么。

其三是作品之外的关联，也就是与诗人之间的关联。诗歌本身就是诗人的心灵自叙，和诗人本身具有不可疏离的特殊关系，古人曾有“知人论世”之说，也有人根据诗的特征逐渐将其演化为“知人论诗”，因此，解读诗人与作品之间的关系，也是诗歌解读的重要角度之一。不过，在一般情况下，诗人既然写出了作品，就不太愿意去暴露每首诗的背景以及和自己具体经历的关系。当我们询问诗人某首诗究竟写了什么的时候，我们通常得到的答案是：都在作品中，去读我的诗吧。比如，卞之琳的《断章》只有四行，但它是现代诗歌史上最奇妙的作品之一，它“所暗示的世界万物之间存在着的一种看似神秘而实则深刻的对应关系的哲理,借助于直观而清新的形象,让读者难以忘怀”[①]。对其进行解读的文章不下百篇，解读的角度也很多，得出的结论也各不相同。这是因为作品并没有明确抒写具体的场景和事件，而只是提炼了某种特殊的体验，但作品所包含的感受却可能是长期积累的，不仅仅和那件触发的事情有关，其内涵比某个具体的事件要广泛得多。这种诗意也许是在某一时刻因为某个特殊的事件触发的。对于优秀的诗篇，如果一定要根据诗人当时的创作情景去还原创作的动力和主旨，诗的丰富性反而可能受到制约。对于虹影的诗，我们也不必去搜罗诗人人生的中的每一个细节（事实上也做不到），并将它们和诗人的某首诗对应起来，进行“索隐”式考察，而应该在大致了解诗人人生经历的同时，把握其基本的人生姿态和态度，比如对苦难的看法，对苦难的超越，对生死的理解，对精神的看重，等等。对诗的解读，应该以文本为主，文本之外的东西，往往都是我们揣测、猜

①陈国恩：《在生命律动中捕捉诗美———关于“新诗主体性”问题的一点思考》，《西南大学学报》（社会科学版）2012年第1期，第13—15页。

度的结果。

对于一般作品来说，上面所说的这些关联并不难把握，尤其是第一、二种情况。但是，虹影诗歌中的这些关联有一个特别的属性，就是“隐秘”，这毫无疑问地增加了虹影诗歌在阅读和理解上的难度。其实，虽然我认真读完了她的这部诗集，而且读了不只一遍，对其整体的风格和格调自然有所把握，但如果一定要我说出诗人的哪首诗一定写的是什么、某个意象究竟暗示了什么，我实在还无法做到。

我的总体感觉是，虹影的诗歌作品不多，但她总是非常严肃地对待自己的创作。我们很难说虹影的作品都会成为现代诗的经典——无论是谁，即使现在说了，也不会有效，那是需要时间和艺术发展来检验的。但她的作品是用心的，来自自己所经历的人生和独立的思考，尤其是来自生命内部的复杂的体验。这样的诗，难以模仿，难以复制，因为它们是独特的，只属于敢于创造的诗人。

虹影的诗在风格和格调上是特别的。她的诗中抒写了多重的苦，难言的痛，但她绝对不是诉苦型的诗人，绝对不会将苦痛流露在字面上。她的诗，苦痛之中暗含着一种强大的力量，可以说是以柔克刚，柔中带刚，刚柔并济，没有愤怒，没有宣泄，情感的表达非常节制。她有时甚至冷静得让人战栗，那是激情与疼痛之后的沉淀，厚重而广远。那种广，是对自我的迷恋，更是对自我的超越。她的这种力，是来自精神的，是来自生命内部的，用毛尖的话说：“基本上，虹影就是用这种示弱的方式展示强大，因此，千万不要把她的悲伤理解成雨打芭蕉，不要把她的爱情理解成求不得苦，用她自己的话说，我们最好是，‘剥开她，放在子弹带里’。”[①]我认同这个判断。对于虹影的诗，我们不能纠缠于某些具体的意象，而必须透过作品的表面意象去把握诗人的人格内核，把握冷静抒写背后的生命激情，把握“示弱”的文字背后的“强大”。

因为冷静，也因为节制，虹影的诗在篇幅上都显得比较短小。她不需要铺排过多的故事甚至简单的情节，而是通过语言之间的断裂建构一种特殊的张力，说出或者暗示自己的体验。就这一点来说，虹影是较好地把握和坚

①毛尖：《我也叫山鲁佐德》，虹影诗集《我也叫萨朗波》“代后记”，江苏文艺出版社2014年1月出版，第196页。

持了现代诗的文体本性的。更深一点揣测，她对中国传统诗在语言、文体等方面的特色和优势是非常看重的，不追随潮流，走自己的路。

因此，就文本来说，虹影的诗是独特的，也是丰富的，值得反复研读，这样的探索或者说实验，应该能够给浮躁的诗坛提供一些有益的启示。

2014年3月25日—4月26日，草于重庆之北

冉冉诗歌的“出走”与“归来”①

在重庆诗歌界，甚至在整个中国的少数民族诗人中，冉冉的诗都以其内敛、自省的特色形成了自己无法被人替代的风格。无论对人生还是对诗歌艺术本身，冉冉的诗都充满创新意识、探索精神，不断“出走”，又不断“归来”，每一次“出走”几乎都带着“背叛”的色彩，而每一次“归来”都是一次精神与艺术的提升。她在名为《凝神就能看见》的访谈录里谈及其创作历程时说：“一个人的精神应该是在不断地成长中”②，而这种成长，在冉冉看来，意味着从本初开始行走，且行走的目的在于归来。她的诗几乎每首都涉及类似“走”与“归”的心态与行为，行走与归来可以说是她从20世纪80年代以来整个诗歌创作的主题，虽然抒情对象不同，切入方式有异，但寓意都非常集中且丰富。其出走不再是延续五四以来常见的易卜生笔下娜拉出走，其创作思想已经超越通常所说的现实主义或者个人观照，而是将整个人类包容进其观照视野，把自己当作知识分子、思想者抑或一个简单的人，从起点出发，又回到起点—— 一个更高、更开阔的新起点。

冉冉的“出走”与“归来”与尼采《查拉图斯特拉如是说》中主人翁的出走和归来相似，其归宿点都在于“纯真”，只是出走的方向相反。查拉图斯特拉是从尘世中出走，来到深幽之山，用十年时间静思，以回归本初，这种回归让

①本文系与本人硕士研究生王姗姗合作完成。

②蒋登科：《重庆诗歌访谈》，重庆大学出版社2013年出版，第273页。

查拉图斯特拉变得纯真圣洁[①]，继而再回到繁杂世俗。而冉冉诗歌中的“出走”意识，却是从本真出走，来到尘世，再回到最初。其避免了尼采纯哲学的逻辑方式，把具有普遍性的人生作为书写对象，揭示人类弱点，更具有实用性和亲和力。这种书写方式和取向，与中国传统文学中《红楼梦》的走向相通，通灵宝玉从大荒山脚下出发，在荣宁两府走一遭，经历尘世的沧桑沉浮，再回到大荒山，幻化为它本来面目。“归来”亦不是简单机械的重复，其结果相对于出走的起点是升华。

在《只是一步》《总有人替我去飞》《总有人替我去跑》《散步》《辞行》《异域》等作品中，步、飞、跑、行、走、去、归、回、来，一连串的行走与归来的动作构成了冉冉诗歌流动着的内在旋律。

一、出走：现实的离乡与精神的生长

冉冉的家乡是酉阳土家族苗族自治县，素有“渝东南门户，湘黔咽喉”之称，是重庆这座山城通达鄂湘黔的重要门户。身在其中，冉冉必定看惯人来人往，其生长地所具有的“到来”和“出走”性，无形中就成为她的写作母题。冉冉于1982年秋，告别故土，外出求学。这一年，她十八岁，对于一个刚成年的女性来说，独自在外颇为艰难。这也正是一个人性格定型的关键时期，此刻发生这件重大人生“出走”必定也成为其独特的生命体验。此外，冉冉是土家族人，具有少数民族长久以来的群居生活习惯以及浓重的家庭意识，即使她没有离开酉阳，只站在其他民族中，也能敏锐捕捉到不同民族的文化生活差异，从而体验到“出走”的不适应。尤其是2006年冉冉的塞尔维亚之行，离开祖国，到了完全陌生的环境中，出走的感觉更加鲜明突出，这在《异域》组诗里体现得十分明显，既有对于陌生的排斥，也有在陌生之中重新认知自己，认知异域文化的体验[②]。

冉冉从家乡“出走”的独特生命体验，表现在其诗歌中，呈现为极为丰富的富于乡村特色的意象。

在组诗《辞行》中，乡村意象尤为集中。《在他们的房前屋后》从远到近：果树瓜藤、小河、姜、炊烟、赤脚的男孩儿、脸上满是斑点的老者，看似平常，

①尼采：《查拉图斯特拉如是说》，尹溟译，文化艺术出版社2003年出版，第2页。

②冉冉：《朱雀听》，作家出版社2013年出版，第205页。

却缺一不可，虽为展览式呈现方法，却承载了诗人浓重的怀乡味道，如此，一幅恬淡村居图便浑然天成地展现在读者眼前；《我们在灯下剥葵花》里的群居院落、葵花、狗、杏色的灯光，身处其中的“我”与村民交谈，透露出无限的亲切与欢喜；《大地的表情》里的雾、山坡、山丘、田畴、老农与狗，更是取自她从小居住的那片土地，起伏的山地，完全异于都市。当然，“我”并不直接表达对这些意象的留恋和热爱，而是将其原汁原味记录于诗中，从而使读者跟随诗人的游子情怀顺流而下。

游子思乡是整个文学创作必不可少的主题。然而从古至今的诗坛，尤其是封建社会，基本由男性构成主体，而男子离乡多数是为追求仕途功名。所以，一旦思乡写进诗歌，便透露出来浓烈的怀才不遇，且过于惆怅与沧桑，怀乡仅成为其用来安慰自我的替代品；而冉冉这位温柔的女性诗人，在面对家乡时，藏起奔波的疲惫，只单纯以一个酉阳女儿的身份，怀着对家乡无限尊重与喜爱，以展现家乡美好，表达乡恋情思，刻画出可爱且具有地域风格的乡村模样。冉冉对于思乡主题的把握，显示出独特的女性游子情怀，使这一主题温暖，且不再功利化，这也是诗人对其酉阳人与女性诗人的身份认同。

二、从出走到背叛：精神的焦灼与提升

以色列学者康菲诺认为知识分子具有强烈的“罪责感”。他们受过良好教育，相对于非知识分子而言，充满正义感和批判性。在中国，“五四”时期的知识分子表现得最为明显，主要集中体现在对中国的救亡和启蒙。西方从卢梭开始，自我忏悔逐渐成为知识分子标示性特征。传承至今，其形成的范式便集中体现在对自身近乎苛刻的批判与反思。

比知识分子范围更小的文人，其创作中必然带有自身主观性。从中国古代文论中的“文如其人”，到如今文学风格与人格的密切相关性的论证，都证明文人的创作不可能脱离自身，他们在作品中分析人物现象时，也同时进行着自我解剖。或许小说家、戏剧家等，他们在创作中还能通过不断变换叙述者人称，以保持自己客观冷静的旁观者态度。但诗人的身份颇具热烈性，以及诗歌“言说性”的体裁特征，都很难让创作者在诗歌中全身而退。于是身为知识分子的冉冉，必然将背叛性的出走，写进其身为诗人冉冉的诗歌中。

这一主题,在其创作上主要表现为,对于"他"这一类的人物形象塑造。

他坐在最后一排,谁都可以/回身看他。作为他们的根/他们的押解和特使(《从歇台子上车的男子》)

这首诗中"他们"寓意整个人类,而"他"却是"他们"根的符号化象征,《有没有这样一个人》里的他,沉默寡言地劳作,却行走到了"他们"只敢想象的地方,出走的他,保持其骨头每一根都灼热而干净,从未被世俗污染。诗人为"他"留下一个孩子,便象征着纯净的根性精神会一代代传承下去。《放羊》里的放羊者,不停地行走,从未放弃象征着纯洁的羊群,并使羊群愈加庞大,本初的洁白和奔走的自由,就是他收获的宝藏。《他是谁》里的他是一个完美的男子形象,"我"认同"他"的一切,崇拜"他"的所有,他的光芒里存在着"我"的光芒。《伊沃-安德里奇》的"他"——伊沃-安德里奇,1961年诺贝尔文学获得者,不管政治势力如何险恶,始终勿忘初衷。冉冉2006年来到塞尔维亚时拜谒了他的雕像。行走着的诗人冉冉认识到自己的偏离,因而在诗中讽刺和批判"我"。

"他"这类人物形象的塑造,是冉冉对于"根"性的象征化表达。其特征是沉默不语,保持行走姿势,始终坚守本真。"他"是"我"的另一个自己,是本初和纯真的个体,冉冉在诗歌中表现出对于"他"的赞美态度,就是诗人对于"根"性的崇拜与维护。而"我"则是"他"的对立面,是被嘲讽的对象,两者进行对比,"我"才能看清自己在出走这条路上的过错,找回初衷,从而得到升华。一个知识分子在行走的过程中反观和自省,内心的痛苦时刻折磨着"我",这是一种疼痛且具有深刻意义的出走,也是冉冉身为一个知识分子自觉承担起来的责任感,以"他"来反思人类,警惕世人,树立模范。

三、另一种出走:对诗歌艺术的别样探索

"出走"在冉冉诗歌中除了具有主题寓意之外,也体现出她对于诗歌传统创作方式的"出走",尤其是表达方式的创新。冉冉的诗歌创作受到小说这一体裁的影响,她吸取小说中的一些技巧和手法,但最终还是回到了诗歌本位上——一种新的诗歌方式因此而生成。

在2004年获得"艾青诗歌奖"时,冉冉已经创作了不少中短篇小说,且正在创作一部长篇小说。其丈夫朱亚宁也是一位很有实力的小说家,儿子朱

雀近年来也因小说创作获得多项文学奖。身处在以小说创作为主的家庭，且诗人自己也从事小说创作，其诗歌必然会有意无意地掺入一些小说的元素。这种“嫁接”式的提升主要表现为冉冉诗歌中的故事情节的完整性和典型人物的塑造上。

这种“出走”，在《辞行》组诗中已经可以偶然见之。例如《我们在灯下剥葵花》，人物“我们”，时间夜晚，故事情节“剥葵花”，通过“我”的眼睛讲述“我”的故事；《放羊》是以第三人称来写作，“他”是主人公，其情节是一场寓意神秘的放羊，从起初到不知所踪的结局。

到创作诗集《朱雀听》时，诗人借鉴小说手法的做法便是有意为之了。朱雀是冉冉现实生活中的儿子，把他写进自己的诗歌，自然是对生活的真实感悟，但“朱雀”也成为其诗歌里的一个抒情对象和对话人物。而“我”这个叙事者也有了身份，即公开的朱雀母亲。《他是谁》中“我”和朱雀，就一个电话，展开彼此对话，诗人借着“我讲—你听”的写作方法，讲述了“他”的故事。《我没有要你写诗》等也是采用的对话结构。而《公交车上的几十个人》与《他和他们》完全是讲故事的方式，呈现出来小说与诗歌的嫁接，记叙故事梗概，设定典型场景，刻画典型人物。

至此，冉冉独特的贡献便在于她丰富了当代诗歌的人物形象画廊，也是通过自己的方式对流行的生活化、细节化诗歌潮流的一种独特的回应。一是沉默的“他”，是“我”顶礼膜拜的有根基和本真的人。二是《公交车上的几十个人》之类的“他们”人物群像，容纳社会各色人等，反思和解剖人类。三是诉说的母亲和倾听的儿子这一成对应关系的形象。

在真正标注了“小说”的《小说练习》组诗里，诗人借用小说技巧的写法已经炉火纯青，与诗歌高度融合，甚至无“技”可寻。

诗歌是抒情文学形式，中国抒情文学的传统是要渗透一定的叙述成分，唯其如此，情感才能自然流露，冉冉在继承这种传统的同时，将叙事要素、戏剧性、环境设置、人物及对话描写等导入诗歌创作，从古代的“叙事入诗”构建为“叙事学入诗”。当然，诗人并没有混淆诗歌和小说这两种文体，她坚守着比喻性、凝练性和启示性的诗化语言，她对小说元素只是“借用”，不是“取代”诗歌本身，其效果是留给读者更大的想象余地和自我创作空间，没有违背诗歌的根本性。这种创新性的体裁嫁接，在吸引读者的同时也让诗歌在当代社会有了更为广泛的发展走向。

四、从出走到归来：自我的逐渐完成

诗人冉冉，人到中年，直面过去与当下，危机感倍增；而面对剩余的人生，死亡这个问题不可逃避，归宿感也成为大多数中年人的探寻课题。所以在冉冉诗歌里，出走之后的归来，具有一大特征，即虚妄性。虚妄等同于空白，在《存在与虚无》中萨特说，空与白本来就是一种方位[①]，他虽是以此阐释创作方法，但这句话也可用来揭示人生秘密，即虚无是世界万物“出走”的普遍归宿。

冉冉诗歌创作中，虚妄性表现为相悖性的语言特征。如：

右手山重水复/左手柳暗花明，苦难 把我喂得太甜/苦难有时是酵母有时是糖浆，眼里太满，而那熟悉的庸常的东西/重新变得陌生起来。

类似的句子在冉冉诗中比比皆是，苦与甜、走与回、悲与喜、庸常与陌生、左与右，总是同时出现在诗人的同一首作品中。

最突出和普遍的一组相悖就是“醒”与“眠”。《醒与眠》组诗之中，在夜里的“我”，总是清醒，无法入睡；行走时的孤独萦绕于“我”，失眠抓乱“我”的心；生活的哀伤，延伸成梦魇和失眠。而白天里的“我”，却做着各种白日梦，幻想着自由和飞翔，诗人觉得自己此刻才是真的“眠”。 醒与眠，两者不可分割，诗人用来揭示一种行走着的生活状态，两者并存且可相互转化。

此外，“左与右”也是冉冉诗里很明显的另一组相悖。《他在这一带来回已有一万次》中，左和右虽在日常生活中是完全相反的两个方向，但在冉冉的诗里，左却等同于右。两边的风景是一样的，彼此互为镜子。《散步》里“惯常走的是左边，现在从右边回来了”，恰巧揭示诗人到底为什么要把左等同于右的根源，即出走的地方正是归来的地点。

狄德罗认为人就是一种复合物，兼具各种对立因素。因此，相悖本来就是人的生存状态。而冉冉其诗人的特定身份，让其在充满矛盾的中年，敏锐觉察人生本质。她发现看似平静的日常生活中存在相悖，并从中总结出虚妄。人为了无穷欲望而挣扎，从本真“出走”，背叛初衷，放弃原则，结果也无非是虚妄，这恰好说明归来的必然性。当然，归来的虚妄性未必是消极的人

---

①萨特：《萨特的哲思》，张秀章、解灵芝编，吉林人民出版社2012年出版，第51页。

生态度，正是认识到这种虚妄性，诗人才能得到释然和解脱，不再为功名利禄所累，也不必因生活琐事左右为难。从虚空得到纯白，与《红楼梦》中"落了片白茫茫大地真干净"不谋而合，所有东西都有因果[①]，因不同，果却都是空。

冉冉说"我自己，或者更为准确地说，一个在变化中反复完成的自己"才是她杰出的代表作，这种"变化"在其诗中就是"出走"，继而"归来"。出走与归来的创作主题、杂合的艺术手法，在古今中外的经典名著中都出现过，是原型性的艺术母题。冉冉承续这一探索的向度，再加入本身行走的生命体验，扩充并丰富，且运用创新性的诗歌写作方式，使其具有现实生活意义和东方特色。

其中所蕴含的鲜明的知识分子自省的特色，更加值得重视。前笛卡儿的"自识"意味着关于自身的意识及对于自身的认识，自我朝向自身，作为思维和意愿的客体[②]。冉冉将包括自己在内的整个人类作为自身，在创作中，朝向内在，揭示人类共存的弱点，探究生命的奥秘，从出走到归来，为人类找寻归宿提供了有益的艺术方式。

2015年3月29日，于重庆之北

①蒋勋：《蒋勋说红楼梦》(第一辑)，上海三联书店2010年出版，第144页。

②倪梁康：《自识与反思》，商务印书馆2002年出版，第16页。

怀揣追寻阳光的梦想

——序左利理诗集《住在浪花里的鱼》

重庆的诗人很多，有些诗人名气比较大，我们可能随时会听到他们的名字，读到他们的作品；有些诗人名气小一些，还有些可能是刚刚起步，或者只是自己默默地写着，圈子里的很多人不一定关注他们，甚至对他们根本不熟悉。对很多诗人，我基本上是先读其诗，后识其人的，也有些是只读其诗而不识其人的。

去年春天在垫江参加牡丹诗会活动，有幸认识了左利理，才知道，左利理发表作品的时候一般不使用自己的本名，而是用了笔名阿瑢。对阿瑢这个名字，我自然是知道的，她在网络上、报刊上发表了不少作品，还出版过诗文集，很有一些名气。这次出版诗集，嘱我为其作序，于是我爽快地答应了。

随着信息和网络技术的不断发展，不少诗人都是首先在网络上发表他们的作品，然后逐渐走向传统媒体，并以传统的方式出版诗集。我从来不否定网络在诗歌发展，尤其是在诗歌传播方面所发挥的作用，也曾经写过多篇文章对网络诗歌进行过讨论。但我也有一种比较固执的看法，对于读书人，还是捧着散发油墨香气的纸质图书更让人觉得温暖，也似乎有更多的文化感。前些日子读到过一篇文章，说数字技术发展太快，也许过不了很长的时间，有些格式的电子文件可能就无法打开和阅读了，其间充满了对数字化发展的担忧。纸质图书不会出现这样的情况。如果我们要到网络世界里去寻找阿瑢或者左利理的作品，当然也很方便，但读起来始终是碎片化的，难以形成一种整体感觉。传统图书则不同，一个诗人的作品都集中在一本或多本书中，我们更容易通过文字合成一个完整的诗人形象。

就我的了解，左利理写诗，完全是出于一种业余的爱好。她不需要通过诗去获得别样的收获——除了自己的心灵抒写。对于这样的诗人，我一直比较关注，他们的作品无论艺术质量如何，基本上都是出于真心。利理的这本诗集叫《住在浪花里的鱼》，从题目就可以感受到，她的诗不是那种充满纠结、矛盾的作品。鱼与水的关系本来就是一种很平常的关系，她的诗，所抒写的也正是自己和这个世界的平常关系。当然，"浪花里的鱼"肯定不同于平静水底的鱼，它或许拥有一个具有挑战性的心灵。诗集分为四辑，如果我们仔细推敲一下，就会发现诗人的编排是非常用心的。"山水"是自然世界，也是外面的世界；"人间"不需要我们解释，它是我们每个人都生活其中的世界；"故乡"是诗人出生和成长的地方，往往奠定一个人的人生底色和精神取向；"心海"则落脚于诗人自身，诗人从外在走向了内在，从物化走向了精神和情感。从"山水"到"心海"，这四辑作品涉及的题材范围似乎越来越小，从行走到回归，从外在到内在，最后深入到诗人自己的内心世界。但我们更可以说，这个世界其实越来越大，因为对于诗人来说，对内心自由的追寻是其根本取向，精神与情感的抒写是诗歌作为艺术的根本旨归。

利理的诗给我直观的、第一的印象是明亮。我们不是说她的作品中没有苦恼，没有矛盾，没有让人迷茫的地方，但从她的作品中，我们却很少读到诗人纠结于这些感受的文字。她总是试图以一种敞亮的、超然的姿态面对一切。在布达拉宫，诗人的思绪"飞翔在干净的云朵""倾听灵魂的祈祷"(《布达拉宫的仰望》)；在纳木错，诗人神游在一种纯洁的氛围中，生命被洗礼，"梦回的青藏高原/渲染念青唐古拉山的沧桑记忆/心灵被这圣洁蓝色洗礼"(《沦陷在纳木错那片蓝色里》)；在石头城，诗人找到了一种别样的灵魂的方向，"藏在石头城的传说/诉说着一块块石头虔诚的守护/龙泽寺的光亮泅渡我们的灵魂/安静我们的内心/直到穿越苍茫的尽头"(《石头城的守护》)……这样的诗行是明亮的，但在明亮的背后，其实隐藏着很多我们不曾知道的体验。对于研究者，我们当然可以去努力寻找这种心态的来源，按照知人论诗的说法，那需要对诗人的经历与情感变化有着非常全面、深入的了解与研究,但对于普通读者,我们不必花费那么多心力,只需要在诗人的诗行之中感受明亮、纯洁、善意的情感体验和生命向往,就已经足够了。

诗人生活的垫江是著名的牡丹之乡。利理对花草似乎有着一种特别的关注,她的诗中有许多抒写花草的作品。这可能是细腻女性的一种特别的爱好,也和她的生活环境有关。花是美好的,但花的生命是短暂的,诗人欣赏鲜花的美好,也感悟短暂中的永恒。诗人因此体验到花的伤悲:"流淌的蓝蓝海水/无数次打动伤悲的花朵/从清晨开始/一直用奔涌的浪花,昭示/那辽阔的怀念与坚守。"(《关于伤悲的花朵》)但我们从中也可以感受到诗人那种发自内心的"坚守",这种执着,带给诗歌一种内在的力量,这种力量来自诗人的内心。诗人也体会到了花香带来的美好:"收拾一地花香,把自己邮寄给春天/在花枝上,生动行走/看春光,燃烧成金色的光亮"(《花朵打开的春天》),这是一种心灵的向往,也是一种对生命的安抚。当然,人的情绪不可能只朝着一个方向,尤其是对于内心丰富的诗人,利理在荷花的包围中忆起了一种经历,体会到了一种凋零,"回忆似片片落叶/纷纷扬扬枯黄着心境/转身是眼神的漠然/零落敲打/在沉默的边缘"(《莲花的回望》),"暗夜寂静,寸心遥递/堤岸盛满一篮忧郁旧事/绿水迢迢中过滤泪滴/采集眉间心上的浅浅深深/一片真实简单,漫过心底"(《一个人的荷花》),将这样的感受和她诗歌的明亮、向往结合起来,我们自然可以读出诗人内心世界的丰富。她的几首抒写牡丹的诗,和别的作品有所不同,诗人是带着对家乡山水、历史、文化的深深爱恋的心态在写诗,其间自然有许多属于诗人自己的独到体验,向往、沉思、迷恋,这些情绪融合在一起,于是在明亮中有了一些忧郁,在向往中多了一丝怀念,"歌谣在一丛丛花香中翻越/一万年前的梦境/打开古县凄美的故事/丝丝缕缕飘向千里外的星夜"(《牡丹花开的方向》),"每一次呼唤都是一次思念/每一次绽放都是一种疼痛"(《前世的牡丹,今生的爱恋》),这是牡丹,但又超越了牡丹。这是诗人心灵的外化,也是诗人人格的形态。

我一直有一个观念,诗歌应该具有理想光辉。这当然不是指那种说理甚至说教的诗,也不是在一堆牢骚之后为作品加上一个光明的尾巴,而是来自诗人内心的敞亮和源于深度体验的向往。用流行的话说,诗歌需要对生命有一种关怀,尤其是终极关怀。说实话,当下对诗歌语言、技巧掌握得非常熟练的诗人和诗歌爱好者不少,但有些人对生命和诗歌的理解显得相对单一，就是挖掘现实和生命中的阴暗部分，而且纠缠在里面，玩味彷徨、迷茫、苦恼。深入现实和生命的内部，自然是诗歌的重要使命，但优秀的诗人往往会在现实与生命的阴暗之中努力突破这种包围、挤压，寻觅新的生长空间，寻找生命的可能向度。这种新的生长空间或者可能向度就是我所说的理想光辉，它可以使读者在沉思的同时，获得一种心灵的舒放，获得一种超越和生长的力量。客观地说，从语言选择、感悟深度等方面看，左利理的诗并不是那种可以使人眼前一亮的诗，更不是那种可以引领诗歌潮流的诗，但她的作品中有一种超然的方向和力量，有一种来自内在的心灵力量，这种力量也许不那么独到，不那么惊世骇俗，但它可以在冷冰冰的世界里带给我们些微温暖，带给我们点滴慰藉，带给我们茫然中的丝丝启迪。无论是故乡的山水、亲人，还是诗人的童年经历和记忆，无论是借助山水体会生命的多元，还是诗人对自我内心的细致解剖，我们都可以体会到这样的温暖、慰藉和启迪。在这样一个挑剔而又驳杂的诗歌时代，她的诗单纯而朴实，拒绝华丽和空洞，很难受到诗歌史的关注，甚至很难受到许多追求花样翻新的读者的关注，但我以为，她的诗是来自她的生命体验的，是属于左利理这个独特的现实中的人的，因而也是值得我们珍视和关注的。我经常和朋友们说，一个人不一定要成为诗人，但一定要努力成为一个有诗意的人。左利理也许就是这样一个把人生的诗意看得比纸质的诗篇更为重要的人。

《住在浪花里的鱼》可以说就是诗人自身的诗意写照，它要面对海水的冷暖，无奈时要流眼泪，还得满怀忧伤，甚至要承受"撕裂般疼痛"，但是，它追求，它寻觅，即使面对艰难也向往着阳光：

鱼儿心海有拍岸的浪花始终澎湃着
怀揣追寻阳光的梦想
期待海平线上壮美的日出
在诞生光芒的地方永生

这种超越的情怀是左利理面对人生的态度，也是她人生诗意的来源。我愿意为她的美好情怀祝福，也期待她在诗歌探索中获得同样温暖和丰硕的收获。

2015年8月15日，于重庆之北

来自生命与灵魂的对话

——沈念蓉的散文诗

在20世纪末期的中国，最引起文化人关注的变化也许是社会转型导致的文化转型。我们的文化从大一统形态逐渐转化为多元的现代形态。这种转型带来了文化的生机，也带来了困顿——人们固有的文化心态受到了极大挑战。人与人之间的信任关系被打破，陌生感代替了亲切感，于是许多人觉得很累。在这种时候，单纯的物质是无法弥补和调剂这种关系的，能够较好地产生效应的是艺术。在这种处境之下，艺术出现了分野，有些人仅仅倾向于对生命现状的揭示，另外一些人则在揭示现状的同时寻找着生命应该具有的境界，后者更加看重艺术的人文精神。

在现代诗歌的多种样式中，散文诗具有舒放、自由的艺术个性，它甚至可以比抒情诗更加自由地表达诗人对于生命的体验、理解，在细小的事物和感触中表达生命的意味。人们喜欢散文诗，除了这种诗歌样式自身的独特之外，另外一个重要原因就是人们可以从中寻找到生命的寄托。

我曾经写过一篇短文谈到女诗人沈念蓉的散文诗，认为她的作品所建构的是一个梦与水的柔情世界，诗人在自己的梦幻世界里漫步，体会生命赋予她的种种最细微的诗情。她的散文诗集《陌生人》（四川人民出版社1999年5月出版）仍然给我这样的感觉。

诗人以《陌生人》命名自己的诗集，想来是有所寄意的。她曾经写下这样的诗句：

我坐在秋天的门口，
在我之外，
皆是陌生人。
因为缘（血缘、情缘、友缘、仇缘或无缘……），
人们相聚或分离。

我以我的生命倾听生命，
我以我的灵魂敲响灵魂。

这可以看成诗人诗歌写作的基本动因和艺术目标。诗人觉得这个世界很陌生，她感到孤独、寂寞，无法与人沟通，于是就只有通过诗歌与自己对话、与他人对话、与世界对话。在更多的时候，她实际上只是在默想，只是在懵懂中思索自己的人生角色和人生目标。她的诗大多是独语式的，自白式的，她试图通过这种方式使自己与他人、世界达成沟通。

这一切构成了沈念蓉散文诗的独特个性。

沈念蓉的心灵是敏感的。她所面对的世界就是她自己的心灵世界，那是一个细腻、柔情而又有些忧郁的世界。沈念蓉散文诗所面对的是她对外在世界的陌生与隔膜，而她又渴望着和谐、自然的生命境界，这种现实和梦想之间的矛盾必然导致作品的婉约格调和忧郁色彩。诗人写紫丁香："她仿佛在用色彩和线条缝缀零碎的记忆，而成为整片的思想，成为一种哲学。在一幅画里，人和自然走近、交融、忘我。"这是一种生命的境界，但也是虚幻的境界，"那些色彩和线条又渐渐逃离，只留下光与影、梦与歌、诗与人生。它已不再是一张油画，而成为人们新的痛楚和欢乐。"在念蓉的诗中，欢乐总是伴随着痛楚而生存，痛楚是现实，欢乐是梦幻。由于时刻有梦幻从生命中生长，任何一点触动心灵的东西都可以在她的笔下生成为美丽的情思。她的散文诗涉及的题材非常广泛，常常来自于日常生活中简单的事实和美丽的大自然的宁静与流动，而诗人往往都能够从中感悟到独特的生命韵味。这恐怕是与诗人丰富的自我体验和她对于世界的独特感受密切相关的。

沈念蓉的散文诗是优美的。她常常流连于过去的美好时光，流连于梦幻般的生命情景。这在一定程度上可以说是对世界的一种逃避，但同时也

可以说是对真实世界的寻觅。沈念蓉本来叫沈烈蓉，她将“烈”改为“念”，也许有某种艺术和生命的暗示。“烈”是爆发的，“念”是内敛的，而她的性格、她的诗歌都是内倾的而不是外向的，甚至她选择的诗歌意象也是倾向于阴柔的，她喜爱小花小草，喜欢飞鸟鸣蝉，喜欢夜色，喜欢回忆昔日的女性朋友，喜欢梦境，喜欢诗意浓郁的秋天，喜欢流水和轻风，概括地说，她把感受的核心放置于那些不会主动伤害生命甚至可以给生命以抚慰的对象上。诗人不是要在作品中告诉你一些什么，而是希望你能够从她的感受中体会、感悟一些什么，“在我用文字编织的世界里，我不敢奢望你们能够感动，但是，我祈祷你们可以遇到自己”。这个“自己”就是本真的生命状态。寻找真正的自己是诗人的艺术旨趣。在诗人看来，真正的生命是以“真”与“善”为底色的，因而她试图从自我的感触中寻找所有生命中共同的因素，这当然只有通过“心”的投入。她说：“请不要用喉咙唱歌，即使那声音也美妙，但总有着虚空。请用心灵歌唱，只有在真实的天空里才能抵达善和美丽。”（《用心灵歌唱》）诗人希望通过心灵的交流消解陌生，消除隔膜。这实际上就是对艰难生命处境的一种人文关怀、一种亲切抚慰，“一切都很美丽，甚至那还不曾来临的，所以生命总怀抱了许多无畏的勇气和力量”。（《咖啡屋》）正因为有这种格调作为底色，念蓉的散文诗忧郁而不绝望，细腻而不油滑，阴柔而给人鼓励。

在散文诗的艺术探索中，沈念蓉一直有一种唯美的追求。她渴望创造完美的人生，至少是完美的人生境界。她很敏感，但也很脆弱，在“真”与“善”这两个方面很容易受伤，因此她的散文诗在整体结构上往往是在心灵的苦楚中艰难地体会一点点可能的舒展和充实。山野里一朵小小的鱼秋花，在夜色中流露芳香，“你以无言倾诉，你以沉默包含爱恋，你以柔弱散布坚强”“因为你，这黑夜中所有的灰暗、恐惧、疑虑都退却、消隐”。（《鱼秋花》）诗人把世界当成一个整体来看待，总是想通过各种方式来消除对世界的陌生感，与世界达成和谐，并且希望这种和谐是互动的。诗人体验和祝福这个世界，“站在季节的深处，反复说着春、夏、秋、冬”。也希望世界上的人们能够为她祝福：“也请走近我，请把你们的手放在我的额头，说一些祝福的话语，它们必将长满了翅膀，也会飞翔，也会停歇。”（《祝福》）念蓉的诗歌试图建立一个圆形的、立体的艺术整体，这是与中国哲学天人合一的思想相通的，也许本来就深深地受到了它的影响。“圆”即是完美，不“阴”不“缺”正是念蓉诗歌所渴求的生命境界。

在艺术表达上，沈念蓉总是力求“干净”，也就是人们常说的精致，只让内心的体验在诗行中流淌，绝不铺张地将情感浪费在华丽的言语上。所以她的作品一般都很短小，但短小不一定就是单薄。比如《秋叶》：

梦，
在纷飞。
在秋天的树下，人们流传着轮回的偈语。

我无言。
秋叶无言。

“梦”，落叶和纷飞的动态，几个跳跃的意象和场景构成了一幅图画，精致地组合在一起，诗意浓郁。

对于意象和语词选择，诗人也是比较讲究的。她在处理作品与外在世界的关系时，有两个情思生成的向度调剂得非常好，一是从陌生的对象中发掘熟悉的诗情，二是从熟悉的对象中发现陌生的体验。这两种诗美效应都是与较高的艺术修养相关联的。这样既可以摆脱俗气，形成自己的特色，也不至于与读者的审美期待产生太大的以至于无法跨越的沟壑。诗人的这种方式使她和她的作品与瞬间即逝的流行色调形成了反差，虽然她所表达的是隐含在流行色调之下的现代人最真切的渴望。

我并不是说沈念蓉的作品已经达到了炉火纯青的境界。她还没有。她的有些作品还显得太“白”，让情感在作品中自己露出了声色。这也许是从格言警句中借鉴了一些手法，但不是最具有创造性的手法，相反，往往是诗歌写作的大忌。但是，我还是要说，念蓉选择的基本艺术路向是正确的。在文化转型时代，生命往往显得非常浮躁，那不是生命最本质的内涵。为了调剂和提升生命的质地，我们的诗人应该为消除生命的隔膜、平静人们的浮躁做出努力。注重人文关怀、倾心于对生命的抚慰是有效的艺术手段，而沈念蓉一直是在朝这个方向探索，她可能成不了大诗人，但她可能成为一个将自己的生命和艺术结合在一起的优秀诗人。

1999年9月1日，于西南师范大学桃花山

透过昨日的痛苦，抬头仰望蓝天

——序海烟诗集《单行道》

重庆是一座充满诗意的城市。

它山高路不平，爬坡上坎成为人们的习惯，使人无法停下探索的脚步；它充满变化和新奇，每一处都有不同的风景；它有大都市也有大农村，可以让人在感受现代文明的同时享受生命的安静；它有大江大河流过，流淌着不尽的灵气与向往。

重庆的诗人多，新时期以来，重庆的女诗人尤其多。傅天琳、虹影、冉冉等是早已成名的诗人，20世纪90年代后期开始，随着“界限”诗歌网站的建立和影响的不断扩大，重庆的女诗人群体也越来越壮大，引起了诗界的广泛关注。这些诗人，很多都是先在网络上发表作品，然后再走向传统媒体的。海烟是这个群体中比较出色和值得关注的一位。

作为重要的现代传播方式之一，网络的作用当然不能忽视。但是，在网络（尤其是自媒体）上发表作品，一般没有经过审稿、编辑等中间环节，不少诗人在创作完成之后，没有经过反复修改就直接将作品发表在网络上，这必然导致很多在网络上首发的作品在艺术上显得比较粗糙，缺乏精细的提炼和打磨。而且，网络信息很多，过去称为“海量”，现在则用“云”来形容，即使存在少量优秀的作品，也很容易被其他信息瞬间覆盖。因此，即使对于那些主要在网络媒体发表作品的诗人，我还是赞成他们在一定的时候将自己认为优秀的作品进一步打磨,收集成册,以传统的方式出版。至少在我看来,印刷的书刊具有更多一些的文化感、厚重感。

海烟也是首先在网络上受到关注的诗人,但她已经走过了单纯的网络发表时期。她在很多报刊上发表了作品,也出版了《原来可以这样爱你》(2010)、《零点的远方》(2011)等诗集,《单行道》是她的又一本诗集。海烟的诗大多从个人的人生经历出发,通过丰富的意象营造和独特的语词组合,抒写内心的点滴体验。她的诗关注人生与现实的诸多方面,包括痛苦的、困顿的方面,但她基本上不以发牢骚或者大吼大叫的方式面对人生的艰难,而是换一个角度,以感恩的心态寻觅和感受生命的温暖。在多年的写作中,她已经积累了一些具有代表性的作品,比如《原来可以这样爱你》,在发表之后被收入了多种选本,一些报刊也进行了转载。全诗如下:

原来可以这样爱你
不靠近,不远离,不说出痛和幸福
想哭的时候,就把头高高抬起
我所经历的七月,眼看着
就要遭遇一场尖叫的风雨

当我们的誓言,碎成一地残骸
何必管它死去的方式,是在火中还是土里
即使翅膀,灵魂和诗句
瘦成嶙峋的枯枝,那截时光
依然会在凌晨两点
以石头或花朵的姿势颤栗

原来可以这样爱你
什么都可以说,什么都可以不说
让我采一束月光吧
插在今夜我寂寥的窗前
过了今夜,我不再会有气力
为你写诗和流泪

诗人抒写的主题很平常，但她打破了一般爱情诗的写法，既不张扬激情，也不倾诉怨恨，更不属于情色或者色情的范畴，而是通过独特的意象营造，在看似无所谓和平淡的抒写中，表现出诗人对爱情的理解，尤其是对人们常说的“爱情不是占有”之类的思想进行了诗意的刻画。这样的诗，寓激情于平淡，寓疼痛于坦然，在情感质地和艺术表达上都具有自己的独到之处，因而能够受到读者的喜爱。

诗人郁葱在综述“2013年好诗”时，列举了很多他认为优秀的作品，其中引用并谈到了海烟的《请不要谈论悲伤》。他说这首诗“充满神性，短小却有经典的意味。海烟超越仇恨和悲伤，‘见山还是山，见水还是水’，是性情也是境界”。(郁葱：《或者是灯盏，或者是阳光——2013年的中国诗歌》)这首诗刊发在《诗选刊》2013年第11—12期“中国诗歌年代大展特别专号”上，也收在了这本诗集中。全诗是这样写的：

我的悲伤何其小，又是那样
一片狼藉，我已决然地
还给世界，无论仇恨的火把
在多么高的地方燃烧。
如今我的痛苦正一点一点消失殆尽
请不要谈论悲伤
我感到，一个欢乐的天使
在我体内歌唱，为了春天所有花朵的
盛开，如同一道爱的指令。
而所有的失业、流离、灾难和死亡
这些更为深切的悲伤
我像拥抱我的孩子一样拥抱它们
并给予深深的慰藉。

超越悲伤、仇恨、痛苦，而且敢于去拥抱“更为深切的悲伤”，还要“给予深深的慰藉”，这需要多么强大的精神力量。而这种精神力量，正是海烟和一般女诗人显出差别的重要原因之一。

其实，在海烟的诗中，这类具有超越性的诗很多，构成了她诗歌的重要主题和精神取向。我们一方面可以由此感受到诗人面对的现实处境非同一般，另一方面也许正是因为这样的处境才磨炼了诗人强大的内心。我们随便找出《我还是愿意说出原谅》：

莫非是我远离了昨日的生活
我才独自走在这无人的路上?
其中还有，能捕获我的
陷阱、暗器，或者一盅毒蜜。

香樟树孤独地舔着它的影子
我舔着自己的。
而我内心的河流，谁也不知道
它有多深？那一而三再而三受伤的地方。

我还是愿意说出原谅，
为什么我可以宽恕一切?
我只是不想，透过昨日的痛苦
竟不敢抬头仰望蓝天。

诗人需要拥有坦然面对一切的人生态度和开阔的胸怀才可能获得这样的体验。自己深深地“受伤”，但“我还是愿意说出原谅”，其实理由很简单，这种“宽恕”不仅是对他人，也是对自己，只有原谅了（他人与自己），不把怨恨深埋心中，我们才能“透过昨日的痛苦”“仰望蓝天”。痛苦和迷茫是很多诗人在遇到困境之后难以走出的心结，而海烟却以一种超然的胸怀对待过去的一切，使诗的格调显示出难得的亮色。在这中间发挥作用的是诗人自身的修炼和人生姿态、人格力量，最终也使诗篇透射出一抹生命的希望之光。诗人善忧愁，没有经历彻骨痛苦的人一般难以成为优秀诗人，但诗人不应该只是个人和人类苦难的复述者，而应该是人类精神的发现、表现和引领者，他们不能只躺在具体的事象和单一的感觉上，客观描摹这些现象或者感觉，而应该从现实的体验中提升一种精神，在诗歌中赋予一种精神与力量。海烟努力在朝这个方向摸索，她的诗中具有一种超越的情怀，这是值得我们关注和肯定的。

我在很多场合都说过，一个优秀的诗人应该有自己的代表性作品。代表作往往体现一个诗人的创造力和人文情怀，体现其在某一时期艺术探索上获得的个人独创，是其创作历程上影响最大、艺术水平较高的作品，且拥有较多的读者。这些作品和诗人的名字紧紧结合在一起，互为存在。当我们提到某个著名诗人的时候，往往会立刻在记忆里浮现出他的代表作。比如，提到郭沫若，我们就会想起他的《凤凰涅槃》《炉中煤》《天上的街市》等等；提到戴望舒，我们就会想到《雨巷》《烦忧》《我用残损的手掌》《萧红墓前口占》等等；提到艾青，我们就会想起他的《大堰河，我的保姆》《雪落在中国的土地上》《我爱这土地》《向太阳》等等；提到何其芳，我们会想起他的《花环》《我为少男少女歌唱》等等；提到叶延滨，我们会想到他的《干妈》等等；提到舒婷，我们会想起《致橡树》《神女峰》《会唱歌的鸢尾花》等等；提到李钢，我们会想起他的《蓝水兵》系列……一个诗人一生可能会创作很多作品，但最终能够留下来的毕竟只是少数，而其中最主要的可能就是他的代表作。没有代表作的诗人有时是很可悲的，别人也许读过他的作品，但无法说出究竟是什么作品。这种情况会随着时间的流逝而变得越来越严重，直至最终被人忘记。我不是说海烟的代表作已经具有很高的艺术成就和很大的影响，但她毕竟拥有了自己的代表性作品，确立了自己艺术探索的主要方向。这样的诗人在同龄诗人中应该算是佼佼者。

爱是海烟诗歌的核心主题，涉及爱情、友爱、亲情。她也爱自然，关注生活在底层的人。如果细心阅读，我们会发现，海烟的诗基本上都是对自己的生活和心灵感受的抒写，她的诗中几乎没有那种应酬式的作品，也没有那种违背自身体验的高蹈的调子。海烟属于那种爱护自己羽毛和尊重自己内心的诗人。当然，对于诗歌来说，题材、主题都只是部分的构成元素，真正体现诗人创造性和艺术智慧的是诗人对这些题材、主题的表达方式。

海烟善于采用意象化的抒写方式，采用意象、象征和细节截取等手段，避免感情的直接流露。意象、象征、细节等的巧妙使用，可以避免诗人直接说出情感的名字，而让情感、体验蕴含在这些物化的对象中，实现诗歌表达的含蓄蕴藉。这种方式带给读者的不是单一的情感导向，而是留下了更为开阔的感悟线索与诗意空间，使每个读者都可以从中读出类似但又可能完全不同的人生体验。诗的丰富由此而生。在意象、象征的使用中，有些诗人喜欢堆砌大量物象，偶尔读读，似乎很新鲜，但细细感悟之后，却发现这些物象之间似乎没有必然的内在关联，自然也就难以串联起独特而可感的诗意。海烟在营造诗歌意象、使用艺术象征的时候，不是为了意象而意象，不是为了象征而象征，而是让这些意象、象征服务于情感体验的表达。她的诗始终有一条可感的情感线索在引导读者，而意象、象征、细节等元素则将这些具有主观性、抽象性的情感元素进行客观化处理，最终实现虚与实的相生、内与外的协调。诗人的心灵秘密就隐藏在这些字里行间。

对情感的节制是海烟在创作中常常体现出来的重要特色之一。诗歌是需要节制的。诗歌创作当然不可能只有一种方式，而每种方式都可能存在自身的优劣，比如直抒胸臆的诗如果把握不好，就很可能出现感情表达的一泻无余。一览无余的诗也许充满激情，但在很多时候可能缺乏引人反复阅读的余味。从诗歌鉴赏的角度来说，缺乏余味的诗在很多时候都难以成为好诗，当下的一些自称“口语化”写作的作品就存在这样的不足，新奇倒是新奇了，但过分的写实使作品缺乏提炼和升华，也就往往使作品难以超越具体的事象，无法站立起来成为具有独立性的优秀作品。在创作中，海烟不希望在作品中把一切感受都表达出来，而尽可能让它们蕴含在字里行间，有时甚至只是点到为止，或者为读者提供进入其情感世界的缝隙，使作品具有一种自身的吸引力，让读者自己去完成对诗人情感的把握，而这种把握中同时也多了读者自己的体验元素。

意象化、情感节制的抒写方式使海烟具有良好的诗感。她总是善于从平常、普通的事象中发现诗意，并从中引发出独特的体验。同时，她也善于将个人的独特感受投射到合适的物象上，使自己的感觉找到适合自己的依托。她对人生有自己独到的认识，不追随潮流，不放逐自己，而是始终拥有自己的人生向度。简单说，这种向度就是一种超越性，即超越自己在现实中面对的苦难、困顿、迷茫、仇恨等负面体验，而从更高的层面去理解人生、创造人生。“我惯于从悲伤中吸取力量”(《我不与冷酷的人为敌》)，这是贯穿海烟诗歌的精神向度。这使我想起了艾青在其《诗论》中所说的“把忧郁与悲哀，看成一种力”的诗歌人格理想。海烟的这种取向一方面使她的诗具有了一种独特的人格力量，这恰好是当下不少诗歌所缺乏的；另一方面使她的作品体现出如郁葱兄所说的“境界”，这种“境界”不只是诗歌的境界，而且是生命的境界，它对诗人来说是一种向往和目标，对读者来说是一种启迪。我不知道海烟是不是信仰佛教，但她的很多作品中确实有一种包容的佛性，“我不与冷酷的人为敌,/更多时候,我喂养他们/以月光、笑脸和干净的心”(《我不与冷酷的人为敌》),这种佛性的渗透确实带给生命以温暖,也使她的作品实现了精神上的自我超越。

单行道是没有考虑回程的旅途。海烟正是以这样的方式对待爱情和人生:

……你一定无法想象
它只是认真地待在那里,爱着
每一刻,爱着风或者寂静。每天
除了车轮的探访,一切
毫无变化,它只是眺望着
它自己的远方。你一定无法想象
那样的坚持和幸福。

有远方,有坚持,就有幸福。这是海烟的人生哲学,也可以说是她对待诗歌和自己所爱的一切的态度。我欣赏她诗中的包容、超越情怀,也欣赏她对待人生与诗歌的姿态。她已经走上了诗歌探索这条道路。这条路没有回程,无论快乐还是艰辛,都需要诗人自己去感受,去坚持。

就在我认真阅读海烟的这部诗集的时候,我看到中国作家协会2014年会员发展公告,重庆共有九人被吸收为中国作家协会会员,其中与诗有关的就占了六人。这中间就包括了海烟。虽然我们不能把加入中国作家协会作为文学创作的目标,更不能说,谁加入了中国作家协会,谁的艺术水准就有多么的出色,但对于一个写作者,能够从众多的写作者之中被选择、被关注、被认可,或多或少应该算是一件值得高兴的事情。1993年岁末,当我得到中国作家协会批准入会的通知时,心情大致就是这样。我在这里主要想说的是,从诗人、诗歌批评家所占的中国作家协会会员比例中,我们可以在一定程度上感受到重庆诗歌的实力与潜力。这也许可以回应我在本文开头所说的“重庆是一座充满诗意的城市”的说法。我一直坚信这个观念。

我真诚祝愿重庆诗歌的不断发展,也期望海烟能够在未来的探索中收获更多的果实,为重庆诗歌、为中国新诗的发展添砖加瓦。

2014年6月17日,于重庆之北

荷花的情诗

——序红线女诗集《说吧，荷花》

中国人喜欢莲花，欣赏和赞美莲花的诗文很多。汉乐府《江南》是这样写的：“江南可采莲，莲叶何田田。鱼戏莲叶间。鱼戏莲叶东，鱼戏莲叶西，鱼戏莲叶南，鱼戏莲叶北。”这首诗没有刻意表达主观体验，而是抒写了自然的和谐与优美，暗示出采莲人的快乐心情。这可能是最早歌唱采莲劳动的民歌之一。之后，在中国文学发展史上，以采莲曲、采莲赋、采莲子、采莲女等为题的作品非常多，尤其以北宋周敦颐《爱莲说》影响最广：

水陆草木之花，可爱者甚蕃。晋陶渊明独爱菊。自李唐来，世人甚爱牡丹。予独爱莲之出淤泥而不染，濯清涟而不妖，中通外直，不蔓不枝，香远益清，亭亭净植，可远观而不可亵玩焉。

予谓菊，花之隐逸者也；牡丹，花之富贵者也；莲，花之君子者也。噫！菊之爱，陶后鲜有闻。莲之爱，同予者何人？牡丹之爱，宜乎众矣。

这篇作品篇幅不长，却完美地抒写了作者对莲的爱好及其理由。他认为，莲是纯洁、高雅的象征，“出淤泥而不染，濯清涟而不妖，中通外直，不蔓不枝，香远益清，亭亭净植，可远观而不可亵玩焉”。其后的人们经常引用这几句话作为对莲花和与莲花一样纯洁高雅之人的赞美。“莲，花之君子者也”，转换一下，似莲之人，甚至爱莲之人，也就是人中的君子。

在新诗中，歌唱莲花（荷花）的诗篇也不少，而且还在不断增加着。最近读到诗人红线女的《说吧,荷花》,这是一本专门写荷花的诗集。这可能跟她爱莲花,也跟她所生活的那个地方对莲花的重视,有一定关系。

重庆属于南方,但和小桥流水的江南是有很大差异的。不过,这并不影响人们对于荷花的爱。有报道说,2005年6月,重庆大足的荷花种植者罗登强与北京航天卫星应用公司签约,拟利用5年时间斥资400万,送300个荷花品种上太空,利用太空环境中存在的高能离子、微重力、宇宙磁场、超真空等特殊条件,诱使种子基因发生突变,从而获得高品质的荷花新品种。当年9月,首批太空培育的种子播种成功。传统的莲花因为与现代科技的结合而具有了新的形貌。今年大足县委县府又要创立"首届荷花节"。作为大足籍的诗人,红线女对于荷花的关注又更进了一层。2010年,她被安排在鲁迅文学院学习,在学习之余,她利用大量荷花照片回忆和重新感悟生活和心目中的荷花,通过诗歌表达她对荷花的爱,表达她对人生的认识和对独特人生品格的坚守,于是有了这部专门歌唱荷花的诗集。

重庆的诗人很多,每次参加诗歌方面的活动,我都会遇到一些以前不太熟悉的诗友。红线女写诗好几年了,而且一直坚持着,可以称为年轻的"老诗人"了。我在过去就断断续续读过她的一些作品,但认识她却是在许久之后。2007年1月,在"界限"诗歌网站组织的庆祝重庆直辖十周年的青年诗歌研讨会上,我第一次见到了活跃、谦虚的她。在后来的一些活动上,我们又多次见面。她给人的感觉是非常乐观的,脸上总是洋溢着欢笑,但和她深入交流之后,我们也能够深深感受到现实的压力和岁月的沧桑在她的话语中留下的痕迹。在当时,红线女已经出版了诗集《频来入梦》《风中的眼睛》《手指上的月亮》等。最近,她又出版了以著名的大足石刻文化为主题的《大足大千》,是一部抒情长诗。可以看出,她是一个很勤奋的人。

她还是一个执着的人。

她执着于诗。她好像没有其他什么爱好,工作之余,她就喜欢读诗、写诗,把自己对于现实、人生的感受都融化到诗行之间。对于这一点,熟悉她的人都是了解的。

她更执着地热爱生活,关怀自己的亲人、朋友。她的小儿子一出生就有先天性面部畸形引起的严重耳疾(儿子几乎听不见这个世界)。这对于父母来说,打击肯定是很大的。但是,她和家人没有放弃。他们卖掉唯一可以栖身的房子，筹集资金，在差不多五年时间里，多次利用假期前往重庆主城、北京等地寻求治疗。他们住最差的旅店，吃最差的饭菜，让儿子最终住进了最好的医院——解放军总医院。经过几年的努力，孩子成功地移植了人工听骨、人工鼓膜，儿子不但恢复了听力和表达能力，能够和正常人一样感受外面的世界，而且非常聪明，学习成绩很好，还会写小故事。

面对这样的现实和心理压力，红线女好像没有叫过苦，没有喊过累。我猜想，这是因为她心中有爱，有目标。她的爱来自她的亲人和诗歌。她写诗，也许是为了排解生活带来的压力，表达自己对于美好人生的期待。从她的诗中，我们可以读出她对现实艰难的超越，读出她在压力之下的乐观，读出她对生活的挚爱，读出她的热情和善良。选择荷花作为主题，也许是无意的，但这正好成为她抒写人生感悟的一个触发点。前些日子，她和重庆文学院的几十位学员到西南大学听报告，我陪她和其他几位诗人喝茶。她告诉我，在鲁迅文学院学习期间，有朋友给她发去了很多漂亮的荷花照片，使她感受到许多现实的、心灵的冲击，当别人出去喝酒聊天的时候，她就把自己关在房间里欣赏这些照片，并通过照片感受和反思自己走过的人生路，思考人生的品格和价值，于是写出了近百首作品。这些作品和照片相互阐释，相互映衬，于是就有了这部独特的诗集。

荷花不张扬，自顾开放。写荷花的诗往往是内敛的，轻柔的，细腻的，人格化的。红线女的荷花诗也是如此。比如她写荷花的颜色，抓住其洁白的特点展开，最终回到诗人自己：

而我必须忍受
一些黑夜和黎明
一些暗示和猜测，
一些大忧伤和小谎言
我必须像
一滴雨或一池水
在白里消失

——《白》

诗人由洁白而引出黑夜、暗示、忧伤这些与之相反的感受，它们是生命的深层元素。不过，诗人不是为了展览这些对比强烈的元素，而是受到荷花之白的憬悟，要淡化这些元素，将其融合进“白”中，“在白里消失”中。这样的诗，荷花只是一种引发诗人情感体验的物象，诗人的主旨在于表达自己。

红线女是对着朋友拍摄的照片写荷花的，类似于画配诗。在她的诗集书稿中，我看过那些照片，确实很美。但是，我们从这些照片上看不到明显的人的元素，更看不到与人有关的过去的故事，看不到人的更深层的焦虑，因此在我看来，红线女的诗是从另外一个角度弥补了照片的缺失。

这些照片上没有荷花的清香，但诗人有关于清香的记忆。

这些照片上没有欲滴的雨露，但诗人有关于雨露的怀念。

这些照片上没有明媚的阳光，但诗人拥有阳光般的期待。

这些照片上没有迷人的梦想，但诗人内心有梦想的缭绕。

红线女的诗，写的是荷花的高洁，荷花的艰辛，甚至是凋零时的失落，以及失落之后的反思。

荷花诗，属于传统的咏物诗。在咏物诗中，物只是诗人寄托情感、体验的意象，其本质是写人。如果没有人的元素的加入，仅仅写物的形态，那么，大量的作品中肯定会出现雷同、重复的情形。而事实上，中国有那么多咏物诗，即使是以相同物象寄托情感的作品，最终重复的作品并不多，这是因为不同诗人所寄托的情感是千差万别的。因此，咏物诗之间的差异，不是物象本身的差异，而是诗人所体悟到的情感、所采用的表达方式的差异，其核心还是人的因素。

在荷花诗中，红线女不只是写荷花本身，更多的是写荷花之不染污泥的品性，而且，她对于荷花立于污泥、超越污泥的过程给予了更多的关注。换句话说，她从不同角度，对于荷花纯洁、高雅的个性在形成历程中的种种遭际，以及不为污泥所染的最终个性进行了全方位感悟。这个打量的过程，诗人是“去你的梦中避雨”（《哦，睡莲》），是寻觅表面背后的本质，是寻找平常背后的非常。在这个过程中，我们看到的是荷花面对污泥而不污，面对风雨而不折，面对黑夜而不凋的形象。这是荷花的形象，更是诗人的形象。

于是，我们就读到了下面这些独特的诗行。

诗人写荷花的凋谢，是为爱的献身：

寒气突然撕开寒气

在一场绿色的雪里

向爱情展示自己
粉嘟嘟的身体
——《落红》

诗人写枯萎的莲蓬,写出了相互温暖的体验:

起初是麻木的
后来还是麻木的
我站在病着的地方
看不见远方
看不见黎明
看不见你的手

暮色在大地蔓延
你来了
我们在暗夜里宽衣
把彼此放进怀里
——《旧欢》

诗人写风声之外的感受,写出了抗争的力量:

她的白花像我的白牙齿
狠狠地咬住世俗的大嘴唇
红红的血印子在鞭子下呻吟、变绿
在岁月下流逝
——《风声之外》

这些诗行,好像都与荷花有关,但是又好像不是写荷花的,诗篇和荷花之间出现了距离,至少是缝隙,这其实就是诗人的体验对于具体物像的超越。这种超越揭示的是诗人的独特发现,带给读者的是浓郁的诗情。

诗人不只是关注荷花的美,她还关注荷花的凋零,关注莲蓬的干枯,关注花柄的弯曲,换句话说,诗人不仅关注荷花盛开时的美丽,同样关注荷花凋零时的凄凉。这就是诗人,她体验的是全面的人生。在诗人那里,只知道赞美或者只关注凋零,都不是他们的本分,他们的本分是顺着自己的感受,把现实、人生的本质倾注在诗行之间,无论高贵还是平凡,无论盛开还是凋谢,无论绚丽还是衰败……

红线女是一个有心人。说实话,我曾经看过很多荷花,也看过很多荷花的照片,但我连一篇散文也没有写出来。红线女是敏感的,她的人生经历很丰富,很多人、事、物都可能触发她对于自我的感悟和思考。敏于感受、敏于发现、敏于表达是诗人之成为诗人的内在素质,一般人是学不来的。如果有人问我,如何才能成为一个诗人,我实在不知道该怎样回答才好。诗人的形成太复杂了,既有先天的原因,也关涉后天的修养,但有一点是肯定的:诗人必须是敏锐的,甚至是敏感的,对世界、对人生、对任何宏大或者微小的事物,都必须如此。

经过长期的磨砺,红线女写诗已经很熟练了,或者说,她写得很顺了,意象说到就到,想象海阔天空,诗句随手就来。有了这样的功力,即使是随便写下来的文字,我们也会觉得她的诗不算很差的作品。这是诗人到达一定境界的标志。但同时我也想提醒诗人,在诗歌创作中,当一切都做得很顺的时候,模式化的情况就可能要出现了。这个时候,一定要自我警醒,给自己提出新的目标,甚至停笔一段时间,摸索一些对自己来说写起来更难的方式,而且要努力去把握这种方式。只有不断面对挑战,诗人才能真正获得进步;只有不断化解挑战,诗人的艺术水准才不至于在同一个层面徘徊。对于诗人,难度写作是必须面对的考验,而每每通过一次这样的考验,他就可能获得一次新的进步。我深信她是能做到这一点的。

夏天来了,今年的荷花即将绽放,我期待着一个美好的夏天。夏天的火热也许可以激发我们面对生活时的激情。我也期待红线女在诗歌探索的道路上取得更大的进步,像蚕蛹破壳,像凤凰涅槃。

是为序。

2011年5月6日,立夏,于重庆之北

冷雨桑:以低姿态穿越喧嚣的尘世

重庆的诗人很多,我参加的诗歌活动有限,对很多诗人都只知其名,只读其诗,而不识其人。我和冷雨桑的交往很少,第一次也是印象较深的一次是2013年8月在参加华万里诗歌研讨会的时候。我是开车去渝北的,会议结束之后,诗人赵兴中要回璧山,我就邀他和我一起走,顺便送他。兴中在饭店门口遇到了一位女诗人,说我有车,叫她一起去玩。上车之后,经兴中的介绍,我才知道她叫冷雨桑。我们一起去璧山和一群诗人朋友吃了晚饭,之后又带她到北碚,她才自己打车回了合川。我的印象是,冷雨桑说话节奏很快,连珠炮似的,也很直率,恰如赵兴中所说的像一个“诗歌兄弟”(赵兴中《剑胆琴心冷与桑》)。也是在那一次,我知道她是合川人,和我夫人是同乡,算是我的半个老乡。

我读冷雨桑的诗更早一些,主要是在一些诗歌网站上。我一直比较关注网络的传播功能及其在诗人成长中的作用。网络不但成为很多经典作品再次传播的重要平台,也推出了不少具有特色的诗人。冷雨桑写诗多年,但她的作品真正受到读者关注,主要还是因为她在网络上发表了大量作品,之后,她又从网络走向了传统媒体。

《小记录》是冷雨桑的第一本诗集。

我喜欢“小记录”这个名字。当下的学术界、诗歌界都存在一种另类的“假大空”。在学术界,有些人动不动就用“填补空白”“开创新领域”“国际领先”等表述谈论自己或同人的成果，听起来挺吓人的。对科技领域，我不了解，但是在人文领域，我一直不认可这样的说法。如果有那么多人取得了那么大的成就，我们还愁什么“国际领先”“世界第一”呢？在诗歌界，不少人创作的文本确实也比较独特，他们使用了很多古代的、外国的、现代的表达方式，但也许是我的水平太差，对有些作品反复阅读很多次也难以读懂。在这些艰深的文字背后，我们难以发现什么新的东西，既没有让人感动入心的情感，也没有使人眼前一亮的思想，更没有引领人们反思、提升的境界。那些看起来深奥难懂的文字只能给人一种“空壳”的感觉，用俗话说就是“花架子”“空壳壳”。我在和我的学生交流的时候经常说，诗歌不一定遵守语法，但是一个诗人首先应该学会把句子写通顺，否则他也就做不了超越常规语法的艺术创造。

在中国，“假大空”害人不浅，诗歌也曾经深受其害。在这个世界上，很多人都无法摆正自己的位置，有些人能写点文字就以为自己了不得，眼里只剩下自己，没有他人，也没有世界。其实，无论是在时间还是空间的维度上，人之渺小，犹如蝼蚁与砂砾，我们能够做好的首先是渺小的自己。一个诗人也是如此，首先要熟悉自己的生活和心灵，才能以此为基点关注人类和世界。在我看来，小是一种姿态，也是一种人生态度，小中可以蕴大，但没有基点的“大”往往是空虚的。王明凯先生曾经出版过一部诗集叫《蚁行的温度》，其书名也有向“小”的特点，使人一见到就有一种亲近感，乐意去接近它。我曾经在该诗集的序中说过这样的话：“‘蚁行’是一种姿态，一种贴近大地的人生姿态，一种小中见大的艺术姿态，一种默默耕耘、张扬群体精神的人文姿态；‘温度’是一种格调，一种人生格调与艺术格调。多年以来，人们对诗歌的温暖已经有些陌生，‘蚁行的温度’也许不那么惹人注目，无法给人们带来春天的温暖和夏天的清凉，但那毕竟是行进中的温度，对‘温度’的感悟也许可以为我们提供一些启迪。诗人以‘蚁行’来比喻自己的人生跋涉，是应该受到尊敬的。”在这里，我愿意借用这段文字来表达我对冷雨桑这部诗集的第一感受。

“小记录”式的写作在一定程度上顺应了当下诗歌界的一种潮流，那就是摒弃诗歌创作中的理念化、高蹈化倾向，回到日常生活中，回到细腻的内心体验。冷雨桑的诗在题材上基本上都延续着这种向度，诗人所写的都是自己在日常生活和人生经历中所感受到的点滴体验，和我们每个人的生活、经历都可能存在交集。她通过这种方式，抒写了自己对于现实、人生、过往经历的多种感悟。

对于诗歌创作来说，生活化不是对生活的描摹，而是要对现实进行诗意的剪裁，其间蕴含着诗人的诗美发现与艺术提升。冷雨桑的很多作品都是抓住现实中的一个场景，剪裁其中的诗意片段，再融合诗人的体验，便形成了独特的诗篇。比如《小别》："拥抱，挥手，再拉拉你的袖口/昨天给你买的毛衣/是宽领玫红/你爱不释手/不对，是爱不离口/这一条求学的路上/充满艰辛，堵车正盛/乖乖，看着你依依不舍的背影/渐渐变暗/变轻/变成红灯。"篇幅很短，语言也不古奥，但作品通过一些细节抒写了诗人对孩子的关爱、牵挂，描绘的似乎是一个流动的场景，诗人的情感也随着场景的转换而流泻出来。诗中的有些表述还有别样的深意，"这一条求学的路上/充满艰辛，堵车正盛"，"堵车"既是指现实的堵车，也暗示了求学之路的艰辛，具有双重意味，延伸了诗人的艺术发现。又比如《秋虫唧唧》："我爱的，我所能爱的，我所能明明白白细数的/是那些隐藏在暗处的生物/它们发蓝光，或红光/它们细微、简单、渺小/它们唯一能够举起的小伞/经不起风吹，日晒/我对你的等待//它们唯一的呐喊，很小声/且怕疼。"诗人所"爱的""所能爱的"是那些细小的生命，这和我们上面所谈到的诗人对"小"的关注是一致的，而且，她以自己的心去体会这些细小生物的感受，它们的"呐喊"，它们的"疼"都触动了诗人的情感。这种发现既体现了诗人的敏锐，也暗示了诗人对世界的平等态度，以及关注一切的低姿态。在表达上，作品采用了娓娓道来的语气，亲切而自然，我们可以从中感受到诗人自身的简单、随性和爱意。可以看出，在冷雨桑的诗中，场景的选择、细节的剪裁，看似随意，但又不完全是随意的，其间包含着诗人的匠心。

和当下的潮流有所不同的是，冷雨桑的诗抛弃了当下社会流行的浮躁情绪，努力寻找生命的真谛，追求一种平静。吕进先生在给诗集撰写的序言中对此把握甚准："冷雨桑的诗，给人最突出的印象就是平静，没有目下都市诗人常见的狂躁和焦虑。经历了坎坷的人生，诗人的这份平静是令人感动的。"（吕进《春桑正含绿》）写诗需要激情，但激情不一定就是诗。在很多时候，诗是激情冷却、沉淀之后的产物。冷雨桑在一首短诗《诗会》中写道："那么多的人，都准备好了表情/那么多的杯，觥筹交错/诗和人的际会/和你握手的那一瞬/词语，以及词语之间的兽性/它们勃然而生的表情/是那么生硬。”“诗会”这样的题目不好把握，但冷雨桑发挥了关注细节的特长，抓住一些细节来表达她的看法，“词语”“词语之间的兽性”，以及它们的“表情”并不如作者所期待的那样，而是“那么生硬”。她没有评价“诗会”之好坏，但从她剪切的细节中，我们可以捕捉到她的态度，她对于这样的活动，对于当下的诗歌写作是有看法的。我们从这些平实的文字之间可以感受到冷雨桑对于诗坛浮躁倾向的感受。也许正因为如此，她才在自己的创作中尽力去克服这种倾向。我们还可以从另一首诗中读到诗人的自省与追求：

我学会微笑。清晨梳妆。对路人点头致意
买的水果一分为二，并且边走边赠予
我希望见到的每个人，都沐浴在春风里

我准备握手时，只需要伸出手去
迎接我的是温暖的回应
和无限多怀抱的可能

我对时局研析，对未来破译，也对伶仃的行人绕行
我不希望太多人看到端庄的瓶身下面
只需要一点怒的火星
就可以，让玻璃回到淬火的从前

——《我必须学会控制身体的狂躁》

这是一种值得我们注意的人生态度，在解剖自己的同时也提升自己。在浮躁情绪非常流行的时代，诗人努力克制这种流行病式的情绪，向往一种温暖、平静、和谐、淡定的人生状态。这其实是一种超越，一种穿透世俗和流行的超越，也是对自我的超越。这种超越远离了照相式的抒写，既为诗人自己建构了一个精神的家园，也成为一种精神的引导，为置身浮躁、喧嚣语境中的人们提供了一种选择和向度。这样的诗，有感受、有思想、有追求、有境界，本应受到读者重视，但有些诗人或者读者可能会因为它不够先锋、不够新潮，也不够标新立异，而对这种取向持不同的态度。诗当然需要热情甚至

激情,但诗不只是愤青式的指责、谩骂、嘲讽、挖苦,更不是低俗的迎合和单纯欲望的发泄,而是对生命的终极关怀。这样的体验大量出现在冷雨桑的作品中,“爱,就放在嘴里,慢慢咀嚼,让活色生香的生活/变直白和简单/让海洋/变得更加宽阔和饱满”(《小爱》);“我一定要站出来,做到第一时间/为你扬花,打麦/把你的伤口舔舐几遍/再撒上消毒的大雪和盐//站在这城市的最高端,最危险/我得把那些落叶的缤纷打扫干净/放一个长条凳,坐等”(《秋天》);“我感谢这万物的和谐,它们排列在一起/各自取暖/各自找到皮肤和血/和各自的骨殖//我感谢这和煦之中/有一片微光甚至不用遮挡/就把我完全照耀/还给我温暖的丈量”(《感谢》)……这些诗句并不深奥,但在情感上是平静、温暖的,超越了浮躁、喧嚣,留下真实的、长久的诗意,成为冷雨桑诗歌的一种精神标签。

冷雨桑的诗多是短诗。她也写长诗,不过她的长诗也往往是由多个短章组成的,每一个短章几乎都可以独立成诗。相比而言,她的长诗融合了更多的对流动的时间与场景的观察、体验,但其精神指向依然是向内的、向上的,努力指向生命的终极关怀。《小记录》抒写的是诗人在日常生活中的点滴思考,说是“记录”,并不准确,因为其间流动的是诗人的内在的体验。在诗的最后,诗人写道:

欢爱。孤单。沉寂。消磨。小自在
融侨半岛。我的香弥山
蜗居被挂在这个城市巨大的树上
我的枝条和这个完整的秋天一起伸得老远
总可以抓住些什么
吹向此窗的风又开始转向,开始打旋

“伸得老远”是一种期待,一种渴望,诗人以为这样可以“抓住些什么”,但“转向”“打旋”的风又将这种梦想给吹散了。这首长诗之中有坚毅的心智,有小快乐,有小期待,也有淡淡的忧伤,更有缭绕不断的梦想。这样的诗,还是属于冷雨桑的。

我从来不反对中国诗歌要向外国诗歌有所借鉴,但这种借鉴必须是为我所用,而不是让别人牵着我们走。在当下的许多作品中,我们可以见到不少翻译体的作品,就是模仿西方诗歌创作的作品,看似新鲜、深奥,与众不同，却总让人觉得有些隔：语言的隔，文化基因的隔，精神取向的隔。另外一个极端现象就是，有些诗人追求口语化、生活化，但缺乏对生活和口语的提炼，缺乏剪裁与节制，写成了流水账，甚至很多脏话、"国骂"也进入了作品中，散文化倾向也非常明显，在很大程度上让人觉得贬损了诗歌作为一种精神性文体的身份。冷雨桑似乎没有追随这样的潮流，她是一个特立独行的诗人（据我不多的观察，她似乎也很少和某个或某些诗人打得火热）。她的诗歌语言属于比较典雅的现代语言，既借鉴了一些口头语言，又通过自己的选择对日常语言进行了提炼，并借助并列、跳跃等方式打破了日常语言的结构方式，可以说建构了一种比较有个性，也具有一定代表性的现代诗语。她当然也不喜欢那种空洞的、格式化的语言方式。比如《小羊》，写的是人与动物的特殊关系，诗人没有把那种场面写得血淋淋的，但是她对"小羊"的牺牲是怀着敬意的：

小羊，把你的温暖穿在身上
我们就穿过了你的一生，一世

诗人使用的是很普通的词语，但剪裁机智，又有独特的蕴涵，所以也是富于诗意的语言，属于比较典型的"诗家语"。其中的"穿过"既指"穿衣服"这种日常行为，也包括了"穿透""穿越"等含义，暗示诗人体验了"小羊"的生命过程，其中的滋味当然是多样的。这样的语言，对于现代汉语、诗家语的发展和诗歌艺术的探索都具有不可忽略的意义和价值。

简单谈到了对冷雨桑诗歌的阅读感想，我们不是说她在诗歌艺术探索的道路上已经走出了一条康庄大道，她还需要继续磨炼——事实上，她也确实在继续摸索。但她对诗的理解，对生活的感悟，对人生的解读，是值得我们关注和肯定的。在她的生活中，诗好像只是一种和精神相匹配的意味，她并不是为了成为诗人而写诗，而是试图成为一个具有诗意的人。这样的人，不一定能够成为名诗人、大诗人，但一定可以成为令人敬重的真诗人。

2015年4月11—16日，于重庆之北

“完好于破碎之中”

——雨馨和她的诗歌创作

知道雨馨这个名字可能是在她刚刚开始学诗不久。后来,我又陆续在《诗刊》《诗歌报月刊》等一些颇有影响的报刊上读到雨馨发表的作品,由此看到她在创作上的发展和变化。因此,当雨馨送来她的装帧非常精美的诗集《水中的瓷》的时候,我一点也不觉得吃惊。

这些年来,新诗的处境和收成都不令人乐观。生活在诗歌圈子中的人们似乎都有一种落寞之感,有时候甚至有一种被人遗弃的“边缘人”的感觉。不少人因此而怨天尤人,因此而转向了,改事其他文体或根本与文字断绝了姻缘。在这样一种文化与艺术氛围中,年轻的雨馨一点也不浮躁,还坚持写诗,并且写得那么认真,努力在重重包围之中为诗歌寻找一条活路,这倒让我有点惊讶,并且愿意以一个爱诗者的身份向她表示敬意。我也由此看到潜存于这个浮躁时代中的诗的希望。

我循着这一思路去探索雨馨成功的原因和试图解读她的作品。我在她诗集的自序中找到了这样的话:“年轻的女人总有极致的孤独与善待,我花了整整两年的时间证明了这句话,我写道,‘很久以来,我一直在孤独、忙碌和无家可归的处境中’。谁给我一片陌生的树叶,给我十二月的雪,燃烧的记忆里那疯狂的石榴树。”诗人是在“孤独”“忙碌”和“无家可归”的时候接近诗歌的,除去其通常的内涵,这些感受是典型的“世纪末”意绪。在生命本身受到威胁的时候，一切物质的、外在的压迫已退居到次要地位，或者转化为一种生命自身的以主体为核心的突围。也许正是出于这样的原因，雨馨才在物欲横流的大千世界上坚持与自己的心灵默默对话，与一种相对纯净的梦想对话，从而体现出一种超凡脱俗的品性来。雨馨业已取得的收获证明了她自己选择诗歌来传达生命体验是正确的。

所以，在雨馨的生活之中，诗歌是神圣而光彩的，诗人把它看成圣洁之花，是一种永远闪亮的依托与期望。她说："当我们有一天什么都失去了，再孤独的行程，也会感觉到，不远处，一颗星，永远以它小小的光芒同黑暗一起，注视着我们，这便是诗歌。""诗歌，这人类灵魂中圣洁而唯一的花朵，永远感召和进化着无数走近她的心灵。"在这里，我们可以看到诗人对诗歌投入了近乎宗教的虔诚，也体现出诗人对艺术永恒性的认识。投入艺术，就是将阶段性的生命投向了永恒。

在谈及创作动因时，雨馨没有道出促使她走近诗歌内"孤独""忙碌"和"无家可归"这些感受的因由，但就其作品来看，这一切似乎与外在世界对生命的重重包围有关，因此，诗人所抓住的便是生命主体的突围以及由此而产生的渴求。早期的作品《着紫色花的女孩》《夜满西楼》等已有比较明显的表达：因为孤独而渴望，又因为渴望而忧郁——"当所有的星子已在夜晚死去/我留作你琴上最后的蝶/寂然翩舞"（《夜满西楼》）。应该说，这样的孤独还是比较单纯的，更多地聚集于情绪的、感觉的层面，类似一种无名的忧伤。而越到后来，诗人所表达的内涵就显得越深沉，切入到生命体验的层面，体现出凝重中的超脱、苦涩中的甜美。《独望水仙》中有这样的诗句："玉中的质地/ 若瓷/切开水源/没有人发现水中的伤口/没有人走入我的深处。"这里的"伤口"已经不是感觉层面的了，而是一种内在的、隐藏的创痛，一种关于生命的沧桑体验。在《避难埃及》等作品中，诗人对生命的思考似乎已到达了一种透彻血脉的境地。"我的一切仅是一只芬芳的水果/让寂静收拢风暴/日落而眠/我们的过程仅同/一只果核变成蓝水晶有关"（《避难埃及》），"这个夏天/我在一种疾病里/目光沉静//我的身体/散发鲜花和旧丝绸的气味/花瓶的光泽/破碎玲珑"（《纸器》），这些诗行让我们感受到一种无奈的怨尤，也有一丝超然的意味，从雨馨诗歌的主要旨趣来看，她所要表达的是对爱的渴望以及因为无爱、无助或失去了爱而产生的苦痛甚至压抑，因此，她更多地注重对自身的剖解。当然，这里所谓的爱，不同于人们一般的理解，它的包含要广泛得多，主要聚焦于对自身的认识和自我之爱，包括心理的、生理的，可以统而言之地称为生命之爱。于是，在她的诗中，诗人的孤寂与苦痛主要源于对自我感受的张扬以及这种自我的被忽视，这就使她的作品与那种单纯地表达失落之怨、思恋之苦一类情绪的诗有所不同，雨馨的诗更显得深沉和个人化一些。

应该说，雨馨的诗更多地是属于个人化写作，有人甚至称之为“私人化写作”。与有些女诗人的个人化写作方式稍有不同的是，雨馨的诗并没有过多地张扬一种单一的“黑色意识”或者“自虐意识”以及某些躁动不安，换句话说，她并不以展示自己的隐私来求得人们的关注。相反，她更看重女性所具有的一种纯美意识。她这样谈论女性诗歌：“女性诗歌若瓷，除了真诚，我们将完好于破碎之中。等待一种脆弱、幻化的纯感觉，我们以独特的语言方式，在文字中寻找纯粹与清澈。”从这个角度去把握雨馨诗歌的语言方式，应该说是一个比较有效的途径。

在诗的传达上，雨馨特别注重诗歌意象的营构，这些意象显得新颖而别致，其中也不乏隐喻与暗示，这是现代诗的重要特色之一。不过，在雨馨所营造的众多诗歌意象中，有几个系列更突出地传达了她的诗歌的意蕴。这几个系列即“水”“花”“瓷”。“水”是柔情的象征，但也有点深不可测，是纯真、细腻、敏感甚至带点神秘的女性心灵的映照。与此相关的“雪”和“冰”则更多地体现着对纯洁境界的暗示。她诗中的“花”不止一种，除了清香素雅的茉莉、深沉内倾的玫瑰之外，它还衍生出诗人对色彩的敏感。这一切主要包含着诗人对“美”的思索和寄寓，同时也深含诗人对生命色调的艺术调配。在众多的色调中，雨馨对紫色似乎有一种特别的爱好，这是一种不明不暗又显得比较凝重的颜色，成为她诗中众多色彩的基调和最终归宿，几乎构成了雨馨诗歌的主色调。正因为如此，即使写了苦闷、孤独，她的诗并不给人一种过度沉重的压迫之感，而是让人凝思，甚至不充溢着渴望，这是一种穿透了生命之后而形成的诗的格调。“瓷”以及与此相类的“玻璃”等，是柔滑而美丽的，但也易碎，这种充满矛盾，既显示华美又潜隐危机的意象体现着诗人对生命的真切感慨，这样，“完好于破碎之中”就成了诗人对生命的认识和她的诗的主要格调，这是一种如梦如幻的纯美之所在。

说到纯美，我们似乎不应忽视雨馨诗中的另一个重要意象“女儿”。诗人在诗中多次使用这一意象，正如戴望舒的“丁香一样地结着愁怨的姑娘”这一意象一样，寄托着诗人一种美好的愿望，一种童年情结，同时也是一种母性情结。《纸器》中有这样一节：

我身体里流出玫瑰的血
女儿的生日美仑美奂
我嘱咐女儿
夜里狂奔 逃脱
走过那条河
就逃出宿命的天象

诗人在“女儿”身上寄托着太多的情思与梦想，“女儿”实际上是诗人对生命的又一种认定。因此，从总体上讲，雨馨诗歌的意象序列是属于她自己的。对应着她的生命感悟，更主要的是体现着一位女性诗人细腻而又深沉的生命思索。这种特点使她的诗歌显出了独特性，成为可感而无法模仿的存在。应该说，这是诗人的个人化写作所达到的较高的境界。

个人化写作在近些年的现代诗创作中比较普遍。从某种程度上讲，它有助于诗人形成自己的艺术个性，但它也潜藏着危险。个人化写作容易把诗歌推进“黑洞”，而与这个世界形成隔绝，这样一来，个人的寂寞就会因此而更显寂寞，个人的艺术手段就可能因此而过分私人化，最终导致生命认识的“黑洞”，导致诗歌走向没落。雨馨在克服个人化写作可能带来的弊端方面做过努力，但并没有完全实现，她的有些诗显得比较“隔”，有些诗在意象营构上有点为了新奇而新奇的嫌疑，显出了一些“作”的痕迹。同时，由于诗人对某些色彩和意象的过分偏爱，她的一些作品显得过分华丽而甜柔，与整体作品所要表达的情调与气氛不太协调，最主要的是造成了有整体而无局部的不足；即一篇作品在整体上还给人一种比较新奇的感觉，但难以一行一行去解读，从而给人一种破碎之感。我不知道这是否是诗人所主张的“完好于破碎之中”的一种体现，如果是，我以为是不合适的。“完好于破碎之中”只是一种对生命的认识，而不应该成为对诗的文体的一种观念。

我相信，年轻而善良的雨馨会在诗歌创作方面获得更大的收成，也会在诗的个性化与个人化方面做出更准确的抉择，当然，这有赖于诗人对诗歌文体规律的更进一步把握。

1997年4月10日午，于西南师范大学梅园

梅依然诗歌的精神镜像解读[①]

在中西文化史上，诗人往往是人类命运的赤诚关怀者，真正的诗人也总是把自己对人类、自然、宇宙的爱熔铸在自己的生命和诗篇中，从而实现诗歌与生命的融合和超越。作为当下重庆诗坛上重要的女性诗人之一，梅依然努力揭示女性的生存境遇和精神世界，探寻女性存在的价值和意义，在个人体验的真切抒写中包蕴着对女性命运深刻的思考。梅依然对诗歌有着严肃的使命感："我一直信奉俄国女诗人玛丽娜·茨维塔耶娃这样一句话'用心灵的深邃来保证自己的与众不同与自给自足'。诗歌写作始终是一门技艺，而真正的诗人才是自己的一件好作品！"[②]梅依然认为，真正的诗人是那些"不自以为是，不刻意标榜自己所谓的'独特性'，真正宽容豁达，执着写作的诗人"[③]，自小热爱诗歌的梅依然就是以这样谦逊认真的态度钟情于诗歌，用勤奋的写作靠近那些她崇敬的真正意义上的诗人。梅依然不是一个高产的诗人，2009年出版诗集《女人的声音》，2013年出版《女人书》。走进梅依然的诗歌世界，仿佛进入了一个女性灵魂的"镜城"，那里有幸福的幻想、绝望的呼喊、忧伤的幻觉、永恒的记忆……关乎心灵自由和生命意义的拷问。诗人在发掘自我经验的基础上，敞开女性灵魂的秘密，进入被困境遮蔽的女性精神世界的深层，呈现了丰富的精神镜像。

①本文系与本人硕士生晋彪合作完成。

②③梅依然：《说点什么》，[EB/OL]http://blog.sina.com.cn/s/blog_4a3cb7b6010006gy.html.2006-11-25.

梅依然诗歌的精神镜像首先反映在对女性爱情境遇的抒写中，在有着女性意识的诗人那里，爱情不同于单纯意义上的风花雪月，在欢乐幸福与哀伤绝望等充满张力的情感体验中，呈现出更为深广的含义。“你精心饲养一只鸟/给它吃喝，给它梳洗/让它一直居住在精美的鸟笼里。/它每天都歌唱/从不背叛你，/陪你度过许多时光。最后/它死去，你感到无比伤心/但你不得不面临选择/是将鸟笼遗弃/还是让另一只鸟儿来填补？”（《情感》）这是一首类似寓言故事的诗，暗示着某种复杂的细腻情感注定伴随女性的心灵历程。珍爱的“鸟儿”死亡仿佛一段精心呵护的感情消逝，抉择的困难显示着那一份难舍的珍惜。在诗人笔下，爱情是值得珍惜的，“给我们一些温暖的词藻/我们便安静地睡下/温柔的月光照亮我们的眼睛/那里有鸟类筑巢/嘘，不要出声/神圣的土地上掩埋着我们不死的秘密”（《秘密》），月光下筑巢的鸟儿营造着家的温暖，“土地”作为孕育万物又埋葬生命的实体有着神秘的象征，仿佛爱情可以在宁静中获得永恒。《我们幸福着》营造了梦幻幸福的爱情图景，“我们有良田万顷，河流无数/怀抱金色的阳光，我们种下一块又一块月光/那些神秘的珠宝散落大地。披上爱的羽毛/我们日日夜夜寻找。土地上/马铃薯兄弟抱紧泥土，窃窃私语/多么安然”，在阳光与月光交错的情感传递中，爱情获得了飞翔的力量，“怀抱”“种下”“寻找”等词语的使用呈现着律动与希望。与梦幻的想象构成悖论的是，现实中的爱情也许并不具有如此单纯美好的秉性，具有浪漫情结的女性往往成为纯情的牺牲品。“从电话那头，传来一个女人的声音/她是谁？她究竟做了什么坏事/让你如此魂不附体……灌木摇曳着风，会有希望升起吗？/月亮不断释放虫子的哀叫，‘爱，永远’/可那都是谎言，谎言加绝望！”（《进化论》）在戏剧化的场景中，诗人残酷地揭示了“永恒”的欺骗性，以及由此带来的心灵创伤，“这里是盲目与随从的帝国/遍地长满谎言的舌头/你看不到我哭泣的灵魂/我，我有着云一样不真实的笑容”（《界限》），“哦，谎言像蜜蜂一样可爱，总能迷惑人/‘不要试图去识破它’！/它会蜇伤你，甚至置你于死地！”（《被惊吓的孩子》）“长满谎言的舌头”深深伤害着对爱情抱有真挚期盼的心灵，诗人把谎言比作“蜜蜂”，那足以致命的伤痛暗示着女性是多么毫无保留地投入在这一份感情之中。在《与一个女人交谈》中，诗人诉说道：“我熟悉这种痛苦/你所经历的，正是我正在经历的//风，从不同的角落吹来/这轻薄的肉体//一直缺少真正的关怀，晨露沿着梧桐树径缓缓滴落//爱，是男人的消费品/爱，是女人珍贵的呼吸系统。”在两性的比照中，诗人揭示了女性共同遭遇的缺乏精神关爱的爱情。“我感受到爱的蜗牛/正沿着我心灵的岩石努力地攀爬/而你//为何保持一尊石雕像的姿态/像黑暗的嘴唇/除了释放一两声虫鸣/那里还会有什么/冰冷触摸我。”“石雕像”沉重地毁灭了正在向上攀爬的爱情，这种刻骨铭心的幻灭感侵蚀着女性的心灵，面对长期以来在感情世界女性从属于男性的命运，诗人发出自己的呐喊，“收拢阴影的翅膀/我要横穿这块刻着谦卑的墓碑/用草叶的词语//覆盖女人的羞耻/用最古老的方式/像一头鹰不允许有仁慈/不允许有失败/和片刻的宁静”(《一个女人的信札·爱之无名》)，以决绝的姿态为女人的尊严而战，“鹰”的意象具有深刻的内涵，在《如果，我爱》中，诗人宣言，“如果，我爱/我将是一只穿了一对红色高跟鞋的鹰//急于奔赴一场古老的杀戮：血腥，惨烈/这喻示着全部，关于生命的庄严”。这种关乎庄严生命的奔赴是残酷的，同时暗含着诗人对自由爱情的热切期盼，在《蜜蜂神》中，面对蜜蜂穿梭于精简的房舍，虔诚执着地建造“爱的工程”，诗人发出感慨，“它们，它们/从不像我们缺乏爱……我站在它们中间，如此渴望地亲近它们/我多么想与它们一样/自由地飞翔在这块秋日田野的上空”。自然生灵对爱的执着与奉献深深震动着诗人，“自由地飞翔”传递着经历波折后心灵深处的祈盼。我们看到，在细腻的情感刻画中，梅依然构建出一幅幅具有艺术感染力的画面，那里有甜蜜的欢笑，也有苦涩的哀痛，更有着绝望的呼喊与抗争。

梅依然诗歌的精神镜像更为突出地表现在对“女人形象”的发掘上，在自我存在的追问中敞开女性丰富的精神世界。

诗人笔下的“女人”是孤独的。“必须要承认/我们是这世界上最孤独的分子//夏季，已从季节的/第三十五页中掉落……‘你是谁，为何而来？’/我们可以将这个秋日/装扮成一场盛大的宴会/不停地喧腾……但是，我们不能遗弃/属于自己的命运：//我们是会生产的思想家/我们生产爱，孩子//荣耀，耻辱/以及只属于女人的痛苦。”(《女人的根源》) 诗人敏感地意识到季节的更替，觉醒的内心追问自身存在的意义，于是，“孤独”深入到女性的精神根源，这种生命本源的孤独是女性命运的深层象征。在《忧伤的幻觉》中，诗人借助梦境诉说着一种孤立无援的孤独境遇，“四周是一堆白色的建筑/耸立于粘滞的空气中……我看不到一个人/甚至看不到我自己……然后，我开始呼喊/呼喊每一个我亲近的人/但没有人/没有人回应//我的声音带着焦灼的苦味/如同一块块黑色的石头//被投入了一个深渊/而失去找回的理由”,“白色的建筑”禁闭了迷失的自我,找不到可以发出回应的生命,甚至“亲近的人”都远离了,那一声声焦灼的呼喊,入深渊而不得返的恐怖,都象征着绝望的孤独。

为何深深的孤独会浸入女性的生命?诗人为我们呈现着一幅幅苍凉的画面,揭示了女性失去自我的悲剧命运。“你顺从,温柔/天生怯弱。/你不会喝酒,不会吸烟/不会拒绝的艺术/做得一手好菜……可那又怎样/孤独还是像一条爬虫紧紧贴在你身上/多年来,你如同一截漂浮不定的广告词/无所依靠”(《广告词》),在看似完满的日常生活中,女性却失去了自我意识,呆滞的生命找不到存在的真正意义;“我毫无意义地重复自己/多么可怕的品性”(《我缺少个伙伴》),“复印机一整天站在墙角,印出/一千张一万张我。//毫无表情!毫无表情!/我却无法愤怒……这和吞吃药片有什么区别/泛白的窗孔透出没有信念的生活”(《可怕的》),没有信念的生活在诗人看来是可怕的,在重复与循环中耗损时光,渐渐迷失了自我。在《女人的形象》中,诗人描绘着细碎庸常的女性生活,“我走入这温和的痛苦/十年/我围绕同一个主题/一个男人和一个孩子//床上要整理的被子/厨房中油腻的餐具/需要洗刷的衣服/和鞋子……日复一日/年复一年……我用一生的时光就是/可怕的重复自己?”在僵化的生活模式中,诗人不断地追问,“重复自己”被深刻地诠释为可怕的品性。“大地是一株无忧草/我的童年曾经到过这里//无法忘记/一条红裙子的天真和叫喊//我的孩子/一个不倒翁娃娃,冲我垂下她厚厚的眼睑//我的工厂/张着长满苔藓的巨大广口瓶的嘴//将我吞噬/我找不到自己。”(《魔法》)在这里,诗人为我们还原了童年的无忧记忆,“红裙子”“不倒翁娃娃”有着快乐的秉性,然而是什么吞噬了自我的生命?成长为女人的主体被巨大的势力压迫着、囚禁着。在《夏夜》中,诗人诉说道:“生命的水,生命的水不停地/摇晃着我货船般的身体/要驶向何方……船身沉重,是我携带了许多的装备/和一些古老的训诫//如果,我能够脱离自我/我便不会如此苦恼//如果,她不是沉重的货船/而就是她自身的梦想//并能够像空气自由的飞翔/这就足够了。”诗人把女性身体比作“货船”有着意味深长的含义,千百年来,女性承载了太多沉重甚至屈辱的使命与戒律,古老的历史充斥着血与泪的影像。“那些红色的心脏,鼓胀,看起来是那样的不开心/墙外的寡妇!/它们哪一颗会先爆炸,哪一粒会吐血而死/哪一只会逆来顺受?/日本人的飞机、明晃晃的刺刀/恐吓、威逼、利诱”(《采草莓》),诗人凝视“草莓”这一物象,发现她美丽外表下苦难的灵魂,那些历史造成的命运的不公激荡着诗人的心灵。“我不是一个乐观的女人/痛苦始终占据我的身体/我茫然地站在原地……我们的到来,是一个恶梦/一张女人的地图上,绘制着我们斑驳的历史:/鲜血,尖叫,挣扎,怨恨,女婴死亡的图像!”(《女人的河流》)一幕幕践踏生命的残暴事件不断在“女人的地图”上呈现,那些女性的悲剧历史诉说着苦痛的漫长黑夜。“诱使着我/给我一个漫长悲伤的黑暗//我不知道它何时开始/又止于何时。……老祖母躺在青苔、腐烂的草叶/成片的墓穴中//她曾坚持‘无用的与/自己斗争了八十年’。”(《命运》)“老祖母”的命运仿佛是一部女性的精神历史,她用时光所做的斗争以及死亡后的沉寂都归于苍凉的命运,“一座灰白的女石雕像/全身引入幽兰的痛苦/这是一个活生生的遗迹/女人的最终形象!”(《女人形象》)在梅依然的诗歌中,孤独的心灵、失去自我的生活、满含血泪的历史都诉说着女人难以抹去的伤痛。

女性的历史在梅依然的诉说中是充满苦痛的,然而诗人并没有为这些伤痛一味地无助哀叹,而是发出了强有力的回击,发出来自女性生命深处的声音!“女人的工作和生活/一条直线上的两个黑点/爱与恨,渴望与绝望//身体间盛开摇曳的花朵/吐露的心声/找不到返回的路”(《冬日之诗》),“这就是生活/模糊,一件失去知觉的罩衣//她,从不属于我!”(《痛苦的艺术》)在诗人来看,为了对抗这种命运,必须要彻底“袒露自己”,发掘作为女性主体的潜在能量与自我意识。在《下楼梯的裸女》中,诗人借助杜尚的同名画传达了女性的高贵与尊严,“我在对角线上/扭曲摆动着肢体//我下来了,下来了/世人的眼光犹如伽玛射线射向了我……站稳,谢幕/我微笑,镇定,绝望,如一株虎斑兰”,面对世人的伤害,诗人用“虎斑兰”诠释了女性的精神气场。在梅依然笔下,女性的身体具有深刻的寓意,“我的立场是女人/不带任何政治目的/我们也能撰写一部属于自己的法律//在这里,我们的肉体不受侵犯,平等/毫无妒忌和仇恨。那些属于男人的/也同样属于我们”(《女人的声音》),“女人啊/请保持我们一贯的品性/这个世界/只有我们才真正懂得/繁衍的秘密/这高过一切”(《物质的欲望》)。我们看到,这样的抒写不仅意味着敞开那些被男性社会遮蔽的世界,而且是基于女性自身体验而建构的独立自主的生命意识。“不必怀疑/这个夏日的初衷/它让自己的身体着了火/得到什么或者失去/它洞察一切！/永恒的草场/狂野的内心/无人懂得经营/我放纵自己/把自己交给孤独的田野/任其荒芜。”(《晨祷》) 夏日草场的狂野仿佛一个寻求奔放的生命，抛开身上的枷锁，它渴望心灵的自由，“透过无风的窗口/我看见涡形的云朵/无所凭借的生长//到哪里去/能去哪里/这里是寻求自我之途……自由，渴望，深处的呼喊/这是女人的季节，一种无名的馈赠”(《秋日馈赠》)。“窗口”使心灵得以呼吸，象征着生命深处对自由的期盼，生长的云朵无所归依是对自我存在意义的探寻。“有一天/我们要开着一辆快车/让无名的风拖着我们的长发去旅行/丢掉不死的爱情/我们大声喊叫/吹口哨/这样的疯狂很适合我们”(《疯狂》)。为了寻求生命的原初和本真，“旅行”意味着一次新的出走。在《德尔沃：蓝色的长椅子》中，诗人写道，“摆脱那些教条/那些僵化的程式/像一个仪式//我裸露肢体/横躺于一把蓝色的长椅上/保持着自我的神秘//如此舒展着自己……‘我的灵魂干净’/我的眼神坦澈/……但作为女人/我仍有着深深的恐惧和不安：/爱我吧，不仅仅是从肉体”，在深情的语言中，诗人呈现了女性纯粹自然的生命自我，结尾“爱我吧，不仅仅是从肉体”更诠释了女性对真爱的深刻理解，那是在灵魂的共鸣中拥抱真实的生命，在灵与肉的契合中抵达纯粹的境界，“春天将所有的绚丽的词汇都交给了田野/金黄的油菜花，仰着头颅，与闪亮的风亲吻/云朵一样的蝴蝶，与红羽毛的阳光飞翔/绿嗓音的鸟儿，演奏泉水的口哨/宽阔的河流与我，手挽手穿过花丛、树林、山冈”。(《赞美》) 在轻快的节奏中，“油菜花”“蝴蝶”“阳光”“鸟儿”“河流”等意象烘托出明澈而清灵的自然图景，包蕴着女性对自由生命的赤诚向往。摆脱束缚在身体上的枷锁，释放生命的能量与激情，诗人为我们呈现了追求自由的女性形象，有着强烈的艺术感染力。

在自白和叙述、议论、抒情等手法的呼应中，梅依然的诗呈现出多重的艺术风格，其对于女性心理经验的揭示具有独特的普世意义，从性别视域中探寻自我身体到超越性别渴望自由的心灵，都彰显着对于女性本真自我的追求。对于诗歌写作，梅依然有着自己的志向，诗人说：“只有在我用诗歌表达之时，‘我’才被完整地呈现，淋漓尽致地呈现出她的美、残缺与纯粹，被事物隐蔽的部分(人性最真实的部分)。这也是我诗歌所要追寻的根源与意义所在之处。”[①]可以说，梅依然的诗歌是在探寻现实世界中另一个真实而丰富的主体，在潜意识的发掘中呈现“我”被各种势力遮蔽的深层，有着强烈的生命意识。在《生命的呼唤》一文中，梅依然感叹着自我信仰的可贵，“每一个生命都需要被另一个生命引领，更需要自我引领……要相信生命的美丽与纯净，要信仰生命的崇高与自由”。“我呼唤着‘我’，一个渴望自由呼吸，寻求一种信仰的‘我’。”[②]梅依然的向往是对自我灵魂的救赎，也是对诗人主体素质的追求。20世纪80年代末，郑敏在《女性诗歌：解放的幻梦》中曾言，“今后能不能产生重要的女性诗歌，这要看女诗人们怎样在今天的世界思潮和自己的生存环境中开发出有深度的女性自我了。当空虚、迷茫、寂寞是一种反抗的呼声时，它们是有生命力的，是强大的回击；但当它们成为一种新式的‘闺怨’，一种呻吟，一种乞讨时，它们不会为女性诗歌带来多少生命力。只有在世界里，在宇宙间，进行精神探索，才能找到20世纪真正的女性自我。”[③]郑敏的言语具有深刻的启示性，在新世纪的今天，我们期待包括梅依然在内的女性诗人继续艺术的求索脚步，在历史和文化中不断充实自我，丰富自我，创作出更多能够揭示深刻文化、历史经验的诗歌作品，为中国新诗的发展贡献自己的一分力量！

2014年6月18日，于重庆之北

①梅依然:《我表达,我存在》,见蒋登科《重庆诗歌访谈》,重庆大学出版社2013出版,第370页。

②梅依然:《生命的呼唤》,见梅依然《女人书》,中国文联出版社2013年出版,第203—204页。

③郑敏:《女性诗歌:解放的幻梦》,《诗刊》1989年第6期。

不断重临的黑夜与梦想

——序阮洁诗集《牵牛花的梦》

我是第一次知道阮洁,也是第一次读她的诗。

有一天,QQ头像闪动起来,有人要加我为好友。对方知道我的名字,称我“老师”,但没有报出自己的姓名。我没有拒绝,怕是哪个熟人。加了之后,我认真问了对方是谁,因为我的QQ主要是用来和同事、学生以及圈子里的一些朋友传递资料、交流信息的,实在没有时间闲聊。她说她叫阮洁,重庆彭水人,喜欢诗,是在一个群里见到我的信息的。重庆的诗人很多,我熟悉的也不少,但我真的不知道一个叫阮洁的诗人。阮洁告诉我,她在中学的时候写过诗,后来荒废了,最近几年才重新开始,几乎没有发表过作品,所以别人基本上不知道她。我打电话给远伦,问他是否知道阮洁这个人。他说知道,是他们县作协的会员,写诗不久,诗感尚好,最近正准备出版一部诗集。

很快,阮洁发来了她的书稿,数量不少,印出来估计不会很薄。我经常收到这样的诗稿,读了之后往往就放在一边了。但聊了几次之后,阮洁却有些吞吞吐吐地说:“我很想老师帮个忙。”我说我学过心理学,大致可以猜到她想说什么。她大惊:“那您都知道别人的心思?”我没有回答——即使是专门研究心理学的人,也不一定都能够准确把握别人的心思,何况我只是在半路上当了一回“票友”!我把话题一转,说某某、某某更合适帮这个忙,他们更了解你,也更熟悉作品。她肯定知道我了解她的想法,说他们都推辞了,恰好是因为太熟悉,别人会认为他们会有偏袒之嫌。于是,我这个无意中联系上的局外人便成了首选。这恰好戳到了我的"软肋":我经常说,对于爱诗的人和与诗有关的事情,我都会尽力支持,尤其是对那些刚刚起步的人。回想起来,这些年来为诗友们的诗集写的序言还真不少,但基本上都是刚刚起步和名气不大的诗歌爱好者,对于成名的诗人,我一般都会尽力推辞。我来自底层,也因为水平所限,对于诗歌界的朋友,偶尔可以"雪中送炭",但一般做不了"锦上添花"。所以,当阮洁反复说"您就答应嘛"之后,我就没有再找理由推辞了。

读完阮洁的诗稿,我总体感觉她的诗虽然没有张扬明显的女性意识,在抒写人生体验方面也没有达到独特的深度与广度,只是记录了人生的点滴感受,但她的诗,女性特色比较明显,一看就知道是出自女性之手。就目前的水准来看,这样的诗,肯定不属于探索性的诗,更不要说对诗歌艺术的发展会有什么推动。当然,换一个角度看,任何写诗的人都不敢保证自己的作品能够成为名篇佳作,他们只要写出了自己的感受、梦想,记录了自己的心路历程,就够了。我一直喜欢对刚刚写诗的朋友给予鼓励,但也喜欢给他们泼凉水:别看现在写诗的人那么多,有不少人自己觉得还写得不错甚至很好,但大多数都只是达到了基本的水平线,随着时间的流逝,很多人、很多作品最终会被人淡忘。我是希望写诗的朋友努力写好自己的诗就行了,不要过多考虑诗外的事情,更不要从一开始就把自己想象成站在诗歌艺术里程碑上的人物。所以,当阮洁反复说自己写得不好的时候,我就告诉她不是所有的人都能够成为名诗人、大诗人,自己喜欢就好。

其实,阮洁的诗感确实是不错的。她的诗不是那种大气的、开阔的诗,题材也不是很广泛,除了日月星辰、四季更替,她更多地关注的是女性的爱恋、梦想、期待甚至一些遗憾、惆怅、怨恨。这些都是属于女性的小心思,其本身就具有大众性的特点,在以前的诗歌作品中大量出现过,但值得肯定的是,这样的心思都是来自诗人的内心体验。梦想与黑夜以及与之相关的日月星辰,花草虫鱼,等等,是阮洁诗中最常见的主题和意象,它们所构成的氛围也许最适合诗人去静思和回味。写诗的阮洁已经不是那种做梦和只有期待的年龄,她的诗更多的也许是回味,是对过去的美好、梦想以及失落、遗憾的重新感受。

在阮洁的诗中,爱——更准确地说是爱情,是最主要的话题之一。在诗歌领域,这样的话题要写出新意不太容易,也较难受到读者的关注。不过,在阮洁那里,她仍然梦想和坚持着爱情的纯粹,就是那种心灵默契、身心合一的感觉。没有这种感觉,她就会觉得空虚、失落。而为了这种纯粹,她的诗中充满思念、回味、向往,甚至要面对艰难的身心纠结。对于一个不太熟悉诗歌史而只关注自身感受的诗人来说,这样的坚持并没有错。

思念、怀想是阮洁诗中抒写最多的爱情话题,她的不少作品从不同角度抒写了对爱情的体验、向往、思念。在她看来,爱情就是一种“美好的事物”,是她钟情的:“我钟情各种美好的事物/譬如花儿的娇艳/圆月的温润,夜晚的安谧/譬如鸟儿的啾鸣/田野的清香,空气的洁净/还譬如,你望向我/那一瞬息引燃的火花/以及,我用尽全力/也捂不住的心跳。”(《钟情》)她将爱情与夜晚的安谧、鸟儿的啾鸣和田野的清香、空气的洁净并列起来,感觉就拓展开去了,既凸显了爱的本色,也强化了“心跳”的状态。她为爱着的人写诗,抒写那种酣畅淋漓的心情:“今夜,身体里/起伏的蝉鸣/重复着,知了,知了/夜晚的空,在思绪里绵延//我抱紧悠长的钟声/任意游走/用随手可拾的意象/组词,造句/亲爱,今夜月色吹弹即破。”(《为你写诗》)“知了,知了”的重复,具有双重意味,蝉鸣既是蝉鸣,又是诗人的心声。因爱而生的思念在阮洁的诗中显得相当耀眼,我们可以从中读出诗人对待爱情、爱人的态度和心情:“夜晚的树上/结着忧伤和甜蜜/当思念的词汇/突遇你的名字/快速地发酵碰撞以后/爆裂的果香倾泻出蜜的汁液/这枚酸甜的果子/仅剩下忧伤/以干瘪的形态,下垂。”(《思念》)诗人在这里使用了暗示、隐喻等手法,将身体意识融入情诗之中,在一定程度上避免了说教和高蹈,追求身心合一也符合她这个年龄的人对爱的理解。为此,她才体会到思念是一种“毒”,是无边的“海”:“思念是一种无可救药的毒/黑夜是一片无法自拔的海/那颗孤独的心啊,甘愿/沉沦在这样的毒液里/让自己变成一尾孤单的鱼儿。”(《思念是毒》)

我注意到阮洁在好几首诗中使用了“饥饿”这个词,由此想到了虹影的成名作《饥饿的女儿》,那种“饥饿”是心灵和情感的饥饿,也是肉身的饥饿。阮洁有一首诗叫《无题》,并没有标出是写爱情的(也许是作者故意为之),但我觉得它仍然与爱情和身体有关:“我起身给胃灌进一瓶冰凉的牛奶/企图把那只饿鬼淋回原形/我错了,我的意志还是太弱小不够强大/饿鬼在我体内持续翻滚用快节奏的心跳折磨着我/兴许它太饿了,以致饥不择食吞噬了我残存的睡意/凌晨三点五十分,我在漆黑的雨夜/与一只饿鬼争夺我自己的身体/它就要吃掉我了,我已经感觉出自己的虚弱。”诗人试图以物质的方式赶走折磨自己的“饿鬼”,但没有成功,因为这“饿鬼”不是身外的,而是潜藏在诗人的身体中,或者说就是诗人的身体,准确地说,是身体的欲望。我不是说这首诗有多么优秀,而是觉得诗人对人生、爱情、自我的关注达到了一定的深度,并且敢于用独特的方式将这些感受抒写出来,不空洞,也不媚俗。诗人在另一首诗中也写下了类似的感受,但要直白一些,“当丰腴成为记忆/孤独成为主题/这个世界上/一定还有谁是饥饿着的/从体外到体内/精神到身体”(《饥饿》),她承认精神、肉体的“饥饿”是存在的。这样的诗人是本色的,她的诗接地气,有人味。

并不是所有的爱情或者爱的感觉都能够走向完美的结局,和爱情相伴而生的往往还有孤独、迷茫甚至痛苦的感觉。这些感觉往往是私密的,内在的,但对于诗人来说,也恰好找到了一个抒写心绪的途径。“这一年,这一年/记忆的絮片/飞舞泛白的誓言/除了走进梦里/战栗的感觉/已回不到从前”(《这一年》),阮洁喜欢写“梦”,喜欢“黑夜”,可能和这种感觉有关,和回味有关。“曾经天真的,卑微的,洁净的/甚至是沾染了肮脏的念想/在日子与日子的狭隙里/发出痛楚的呻吟”(《病句》),纯洁的记忆具有强大的生命力,会伴随人生的时日,总会在不经意间泛起;在这里,“肮脏”这个词因为有发自内心的“念想”的支撑而一点都不肮脏。“孤单的症状/自别离/从黄昏的背后延伸出去/空调大巴上/脚心冰冷/头部轻度发烧”(《孤单的夜》),落寞的“孤单”和温暖的“发烧”都来自美好的回忆和念想。“这短短的一公分/在你无意识的转身里/骤然紧缩的心/让我原本简单的日子/喘不过气”(《站在你的远方》),“一公分”是握手之时超越普通“朋友”的距离,也仅仅只有“一公分”,但它在诗人心里所形成的情感冲击却是巨大的,“日子”“喘不过气”这类的抒写,虚实相生,写的却是心情。在诗人那里,“疼痛”有时都是美好的:“我的秋天是/和我一样多愁善感的苹果/它的果肉和汁液紧密地包裹着你的名字/仅供观赏,不可食用/咬一口/那些随着你的名字爆裂的疼痛/会让我体无完肤。”(《我的秋天和我一样多愁善感》)在爱情生活中,梦也好,思念、回忆甚至痛苦也好,带给诗人的都是美好的感受,她愿意将这一切安放在自己的诗中,“我喜欢在这样纯黑色的夜/可以由我任意涂抹的夜/小心翼翼地安置一个梦”（《为你描绘》）。夜色和梦，恰好成为阮洁诗歌的情感来源和精神支撑。

我说阮洁是一个本色的诗人，主要是因为她的诗除了敢于披露内心之外，在她的诗中还有一类别样的情感取向值得我们关注，就是那种带有一点灰色的情感体验，超越了友情但又不是爱情的体验。在中国的传统道德和文化语境中，这种情感在很多时候属于不被认可和接受的，不少诗人也许会在创作中回避这种体验，但阮洁没有。当然，她是一个坚守自我感受的诗人，在努力追求自我完善的同时，又有自己的人生准则。《一个女人的夜晚和白天》抒写的是一个女人的情感与现实的冲突，心灵与生活的煎熬，“她默认了部分人/羡慕的幸福/只有镜子能够从她的眼/钻进隐秘的内心/只一眼，就把她看穿”，这是一种悠闲而富足的生活，类似于那种专职的阔太太的生活状态，但实际上“她的头颅里困着一只小野兽/夜晚褪下衣服做人/白天，穿上衣服做梦”，这种冲突交织在一个人的生活和心灵中，实际上是处于身心无法合一的状态，是充满痛苦的人生状态，当然也是诗人所不认可的状态。我们或许可以从这样的作品中看出阮洁的情感取向，她不回避对身体感受的关注，但她追求的更是身心合一的那种情感和体验。诗人的“小野兽”也时常在现实中、在情感里不合时宜地蹦出来，她不回避这种体验，但在情感取向上却有自己的坚持。比较典型的例子是《今夜，我们不说爱》：

雷雨纠缠着的夜晚
四只耳朵浸泡在雨声里
从子夜飞到凌晨
由春飞到夏
你眼里的火星
诱使我整夜不停歇地燃烧

爱的波涛，被迫
蛰伏在胸口
即将喷薄而出
可是今夜
我们并不说爱

沸腾的雨夜
一朵云在持续狂奔
起点到终点
一只飞蛾
扑向
一团火

“你眼里的火星/诱使我整夜不停歇地燃烧”，毫无疑问是充满激情的，这是一种“不说爱”而实际上包含着心理、身体反应的体验，也许属于友情、爱情之外的第三种感情。诗人没有回避这样的体验，而且也写出了内在的与外在的、心灵的与身体的种种感受甚至煎熬。类似的作品还有《玩火》《下一场雨》等。人们都熟悉“玩火”这个词的内涵，只是诗人将其延伸到诗中，表达一种特殊的情感体验，“街灯暧昧地笑着/思绪在流浪/前所未有的焦虑把夜色吞没/其实她明白已经把自己播种于/一场隐形的火灾/火星正在脚下/在被她自己的胡思乱想/烤焦的日历里/嗤嗤作响”（《玩火》）；而《下一场雨》中“雨”只是一种象征，体现了诗人在某种场景下的自我清醒与冷却，是一种自我控制，“这是个亢奋的夜/眼睛钻进梦里/在倒映着你的光影里/收集雪花的白/以及，江水的绿耳朵间歇性地失眠/见证了这个夜晚的堕落/堕落的过程/不缺乏快感和战栗//目光和唇一样干裂/思想处于焦灼/呼吸，一触即燃/谁在渴望着被煮沸”，诗人把情人（或者别的人）之间那种激情的身心体验抒写得很直白，“堕落”这个词给我们提示了一些有用的信息，但就是在这样的氛围下，诗人却在提醒自己，“趁烈火还未燃烧/来吧，还是/下一场雨吧/下一场黑色的/冰冷的雨，把心淋透”（《下一场雨》）。这样的诗写出了人性的复杂和多元，但诗人并没有放任本性的泛滥，而是适度地把控自己，也把控着诗的情感流向。对于这种写法，不同的人可能有不同的看法，有些人也许认为不应该抒写这样的情感，有些人也许认为不应该压抑自己的情感、内心甚至身体。我个人认为，在现实生活和人的情感世界中，这样的情感体验也许是不可避免的，真正的诗人不应该回避，但诗人应该善于把握抒写的分寸，掌握情感的向度。这就是诗，在抒写心灵感受的同时，或多或少引导了一种文化、精神的处理方式。这种自我控制是可取的，既是自我情感的控制，也是诗歌表达的控制。

上面谈到了阮洁诗中复杂的情绪和心灵的纠结，但她终究是一个拥有单纯追求的诗人。从她看似复杂的抒写中，我们可以清理出一种单纯的情绪流程或者说情感取向，她的所有作品几乎都是对爱（尤其是爱情）的吟咏。她自己也直接吐露过那种单纯、淡薄的人生追求："今天，我不想洗脸不想化妆/不想衣着光鲜去街上装模作样晃荡/我把心连同思绪流放到天际/只和一群头脑简单的鸟儿做朋友/在缀满白色碎花的桂树上捉迷藏。"（《有的人》）这样的情感和追求在很大程度上是属于普通人的，大众的，但为了使这种抒写尽可能体现出属于自己的特点来，诗人尝试着多种可能的抒写方式，比如她注重意象的营造，她重视虚实手段的使用，她善于把握收放的尺度，等等。在《那年》中，诗人以回忆的口吻抒写了一段情感的历史，但她没有直接说出情感的名字，而是注重把握了那种情感在心灵上的投影、回应：

那年的风景/墙体斑驳/渗透着时光的落寞/小巷延伸而去的光阴/你的脚步/消失在回忆的转角处//思念，一夜之间碧绿/记忆的苔藓/裹紧你的名字/潮湿，疯长/青鸟衔走一片云的情诗/蓝天开始无限温柔//我站在七月的路口/看脚尖上盛开的阳光/依旧笑靥如花/记忆的碎片扑面砸来/残余的花香/淡了，散了//风，弯曲/那年的枝枝蔓蔓/七月，灼伤眸子/回忆的天空/清澄的蓝，明晃晃的蓝//花朵里的泪光，碎了/那年的花朵，谢了

意象的丰富，虚与实的语词组合，简短的诗行，跳跃的思绪，构成了作品的基本面貌，有淡淡的忧伤，但更有面对过往的淡然。《燕子》也比较有特点，"燕子"是这首诗的主要意象，但同时又衍生出"蝴蝶"的意象，由此抒写了两个人对爱情的不同观念，一个坚持，一个多变。诗人认同的是坚持，是执着，她在体会到多变导致的"雀斑暗生"的提示，也对那只孤单的"燕子"抱以赞美："在这背景之外/一只形单的燕子/黑得醒目。"

我并不是说阮洁的诗在情感表达上已经达到了很高的艺术水准。事实上，如果我们将感知的视野稍微拓展一下，就会发现，她使用的意象，抒写的情感，她对语言的把握，都可以在过往的诗歌中找到痕迹甚至根据。不过，我们必须承认，她的写作总是在努力地向诗的领域靠近，向内在的体验靠近。这样的人是具有良好的诗感的，尤其是对于一个刚刚起步的写作者来说，是值得肯定的。

在阅读过程中,我发现诗集的前面部分的作品在情感把握、语词选择、意象营造、篇章铺展等方面显得更为成熟一些,在表达上来得相对自然,也多一些诗味,而后面的一些作品则体现出较为明显的“作”的痕迹,有些甚至使人就觉得是为了写作而写作。她的作品都没有标注写作时间,也没有像其他诗集那样分成几个部分,我就以为她是按照时间顺序排列的。我对这种奇特的现象充满好奇,也充满顾虑,难道阮洁的写作不但没有进步,而且还越来越退步?有一次,我通过QQ给她留言,问她诗集作品是按照什么顺序排列的。她告诉我,诗集的后半部分是刚刚学习写作的时候创作的,而前面部分是相对近期的作品。这样一来,我就可以比较肯定地认为,阮洁的诗歌是在进步着的,虽然这种进步还不是飞跃式的。

这部诗集叫《牵牛花的梦》。诗集中有几首诗涉及这种并不出色的花,比如《凌晨四点》,“只有牵牛花/牵牛花的耳朵/一直醒着/枕着露珠,凌晨四点/她听见蓝色的笑声”;还有一首名叫《牵牛花的梦》的作品,除了题目,全诗均不见“牵牛花”这个意象,但诗人写的似乎又全是“牵牛花”,而且借此抒写了对爱情的期待以及最终的失落,从“凌晨四时,等待最美的爱情”的期待到“扑簌扑簌/跌落一地晶莹”的无奈,这种情绪转换都发生在“牵牛花”这个隐含的意象之中。而且,这几首诗都和黑夜有关,和爱情的期待与失落有关,和整部诗集的主要意象、格调有关,说到底,是和诗人的情感流变有关。这些也许是诗人选择这个题目的主要原因,我们也可以由此去理解诗人对于人生、爱情的基本态度。我想起了诗人流沙河在20世纪70年代所创作的一首短诗《牵牛花》:“左旋左旋左旋/爬高爬高爬高/种子入药/又名黑丑”,流沙河利用了牵牛花“左旋”和“爬高”的特点,并以重叠的方式加以强化,和当时的政治结合起来,讽刺了那种在政治运动中的利用极左思想不断“爬高”的人,同时借用牵牛花在中药中的别名“黑丑”暗示出诗人对这种人的评价,多重意味聚于一诗,对于经历过那个时代的读者来说,确实是别有诗意。我并不是要借此否定阮洁对“牵牛花”的厚爱与言说,而是说,面对同一个意象、事件,不同的诗人可以写出不同的滋味,而相互之间不但不重复甚至还抒写了完全不同的情感体验。这样的发现是具有新意的。换句话说,在诗歌创作中,题材、意象甚至主题并不是决定诗歌优劣的根本,而诗人如何利用这些题材,如何独特地表达主题,往往决定诗人艺术水准的高低。更进一步说,决定诗歌艺术水准的主要不是写什么,而是怎样写。

读完阮洁的这部诗集(也许是她到现在为止的所有作品),我肯定她的执着,也认可她在部分作品中所体现出来的机智与清新。但总体来说,在诗歌这个大花园中,她只能算是刚刚冒出水面的荷叶,距离荷花的盛放还需要很长的时间,距离清香扑鼻还有很长的路程。她还需要拓展视野,包括阅读视野和打量人生的视野;她还需要在诗美的发现和表现方面强化自我修炼,在诗的独特性上下功夫;她还需要不断超越自己,通过对作品的反复琢磨,修改,甚至淘汰,最终避免对诗意发现和表现的重复,使自己创作出来的每一首诗都是独特的。对于一个已经过了梦幻年龄的爱诗者来说,这样的要求或许有些高。但既然要写诗,并且期望写出别人认可的诗,要求高一点也是应该的。

我期待着阮洁的下一部诗集。

2014年10月3日,于重庆之北

重庆新诗的多元景观

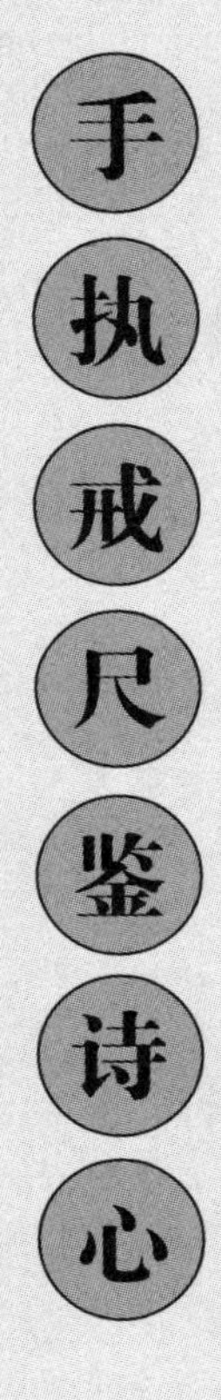

SHOUZHI JIECHI JIAN SHIXIN

作为诗论家的石天河

石天河是我敬重的诗人、散文家、学者。我与他的交往开始于20世纪80年代中期。1986年9月,刚刚成立不久的中国新诗研究所主办了“中国新时期诗歌研讨会”,石先生应邀出席。我当时还是外语系的一名学生,以会务人员的身份与他有了初次接触。后来,由于到广西工作,与石先生的联系少了一些。从20世纪90年代初开始,我与石先生的交往又多了起来。这得感谢诗人钟代华。当时,钟代华经常组织一些诗歌方面的活动,尤其是儿童诗方面的活动。这些活动,只要没有特殊原因,我每次都参加。石天河先生很关心年轻人,所以,他也总是很热心地支持和参加这些活动,于是我们就有了很多见面的机会。有时候,主办者安排我们住在同一个房间,给了我们进一步交谈的机会。在石先生所生活的地方,专门从事诗歌研究的人不多,每每有机会谈诗,我们便会闲谈到深夜。当然不只是谈诗。我对石先生独特的人生经历同样有着浓厚的兴趣。只要问及,石先生都会毫无保留地告诉我,而且对于那些经历,他都有着很独特、深刻的见解,他可以从很遥远的历史中找到一些与今天的文化、政治相关的脉络,甚至从西方的哲学与文化中找到可能的对比。石先生谈自己的经历,在很多时候其实并不是在谈自己。他自己只是话语之中的一个象征。于是,我通过当事人的叙述在知道了当年《星星》诗祸[①]中的一些故事的同时,也知道了石天河先生对于历史、现实、人生、艺术的诸多闪亮的看法。即使是因为别的事情到永川,我也要找机会去拜访石先生,到美丽的卫星湖畔感受一位沧桑老人敞亮的人生情怀。

石先生的诗文,只要见到的,我都要认真拜读,而且从中获益不少。他的《广场诗学》出版后,我还以"诸神下界与诗学家的使命"为题在《台湾诗学季刊》和《星星》发表了评论,谈到了我对该书的学习心得。我觉得,石先生是当今知识分子中的优秀分子。当下一些学者在谈论知识分子的品性时,认为知识分子应该在人格上具有独立性,在学术上具有创造性,而且后者更为重要[②]。我个人认为,知识分子的具体贡献固然重要,但对于优秀的知识分子,这两个因素都是不可或缺的。独立性是获得创造性成果的前提,试想,如果没有独立性,而是人言即我言,创造性成果也就自然成为空想;创造性是独立人格在学术成就上的具体体现。这两个方面的特征,石天河都具有。他具有独立的思维、独立的思想;在学术问题上,也有自己独立的看法,从来不追潮流,也不人云亦云。石先生曾经在私下对我说,当年在劳改的时候,他从来没有想过还能活着出来,他这后半生的几十年是捡来的,所以他要用这些时间写出能够经受住时间检验的文章和著作。我对石先生的个人品格和文学成就深感敬佩,也对《石天河文集》的出版表示由衷的祝贺。《石天河文集》的出版,使我们能够更集中地了解石先生的人生经历和文学成就,感受一位饱经风雨的老人对于诸多问题的厚重而透明的看法。我相信,文集中的诸多作品和观点是能够经受住时间与艺术的淘洗和检验的。

石天河(1924年—),本名周天哲,湖南长沙人。1947年开始文学活动,1948年在南京从事新闻工作期间,参加地下革命工作。1949年1月加入中

①《星星》诗刊于1957年1月在成都创刊,发表了曰白的《吻》、流沙河的《草木篇》等作品。在当年开始的"反右派运动"中,这些作品都被作为反动诗篇遭到批判,一些诗人和刊物的几位编辑都因此而遭受迫害。《星星》创刊之初的四位编辑,即"二河"(流沙河、石天河)、"二白"(白航、白峡)和与他们有联系(有的还是在读的大学生,有的只是作为作者与刊物编辑通过一封信)的总共24人被打成"反革命集团",大多被判刑劳改,遭受了极大的磨难。这些人有的被折磨而死,大部分在1979年以后被平反。这里所说的"《星星》诗祸"是石天河先生的一贯说法,就是指这个历史事件。在"归来"之后,石天河到处寻访这些"集团"成员,并收集到他们在20多年中的有关材料,拟写成《〈星星〉诗祸》一书,目前已完成数章。石先生曾经告诉我,他每每动笔写作的时候,脑子里就浮现出当年的情景,内心绞痛,眼泪夺眶而出,不能自已,所以写作的速度很慢。

②参见谢有顺:《创造是知识分子的灵魂——答友人问》,《南方文坛》2003年第2期。

国共产党。1952年调四川省文联从事专业文艺工作，曾担任四川省文联理论批评组组长，是《星星》诗刊创刊时的执行编辑。在1957年的“反右运动”中，他因为敢于说真话，敢于批判当时的一些“左”的观念和做法，被错划为“右派”并在当年12月14日被捕入狱，后被判刑劳改。1979年获得改正，1980年获得平反，被安排在重庆高级师范专科学校(2001年改名为渝西学院，2005年更名为重庆文理学院)中文系工作，先后任教师、副教授。1985年离休以后，主要从事文学研究工作。1995年加入中国作家协会。

由于遭受了二十多年的磨难，石天河的文学创作、研究工作主要集中在20世纪八九十年代。他出版的著作包括诗集《少年石匠》(重庆出版社，1983)、文学评论集《文学的新潮》(重庆出版社，1986)、诗学专著《广场诗学》(西南师范大学出版社，1993)以及《石天河文集》(四卷，香港天马图书有限责任公司，2002)等。石天河遭受磨难的上半生不但没有消磨他对于真理的追求，反而进一步培养了他的追求意志。他后半生所取得的每一件成果中都凝聚着他的那段遭遇，因为遭遇使他意识到我们的文化、政治、文学中所存在的诸多问题，他所有的文学活动就是要试图解决这些问题。

石天河自小爱诗，他在早期主要是以一位诗人的身份出现在文坛上的。他在1953年创作并发表在《新观察》上的童话诗《无孽龙》，在文艺界产生了相当的影响，被改编为川剧《望娘滩》、舞剧和连环画。1955年2月创作的《请你签名》收入《中国新文艺大系1949—1966诗集》。他的一些抒写个人哀乐、友情、恋情的作品，也受到读者喜爱。但是，由于时代的变迁和诗歌艺术的发展，在诗歌界，石天河更是以一位诗论家的面目出现的。他自己也说：“我从小爱诗，然而我与诗似乎只有孽缘而没有善缘，使我三十三岁后的青春年华都付与了悠悠逝水，到1979年‘改正’和1980年‘平反’后，我已经是一个五十六岁的老人了。出狱以后，我深深地感到，在中国，要使诗祸不再出现，诗人不再无辜受难，诗歌艺术不再受到蛮横无理的摧残，我们除了寄希望于社会的进步性变革之外，也必须为清除‘左’的教条主义垃圾付出必要的努力。因此，近二十年中，我把自己的时间精力集注于诗学研究和文学问题的探讨、论争，诗，写得很少。”①

石天河的诗学研究在很大程度上是把反对教条主义作为立足点和出发点的，早在1957年“《星星》诗祸”发生时，石天河就写文章为诗歌艺术的自由

①石天河:《石天河文集》第一卷，香港天马图书有限责任公司2002年8月出版，第447页。

与尊严进行抗辩，提出了反对诗学批评中的教条主义的主张，他认为："教条主义的极端，不仅反诗，反艺术，而且也必然趋向于反人民，这正是一个明显的例证。"他说："诗与教条，必然会是两种不同的命运：即或诗有暂时的受难，教条有片刻的横行，但是未来的年月，决不是属于教条，而是属于诗的！当诗人的声音高响入云的时候，教条主义者所抛掷的死鼠，必然会在人民群众的唾弃与践踏之下，碎裂，腐朽，化为乌有！"[①] 这篇"胆大妄为"的文章是针对1957年1月14日《四川日报》发表的题为《百花齐放与死鼠乱抛》的文章而写的，为曰白的诗作《吻》进行了辩护并对当时的一些"左"的做法进行了批评。反对教条的另一面就是提倡创新，提倡独立思考。也就是这篇文章给他带来了长达20多年的灾难。在20世纪80年代初回到诗坛之后，创新一直是石天河所追求的学术目标。当时，"朦胧诗"的讨论正在中国诗坛广泛展开，石天河参与了这场讨论，他认为"对朦胧诗应作具体研究而不应笼统地说好或笼统地说坏"[②]，在追述那段学术经历的时候，他说："我对七八十年代之交出现的朦胧诗，基本上是持一种欢迎及为他们作辩护的态度。我曾尽一切努力，反对那些对朦胧诗采取排拒与压抑态度的理论。我说某些批评可能是由于误解与历史性的偏见。这在我历来的评论文章(如发表在《诗探索》及《当代文坛》等刊物上的《朦胧诗评议》《重评诺日朗》《新诗古说》《中国最古的一首意象诗》等文)及新近出版的《广场诗学》一书里面，都曾有明确的表述。"[③]在这些文章与论著中，石天河始终以发展、变革的眼光看待诗歌界出现的新现象，并进行了客观的分析，甚至在学术研究中与自己的老友也存在很大的分歧。谢冕与丁力是20世纪80年代初引发朦胧诗学术论争的两个重要人物，石天河说："丁力是诗人，也是评论家，解放前在南京地下斗争中我们就相识了，可算是老战友。谢冕是北京大学教授，是在昆明这次会议上认识的。"但石天河并没有因为老友的关系就支持丁力的诗歌主张，"在私下和丁力交谈的时候，我说：'从理论的陈述来看，你的话很有说服力，谢冕在理论上好像思考得不够全面，有点偏。但是，我感到，你有点保守，谢冕是倾向于革新的。'丁力默然。虽然由于阔别三十多年的重逢，他没有和我

①石天河：《诗与教条——斥"死鼠乱抛"的批评》，《石天河文集》第一卷，香港天马图书有限责任公司2002年8月出版，第455，457页。

②石天河：《诗坛旧事》，《石天河文集》第二卷，香港天马图书有限责任公司2002年8月出版，第522页。

③石天河：《诗坛旧事》，《石天河文集》第二卷，香港天马图书有限责任公司2002年8月出版，第521页。

争论，但他显然不同意我的看法。”[①]从这一点上，我们也可以看出，石天河对于现代诗学的理论创新是非常看重的，同时也追求诗学研究的独立性。

石天河所提出的诗歌艺术的评价准则具有一定的代表性。他认为，诗歌的创新导致的是诗歌批评原则的更新，他提出，诗歌评价应该强调作品所蕴含的“人学”精神价值，这不仅是诗歌评价的原则，也是一切文艺作品评价的原则。他说：“我们所说的‘诗的人学价值’，就是以诗对人（个人、人民、人类）所起的这些作用。作为一种‘精神价值’来衡量，就是以诗对人的生活与命运的关怀，对人的心灵美化与促进人性的进步性发展，作为‘人学’评价的依据。”[②]在20世纪80年代的中国诗坛上，虽然各种思潮、流派骤起，艺术追求差异很大，但“各派诗人互不相同的只是他们的艺术手段，而他们在诗中所表现的精神内容，才是他们的艺术目的。手段只能以是否达到目的为评价依据，而诗的目的，则主要是‘人学’精神的表现。”[③]这种观念显然是受到人本思潮的影响，也与当时呼唤人的解放与自由的思潮密切相关。当然，就诗歌艺术的发展历史看，石天河提出的这种主张仍然是具有诗学意义的，因为脱离“人”的关怀的诗在任何时候都并不被认为是优秀之作。

在诗学研究中，石天河对于许多新现象都给予了关注，对“朦胧诗”“后新潮诗”等都提出了自己的看法。他对这些现象不是一概肯定或否定，而是从诗歌艺术发展的角度进行辩证分析，是其所是，非其所非，体现了一位饱经风雨的诗学家对于诗歌艺术的真诚。他所评论的诗人都是在每一个诗歌时代具有自己特色与独创性的诗人，如沙鸥、彭燕郊、叶延滨、吉狄马加、王尔碑、木斧、王志杰、培贵、毛翰、嘉嘉、钟代华等，他主要是希望从这些诗人的艺术探索中把握当下诗歌艺术探索的特点与不足，并推测中国新诗可能的发展路向，为自己对中国诗学的宏观把握准备创作方面的依据。

石天河不但考察新诗发展的历史与现状，寻找新诗发展与诗歌传统的关系，还善于接受西方的哲学思想和方法，从一些新的角度打量新诗。他对解构主义思想尤其感兴趣。这种思想对更新文学观念、诗学观念是有帮助

---

①石天河：《诗坛旧事》，《石天河文集》第二卷，香港天马图书有限责任公司2002年8月出版，第522页。

②石天河：《诗歌艺术评价的准则》，《石天河文集》第三卷，香港天马图书有限责任公司2002年8月出版，第505页。

③石天河：《诗歌艺术评价的准则》，《石天河文集》第三卷，香港天马图书有限责任公司2002年8月出版，第506页。

的,石天河也借用这种思想及其手法对一些新诗作品进行了解读,但他并没有把这种思想作为中国诗学发展的一种指导,相反,他客观分析了这种哲学思想的得失和中国人借鉴它应该采取的态度。他说:“我们应该在下述两点上,建立我们对解构主义思潮的基本策略:第一、吸收它解构‘终极真理’的科学内涵,作为我们破除迷信、解放思想与进行理论重建的有益参照。第二、对它从怀疑主义导向虚无主义的破坏性影响,必须从理论上进行实事求是的清理与批判,以扼制它为西方后殖民主义文化入侵充当先锋的意识形态作用。”[①]这种对待西方哲学、文艺思潮的态度是正确的,既吸收它的长处,又克服它的不足和局限,是文化开放时代的中国诗人、理论家应该采取的态度。

石天河诗学研究的代表作是《广场诗学》。他写作该书,除了自己对诗学研究的兴趣外,还因为他发现了新时期诗学研究中的“诸神下界”现象,现实主义、浪漫主义、象征主义、表现主义、形式主义、心理分析主义、结构主义、符号学等不同的诗学主张几乎同时在诗学领域出现,这些主张都是从外国搬来的,关注传统诗学者极少,而且“这些‘主义’都各有一套关于诗的基本概念和理论,往往各是其是,各非其非,自立门户,互相对立。”[②]这种现象不利于对诗的艺术规律的总结,不利于中国新诗的发展。为此,石天河指出:“我们有几千年传统诗学的丰厚遗产可供研究,有新诗七十年来的艺术实践经验可供探讨,又有当代世界各民族的诗学可供参照,只要我们不采取过去那种没祖没宗无亲无友自我封闭自我孤立的态度去对待一切,那我们就可以在传统诗学的纵向采择和外来诗学的横向交流中四通八达地去吸取精神营养,在知识的广场上纵横驰骋上下飞腾,去探索诗歌艺术的真理。”[③]在石天河看来,中国现代诗学的发展离不开对传统诗学的继承,也不应该疏离对外国诗学理论的借鉴,而应该结合中外诗学发展,在更开阔的“知识广场”上发展现代诗学。《广场诗学》是他实验这种主张的重要收获。

《广场诗学》包括六章,探讨了“诗的原发过程”(“诗情的启动”)、“诗的继发过程”(包括“诗意的蕴含”“意象的诞生”“心灵的音响”)、“诗的表达过程”(包括“语言的妙用”“形式的选定”)等与诗歌创作密切相关的诗学命题,

①石天河:《中国新诗的困境与解构主义问题》,《石天河文集》第三卷,香港天马图书有限责任公司2002年8月出版,第601页。

②石天河:《广场诗学》,西南师范大学出版社1993年9月出版,第4页。

③石天河:《广场诗学》,西南师范大学出版社1993年9月出版,第7—8页。

涉及诗学研究中的诸多方面，如灵感、立意、蕴含、纯诗、意象、移情、心印、情调、通感、修辞、隐秀、风格、形式、形式美、创新、完美等。石天河对诗的理解首先是从微观角度展开的，对构成诗歌的各种艺术因素都进行细致分析，然后再合成对诗的基本认识。他对这些命题都从独特的角度给予了新的阐释，尤其注重从中国传统诗学中吸收营养，使其在现代诗歌的发展中发挥更大的作用。石天河善于从具体作品的解读中发现诗歌的真谛，他对诗的语言、结构、修辞方式等具体细节的分析具有独到之处。在诗学研究中，他不是封闭地对待诗歌和既有的诗歌观念，他也借鉴了一些西方的哲学、诗学理论，他说："写《广场诗学》的过程，也是我对西方文化思潮及其诗学理论，进行学习和思考的过程。"①他所接受的西方思想是多方面的，包括存在主义、结构主义、现象学、解释学、解构主义，等等，但他说："在《广场诗学》的写作过程中，我觉得，对我思想启发最大，使我深为受益的是伽达默尔的现代解释学。是它帮助我在现代新思潮一片'反传统'的噪声中，仍然能确信传统之不可废弃……我从而领悟到，所谓传统与现代的对立，是可以消除的。通过新的解释，使传统作品得到当代意义的重建，在历史的连续性中，传统与现代的对立就消除了。"②这种把西方文化思想、方法与中国传统、中国现代诗的发展有机结合的起来的做法具有开阔的意识，有利于中国传统诗学的现代化，也可以促进中国现代诗学与传统诗学、西方诗学的融合。

作为一个诗人与诗论家，石天河是独特的，虽然由于种种原因，他的研究还存在这样那样的局限。但是，个人所经历的长期艰难使对艺术之"真"的追求成为他文学创作与诗学研究的核心目标，他采用的多种方式、吸收的多种文化、艺术营养都是为了寻找生命之"真"、诗学之"真"。这种求真精神所创造的艺术与学术成果，自然会具有较大的艺术与学术价值。

作为一个学诗的晚辈，我祝愿石天河先生健康长寿！祝愿他的《〈星星〉诗祸》早日完成并出版！

2003年4月4日，于中国新诗研究所

①石天河：《石天河文集》第四卷，香港天马图书有限责任公司2002年8月出版，第442页。

②石天河：《石天河文集》第四卷，香港天马图书有限责任公司2002年8月出版，第443—444页。

吕进与中国现代诗学的体系建构

一、绪论:吕进与中国现代诗学

作为中国当代知名的诗歌理论家,吕进先生的诗学贡献是丰富的。他从20世纪70年代后期开始专注于新诗研究,与新时期诗歌和诗学发展相伴随,取得了巨大成就。

"优秀的诗学论著有一种共同效应:它们使人回过头去用崭新的眼光重新打量过去。"[①] 获得这种效应是吕进诗学研究的基本目标。他的研究工作不仅对于重新认识新诗历史、新诗的艺术特征和规律,而且对于推动未来诗歌的发展都具有相当重要的诗学意义。吕进的学术成就主要体现在新诗基本理论的研究方面,从1982年出版成名作《新诗的创作与鉴赏》,到1991年出版代表作《中国现代诗学》,其间经历了差不多十年时间(当然还不包括他在成名以前的长期积累)。这期间,他还出版了《给新诗爱好者》(1984)、《一得诗话》(1985)、《上园谈诗》(1987)、《新诗文体学》(1990)等诗学著作。

诗歌研究的基点在于理解,包括对诗歌历史、诗人、诗歌作品等的理解,一个对诗歌没有多少美学体验的人是很难真正走进诗歌和诗学研究的核心的,为此,吕进先生非常注意对好诗的遴选与鉴赏,他先后主编了《外国名诗鉴赏辞典》(1989)、《诗歌美学辞典》(主编之一,1989)、《心中的旗》(1991)、

①吕进:《中国现代诗学·书后》,重庆出版社1991年12月出版。

《爱我中华诗歌鉴赏》(五册,1993)、《新诗三百首》(1996)、《新中国50年诗选》(三卷,1999)等产生广泛影响的中外诗歌选本和诗学工具书,并从1993年起与毛翰主编由西南师范大学中国新诗研究所主持的《中国诗歌年鉴》,收录每一年的重要诗歌现象和优秀诗歌作品。这种将诗歌研究和好诗选择联系在一起的学术道路为他取得扎实、科学的研究成果奠定了重要的基础。

著名诗人、诗评家阿红给《吕进诗论选》所写的序言题为《一个新体系的建构》,他称吕进是“卓越的强创造性的学者”“杰出的诗歌事业家”“热心的社会活动家”,并且认为:“吕进,以他对中国古典与现、当代诗歌诗论的广识,以他对世界诗史与著名诗歌诗论的博知,以他对哲学、心理学、创造思维学的理会,以他敏锐的领悟、独立的思考,以他虽不算多却深有体味的创作经验,呕心沥血,运筹帷幄,终于为中国现代诗学创造了一个新的颇是完整的理论体系。”[①] 阿红特别强调吕进诗学研究的体系特征,这是颇有眼光的。

自新诗诞生以来,从事新诗评论、现代诗学研究的诗人、学者很多,有不少诗学主张对新诗和现代诗学的发展产生了重要影响。但是,除了少数诗学家如朱光潜等人以外,大多数诗人、学者的理论都显得比较零散,或者只有内在的不明显的体系特征。新诗是一种不同于旧体诗、外国诗,更不同于其他文体的艺术样式,它自身就是一个完整的、独特的艺术存在。要揭示新诗的艺术特征及其发展规律,就必须对新诗进行全方位的学术打量,从而建构独特而完整的现代诗学体系。虽然现代诗学的体系性并不就代表现代诗学研究成就的高低,但相比于零散的诗歌理论、评论文章,具有体系的诗学理论可以更全面地展示现代新诗的文体特征和艺术规律。

二、吕进诗学研究的学术取向

中国现代诗学的研究对象是中国新诗,大致包括这样一些角度。一是诗歌史研究,以丰富的诗歌发展资料为基础,以某一诗人、诗歌流派、诗歌样式或诗歌时段等的观念和创作作为研究对象,总结诗歌发展的基本历程。二是诗歌基本理论研究,以诗歌文本为对象,探讨诗之为诗的基本文体规定性,也就是诗歌的文体可能性。相比于诗歌史研究,诗歌基本理论的研究对

①阿红:《一个新体系的建构——序〈吕进诗论选〉》,《吕进诗论选》,西南师范大学出版社1995年5月出版。

象与之相近,但在学术目标上存在一定差异,它一般不拘泥于某一诗人、流派、样式或诗歌时段,而同时将多种诗歌现象作为对象;其学术目标是概括、抽象诗歌艺术的特征和规律。因此,在很多时候,诗歌基本理论研究似乎看不出多少历史痕迹,但它实际上是把对历史的思考融入到了对诗歌本质的打量之中。三是诗歌批评史研究,以诗论家和诗歌理论作为研究对象,探讨现代诗学的发展轨迹。

在20世纪80年代以前,新诗史研究取得了一定成绩,虽然专门的新诗史著作不多,但几乎所有的新文学史著作都涉及新诗发展史。新诗基本理论研究取得的成绩更加突出,但主要是诗人谈诗,显得比较零散,在系统性方面存在一定局限,不过它们为新诗史和系统的诗学研究提供了资料和观点上的准备。现代诗学批评史研究的成果较少。从20世纪80年代初开始,随着一批专门的诗歌理论家的出现,在新诗史研究的基础上,新诗基本理论研究得到进一步拓展,成为现代诗学研究的核心话题。这主要得力于新诗已经拥有了较长的发展历史,积累了比较丰富的艺术经验和教训。

吕进的诗学研究主要属于基本理论研究,他把新诗史研究、诗学批评史研究和对当前诗歌创作的研究结合起来,主要探讨新诗作为独特艺术样式的基本特征,形成了自己独特的诗学体系,即新诗文体学。

从另一个层面看,新诗研究又包括外部研究与内部研究。外部研究主要探讨诗歌的外在生存环境,包括历史环境和社会、文化环境等,一般不回答诗歌的存在形式问题。内部研究主要以诗歌文本为对象,研究新诗成为诗歌的各种可能性、新诗与其他文体的差异性以及新诗内部各种样式之间的异同,其目的是揭示诗歌自身的存在方式。相比于诗歌的外部研究,内部研究更能够揭示诗歌艺术的本质。一般来说,诗歌的外部研究与外在世界存在较多关联,其研究对象往往随外在生存环境的变化而变化,甚至可能出现质变,从而出现研究对象的不确定性。而内部研究以诗歌的存在方式为对象,受外在生存环境变化的影响相对较小,一般不会出现飞跃式发展,而是随着诗歌自身的艺术因素的变化而以渐变方式体现出来——与诗歌艺术自身的发展相一致。因此,要在诗歌的内部研究上取得学术突破,研究者所付出的心血往往是比较多的;要重新建立一个独特而科学的诗学体系,其难度更大。可以说,吕进从一开始就选择了现代诗学研究中难度最大的研究角度。

吕进的新诗文体学体系主要属于诗歌的内部研究，它又包括两个主要向度，其一是纵向研究，从文体发展的角度打通新诗（当然不只是新诗）发展历史，主要探讨新诗文体的演变轨迹及其规律，即轨迹学；其二是横向研究，主要探讨新诗各样式之间的区别与联系，即分类学。前者与新诗发展史结合得比较紧密，是新诗史研究的文体抽象与学术升华；后者主要总结抒情诗之外的其他诗歌样式的文体特征和规律，揭示诗歌现象与诗歌发展的丰富性。在具体研究中，这两个方面是不可分离的，共同构成现代诗学的学术风貌。恰如吕进自己所概括的："文体理论就是研究文体的精细化和综合化过程的理论，换个角度，文体学就是文学的分体理论。文体学从理论上概括和抽象各种文体的形式特征及其发展轨迹，换个角度，作为分类理论，文体学是确认文体特征和文体可能的理论，是净化和发展文体的理论。"①

吕进的诗学研究是在诗歌史研究和诗歌批评史研究基础上对新诗文体及其发展规律的研究，最终确立了对诗歌与其他文学样式的区别、诗歌自身的艺术特征等问题的规律性认识。在文体、学科发展越来越精细的时代，这种研究对于准确理解诗歌艺术具有重要的诗学意义；同时，现代文体、现代学术也出现了越来越综合、交叉的趋向，吕进在研究中通过比较等方法，大量吸取其他文体、其他艺术样式和其他学科发展的经验与成果，将诗歌与诗学置于一个宏大的文学、学术框架中加以考察，从而产生了对中国现代诗学的求实的、科学的推进作用。

三、吕进诗学体系的超越性

就具体的内容来看，吕进的诗学体系主要包括四个方面的内容：

其一是学术反思，主要清理和分析过去的诗学研究中关于诗歌本质与艺术规律的一些基本观点，是其是，非其非，为吕进诗学体系的形成奠定了坚实的学术基础，也使他的诗学体系获得了广泛的学术来源和较高的学术基点。没有对既有诗学成果的分析和其中的合理因素的接受，诗学发展就没有根基；而没有对既有诗学成果的质疑和突破，往往也就没有诗学研究的发展和进步。吕进诗学体系的立足点也是出发点，是令人信服的。

其二是体系建构，主要从诗歌史和诗歌现象的打量以及诗与其他文学样式的比较中对诗歌文体规律进行学术抽象和提升，涉及诗的生成、诗的文

①吕进：《中国现代诗学》，重庆出版社1991年12月出版，第11页。

体可能(其中包括诗的视点特征、语言方式等)、诗的借鉴与继承、新诗的使命意识与生命意识等课题,它们揭示了新诗不同于旧体诗、外国诗的独特面貌,也是吕进的新诗文体学体系的主要内容。

其三是诗运研究,主要是多侧面地探讨新时期以来新诗发展的轨迹。对诗运研究的重视,体现出吕进诗学视野的开阔和艺术感受的敏锐。他对于丰富的诗歌现象不偏废,而是尊重诗歌艺术发展的事实,将各个流派、各种风格的创作都纳入自己的理论视野中。对丰富的诗歌现象(尤其是当下的诗歌现象)的审察,是吕进诗学体系得以形成和发展、完善的物质基础,换一个侧面看,他以自己的诗学主张对新时期以来中国诗运的准确把握证明了他所建构的诗学体系的合理性与科学性。

其四是诗人研究,主要评介新诗史上有成就的诗人,比如郭沫若、艾青、臧克家、何其芳、郭小川、方敬、阿红、梁上泉、刘章、彭邦桢,等等。吕进也注意对诗坛新人的发现和评介。对于诗学研究,发现新人不但是为诗坛培养后续力量,而且有时就意味着发现了新的诗歌现象,可以丰富诗学研究对象。在对诗人的研究中,他以自己的诗学主张对这些诗人给予评价和定位,同时,对这些诗人在艺术探索上的总结又不断丰富了他所建构的诗学体系。

在吕进的诗学研究中,这几个方面相对独立又相互关联,共同构成了他的现代诗学体系的整体风貌。其中第二个方面是吕进诗学体系的核心,也是他在诗学研究中不同于其他诗学家的地方。

吕进的诗学研究首先是从对诗歌本质的探讨开始的,并且他的整个诗学体系都围绕这个话题展开。

在中外诗歌史上,对诗歌本质的探讨很多,这是诗学研究的基本出发点和立足点。在刚刚进入诗学研究的时候,吕进就从宏观角度对其中的一些主张进行了学术打量,比如对诗如画、诗与音乐等质,以及何其芳等的诗歌定义进行了分析,并提出了自己的诗歌定义:“诗是歌唱生活的最高语言艺术,它通常是诗人感情的直写。”[①] 较之于何其芳等人的诗歌定义,吕进的定义更简洁、准确。它至少包含三个方面的内涵:第一,诗是“歌唱生活”的艺术,这里的“歌唱”不是“歌颂”,并非与“暴露”相对应,而是与“叙述”相对应,揭示了诗歌不同于散文和其他叙事文体的特性;第二,诗是“最高语言艺

①吕进:《新诗的创作与鉴赏》,重庆出版社1992年10月出版,第20页。

术”，揭示了诗歌在媒介方面的独特性；第三，诗往往是“诗人感情的直写”，强调情感是诗歌的直接内容，实际上也是强调了诗歌的抒情性。吕进早期的诗学研究主要是对这几个方面进行分析和探讨，虽然揭示了诗歌的基本特征，并且，相比于当时的诗学研究来说，已经是处于领先地位，但他对这些问题的分析还显得比较笼统，学术抽象和理论深度尚显不够。在其后的研究中，吕进结合中国新诗的创作实际，从不同层面对这几个方面进行了深化和细致化，提出并建构了他的新诗文体学体系。这个体系比较完整地体现在以《中国现代诗学》为代表的著作中。

在《中国现代诗学》中，吕进主要从以下几个方面展开了对新诗文体的研究并提出了相关的新说：“突破了习见的‘抒情’说，在诗和现实的审美关系上，提出诗的内容本质在于它的审美视点（即观照方式）的新说；突破了习见的‘精炼’说，在艺术媒介上，提出诗的形式本质在于它的语言方式的新说；在抒情诗的生成上，提出灵感分为体验性灵感与创造性灵感以及中国新诗常见的修辞方式的美学本质都是虚实相生的新说；在抒情诗的最新轨迹上，提出正题——反题——合题的三段式的新说；突破了习见的烦琐的分类标准，提出以审美视点和语言方式作为诗的分类标准的新说；填补了中国现代诗学在风格研究上的空白。”[①] 这几个方面是吕进的现代诗学体系的基本构成，其核心在于对诗的审美视点和语言方式的研究上。

过去的一些诗论在探讨诗歌的本质时不太注意区分诗与非诗的差异，或者说他们的探讨不足以区分其中的差异，致使有些主张不能准确揭示诗的特征，而只是在诗与非诗的某些共同因素上兜圈子。比如，单纯强调诗歌的抒情性，就可能将其与抒情散文的相似特征混杂一起；单纯强调诗歌语言的精炼，就可能难以区别它与其他文体的相似追求，等等。吕进正是在全面考察过去的诗学成果的基础上，在尊重诗歌的抒情性、精炼性等特征的同时，主要通过诗与非诗文体的比较，从视点特征、语言方式等方面获得了对诗的本质的全新认识，清晰地凸显出诗歌的文体特征。

吕进认为：“所谓审美视点，就是诗人和现实的美学关系，更进一步，就是诗人和现实的反映关系，或者说，诗人审美地感受现实的心理方式。”[②] 他

①吕进：《中国现代诗学·导言》，重庆出版社1991年12月出版。

②吕进：《中国现代诗学》，重庆出版社1991年12月出版，第20页。

由此将文学分为内视点文学(即抒情文学)和外视点文学,并认为前者体验世界,披露心灵世界的精微,后者叙述世界,显示客观世界的丰富。诗歌属于内视点文学,其审美视点有三种存在方式:以心观物(现实的心灵化)、化心为物(心灵的现实化)、以心观心(心灵的心灵化)[①],揭示了诗歌的创造主体(诗人)与现实的多种可能的关系。

吕进认为诗的视点具有"主观性"和"意象性",它们是与诗歌所具有的独特的超出机制相关的。诗歌具有双重超出机制:其一是诗人对审美客体的超出,由此获得诗歌的意象性;其二是诗人对审美主体即诗人自己的超出,由此获得诗歌的主观性。主观性带给诗歌梦幻性和非逻辑性,而意象性则构成诗歌具象与抽象的融合。主观的"意"与客观的"象"的融合,构成了诗歌独特的艺术方式。这种界定还将诗的内视点与抒情散文的内视点特征区别开来,从而廓清了诗与散文的本质差异。

诗的媒介是吕进在建构其诗学体系时尤为关注的艺术要素。他认为,各种艺术的媒介是不同的,而诗歌没有现成的艺术媒介,必须向散文媒介"借用"。"借用"不是"搬用",而"是个符号转换的质变过程"。这种"质变"就是"语言方式"的变化,"在'借用'过程中,一般语言的语言方式发生了变化。同样的语言,一经纳入诗的方式,审美功能就发生了变化"。[②]在吕进的诗学体系中,语言方式是非常重要的诗学概念,它最终确定诗与非诗的分野。语言方式是诗歌形式的基础,而"诗是以形式为基础的文体。离开形式,诗便会立即消失。外视点文学将审美体验化为内容,内视点文学将审美体验化为形式。对艺术媒介的把握是对诗的把握的中心"。具体而言,诗的语言方式,"就是诗独特的用词方式、语法规范和修辞法则"。[③]相比于散文语言来说,诗歌将一般语言提升为内视语言,从而实现诗歌语言的非语言化、陌生化和风格化。所谓非语言化,就是诗歌语言强化语言的意味功能而淡化它的意义功能,强化它的体验性而最大限度地淡化它的交际功能,从而将语言由说明性、推理性符号转化为表现性符号;所谓陌生化,就是诗歌语言抛弃散文语言的文法与修辞规范,实现对散文语言的创造性破坏,形成独

①参看吕进《中国现代诗学》第二章"抒情诗的审美视点",重庆出版社1991年12月出版。

②吕进:《中国现代诗学》,重庆出版社1991年12月出版,第68页。

③吕进:《中国现代诗学》,重庆出版社1991年12月出版,第71页。

特的超常结构；所谓风格化，就是诗歌语言独立价值的实现，使语言不仅是一种外在的交际工具，而让读者不断注意语言自身。语言的风格化程度往往体现诗人艺术创造成就的高低，将诗人与诗人区别开来。

语言研究是现代文学尤其是现代诗学研究的重要内容，但是，过去的许多诗人与学者对这一课题关注较少，或者论述得较为笼统，难以将诗歌语言与一般文学语言区别开来，也就难以将诗与非诗区别开来。吕进在诗歌媒介研究方面的敏锐以及他所发现的诗歌媒介的特征，主要来源于中国新诗（当然也包括中国传统诗歌和某些西方诗歌）的创作实践，切入了诗歌语言的实质，具有创造性、开拓性的贡献。在论述诗歌媒介的特征时，吕进将其概括为音乐性、弹性和随意性。

吕进认为，诗歌语言的音乐性是由诗的内视点特征决定的，“内视点是心灵解除了它的物质重负的视点，是富有音乐精神的视点；与此相应，音乐性也成为诗的首要的媒介特征”。“音乐性，是诗歌语言与非诗语言的主要分界。”[①] 他将诗歌的音乐性分为内在音乐性与外在音乐性，前者是诗人体验的音乐状态，是难以量化的艺术要素，后者体现在诗歌语言、体式上，可以通过量化方式加以考察。

关于诗歌的弹性，中西诗学史上都曾经有人提到，闻一多说：“诗这东西的长处就在它有无限度的弹性。”但对于弹性在诗歌中的具体表现缺乏深入、细致的分析。吕进在总结前人主张的基础上，认为诗歌的弹性主要体现在诗歌媒介上，是诗歌在语言上的多义性，是诗歌语言的一种模糊性，“是诗的独特的精确、精炼与精致，它是亦此亦彼：诗的多义要在诗人的‘一致之思’中相和谐；它是似此似彼：诗的多解相互之间并没有十分明确的边缘”。[②] 提出诗歌语言的弹性这一规定性，就将过去的诗歌语言的精炼说提高了一个学术层次，这主要是立足于汉语语言的象形性、多义性和语法建构的宽松等特征上，由此可以看出吕进研究现代诗歌的角度是丰富的。他对现代诗歌的文化、语言等民族因素十分了解且有深入思考。

随意性也是诗歌媒介的重要特征，是诗歌“对散文的语言秩序的主动性

①吕进：《中国现代诗学》，重庆出版社1991年12月出版，第81页。

②吕进：《中国现代诗学》，重庆出版社1991年12月出版，第94—95页。

摆脱”[1]。就是在选词、词的组合和句法、词序等方面主动摆脱散文语言的既成秩序，获得散文语言所无法实现的创造性。吕进认为：“对中国新诗（也包括古诗）来说，诗歌媒介的随意性特征，尤其大量表现在虚实结合上。由实生虚，由虚生实，相互交错，相互照应。”[2]将诗歌的媒介特征与诗歌的表现手段结合起来进行打量，是一种独特的学术发现。随意性不是没有规范，它必须接受诗的语言秩序的裁判。“随意的背后，有诗人的苦心在……如果连诗的语言秩序也加以摆脱，就不会有诗——只有挤眉弄眼和卖弄才华了。”[3]

吕进通过对丰富的诗歌现象和诗学主张的研究，将诗歌研究中复杂的表现技巧等问题，简化为对诗歌艺术媒介的打量，是对现代诗学研究的有益推进。这种简化不是简单化，而是科学化、深入化。

在深入研究诗的视点特征、语言方式的基础上，吕进对抒情诗的生成过程进行了学术考察。诗歌的生成是一个非常复杂的过程，过去的不少诗人通过自己的创作经历进行过各种各样的描述，但大多是经验性的，甚至过分随意，很难揭示诗歌生成的内在规律。吕进将这个过程概括为灵感——寻思——寻言三个相互影响与渗透的阶段，并对它们的各自特征进行了具体分析。他所提出的诗歌生成理论既尊重诗人从创作中获得的具体体验，又将其升华为具有普遍意义的学术思想，不但将这个过程简洁化，抽象出了诗歌生成的基本规律，而且将传统诗学中的“言”“意”理论、现代诗学中的意象理论，甚至语言学理论等融合在一起，对灵感、诗思、语言等诗歌要素的作用及特征进行了深入探讨，形成了关于诗歌创作的新的理论学说。诗歌生成与诗歌创作主体（诗人）的关系非常密切，中国传统诗学中有“诗如其人”“知人论诗”等主张，吕进将诗歌创作与诗人的修养结合起来探讨，提出了“抒情诗人的修养”这样一个既具有学术价值又具有现实意义的诗学命题。他把诗人的修养分为“人格精神”与“艺术功力”两个方面：在人格精神方面，诗人应该体现出“非个人化”和具有“使命意识”；在艺术功力方面，要“博观”，就是广泛涉猎古今中外文学、文化著作，包括诗歌以外的著作。

诗歌是中国文学的正体，而抒情诗是中国诗歌的主体。吕进对诗的视

①吕进：《中国现代诗学》，重庆出版社1991年12月出版，第100页。

②吕进：《中国现代诗学》，重庆出版社1991年12月出版，第102页。

③吕进：《中国现代诗学》，重庆出版社1991年12月出版，第103页。

点特征、语言方式、诗歌生成等的研究主要是以抒情诗作为对象的，这符合中国诗歌的历史和现实，也为他的诗学主张的科学性提供了保障。但是，中国诗歌不只有抒情诗。吕进通过诗歌分类学对其他诗歌样式进行了学术打量，丰富了他的诗学体系。在诗歌内部，不同样式之间的差异是很大的，历来的研究者都看重诗歌的分类研究。20世纪80年代末期，古远清还出版了一部总结传统的诗歌分类方式的《诗歌分类学》[①]。传统分类学的最大缺陷是缺乏分类的标准，或者说分类的标准太烦琐，难以揭示诗歌样式之间的异同。吕进说："分类，是把握、清理庞杂的诗歌现象的途径，因此，分类必须具有丰富前提下的简便性。……过分烦琐的分类的结果，其实是取消了分类自身。"[②] 吕进的诗歌分类学首先在分类标准上实现了突破，提出以诗的视点特征和语言方式作为分类标准的新说，这不但使诗歌分类与他提出的新诗文体学体系结合起来了，而且符合诗歌的文体特性，又具有实际可行的学术操作性，在研究诗歌样式的丰富性方面取得了突出成就。具体地说，他从审美视点的角度将诗歌分为内视点诗歌与双重视点诗歌两大类，前者包括小诗、山水诗、咏物诗和爱情诗，后者包括叙事诗、剧诗、寓言诗、讽刺诗和散文诗。尤其是针对后者，提出了双重视点诗歌的概念，不但揭示了这几种诗歌样式的独特特征，而且对以内视点为特征的诗歌的一些例外情形进行了概括，是对诗歌分类的重要贡献。以语言方式作为标准，吕进把诗歌分为漂泊诗与固定诗、自由诗与格律诗、素体诗与有韵诗、无标点诗与有标点诗、默读诗与朗诵诗、打油诗与艺术诗、游戏诗与严肃诗，以文体对应的方式将诗歌的多种情形进行比较，对于更深入的研究提供了有效的角度。吕进还对上述诗歌样式进行了个别研究，揭示了它们的特征和与抒情诗的文体差异。

诗歌风格理论是吕进对现代诗学的另一个重要贡献。他不是对某一个具体诗人的艺术风格进行总结，而是通过对丰富的诗歌现象的考察，提出了诗歌的风格学理论。他说："诗的风格，就其作为艺术表现的相对稳定的体系而言，包括了审美体验和语言特色两个侧面。"[③] 他从视点特征角度把诗人分为外倾型和内倾型两种类型。过去人们谈论诗歌的风格，主要是谈论

①中国矿业大学出版社1989年出版。

②吕进：《中国现代诗学》，重庆出版社1991年12月出版，第281页。

③吕进：《中国现代诗学》，重庆出版社1991年12月出版，第338页。

诗人的个人风格，这种观念具有合理性也具有局限性。吕进认为风格具有多义性，既包括个人风格，也包括时代风格和民族风格，并对这几种风格的特点及相互关系进行了研究。他说："个人风格构成民族风格和时代风格，民族风格和时代风格在个人风格那里得到确认和体现。"[①] 民族风格具有流动性，时代风格具有多样性，而在诗歌风格中，个人风格是最主要的诗歌风格，它使民族风格和时代风格的特征得到具体的实现。"个人风格的孕育与形成，往往要经过一个比较长期的创作实践的历程。个人风格是诗人的价值观和人生经历、艺术气质与修养、语言理想等因素合力作用的结晶。"[②] 个人风格具有相对稳定性、多元性和不可模仿性。个人风格的多元性，主要是指个人主导风格和非主导风格的并存，以及诗人在艺术探索历程中主导风格的转换。吕进从学理上对诗歌风格的形成、类型及其相互关系等进行了学术抽象，这对于研究具体诗人的具体风格具有理论上的指引与导向作用。

从以上分析可以看出，吕进的诗学体系主要由这样几个板块构成：诗歌视点理论、诗歌媒介理论、诗歌生成理论、诗歌分类理论以及诗歌风格理论，涉及诗歌之所以为诗的各个方面，形成了独特而完整的学术体系。每一个部分是相对独立的，但作为一个整体，它们又相互联系，环环紧扣。

吕进的诗学体系并不是对过去和他人的诗学理论的否定，而是对其中一些并不完善或缺乏科学性的因素、观点进行修正、补充，将零散的观点学术化、系统化，从而形成了对过去的诗学研究的创造性超越。他最终建构的诗学体系也不是对自己早期的诗学主张的否定，而是不断完善、深化。从其诗学体系的草创到这个体系的成熟，吕进的诗学主张发生了一些变化，但不是对诗歌认识的变化，而是对诗歌艺术特征在学术表述上的清晰化、科学化。在20世纪80年代初期，(袁)忠岳曾在《文艺报》撰文指出："关于诗的本质的探讨，从建国初亦门到50年代何其芳，再到80年代吕进，所经历的简—繁—简的辩证发展过程，是诗评家们向这一哥德巴赫猜想极地靠近的一个个营地。""在中国新诗文体的研究上，从何其芳到吕进反映了从一个堡垒向另一个堡垒的飞跃。"在整个20世纪80年代，人们对诗歌文体的研究取得了更加瞩目的成就，吕进的诗歌理论没有因为这种整体上的进步而失去光彩，

①吕进：《中国现代诗学》，重庆出版社1991年12月出版，第344页。

②吕进：《中国现代诗学》，重庆出版社1991年12月出版，第353页。

而是在这个过程中得到了丰富和发展，使他所建构的以新诗文体学为核心的现代诗学体系一直处于现代诗学研究的前沿，因此，在今天，我们仍然可以借用上面的评价描述吕进对于现代诗学的贡献。

四、吕进诗学体系与新时期中国诗学

20世纪70年代末期开始的新时期，是中国新诗最为辉煌的时期之一，也是中国现代诗学长足发展的时期。

新时期诗学发展拥有丰富的学术基础和良好的外部环境。诗学研究是描述性的科学，它一般不凭借主观推论，而是从丰富的诗歌现象、诗学现象中进行总结、概括和抽象对诗歌的认识。诗歌、诗学现象越丰富，诗学研究就会越发达。在新时期，中国新诗、诗学的发展历史和当下的诗歌艺术探索为现代诗学的发展提供了正反两方面的丰富的诗歌、诗学现象，也呼唤着诗歌研究的新变，为人们更加开阔、深入地总结新诗发展的历史和规律成为可能。同时，思想解放运动的开展，为现代诗学的发展提供了良好的外在保障，人们可以比较自由地阐述自己的主张而较少受到非诗因素的制约；而对外开放的深入使诗学研究者可以较多地接受外来的艺术、学术营养，为现代诗学研究找到更多的参照，从中获得对诗歌更加全面的认识。

吕进和他同时代的诗学研究者正好出现于20世纪70年代末、80年代初。他们的诗学研究回应了诗歌发展对现代诗学发展的呼唤，取得了巨大的成就。

新时期诗学研究的繁荣，主要体现为一批专门的诗学家的出现和诗学研究多元格局的形成。

过去的诗学研究虽然也出现了朱自清、朱光潜等可以称为专门诗学家的学者，但大多数诗学主张出自诗人。郭沫若、闻一多、艾青、何其芳、废名、李广田等首先是诗人，而后才是诗论家。诗人论诗具有许多优势，他们的主张主要来自自己的诗歌艺术实践，比较切近诗歌创作的实际。但也存在一些局限，诗人论诗一般具有较大的随意性，比较零散，学术性不强，有时候甚至前后矛盾。专门的诗论家一般具有较深厚的学养，在诗学研究上既注重丰富的诗歌现象，也比较注意从学理上清理这些现象，视野比较开阔，因而能够获得对于诗歌的更加科学、系统的认识。建构一个或多个具有创新性的诗学体系，不但对于总结过去的诗歌创作、诗学研究具有意义，而且可以推动未来诗歌、诗学的发展。

新时期的诗学研究在20世纪80年代初期出现了学术争鸣，而在80年代中期逐渐形成了几个相对独立的理论群落，主要有传统派、崛起派和上园派。他们各自的诗学主张存在一定差异，但都为现代诗学的繁荣做出了贡献。

对诗歌传统的重视是中国现代诗学的重要特点之一。在当代，自20世纪50年代以后，传统诗学在相当长时间内占据着主导地位，形成了现代诗学的传统派。诗歌是最具有民族特色的文学样式，因此，对民族诗歌传统的重视自然应该是现代诗学研究的重要部分。离开传统，诗歌和诗学的发展就缺乏根基和目标。但是，由于在相当长时间内，传统诗学一主天下，它自身存在的局限没有被人们所充分认识。随着诗学发展多元格局的出现，人们意识到传统派的诗学主张存在一定程度上的传统主义特点——只承认传统，而对传统以外的诗歌、诗学成果（尤其是外国诗歌、诗学成果）则加以拒斥，其结果就在相当程度上封闭了中国诗歌、诗学的发展。

在20世纪80年代初期，随着思想文化观念的转变和新诗艺术探索的深入，在传统派基础上出现了“崛起派”①。崛起派是对传统派的反抗，他们主张向西方诗歌艺术经验借鉴，主张反叛与突破既有的诗歌秩序。在诗歌观念的变革时期，这种主张具有很大的鼓动性，因而产生了很大影响，也的确在推动诗歌观念的新变方面产生了正面效应。在文化开放的时代，崛起派的主张具有它自身的合理性。没有借鉴，就没有交流和参照，对现代诗歌的发展是不利的。但是，崛起派也存在一定局限。它不提诗歌传统或对诗歌传统持反叛态度，这就可能割裂诗歌的纵向发展线索，使诗歌失去根基与方向。崛起派的出现，打破了传统派一统天下的格局，诗学界由此而出现了学术争鸣，人们可以通过比较对各种诗学主张进行学术评价和选择了。

---

①从1980年到1983年，谢冕发表了《在新的崛起面前》（《光明日报》1980年5月7日），孙绍振发表了《新的美学原则在崛起》（《诗刊》1981年第3期），徐敬亚发表了《崛起的诗群》（《当代文艺思潮》1983年第1期），他们所提倡的诗学主张基本相近，且每篇文章题目均有“崛起”二字，于是以他们为代表的诗学群体被称为“崛起派”。

20世纪80年代中期，在传统派、崛起派之间出现了“上园派”[①]。上园派出现在传统派和崛起派之后，对它们的长处和不足均有比较全面的认识。他们的诗学主张兼及二者之长，认为中国诗歌应该同时处理好继承与借鉴两方面的关系，即实现诗歌传统的现代化和西方艺术经验的本土化，简而言之，就是化古化欧。在他们看来，传统必须被现代化，才能使诗歌既不失去自己的民族特色又能够适应诗歌艺术发展、变革的需要；而在文化开放的时代，西方艺术经验对于推动中国新诗的发展同样重要，但必须将它转化成为符合中国文化、诗歌和社会发展的艺术因素，才具有丰富的诗学意义。吕进多次谈到这一命题，他认为：“中国新诗的现代化绝不是西方化。而西方文学影响的本土化转换则是中国新诗走向现代化的突进之一。伟大的中国新诗作品一定是诗人在非常广泛的艺术视野中的艺术创造。同时，伟大的中国新诗作品一定带着中国土壤的泥土味，一定是中国诗歌古老积累的现代化呈现。”[②]这种主张体现了吕进在诗学研究中一贯坚持的辩证思想，不偏于其中一面，而是尊重诗歌发展的客观规律和诗歌自身的文体规律。化古化欧的诗学思想是吕进诗学体系的核心。他在诗学观念、形态等方面都继承、发展了中国传统诗学的某些特点。

上园派的出现，打破了传统派、崛起派的二元对立局面，使诗学研究出现了真正的多元格局。上园派的主要诗论家包括吕进、阿红、袁忠岳、叶橹、朱先树、杨光治等，同时还有一大批同路人和追随者，阵容非常庞大。吕进可以被称为上园派的“盟主”，他不但在诗学主张上代表了上园派诗论家的基本观点，而且他创办和主持的中国新诗研究所成为诗学研究、交流和培养诗坛后续力量的重要基地，是中国新诗研究的中心之一。

随着诗歌艺术的进一步发展，传统派、崛起派的诗学主张不断显现出它们所存在的局限。崛起派的代表诗论家之一孙绍振在20世纪90年代末期对由“新潮诗”演化而来的“后新潮诗”进行了全面的打量。他并不反对创

①1984年春和1985年冬，一群来自全国各地的诗论家两次在北京上园饭店参加读书会，他们在会议上发现各自的诗学主张非常相似，于是在1986年春天的《华夏诗报》上打出了“上园诗派”的旗号，并于1987年结集出版了诗论选《上园谈诗》，人们将这个群体称为“上园派”。可以参见古远清《大陆当代三大诗论群体透视》，见台湾《诗潮》1994年12月第7集。

②吕进：《跨世纪的展望——〈中国跨世纪诗丛〉总序》，见《吕进诗论选》，西南师范大学出版社1995年5月出版，第489页。

新，但不再像20世纪80年代初期那样对所谓的新探索都给予肯定，而是客观分析了“后新潮诗”所存在的致命的缺陷，体现出诗学观念上的转向，更加接近上园派的诗学主张[①]。上园派的诗学主张没有像崛起派的主张那样在一定时段成为“热潮”，但是他们坚持对诗歌艺术发展规律的客观、科学的总结，积淀了丰富的诗学成果，从始至终都得到许多诗人、诗论家的认同。在20世纪90年代，传统派、崛起派和上园派等诗学群体都已经成为历史概念，但上园派对诗歌基本理论的研究体现了巨大的学术涵盖面，他们的诗学主张仍然具有鲜活的学术生命，越来越体现出与中国诗歌发展的合拍。这是求实、创新的诗学理论的基本特征。

五、吕进诗论的学术品格

吕进的现代诗学体系是现代的、崭新的，也是时代的、民族的，对过去的诗学研究的总结和未来诗学研究的启示是多方面的。他的诗学体系的形成和对具体诗学问题的解决都体现出对艺术辩证法的尊重，辩证法思想是吕进诗学研究的哲学基础（尤其是方法论基础）。他既注重诗学研究的原创性，也注重诗学发展的继承性，既倾心宏观审视，也注重微观分析；在开放的文化环境下，他的诗学体系以中国现代诗歌作为主要研究对象，同时也不忽略对外国（尤其是西方）诗学主张、诗歌艺术经验的借鉴，从而形成了独特的学术品格。恰如诗人风格的形成往往代表艺术探索的成熟一样，对于诗论家，独特的学术品格的形成，也往往体现出其诗学研究、诗学体系的成熟。

吕进的诗学体系至少具有三个值得注意的学术品格：求实、创新、兼容。

新诗研究中的求实意识，就是要对新诗发展的规律进行实实在在的探索，而不是盲目地追赶时髦、追赶热潮。吕进的诗论追求朴实的风格，在表述上注意深入浅出，不搞新名词爆炸，不以惊世骇俗的“新”观点吓人。他不人云亦云，不追光，不趋时，不东摇西摆，而是坚持探讨诗歌的文体规律。他说：“诗学面临的对象是丰富的非常规世界，最不具备实体性的流动世界，它是现实的幻影，它是良知的馨香。用非诗规范要求诗，用非诗人规范要求诗人，用全民诗歌的使命衡评每一首具体作品，或者，用对时髦潮流的追赶去

①孙绍振：《后新潮诗的反思》，《诗刊》1998年第1期。

代替对诗的认真审视，都会使诗学丧失求实气质。”① 这是他从具体研究中获得的对诗学研究的真知灼见。

吕进认为：“当代诗评家的素质首先应当不因循守旧，有变革的勇气与明慧。”② 诗歌艺术的发展必然带动诗学研究的发展——既有对过去的诗学成果的重新审视，也有对新的诗歌现象的热切关注。创新意识就是对这种发展在诗学观念上的不断适应。吕进诗学体系的创新，主要体现在诗学研究的切入角、诗学研究方法、诗学体系的整体框架和表述方式、诗论的具体内容等方面的突破。创新绝不是“唯新”，他的创新是在求实基础上的创新，“是利用已有轨迹继续向前开拓”。他认为：“创新的内核仍然是求实：求实的突破、求实的推动，离开这个内核的华丽辞藻、玄乎术语、哗众取宠与创新是绝缘的。”③ 正因为这样，吕进的诗学体系才体现出有中心、有主轴的延展，体现出发展中的一致性，为中国现代诗学与中国新诗的发展提供了丰富的启示。

兼容性就是对诗歌创作与研究的多元构架的理解与尊重。多元格局的形成是诗歌与诗学发展与繁荣的标志。吕进极力主张也十分珍惜诗坛的多元格局。在诗学上，吕进有自己的学术主张，但他不唯我独尊，没有霸权主义作风，他尊重诗歌艺术的发展规律，尊重他人的创造性劳动。在诗学体系的建构中，吕进批判地吸收了多种学派的诗学主张，评介了多个流派的诗人的创作。他只坚持一个标准，那就是诗歌艺术发展的独特规律，符合这个规律的任何探索，他都给予支持。吕进的多元意识和他的诗学的兼容性，使他的诗论能够涵括广泛的诗歌创作现象。当然，宽容也是有“度”的，对那些违背诗歌艺术规律、哗众取宠的所谓的“创新”，他是厌恶的，因为在他那里，多元意识的基点仍然是求实意识，他必须求实地对待一切诗歌现象与诗学主张。他认为，多元必须归“一”，这个“一”，不是自我封闭的枷锁，而是诗歌艺术的发展规律。

有人在对吕进诗论及其学术品格尤其是它的宽容性并没有多少了解的

---

①吕进：《变革，为了新诗在当代中国的繁荣》，系《上园谈诗》卷末语，重庆出版社1987年9月出版。

②吕进：《变革，为了新诗在当代中国的繁荣》，系《上园谈诗》卷末语，重庆出版社1987年9月出版。

③吕进：《变革，为了新诗在当代中国的繁荣》，系《上园谈诗》卷末语，重庆出版社1987年9月出版。

情况下，就认为吕进是反对“朦胧诗”的[①]。这是对吕进诗学体系的根本误解。吕进没有发表过反对“朦胧诗”的主张，而且在总结新时期诗歌创作时，不但强调了“归来者”诗人在恢复诗歌“说真话，抒真情”方面的成就，还对舒婷等诗人在诗歌艺术自身反思方面的成就也给予了很高的评价，并由此指出：“多元是诗的发展之路；一元，是诗的衰落之路。”[②] 在后来的文章中，吕进也多次正面论及“朦胧诗”。老诗人臧克家曾对朦胧诗等新的艺术探索持有异议，但他后来说：“吕进同志，能以他的洞察力，对各种现象分析研究，是其所是，非其所非，态度比较科学而公允……他的求实态度，多少校正了我个人的偏激看法。”[③]这些难道是吕进反对“朦胧诗”的证据吗？

吕进的诗学体系是一个开放的、崭新的诗学体系，主要体现在它的求实性、创新性和兼容性等多方面。在诗歌发展上，吕进主张将继承与借鉴融合起来，认为新诗发展必须注重两个相互联系的侧面：“一个是外国艺术经验的本土化，一个是民族传统的现代化。”[④] 他的诗学体系也是在继承与借鉴的基础上建构起来的。一方面是中国传统诗学的求“通”，一方面是西方诗学的求“变”，他将二者融合，实现了“本土化”与“现代化”的结合，形成了“通”中求“变”、“实”中求“新”的现代诗学特征。

有人对吕进的诗学成就进行过这样的评价：“如果说郭沫若、亦门、闻一多、艾青是中国新诗的理论家，那吕进可以毫不逊色地和他们排在一起。”也对他的学术品格进行过评价：“求实，创新与多元化，可以说是吕进诗论的总体倾向。吕进作为当代诗论的一个实体，其意义将远远超过其诗论本身——诗论本身很难超越时代，它总有这样那样的局限——作为学派主

①比如，张同道在《探险的风旗——论20世纪中国现代主义诗潮》（安徽文艺出版社1998年1月出版）第538页说：“面对三次崛起，程代熙、郑伯农、柯岩、吕进、楼肇明、高平、晓雪、竹亦青、洪毅然、李浩、孙克恒等等等等，数以百计的知名或不知名的理论家一起上阵，山雨欲来风满楼，仿佛又一场有组合的大批判运动。”我们不想在这里对其他人的观点发表评论，但其对吕进的指责是不公平、不客观的。

②吕进：《新时期十年：新诗，发展与徘徊》，见《上园谈诗》，重庆出版社1987年9月出版，第93页。

③臧克家：《吕进的诗论与为人》，系《新诗文体学》序言，花城出版社1990年出版。

④吕进：《中国现代诗学》，重庆出版社1991年12月出版，第198—199页。

体的吕进之精神更具价值，它很可能超越时空，波及后代。”[①] 这样的评价很高，但也客观、公正。在世纪之交，吕进在20世纪90年代初期建构的现代诗学体系业已经过了较长时间的检验，在那些“时髦”理论不断更迭换代的情况下，吕进的诗学主张仍然体现出强大的生命力，为诗歌界、诗学界的多数人所认同。同时，吕进还在不断更新和深化他的诗学体系，他在20世纪90年代后期提出的“诗体重建”[②]的诗学主张就是新诗文体学理论与新诗创作实践的结合，这使他的诗学体系更完善，更适合新诗发展的实际，有助于新诗艺术的进步。

2000年2—3月，于重庆之北

①邹建军：《吕进：意正论深枝叶茂》，《中国新诗理论研究》，长江文艺出版社1993年9月出版，第79、86页。

②参见吕进《论新诗的诗体重建》（《诗刊》1997年第10期）等文章及他在1999年度《星星》上所开设的专栏。

学术创新与“诗学隽语”的生成

诗学研究属于学术研究的范畴。学术研究追求的是学理性、抽象性，其采用的语言、概念、结构、方法等元素和我们日常所说的和人生哲理密切相关的“隽语”似乎不是同一层面的概念。但是，在一些既追求学术研究深度又追求学术表达深入浅出效果的学者那里，二者却可以结合起来。在全球化时代的学术史、批评史研究中，关注这种独特的学术表达方式和效果，对推进学术研究（尤其是诗歌研究）的中国化、本土化，具有不可忽视的价值。

曾心、钟小族主编的《吕进诗学隽语》在泰国出版之后，又在中国大陆、台湾相继出版，受到读者的一致好评。在学术著作发行量不大、学术成果的社会关注度并不很高的时代，这是一件使人觉得不可能甚至匪夷所思的事情。但是，只要我们结合吕进的著述仔细琢磨，这似乎又是情理之中的事情。

按照《现代汉语词典》（第六版）的解释，“隽语”是“寓意深刻、耐人寻味的话语”，这和箴言、格言、警句具有同一性质。在英语中，“隽语”一般翻译为epigram，它也包含名言警句、讽刺短诗等内涵，指的主要是耐人寻味的言辞；它也是英语修辞学的重要术语之一，其基本定义为：short poem or saying expressing an idea in a clever and amusing way，大意是用机敏、有趣的方式表达思想观念的短诗或言辞。“隽语”一词在一些前辈诗人、作家、学者那里已经有不少人使用，如清代李调元《雨村曲话》卷下说：“《彩毫记》……其词涂金绘碧，求一真语、隽语、快语、本色语，终卷不可得。”清代洪亮吉《北江诗话》卷一说:"'似此星辰非昨夜,为谁风露立中宵。''买得我拌珠十斛,赚来谁费豆三升。'隽语也。"现代散文家秦牧在《长街灯语·〈当你还是一朵花〉序》中说:"正是由于有好些警句隽语,闪烁于许多篇章之间,读起来它也就颇能引人入胜了。"不过,他们使用"隽语"一词谈论的主要是文学作品,以"隽语"来概括学术成果、学术话语的情形还比较少见。因此,这本《吕进诗学隽语》可能就具有了特殊的象征意义和导向价值。

隽语一般是通过简洁明了、充满诗意的话语表达事物的普遍性和本质特征。它的表层特征是简洁明了,精致洗练,以浅寓深,往往一语中的;其深层来源是创造者的独特智慧:人生智慧以及由此生发的其他智慧,比如学术智慧、语言机智等。许多流传久远的谚语、格言往往是那些文学、艺术大师对人生的哲理性总结,也有些是由普通大众创作并经过长期的传承、修正、完善并流传下来的,比如"理想是灯塔。没有理想,就没有可靠的方向;没有方向,就没有人生可言。"(托尔斯泰)"一个人的价值,应该看他贡献什么,而不应当看他取得什么。"(爱因斯坦)等等,这些格言警句语言平易,富有哲理,将思考的深度和表达的浅易完美结合,揭示了人生的某些共同的本质。

由此推论,诗学隽语就是在诗学研究中揭示了诗歌本质、概括了诗歌普遍特征的精致语言。一般来说,学术研究成果是以概念为基础的,追求学理性,具有一定的学术深度。这样的话语成为隽语并广为流传的可能性较小。而吕进的诗学著作中可以提炼出大量的"隽语",这在一定程度上体现了他在诗学研究方面的别样特色。

《吕进诗学隽语》包括"诗美篇""诗歌分类篇""诗运篇""诗人篇""诗歌技巧篇""诗歌鉴赏篇"等六个部分,下设94个子项目,每个子项目下都摘录了数条至十多条诗学语录,全书共摘引了数百条精彩的"隽语"。我们可以通过这些"隽语",从以下几个方面对吕进诗学研究的特色加以简单考察,以揭示"诗学隽语"的形成机制以及中国特色现代诗学的表达特征。

一、由个别到一般,揭示诗歌的本质特征和普遍规律

诗歌现象纷繁复杂。诗学研究当然应该对所有的诗歌现象予以关注,讨论其生成的心理机制、经济社会背景、文化根源、艺术动力和艺术效果等,也要以发展的眼光观察诗歌创作中出现的各种新动向。

在诗学研究中,个别研究、特殊研究,如诗人研究、诗歌作品研究、诗歌思潮研究、诗运研究等等,当然都是非常重要的。不过,从诗学研究的最终旨归看,它们都只是为诗歌的文体特征和发展规律的揭示提供了基础。诗学研究的目的,是通过对大量诗歌现象的考察,提炼诗歌的文体特征,概括诗歌的发展规律,而这些特征和规律又反过来引导人们对诗歌现象的关注和研究,影响甚至矫正诗歌创作中出现的"违规"现象。

吕进的诗学著述,从他的成名作《新诗的创作与鉴赏》(1982)到他的代表作《中国现代诗学》(1990)再到他后来对新诗的"三大重建"、新时期诗歌的"新来者"的研究,都从不同角度提炼出了对诗的文体规律的认识。他提出的对诗的认识拥有广泛的涵盖范围和抽象度,具有超越个别时代、诗人、诗潮的普遍性,无论哪种诗体、哪个思潮的作品、哪个时代的作品,都可以在他的诗学主张中找到自身的特点和归属。在很多时候,我们往往根据学科的划分把吕进的诗学研究归类于中国现当代文学学科的范畴,这当然有其合理之处,因为他的现代诗学研究是以现代新诗作为主要研究对象的。但是,这种归类也带来了一些问题,比如,在他的一些具体的文章、著作中,我们有时难以直接找到厚实的"史料"作为支撑,甚至还涉及古代、外国的一些诗歌现象、诗学主张。这和中国现当代文学学科的研究对象、切入角度、研究方式等都存在不小的差异。不过,只要仔细研读他的诗学成果,我们会发现,他的每一个观点其实都是从大量的诗人研究、作品研究、诗潮研究之中提炼出来的,只是他较少描述烦琐的现象,只关注这些现象所包含的诗学信息,这就使很多史料信息都隐藏在了文字的背后。吕进认为,诗学研究是描述性的科学,"诗学是诗歌现象的描述与抽象"[①]。他的诗学主张都是从对多种诗歌现象的考察之中概括、抽象出来的,不是就事论事,就文谈文,就人说人,有时甚至是从跨时代、地域、民族的诗歌现象中思考诗的特征。因此,从其本质来说,吕进的诗学研究更多地属于文艺美学的范畴。

当然,我们不是说,揭示了诗歌特征和规律的诗学理论就是诗学研究的顶峰和终点。随着社会的发展和艺术的进步,诗歌的文体特征、表达手段、发展规律等都会不断发生变化。比如,古代诗人和学者谈论的诗的文体特征是依据传统诗体而提炼出来的,而在新诗出现之后,诗歌的文体特征、表

①吕进:《中国现代诗学》,重庆出版社1991年12月出版,第381页。

现手段等得到了丰富和发展,传统的理论虽然还有其独特的价值,但已经不能完全描述新诗出现之后诗歌的新特征,这就需要现代的诗人、学者根据新的诗歌现象从不同角度来补充、修正、完善既有的诗学主张。即使在新诗发展的不同时期,诗歌现象也是存在很大差异的,这自然会促进现代诗学的不断发展。即使是同一个学者,他在不同时期对诗的描述也可能存在差异。这种发展在吕进不同时期的诗学研究中体现得比较明显。

普遍性、规律性是超越具体现象而存在的,看似简洁的文字背后,往往包含着对于诗歌文体的深层打量,因此能够成为众多诗人、学者认同的诗学主张。比如,在诗学研究中,讨论诗与散文等(诗之外的其他文体)的区别是诗学研究的重要立足点之一,也是确立诗歌文体的独特性不可回避的角度之一。很多人在诗歌研究中较少涉及这一话题,因为从很多角度考察,比如情感浓度、语言的精炼性等,诗与散文存在诸多的相似之处,寻找其差异是很困难的。但是,如果不将这一问题厘清,就可能出现以非诗规范要求诗的弊端。吕进曾说:“诗学面临的对象是丰富的非常规世界,最不具备实体性的流动世界,它是现实的幻影,它是良知的馨香。用非诗规范要求诗,用非诗人规范要求诗人,用全民诗歌的使命衡评每一首具体作品,或者,用对时髦潮流的追赶去代替对诗的认真审视,都会使诗学丧失求实气质。”[①]吕进没有回避这一话题,而是从独特的角度发表了自己的看法,他说:

散文对外在世界终止的地方(自愿的终止,无可奈何的终止,等等),正是诗的领地。诗在散文未及、未尽、未感的地方显露自己的价值:它是外在世界的内心化、体验化、主观化、情态化。散文的外视点有超越时空和生活现象的极大自由,但在心灵生活中它的灵敏度却并不理想。如果说,散文探索“外宇宙”,诗就探索“内宇宙”;如果说,散文寻觅外深化,诗就在寻觅内深化;如果说,散文在外在世界徘徊,诗就在内心世界独步。散文是作家与世界的对话,读者倾听散文;诗是诗人在心灵天地的独白,读者偷听诗歌。[②]

这段文字从不同角度,尤其是从散文、诗歌与世界的关系、与读者的关系等方面将两种文体的特征也进行了对比,描述了二者的差异。这样的观点不是没有依据的臆想,而是在考察大量文学作品之后进行的理论提炼,从

①吕进:《变革,为了新诗在当代中国的繁荣》,系《上园谈诗》卷末语,重庆出版社1987年9月出版。

②曾心、钟小族主编:《吕进诗学隽语》,泰国留中大学出版社2012年2月出版,第3页。

杂乱中理出规律,从个别中找到一般。从二者的差异出发,我们不但可以了解两类文体的特征,而且散文研究、诗歌研究也由此出现分野,形成不同的研究路径:散文研究主要关注对外在世界的深入,而诗歌研究则主要探讨内心世界的精微;散文语言是叙述性语言,而诗歌语言则是心灵化的语言……吕进则由此提出了诗歌的内视点理论,成为他的诗学研究的重要概念。

在人文科学中,描述规律和普遍性的文字往往是独特而简洁的,它概括的是最本质的存在,因此也比较容易形成箴言、格言式的表达效果。当然,创新是在学术研究中形成"隽语"的基本前提,如果没有新意,只重复常识性内容或者别人已经阐释过的观点,即使表达再简洁,读者也不一定会接受。吕进对诗学研究中的创新一直都很重视,他对诗歌定义、诗与散文的区别、诗的内视点特征、诗的心灵化、抒情性等都发表了既有继承又有超越、突破的观点。没有创新这一追求作为前提和动力,吕进的诗学研究不会受到那么多人的关注。

在诗学研究中,关注"个别"往往只形成诗学观念的"点",从"个别"中提炼出"一般"才能真正揭示诗歌的特征和规律,形成具有涵盖性的"面"。发现"一般"可能需要一个艰难的过程,但提炼出来的"一般"在表象上并不一定很玄妙,它有时就像人生格言一样浅显易懂,并成为流传久远的"隽语"。真理往往具有朴素的本性,不一定需要豪华的包装。

二、表达方式上追求深入浅出的学术效果

学术成果在表达上具有不同的等次。一般来说,学术成果的表达效果主要有四种情形:深入深出、浅入浅出、浅入深出、深入浅出。每种情形的学术价值和社会效用明显不同。

学术深度是所有学术研究都追求的目标。学术研究的深度是对研究对象的本质及相关关联的揭示,是学术创新的重要体现。学术深度有时体现在学术视野上,有时体现在观点的创新上,有时体现在表现的独特上……不过,归结到一点,学术研究的深度一定是和研究对象的特征、规律的发现、揭示有关。对学术深度及独特表达的追求往往体现学者的学术功底、学术智慧以及他们对于文化创新、传承的责任意识。

深入深出的表达抓住了学术研究对于深度的重视,但是在表达上往往

使用别人难以理解、接受的方式，比如使用大量生造、杜撰的术语或者文字组合，把本来可以简洁表达的语句故意写得晦涩难懂。这中间可能存在缺乏学术自信，或者缺乏把从其他文化、语言中获得的学术感受转化为本民族学术营养的能力。而且，这种深度有时可能是虚伪的，是搬用别人的东西而没有经过消化，或者连自己都没有思考清楚但又觉得新鲜而交付读者的。这样的深度有时是经不起推敲和追问的。

浅入浅出、浅入深出是学术界历来反感的为学态度。"浅"是这类成果的本质所在，它们只是在常识或者表面上做文章，难以抓住研究对象的本质，更无法把握学术研究的前沿。这类文章所表达的观点、采用的方法总是给人似曾相识的感觉，缺乏新意，缺乏独特的表达，缺乏学术个性。对于浅入浅出的文章，明眼人一看便知。而浅入深出的文章则是利用一些流行的、引进的、杜撰的概念和词语，将本来很简单的问题说得玄而又玄，给人装腔作势的感觉。去掉这些华丽的包装之后，剩下的却是没有新意和创造性的东西——这有点像市场经济时代的某些物品，比如月饼、茶叶之类的，包装很豪华，内容却很一般，甚至是过期的、有毒的、伪劣的产品。如果不认真推敲，甚至揭开包装，这样的东西很容易迷惑人。在20世纪80年代前期，大量的西方文艺理论被拿来，被一些学人囫囵搬用，就出现过一些浅入深出的文章。浅入浅出和浅入深出一样，都是在表象上做文章，其本质是对学术研究的不自信。

学术研究的高境界应该是深入浅出，就是将深奥的道理以浅显易懂的方式表达出来。深入浅出的学术研究体现研究者的学术自信，他们相信自己的成果是新颖的、独特的，不需要包装就可以体现出自身的价值，因而不用担心被人小看。这种研究在体现研究者学术担当的同时也体现出他们的责任意识，他们渴望新颖而朴素的真理被更多的人接受、传扬，为中国文化的发展做出自己的贡献。

吕进在诗学研究中历来注重深入浅出的表达，在求实中创新，通过创新获得学术的生命力。"吕进的诗学研究所体现出来的求实意识是明显的。从文风上看，他的诗论追求朴实的风格，在表述上注意深入浅出，不搞新名词爆炸，不以惊世骇俗的'新'观点吓人。从诗学观念上看，他不人云亦云，不追光，不趋时，不东摇西摆，而是坚持以诗的文体规律为核心建构他的诗学体系。”[①]

对很多诗学观念和概念，吕进都通过对诗歌历史、文本的考察，获得了新的学术发现。但是，在表现这些新发现的时候，他从来不使用玄而又玄的术语来炫耀自己的高深，而是尽量以简洁、诗化的方式来表达，既揭示了诗歌艺术的本质，又非常切近诗的创作实际。比如他在谈到散文诗的特点的时候说：

散文诗在音乐美、排列美上不如其他品种的诗那样严格。它有语言的自然节奏，而并无有规律的节奏；它一般有留恋非韵文的倾向。从音乐美的角度讲，散文诗有如舞台上的无伴奏合唱。散文诗不分行排列，分节全凭自然，从这个角度讲，它有如天上流云，有如山间小泉，无拘无束，无尚打扮。

因此，在诗的所有品种中，卷舒自如的飘逸美、舒放美是属于散文诗的诗美。[②]

对于散文诗的美学特征，吕进从音乐、排列等方面考察，将其概括为飘逸美、舒放美。这是符合散文诗创作实际的，也揭示了散文诗的文体本质。在表达中，他没有使用什么新奇术语，甚至为了配合诗歌的独特性而采用了一些比喻的说法。但是，因为揭示了研究对象的本质，这种看似浅显的表达并不使人觉得缺乏新意，反而让人觉得是一种富有诗意的表达方式。

言不尽意是诗歌创作中经常出现的一种现象。诗歌创作是一个非常复杂的过程，尤其是涉及诗人的内在体验，我们很难通过纯概念来描述这种现象。通过研究古代诗人、学者的成果，结合对诗歌创作的考察，吕进对这种现象进行了如下揭示：

在对于物质媒介感觉终止的地方，诗才真正开始。诗是心灵的艺术，它摆脱一切物质媒介的束缚，获得深远的情思空间。由于心灵化程度很高，所以诗是云中之水，水中之味，花中之香，女中之态，唯能会心，难以言传。诗是一种无言的沉默。[③]

这里讨论的是造成诗歌言不尽意特征的基本原因和具体表现。诗是诗人的内在体验，往往脱离物质媒介而飘忽不定，甚至是无边无际的，我们很

---

①蒋登科：《吕进诗论的学术品格》，《飞天》2000年第10期。

②曾心、钟小族主编：《吕进诗学隽语》，泰国留中大学出版社2012年2月出版，第74页。

③曾心、钟小族主编：《吕进诗学隽语》，泰国留中大学出版社2012年2月出版，第182页。

难用规范的、格式化的语言将这样的体验准确地表达出来。这与陶渊明所说的“此中有真意，欲辨已忘言”、刘禹锡所说的“常恨言语浅，不如人意深”等具有同一的性质。吕进以现代汉语来表达这样的发现，在遵循诗学表达的诗意特性的同时，适当加入了学术性元素，新颖而别致，使普通读者更容易理解，提升了学术传播的可能性。在表达中，吕进并没有试图把这种特征描述完全，而是采用了一系列的比喻和并不纯粹的概念来侧面表达，使读者在领会其意旨的同时，也可以发挥自己的感觉力和想象力，通过感悟而在观念中形成属于自己的对诗的理解。

深谙诗家三昧，表达深入浅出，内容切入本质，是吕进诗学研究的重要特点。这样的诗学成果既符合诗学研究的规律，弘扬了中国传统诗学所特有的诗性气质，又结合了现代诗歌和其他相关学科的发展（比如哲学、心理学、社会学、文化学等），同时借鉴了可以丰富和强化中国现代诗学发展的域外营养，因而出现了很多精彩的观点，出现了不少可以使人熟记于心的警句式的诗学妙语。

三、类概念的使用在学术表达中可以发挥特殊的效用

现代学术始终离不开对于概念的使用。概念可以规范一个学科或者研究领域在核心话语方面的共同特征，也可以规范一些术语在内涵上的相对同一性，从而使不同的研究者、不同的研究成果之间可以相互理解。但是，就是在学术研究所必不可缺的概念的使用上，中国诗学和西方诗学其实是存在很大差异的。

吕进在本科时学的是外国语言文学，因此在后来的学术研究中，他一直比较看重比较这一研究方法：中外比较、古今比较、不同文体比较，等等。他认为：“广义的‘比较’是哲学思辨和一切学术研究的基础。”[①]正是通过比较，他发现了中西诗学的诸多差异，并由此确立了自己的研究方式。他从三个方面讨论了中西诗学的根本差异：其一，“中国传统诗学注重领悟性、整体性、经验性，而西方诗学注重分析性、抽象性、习题性”[②]；其二，“中国传统诗学喜欢运用类概念，不致力于建立庞大的理论框架；而西方诗学总是运用纯

①吕进：《中国现代诗学》，重庆出版社1991年12月出版，第6页。

②吕进：《吕进文存》第二卷，西南师范大学出版社2009年8月出版，第294页。

概念，致力于建立庞大的理论框架”[①]；其三，“中国传统诗学在‘通’中求‘变’，而西方诗学则是在‘从零开始’中出新”[②]。这些发现使吕进明确了中国现代诗学的发展路向：“中国现代诗学的建设离不开对中国传统诗学的批判继承，对西方诗学则必须进行本土化处理，才可能言借鉴。”[③]他进一步说：

中国现代诗学应当保持以抒情诗为本、推崇体验性的诗学观念，同时又在诗对客观世界的历史反省能力和形象性上向西方诗学有所借鉴；中国现代诗学应当保持领悟性、整体性、简洁性的心态特征，同时又在系统性、理论性上向西方诗学有所借鉴；在诗学发展上，中国现代诗学应当保持“通”中求“变”，同时又不拒绝在艺术的探险精神上向西方诗学有所借鉴。[④]

吕进的诗学研究正是按照这样的路径展开的。从其诗论的具体内容来看，他的创新意识体现得比较明显。这主要表现在两个侧面：一是对既有诗学成果的反思与清理。他善于从广泛的了解和研究之中提出新的主张，对诗的定义、“诗如画”“诗与音乐等质”、诗的媒介特征、诗的视点特征、诗的灵感、诗的分类等诗学课题进行的新的界定与阐述，便属于这种情形；二是对新的诗歌现象的关注与独特把握，这为他的诗学体系注入了新的活力。而在其诗学品质的建构中，大量类概念的使用发挥了不可忽视的重要作用。

类概念是和纯概念相对应的一种学术型术语。在学理性特别强的学科，比如哲学，纯概念的使用可以增加研究成果的理论性。类概念是形象化的概念，诗意化的概念。类概念既是概念，而其内涵又不十分明确，存在多种理解的可能。诗学研究具有感悟性、整体性、体验性，它是科学，但它不是精细的科学，不是说理的科学，诗歌的很多特征是很难用纯概念表达清楚的。类概念可以在诗学研究中发挥意想不到的作用，实现纯概念所难以达到的深刻性与丰富性。

吕进非常推崇诗人艾青的《诗论》：“《诗论》写得颇有诗人风度，但有一个完整的理论框架——这种框架采用的是中国诗学的形式：短小的章节，生

---

①吕进：《吕进文存》第二卷，西南师范大学出版社2009年8月出版，第295页。

②吕进：《吕进文存》第二卷，西南师范大学出版社2009年8月出版，第296页。

③吕进：《吕进文存》第二卷，西南师范大学出版社2009年8月出版，第298页。

④吕进：《吕进文存》第二卷，西南师范大学出版社2009年8月出版，第298页。

动的类概念，随处格言警句。”[①]在这里，吕进提到了篇幅、类概念和格言警句，这是他打量和评价优秀诗论著作的文本特征的几个重要元素，也是他在诗学研究中所追求的境界。

吕进的诗学论文在篇幅上都不是特别长，即使对较大话题的研究和讨论，最长的文章也不过万余字。而且，他还撰写过很多“诗话”，三言两语，表达对诗歌的某些特征的点滴感受，读起来清新自然，犹如阅读散文诗一般。他出版过《一得诗话》，讨论诗的鉴赏，针对一些有特色的作品进行解读，引经据典，但又点到为止，既谈到了诗的鉴赏规律，又没有包办应该由读者去完成的“半个诗人”的任务。他先后主编了《外国名诗鉴赏辞典》《爱我中华诗歌鉴赏》《新诗三百首》等鉴赏性选本，对作品进行简单的导读，反响甚好。诗是心灵的艺术，有些微妙的东西是很难用文字言说的，只有通过感悟才能获得其中的奥妙。因此，在诗学研究中，吕进很多时候只是为读者提供进入诗歌的各种可能的通道，而不指明单一的路径，以不说出代替说不出的情形随处可见。这既体现了他对诗之本质的深度把握，也使他的研究成果充满了丰富的可能性，由此暗示诗歌和诗学的丰富性。

他经常使用类概念或者充满诗意的比喻，使一些看似高深的理论一下子变得非常浅显，同时也使可能因为纯概念的使用而显得单一的观点变得丰满起来。让我们阅读下面的几段文字：

诗属于情感，诗属于体验，诗属于内心。如果说，散文在反映人生，诗就是在反映人生：诗特别不留恋事态，它从事到情，化外在世界为心灵世界，化客观世界为主观世界。古希腊语中的“诗”字的原意就是“给万物命名”，诗人从现实世界走来，给我们的却是太阳重新照亮的世界。经过诗化处理，在诗歌里，诗人这个创造者成了自己的创作品。[②]

通感的美学本质在于感官感觉的沟通、交错与应合。当灵感袭来，诗人“视通万里，思接千载”，各种感官的感觉的界线退到一旁，于是在诗人神游的世界里，花朵有了声音，声音有了形状，泉水飘着香味，香味闪着色彩。[③]

---

①吕进：《吕进文存》第二卷，西南师范大学出版社2009年8月出版，第298页。

②曾心、钟小族主编：《吕进诗学隽语》，泰国留中大学出版社2012年2月出版，第18页。

③曾心、钟小族主编：《吕进诗学隽语》，泰国留中大学出版社2012年2月出版，第176页。

叙事诗有情节,但不完整;叙事诗有人物,但回避繁多。因为,叙事诗与其说是在讲故事,毋宁说是在唱故事,是在对一个简单的(甚或众所周知的)的故事进行抒情。离开抒情,干巴巴地叙事,叙事诗就难免“丧魂落魄”了。①

这些文字似乎很难和通常意义上的学术著作联系起来,倒更像是散文,甚至是散文诗。它们都是典型的“诗学隽语”,几乎没有使用充满学究气息的纯概念,而是使用了一些似是而非、似非而是的类概念,有些比喻甚至连类概念也不是,比如“太阳重新照亮的世界”“花朵有了声音,声音有了形状,泉水飘着香味,香味闪着色彩”“讲故事”“唱故事”“丧魂落魄”等。这些表达都非常精短,甚至使用了排比等在文学作品中才经常出现的修辞手段。但是,这样的文字是切近诗歌本质的文字,是可以让学者和诗人、读者进行心灵交流、沟通并被记住的文字,和优秀的诗歌一样,不是干巴巴的、抽象的学理讨论,而是充满内涵甚至饱含诗意。

这种表达因为对纯概念的一定程度的排斥和篇幅的短小,在有些学者那里可能并不被认同。吕进甚至可能因此而处于一种非常尴尬的学术位置:他可能很难被纯粹学术研究的圈子所接受。不过,他对诗的本质和规律的揭示,对中国传统诗学精髓的弘扬,使他的诗学著作在诗人和读者中却拥有广泛的接受者。有人对他的诗学风格和为学精神进行过评价:“求实,创新与多元化,可以说是吕进诗论的总体倾向。吕进作为当代诗论的一个实体,其意义将远远超过其诗论本身——诗论本身很难超越时代,它总有这样那样的局限——作为学派主体的吕进之精神更具价值,它很可能超越时空,波及后代。”② “他的诗学著作虽然处处闪烁着哲思的智慧,予以却极为简易;诗学体系庞大,而结构至为清晰。时下的许多诗学著作,刻意追求理论‘高度’,反而让人感觉像走不出的迷宫;刻意追求西方的时髦思潮,却反而成了域外名词术语的搬运工。”③这种认同体现了对吕进诗学研究的全面而深刻的了解和理解,应该是吕进的知音。

---

①曾心、钟小族主编:《吕进诗学隽语》,泰国留中大学出版社2012年2月出版,第65页。

②邹建军:《吕进:意正论深枝叶茂》,《中国新诗理论研究》,长江文艺出版社1993年9月出版,第79、86页。

③钟小族:《吕进诗学隽语·后记》,曾心、钟小族主编《吕进诗学隽语》,泰国留中大学出版社2012年2月出版,第200页。

对诗歌本质特征和普遍规律的揭示，追求深入浅出的学术效果，注重诗学研究的感悟性特征，形成了吕进诗学研究的独特个性，也使他的诗学著述中隽语迭出。虽然他不拒绝借鉴西方文化、诗学中的优秀元素，但他的诗学研究在观念、表达、文本上和西方诗学研究差异很大，主要不是通过推理去建立庞大的学术体系，更不是从零开始，而是在批判继承的基础上通过对大量诗歌文本的理解、感悟去揭示诗的艺术本质，"通"中有"变"，"变"中现新。这种研究更多地继承了中国诗学传统的精髓，可以更好地揭示中国文化语境中的诗歌的特征，具有明显的中国特色。在全球化语境之下，虽然文化、学术的跨文化交流已经成为不可逆转的大趋势，但是，文化、文学、诗歌始终具有深刻的民族性，只有通过具有民族特色的话语方式，我们才可能真正领会它们的本质之所在。

曾心说："说实话，吕进的诗学体系博大精深，无处不闪烁着诗心、哲理和语言的灵光，选编这本书是有难度的。"[①]《吕进诗学隽语》在整体框架上是相对完善的，揭示了吕进在诗学研究中所涉猎的诸多领域，如果要说存在局限的话，其实可以增加"诗学研究方法论"板块。吕进在他的著作、文章和教学过程中多次提到自己的诗学研究心得，其中涉及一些独特的诗学研究方法。对于学者来说，他们提供的学术观点固然重要，但他们总结的研究方法也许可以对后来者产生更本质、更长久的影响。

2013年3月1—5日，于重庆之北

①曾心：《吕进诗学隽语·序》，曾心、钟小族主编《吕进诗学隽语》，泰国留中大学出版社2012年2月出版。

陈本益:在比较中寻求新诗的艺术规律

陈本益(1944年5月—),重庆市人,民盟盟员。1968年毕业于四川外语学院(现四川外国语大学)英语系,获得学士学位,后在重庆巫山县、万州区教中学,1983年毕业于山东大学中文系中国现代文学专业,获得硕士学位。1987年—1988年在英国剑桥大学英文系访学。从1983年起在西南师范大学中文系任教,1991年任西南师范大学国际教育与交流中心副主任,1993年调到西南师范大学中国新诗研究所任教,并于1993至1997年担任该所副所长。1994年担任硕士研究生导师,1996年被评聘为教授,1999年担任西南师范大学比较文学与世界文学专业学科点学术带头人,2002年被确定为重庆市比较文学与世界文学专业学术带头人。主要从事中外诗歌和中外诗学比较研究,出版专著有《汉语诗歌的节奏》(台湾文津出版社,1994)、《西方现代文论与哲学》(重庆大学出版社,1999)、《中外诗歌与诗学论集》(西南师范大学出版社,2002)、《中外文学跨文化比较》(合著,北京师范大学出版社,2002)等,出版译著《美学与心理学》(学林出版社,1992)等多部,曾主持国家社科基金项目"现代西方文论的哲学基础"、国家教委社科基金项目"汉语诗歌的节奏"等,获得过四川省哲学社会科学研究优秀成果二等奖。

在中国诗学研究方面,陈本益主要从事诗歌音韵、格律的研究。音乐性是中国诗歌的重要特征之一,也是中国诗歌本体研究中重要的学术课题。诗学界历来也比较重视诗的音乐性的研究,但多数都只是宏观描述,或者只就具体作品的音乐方式进行打量，并没有把诗的音乐性与诗质之间的关系勾画清楚。陈本益的《汉语诗歌的节奏》是他在诗学研究方面的代表作，是诗歌节奏研究的重要收获，该书吸收了20世纪以来中国诗歌、英语诗歌在节奏研究方面的学术成果，并结合诗歌创作实际，对汉语诗歌的节奏进行了比较全面的总结与思考。

《汉语诗歌的节奏》分为三编，上编是“什么是汉语诗歌节奏”，主要探讨汉语诗歌节奏的基本内涵；中编是“古代诗歌的节奏形式”；下编是“新诗的节奏形式”。他认为：“诗歌节奏一般指诗歌语言的节奏……即一定的时间间隔和某种形式的反复。”[①] 他根据汉语及汉语诗歌的特征，把汉语诗歌的节奏概括为“音节·顿歇节奏”（简称音顿节奏或顿歇节奏）。在谈到诗歌节奏的研究对象和方式时，他说：“诗歌节奏既然包含一定的时间间隔和某种对立语言形式的反复这两个因素，探索一种语言的诗歌节奏便要做两方面的事情：一是探寻和发现表示一定时间间隔的音节组合形式即音组（有时只是单个音节），二是探寻和发现那反复出现的对立性的语音形式。由于对立性的语音形式是多种多样的，探索者的主要任务就是分辨其中主要的、对节奏有决定作用的那种对立性语言形式，但同时又要充分考虑其他语音形式对节奏的相关作用。”[②] 基于这种学术目标，陈本益对汉语诗歌的节奏从汉语语音特点、发展历史、已有的主张和具体诗歌作品等不同方面进行了深入研讨，“成功地完成了当代诗学研究中一个具有相当的理论难度，但又急迫而意义重大的理论课题，对新认识汉语诗歌的艺术形式和促进新诗走向成熟都将产生重大而深远的影响”。[③]

综合而言，陈本益在汉语诗歌节奏的研究上具有两方面值得注意的特点：

其一，在理论上具有创新性，在论述诗歌的节奏时内容全面，不但涉及古代诗歌、现代诗歌，而且涉及英语诗歌的节奏特征，在非常开阔的学术领域中对诗的音乐性特征及其在节奏上的多种不同表现方式进行了深入细致的研究。尤其是在20世纪，由于自由体新诗的出现，关注诗歌节奏的学者不多，难以找到合适的标准对其进行学术把握，在研究中，陈本益善于总结和

---

①陈本益：《汉语诗歌的节奏》，台湾文津出版社1994年8月出版，第5页。

②陈本益：《汉语诗歌的节奏》，台湾文津出版社1994年8月出版，第6页。

③段从学：《汉语节奏理论的当代建构——评陈本益〈汉语诗歌的节奏〉》，《中外文化与文论》第3辑。

吸收前人的研究成果,《谈胡适的“自然音节论”》《新诗形式理论中“顿”概念的渊源及其演变》《卞之琳的“顿法”论》《〈死水〉的格律句式史析》等论文从不同角度总结了中国现代节奏理论、格律理论。他还结合中国新诗的创作实际,探讨新诗节奏的形成与特征,《自由诗建行的原则》《自由诗的两个体式及其特征》《论新诗形式的两个来源》《汉语诗的“建筑美”散论》等从宏观角度对中国新诗的特征进行了打量,并论述了现代格律诗、自由诗的建行原则及它们的节奏单位、句式、节式、体式、跨句(行)、调子等节奏因素,在诗歌体式的研究上具有一定的开拓性。在谈到《汉语诗歌的节奏》一书时,吴开晋认为:“对汉诗节奏本质的论证是一种新的开拓,对古代诗节奏形式的论述多有创见,对新诗节奏形式的剖析不乏勇气,这就是《汉语诗歌节奏》一书的宝贵价值,也是对中国诗学的一项拓展工程。”①

其二,在研究方法上具有特色。过去研究诗歌节奏,多以单一语言的作品为对象,即使是外国诗歌,人们也主要以它的翻译文本作为研究对象。陈本益毕业于英语专业,除了汉语诗歌的节奏外,他对英语诗歌的语言特征和节奏方式也非常熟悉,因此,在研究汉语诗歌的节奏时,往往采用比较的方式展开,包括中国传统诗歌与现代诗歌在节奏方面的异同,中国诗歌的节奏与英语诗歌节奏的异同,《汉、英诗节奏的若干比较》《汉、英诗韵的若干比较》等论文从汉、英诗歌的文体差异探讨了两种不同诗歌在节奏、韵律等方面的特点。在谈到构成诗歌节奏的多种因素时,作者认为,其中必定有一种主要因素是主要的和起决定作用的,“在英语诗歌节奏中,一定的重轻音形式的反复是起决定作用的,同时长短音形式和顿歇形式也是节奏因素,可以加强或者修饰有重轻音形式构成的节奏”②。在谈到新诗的节奏时,他也往往通过与传统诗歌、英语诗歌的节奏的比较展开自己的论述,使我们可以在更开阔的学术视野中把握新诗的节奏和它的独特性。

在中外诗歌比较研究方面,除了以诗歌节奏作为研究对象的成果外,陈本益在其他方面也取得了自己的成就。他的比较诗学研究注意突破已有研究方式与角度,在几个方面体现了自己的特色。其一是把中外诗歌比较与哲学、文化比较结合起来,从哲学、文化角度寻找不同国家诗歌的异同,这与

①吴开晋:《中国诗学的一项拓展工程——读〈汉语诗歌的节奏〉》,《诗探索》1996年第1辑。

②陈本益:《汉语诗歌的节奏》,台湾文津出版社1994年8月出版,第6页。

他在西方文论与哲学方面的研究密不可分。陈本益在研究西方古代哲学、近代哲学与文论发展的关系方面取得了相当的成果，而且对西方近现代哲学思想中对文学影响较大的一些思想进行过具体剖析，如新批评理论的哲学基础、索绪尔语言学对西方现代思想的影响、雅各布森对结构主义的贡献、德里达的哲学思想、巴尔特的解构主义理论、现象学等。这些研究在很大程度上成了他诗学研究的理论来源。其二是在关注中国诗歌与西方诗歌研究的同时，在中国诗歌与东方诗歌的比较方面有所突破。《中国新诗的文化根源》《中国古代抒情诗的情感特征及相应的题材特性——兼与西方抒情诗的有关情况比较》《中国古代诗歌意境的特征及其文化根源——兼论西方诗和中国现代诗不具有这些特征》《西亚、南亚诗歌意象的审美特征及其文化根源比较》《诗美探究》[①]等论文，从不同角度对中国诗歌与西方诗歌的特征进行了比较研究，并由此提出了一些新的见解。

2002年10月，于重庆

①这些论文均收入陈本益《中外诗歌与诗学论集》，西南师范大学出版社2002年4月出版。

周晓风:现代诗学的多元探索

周晓风(1957年—),重庆市人,中共党员。1982年毕业于西南师范大学中文系,并到重庆师范学院中文系任教。1986年结业于中国社会科学院研究生院,1992年在北京大学作访问学者一年。1993、1998年分别晋升为副教授、教授。曾担任重庆师范学院中文系主任,现为重庆师范学院教授、院长助理、学术委员会副主任、中国现当代文学专业学术带头人。系重庆市文联副主席、中国当代文学研究会常务理事、重庆市中国现当代文学研究会副会长、重庆市作家协会评论委员会副主任。2002年6月被确定为重庆市中国现当代文学专业学术带头人后备人选。主持重庆市社科规划“九五”“十五”重点课题“邓小平理论与新时期文艺政策”“20世纪重庆文学发展史”等,多次获得四川省、重庆市哲学社会科学研究优秀成果奖。在《文学评论》《诗探索》《当代文坛》《上海文学》等刊物发表论文近百篇,出版《中西文化比较概论》(合著,西南交通大学出版社,1993)、《中国当代新诗发展史》(合著,成都科技大学出版社,1993)、《现代诗歌符号美学》(成都出版社,1995)、《新时期小说文体的自觉》(合著,西南师范大学出版社,1997)、《新时期文学思潮》(天津社会科学院出版社,2000)、《新诗的历程——现代新诗文体流变(1919—1949)》(重庆出版社,2001)等,主编《中国文学阅读与赏析》(重庆出版社,2001)。

周晓风的现代诗学研究首先是从新诗史研究开始的。1993年,他就与黄子建、佘德银合作出版了《中国当代新诗发展史》，仅比洪子诚、刘登翰的《中国当代新诗史》晚几个月[①]，是最早的几部当代新诗发展史著作之一。周晓风撰写了其中的第三编《新时期十年的诗歌》[②]。应该说，新时期十年的中国新诗是20世纪后半叶新诗发展中最丰富的时段，首先出现了诗歌观念的革新，打破了诗歌长期接受政治左右的格局，人们对诗歌艺术自身给予了更多的重视；其次，伴随诗歌观念的革新而来的是创作现象的丰富，“归来者”诗、“朦胧诗”“后朦胧诗”等诗歌现象相继出现并带来了关于诗歌的多次大讨论。周晓风从“诗美观念的嬗变”“诗歌创作的演进”“《归来的歌》与复苏期的诗坛”“朦胧诗的出现与新诗潮的崛起”“现代主义诗潮与‘第三代’诗”等角度勾画了20世纪70年代末到90年代初中国新诗的发展格局。这种“史笔”的训练为他更好地把握新诗的艺术特征和规律奠定了重要的史学基础。

1992年到1993年，周晓风在北京大学作访问学者，这进一步开拓了他的学术视野。他完成了诗学专著《现代诗歌符号美学》。谢冕对该书给予了很高的评价：“据我所知，这是国内第一部以符号学美学思想方法系统研究现代诗歌艺术的诗歌美学专著。作者对于西方现代哲学和美学理论采取了一种广泛吸收和有所剔选的态度，提出在符号学和解释学相结合的基础上构建现代诗歌符号美学的设想。从这样的立场出发，周晓风在他的著作里认真研究了现代诗歌美学中的一些重要课题：符号学如何与现代诗歌美学相结合、诗歌语言的内在矛盾和结构、诗歌艺术符号的转换生成、现代诗歌解释学的可能性以及现代汉语诗歌语言符号的特殊性。这些都是过去比较忽略的，他的探讨因而令人觉得耳目一新。”[③] 符号学和解释学是在西方产生了重要影响的现代哲学思想，对文学、艺术的发展影响深远。周晓风并不是第一个介绍和研究这些哲学思想的人，他的主要努力是把它们拓展到现代诗歌研究上，以新颖而独特的手段解读、评价现代诗歌，为当时出现的所谓“先锋诗歌”在艺术上的合理性寻找了证据。

①前者于1993年8月由成都科技大学出版社出版，后者于1993年5月由人民文学出版社出版。

②该书《后记》说：“第三编《复苏与转型》由重庆师范学院周晓风撰写”，篇名与正文题目不符，估计是最初拟定的名字。此处从正文。

③谢冕：《现代诗歌符号美学·序》，见周晓风《现代诗歌符号美学》，成都出版社1995年12月出版，第1—2页。

周晓风试图建构的现代诗歌符号美学是建立在对传统诗歌美学的批判基础上的。他认为，传统诗歌美学主要有两个方面的特征，亦即两个方面的局限："在表现形态上，传统诗歌美学的基本特征是零散而不系统，缺乏较为成熟的理论形态。因此，传统诗歌美学主要表现为对于具体作家作品的印象式和考据式点评。……中国古代宋以来的诗话词话自不待言。在西方，这种包罗甚广的诠释和评点是古代诗歌美学批评的主要形式。""主观随意性是传统诗歌美学批评在思想方法上的典型特征。它不仅使批评受制于批评家的主观作风和一时兴趣，从而缺乏客观可靠性和内在一致性，而且也使得批评难以摆脱具体对象的种种束缚而获得理论上的超越性。"[①] 为此，他所建构的诗符号美学主要是追求诗学研究中的科学性，"现代诗歌美学的革命性变革是从对于诗歌理论批评的科学性追求开始的。现代诗歌理论批评的科学性追求又是和整个现代美学的科学化潮流一致的，或者说是它的一个组成部分。"[②] 应该说，周晓风的这种追求是具有意义的，引进了一些新的思想和方法，对现代诗学观念、研究手法的革新必然会产生一定影响。但是，任何一种诗歌观念的出现，都有其独特的哲学、文化背景，新的观念和方法也只有立足于这种语境之中才能获得自己的生命力。周晓风的现代诗歌符号美学理论在观念、方法，甚至在研究的作品上，都主要来自西方，而对中国诗学传统、诗歌现象却关注不多，至少不是在理解传统诗学和丰富的诗歌现象的基础上生发出来的，因而在解决中国现代诗歌、诗学所面临的具体问题时，就显现出了它的局限性，难以涵盖丰富的汉语诗歌、诗学现象。

当周晓风把诗学研究的新观念、新方法与中国现代诗歌的发展历史结合起来考察的时候，他的诗歌主张便发挥了良好的作用。周晓风的《新诗的历程——现代新诗文体流变(1919—1949)》是一部具有特色的诗学著作。作者打破过去写作新诗史的做法，以文体的演变作为主线，以新诗发展的内部规律作为对象，考察20世纪上半叶的新诗发展，角度新颖，且"史""论"结合，具有相当的深度和学术含量。他所谓的诗体"指的是诗歌的具体存在方式，但它又不等于一般所说的诗歌体裁，而是包含了更丰富的内涵"[③]。主要

①周晓风《现代诗歌符号美学》，成都出版社1995年12月出版，第98、99页。

②周晓风《现代诗歌符号美学》，成都出版社1995年12月出版，第101页。

③周晓风:《新诗的历程——现代新诗文体流变(1919—1949)》，重庆出版社2001年1月出版，第5页。

有“诗人的主观审美倾向”“诗人所选题材、主题的审美品质”和“诗人所运用的言语结构”。也就是说，他所谓的“诗体”不仅仅是诗歌的外在形式，而且包括了诗人的审美方式。他从文体的角度把20世纪上半叶的新诗分为七个类型：以胡适、郭沫若为代表的“早期白话诗”，以闻一多、徐志摩为代表的“新格律体”，以李金发、穆木天为代表的“初期象征体”，以戴望舒、卞之琳为代表的“现代体”，以蒲风、田间为代表的“歌谣体”，以臧克家、艾青为代表的“新写实体”和以冯至、穆旦为代表的“新现代体”。在结合新诗发展历史分析这些诗体出现的原因及其艺术价值的同时，还对这些代表性诗人的艺术探索、成就和局限进行了全面探讨，在相当程度上勾画了中国现代新诗发展的轮廓。从具体研究中，我们不难看出作者借鉴了他前期诗学研究中的有些观念和方法，但由于它们与中国现代诗歌的发展结合起来了，使那些观念和方法显得直观而具有说服力。杨匡汉说：“周晓风这部新著的学术意义值得称许。作者用‘诗体’的演变来重新描述和阐释现代新诗的发展，又将‘诗体’理解为诗歌的具体存在方式，复以探寻更理想的诗美为目标，对以往似有定评的新诗发展史秩序和评估诗人诗作的标准，提出了不一定言之成理却是言之有据的独立见解。这种探索体现了作者对新诗自身艺术规律的珍重。”[①] “对新诗自身艺术规律的珍重”应该是从事新诗研究的基本前提，也是周晓风在诗学研究中取得新的成功的根本原因。

周晓风是一位严肃认真的学者，从他的知识结构、求新意识和对新诗的理解看，他在中国现代诗学研究上可以获得更多的成果。

2002年11月，于重庆

①杨匡汉：《新诗的历程——现代新诗文体流变（1919—1949）·序》，见周晓风《新诗的历程——现代新诗文体流变（1919—1949）》，重庆出版社2001年1月出版，第4页。

人名索引

说明：

1.本索引按照本书所涉及的人名信息编制(以姓氏首字母排序)；

2.索引中的人名按照姓氏音序排列(外国人名将姓氏列前，用逗号和名隔开)，人名后面的括号系该人的笔名或缩写信息；

3.人名后面的数字为该名字在本书出现的页码，其中加括号的注【(注)】表示该名字在当页只出现在注释之中。

H

J

K

M

N

Z

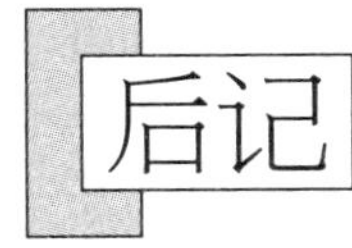

后记

重庆是中国诗歌的重镇之一，尤其是在抗战时期和新时期。作为置身其中的诗歌爱好者，重庆新诗及其发展是我长期以来在学术上关注的重要话题之一，为此写了不少文章，大多是散篇。这是我整理的关于重庆新诗、诗人研究的专题文集，对于梳理重庆新诗历史、了解重庆诗人创作或许具有一定的参考价值。

关于这本书，需要说明几点情况：

1.本书是关于重庆新诗、诗人研究的部分文章的专题性辑录，有些写得较早，有些是近几年完成的，时间跨度近三十年。大多数文章在报刊上公开发表过，或者在一些会议上宣读过。有些被人大复印报刊资料等文摘期刊转载过，有些收录进了多种文集。

2.重庆的诗人很多，我在研究时并没有平均用力。有些诗人已经被诗歌界、学术界关注较多，我就没有再花费更多的时间去打量他们，比如诗人李钢，我与他非常熟悉，也喜欢他的诗，在私下有过很多交流，使我受益匪浅，但我没有专门写过讨论他诗歌的文章。还有杨吉甫、雁翼、穆仁、余薇野、高缨、陆棨、凌文远、杨大矛、徐国志、范明、谭明、邱正伦、冉仲景、杨矿、冉晓光、林涛、王顺彬、普冬、吴向阳、何房子、李海洲、王琪博、徐庶、姚彬、赵历法、唐力、金铃子、白月、张远伦、杨平、施迎合、张守刚、简云斌、蒋芸徽、指界、二月蓝、沈利、宇舒、王老莽、胡中华、梦桐疏影、吴小虫、苏陌年等等等等，他们都是不同时期具有特色的诗人。他们有些曾经在重庆生活和创作，贡献不小，影响很大；有些才气十足，作品甚多，个性突出；有些一直执着于诗歌艺术的探索，默默耕耘；有些拥有不小的发展潜力，是重庆新诗的希望。只是因为精力所限，对其中的有些诗人，我没有专门谈论过，对有些诗人也只是在综合性的文章中简单讨论过。有些重庆籍的诗人长期不在重庆生活，比如张永权、张永枚、郑玲、鄢家发、李亚伟、何小竹、尹丽川等，我也没有将他们作为重庆诗人进行打量，而书中涉及的梁平、虹影等诗人，主要讨论的是他们在重庆时期的创作或者与重庆有关的作品。何其芳、叶延滨等是特例，他们在重庆时写过诗，也写过关于重庆的作品，但他们主要不在重庆生活和工作，而他们的影响已经远远超出了重庆这个地域概念，成为重庆新诗的历史性象征和不可磨灭的记忆。

3.重庆的新诗研究在海内外具有重要影响，成果丰硕，西南大学中国新诗研究所成立于1986年，是全国第一家专门从事新诗研究的独立研究机构。诗学研究是重庆作为诗歌重镇的标志之一，我曾经撰写过多篇研究吕进、石天河、陈本益、周晓风、毛翰、李怡、王毅等的诗学研究成果的文章，由于篇幅所限，也由于体例所限，书中只收录了关于前四位专家成果的讨论，而且都是十多年前的文字，很多信息和成果在后来都发生了很多变化，此处保留的正是这种历史价值。而毛翰、李怡、王毅等先后离开了重庆，此处就不再收录关于他们的文字。

4.经过粗略统计，三十年来，我撰写过的重庆诗人评论、访谈、序言等文字接近200篇，其中52万字的《重庆诗歌访谈》已经单独出版，诗集序言也大多数收录在诗人的诗集中，因此，除了为少数诗人撰写的序言外，本书不再收录访谈和序言。还有一些诗人我也谈论过，比如吴芳吉、张继楼、冯异、万龙生、黄兴邦、蒋人初、李尚朝等，我很想把关于他们的文字收录进来，但发现大多是随笔或者点评，篇幅很短，体例上不太合适，只好割爱。因为种种机缘，我曾先后为有些诗人撰写过多篇文章，在这里，考虑到篇幅和体例，评论每个诗人的文章原则上只收录一篇。

5.我最怕给人排座次。对于每个具体的诗人，只有出生时间是无法改变的，所以本书后面三部分的内容大致上是按照研究对象的出生年份排序的。如果有误，那主要是因为我对有些诗人的出生时间掌握不够准确。

因为有重庆诗歌和诗人，才可能有这本书。我要感谢重庆诗人们的辛苦付出和许多师友长期以来对我的关心、帮助和支持。我别无所长，就是喜欢读诗谈诗，这样的人生活在重庆是幸福的。吕进老师长期关注重庆诗歌和诗人，很多诗人都是在他的关心和扶持下成长起来的，我的每一点收获和进步也得到了他的帮助和指点，此次他又热情为本书撰写序言，实在是对我的莫大鼓励。

由于书中文章的写作时间跨度很长，更由于本人能力和学养的欠缺，书中的很多文章显得非常粗浅，有些观点也可能很陈旧甚至存在错漏，但本书也算是对我学诗历程的一个总结，所以除了修改个别文字错漏，基本上都是原样收录，恳请诗人和读者朋友们批评指正。

2017年2月10日，于重庆之北

重庆市出版专项资金资助项目

重庆新诗的多元景观

蒋登科 / 著

西南师范大学出版社
国家一级出版社 全国百佳图书出版单位

图书在版编目(CIP)数据

重庆新诗的多元景观 / 蒋登科著. — 重庆 : 西南师范大学出版社, 2017.8
ISBN 978-7-5621-8924-4

Ⅰ. ①重… Ⅱ. ①蒋… Ⅲ. ①诗歌评论－重庆－当代 Ⅳ. ①I207.22

中国版本图书馆CIP数据核字(2017)第194721号

重庆新诗的多元景观
CHONGQING XINSHI DE DUOYUAN JINGGUAN

蒋登科 著

责任编辑:易晓艳 张 昊
装帧设计:闰江文化
排 版:重庆大雅数码印刷有限公司·瞿勤
出版发行:西南师范大学出版社
地址:重庆市北碚区天生路2号
网址:http://www.xscbs.com
邮编:400715
印 刷:重庆紫石东南印务有限公司
开 本:787mm×1092mm 1/16
印 张:36.75
字 数:650千字
版 次:2017年12月 第1版
印 次:2017年12月 第1次印刷
书 号:ISBN 978-7-5621-8924-4

定 价:138.00元(全二册)

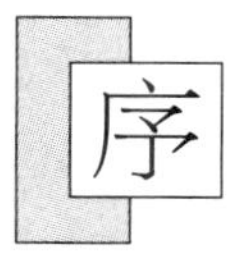

重庆新诗的一本影集

——序蒋登科《重庆新诗的多元景观》

吕　进

大概是2010年吧，有一天，中国作家协会副主席高洪波老兄给我发来一条手机短信。他说，鲁迅文学奖的评委必须在70岁以下，这是无法逾越的规矩，“所以，第五届鲁迅文学奖的评奖你就不参加了，让你的大弟子蒋登科进初审班子吧”。

认为登科是我一个人的弟子，其实是学术界和文艺界的普遍误判。登科的老师可多了，他的硕士生导师是方敬和邹绛，我只是负责具体指导的第三导师；博士生导师除了我，还有苏州大学的范培松；当年登科博士论文答辩时，答辩委员会主席是严家炎，委员除我和培松以外，还有陆耀东、黄修己、黄曼君等；他的博士后导师是黄希庭，在博士后流动站出站时的专家组长才是我。登科在美国做了一年富布莱特学者，导师是加州大学的叶维廉。显然，除我比较单薄以外，登科的指导者都是一时之选：人品高洁，才学俱佳。完全可以用北宋范仲淹《严先生祠堂记》的名言来赞美：“云山苍苍，江水泱泱，先生之风，山高水长。”人们说：名师出高徒，这“众星”捧出的月亮，它的银辉应该比较耀眼才是吧！

不过,充当过登科的本科老师、硕士生导师和博士生导师的,的确是我。我和他往来已经远远超过了30年,所以,我可能更熟悉他,更了解他,更懂他。读书时代的登科很勤奋,在我的印象里,他的双眼总是布满血丝。这睡眠不足的样子,活生生地印证了“宝剑锋从磨砺出,梅花香自苦寒来”的古训。

中国古代诗歌存在南北对峙的两立式“风骚”构架。说来奇怪,新时期以来的现代诗学也存在着南北构架。比如:南方说,新时期诗坛是由中老年的归来者诗群和资深诗群以及年轻的“新来者”诗群和朦胧诗群共同组成的,北方说,新时期诗坛是朦胧诗的时代;南方说,新诗的诗体建设是自由体新诗与格律体新诗的双轨发展,北方说,自由是对新诗诗体的命名;等等。黄亚洲曾经写诗说“中国诗歌的半个灵魂在重庆山城”,他其实说到了一个诗学的大题目。

重庆新诗在两立式构架里的位置非常重要,这里可是中国新诗的南方重镇。2004年,重庆出版社出版了我主编的《20世纪重庆新诗发展史》,这是我国第一部地方新诗发展史,受到关注和好评,中国文联的《中国艺术报》和中国作家协会的《文艺报》都曾辟出专版加以评论。

在重庆的诗评家里,登科不但对国内的重大话题发言,而且长期关注重庆诗坛。他和重庆诗人保持了广泛联系,并且用“南方话”对重庆诗坛进行求实、出新的研究与点评。在不断地探索、突破、创新中,坚持“南方话”是登科的诗学底线。他就读博士的第一年是在苏州大学度过的。范培松教授后来半开玩笑地给我说:诗坛流行“北方话”,一年里,一些年轻人尽量去影响他,想让他改说“北方话”,但是不成功,“他还是始终信奉你的理论”。

2013年,重庆大学出版社推出登科撰写的厚厚的一本《重庆诗歌访谈》。重庆诗歌遇到这样一位密切关注、细致追踪的年轻学者,说实话,是一种幸运。现在,登科又捧出了《重庆新诗的多元景观》,这是他多年来写的关于重庆新诗、诗人研究的专题文集,很像重庆新诗的一本影集。对于这本文集,我相信,读者,尤其是重庆读者,可能会感兴趣。

新诗是什么时候诞生的?对于这一问题现在是众说纷纭。其实,这个时间是不言而喻的。1917年2月出版的《新青年》2卷6期发表了胡适的《白话诗八首》,那是用白话写的古体诗。白话诗古已有之,和新诗是两个概念。1918年1月出版的《新青年》4卷1期刊登的胡适、沈尹默、刘半农的九首诗,就是第一批完全意义上的新诗了。这种评价,朱自清早在《中国新文学大系》的导言里说过,我在《现代诗学》第一章里也说过,胡适自己同样说过。所以,到2018年1月,新诗的历史就满百年了。对于诗歌史,百年只是一瞬间。我感觉,古诗是长出来的,新诗是嚷出来的,现在的一些诗是仿出来的,一些理论是想出来的。所以下一个百年赋予我们的使命很多,中心是:让新诗和现代诗学尽快成熟起来。

好的诗歌和诗学一定是在宁静中产生的。诗歌拒绝功利,它的主要品质是形而上。诗让人能够抵御外界的浮躁,给心灵以滋润与安宁。当下名目繁多的诗会、花样百出的诗选、圈子气味浓厚的诗歌评论和诗歌史撰写、此起彼伏的诗歌评奖,虽然也许可以为至今游离于家庭教育、学校教育之外的新诗刷刷存在感,但是对于新诗的健康发展,对于新诗新人的培育,更多的是负面效应。

所以,在这焦躁地寻求功利的风尚里,在人生最能做事的阶段,我希望登科又要接地气,又要拥有静气:跳出三界外,不在五行中,尽量做一个干净、沉静的学者。有一天,登科能够“如见万相非相”,那就跳了一个层级,成了“乃见如来”的大家了。

是为序。

(吕进,著名诗歌评论家,重庆市文联荣誉主席,西南大学二级教授,国家级有突出贡献的专家)

多代同堂的景观

谱写生命的乐章

怀揣阳光的梦想

手执戒尺鉴诗心

重庆新诗的多元景观

多代同堂的景观

DUODAI TONGTANG DE JINGGUAN

重庆当代诗歌发展概貌[①]

重庆是中国最年轻的直辖市，但其文化传统和诗歌传统却相当深厚。作为抗战时期的陪都，作为中国新诗的西南重镇，作为长江上游的一颗明珠，重庆当代诗歌无论是在创作上还是理论研究与主张上都取得了骄人的成绩。由于重庆特殊的地理位置和历史地位，重庆新诗在顺应中国新诗发展潮流的同时又画出了自己独特的演进轨迹。随着重庆经济建设的发展和各项事业的进步，重庆诗歌也逐渐以其成熟且个性鲜明的姿态耀眼于中国当代新诗发展的历史大流中。

就新诗而言，重庆是著名的格律诗人吴芳吉、现代派诗人何其芳以及20世纪40年代扬名中国诗坛的方敬等的出生地。重庆的山山水水以及具有地域性的巴文化对这些现当代著名的诗人们当初走上诗歌创作之路无疑是至关重要的，而他们的诗歌作品和诗歌主张也同样会对当代重庆诗歌的发展产生潜移默化的作用。抗战时期，作为国民政府的陪都，有不少著名诗人曾来到重庆并在此写下了许多优秀的诗篇，比如宗白华、陈衡哲、郭沫若、冰心、沈尹默、臧克家、卞之琳、艾青、梁宗岱、孙大雨、冯乃超、绿原、胡风、邹帆、田汉、余光中、邓钧吾、戈壁舟、雁翼等。这些诗人聚集在重庆这个大后方的陪都，他们不倦的诗歌艺术追求让重庆迎来了新诗创作的第一次高潮。抗战结束后，重庆陪都的地位不复存在，许多诗人离开了重庆。尽管这

①本文系与本人的硕士研究生熊辉合写。熊辉现为中国作家协会会员，文学博士，教授，博士生导师，西南大学中国新诗研究所所长。

些诗人对重庆诗歌而言只是匆匆的过客，但他们对重庆诗歌创作的带动作用以及他们在重庆时期创作的诗歌对后来重庆诗歌发展的影响都是不容忽视的。重庆新诗史因有了这短暂的一瞬而更加厚实，重庆当代诗歌创作环境和氛围也因有了这短暂而热闹的诗坛聚会而更加浓重。

1949年11月30日，刘伯承、邓小平率军解放了重庆，重庆新诗也因这一重大历史事件而踏上了新的发展路途。中华人民共和国成立以后，毛泽东《在延安文艺座谈会上的讲话》成了相当长时期内我国文艺创作的指导精神，新诗被政治强力地要求要"为工农兵服务"，重庆诗歌这一时期的创作也没逃脱这样的政治气候。因此，总体上讲，重庆"十七年"(1949年新中国成立至1966年"文革"开始)新诗主要以颂歌和赞歌为主。抗战胜利后，许多活跃于陪都诗坛的著名诗人陆续离开重庆，重庆新诗史上第一个诗歌创作高潮消退了。在政治权力话语环境中，大凡重要的政治事件、政治运动以及重要的时事均会在诗歌中得到反映。中华人民共和国的成立使很多诗人获得了创作的热情，1949年12月，配合重庆的解放，《新民报》和《大公报》的文艺副刊相继刊载了许多歌颂解放的诗篇。创造社老诗人邓钧吾在《大公报》上发表了《期待》，表达出渴望解放的心情和建设新中国的美好憧憬；方敬为"11·27"惨案写下了《崇敬与哀悼——献给11·27死难烈士的诔词》，歌颂了烈士们为革命献身的精神；1950年，穆仁在《人民文学》上发表的《我愿做一颗小小的螺丝钉》是一篇歌颂新社会和新生活的作品。当然，在贯彻"文艺为政治服务"的方针中，当数陆棨的组诗《重返杨柳村》影响广泛，该组诗从1963年3月起，先后在《诗刊》《萌芽》《四川文学》上发表，好评如潮。同一时期，重庆诗人还表现出建设新生活的高昂热情，他们喜悦地歌唱建设成就，歌颂建设精神，赞扬艰苦劳动的建设者。比如邹雨林写了《朝天门》《两杨公路》；陆棨用"朝雾""汽笛""风雨""广场"和"川江号子"等山城常见的意象去深情地歌唱美丽的家乡；高缨的《歌唱山城》一方面讴歌了重庆的今天，另一方面展望了山城美好的明天；更有诗人深入工厂去感受热火朝天的建设气氛，比如杨山去了610纺织厂，穆仁去了重庆钢铁厂，两人后来共同结集出版了《工厂的歌》来反映当时建设的场面。

时代必然影响甚至规定着诗歌的发展，即便如此，重庆"十七年"新诗除了当时流行全国的颂歌外，许多诗人坚持行走在诗性的创作道路上，尽管他们的诗因远离主流意识而居于诗坛边缘，但真挚的感情和对本真生活的感悟却赋予了他们的作品较强的艺术生命力。梁上泉的诗较多地关注高原、边防部队、西南少数民族生活风情、革命老区等，20世纪50年代至60年代前期，他出版了《喧腾的高原》《开花的国土》《云南的云》《大巴山月》等10余部诗集。高缨写了500多行的长诗《丁佑君之歌》，出版了诗集《狮子滩人》，从而成为当时全国知名的青年诗人。1957年，高缨去大凉山真切地感受了彝族地区的民主改革，写了《大凉山之歌》，在《诗刊》和《人民文学》上发表。值得一提的是，1951年10月创刊的《西南文艺》（1956年7月更名为《红岩》）是西南文协和中国作协重庆分会的机关刊物，也是西南地区的中心文学刊物，它为重庆乃至全西南地区诗歌的发展提供了沃土。除以上提到的诗人外，这一时期在重庆解放后来渝的诗人还有邵子南、海棱、柯岗、葛洛、胡征、顾工、高平、吕亮等；重庆解放后成长起来的青年诗人有雁翼、孙静轩、张继楼、杨大矛、余薇野等；20世纪40年代跻身中国诗坛的方敬、邓钧吾、邹绛、杨禾、杨山、穆仁、林彦、杜谷等诗人继续活跃于诗坛；此外，重庆还出现了一批业余诗人，如徐国志、柯愈勋、蓝艰、唐程、江日、杨承朴、冉庄、蒲华清等。所有这些诗人和作品共同构筑起了重庆“十七年”新诗发展的丰碑。

随着文艺方针的极端化和政治上“反右斗争”的进一步扩大化，诗坛开始黯淡，部分诗人由于时局所迫而逐渐淡出了诗坛。到了1965年前后，“文化大革命”的山雨还没降临，但其风已吹至诗坛，诗歌创作的繁盛之景开始凋敝。“文革”十年，重庆诗坛与全国一样进入了一个诗歌的“真空”时代。

1976年“文革”的结束以及1978年十一届三中全会的召开为人们思想观念的改变和全国政治气候的改善拉开了序幕。政治上的“解冻”使一大批老诗人重新回到了诗坛，这些归来者通过提高自身的文化素质而继续为重庆诗坛做着贡献。余薇野在1957年被划为“右派”后在农场“改造”了近20年，他在新时期里以写讽刺诗而在全国诗坛上引人注目，其作品形象生动、语言凝练尖刻，其在1983年出版的诗集《辣椒集》被视为讽刺诗集中的佳品。受尽“右派”折磨归来的穆仁仍然诗心不改，1987年出版了诗集《绿色小唱》，收入了他从1948年至1985年的135首作品。同时，石天河、冯异、王文琛、张天授、马立鞭等都唱出了“归来的歌”。方敬、梁上泉、陆棨、邹绛、张继楼、凌文远、杨山、野谷、王群生、林彦、吕亮等老诗人也在新时期里进入了创作的又一个秋天。方敬一直勤奋地耕耘在诗歌领域里,他1981年出版了新著《拾穗集》,1989年又出版了诗集《花的种子》。

在宽松的话语环境中,重庆诗歌又一次迎来了创作的高峰,除老诗人和“归来者”外,一大批年轻诗人在重庆诗坛迅速崛起并成为全国诗坛上引人瞩目的明星,他们以鲜明的艺术性和丰硕的创作实绩从整体上为扩大重庆诗歌在全国的影响起到了巨大的推动作用。在全国沸腾的诗歌创作大环境中,重庆青年诗人群的成长是一种定势。如果要把这批青年诗人置入全国诗人群中加以评论的话,很难说清他们的创作属于“朦胧诗”还是“先锋诗”,属于“归来的歌”还是旧有的吟唱。用著名诗歌理论家吕进的话来说,他们的艺术主张及其创作风格应另名为“上园诗派”(吕进:《上园谈诗》)。其基本的艺术主张是:在传统与先锋之间,选择一条既继承我国优秀的诗歌传统又借鉴外国合理的诗歌艺术之路,从而复兴民族诗歌。这种充满生机与活力的主张拒绝了诗歌发展的偏极化,为重庆也为全国诗歌的发展提供了一条可借鉴的道路。傅天琳和李钢是这类诗人的代表,他们的作品也体现出重庆“十七年”新诗发展的延续。1981年,四川人民出版社出版了傅天琳的诗集《绿色的音符》,该集子以流畅、自然的语言朴素而清新地表现了人内心世界的丰富性,诗人因此而获得了1979—1982年全国优秀新诗(诗集)二等奖。1983年,傅天琳出版了《在孩子与世界之间》,1985年又出版了《音乐岛》,诗人在艺术上逐渐走向成熟,在情思上也由对本色人生的细腻观察提升为对人生真谛和终极关怀的思考。李钢发表组诗《蓝水兵》后在诗坛上引起轰动,而后的《东方之月》也显示了诗人非凡的实力。李钢1984年出版的诗集《白玫瑰》曾获1983—1984年全国优秀新诗(诗集)奖。后来,王川平和这两位诗人在20世纪90年代合作出版了“三套车”诗丛,在全国诗坛产生了很大的影响。何培贵、徐国志、杨永年、王长富和成再耕合编的诗集《五色土》也给重庆新时期诗坛增添了色彩。这一时期,重庆还有很多诗人活跃于全国诗坛并享有盛名,如柏铭久、春秋、范明、菲可、何小竹、郭久麟、回光时、黄中模、黄兴邦、梁平、毛翰、李北兰、胡万俊、邱正伦、邵薇、向求纬、义海、杨矿、赵发魁等,他们共同缔造了重庆当代新诗史的辉煌。

20世纪80年代中期的社会转型进一步改变了人们的思想观念,诗人的审美视角和观照生活的方式也相应发生了变化,诗歌创作出现了多元化的趋势。如果说20世纪80年代的重庆诗坛还主要以所谓的“上园诗派”为主的话，那么进入90年代，重庆便出现了更多更有特色的诗人，重庆诗坛由此也变得多姿多彩。20世纪90年代对重庆来说是一个不平凡的时期，三峡大坝的动工和由此带来的三峡移民现象、1997年重庆成为直辖市等特殊事件对重庆诗歌创作题材的丰富和改变具有相当深远的影响。老一辈诗人继续活跃于诗坛，他们通过创作彰显着自己的诗歌主张，对于纠正当时一些偏激的诗歌路向起到了积极作用。青年诗人群永远是诗坛最新鲜最亮丽的风景，这一时期，李元胜、欧阳斌、吴向阳、何房子、赵兴中、李海州、刘清泉、雨馨、沈利、冉冉、冬婴、宋冬游、周建军等年轻诗人显示了创作的激情。其中，李元胜等诗人设立了“界限诗歌”(Limited Poem)网站，该网站不仅集结了一大批颇具实力的诗人，而且还为这些诗人提供了展示作品的场所，有利于形成风格独特的诗人群体，有人因此称这群诗人为“界限诗人群”。作为年轻诗人的代表，李元胜以精致抒情的语言、深邃沉重的视角、内敛凝重的感悟给人留下了极为深刻的印象。李元胜是一个勤奋多产的诗人，其作品大量发表在全国各大报刊上，他于1994年出版了《李元胜诗选》，而后在新世纪又出版了《重庆生活》(2002年)。总体来说，这批年轻诗人以他们自己独特的艺术个性和生活感受书写着不同风格的作品，显示出了20世纪90年代以降重庆诗坛的丰富性和重庆诗歌发展的突出成绩。

重庆是一个少数民族众多的直辖市，不少成长于长江及其支流乌江两岸的土家族或苗族诗人成为重庆诗歌园地里不可忽略的一支力量。20世纪50年代开始写作的土家族诗人冉庄是一个山水诗人，他先后出版过《山河恋》《泼水梦》等诗集。苗族作家第代着冬虽以小说散文著称，但他却是因诗作被收入我国《第三代诗人探索诗选》而名噪一时的。何小竹(苗族)出版了诗集《梦见苹果和鱼的安》。年轻的土家族女诗人冉冉也在1996年因推出诗集《暗处的梨花》而跻身诗坛。冉仲景也是一位值得一提的少数民族诗人，他的组诗《长江：八行颂辞》(《诗刊》，1993年第1期)表达出了对母亲河长江的赤子情怀。

重庆的儿童诗也一直呈现出繁荣之景，老诗人张继楼是全国知名的儿童诗人，中华人民共和国成立后的17年间，他出版了《母鸡和耗子》《彩色的童年》等7部童话诗集、儿歌集或儿童诗集。在新时期里，他出版了《万里长江唱颂歌》《猪八戒回家》《会唱歌的洒水车》等13部诗集或诗配画集。钟代华在1993年出版了儿童诗集《微笑》，诗人通过孩子的眼光打量着我们这个复杂丰富的现实世界。冬婴是一位有特色且勤勉的儿童诗人，他的诗作经常刊载于上海和南京的《少年文艺》、北京的《儿童文学》和《东方少年》等刊物上，并在1993年和1996年连续获得上海《少年文艺》年度好作品奖。另外，蒲华清、杜虹、王文顺、刘泽安、戚万凯等都是成绩较为突出的儿童诗人。

要谈重庆当代诗歌发展的状况，不涉及重庆当代诗歌研究的话不能不说是一种缺憾。老诗人方敬、梁上泉等对诗歌的研究曾做出过贡献。1986年，中国新诗研究所在西南师范大学（2005年与西南农业大学合并组建为西南大学）成立，它是新文学诞生以来的第一家研究新诗的专门的实体机构，在国内以及海外引起不小的轰动，诗学季刊《中外诗歌研究》也从1986年12月创刊开始坚持至今。在诗歌理论建设上，吕进1982年出版了《新诗的创作与鉴赏》，先后三次印刷，印数达4万册之多，是当时国内影响较大的诗学专著，随后吕先生又出版了《给新诗爱好者》《一得诗话》《新诗文体学》《中国现代诗学》等多部专著，并于1993年获韩国世界诗歌研究会颁发的第七届世界诗歌黄金王冠。在以往研究所取得成绩的基础上，蒋登科近年来推出了很有分量的诗歌理论专著《散文诗文体论》和《九叶诗派的合璧艺术》，有较高的学术价值。陈本益的《汉语诗歌的节奏》、李怡的《中国现代新诗与古典诗歌传统》以及王毅的《中国现代诗歌史论》等重庆其他的理论专著对中国诗歌理论和研究都有所贡献。重庆师范学院（现重庆师范大学）的周晓风、渝西学院（现重庆文理学院）的石天河等是重庆诗歌研究群体中较有影响的学者。王泉根、彭斯远等则是儿童诗研究的专家。

重庆诗歌历史悠久，诗歌氛围浓厚，在现有成绩的基础上，我们相信重庆会在今后的岁月中书写出更壮美的诗篇。

2003年5月20日，在重庆之北

80年代:值得不断重读的重庆诗坛

在诗歌界,很多诗人和学者都认为重庆是中国新诗的重镇之一。一个地区要成为“诗歌重镇”,一般应该具有这样几个因素:诗人多,诗歌作品多,诗歌活动多,诗歌研究力量比较雄厚。进一步说,在全国诗歌的发展版图中,“诗歌重镇”应该拥有较多的有影响的诗人与诗歌作品。从这个意义上说,为重庆诗歌奠定重镇地位的除了悠久的古代诗歌传统(如三峡诗歌传统)外,在20世纪尤其值得考察的是抗战时期和20世纪80年代的诗歌发展。抗战时期的重庆诗歌主要是因为政治原因而获得了繁荣和发展,而80年代的重庆诗歌则是在队伍建设和艺术探索上取得了令人瞩目的成就。它们都是重庆诗歌史上值得不断重读的辉煌篇章。

20世纪80年代的诗歌发展有着特殊的时代原因。因为“文革”的影响,中国新诗出现了差不多十年的空白期。随着“文革”的结束和思想解放运动的开展,人们呼唤诗歌艺术的回归,也渴望通过诗歌这种心灵化的艺术方式书写长期积压在内心的不满和梦想。这些呼唤和渴望交汇在一起,唤醒了几代诗人沉睡或者被压抑的心灵,于是形成了新时期诗歌的热潮。新时期的诗歌几乎成为全民关注的艺术样式,这在历史上都是少有的现象,它说明中国社会、文化在之前的积弊甚深,说明我们的民族和人心都需要净化、安抚和提升,也在一定程度上印证了“国家不幸诗家幸”的古训。新时期以来的重庆诗歌也是在那样的时代背景上发展起来的,并形成了自身特色和广泛影响。

在谈论80年代重庆诗歌发展的时候，中国新诗研究所的诞生是一个不可回避的节点。1986年6月18日，中国的第一家“中国新诗研究所”作为西南师范大学（现西南大学）的独立二级单位诞生在重庆。这是中国新诗史上的一件大事，更是重庆诗坛的一件大事。这说明，中国新诗理论研究已经走上了专业化、系统化的道路；也说明，重庆已成为中国新诗的中心地带，无论是在诗歌创作，还是在诗学理论的研究上，它都有着雄厚的实力，取得了令人瞩目的成就。中国新诗研究所的成立，直接依托的是重庆诗坛的强大实力和影响，也为重庆诗歌、诗学的进一步发展提供了新的平台。

重庆有着光荣的新诗传统。抗战时期，作为陪都的重庆汇聚了一大批文艺界的名流，他们在这里用自己的心、以自己的笔为祖国而歌，为民族而歌，用优秀的文艺作品鼓舞人民的斗志，形成了抗战的重要战线，为弘扬中华民族的优秀文化、发展自强的民族精神做出了重要贡献。这一优秀的传统一直铭刻在重庆诗人的心中，并以此为纽带形成了80年代重庆诗坛“三代同堂”的独特景观。

老一代诗人为重庆新诗的发展立下了汗马功劳。这些诗人包括方敬、邹绛、凌文远、穆仁、杨山、余薇野、张继楼、沙鸥、野谷、王群生、林彦、张天授、冯异、吕亮，等等，几十年来，他们把心血交给了诗，默默地耕耘在诗的大地，创作了许多优秀作品。在80年代，许多老诗人仍然青春不老，活跃在诗坛上。

作为“归来者”诗人的代表之一，方敬是重庆诗坛上“诗龄”最长的老诗人，早在20世纪30年代就开始诗歌创作，1949年前就出版了《雨景》《声音》《行吟的歌》《受难者的短曲》等诗集，20世纪50年代起又写了许多抒情短章，而80年代成为他诗歌生涯的第二个丰产期，出版了诗集《拾穗集》《飞鸟的影子》《花的种子》等，其中的《高楼赋》《祝愿赋》《生命赋》《季节赋》等成为他的代表作。他的诗“给人以耕耘的喜悦，生活的芳香”，精巧、婉曲、朴素。与此同时，方敬还长期担任重庆市文联、重庆市作协主席，组织和领导重庆的文学创作活动，为重庆新诗的发展做出了重要贡献。作为《红岩》副主编和《银河系》主编之一的杨山，不仅在创作上体现了自己的个性，写出了如《雨天的信》一类的情真意切的诗作，而且发现和培养了一批中青年诗人，为重庆新诗的发展准备了坚实的后备力量。余薇野的讽刺诗独树一帜，敢于直面时代的弊病，尖锐而又富有诗意，诙谐而又饱含深意，诚如吕进所说：“他善采口语入诗，使得他的作品明快活泼，并有一股勇猛的气势。”张继楼的儿童诗在全国都具有影响，是推动重庆儿童诗发展的“元老”。

许多老诗人都坚持新诗的艺术传统，重视对生活进行全面、深刻的认识和把握，他们的作品在求实中有创新，虽然与艾青等大诗人在气魄上、艺术表现上存在一定的差距，但在坚持诗的艺术方向、审美特性等方面，仍然取得了可观的成绩。一个主要的特点就是，他们的创作坚持诗的艺术规律，说真语，抒真情，把个人融入时代、民族之中，以真诚的心赢取读者的信赖与厚爱。凌文远的“海韵乡愁”、吕亮的“冷眼热思”等等，莫不如此，诚如穆仁所说，“不管是个人的思绪，朋友和同志的遭际，以及时代的风云，凡能使我激动的，我就把它写入诗里，否则，我就不写诗”。这是诗人自己的经验之谈，也是一代老诗人的共同心声。诗，只能出乎心，出乎情。重庆诗坛因此而繁荣，同时，它也成了许多重庆诗人尊崇的信条。

中年诗人是20世纪80年代重庆诗坛上最有实力的一代。中年是人生的重要时期，因而其诗也有其独具的特色。与老年诗人相比，中年诗人没有过多的历史负重，因而也就没有常定的思维模式，他们能够有更多的精力和心力去审视现实、思考人生，具有较强的开放意识；与青年诗人相比，中年诗人有热情，也有激情，但他们不浮躁，稳实是他们在艺术和人生上的主要特征。我曾这样说过：“中年诗人曾有过风华正茂的青春时光，也有过对人生的理智思考，对人生之旅有深刻而独到的见解，反映在作品中，就是他们的人生观念的成熟。”因此，中年诗人大多以冷静、深沉的目光审视现实和人生，他们的作品以“智”取胜者不少，在艺术上，他们的探索比老年诗人走得深、走得远，但又能避免青年诗人们容易遇上的曲折和弯路。

在20世纪80年代的重庆中年诗人中，梁上泉的作品最多，既有优秀的长诗，也有精美的短章。从50年代开始，他的诗就饮誉中国诗坛，受到读者的好评。梁上泉的诗切近时代脉搏，真实地展现了时代、民族的情感和心态，这主要是他对生活的深入体验所致。甚至在创作任务十分繁重的时候，梁上泉仍然没有忘记在生活之中去寻找灵感，仍然没有忘记用生活之美浸润自己的诗篇，从而也浸润读者的心灵。他每年都要外出采风，到过新疆，也回过他故乡的大巴山，现实生活的感染使他创作了一批想象新奇、朴实深刻的佳作。

傅天琳和李钢虽然起步较晚（准确地说，应该是出道较晚），甚至人们在80年代还常称他们为“青年诗人”，但他们有丰富而独特的人生体验和艺术积累,因而他们的起点较高。他们的主要特点是通过独特的艺术方式,抒写自己所熟悉的生活和切身体验,思索人生与现实中的诸多问题,充满向上的人生情怀。1981年,四川人民出版社出版了傅天琳的诗集《绿色的音符》,该集子以流畅、自然的语言朴素而清新地表现了诗人内心世界的丰富,这本诗集获得了1979—1982年全国优秀新诗(诗集)二等奖。1983年,傅天琳出版了《在孩子与世界之间》,1985年又出版了《音乐岛》,诗人在艺术上逐渐走向成熟,在情思上也由对本色人生的细腻观察提升为对人生真谛和终极关怀的思考。李钢1979年发表的组诗《蓝水兵》在诗坛上引起轰动,而后的《东方之月》更显示了诗人非凡的实力,他于1984年出版的诗集《白玫瑰》曾获1983—1984年全国优秀新诗(诗集)奖。20世纪80年代的中国新诗(诗集)奖实际上是鲁迅文学奖诗歌奖的前身,在当时的诗坛上具有很大的影响。他们的先后获奖,以事实昭示了重庆诗歌创作的成就与影响。同时,何培贵、徐国志、杨永年、王长富和成再耕合著的诗集《五色土》也给重庆新时期诗坛增添了色彩。

在当时重庆的中年诗人中,值得注意的名字还很多,诸如陆棨、王川平、华万里、何培贵、柏铭久、范明、徐国志、王长富、万龙生、尹安贵、春秋、柯愈勋、回光时、黄兴邦、梁平、向求纬、万启福、李北兰,等等。一方面,他们对诗有执着的追求;另一方面,这些诗人都有较丰富的艺术创作经验,有自己对诗的独特而成熟的认识。何培贵就认为,他最大的喜悦是“感觉到在中西之间,在古典写实、浪漫抒情和现代抽象、象征之间,找到了适合于自己的创作路子”。每一个中年诗人都有自己的“路子”,无论是何培贵的朴实的篇章,还是华万里的清新而又睿智的篇章,无论是范明的对现实人生的沉重的认识与反思,还是尹安贵的富有哲理的抒情,无论是王川平对历史的深度思考,还是万龙生对现代格律诗的深度思索与实验,都体现了这一批诗人具有较高的文体自觉性,他们的创作活动都在诗的文体规律的约束中进行,他们的探索没有越出诗的艺术轨迹。

青年诗人是重庆诗坛上最有生气的一群。他们试图与整个中国诗坛的青年诗人群保持一致,敢于打破陈规,不断拓新诗歌艺术观念。新时期以来,主要的诗潮流变都是由青年诗人引发并付诸创作实践的,致使中国诗坛在十年时间走完了西方从文艺复兴到现在的几百年的艺术变革历程,这说明中国的诗歌艺术有着巨大的发展潜力。

在重庆，青年诗人没有像其他地方的诗人那样宣言四起，但他们的作品给诗坛增添了光彩。作为“大学生诗人”的胡万俊、李元胜等曾在全国青年诗人中产生了一定影响，后者还以其创作实力在后来逐渐成为重庆诗歌的核心人物之一。他们以新的目光审视现实，用新的手段展示人生。来自基层的杨矿、张于等，带着泥土的芬芳步入诗坛，成为诗歌界的新生力量。胡万俊的《校园黎明》《黎明，我走向车站》《雕塑》等作品受到读者的广泛关注；贺庆的《平原之歌》受到朱先树等诗评家的称赞；邱正伦的《水之舞》在诗艺探索上迈开了新奇的步子，他还曾提倡“新古典主义”，受到香港诗人蓝海文等的关注；邵薇的《支点》《感谢生命》等诗以女性特有的敏感，揭示了生命的价值和意义。虹影、菲可、冉冉、孙江月、义海、陈利民、熊雄等的作品也各有特色，是一代青年心灵的艺术化。

对诗歌艺术的忠诚与挚爱是重庆诗坛上的三代诗人的共同特征。

在中国诗坛上宣言纷呈、流派四起的岁月里，重庆诗坛的三代诗人虽然在艺术追求上的取向不完全一致，但是他们能共融于艺术的大家园，没有指责、谩骂，而是相互促进，形成了良好的创作风气。

从20世纪80年代后期开始，严肃文学(特别是诗)受到了“黄金潮”的严重冲击，当诗集的出版、刊物的生存面临“四面楚歌”的困境时，有的人面对崇高的诗退却了。然而，三代同堂的重庆诗坛却异常活跃。诗人们以各种方式，通过举办讲座、召开诗歌朗诵会、自印诗集、创办诗社等活动，交流诗艺，为新诗的繁荣和发展铺路搭桥。新时期以来，重庆出版社出版的《银河诗丛》、西南师范大学出版社出版的《西窗诗丛》、劳动人民文化宫编印的《嘉陵诗丛》、重庆诗歌研究会编印的《银杏诗丛》等，把三代诗人联系在一起，为重庆新诗的发展起了积极的推动和促进作用。《中外诗歌研究》《银河系》等诗歌诗学期刊在新诗热潮降温的时候仍然坚守诗歌艺术的本分，也充分体现了重庆诗人所具有炽热的爱诗之心。

当然，在回顾重庆诗坛的前进历程的时候，我们还必须注意一种说法：在20纪纪80年代，作为四川诗歌的一部分，重庆诗坛的三代诗人在艺术观念上保持了基本一致的取向，这与四川诗坛和整个中国诗坛的多元格局形成了一种反差。有人说，四川是新潮诗的中心，这主要是指西昌、涪陵等地。回顾80年代的重庆诗歌，重庆诗坛似乎没有为当时的诗坛奉献大量的

“流派”“思潮”，但是，重庆诗坛没有急躁倾向，它一向以求实、创新为特色，稳实地探索诗歌艺术的独特规律。因此，这种“反差”正好说明了重庆诗人们具有较深厚的艺术功底，对诗歌艺术有比较深入的认识和把握，他们只遵循诗歌的艺术规律，不为外在的狂热躁动而动。“反差”并不一定是坏事，有时正是特色和个性的体现。

重庆诗人的求实、创新意识，与重视人生、现实的创作流向，是同吕进等主张的“上园派”有密切关系的。对于这个问题，我们可以从两个方面加以体认：其一，“上园派”的主张是求实的、开放的，来源于诗歌创作的实际，因而对新诗的创作有较普遍的指导作用；其二，重庆诗坛展示的创作实绩说明，重庆诗坛在创作实践和理论研究上能互相促进，没有诗坛上常见的那种只有宣言而无作品的流弊。

有两个例子十分明显，一是来自江苏的义海，一是来自江西、毕业于兰州大学的菲可。他们没有受到重庆新诗的独特传统和创作空气的影响，因而在艺术观念上与长期生活在重庆的诗人们有较大的差别。无论是义海的《影子》《雪意》，还是菲可的《献给我的大学》《西部，西部》等诗都给人一种新奇的感觉。因此，重庆诗人在坚持和发扬自身特色的前提下，把一切求实的探索都纳入自己的审视范围，不断汲取新的艺术营养，这也是发展重庆新诗的一条重要路径。

从20世纪90年代开始，随着社会文化和诗歌艺术的多元发展，随着市场经济的到来，随着网络技术的普及和日常化，重庆诗坛发生了明显的变化，诗人的探索意识和个人化特色更加明显。但是，认真总结过去的艺术经验，必定有助于重庆新诗的稳健发展。在20世纪80年代末、90年代初的转型时期，面对社会发展和艺术探索，面对时代、民族，一些老年诗人曾经停下了笔，如傅天琳、李钢等中年诗人也曾经停下了笔，他们在沉思，在探寻，在寻找艺术的新路；同时，一些青年诗人也加入了诗歌艺术探索的队伍。当这些诗人重操诗笔的时候，他们进一步成熟了，新的一代也逐渐成熟，重庆诗坛又体现出新的风景。2010年，傅天琳以其新著《柠檬叶子》获得第五届鲁迅文学奖诗歌奖，这或许昭示着重庆诗歌新的辉煌时代的到来。

2013年2月25日，重庆之北

“重庆诗歌讨论会”及其影响

在关于“朦胧诗”和“三个崛起”的讨论中，1983年10月举行的重庆诗歌讨论会是一个不得不说的事件。很多当时的诗人、评论家和后来的一些研究者都谈到过那次会议，虽然各种说法在具体细节方面存在不小的差异，但基本上都对它持批评甚至否定态度。那次会议虽然不是以《诗刊》的名义召开的，但从目前掌握的资料看，它和《诗刊》有着很密切的关联。2008年，在1983年时担任《诗刊》副主编的诗人邵燕祥在接受记者采访时谈到了1983年秋到1984年春关于“三个崛起”的批判：“他们三家被统称为‘三个崛起’遭到批判，成为干扰‘方向路线’‘大是大非’的‘异端邪说’的代表了。”[①]他所说的就是“重庆诗歌讨论会”的主要内容，从口气判断，邵燕祥是不赞同会议内容的。也有人把那次会议称为“重庆诗歌座谈会”，习称“重庆诗会”或者“重庆会议”。在当时的诗学论争中，“重庆诗会”不但把诗学讨论由争鸣推向了批判，也推向了艺术、学术之外，而且可以说是这场诗学讨论的“终结”。

按理说，在学术范围之内，对于“朦胧诗”的探索和“三个崛起”的观点无论是赞同还是不赞同，都是很正常的学术见解，每个人都可以根据自己的知识储备、学术观点和人生阅历发表不同的意见。事实上，在“重庆诗歌讨论会”之前的几次关于“朦胧诗”的讨论和关于“崛起”思潮的讨论会的大量文

①邵燕祥：《答〈南方都市报〉记者田志凌问》，见《南磨房行走》，北方文艺出版社2011年1月出版，第216页。

章中，基本上都有肯定和反对的两种声音。但是，如果把学术讨论人为地引向非学术领域，那就是另外一个层面的问题了。在20世纪70年代末80年代初的诗学论争中，由于种种原因，一些人似乎更关注诗歌、诗学中的非诗学、非学术元素，甚至有意将讨论引向非学术的向度。后来的一些研究者也非常关注其中的非学术因素。重庆诗歌讨论会是当时最具代表性的案例之一。因此，我们就有必要对当时的一些情况进行一些梳理。

就在诗歌界、诗学界对《崛起的诗群》展开激烈论争的同时，1983年10月4日至9日，一批诗人、学者在重庆举行了重庆诗歌讨论会。和其他一些会议不同，就目前掌握的文献资料看，这次会议没有公开的主办单位①。但是，根据当时参加会议的人员回忆，会议主要是由重庆的个别诗人提出来、重庆市委同意召开的。1982年，中国作家协会在大连举行了读书班，四川诗人周纲、胡笳、重庆诗人（当时重庆也属四川）王群生②找到《诗刊》的一位副主编，反映对“崛起论”的意见，建议《诗刊》搞个座谈会。王群生回重庆后就向市委汇报了这个情况，建议这个座谈会在重庆召开，重庆市委同意，于是向《诗刊》发出了邀请③。参加会议的人员均来自北京、成都、重庆（也就是当时的北京和四川），会议名单是由《诗刊》提出的。换句话说，重庆诗歌讨论会实际上是北京的有关部门或者有关人员在重庆召开的会议。署名“吕进”的会议综述称那次会议为“开创一代新诗风”的会议。《诗刊》在1983年第12期发表了会议综述，而且加了如下的“编者按”：

本期发表了重庆诗歌讨论会的综述。我们认为，这次讨论会是值得诗歌界重视的一次富于战斗性的讨论会。与会同志在充分肯定十一届三中全

---

①会议综述中谈到了中国作家协会：“同志们还提出，过去几年中，作为诗人、作家组织的作家协会领导，在诗歌运动中出现的这股文艺潮流面前显得有些软弱无力。现在作协领导已经开始予以重视，希望能进一步加强领导，在继续清除‘左’的思想的同时，当前要着重抓好对资产阶级自由化的批评。”事实上，参加会议的朱子奇、柯岩当时都是中国作家协会书记处书记，前者还是常务书记。

②王群生（1935—2006），重庆人，生于日本东京，1937年随父母回国，曾参加抗美援朝战争。1979年退伍到重庆市文联任专业作家，曾担任重庆市作家协会副主席、重庆市文史馆副馆长等。有多部诗集、小说集问世。从王群生的身份看，他向重庆市委提出建议是可能的。但他是否向市委汇报、市委是否同意了，目前没有资料确证。所有会议资料都没有提及市委领导出席会议或者向会议表示祝贺之类的信息。

③2011年4月2日，吕进在接受采访时提供的信息。

会以来诗歌战线所取得的成绩的同时指出近几年相继出现的三个“崛起”的诗论就其实质来说，是资产阶级文艺思潮向社会主义文艺方向的一次挑战。回顾过去，由于我们对这种理论给诗歌界造成的思想混乱和精神污染的严重性认识不足，虽然组织过批评，但论战的力量和深度是不够的。在今后的工作实践中，我们将通过党的十二届二中全会文件学习，继续深入地总结经验教训，更高地举起社会主义文艺旗帜，为防止和清除诗歌领域里的污染，为开创新时期社会主义诗歌建设新局面，做出我们应有的贡献。

这个“编者按”使用了“富于战斗性”来定性这次会议，将“三个崛起”定性为“资产阶级文艺思潮向社会主义文艺方向的一次挑战”，对“崛起”理论的批判是为了“防止和清除诗歌领域里的污染”，换句话说，“崛起派”的主张是存在“精神污染”的。可以看出，会议对“崛起派”思潮的批判是和当时的政治主题紧密地联系在一起的，明显存在上纲上线的嫌疑。也可以说，会议试图借助政治力量，否定学术领域里关于“三个崛起”的讨论。

所谓的“清除精神污染”是1983年底开展的一项全国性的“运动”。这次运动是因为思想界、文艺界出现的一些新的思想、新的文艺动向而引发的，其策划和实施都是来自中央的高层。在思想界，主要是批判周扬、王若水等的人道主义主张；在文艺界，主要是从批判白桦的《苦恋》等作品开始的。这一运动也广泛地波及人们的日常生活和文艺界的很多话题，当时正被热烈讨论的“朦胧诗”和“崛起派”的诗歌探索和诗学主张自然成为批判的对象，尤其是在徐敬亚的《崛起的诗群》发表之后，诗歌界围绕那篇文章的讨论已经超出了艺术、学术范畴。有人在回顾当时的情况时说：“争论带来的影响是，《今天》两次停刊；80年代初期‘清除精神污染’运动使‘崛起论’遭批判，北岛、舒婷、顾城等成为‘西方资产阶级文艺思潮’的传播者而被划为‘污染’之列。”①《诗刊》发表的“重庆诗会”综述的“编者按”提到了“党的十二届二中全会文件”，事实上，关于“清除精神污染”的主张就是来自那次会议。

1983年10月12日，邓小平在中共十二届二中全会上提出“思想战线不能搞精神污染”②，指出：“精神污染的实质是散布形形色色的资产阶级和其

①《朦胧诗:一代人透视黑夜的眼睛》，《信息时报》2008年11月12日A24版。

②邓小平：《党在组织战线和思想战线上的迫切任务》，《邓小平文选》第3卷，人民出版社1993年10月出版，第39页。

他剥削阶级腐朽没落的思想，散布对于社会主义、共产主义事业和对于共产党领导的不信任情绪。”[①]“精神污染的危害很大，足以祸国误民。”[②] 他在中央全会上提出的这些主张实际上是把这一运动推向了党的工作的重要层面，接着就在全国开展了各种清除“精神污染”的运动。但是，由于很多人片面理解甚至误解了邓小平的意思，有些做法过于极端，扩大化，背离了初衷。有报道说，在当时，“一些人借题发挥，精神污染的领域和范围在当时已经扩大到十分荒唐的地步，如：《马克思传》内页因有马克思夫人燕妮袒露肩膀和颈胸的传统欧洲装束的照片，而被视作‘黄色书籍’没收；《瞭望》周刊封面，因刊登获得世界冠军的女子体操运动员在高低杠上的动作，而被某些地方当作‘黄色照片’加以收缴；党政机关不准留烫发和披肩发的女同志进大门；工厂门口有人站岗，留长发、穿奇装异服的男女工人一律不准入内。甚至，有些地方组织工人纠察队日夜巡逻，在大街上见到有人穿喇叭裤，上去便剪”……有篇关于广州流花宾馆的音乐茶座的报道这样写道：“有些演员演唱一些不健康的曲目，而且台风极不严肃，有的嗲声嗲气，有的昏昏欲睡，哗众取宠。更有甚者，有两位女演员，身穿两旁开口接近胯部的黑旗袍，在若明若暗的转动吊灯下，边唱边大幅度扭摆胯部，故意侧身把大腿露出裙外，卖弄风骚，顿时引起场内大哗。”[③]面对这种情况，在中央有关领导（主要是胡耀邦）的关注下，1983年11月17日，中国青年报社副总编徐祝亲自执笔，发表评论员文章《污染须清除，生活要美化》，该文刊登在《中国青年报》第一版显著位置，当天的《人民日报》也在第四版加框刊登。持续时间不长的“清除精神污染”运动宣告结束。

“重庆诗会”举行的时候，中央还没有提出“清除精神污染”的口号（会议综述在《诗刊》发表的时候，这个口号已经提出来了），我们可以认为，会议对“三个崛起”的批判不一定是响应“清除精神污染”的号召，但是它的主题和取向恰好和几天之后党中央发出的号召是一致的。当然也有另外一种可

①邓小平：《党在组织战线和思想战线上的迫切任务》，《邓小平文选》第3卷，人民出版社1993年10月出版，第40页。

②邓小平：《党在组织战线和思想战线上的迫切任务》，《邓小平文选》第3卷，人民出版社1993年10月出版，第44页。

③《清除“精神污染”——险些让中国再回到从前》，《信息时报》2008年11月21日，A24版。

能,“重庆诗会”本来就是一个批判性的会议,有些人正好利用会议之后才提出的“清除精神污染”的号召,进一步扩大对批判对象的批判。

据会议综述记载,参加会议的有三十余人(据说最初提出的名单是28人,其中包括没有到会的谢冕),“中国作家协会书记处常务书记朱子奇、书记柯岩参加了讨论会”,“会议由方敬、王觉、杨益言、梁上泉等主持”。“参加这次讨论会的诗人、诗歌评论家有来自北京的绿原、邵燕祥、纪鹏、周良沛、杨金亭、雷抒雁,成都方面的李友欣[①]、唐大同、流沙河、白航、木斧、周纲、尹在勤、竹亦青,重庆方面的陆棨、邹绛、杨山、穆仁、吕进、余薇野、张继楼、傅天琳、王群生、李钢等。郑伯农未能到会,作了书面发言。”[②]一般来说,篇幅较长的会议综述都会点明一些观点的代表人物(发言者),但这个“综述”没有具体点明每个发言人的观点,而是以“与会同志指出”“与会同志说”“有的同志说”“大家认为”等代替,不知道是因为与会人员的观点确实完全一致还是综述者对有些观点持有保留意见而不愿意点出发言者的名字,或者他们本身就明白会议可能产生的影响和得到的评价,于是就笼统言之,以免在以后背上骂名。会议的核心话题是对“三个崛起”的批判和清算,明确指出它们是“错误理论”,甚至用上了“放肆”一类的词来刻画:

讨论会上,与会同志指出,近几年来,社会主义诗歌虽然成绩很大,但是,诗歌领域里也出现了一股值得重视的文艺潮流,这就是以《在新的崛起面前》《新的美学原则在崛起》和《崛起的诗群》为代表的错误理论,它们程度

---

①引者注:石天河在他的《逝川忆语——〈星星〉诗祸亲历记》中提到过四川文联的李友欣,而且他是1957年第一个撰文批判流沙河的《草木篇》的人。石天河的原文如下:“对《草木篇》进行批判的第一篇文章,是李友欣写的,题目叫《白杨的抗辩》。李友欣常用的笔名是‘履冰’,而写这篇文章却用了个陌生的笔名‘曦波’。大概是想暂时不让别人知道,以避开‘文联领导干部受宣传部指示写批评文章’之嫌。这篇文章虽然还没有给《草木篇》扣上‘反党反社会主义’的大帽子,但它认定《草木篇》所流露的‘孤傲’情绪,是宣扬‘无原则的硬骨头’,带有‘敌视人民’的倾向,从而大加挞伐,说‘假若你仇视这个世界,最好离开地球’。文章显然是对《草木篇》的作者有偏见的。”石天河对李友欣的评价是:“李友欣这个人,性情是很直的,一般说,他没有故意要害人的心肠。但是,他思想上习惯了‘左’的立场观点,而且相当顽固,一旦他对某人某事有了成见,就很不容易改变。”(《逝川忆语——〈星星〉诗祸亲历记》,香港天马出版有限公司2010年9月出版,第27—28页。)有关参会人员说,参加会议的李友欣当时是四川省作协党组副书记,和石天河说的应该是同一人。

②吕进:《开创一代新诗风——重庆诗歌讨论会综述》,《诗刊》1983年第12期。

不同并越来越系统地背离了社会主义的文艺方向和道路，比起文学领域中其他的错误理论要更完整，更放肆。对它们给诗歌创作和诗歌理论带来的混乱和损害是不能低估的。①

在会上，一些人把“崛起论”尤其是《崛起的诗群》中的观点上升为政治问题加以批判：

与会同志说，《崛起的诗群》提出要有“与统一的社会主调不谐和的观点”，那么，什么是我们社会“统一的社会主调”呢？这个“主调”是已经写在宪法、写在党章和人大决议上的“四项基本原则”和共产主义思想、共产主义道德。“不和谐”就是噪音，是对主调的干扰，难怪海外有人说《崛起的诗群》是“投向中共诗坛的一枚炸弹”！与会同志认为，“崛起”论否定理性，实际上就是否定正确的指导思想，就是对马克思主义、毛泽东思想的严重挑战。②

会议还批判了“崛起论”对“五四”以来文学传统的否定、对西方现代派观念的借鉴，认为：“社会主义诗歌不能走西方现代主义的路。西方现代主义诗歌的世界观、艺术观是以主观唯心主义、反理性主义为基础的。总的说来，是一种对生活失去信心、失去希望的诗歌，是消极颓废的诗歌。”这样一个政治味、批判性很强的诗歌讨论会，还专门谈到了一些诗歌作品，“对近几年出现的一些如《诺日朗》《彗星》《墙》《流水线》《空隙》《泥蝉的表演》一类颠倒美丑、混淆新旧、空虚绝望、阴暗晦涩、有严重错误、产生不良影响的作品进行了批评”③。会议对“崛起论”的危害、对青年诗人的错误影响等也进行了研讨。

会议还涉及诗人、评论家、诗歌编辑等在诗歌发展中应该发挥的作用和必须坚持的原则：

讨论会上，与会同志一致强调，诗人要对人民负责，尤其要对青年负责。青年人肯思考，这是好的，我们的诗歌和其他样式的文学作品都要给他们以启迪，帮助他们善于思索。我们要让青年诗作者懂得，要写出好诗，要做社会主义新人，引导他们正确地认识、反映并回答生活中提出的新问题。诗人、诗歌评论家、诗歌编辑应有强烈的社会责任感。我们应该旗帜鲜明地

---

①吕进：《开创一代新诗风——重庆诗歌讨论会综述》，《诗刊》1983年第12期。

②吕进：《开创一代新诗风——重庆诗歌讨论会综述》，《诗刊》1983年第12期。

③吕进：《开创一代新诗风——重庆诗歌讨论会综述》，《诗刊》1983年第12期。

积极参加这场斗争。对于某些助长青年怀疑我们党的错误言行，应该进行批评。刊物是社会主义的思想阵地、创作园地、活动的基地。到会的诗歌编辑回顾了近几年诗坛的状况和工作中的失误，纷纷表示要加强刊物的战斗性，努力使刊物的面貌焕然一新。与会同志结合创作实践谈了自己的体会。有的青年诗作者说，他们所以能在诗歌创作上取得一点成绩，主要靠两条：一是坚信和学习马列主义、毛泽东思想；二是深入生活。"崛起"论的那一套写"自我"、写"具有现代特点的自我"、写"高速幻想"……的主张，只能把青年引上歧路。①

当时的会议论文和发言，除了个别文章在后来公开发表之外，我们现在已经难以查找到其他发言的具体文字。但是，会后公开发表的一些发言稿还是可以或多或少地给我们提供一些当时的资讯。如尹在勤的文章存在以阶级划分诗人的嫌疑，他在批判徐敬亚的文章时说：

徐敬亚列举的十来位青年诗人中，至少有好几位并不应该，也不能纳入他们那支"崛起"的梯队。比如，他所提及的才树莲，把这样一位土生土长，而且其诗作朴素和富于泥土芳香的年轻女诗人，居然也归于"崛起"的队列，实在是天大的笑话。②

重庆诗歌讨论会引发的是一个系列活动，除了会场讨论外，还有讲座、朗诵会等。时任中国作家协会书记处书记、《诗刊》副主编的柯岩在参加了会议之后，还在重庆待了几天，并和其他诗人一起参加了多项诗歌活动。现在能够查到的信息主要有三个：

其一是参加诗歌朗诵会。据《重庆日报》报道，该朗诵会于1983年10月9日晚在重庆人民大礼堂南楼会议室举行："朱子奇同志朗诵了郭沫若同志的《红岩赞》、艾青同志的《光的赞歌》（片断）。……柯岩同志朗诵了她的长诗《中国式的回答》中的引子、第二章和结束语。……诗人绿原、邵燕祥、纪鹏、周良沛、雷抒雁等，以及本省、市部分诗人朗诵了自己创作的诗作。"③

其二是为重庆的青年诗歌爱好者举行报告会。报告会于1983年10月

①吕进：《开创一代新诗风——重庆诗歌讨论会综述》，《诗刊》1983年第12期。

②尹在勤：《回答"崛起"论的挑战》，《诗刊》1984年第1期。

③《出席本市诗歌座谈会诗人举办朗诵会》，《重庆日报》1983年10月10日第一版，没有作者。该报道的副题为"朱子奇、柯岩等在会上朗诵了自己的诗作"。

10日在团市委礼堂举行，柯岩、绿原在会上做了报告。《重庆日报》的报道说："柯岩认为，要当诗人，首先要弄清楚究竟为什么写诗。一个人写诗，就得承担社会的责任，要有强烈的社会责任感，向人民负责，向社会负责。那些以为要离政治远点，表现'自我'，为'未来'而写作的人，不可能成为真正的诗人，他们的诗会受到时代的摈弃；而那些对祖国、对人民、对党有着坚贞不渝的爱的诗人写出的诗，才能闪射出瑰丽的光彩，赢得崇高的地位。柯岩特别强调了世界观对诗人的作用问题，只有坚持马列主义、毛泽东思想的立场、观点、方法，才能坚定社会主义文艺方向。在关于首先是诗人，或者共产党员这一问题，绿原认为，首先是共产党员、是革命者，其次才是诗人。诗歌不是个人的财富，是人民的精神财富，是建设精神文明不可缺少的组成部分，它不是表现'自我'，咏叹风花雪月的摆设品，应该是反映时代的脉搏，激励人民奋进的鼓点和号角。"[①]报道还刊登了三幅照片：大会会场和柯岩、绿原发言的镜头，由周宣勤拍摄，图说是"著名诗人柯岩、绿原同志向青年们介绍诗歌的创作道路"。党报的第一版刊登报道和照片，说明在当时肯定是把报告会作为重大事件加以关注的。

其三是应西南师范学院团委、学生会的邀请，柯岩于1983年10月13日上午在西南师范学院发表了长篇演讲[②]。对于这件事，西南师范学院主办的校报《西南师范学院》有过如下的简单报道：

应团委、学生会邀请，著名诗人、全国作协书记处书记柯岩于十月十三日上午来我院，在会议厅进行了两个多小时的讲学。柯岩同志联系当前诗

①《著名诗人柯岩向本市青年诗歌爱好者作报告，为革命写作才能成为真正的诗人》，《重庆日报》1983年10月11第一版，没有作者。

②笔者于1983年9月初进入西南师范学院外语系读书，柯岩在学校发表演讲的时候，我已经到了学校，是刚刚上学一个月的大一新生，当时还不太了解学校的诗社和诗歌创作、诗歌活动等方面的情况，没有聆听她的演讲，后来也没有人提起这件事情。要不是在《诗刊》和一些回忆资料上读到，真不知道我的母校在"朦胧诗"讨论中还成为其中的一个阵地。吕进先生当时是西南师范学院外语系的汉语教师，在1984年9月至1985年7月为我们年级开设"中国现代文学作品选读"课程；1986年6月18日，学校才批准成立了中国新诗研究所，吕进先生长期担任所长和学术带头人。他在给我们上课和平常的交流中都没有谈到过柯岩来校演讲的事情。根据笔者对吕进先生的了解，如果是他参与组织的活动，他一般都会在和我们交流的时候提到。据他回忆，柯岩到西南师范学院发表演讲，是当时的学校团委、学生会邀请的。这和报纸上的记载是一致的。

坛的实际，就诗人究竟为什么要写诗、怎样才能写出好诗；传世的诗和世界观对诗人的制约关系等问题，作了热情洋溢的报告，受到广大师生的欢迎。中文、政治、历史、外语、音乐、美术等系约三百名师生听取了报告。①

在当年围绕“重庆诗会”的系列活动中，除了会议本身的讨论话题外，产生影响最大的也许就是柯岩在西南师范学院的演讲。这恐怕与她的演讲稿后来在《诗刊》公开发表有一定关系。

根据后来公开发表的讲话稿，柯岩对当时诗坛上的“朦胧诗”“三个崛起”的“错误思想”进行了分析，而且介绍了一些青年诗人对艾青等老诗人的讽刺，介绍了艾青、臧克家等对“错误思潮”尤其是“崛起论”的批判，其基本观点和讨论会的观点是一致的。她说：“我不是搞理论的，理论界有越来越多的同志正奋起投入这场论战。这次重庆诗歌讨论会上，北京的郑伯农同志做了重要书面发言。四川的尹在勤、竹亦青、吕进同志也都做了很好的发言。我只能结合当前一些新诗的创作实践谈这样几个问题。”②③我们可以认为，她点到的这些人都在会上做了她所认同的发言。在演讲中，柯岩主要谈了三个方面的问题：

一、我们究竟为什么要写诗

二、好诗、传世之作及“与世界对话”“为未来的人写作”

三、世界观对创作的制约作用，并谈“代沟”④

她在全面回顾了“五四”以来的现实主义诗歌成就的同时，对“崛起论”提出了尖锐批评，并指出：“对于徐敬亚同志及他的指导者、追随者们，我还想说的一句话是学一点马克思主义吧，学习一下我们伟大的人民吧！一个

---

①这条消息刊登在1983年11月7日出版的《西南师范学院》（总第318期）第三版，没有题目，是作为“学术动态”的一条刊发出来的，消息后的署名为“涂吕”。当时的报纸是半月刊，四开四版，而且是铅字排版，消息之所以放在11月的报纸上，估计是没有赶上上一期的截稿时间。根据笔者的记忆，当时报纸的四个版面是有不同安排的，第一版是学校要闻，第二版是教师活动信息，第三版是学生活动信息，第四版是文学副刊。从消息发在第三版的情况看，柯岩的演讲应该属于学生活动的范畴。

②柯岩：《关于诗的对话——在西南师范学院的讲话》，《诗刊》1983年第12期。

③根据有关资料显示，郑伯农的书面发言是《在“崛起”的声浪面前——对一种文艺思潮的剖析》（《诗刊》1983年第12期）；尹在勤的发言为《回答“崛起”论的挑战》（《诗刊》1984年第1期）。

④柯岩：《关于诗的对话——在西南师范学院的讲话》，《诗刊》1983年第12期。

对生活衔恨的人是不可能成为真正的诗人的。时时检验一下自己的立场、观点、方法有助于更快的进步。不要一叶障目，也不要展览伤痕，‘玩弄痛苦’。”从观点看，这其实是“重庆诗会”的一个延伸。她在演讲的最后向青年人发出了自己的号召：

同志们，年轻的朋友们！让我们团结起来，更高地举起社会主义诗歌的旗帜，为开创社会主义诗歌事业的新局面，为创造真正具有中国气派、中国泥土的芳香，思想和艺术高度统一的诗歌贡献出我们的一切吧。[①]

柯岩的这篇演讲后来被有些学者当成批判“朦胧诗”和“三个崛起”的代表性论著之一。张同道在其著作中谈到这篇文章时说：“柯岩批评了《诗刊》在这场斗争中立场不够坚定，表示要‘保卫“五四”以来的左翼文学；保卫现实主义传统；保卫党的领导。’”[②]其转述的主旨似乎没有错，但是在引述上是不准确的。这样的转述在很大程度上就把批判“朦胧诗”和“三个崛起”的责任主要推给了柯岩一个人。柯岩的原话是：“……臧克家同志针对如此尖锐的现实，也公开提出‘整个文艺工作成绩很大，但就理论而说，目前诗歌战线已到了需要“三保卫”的时候了——保卫自“五四”以来的左翼文学，保卫现实主义传统；保卫党的领导。’田间、阮章竞、鲁黎等同志也都批评了《诗刊》旗帜不鲜明，分别就此发表了讲话及文章。”[③]她引述的是其他诗人的言论，只是从她的表述中可以看出她是赞同这些说法的。当时，批判“朦胧诗”和“三个崛起”不是某一个诗人、评论家的观点，而是和“朦胧诗”“三个崛起”相对立的一个相当大的诗人、评论家、读者群体，甚至是一些级别很高的官员。当然，柯岩肯定是其中的重要人物之一。

“重庆诗会”在当时受到很大的重视，新华社在会议之后发表了消息，《人民日报》刊发了这则消息，内容如下：

据新华社北京十一月八日电　十月上旬在重庆举行的诗歌讨论会提出：兴旺、活跃的我国诗坛上，近年出现了一股值得注意的错误思潮。这就是以《在新的崛起面前》《新的美学原则在崛起》和《崛起的诗群》为代表的三个“崛起”论，它们的错误理论程度不同地背离了社会主义的文艺方向和道

①柯岩：《关于诗的对话——在西南师范学院的讲话》，《诗刊》1983年第12期。

②张同道：《探险的风旗——论20世纪中国现代主义诗潮》，安徽教育出版社1998年1月出版，第539页。

③柯岩：《关于诗的对话——在西南师范学院的讲话》，《诗刊》1983年第12期。

路，脱离了广大人民群众，给诗歌创作和诗歌理论带来了混乱和损害。社会主义文艺工作者应该对这股错误思潮做出认真分析并进行必要的批评和斗争。中国作家协会书记处常务书记朱子奇、书记柯岩和北京、成都等地诗人、诗歌评论家共三十多人参加了讨论会。[①]

不过，令人费解的是，这条消息是在会议结束近一个月之后才发布的，按照新闻的时效性原则，这是不符合规范的。究竟为什么会出现这种情况，我们现在不得而知。不过，这条消息把“三个崛起”定性为“错误思潮”，是和会议上讨论的话题相一致的。消息专门提到了朱子奇、柯岩及其身份，而对其他参与者却没点名，可以明显看出会议的背景并不是那么简单，至少不仅仅是四川的几个诗人、评论家的问题。

“重庆诗会”和柯岩的演讲在当时的诗歌刊物上也受到了很大的重视，《诗刊》[②]1983年第11期发表了朱子奇的发言《高举社会主义诗歌的旗帜——祝贺重庆诗歌讨论会的召开》；1983年第12期同时刊发了署名“吕进”的会议综述、柯岩在西南师范学院的演讲稿《关于诗的对话——在西南师范学院的讲话》和郑伯农提交给“重庆诗会”的书面发言《在“崛起”的声浪面前——对一种文艺思潮的剖析》[③]。值得注意的是，第12期的《诗刊》还转载了刊于《经济日报》1983年11月1日的《艾青谈清除精神污染》以及新华社记者李德润、李光茹1983年10月29日采写的《臧克家谈要站在清除精神污染斗争前列》两篇文章——这应该是《诗刊》配合当时的清除“精神污染”运动的直接体现。时任中国作家协会副主席的艾青的谈话对“朦胧诗”和当时的有些刊物格调不高提出了批评，他说：“近几年有少数诗人躲在个人心灵的小天地里，咀嚼痛苦，咏唱哀伤，感慨寂寞，用扑朔迷离、晦涩难懂的字句抒发他们的不健康情绪，散布精神污染。而时代前进的足音，广大人民的火热斗争，在他们的作品里却得不到丝毫的反映。有些东西，叫人怎么理解呢？简直近乎荒诞，可是竟有人对之大加吹捧，把这类诗说成是什么诗歌的发展方向，是

①新华社消息《三十多位诗人、诗歌评论家在重庆举行讨论会，批评诗歌界三个“崛起”的错误理论》，《人民日报》1983年11月9日第三版。

②其实，关注“重庆诗会”的不只是《诗刊》，四川省作家协会主办的《文谭》(《当代文坛》的前身)也在1983年12期刊发了会议综述以及朱子奇、郑伯农等人的会议发言。

③该文获得1983年度《诗刊》优秀作品奖。

什么美学的原则，甚至是什么《崛起的诗群》，他们究竟要‘崛起’到哪里去呢？”臧克家认为：“党的十一届三中全会以来，文艺园地百花盛开，异彩纷呈，出现了前所未有的生动局面，文艺工作的主流是健康的。但是，精神污染、资产阶级自由化在文艺界的反映不可小视。”“要繁荣和发展文学艺术，就必须坚决有力地反对资产阶级自由化，清除精神污染。现在，有些作品政治倾向不好，格调不高，有的甚至公开散布对党、对社会主义的不信任；有些人把党的‘双百’方针歪曲为资产阶级自由化，偏离社会主义文艺方向，从金钱眼中看人生，为个人名利而拼搏。他们的创作、表演，不是为人民服务、为社会主义服务，将时代精神、现实主义视为‘教条’；有的人盲目崇拜西方资产阶级腐朽没落的东西，像有的诗作朦朦胧胧，古古怪怪，令人咬碎牙齿，不得其味。”因此，“作家和一切从事文艺工作的同志，在清除精神污染中，要勇敢地站在斗争前列，成为名副其实的人类灵魂工程师”。从《诗刊》以大量篇幅发表会议综述、论文和转载有关采访的情况看，“重庆诗会”很有可能是《诗刊》社甚至它的主管主办单位中国作家协会参与组织的，只是没有使用《诗刊》和任何单位的名义。朱子奇在会上的发言给我们透露了一些信息，他开篇就说：“柯岩同志和我代表中国作家协会书记处，对这次重庆诗歌讨论会的召开表示支持和祝贺。我们是来听取意见，向大家学习的。有这么多诗人、诗歌工作者在这个富有革命传统、富有革命诗歌传统的我国西南著名山城——重庆聚会，开这样有准备的讨论会，是适时的，必要的，很有意义的。”[①]他采取了很低调的开场方式，但发言中对于诗歌的指导思想、艺术走向等发表了和会议的主题相一致的观念，甚至成为引导会议进程的指导性发言。他提到了“有准备的讨论会”，说明“重庆诗会”应该是一个经过了认真组织、策划的会议。

作为当地的主流媒体，《重庆日报》在1983年10月先后四次在第一版报道了重庆诗歌讨论会及相关活动，其中两次涉及会议本身。下文将涉及这些报道。

“重庆诗会”在新时期以来的诗歌界主要是以“左”的面目出现的，在很大程度上延续了“文革”时期的一些批判风格，这对于已经进入改革开放时期的中国社会尤其是诗歌界来说，其实是一种退步，所以在诗坛上的形象不

①朱子奇：《高举社会主义诗歌的旗帜——祝贺重庆诗歌讨论会的召开》，《诗刊》1983年第11期。

是很好。其他几次讨论“朦胧诗”和“崛起”主张的会议,如“南宁诗会”“定福庄诗会”等,虽然批判性的内容也很多,针对性也很强,但是被批判者中都有人员参加,存在相互对话、讨论、争执的可能,而且基本上都是就诗歌本身的问题展开争鸣,但“重庆诗会”只是以批判的面目出现,虽然有一些刚刚走上诗坛的青年诗人参加会议,如傅天琳、李钢等,但他们不属于“朦胧诗”群体。也就是说,没有被批判的对象参加会议,被批判者当然也就没有机会解释和辩驳——根据邵燕祥的回忆,谢冕是被邀请了的,但他没有参加会议,我们无从得知“朦胧诗”和“三个崛起”的其他代表人物或支持者是否也被邀请了。因此,在其后的诗歌界、诗学界,关于“重庆诗会”的说法很多,而且多是批判性的。

唐晓渡当时是《诗刊》的编辑,没有参加重庆的会议,但他对当时的情况应该有所了解。他在谈到“重庆诗会”时对该次会议的背景的推测是有道理的:“这次会议的运作方式颇为可圈可点。见载于当年《诗刊》12月号的‘综述’中说,这次会议是由重庆作协的一批负责人士轮流主持的;莅会的中国作协书记处领导也在发表的文章中使用了‘祝贺’的宾位语气,并谦称‘是来听取意见,向大家学习的’。然而谁都明白,由一个省辖市的作协来主办这样一次事关新诗发展的‘方向’‘道路’的会议,分量显然不够;而上级领导的低调大都包含着策略的考虑。”他同时认为,“这次会议的声威仍然足够吓人。由于使用了总揽全局的视角,且通篇充斥着‘指出’‘一致认为’‘一致强调’等庄严而铿锵有力、体现着集体意志的字眼,会议‘综述’读起来更像是一份有关诗歌的决议公报,更配得上用记录速度广播。它理所当然地充满了‘新华体’特有的战斗色彩、意识形态激情,以及简化问题、迳取要害的直接性,其严厉程度又足以使之成为一篇讨伐檄文,或‘文革’期间的‘定性材料’。”①据说,会议结束之后,参加会议的一位《诗刊》副主编还在北京的一个剧场传达了会议精神,而《诗刊》副主编邵燕祥参加“重庆诗会”是“奉命非去不可”,他在会上的发言也只是打“太极拳”,而且在“很多刊物都派人参加”的情况下自称“胸闷、憋气”而推辞了参加会议精神的传达,并在1984年提出了辞职。这次会议最后催生了徐敬亚的自我批评文章在《人民日报》的发

①唐晓渡:《人与事:我所亲历的八十年代〈诗刊〉(之二)》,《星星(下半月)》刊2008年第4期,第42—54页。

表,也是"朦胧诗"和"三个崛起"论争的终结。①

邵燕祥参加了"重庆诗会",他也在回忆中谈到过这次会议,他说:

那是一次名为诗歌座谈会的专题批判会,我也去了,在重庆,而且开得特别急。"十一"国庆三天假,会是在10月2号开的,10月1号我就坐飞机赶去重庆。会上有人点名批评舒婷的《会唱歌的鸢尾花》,有人点名批评北岛的《白日梦》,气氛非常紧张。之前我已大致知道这会是怎么回事,所以,去之前在新侨饭店遇见谢冕,他问我去不去,我说去。他说他也接到通知了,我当时好像说"你最好不去"。后来他没去。

这个会后新华社发了消息,批判"三个崛起"的"谬论",称要坚持诗歌的社会主义方向。其后不久二中全会就提出"清除精神污染"问题,重庆这个会果然是得其先机,提前配合了。后来在首都剧场的会议厅开了一个重庆诗歌座谈会的传达报告会,我因胸闷,没有参加。②

根据邵燕祥的回忆信息看,唐晓渡所说的情况基本上是属实的。不过,这些谈论都是后来者的回忆,在一些细节上不一定完全符合历史事实和当时的现场感,但"重庆诗会"对"朦胧诗"尤其是"三个崛起"的批判确实是事实。

朱大可在谈到20世纪80年代初期的争论的时候,谈到了诗歌界、诗学界对"朦胧诗"的批判,并进而说:"这场大批判在1983年'重庆诗歌讨论会'上达到高潮,极'左'派诗人及其理论家们,刚刚摆脱'文革'政治迫害的阴影,却又比任何人都更娴熟地挥动权力的棍棒,假借'清除精神污染'的名义,对诗歌风格'异端'展开围剿。在威权体制下,任何艺术流派之间的分歧,都会成为文化围剿的庄严借口。"③他使用了"极'左'""围剿"等词语,显然对"重庆诗会"在新时期文化、文学发展中的作用是持否定态度的。

正因为如此,一些参加"重庆诗会"的评论家在后来一些诗人、学者的眼中被认为是反"朦胧诗"和"三个崛起"的。张同道说:"面对三次崛起,程代

①张弘:《〈诗刊〉:诗人恩怨催人老》,《北方音乐》2006年第9期。

②邵燕祥:《答〈南方都市报〉记者田志凌问》,收入邵燕祥散文随笔集《南磨房行走》,北方文艺出版社2011年1月出版,第216页。他对会议时间的记忆似乎有误,从文献学角度说,当时《诗刊》发表的会议综述在记录时间方面应该具有更高的可信度。而且,"特别急"的说法和朱子奇在会议发言中所说的"有准备的讨论会"似乎是冲突的。不过,我们也可以由此推测邵燕祥可能是这次会议准备工作中的"局外人",或者如唐晓渡所说他是"奉命非去不可"。

③朱大可:《当代心史雅俗之战——从通俗到恶俗的历史流变》,《新世纪周刊》2010年第36期。

熙、郑伯农、柯岩、吕进、楼肇明、高平、晓雪、竹亦青、洪毅然、李浩、孙克恒等等等等，数以百计的知名或不知名的理论家一起上阵，山雨欲来风满楼，仿佛又一场有组织的大批判运动。”[①]这里提到的郑伯农向“重庆诗会”提交了书面发言稿，柯岩、吕进、竹亦青参加过“重庆诗会”。

程光炜在其回顾“朦胧诗”论争的文章中回忆了和吕进一起在1988年参加全国新诗（诗集）奖初评班子的一些事情，并说：“1983年前后，他（指吕进——引者）突然在西师发起猛攻‘朦胧诗’诗人的研讨会，随之发表了很多尖锐指责青年诗人创作的文章。这一‘变化’令我大感惊讶，也不理解。后来，他一直对新诗的探索、创新及其成果维持着这种‘不承认’的态度。为此，前两年诗评家陈仲义专门在《南方文坛》撰文，批评了吕老师。”[②]并由此提出了一系列问题：

我不是把吕老师放在“道德化”的平台上来谈的，而是试图了解他为什么这么“激进”的历史理由：大概他也在“文革”中受到过冲击，但为什么，在以反思“文革”为主调的新时期文学中，他仍然乐意以“文革式”的批评方式指责、否认和不承认朦胧诗人的创作成绩。进一步说，为什么到了“新时期”，他精神生活中却还携带着一个“十七年”“文革”，这些，都是自觉的“选择”吗？[③]

这段文字认同了吕进以“十七年”“文革”的方式在指责、否认和不承认“朦胧诗”的事实，结合文中所说的“发起猛攻‘朦胧诗’诗人的研讨会”，我们可以推断，这里所说的应该是重庆诗歌讨论会和署名“吕进”的综述。

程光炜先生在‘朦胧诗’和新诗潮研究方面取得了很大成绩，不过，这篇文章是以后来的个人感受（1988年）反观以前的事情（1983年），似乎有所不妥。对于这里涉及的他的具体观点，我们不好妄加评论，尤其是作为旁观者

①张同道：《探险的风旗——论20世纪中国现代主义诗潮》，安徽文艺出版社1998年1月出版，第538页。

②程光炜：《批评对立面的确立——我观十年“朦胧诗论争”》，《当代文坛》2008年第3期。关于“在西师发起猛攻‘朦胧诗’诗人的研讨会”的说法不准确。他所说的“研讨会”应该是当年在重庆举行的诗歌研讨会，但“重庆诗会”不是在西师（当时的西南师范学院，1985年更名为西南师范大学，2005年与西南农业大学合并为西南大学）召开的。1986年10月在西南师范大学举行了“新时期诗歌研讨会”，是中国新诗研究所在当年6月成立之后召开的第一次全国性的诗歌讨论会，也是吕进在西师主持召开的第一次诗学方面的全国性会议。

③程光炜：《批评对立面的确立——我观十年“朦胧诗论争”》，《当代文坛》2008年第3期。

或者后来者，署名“吕进”的会议“综述”以文献的形式摆在那里，从文献学的角度说，应该是有说服力的。不过，程文的有些信息和历史事实有一定出入：其一，重庆诗歌讨论会肯定不是在西师（“西南师范学院”的简称）召开的，根据当时参与会议的有关人员回忆，“重庆诗会”是在位于上清寺人民路的重庆市政府第二招待所（范庄）举行的，吕进只是一个普通的会议参加者；其二，就目前可以查阅到的文献看，除了署名“吕进”的重庆诗歌研讨会“综述”，吕进好像没有发表过“很多尖锐指责青年诗人创作的文章”，他在总结新时期十年诗歌发展的时候，还谈到了“朦胧诗”的成绩与贡献，在谈论20世纪下半叶的新诗研究的时候，谈到而且肯定了谢冕、孙绍振、徐敬亚等人对新诗潮的贡献[①]。陈仲义对吕进的批评主要是认为他对“朦胧诗”之后的一些新锐批判家有所遮蔽，而不是针对他对“朦胧诗”的态度的[②]。对这些信息的误读，可能导致有些评价是不够公平、客观的，甚至可能是和事实相反的。

根据对当事人的采访，吕进是在1983年10月3日中午和当时担任西南师范学院副院长、重庆市文联主席的诗人方敬一起去参加会议的[③]。方敬是何其芳的妹夫，在20世纪30年代就受到诗坛关注，是一个具有丰富人生阅历的诗人。当他们得知会议参与者和主题之后就感觉会议的背景可能不一般，在前往参加会议的途中，方敬就对吕进说：“这次北京来的人不知道有没有中央的什么新精神，所以不要去轻易顶撞。但是，如果他们把朦胧诗说成反动诗歌，我们就一定不跟。”在会上，吕进和重庆的诗人基本上都采取了这样的态度。10月4号会议开幕时，主要是三个人发言，由朱子奇代表中国作协党组做了长篇发言，柯岩发言后还宣读了郑伯农（当时在文化部工作）的书面发言稿。这三篇发言，其实就是“重庆诗会”的定调讲话。在接下来的会议上，四川方面有三个人的发言比较有分量：一是尹在勤，从理论上批“崛起”；二是《星星》诗刊主编白航，批舒婷、北岛，还谈了一些来稿中他认为的“问题”；三是周纲，他的主要意思是说：“中央军来了，我们川军也要参战。”重庆方面的诗人、评论家一直没有比较有分量的发言，而且，参加会议的北京代表还在会上谈到“到重庆去升五星红旗”之类的是非问题，外人根本听

①吕进：《二十世纪下半叶的中国新诗研究》，《文学评论》2002年第5期。

②陈仲义：《整体缺失：新诗研究的最大遮蔽——与吕进先生商榷》，《南方文坛》2003年第2期。

③吕进从小学开始就有记日记的习惯，几乎每天都记，直到现在。他对自己所经历的事情的回忆应该是比较准确的。

不懂，给人的感觉好像是“北京人来重庆开他们的会”。直到10月6日，方敬、王觉找到吕进商量，说重庆这样下去也不行，北京方面会有看法；吕进是搞理论的，于是叫他准备一个发言。10月7日，经过一夜激烈的思想斗争的吕进才发言，不过，他谈的是马雅可夫斯基怎样从未来派转变为现实主义诗人的[①]，好像和会议主题有关，又好像没有直接关联，至少没有直接谈及“朦胧诗”。吕进说，他一直对“朦胧诗”是有好感的，对舒婷、北岛的作品也是喜欢的。1987年在参加第三届全国新诗（诗集）奖的评奖时，在很大的争议中，他是力主给北岛评奖的，甚至给一些评委做工作[②]。

吕进当时是西南师范学院外语系的一名讲师，据说“重庆会议”的综述并不是他起草的[③]，根据吕进的回忆，问题究竟出在哪里，出在重庆还是出在北京，他一直是一头雾水。在当时举行这样一次“有准备的讨论会”，肯定是需要一个综述的，具体工作是由重庆市文联负责的，由当时的文联党组书记王觉主持，《红岩》的编辑杨山、《重庆日报》副刊部主任饶成德参与，一直住在会议驻地的饶成德执笔。10月9日，会议纪要（综述）送给朱子奇、柯岩审查定稿，然后在当日的座谈会闭幕式上宣读，征求意见。征求意见之后，王觉找到吕进，说他是搞理论的，希望他加入到纪要（综述）的修改工作中。10月9日上午，由起草小组加上吕进，根据会议提出的意见，对纪要（综述）进行修改。之后，吕进就和方敬、邹绛同车返回北碚。但是，不久之后，《诗刊》《文艺报》发表的纪要（综述）却署上了“吕进”的名字，而且是独立署名。吕进本人感到十分惊讶，他曾向方敬、王觉等人问起此事，他们都表示不知道是怎么回事。王觉还对吕进说：“这没有多大的事嘛。吕进同志，我一辈子

①吕进在大学期间是学习俄语的，他曾经发表论文《论马雅可夫斯基与未来派》，《西南师范学院学报（哲学社会科学版）》1980年第3期，第44—50页。他在“重庆诗会”上的发言估计是由此引申开去的。

②2011年4月2日对吕进的访谈。对于支持为北岛评奖的说法，笔者是知道的。那次评奖结束之后，吕进先生在和我们谈起此事时，就谈到了其中的一些细节，包括上层的态度、个别评委的态度以及他参与做工作等。他当时认为，不管怎样，“朦胧诗”作为一个重要的诗歌现象，已经得到了诗歌艺术发展的证实，其代表诗人之一舒婷已经获奖，就其艺术成就和影响看，北岛也应该获奖。

③1983年时的稿件应该是手写的，可以通过字迹辨认出作者。但是，笔者曾经咨询过长期担任《诗刊》理论编辑的朱先树先生，希望得到他的帮助。但是他说，《诗刊》社在档案保存方面做得不是很好，而且几次搬家，原稿可能无法找到了。所以我们无法以史料来甄别不同的说法，只能尽可能通过访谈和文本考察来还原当时的一些实事。

都在做我不愿做的事啊。”[①]根据当时的情况看，这篇综述“被署名”的可能性是很大的：其一，有些政治经验丰富的人可能自己也明白会议在将来的影响，即使愿意投入工作也不愿意自己署名；其二，吕进是参加会议的重庆人员中唯一从事新诗理论研究的，有些人可能觉得署上他的名字更有说服力，而且他确实参加了会议并在最后一天被安排参与了“综述”的修改（说是修改，其实基本上没有什么改动）。但是，正是这篇可能“被署名”的会议综述，吕进就长期背上了反“朦胧诗”、反“三个崛起”的骂名。为了尽可能恢复历史的本来面目，我们下面将通过史料对当时的事实进行一些梳理。

作为“综述”组织者、起草人的王觉、饶成德、杨山等都已经先后去世，我们无法通过对他们的采访来核实当时的具体情况了。不过，因为参加会议的人员中有几位中国作家协会的官员，其他人也大多在诗坛上拥有自己的地位，重庆诗歌讨论会是那段时间重庆文学界的一件大事，当时的《重庆日报》对会议及其系列活动进行了多次报道，除了前面提到了诗歌朗诵会、给青年诗歌爱好者的报告会之外，《重庆日报》还先后两次对“重庆诗会”进行了报道，而且都是放在第一版。这些资料对我们了解会议情况有很大帮助。

在会议举行了三天之后，1983年10月7日的《重庆日报》刊发的报道，主要介绍了大会情况，除了点了来自北京的诗人的名字之外，对于具体的发言，只谈到了重庆市文联主席方敬对出席会议的诗人的欢迎，大部分篇幅介绍的是朱子奇在会上的发言。报道说：“朱子奇同志最后希望社会主义新诗风更加强劲地吹起来，把一切资产阶级腐朽思想和不正之风的种种精神污染，有力地吹散，扫除，而代之以心灵美、道德美的新鲜空气，使健康的风气永远占上风。”[②]“清除精神污染”的说法是邓小平在10月12日的十二届二中全会的报告中提出来的，但“精神污染”这个词能够在朱子奇的发言和10月7日的报道中出现，说明朱子奇可能是带着任务参加会议的，至少是带着上面的精神的，也说明吕进在接受采访时所说的“北京人来重庆开他们的会”的看法是有道理的。会议虽然是在重庆举行，但实际上是由北京的出席者定调的。还值得注意的是，《重庆日报》的报道题目是“开一代社会主义新诗风”，

①2011年4月2日对吕进的采访。

②成德：《丰富和发展革命现实主义 开一代社会主义新诗风 我市举行诗歌讨论会——朱子奇、柯岩等出席》，《重庆日报》1983年10月7日第一版。这应该是对“重庆诗会”的第一篇报道。报道的作者“成德”应该就是当时住在会议住地的《重庆日报》副刊部主任饶成德的笔名。

和《诗刊》发表的综述的题目“开创一代新诗风”在结构和主题词的使用上几乎是一样的。

在会议结束半个多月之后，1983年10月26日的《重庆日报》第一、二版又对“重庆诗会”进行了比较详细的报道，报道的题目是“清除错误思想 唱出时代强音——记重庆诗歌讨论会”，相对于一般报道来说，篇幅较长，由第一版转到了第二版；从内容看，属于会议综述的性质。报道分为三个部分，分别有小标题，第一部分是“一股值得重视的文艺思潮”，指出“三个崛起”“这股病态的思潮虽然是支流，但对诗歌发展产生了极为消极的影响，问题绝不可以轻估”。“其性质就绝不是目标一致下的不同意见，也不仅仅是艺术上的一些问题，而是要不要坚持社会主义文艺方向的根本分歧，是美学原则的分歧。……‘崛起论’者所鼓吹的是否定理性，这实际上就是要否定我们正确的指导思想。对这一严重挑战，我们必须予以严正的回答，决不能让这种错误思潮自由泛滥。”第二部分是“对历史的严重歪曲”，主要认为“三个崛起”把矛头指向五四以来的现实主义新诗传统，只承认胡适、李金发、徐志摩等，其后就是“朦胧诗”了。“一笔抹杀新文学运动的主流和历史功勋，完全是颠倒是非，是对历史的严重歪曲，是对无产阶级诗歌传统的亵渎和挑战。”因此，与会人员认为，“新诗的发展是适应了时代的需要的，并在不断前进和成熟，在各个历史时期都鼓舞了人民群众的革命斗志，成为革命事业不可缺少的一个组成部分”。第三部分是“现代主义不能取代革命现实主义”，认为，“‘崛起论’者否定革命现实主义传统，极力鼓吹西方现代主义，并声称要‘接续’新月派、现代派的传统，用西方现代主义的‘美学原则’，对我们社会主义诗歌进行‘内容和情感’的更新，这是极端荒谬的”。“我们应该把艺术方法、技巧与作品思想内容和世界观区别开来，把资产阶级思想和无产阶级思想区别开来，不应把腐朽当神奇，把国际上的垃圾收揽起来。会上大家在肯定了近几年出现的一批好诗的同时，对一些颠倒美丑、混淆新旧、阴暗晦涩、影响极坏的作品进行了批评。”①

整篇报道除了点到了朱子奇、柯岩二人的名字外，没有点出其他参会者和发言人的名字（这和新华社后来发布的消息一致），而是以“讨论中一致认为”“会上一致认为”“与会同志指出”“与会同志还说”“与会同志认为”“与会

①本段引用的文字均出自《清除错误思想 唱出时代强音——记重庆诗歌讨论会》，《重庆日报》1983年10月26日第一、二版。作者为“本报记者 成德”。

同志一致表示”等代替。只要我们认真读读这篇报道和《诗刊》后来发表的“综述”,就会发现,它们在主要观点、表达方式、使用的语词甚至文章的结构(《诗刊》刊发的综述没有小标题,但是也分成三个部分,以“一”“二”“三”标示)等方面都是出自一人之手,而且最后有一段文字相差无几。

《重庆日报》报道的最后写道:

与会同志一致表示,诗歌是文艺的重要组成部分,文艺工作者是灵魂工程师,要坚决抵制和清除精神污染,我们肩负着历史重任,一定要跟上人民前进的步伐,认真学习《邓小平文选》,总结经验教训,在党的十二大精神指引下,坚持四项基本原则,高举社会主义文艺旗帜,到沸腾的生活中去,与人民群众相结合,唱出时代的强音,开一代社会主义诗歌的新风,为开创社会主义诗歌新局面,为实现“四化”,建设高度的社会主义精神文明做出新贡献。①

《诗刊》综述的倒数第二段写道(最后一段为参加会议的人员名单):

与会同志一致表示, 我们肩负着历史的重任,一定要跟上人民前进的步伐,一定要认真学好《邓小平文选》,总结经验教训,在党的十二大精神指引下,更亲密地携起手来,更高地举起社会主义文艺旗帜,到沸腾的生活中去,与人民群众相结合,唱出时代的强音,为开创社会主义诗歌的新局面,开一代社会主义诗歌的新风,提高诗歌创作的思想艺术质量,为实现“四化”,为建设高度的社会主义精神文明做出新的贡献。②

我们可以由此认为,《诗刊》后来发表的“综述”应该是会议综述的全文,而《重庆日报》的报道则是它的“缩写”,但作者应该是同一人。我们甚至可以推测,“综述”的主要作者应该是吕进所讲的住在会议住地的《重庆日报》副刊部主任饶成德(作为记者,如实报道会议情况,是他的职责),而且,“综述”“报道”都没有什么新的思想,如果把它们和朱子奇、柯岩、郑伯农等人的发言或讲话进行比较,就会发现,无论是《重庆日报》的报道,还是《诗刊》的综述,其实主要就是对他们的观点进行的分类介绍,“与会者”中的其他人好像主要是作为陪衬而存在的。但是,我们实在无从知道,为什么《重庆日报》记者“成德”在《诗刊》《文艺报》上却变成了“吕进”——成德不是诗界中人,

①《清除错误思想 唱出时代强音——记重庆诗歌讨论会》,《重庆日报》1983年10月26日第一、二版。作者为“本报记者 成德”。

②吕进:《开创一代新诗风——重庆诗歌讨论会综述》,《诗刊》1983年第12期。

会不会有人(北京,或者重庆的某人抑或某些人)觉得署一个诗歌评论人士的名字更合适,更有影响,而且,吕进确实被安排在会议的最后一天参加了“综述”的修改,于是自作主张把作者改了?但是,这一更改,也就改变了一个历史事件的很多信息甚至是一段历史。

作为后来的研究者,我们还可以从文风等方面来对“综述”进行一些解读。从文风看,“综述”和吕进的一贯文风相差甚远,吕进的文章(即使是会议综述之类的文章)往往都富有文学色彩,评论文章更是如此,而且吕进对于撰写批判性的文章从来都是非常谨慎的,而这篇“综述”却充满“文革”式的政治话语和尖锐的批判锋芒。但是,如果不了解当时的情况,只看既有的文本,会议“综述”甚至整个“重庆诗会”的责任都可能压在他一个人头上。事实上,在有文献存在的前提下,很多后来者是不一定会花工夫去进行具体调研和文字甄别的,甚至很难从头至尾读完他们的批评对象(如吕进)的诗学著述,而这些,才是了解被批评对象(如吕进)对待“朦胧诗”、对待“崛起派”诗学主张的最有说服力的文献。

在“朦胧诗”和“三个崛起”的讨论中,吕进确实在一定程度上表现出了“躲避”“观望”的嫌疑,这其实是一种学术研究的策略(也可能是经历过“文革”的人的一种生存策略)。他是一个追求稳妥的人,在没有把事情观察清楚之前是不会随便发言的。他对于“朦胧诗”之后的诗歌现象、诗学批评的态度其实也是如此。因此,在这场讨论最热烈的时候,他没有像“崛起派”那样对“朦胧诗”给予很多的正面鼓吹,但在当时和后来也确实没有直接反对过“朦胧诗”的探索和“崛起派”的观念。吕进没有发表过反对“朦胧诗”的主张,喻大翔、刘秋玲整理的《关于朦胧诗争论文章的目录索引》共收入论文题目数百条,其中有很多是批判性的文章,但以吕进署名的文章只有一篇,即发表于《诗刊》1984年第3期的《社会主义诗歌与现代主义》①。而且在总结新时期诗歌创作时,他不但强调了“归来者”诗人在恢复诗歌“说真话,抒真情”方面的成就,还对舒婷等诗人在诗歌艺术自身反思方面的成就给予了很高的评价,并由此指出:“多元是诗的发展之路;一元,是诗的衰落之路。”②在后来的文章中,吕进也多次正面论及“朦胧诗”。因此,程光炜说吕进写了“很多尖锐指责青年诗人创作的文章”,是缺乏事实依据的。老诗人臧克家曾对

①喻大翔、刘秋玲编选《朦胧诗精选》,华中师范大学出版社1986年4月出版,第164—187页。

②吕进:《新时期十年:新诗,发展与徘徊》,见吕进编《上园谈诗》,重庆出版社1987年9月出版,第93页。

“朦胧诗”等新的艺术探索持有异议,但他后来说:“吕进同志,能以他的洞察力,对各种现象分析研究,是其所是,非其所非,态度比较科学而公允。……他的求实态度,多少校正了我个人的偏激看法。”[①]这种“校正”当然包括对“朦胧诗”的看法。

关于“重庆诗会”“朦胧诗”和“三个崛起”的代表人物和支持者已经发表了不少意见,包括他们的回忆文章。但是,会议的其他参与者至今很少正面表态——不知道究竟是以沉默表示自己的反思还是有别的什么原因。也有一些诗人比如余薇野、张继楼、傅天琳、李钢等,表示自己确实参加了那次会议,但自己是写诗的,对理论没有多少兴趣,对当时的会议情况也没有什么印象了。因此,我们对于会议背后的许多情况还无法全面掌握。随着时间的流逝,也许有些信息将会进一步得到披露,但也有另外一种可能,就是有些信息将会更多地消失,以后的人们最终只能以文字保留下来的文献来打量那次会议和涉及的人物了。

《诗刊》是最早关注《今天》和“朦胧诗”的公开刊物,1980年举行的首届“青春诗会”也是推出年轻诗人的重要举措。但是,重庆诗歌讨论会的召开,《诗刊》却扮演了一个比较尴尬的角色,在参加会议的《诗刊》的有关人员中,有的可能是很积极的参与者,有的可能是例行公事,不得不参加。从后来的一些回忆和文献中,我们可以发现,当时《诗刊》的班子对于“朦胧诗”和“三个崛起”,并不是持有同一看法的,在批判过程中,有的采取“攻势”,有的采取“守势”,这肯定会引起人们对于《诗刊》的诸多猜测。有一篇采访邵燕祥、唐晓渡、李小雨的报道,有引题、正题,加起来很长——“催生‘青春诗会’ 引发朦胧诗争论 著名诗歌杂志《诗刊》里里外外的故事 《诗刊》:诗人恩怨催人老”[②]—— 我们从这个题目中,也许可以看出一点什么。

①臧克家:《吕进的诗论与为人》,系吕进论文集《新诗文体学》序言,花城出版社1990年出版。

②张弘,刊于《北方音乐》2006年第9期。

每个诗人都是一个世界

——序《重庆诗人十二家》(下)

2012年的秋天,诗人黄亚洲在造访西南大学的时候,写过一首诗《西南大学:新诗研究所》,其中有这样的诗行:“由于峭壁和井绳,诗歌叮当有声/依我说,中国诗歌的半个灵魂,都在重庆山城。”作为长期生活在重庆且一直关注重庆诗歌发展的人,我当然因此而自豪。重庆诗坛的特点之一就是沉静而不浮躁,稳健而不乏创新,默默耕耘的诗人很多。重庆诗坛也不缺少热心人,他们时常举行诗歌交流活动,编辑出版诗歌刊物,举荐和扶持年轻诗人,使人甚觉诗歌和人情的温暖。十年前的2004年,一群热心的诗人编辑出版了《重庆诗人十二家》,推介了十二位不同年代出生的优秀诗人的作品,诗人叶延滨专门为此撰写了热情的序言。十年之后,又有另外一群热心人打算在复刊这本选集的同时,新编《重庆诗人十二家》下卷,实在是一件令人高兴的事情。

我没有参与这十二位诗人的遴选,但我对他们都比较了解,有些还非常熟悉。稿子编定后,杨平、赵兴中诸位朋友希望我为这本选集写点什么,我本来有些犹豫。在重庆,有资格写这篇文字的人很多,但首先应该不是我。比如我的老师吕进教授,比如我敬重的兄长周晓风教授,等等,他们都长期关注重庆诗人与诗歌,对重庆诗歌的发展非常熟悉。在重庆之外,同样有很多诗人、评论家关注重庆诗歌的发展，关注重庆诗人的创作。但他们说这些诗人、专家虽然都很合适，不过我要年轻一些，时间也相对充裕，不能什么事情都让年长的诗人、专家亲自操刀。我自然就没有理由推辞了。

十年前的“十二家”选择的诗人出生于20世纪30年代到70年代初，跨越近四十年。这次选择的十二位诗人出生于20世纪40年代中期到70年代中期，跨越近三十年。我们可以看出，在新诗发展的不同时期，重庆诗坛都出现了一些具有特色和影响的诗人。他们共同为重庆诗歌的发展奉献了自己的天赋与智慧。

柏铭久是我敬重的诗人，“铆住三峡，见证三峡，再铸三峡诗歌辉煌”是他一贯的追求。他长期坚守在三峡这片神奇的土地，时常登山涉水，体验三峡文化的底蕴，与三峡文化、三峡人同乐、同苦、同思考，创作了大量具有影响的作品。我曾经做过不完全统计，近20年来，柏铭久是在《人民文学》《诗刊》《青年文学》等重要刊物发表组诗很多的重庆诗人之一，并上过《诗刊》的头条，入选过“每月诗星”，出版了多部关注三峡的诗集。近几年，铭久的诗依然关注三峡，他说：“我爱 这片江山/两只鸳鸯在倒影间游弋/为此浪费一辈子/是值得的。”但他当下的一些作品中多了些回忆、怀念的成分，甚至开始思考生与死的话题。这也许和年龄有关，他以这种方式沟通曾经与当下，在曾经的足迹中获取对于生命、价值的再思考、再感悟，其中不乏一些落寞、寂寥的孤独感。他的诗中出现了“黑”“旧”“寒流”“寂然”“阴影”等暗色的、向下的语词：“过了天生石桥/心生寂然/拨开没顶茅草/除了狐蛇/知音难觅。”只有诗歌能够带给他永恒的温暖。

王顺彬是一位执着的诗人，他的诗在题材、主题等方面涉及甚广，既有关于红色历史的话题，亦有关于个人、人生的细微思考。他曾经参加过“青春诗会”，入选过《诗刊》的“每月诗星”栏目，《春天的汽修工》是他的代表作之一，在这首诗中，他将软与硬、外与内巧妙地杂糅，把对人性的关注融合到细小的现实场景中，别有情趣。顺彬常常于现实的细节中把捉生命的底蕴，感悟生命的真谛，关于友情、爱情、亲情，关于自身的渴望、困顿、纠结、畅想，都在他的语言中次第绽放，有时细柔，有时豪放，有时低沉，有时高昂。我们很难在他的诗中梳理出单纯的意象、格律之类的传统元素，但它们确实又隐含在诗人的文字之间，因为诗人开阔的想象而增加了诗的力量。《写给水厂的女工们》以“水”为线索，抒写了女人与水的关系，抒写了女性带给诗人的生命活力，我们很难用简单的概括来梳理作品的思路、结构、主题，但读了之后会发现，诗人的想象和感悟确实在单纯中体现了繁复，在孤立的现象间找到了内在的关联。读王顺彬的诗，一定要注意汉语的丰富性和汉字的多重意味。

杨平的诗在数量上并不算多，只出版过《感动》《抵达》两部诗集。他是一个慢吞吞的诗人，也是一个尽力克服了浮躁的诗人。杨平的诗不追求繁复，倒是在单纯之中努力创造着精致，他希望在诗中创造一些独特而又具有哲理的诗句，他写登山：“摸着历史的余温上山/我们不停地向一座山鞠躬。”他写油菜花：“它们不是脚踩着了脚/就是表情碰着了表情/这支艳丽的部队/懂得如何占领/它们不是成群结队/就是化整为零。”趣味与意味同时在这些诗句中生长，诗味也因此浓郁起来。虽然雨夜里大雨滂沱，但“我从不把雨水比作眼泪/因为雨水轻 泪水重”，诗人真正的思考不在雨，而在隐藏于文字背后的感悟。杨平特别喜欢春天、秋天这两个富有诗意的季节，而且可以读出它们的不同味道，关于历史、现实，或者关于人生、自己。

赵兴中是写短诗的高手，他常常于短小的诗篇中借助细节、意象、奇妙的想象以及由此生长的独到的发现，抒写点滴的体验，而这些体验又最终组合成一个诗人的精神形象：敏锐、多思、克制、善良。他的“小镇”经验在世俗中发现人性，在文字中建构了一个独特的诗“江湖”，曾经让很多人着迷。兴中不善饮，但他肯定醉过，不然无法理解饮者之心灵，于是有了“酒歌”。在中国，诗与酒、人与酒的关系历来为人所关注。兴中的“酒歌”十章，揣摩饮者心态，寻觅饮者心迹，或因爱，或因恨，或因回忆，或因畅想，或因寂寞，或因流浪，或因友情，或因爱情……林林总总，不一而足。这实际上是他的“小镇”体验的延续，是人生的又一种“江湖”，是诗人感悟人生、现实、历史、梦想的一个独特的切入角度。无论对于哪种状态，诗人都试图寻觅一种新鲜的发现。在他看来，“酒是另一种温度，也是大寂寞/醉他的是一座高山，是看不见的风/醉他的是一种仰望，也是失去的高度”，醉酒的状态“是每个世俗人免费获得的梦境”，而“没有真正醉过的人，交不出灵魂/如果酒是卑微的，大醉就是一种清醒/骨，肉，血，只是身体中的瑕疵”，“没醉过酒的人，已经习惯了旁观者清/而世上的清，相对于浊依然晃悠悠/像酒鬼转山，蹒跚而上”，表达克制、内敛，不只涉及酒与醉的问题，更是关涉人生、世界。

周开兰对诗的爱好起于很早之前，但她真正拿出作品是在最近几年。她的作品不是很多，还疾行在不断成长、成熟的路上。周开兰的这几首诗篇幅都比较长，如传统文学中的赋体，铺陈其事，反复吟咏，显得比较繁复，在这一点上，有点类似于王顺彬的有些作品。在阅读之后，我们必须撇开他们的文字，去重新收集、整理诗中那些直接切入诗人情感的意象、文句，之后才能较为准确地把握诗人的心绪。周开兰这组作品都和她长期生活的江津有关，尤其是关于塘河古镇的，将历史与现实、个人与文化融合在一起，抒写诗人“梦回古人”的那种体验，多与爱情有关，但对于不了解这个古镇及其历史的读者，这恐怕是一种挑战。不过，透过一些不错的诗句，我们还是可以较好地揣摩诗人的内心世界，比如“今夜，我让虫声追到远处/他宽大的耳廓上/一定有月光咬过的痕迹//今夜，他一定在一首诗里/将我细细打磨，周围的蛙声/搬来语言的木梯，他在北斗星上打坐”，虚实相生、动静相偕，现代的语言里，有一种超然的古典味道。

刘清泉是一位比较有特点的诗人，爱是他诗歌的一贯主题。清泉的诗不是那种激情澎湃的作品，他总是于淡淡的抒写中说出自己的孤独、忧伤和梦想。他表达的爱是那种孤独甚至带有痛苦的爱，是那种深入骨髓的爱，和传统的爱情诗相去甚远。在表达上，他的语言具有独特的个性，跳跃、变形等情形时常在他的诗中出现。“快速来到这里，四月在这面，三月在那面/情绪被阴阳历分开，却又紧紧纠缠/可能要归结于铺张，可能出自策划/写下一行字，就是擦去一层粉黛，露出肉色/春天式微，我们的身体已用旧”，这是他对人生的切肤体验，真实、纠结、本色。这也恰好是他的诗歌的本真之所在，每一个字都是内心甚至灵魂的外泄，只要能够真正走进去，我们就会感觉到一种震撼。清泉的诗抒情味比较浓，他细致的观察，细腻的体会往往会引发读者心灵的震颤。“阴天，丰满了相邻的整条南开步行街/也有等待者，像我一样张望/幻想把所有的场景都录制下来——/或者生，或者活，或者不同于生活/更多的思念，像墨汁在画布上浸淫/可能是一双黑眼仁，也可能是一粒旧月光”，这里融合了多少的岁月沧桑、人生态度和无法淡化的爱的梦想。

姚彬善于抓住现实中的一些蕴含诗意的场景，这些场景经姚彬加以适当剪切，就成为一幅现实的画面，也成为一首诗。这些场景或许都是我们经历过的，从现象学上讲，它们在我们和诗人的现实眼光里本身并没有多少差异，真正的差异出现于诗人剪切的功夫。很多场景经过姚彬一剪切，对比出来了，内涵出来了，张力也出来了，于是诗也出来了。姚彬的另一个独到的功夫就是对口语的采用，很平常的语言一进入他的诗中，就有了特别的味道。他自称“俗人”，关注的都是日常的、俗世的现象与事物，采用的是俗世的语言，但他的诗俗中有雅，而且是大雅。这样的功力，不是一般人能够达到的。“那些比细节还细的不是丝线/是情诗的铆钉/那些比天空还高远的不是思想/相爱的人不图那境界——/只顾左手抵着右手，‘一个是你，一个是我’/只顾两颗头挨着，‘来世还这样’/那些比土地还矮的不是水/是火/只顾在地下燃烧/只顾照亮半米的距离”，我们能说这里没有令人惊奇的真实？我们能说这里没有值得反复玩味的诗意？我们能说这中间没有包含着大雅？

金轲在网络诗歌的圈子里非常活跃，后来又逐渐走向了传统的纸质媒体。如果我们说网络帮助和成就了金轲和他的诗，应该不会有太大的问题。金轲的诗既关注大话题，比如信仰问题、民族意识等等，也关注日常的小话题，比如个人的情绪情感。但他不是通过赞美来表达这些体验，而是通过反讽、消解等手段，表达自己对当下存在的某些现象的不满甚至批判，或者通过现象揭示令人瞠目的本质。《长歌当哭》是一首长诗，抒写了现实中的一系列怪现象，人们期望、反对、表现、行动的背后，支撑其行为、思想的东西根本就还不存在，“他满身血污，爬出母亲的身体/可是他还远未诞生/野蛮的号哭，震动乡村子夜/悲伤和恐惧还远未诞生/他支配一只乳房，吸附着形如手雷的世界/疯狂掠夺还远未诞生/他蠕动着舌头，抄袭人类的口型/鹦鹉的轻佻还远未诞生……”。“还远未诞生”是全诗的核心理念，贯穿整个作品，从个人的出生，一直到政治、历史、文化等等，涉及面甚广，通过揭示种种荒诞之事而获得了独特的诗意。《我在毁坏我的身体》抒写了人在现实之中不能自己掌握自己命运的悲哀。这样的诗是需要眼光、勇气和视野的。我们可以从这样的作品中，看出诗人身上值得肯定的使命意识和忧患意识。诗出侧面，诗人在打量世界的时候往往从一些新的角度切入对象，也因此切入别样的内心世界，获得了与别人不同的新鲜诗意。

金铃子是个多面手，她写短诗，也写长诗和散文诗，还兼事书法、绘画。她曾经参加过“青春诗会”，获得过《诗刊》年度青年诗人奖、徐志摩诗歌奖等多个具有较大影响力的诗歌奖项。金铃子出版了多部诗集,《越人歌》可以被视为其代表作。金铃子的诗不太好读,她的作品在语言上比较讲究,往往意象丛生,象征迭出,用跳跃性极大的表达抒写外人难以把捉的内在体验。《越人歌》使用了大量的意象、象征,一个又一个闪过的故事、情节之间穿插着对话、自白,蕴含着诸多故事、情节与文字背后的意味。因为意象和象征的大量使用,这首诗可以有多种解读,爱情体验、人生超越、神性感悟等都隐藏其中;那个神秘的“你”在不同读者那里可以有不同的指代,可以是具体的人,可以是生命的引导者,可以是一个想象的存在,也可以是一个虚拟的神(有时是上帝,有时是神仙)。整首诗抒写了从世俗欲望到神性追求的心路历程,其间的执着、欲望、纠结、失落、超越等情怀此起彼伏。这首诗是诗人的自我解放:“华丽的披风里掩藏着精灵/它们彼此拥挤,妖娆/你知道我,我不是天使/脸上涂满油彩 头上插着鲜花/我爱,随心所欲地处置我吧。”这样的表达没有任何遮掩,因为诗人的内心始终拥有一个敞亮的目标:“我就这样仰望,更远的你,更远的星空/在布满大丽花的星球,星星/坠毁于两个原因/一颗毁于绝望,一颗毁于爱情。”诗人用爱串起生命中的各种滋味,因为爱,诗篇的境界得到了提升。诗人说,“爱是我唯一的场景/不朽是我唯一的奏鸣曲”,这也许是解读这首长诗的钥匙。

梅依然在重庆女诗人中具有自己的特点。她的作品主要以女性为题材,从一个女性的角度感受和理解女性的不同身份、角色,以及由此带来的快乐、梦想、痛苦、忧郁、纠结等情绪。她的两部诗集《女人的声音》《女人书》都没有离开“女人”这个词。她的诗中使用了肉体、嘴唇、乳房、亲吻等词语,甚至也有不少性爱的象征,但她并不是贩卖女人的欲望、隐私,即使写了,也写得很含蓄、很艺术。她更多的是关注女性的内心世界、精神领域,通过现实与心灵的纠结,肉体与精神的矛盾,抒写自己对于爱的理解和渴望,对于尊重与尊严的梦想。她的不少作品喜欢使用一些大词、抽象词,甚至以此作为诗题,比如“辩解”“困惑”“空白”“辩证法”“形而上学”“信仰者”“投资者”“艺术”“思想”等等,有时甚至让人觉得这些题目与诗本身没有什么关系,事实上,它们恰好是诗人希望通过具体的感悟所表达的话题,而且可以形成一种特殊的艺术张力,有些是正解,有些是反用。在诗人看来,“作为女人/我们的局限在于:/在一间自我的房子中/做着一个并不完满的梦/——我们的旅程短暂且充满艰险”，“肉体的旧楼梯/装着捕捉/与被捕捉的梦”，而事实上，她面对的往往是这样的纠结，“我吸收一切被称之为爱的事物/——痛苦从我的身体诞生”，“当你再次穿过我的身体/如果我还能够保持一种理性/我以为会读到下面这部分内容：/坚强与软弱/荒凉和慰藉”，在诗人那里，爱与痛苦、渴望与迷茫往往是纠缠不清的存在，而这种纠缠恰好是她的作品生发诗意的一种方式。

白月是一个内敛的诗人，现实中的她言语不多，好像生活在现实之外，或者说生活在自己的世界里。这体现了她对外在世界存在某种提防，但她的内心却聚集了强大的力量。白月的诗大多是短诗，抓住一个场景或者瞬间的感悟，落笔即成。白月喜欢白色，她的诗集就叫这个名字。她梦想着一个白色的、纯净的世界，而现实的世界往往又满是其他颜色，比如黑色，比如杂色，于是她就用诗来清洗它们。我们可以从她的诗中读到许多充满硬度的词语，如“死亡”“刀”“黑夜”等，这些是她抗争的对象或者用以抗争的工具。白月的语言有时使人吃惊，奇妙的搭配、超然的组合将我们带入一个特别的世界：诗人眼中和心灵的世界。于是，世界在白月的诗中显出了真相，我们也因此读到了诗人的内心：渴望、痛苦、梦想、超越……她说：“我要保持优良的爱好：渴望/渴望，再渴望。”但她也同时发现：“爱，动词：嚼碎。爱，伴随着伤害。”她甚至觉得对爱的呼唤是因为“疯了”：“肯定是疯了/没有任何事物成为我活着的证据/它们诠释着更僵硬的死亡：高楼，马路/被切割机切割的时间，我的/无名指咬着恐惧不放的恐惧。”因此，白月的心中、诗中总是充满多种情绪的纠结，“白天包着夜晚，夜晚包着白天——如此纠缠”，而这种纠结主要源于她的“局外人”身份和被抛弃、被忽略的体验，“保安多于亲人/小区多于村庄，丰乳多于奶汁/礼貌管制下的野蛮：紧锁的门里/生命耗尽，希望的油烟/看不起一盘裸露的肚条/自寻管道的生路//没有属于自己的房间/只能瞳孔中端详自己/需要向内扩建/向上垒一层，向最高空”，从这些诗行中，我们可以读出诗人希望解构的世界和希望消除的块垒。

张远伦长期生活在山高水长的彭水，那里有著名的摩围山、乌江画廊。他是在自然的画幅中领略过生活和艺术的诗人。他后来到了主城，见到的景致肯定不同了，山依然高，水依然长，但没有了自然的画幅，更多的是高楼、马路、匆匆的人流和奔驰的汽车。我反复强调“画幅”，是因为张远伦的诗特别善于捕捉和剪裁“画面”。虽然他说:“我倦于阅读欧美/疏于翻检魏晋/这几乎是不可原谅的。”换句话说,他对于西方的、传统的东西都有些厌倦了,这当然只是诗人在某一刻的心情,而我们可以从他的艺术方式上体会出传统哲学对他的影响:尊重自然,尊重现象,尊重一切存在的事物的自由“演出”、自我“表演”。他的诗,往往是截取现实中的画面,让这些画面自己说话,自己表达。这样的诗考验的是诗人的发现,是诗人寻觅诗意的心灵和独特的剪裁功夫。比如,他反复强调“不要……”,因为世界太大,想象之外的事情太多,不能以井蛙的视野轻易下结论,“我想领着你逛重庆/而不是一直呆在你那小小的墓穴里”,这才是诗人真正想说的;他曾经“构思”过很多东西,但是“当我不再构思的时候/我把自己丢在华福巷/只要三分钟,就可以去曾家岩人防洞乘凉”,“构思”的东西永远都在不知道的未来,有时可能是一种重负,干脆放下来,反而轻松许多,反而可以进入真正的人生。他通过茶叶识别了季节,悟出了人生:“你给我的茶/让我认识到和你的温差、海拔差,还有春夏之差/尽管茶叶微笑起来,水波都跟着晃/我还是觉得,谷雨停留在惊蛰,是精神错乱了。”张远伦的诗,于小中见大,于淡中蕴浓,于不经意间说出一些微妙的感触。这是一种接地气又可以回味的诗,一种不走寻常路但同样获得意趣的诗。

终于写到了这里,可以稍微舒一口气了。回头想想,完成这篇文字比写其他的东西要困难很多。在平常,读完一个人的作品,只要有点感觉,只要自己愿意和时间允许,就可以写出一篇不长不短的文字。这段时间读了十二位诗人的作品,每个人的作品都近乎半部诗集,而且差别很大,每个诗人都建构了一个属于自己的诗歌世界,我随着每个诗人的文字苦乐沉思,回忆或梦想,花费的时间不少,最终却只能为每个人写上一小段简单甚至粗疏的文字。但是,我还是很高兴,又一次比较系统地阅读了重庆诗人的作品,又一次对重庆诗歌的当下和未来充满了信心。杨平、赵兴中等诗人不但长期坚持诗歌创作,而且为其他诗人的创作、交流搭建平台,打破“文人相轻”的传统,这是值得肯定和令人钦佩的。虽然这部选集入选的诗人和作品也许会有争议,更不可能完满,但作为一个诗歌爱好者和长期关注重庆诗歌的人,我还是要向他们的这种奉献精神表示深深的敬意。

当然也有遗憾。对这部作品集,我只是一个普通的阅读者,在身份上和阅读其他文本没有什么两样。我不知道“十二”这个数字是怎么来的。记得在很多年前,《星星》诗刊开设过“台湾诗人十二家”“台湾青年诗人十二家”等栏目,介绍了不少台湾地区的诗人。我猜想,他们可能是因为刊物每年只出版十二期才选用了这个数字。我不知道“重庆诗人十二家”最初是不是这样来的。编书编刊物,限定是必需的,但这个限定必定会无可奈何地遗漏许多优秀诗人和作品,也难以全面反映重庆诗人队伍的真实面貌,多少有些可惜。在当下的重庆诗坛,60后、70后诗人已经成为主力。我估计,要不了多久,80后、90后诗人就将走上重庆诗歌的前台。这是我所期待的,我想,肯定也是众多重庆诗人乃至重庆诗歌界所期待的。这些信息暂时无法在这本选集中体现,因此,我期待下一个更全面的选本的出现。

2014年11月10—14日,重庆之北

中年写作：重庆诗坛的中坚力量

——在“重庆诗歌中年写作座谈会”上的发言

在诗歌的处境并不理想、物质的诱惑力远远大于精神的吸引力的社会文化语境之下，大家还暂时放下手中的工作，来到西南大学，在中国诗学研究中心、中国新诗研究所探讨诗歌问题，研究新诗的出路，这是令人敬佩的。

我们经常讲，重庆是中国新诗的重镇。这不是一句空话，对此，我个人觉得可以从几个方面加以简单考察：

其一，重庆出现过不少在新诗史上拥有自己地位的诗人，如吴芳吉、邓均吾、何其芳、方敬、邹绛、沙鸥、梁上泉、傅天琳、李钢等等，他们以优秀的作品在自己所处的诗歌时代占据了诗坛的重要位置，成为新诗史研究不可忽视的对象。

其二，重庆的诗歌活动历来都非常活跃，从吴芳吉的实验到朱大枬在新月社的广受关注，从抗战时期汇聚到重庆的各路诗人、出版的多种诗歌报刊、举行的各种诗歌朗诵会，到新时期以来的校园诗歌活动、网络诗歌实验、微型诗倡导和实践、格律体新诗理论的弘扬与传承，以及大量的国际、国内学术会议，团结了一代代诗人、学者，在诗歌界产生了重要影响。在新诗史上的许多时期，重庆是中国新诗和诗学主张的“孵化池”。

其三，重庆是新诗研究的中心之一，何其芳的诗学理论至今为不少诗人、学者所接受和传承，方敬、沙鸥、邹绛等也是重要的诗论家。新时期以来，尤其是吕进教授主持创办中国新诗研究所以来，重庆的诗学研究以群体风貌展现在诗坛上，成果丰硕，影响甚大，得到了海内外诗歌界、诗学界的公认。吕进、石天河、周晓风、陈本益、李怡、毛翰、彭斯远、何休、赵心宪、马立鞭、万龙生、谢应光、张中宇、刘静、波佩、向天渊、梁笑梅、熊辉等组成了这个群体的带头人、骨干和梯队，有的影响很大，有的潜力可期。

其四，在每一个时代，重庆都有一批非常活跃的诗人，他们分散在不同的岗位，年龄不同、阅历不同，甚至诗歌观念也有所不同，但都有一个共同的追求，那就是对诗歌艺术的严肃探索，并由此引发对人生和现实的多元思考。我曾经以“四代同堂的景观”来描述这种值得关注的现象。

“重镇”是一个美誉，但它不能是虚的，要使这个美誉长期保持下去，就需要大量优秀的诗人和作品来支撑，为它添砖加瓦。

继抗战时期、20世纪50年代、新时期的活跃与成就之后，在新诗处于转型期并受到不少人诟病的今天，在21世纪以来逐渐进入中年的诗人群又一次将重庆诗歌的写作推向前台。这个群体的诗人大多出生于20世纪50年代到60年代，他们发表了大量作品，甚至出版过多部诗集，诗歌界有人把这个年龄段的诗人称为“中生代”。他们在纷繁的诗坛上，坚持自己的艺术思考，坚持诗的艺术本性，执着地探索诗的出路，给诗坛奉献了不少厚重而新颖的作品。在重庆诗坛上，这个群体人数多，实力强，我们称之为重庆诗歌的中年写作。这是一个值得关注也应该关注的诗学现象，中年写作不只是一个年龄概念，更多的是一种写作姿态，体现了独特的艺术态度和人生态度。

重庆诗歌的中年写作者是当下重庆诗坛的实力派、活力派、中坚派。实力派相对于才情派的区别就是艺术功底更扎实，独特的艺术观念已基本形成，这决定了他们的艺术探索具有更多的诗学意义，艺术生命力更加长久；活力派与保守派的区别在于前者仍然具有进一步拓展的潜力，不拒绝学习、借鉴一切具有诗学意义的观念、手法，可以通过探索为新诗发展提供新鲜的艺术启示；中坚派与票友的区别是前者把诗歌艺术探索作为一种事业、一种与生命一体的追求，他们即使不写诗，也不愿意游戏诗歌、玩弄诗歌，不愿意对神圣的诗歌造成伤害。

重庆诗歌的中年写作者求新但不唯新。既思考生命，也关注现实，于开阔的视野中探索新诗的艺术可能。他们既具有共同的追求，又具有各自的特色,艺术个性与艺术共性得到了较好的结合。重庆诗歌的中年写作者视野比较开阔,既关注个人的内心世界,又关注丰富的外在世界,试图以新的艺术手段打通个人与世界的关系,稳健而不凝滞,细腻而不失大气。在新诗文体探索上,重庆诗歌的中年写作者坚守自由与制约、继承与创新相统一的原则,展开了广泛的实验,成效是显著的。在诗的传播方式上,重庆诗人率先建立了以"界限"为代表的诗歌网站,同时出版了数量可观的民间诗歌报刊,并利用电视、报纸等传统媒体,努力实现诗人与社会的交流、诗歌与读者的沟通,建构了比较浓郁的诗歌氛围。

重庆诗歌的中年写作不是平面的,而是立体的、多元的,每个诗人都有自己探索的艺术领域及自己的艺术特色:有些偏重内心抒写,有些关怀外在现实,有些把对世界的关注与自身的生命沉思结合起来;有些诗篇新奇华丽,有些诗篇朴实厚重。这些诗篇都显示了诗人的创造智慧。通过这些诗人的共同努力,形成了重庆诗歌的多元格局,也增加了重庆这个诗歌重镇的艺术分量。

按照吕进教授的说法,重庆诗人的艺术探索历来属于传统的先锋派,或者叫先锋的传统派,重庆诗歌的中年写作更是如此。诗人们既继承优秀的诗歌传统,也借鉴外国的诗歌艺术经验,更把艺术的创造看得高于一切。在求实中创新,在创新中推进新诗艺术的进步,是每个时期的重庆诗人在他们的中年写作中所体现出来的共同的艺术态度和取向。他们既是前人艺术探索的延续者、弘扬者,同时又以自己扎实而有效的探索成果成为新的探索者的领路人。

中国诗学研究中心和中国新诗研究所历来关注重庆的诗人与诗歌。"重庆诗歌中年写作座谈会",是我们早就策划的诗歌研讨活动,关注重庆诗歌及重庆诗人,尤其是成就突出的中年诗人,是我们的责任和使命。这个愿望终于在金秋十月实现了。今年是新诗诞生90周年,在这个时候回顾历史、打量现在、展望未来,应该是大有益处的。今天出席座谈会的,既有老一辈诗人、学者,也有年轻的诗学研究者,更多的是具有实力的中年写作的代表诗人。我们希望通过这个座谈会,使重庆的诗人进一步团结,共同为实现新诗的诗体重建、精神重建、传播方式重建的目标做出实在的贡献。我们希望将"重庆诗歌的中年写作"作为一个课题进行深入研讨,为重庆诗歌的发展做出贡献,为未来重庆新诗史的书写提供翔实而可靠的资料。

重庆诗坛的“新生代”

就整个当代文学来看，重庆文学在全国文学中的整体地位并不算高。但重庆新诗的地位历来比较高。每一个时代，每一个年龄段都有比较优秀的诗人。在重庆，超过一般水平线的诗人数量是比较多的，而且每个时期、每个年龄段的诗人，都形成了一个相对集中的群体。我们常常说重庆是新诗的重镇，这不是自我吹嘘，也不是毫无根据的。

就目前比较活跃的重庆诗人而言，大致可以分为四个年龄段。第一个年龄段是以梁上泉为代表的老诗人，第二个年龄段是以傅天琳、李钢、柏铭久等为代表的中年诗人群，第三个年龄段是以李元胜、冉冉、冉仲景等为代表的青年诗人群，第四个年龄段是而后成长起来的是更年轻的一代，也属于青年诗人的队伍，但年龄比李元胜他们小一些，大多是20世纪七八十年代出生的诗人。我在重庆生活了20多年，和前面三代诗人都比较熟悉，但和更年轻的诗人联系相对较少。原因当然很多：在我们这种年龄，自己的杂事太多，平常和大家交流的机会比较少；诗歌观念变化很大，年轻诗人的有些观念可能和我们这一代人的看法有差异；等等。

但重庆诗人是我一直关注的。我觉得，几十年来，重庆诗坛形成了一些值得传扬的好传统。这也是重庆诗歌界经常说到的话题。

比如多元并存：重庆诗界历来都是多元的，各种风格都拥有自己的位置，体现了这座城市的包容性。

比如团结协作:重庆诗界在总体上是很团结的,基本上不拉帮结派,不相互攻击,即使风格不同、观念不同,但大家都能够和平相处,相互支持。不同年龄的诗人之间如此,同一年龄段的诗人之间如此,诗人与评论家之间如此,不同艺术追求的诗人之间亦如此。应该说,这在全国诗歌界都是很有特点的。

比如生存状态和创作状态良好:也许和重庆的山水文化、码头文化等有关,重庆诗人的创造力历来比较强,许多年龄不小的诗人都还在坚持笔耕;重庆诗人的生存状态也不错,大多数诗人的日子过得超过了一般水平。这就使他们有条件去体验人生,感受心灵,扎扎实实地探索诗歌艺术,而没有必要无病呻吟。

我是在这些传统的前提下来观照和谈论重庆的新一代诗人的。在20世纪40年代,九叶诗人唐湜曾写过一篇文章叫《诗的新生代》,讨论了一批年轻而富有活力的诗人的创作,包括多种流派、思潮的诗人,不只是指那些后来被称为"先锋派"的诗人。今天我借用这个词,也是这个意思。我主张在开阔的视野、在历史的考量中来打量新诗,打量每一位具体的诗人,不只是为某些热点的思潮张目。我非常赞同旅美华人诗人、学者叶维廉教授提出的"历史的整体性(historical totality)"原则,他主张在宏大的历史中、在历史的演变中给诗人和他们的作品定位,这样就容易获得比较准确的评价。文学研究不应该见一个论一个,见一个夸一个,否则所有研究对象都成了名家、大师,与历史事实出入甚大。这种主张不赞同过度地张扬个人,不赞同以对立的眼光打量世界,甚至不赞同把人类作为世界的主宰。在世界上,一个人,其实就如一棵树、一株小草、一块石头一样,没有高低之分,他只是构成世界的一分子。因此,诗人、评论家甚至每个具体的人所持的态度都应该是主张人与人、人与自然、个人与其内在世界的平等对话和交流。

客观地讲,我对重庆的新一代诗人是很关注的。聚集了大量优秀诗人的"界限"诗歌网站是我经常拜访的地方。去年,我们就曾经策划要和一些学术部门合作,举办一系列青年诗人的作品讨论会,但因为各种杂事情给耽搁了。前几天,李元胜兄说有今天这样一个会议,主要是为配合重庆直辖十年,举行一次青年作品讨论会、朗诵会,总结重庆新诗的成就,关注青年一代的成长。我听了之后很高兴,这正合我意啊。他策划的这个活动还有另外一些规则，比如：讨论的对象必须是有一定成就与潜力，但还没有受到诗坛广泛关注或者所受关注不够的诗人；考虑多元语境下的多元诗风，不只是探讨某一种艺术追求的诗人；讨论的时候不能空对空，而是要针对作品来谈。这些主意都是很好的，我赞同。最近几天，事情很多，但我还是抽时间去“界限”看了大家的作品。读得比较粗糙，或者说，还没有把这些作品解读得很透。但是，我愿意趁这个机会和大家交流看法，共同学习。

元胜兄给我列了几个名字，都是我比较熟悉的：王顺彬、唐力、宇舒、西叶、宋尾。

王顺彬是这个名单中比较有资历的诗人，我和他是老朋友了。顺彬已经出版了《活法》《苦难》《酒鬼》《带着大海行走》等著作。他参加过“青春诗会”，被《诗刊》作为“每月诗星”推荐，这几年的创作实绩不俗。《文艺报》曾用整版的篇幅发表了谢冕、吉狄马加、叶延滨等六位诗人、评论家对诗集《带着大海行走》的评介。顺彬比较关注现实题材，从生活的细节中揭示自己对现实的打量和对生命的思考，诗中怀有理想，但不是概念化的；诗中大量使用比喻、意象，但主要不是象征性的；诗句比较流畅，但偶尔也显得比较凌乱；语言比较朴实，但似乎灵动性还不够，偶尔显得有些平淡甚至枯涩。顺彬的诗有体验、有智慧、有思想，比较追求大气，但空灵之气似乎稍嫌不足。我个人觉得，这需要阅读大量的优秀诗作来加以弥补。作为一个已经推出了数量可观的作品的诗人，顺彬可以在创作上稍微停一停，思考一下未来的探索之路。

就我掌握的材料看，唐力也参加过青春诗会。唐力的诗比较关注底层生活，善于从一些过去的、陈旧的、底层的但又具有文化感、历史感的人和物那里获得灵感，寻找深潜于事物内部的精神、思想，发现事物中令人惊异的本质。这种题材和目标决定了他的诗想象开阔、独特，使其诗常常于暗处透露出生命的光亮。他说《木匠》，“劈开一座森林，挽救一山的鸟语花香/有如劈开锈蚀的钟，救出不朽的青铜之声/有如劈开词典，救出优秀的词语/有如劈开泪水，救出爱和疼痛/最后他要和我一起使力，劈开这/沉沦的肉体，救出一道精神的闪电/在自由和梦想中飞翔”，这种发现和表现都是出人意料的。对生命的终极关怀是唐力诗歌中潜藏的魅力，也是他诗歌的温暖之源。他说《漆匠》：

对于光阴，事物中暗藏的纹理
没有谁比他理解更深。现在他正给
一堆陈旧的事物，刷上一层闪电

我觉得诗人唐力就像一个“漆匠”，在“陈旧的事物”中发现了真实和诗意，在诗歌中抒写着生命的“闪电”，用艺术的发现和表现梳理着生命的“纹理”。

宇舒的诗主要关注爱情，关注人与人之间的关系。她不太注重现实的事物，她注重的是“虚”的体验，是精神世界。这是许多女性诗歌的共同特点。但她所写的爱情似乎都是苦涩的，人与人之间的关系似乎都是冰凉的。换句话说，她所写的是爱情的另一面，是人际关系的另一面。她的诗给人的总体感受是“冷”，是彻骨的冷，是我们日常体验之外的诗意。宇舒的诗首先具有与众不同的切入角度，她善于从一些现象上把捉温暖之外的寒意，日常之外的非常，是现实之外的梦境，通过想象复活真实的生命情境和体验。宇舒诗中的怀疑精神是值得注意的，怀疑是一种消解，是对于既成现象、既有观念的他种思考和别样打量，这需要诗人具有一种特殊的穿透力，只观察和体验表层的人是无法做到的。《写给11月6日的梦境，和它的消失》写的是梦境与梦境的消失，梦境中的感受是诗人体验的真实，梦醒后的世界是诗人面对的真实。这两种“真实”只存在于诗中。

宇舒是一位机智的诗人，她可以在日常的事物中写出陌生而真实的诗意。《沧白路》就把中国的拆字游戏融进诗里，而且非常贴切。这样的写法是汉语诗人的专利。以“致”为题的诗题目很多，但宇舒把它应用得出人意料：

我穿着我黯淡的影子想你
我穿着我投射的幻觉想你
我穿着我的空虚
回忆你的柔软
我把我的倾吐
塞成大衣
灰色的棉里

可是怕冷的树，纷纷

出嫁，可是空虚的建筑物

开始倒塌，剩下些

要拆，但还没拆的

脚手架

真实的东西消失了，只剩下作为支架、装饰的物品，深刻地写出了生命的空虚感。

现实、生命、爱情……我们面对的一切都不可能完美，因此我们才有诗的梦想，我们才需要诗人。我希望宇舒的诗中多一些温暖，至少多一些冷暖的融合，这也许才是真实的生命。

西叶现在算是同龄人中的“大人物”了，她担任了著名的“界限”诗歌网站的站长。元胜兄把这个重任交给她，一方面是出于对她的信任，另一方面也说明她有实力。西叶的诗，变化较多，不是一个调子，也不是一种路子，她在不同的心境下有不同的诗，她在不断地发展着。她的一些短诗，似浓缩的精华，点滴成趣，诗味浓郁，给人较深的印象，有的甚至显得清新自然，妙趣天成：“必是一片羊皮草坡/赶着日落下山/风一吹，就有云朵做我的亲人/必用口哨/推醒月亮/流水的清灰/使鸟儿下沉，使虫蚁上升”(《与某人有关的》)；“空气好像病了/走路的样子很沉重/打开窗/我掂着指尖替春天把脉”(《阴天》)。这些感觉显得轻松愉悦，可以任读者展开想象，体会诗人的心情。

她的篇幅比较长的作品或者组章，则显得厚重一些，感受和思考都更深刻，现代气息也相对浓郁。《黑白》写出了世界的本色，其实也写出了诗人体验的本色，其中的想象值得我们关注，有些语言的表达体现出特别的机智：

一座很长的桥，吞没裤管所有空气

踏上时我看着桥走路

走着走着，眼里就只剩下光

天上的，路面的，和水里的

逃生的车辆紧张地从桥头窜到桥尾

又从桥尾窜到桥头

窜来窜去，谁都说不清该去哪儿

只有脚底的震颤让桥真实
让我真实

我立着不动，像一个临界点
被黑吞没或吐出的东西从我经过
我看见许多忍着疼痛的人在给那些模仿疼痛的人治病
各种各样的语言从唇瓣流出
编结成两种色彩——

这样的发现是独特而有魅力的，只有敏感的诗人能够完成。世界如此让人茫然，而又是如此的真实。

《乐魂》的题材是大家都熟悉的。音乐是一种特殊的艺术，它的穿透力、感染力和文化承载力是其他一些艺术样式所难以相比的，许多诗人都写过音乐，所以这个题材并不新鲜。但音乐的另一个特点就是，不同的人可以从中获得不同的体验。这组作品有自己的特点，和作者的其他作品相比，多了一层历史的厚重感，也多了一份动人的沧桑感，每一首诗都根据所体验的音乐的不同而呈现不同的风格，有的轻快，有的苍劲，有的沉郁。作者是悟出了音乐之美的，她也有把握诗美的能力。

人们常常喜欢使用"风格"这个词来谈论成熟的诗人。一个诗人，形成独特的风格，当然是重要的，但我们应该辩证分析风格的作用，如果一种风格成为诗人进一步发展的桎梏，我觉得风格是可以打破的。我们很难说西叶已经形成了自己的风格，这并不可怕，说明她还有发展的潜力。

宋尾来自湖北，但他已扎根重庆，是重庆诗坛的后起之秀，是一位心性敏感、才气十足的诗人。他善于从日常事物中发现具有诗意的主题，尤其是对人性的压抑、扭曲和生命的孤独具有特别的敏感。这种压抑、扭曲和孤独都来自人与世界、人与人的隔膜，诗人的对话者大多是非人的或者是创设的、具有象征性的而非现实的人与物，比如《猎户》中的"猎户"、《笼子》中的"木匠""泥瓦匠"和"魔术师"，《去掉一个我》中的"无名的主人"，《我的狗》中的"狗"，《理性的自渎》中的"民工""暴雨""雷声"，等等，虽然是具象的，但它们是诗人的艺术创造，诗人通过创设这样一些对象和场景来表达自己难以言说的体验。

读着他的作品，我们不得不佩服诗人穿透现象和事物的能力。《猎户》中的“猎户”和其中的“老人”都是象征，是生命发展的必然，因此“我也将成为猎户在时间里的猎物，但不要哀求”，这里带有宿命的体验；《笼子》中的“笼子”也是一种象征，一种生命的内在场景，一种前无去路后无退路的茫然；《理性的自渎》中的“暴雨”“雷声”，更是象征，是“比日光和暴雨更为疯狂”的生命的压抑。

在宋尾的作品中，叙述是主要的艺术手段，物象丰富甚至有些驳杂，如同日常生活的驳杂琐屑，这种和现实生活的对应性和整体性决定了他的作品难以切取片段加以解读，而要进行整体把握，尤其是要把捉其具有戏剧化特色的建构方式，特别是戏剧场景之间的关联、场景之外的内涵。叙述性在当下的青年诗人那里是比较流行的艺术方式，有人说是对西方诗歌的客观化手段的中国化，西方诗歌也许是这种手段的直接来源，但究其根源，它和中国传统诗歌的“天人合一”的追求具有一致性。在中国传统诗歌中，诗人与世界是融为一体的，他们抒写世界其实就是抒写他们自己。“鸡声茅店月，人迹板桥霜”“大漠孤烟直，长河落日圆”，等等，都是客观化的，都是借助叙述手段强化诗意的表达。在现代诗中，这种叙述方式显得更为驳杂，许多诗人都希望把包含本质的现象纳入诗中，很少对日常事物做诗意化的选择和提升，因而造成了诗篇的庞杂无序。

在阅读年轻诗人的作品时，我常常为他们的艺术敏感而欣慰，为他们在艺术表达上的新奇所打动，但我也注意到，现在的有些年轻诗人因为受到的制约较少，他们对待诗歌的态度和上几代诗人有很大的不同。他们更注重艺术，更注重个人，率性而为，汪洋恣肆，而不太注意技术层面的东西，不太注意思考个人与这个世界的更为复杂的关系。这是好事，诗本真心。但我也担心，长期以来形成的一些诗歌的艺术传统可能因此遭到颠覆，也许在不久以后，我们的诗和此前的诗在艺术标准上会出现根本的断裂。有些作品有魅人的闪光点，但总体上语言粗糙，甚至打破了汉语的诸多习惯；有些作品境界不高，体现出片面的深刻。我一直以为，诗歌应该是具有贵族性的，应该有一种让人依托的精神存在其中，在娱乐文化、消费文化成为主流的今天，坚持这种品性显得尤为可贵。我希望年轻诗人在艺术探索的时候，也能够考虑一下这样的问题。我们应该始终记住我们的称呼叫诗人——诗人是发现真实的人，是提升和创造精神的人；诗人不只是个人，诗人应该是这个世界上最清醒的人，因而也可能是最痛苦、最快乐的人。

重庆诗坛的年轻力量，当然不只是这里所谈到的几位诗人，可以列举的名字还很多。但是从对他们的简单解读中，我们已经感受到了新的“崛起”正发生在重庆诗坛上。这些年轻的诗人，思想活跃、观念新颖，给诗歌带来了一股新鲜的力量，既冲击着传统，又发展、丰富着传统。在这里，我还想特别提到诗人李元胜，他是我佩服的一位诗人，诗写得出色，人缘也不错，尤其使我感动的是，在自己的艺术地位基本确立了以后，他没有因为考虑自己的地位问题而排斥、压制其他年轻的后来者，反而乐于担当起伯乐的角色，通过各种方式推出新人。我以为，这正是重庆诗歌界的优秀传统的延续，我希望这种风气在新一代诗人那里能够得到更广泛的传扬。

2007年1月19日，为“十年·重庆青年诗歌研讨会”作

走上前台的80后诗人

诗人金铃子说，有家刊物要发表一组80后重庆诗人的作品，希望我写一篇短文。对这个群体和他们的创作，我很有兴趣，只是对他们的了解不是太多，正好利用这个机会集中读读他们的作品。因此，我非常愉快地接受了她交给我的命题作文。

时间过得真的很快。著名诗人方敬在新时期创作了不少优秀的诗篇，《季候赋》中有这样的诗行：

往事知多少
春不是美丽的谎言
秋并非斑斓的呓语
每个季节各有感受
得为所有的季节珍惜
……
爱像一个吻
追求是一个梦
短短的时日那么长
长长的岁月那么短

这是先生在老年的时候发出的人生感慨。年轻的时候，我们也许没有真正读懂，但随着年龄的增长，我们才深深感觉到诗人的敏锐。

30年前，我们还把梁上泉称为中年诗人，把傅天琳、李钢、培贵、柏铭久、徐国志、成再耕等称为青年诗人，李元胜、冉冉、冉仲景、李亚伟、何小竹他们还没有走上诗坛，或者刚刚为诗界所了解。而现在，这些人，都先后成了老诗人、中年诗人，甚至有诗人因为种种原因离开了我们。一代代、一批批70后、80后甚至90后的诗人已经逐渐走上诗歌艺术探索的前台，成为诗歌创作的中坚力量。

几年前，我主持完成的《重庆诗歌访谈》在遴选访谈对象的时候，设置的年龄下限是70后诗人，其中年龄最小的是生于1979年的西叶。现在想想，到今天，我确定的最小的诗人也已经走在“奔四”的路上了。诗歌需要激情，需要敏锐，需要想象，需要活力，需要智慧，需要创造精神，它更多地属于年轻人。有人说，十八岁的人都是诗人，虽然过于绝对，但不无道理。即使是80后诗人，他们也接近甚至已经过了而立之年，应该是他们为诗歌发展唱主角的时候了。在诗歌史上，不少诗人成名或写出代表作都是在20多岁的时候。

在金铃子为我提供的11位青年诗人中，我相对熟悉的只有刘东灵、孙佃鑫和杨康。刘东灵在读大学时和工作之后，我们曾经多次见面并交流；对孙佃鑫，我则更熟悉一些，他是新诗研究所的研究生，我给他上过课，也有过诗歌方面的交流；我没有见过杨康，但他这些年的创作比较活跃，发表的作品不少，我读过其中的一部分，在综述2013年度的重庆诗歌创作时，还专门提到了他。对于其他人，我都不太熟悉，他们的作品读得也不多，我希望这次集中阅读能够为我洞开一个崭新的诗的世界。

80后诗人有他们的优势。他们从小所经历的就是一个开放的、多元的时代，这个时代使他们的思想、观念可以相对自由地生长，较少受到某种固定的意识的左右与制约。他们的知识储备也相对丰富和合理，他们在适合读书的岁月里可以找到自己应该和喜欢阅读的书籍；他们在诗思发育、诗感养成的时期可以读到来自全世界的各种风格的作品；他们在开始诗歌创作的时期，拥有多元、宽容、开放的时代和文化语境，可以尽情发挥自己的聪明才智和创造精神。就个人的创作素养来说，他们这个年龄也是思想、感情、想象力、创造力最为丰富、活跃的时期，他们可以不遵守过去的观念和模式，可以不为某一种单一的探索路向所规制。

80后诗人走的依然是我们一直倡导的多元化诗歌道路。每个诗人因为经历不同、学养各异，往往体现出对题材、主题的不同关注。刘东灵的诗以朴素的方式，寻觅和赞美人间的点滴温暖，在过去和现在、城市和乡村的多元比较中，他深切地感受到世界、人生、情感的变化：“我注定地失去了所有的乡村伙伴/我们的生死也和村子里日渐稀少的耕牛一样/无足轻重。”（《牧童独憔悴》）吴小虫的感觉比较尖锐，他通过对诗人及其身份、命运的反思，打量我们生存的这个世界和人心，他的有些发现令人震惊：“这是黑夜，貌似白天/这是死亡，好像活着。”（《道路》）孙佃鑫的诗既有现实的感悟，也有哲理的审思，其间还游弋着漂流无定的沧桑之感，他这样怀念祖母：“你死的时候我没有来得及/点燃一盏昏黄的灯笼/别人再提起你时/我就想起你已经是一只鬼/我们这地方到处都是鬼/活着的死了的/可是你都不是/你这只鬼不吓人。”（《清明——致祖母》）“鬼”这个词在中国文化中是不吉祥的象征，但在作者笔下，它也许有更现代也更丰富的内涵，超越了传统的内涵。张尹自称“乡音的收集者”，即使身居都市，他的诗也对乡村和宁静生活状态保持着怀念或者向往，试图从生活化的细节、小事中发掘点滴的意味。他的《金刚碑印象》只有三行：“阴暗的天空和一群杂乱的房屋/明亮的天空和一群生机的房屋/同一时刻，出现在眼前。”同一时刻，同一个对象，却生发出不同的感受，这就是诗，就是创造者、创造品和创造对象的微妙关系。朱成的诗有明显的自我意识，他的作品中充满矛盾、冲突，也有孤独、无奈甚至无聊的体验，他试图以诗的方式消解这一切，释放潜藏在肉体里、生命中的压抑。他对尘世充满警惕，甚至感觉到：“死，随处可见，我们/时刻准备接住那一块无常的令牌——它/高踞在墙上的时钟里，冷冷地/倒数一串数字。”（《尘世之事》）杨康的诗充满浓郁的生活气息，他写父亲，写自己的生活，其间有对父亲的深爱：“我不喜欢有风的日子。风是父亲的苦难/我怕什么时候风一吹，就把我的父亲/从这个世界吹到另一个世界。”（《我不喜欢有风的日子》）杨康也抒写了作为弱者的无奈和孤独，《我的申请书》是一个身处社会底层的人在物质化时代的心灵控诉。王步成的《重庆笔记》只是选择了组诗中的一部分，但已经足以让我们读出诗人内在的疼痛，“这样的天气已经不适合出来散步/山城的每一个夜晚都是那么的美丽。辉煌/我是一个不善于欣赏世界的人/我害怕过多的美丽和辉煌”，他是生活者，好像又是生活的局外人。他的疼痛是生活逼迫出来的疼痛，是现实折射在心灵深处的疼痛，这种疼痛可以使诗人丰富起来，也使他的诗丰满起来。邪人疯的诗具有直抒胸臆的特点，在语言、体式等方面具有自己的特点，充满机智，比如《放逐》《文字狱》等篇幅虽小却让人觉得新鲜，他的不少作品在对世俗的观照之中蕴含了一份超然的情怀，“想读书，把月亮拴在床头/想喝酒，取一瓢江水饮尽/没有舞伴，与影子跳一支舞/没有音乐，摘下太阳击鼓而歌/痛苦时，用摇滚下酒消愁/孤独时，与诗歌相依为命”（《最好的时光》），这中间有诗人的无奈和期待。陈琰枫具有游学西方的经历，这可能对他的诗感培养产生了一定影响。他的诗篇幅短小，但充满哲理和机智，不过和传统的哲理诗不同，他不是讲道理，而是写感悟，往往在欲言又止的文字中达到小中见大、平中寓奇的效果：“被钓起来过的鱼/依旧不长记性，/不像走在冰上的人/那么战战兢兢。”（《冰湖》）《石头的脚》切入角度独特，令人回味，使我们追问这样的问题：那个分得清正常人的“疯子”真是“疯子”吗？韩甫的诗于生活化的抒写中蕴含着对现实、生命的思考，这些思考也许没有明白的结论，但它们引发我们思考，因为诗人切入现实的角度是独特的，他让我们沿着他的思路看到了现实与人生的另一面，“那隐藏在黑夜之中的/喧沸的人声，那些躲避起来的/深陷的沉默和幽思/在长江的边上，有两个人/注释一座桥，像那一江的水/静静地流淌/一半逡巡于回龙湾，一半/在那一边不驻足地回望/呵，那一座桥，居然就灯火辉煌”（《鹅公岩大桥》），这是一座桥引发的幽思，“黑夜”与“灯火辉煌”究竟是什么关系，只有慢慢去领会。风子（钟平）的心思不复杂，不紊乱，甚至有些单纯。他是清醒的，明白自己面对的是什么，也知道自己需要什么，因此，他的诗虽然有一些忧郁，但总体上是充满光亮的，“远处，高高的山冈上，枝丫荡漾/瑟瑟秋风中，总想扯掉断肠/我们说好一起去登高望远/一起去重走古道。做一回诗人/拾起一枚落叶，把秋风放走/索性，我们就雇一头毛驴，去一趟天涯”（《咏秋》），这样的诗，有传统的底蕴，也有现代的感悟和思考。

我们无法对这些诗人的作品进行更为系统的讨论，但仅从这样简单的解读中，我们也可以感觉到，80后诗人的创作起点是比较高的，每个人的个性都比较突出，相互之间观念差异很大。他们的诗中，个人的人生轨迹、心灵轨迹都在诗中得到了比较明显的展示，因为没有先在观念的介入，每个人对人生和艺术的理解都体现得非常明显。向内、向下是这个群体的作品的共同特点之一，他们的诗似乎不太追求意义，不太追求宏大，在一定程度上消解了我们对于诗歌的传统理解。他们的诗思大多是复杂的,有的甚至显得比较凌乱,还没有为自己寻觅到一个明白路径。这和他们的经历有关,和他们面临的生存环境有关。

这群年轻的诗人带给我们关于诗歌的全新理解,但也可能带来了一些需要我们和这些年轻的诗人共同思考的问题:诗歌究竟为何与何为?写诗仅仅是自我的倾诉还是应该为这个民族、时代的精神发展与延续提供一些具有超越性的精神支撑?诗歌关注个人的现实与生活甚至俗世是它当然的责任,但在这种关注之中是否需要考虑艺术与人生的境界?艺术的探索道路,除了向内、向下,是不是也应该包含向上的元素?诗歌创作应该尊重个人体验和个性张扬,但是不是也应该通过视野的拓展和境界的提升超越过分个人化的、琐屑的经验?

这些问题也许不是每个人都能够准确回答的,即使每个人都给出了自己的答案,恐怕也不可能出现完全一致的答卷。这是一个多元的时代,我们必须不断思考、反复揣摩与诗歌有关的任何问题,并努力找到适合我们自己的答案。

我们必须承认,80后诗人已经走上前台。时间无法倒流,他们成为时代、人生、艺术主角的时代也会很快到来。我期待他们通过自己的创作闪射出亮丽的人生与艺术光彩。

2014年5月22日,重庆之北

谈几位璧山诗人，兼及一些其他话题

非常高兴再次来到璧山，和朋友们一起交流诗歌创作方面的话题。我说再次，是因为璧山是我最近几年经常拜访的地方，一年中总有几次到璧山和朋友们聚会、交流的机会。有时，我一家人也会自己开车到璧山度周末，或者在缙云山后面走一圈。我乐意到璧山，原因很多：比如北碚离璧山很近，完全就是邻居，现在的交通又很方便；比如璧山有一批令我敬重的文学朋友，大家很执着，也很团结，相互关照，共同促进璧山文学的发展，我和他们趣味相投。在我的感觉中，璧山的朋友真诚好客，和大家在一起非常轻松，没有什么功利目的，不需要心灵的设防，这样的氛围是我喜欢的。

就我的了解，璧山作家在散文、诗歌、小说等文体的创作上都取得了相当不错的成绩。在散文创作方面，张纯静、傅应明、耕夫（周厚勇）、石子（欧文礼）、印林、杨夏、梦桐疏影（张鉴）、李文英、杨长虹等都有不俗的表现。在诗歌创作方面，赵兴中、石子、耕夫（传统体诗词）、重庆子衣（何春先）、寒露（龙吉敏）、梦桐疏影（张鉴）、杨长虹、李文英等等，都有自己的特点，在重庆的诗歌圈子中具有一定的影响。赵兴中的诗集《捕风者说》还获得了第六届重庆市文学奖（2012—2013年度），他可能是璧山第一个获得此奖的作家。在小说方面，萧星寒（秦建）的《终极失控》等科幻小说走了一条特别的路，受到了读者的一致好评。当然，走出璧山的作家，如张大成、刘运勇、大窗等等，也是我一直比较关注的。

因为和璧山的很多朋友比较熟悉，交往也比较多，所以我对璧山的文学创作相对比较熟悉。最近两年，璧山编辑出版了两套共20本文学作品集，这在重庆的区县中是非常突出的。璧山作协的几位朋友为此付出了艰辛的劳动。今天讨论的几位诗人，有些我比较熟悉，比如石子、重庆子衣，有些在过去关注不多。但不管怎样，我首先要向组织这次活动的璧山作协和朋友们表示感谢，同时向此次讨论的诗人们表示祝贺。参加此次活动的除了璧山本地的作家、诗人之外，还有来自江津、永川、大足、潼南以及九龙坡、北碚等地的文朋诗友，很多也是我熟悉的。因为诗，大家放弃了周末的休息聚集在这里，使我们感受到了一种别样的诗意，一种心灵的共鸣。在物质文化、实用主义流行的时代，这样的聚会值得我们珍惜和怀念。

今天讨论的话题是璧山区编辑出版的《璧江文丛》中的五部诗集。除了石子的《风中的蓝》外，其他作品，包括重庆子衣的《爱与火焰》、杨天孩（杨天海）的《大片的光落在街道》、钟传佳的《雏凤声青》，我都是在现场才第一次见到，而且巴丁（龙泽平）的《水颂》到现在也没有见到。但在刚才的发言交流中，海烟谈子衣的诗、金轲谈杨天孩的诗、大窗谈石子的诗、杨平谈巴丁的诗、赵兴中谈钟传佳的诗，都抓住了研究对象的特色，发表了很多中肯的意见，既指出了这些作品的特色，也善意地指出了其中存在的不足或者可以进一步完善、优化的地方。下面我也谈谈自己的一些粗浅的感受。首先要说明的是，我在讨论中所提到的作品可能都不是这些诗集中的，而是来自别处，有些是诗人最新创作的。

石子是一个勤奋而低调的人，他写散文，也写诗。他的诗来自生活的点滴体验，不张扬，不浮躁，安静而温暖，朴素而有韵味。在艺术上，石子的诗不属于先锋诗的行列，在艺术手法上甚至还有些传统，但他的诗真诚、朴素，抒写诗人对于历史、现实、人生的感悟与思考，在坚持诗的个性化的同时，也注重诗的公共性，试图把个人的人生思考和我们这个时代、民族的文化基因融合在字里行间，形成一种具有普视效果的艺术特色。在2015年5月14日的《重庆晚报》上，石子发表了组诗《在刀锋上》，共五首，我都比较喜欢，其中有一首《谛听》是这样写的："安静下来吧，掸去扑面红尘/放下所有的喧闹、阳光、鸟语花香/忘却所有的牵挂、情感、时间/像一个禅定的高僧/谛听自己的心跳/任一滴春雨滑落在枯枝/浸润那个不死的梦/我像一缕风，伏在水波之上/

谛听来自水底的颤栗/我像一抔黄土,在岩石的缝中/谛听根的倔强和坚韧/我像一抹出岫的云,在峰峦之间/谛听林海的缄默和深沉//其实,我知道,我想谛听的/是血脉跳动的韵律,生命的静谧/是红尘之外的宁静和透明/就像一棵冬天的树/抛弃果实,抛弃绿叶,抛弃思想/让自己在洁白的霜雪中静静伫立/谛听根部反刍的声音。”这样的诗,语言不晦涩,意象也不古奥,但诗人却写出了一种人生哲学,一种尊重自己、守护梦想,但不浮躁、不虚妄的人生哲学,这样的心态是我们这个时代的每个人都需要的。在我看来,石子的诗沉静而坚毅,沉思中蕴含温暖,深入现实与生命的本质,抛却喧嚣、华丽,穿透表象,回归生命与艺术的本真。

重庆子衣是一位勤奋、执着、多产的女诗人,她初期主要活跃在网络上的诗歌论坛,后来逐渐走向了平面媒体,并出版了多部诗集,在重庆的女诗人群体中拥有自己的地位和影响。子衣的诗主要以爱为主题,抒写了诗人对于爱情、友情、亲情的多维思考。她也关注现实中的种种体验,对于任何对象,她好像提笔即能成诗。在她的心目中,似乎诗就是她的生活,甚至诗就是她的生命。因此,她总是在不停地写,几乎每天都在写,有时一天要写出多首。离开了诗,她好像就失去了支撑,失去了主心骨。2015年5月10日,她借母亲节这个日子,创作了多首关于母亲的诗,其中有一首是《母亲如仙女般飘荡在天上》,里面有这样的诗行,“爱到痛苦、怀念到绝望/最后抵达的,是神灵般的祝福与遥望/母亲,我和哥哥姐姐们的泪水早已晒干/吴滩的阳光有多么明媚,天上的你/便有多少温暖的光芒,在闪亮”,抒写了对于母亲的深深怀念,读起来让人动容。子衣还是一个眼睛里揉不进沙子的人,她的作品中有一些抒写现实不平的作品,表达自己对很多事象的直接批判,体现出一种责任心和正义感。不过,在我看来,后一类作品的诗意相对淡一些,多了些思辨和说理的元素。

杨天孩生于1988年,属于年轻一代的诗人。我过去读他的作品不多,最近有意查阅了一些资料,找到了他的一些作品。读了之后,我突然产生了眼前一亮的感觉:在离我不远的地方居然还潜藏着这样一位值得关注的诗人。杨天孩的诗具有他们这一代诗人的共同特点,追求诗歌的生活化、细节化,有的作品通过电影剪辑一般的方式来处理生活,抛弃了过去诗歌中的那种理念化色彩或者先入为主的观念。在他的作品中,我们很难直接感受到诗人究竟要表达什么样的感情或者体验，而是需要我们透过他的语言细细揣摩。他的诗大多采用口语写作，并对其有所剪裁和提炼，使其诗意化。在诗体上，他不像一些年长的诗人那样遵守诗的既有规范，诗行的排列、音乐性的建构等等，这些恰好是他们所要反叛的。和许多同龄的诗人一样，杨天孩基本上不写正面的、赞美的感情，他的诗总是带着一些反讽的、批判的味道，在情感上有些苦涩。下面是一首《等火车的女人》：

冬天尽了，像被吃喝的。
碗里什么也不剩。匮乏的枝条和晦涩的气候，都食入心肺。
如烟尘枯梦。

等火车的女人，
小站融化在她深处……

日子的港湾被淹没，被地球
的旧浪拍打，时间苍老。

等火车的女人，
小站融化在她深处……

从森林到木屋半开的窗，光洒下来，像调皮的小孩，照亮
卷曲、皮筋般的白发；和
她沟壑纵横，未篆遗言的
脸庞。

我是按照诗人自己的排列方式拷贝这首诗的，如果连排，诗的格式就会发生变化。这种写法的好处是接地气，诗人所关注的都是现实生活中的场景或事件，他由此生发的感悟、思考也就因此有了根基。对于这位具有潜力的年轻诗人，我要提醒的是，精练、精致及其由此建构的境界一定是优秀诗歌所具有的基本特征，口语化、生活化的写作一定要注意避免出现口水化、世俗化、庸俗化、低俗化倾向，同时一定要在诗意的提炼和表达方面建构起属于自己的特殊方式，否则就很难在众多类似的写作中突出重围，形成属于

自己的艺术特点。

对巴丁的诗，我也不是很熟悉，但我知道他是一位热爱诗歌的中学校长。通过阅读巴丁的少量作品，我感觉他是一位追求哲理的诗人，总是希望在一些现象、物象中发现对人具有启示意义的哲理意蕴。比如《贝壳》："一旦把大海的涛声搬上陆地/大大小小的贝壳/脚步停下来就成了摆设//没有见过大海的孩子/小心翼翼地把贝壳打磨/不慎将风暴的歌声带进了梦里。"这首诗篇幅不长，但写得比较精致，以童心视角来抒写离开了大海的贝壳，但孩子依然从它的身上体会到了"风暴的歌声"，意蕴是别致的，和单纯说理的那种哲理诗有很大的区别。苏州十中的校长柳袁照也是一位诗人，《星星》2014年第10期发表他的作品时，约我写了一篇短评，我说过这样一段文字："一个蕴含诗意的校园一定是充满活力与潜力的校园，一定是知识和素养同步生长的校园，一定是超越了短时效应而追求卓越教育的校园。柳先生首先就是一个践行者，他通过自己的感悟、思考和创作获得了诗意的人生，又试图将自己的成功经验传递给学生。这是一种精神的传递，而不只是为了完成一件事情，谋一份差事，或者混一口饭吃。我们经常在一些文学作品或者人物传记中读到某人出身于书香门第的信息，我估计那主要是出现在私塾时代，教育者和被教育者可以不闻世事，只读圣贤之书，只学圣贤之文，诗礼传家。而现在的教育不是这样，它是一种社会性教育，主要的教育活动是在学校完成的，如果要赞誉某个人的人文底蕴及其来源，我们也许应该把'书香门第'改为'书香校园'。"在这里，我乐意把这段文字和诗人校长巴丁先生分享。

钟传佳的散文我读过一些，但他的诗读得不多，我甚至不太知道他写诗。我在"中国知网"中查到他在《星星》2010年第12期发表的两首写九寨沟的作品。《九寨沟·湖底树》写的是对湖底已经钙化的树的感悟，经受无数折磨，"它居然吸取水里矿物质的营养/在藏民转经筒的声响中/钙化生命轮回的奇迹/躯干主枝于岁月流光里/长粗，长硬，还透出琥珀的光/将从前的绿置换成晶莹的黄/这独特的美/她说，只献给太阳"，写得明亮、干净，使人感觉到一种历地狱而达天堂的超然情怀；《九寨沟·裸鲤对芦苇的恋情》也是写景物的，想象比较别致，"疯癫的鱼儿，全围着绿裙打转/当着游人，亲吻洁净的腿/芦苇在情人做的保健里/惬意得叶脉酥软/用那纤纤玉指/抚摩甜蜜的缠绵"，虚实相生,语言上打破了日常语言的逻辑规则,也写得比较明亮。我猜测,钟传佳的身体里始终隐藏着一颗感觉敏锐、满怀梦想、寻求超越的诗心。刚才,兴中在发言中也谈到,钟先生的诗其实就是自己的心灵和交游记录,非常实在。我希望他在诗歌艺术探索的道路上走得越来越远。

按照会议的安排,我在上面简要谈到了几位璧山诗人的创作。这几位诗人各有特点,他们和璧山的其他诗人一道,都为璧山和重庆诗歌的大花园奉献了属于自己的独特的诗意之花。虽然我们都生活在重庆,但真正相聚谈诗的机会并不是很多,通过对几位诗人的讨论,加上我平常对一些诗人的观察,我还想利用一点时间,岔开话题,顺便谈谈我对当下诗歌和诗歌创作的一些简单看法。

第一点,在任何时代、任何民族,诗都是必不可少的艺术样式。诗是个人精神的抒写,更是一个民族、时代的内在精神的艺术传达,是延续文脉的最重要方式之一。虽然外在语境在不断变化,在当下,物质化、欲望化追求成为不少人最主要的生活和精神取向,但正是在这样的语境之下,诗可以,也应该在精神建设上发挥其独特的作用。在我的印象中,今天的诗似乎成了少数人的事业,但我一直认为这是非常重要的、不可替代的事业,我为我们的时代拥有这些始终坚持的诗人而高兴,为璧山拥有一个令人敬佩的诗人群体而高兴,也为重庆在中国新诗发展中取得的突出成就而高兴。我希望所有爱诗的人,写诗的人,一定不要为外在的物质化氛围所左右,在关注物质生活的同时,一定不能忽略了内在精神的修炼,一定不能放弃手中的诗笔,努力创作出更多的、更优秀的好作品。物质可能消失,但精神是可以传承的。

第二点,任何一个诗人都要明白和摆正自己的位置,一定要知道人外有人,诗外有诗。我们既要意识到自己的长处,也要敢于承认自己的不足。尤其是要多读书,除了诗歌之外,还要读各种各样的杂书。吕进先生说“诗人应是博识家”,我认同这样的看法。事实是,有些诗人不承认读书对创作有帮助,甚至认为知识有害于诗歌创作,我不太赞同这样的看法。诗人也需要全方位的积累,包括知识与阅历的积累,仅靠天赋是不够的。就诗歌阅读而言,我建议,除了关注当下诗人的创作之外,一定要多读传统的经典作品。中国传统诗歌是中国现代文化、现代诗歌的文脉,它可以给我们提供许多思想、精神、艺术上的营养和启示，可以使我们的底蕴更厚实，使我们的根基更牢固。对于优秀的外国文学作品，我们也应该关注，它们可以为我们提供不同的感受、思考与表达方式。对于诗歌而言，精彩的语言、精致的外貌当然是必需的，但厚实的文化底蕴可以使我们的作品更具有长久的生命力。一定不要使我们的作品徒有漂亮的外表，我不太喜欢那种没有内涵、没有思想的“假大空”作品。2014年11月初在北京香山饭店由首都师范大学中国诗歌研究中心、北京大学中国新诗研究所举行的一次关于诗歌现代性的讨论会上，孙绍振教授在谈到郭沫若的诗歌创作的时候，肯定了郭诗所具有的文化底蕴。他还现场翻出两位女诗人的作品进行了评点，一位是罗雨，一位是湘夫人，他说这些作品的语言都很漂亮、很新鲜，但我们读不出语言背后有什么文化底蕴，而且这些漂亮的语言在面孔上都差不多，如果抹去作者名字，我们很难分清是谁的作品。在孙先生看来，文化底蕴是诗歌所不可或缺的精神支撑，是区别不同诗人的重要元素。

第三点，一个诗人一定要学会总结和反思，不只是反思我们的历史、文化、社会、人性，更应该反思我们自己的创作，这是很多诗人最难面对的问题。诗人往往对自己的创作有一种特殊的自信，自信当然是对的，但一定不要自恋。自恋是一种害人的心态，它会使我们封闭自己，使我们忽略自身存在的问题。我们一定要不断总结自己在哪些方面有特点，在哪些方面存在不足。结合刚才谈到的读书和积累问题，我认为，反思、总结的参照系一定要开阔一些，不能只关注自己喜欢的几个诗人的作品，对于自己不一定喜欢但却具有特色的作品，我们也要关注。我们还要关注历史，包括诗歌历史，因为今天是历史的延续。只有这样，我们才能不断提升自己的艺术修养，提升艺术创作的水平，否则就只能在原地踏步，只能不断重复自己。当一个诗人觉得自己的创作很顺畅的时候，就一定要注意了，如果不加以很好的把握，很可能就会落入自我重复的境地。我在很多场合都谈到诗歌的难度写作问题。所谓难度写作，就是要追求每一首诗都要对以前的创作有所超越，至少不能重复过去的创作。在诗歌界有这样一种诗人，他们的作品总体上都是在平均水平线之上，但我们看不到他们的发展，也很难在他们的作品中找到几首令人过目不忘的作品，这恐怕就是缺乏自我反思和总结导致的。

第四点，在创作中一定要学会对情感和创作的冷处理。网络时代带给我们许多方便,使我们有了更为便捷的交流和发表方式,但网络也在一定程度上培养了我们的浮躁情绪。有些诗人只要写出了作品,为了让更多的网友分享,还没有经过认真修改、打磨,就马上挂到网上,这其实不是一种推出好作品的有效方式。我曾经在《文艺研究》发表过一篇长文,专门讨论了网络时代诗歌的机遇与挑战,谈到了网络的好处,也谈到了它可能导致的问题。就我的了解,诗歌史上的很多好作品都是反复修改出来的,古代诗人经常使用“推敲”这样的方式来打磨作品,他们甚至为了一个字的选择和确定而琢磨很长的时间。唐代诗人卢延让在《苦吟》中说:“吟安一个字,捻断数茎须。”贾岛在《题诗后》中说:“二句三年得,一吟双泪流。”不只是中国诗人如此,外国诗人也如此。《在地铁车站》是庞德的代表作之一,这首只有两行的诗是意象派诗歌的经典,这首诗已经有数十种中文译本,比如:“人群中这些面孔幽灵般显现;/湿漉漉的黑枝条上朵朵花瓣。”(杜运燮译)“出现在人群里这一张张面孔;/湿的黑树枝上的一片片花瓣。”(张子清译)但这首诗的完成经过了多次修改,庞德自己曾在1916年写道:“三年前在巴黎,我在协约车站走出了地铁车厢。突然间,看到了一个美丽的面孔,然后又看到一个,然后是一个美丽的儿童面孔,然后又是一个美丽的女人。那一天我整天努力寻找能表达我感受的文字,我找不出我认为能与之相称的,或者像那种突发情感那么可爱的文字。那个晚上……我还在继续努力寻找的时候,忽然我找到了表达方式。并不是说我找到了一些文字,而是出现了一个方程式。……不是用语言,而是用许多颜色小斑点。……这种‘一个意象的诗’是一个叠加形式,即一个概念叠在另一个概念之上。我发现这对我为了摆脱那次在地铁的情感所造成的困境很有用。我写了一首30行的诗,然后销毁了……6个月后,我写了一首比那首短一半的诗;一年后我写了下列日本和歌式的诗句。”不只是过去的诗人如此,现在的诗人也是如此。梁上泉的叙事长诗《红云崖》初稿完成于1957年6月,1979年底才定稿,其间经过了20多年的反复修改。我一直认为,诗歌创作需要激情,但激情并不一定就是诗,至少很难说是好诗。优秀的诗歌是激情冷却之后的产物,是一种精神的积淀和升华。除了极少数天才的创作或者在极为特殊的境遇下的创作,绝大多数诗都是经过反复修改才最终成型的。

拉拉杂杂说了许多,不是因为有什么需要卖弄,而是希望我们的诗人写出更多更好的作品。特别需要说明的是,这些话题可能与今天讨论的诗人有关,但我更主要的是想和在座的各位朋友说说当下诗坛存在的一些问题,大家一定不要对号入座。我估计在座的各位诗友都很熟悉我说的这些话题,甚至比我更了解。说得不对的地方,请大家批评指正。

2015年5月14—15日,急草于重庆之北,并根据2015年5月16日在璧山诗人讨论会上的发言修改

漫说渝北四诗人

我对今天要研讨的四位诗人柯愈勋、华万里、金铃子、泥文都很熟悉，对他们的创作也比较了解。可以毫不夸张地说，我一直关注着他们的创作。在吕进教授主编的《20世纪重庆新诗发展史》中，有关柯愈勋、华万里的章节是我执笔完成的；在2013年出版的《重庆诗歌访谈》中，这几位诗人都是我确定的第一批访谈对象；我还撰写过有关柯愈勋、华万里诗歌的专文。他们的诗歌创作和对诗歌的看法丰富了我的研究信息，也使我对重庆诗歌的现状和未来充满信心。

最近这些年，无论是城市建设还是经济社会发展，渝北都可以说是重庆的领头羊。但是，有钱不一定就有文化，经济发达不一定文化就必然发达。这是我们经常面临的一个问题。事实也是，不少发达地区因为物质化的导向和人心的浮躁而缺乏文化的创造，而在一些偏远的、相对贫困的地区，一些作家能够守住自己的内心和对文学的敬畏，反而出现了很多具有特色的文化现象。发达的渝北没有忽略文化建设，在经济、社会发展的同时，渝北的文化、文学的发展也令人瞩目。就文学来说，渝北的作家很多，推出的作品也不少，这是大家公认的。地方政府在推动城市建设、经济社会发展的同时，也没有忽略对文化、文学的关注和支持，《两江潮丛书》的出版就是重要的例证之一。

入选丛书的四位诗人都是在重庆诗坛上响当当的诗人，在全国都具有不小的影响。下面，我就进入正题，简单谈谈对这四位诗人及其作品的理解。

柯愈勋是具有深厚家学渊源的诗人，他的父亲柯尧放先生是现代重庆诗人，在旧体诗词创作上具有影响，而且对当时的重庆工商业的发展也做出了独特的贡献。柯愈勋早期以煤矿生活题材的诗闻名，后来又长期创作儿童诗，是重庆老一代诗人中具有特色和个性的诗人之一。数年前，我到江苏南通参加一个诗歌会议，著名诗人孙友田专门和我谈起了柯愈勋，说他对柯愈勋的作品也非常熟悉而且认可。柯愈勋的作品来自生活，朴实而真诚。他从生活中吸取养分，并由此获得对人生、现实、生命的思考，呈现出乐观向上的格调。这本《边走边唱及病中杂诗》是柯先生的遗著，使我们读到了他晚年的心态，读到了他和病魔的斗争，由此感受到他对生命、对艺术的热爱。晚年的柯先生有好几年因为疾病而在轮椅上度过，但他没有忘记诗。在这个阶段，他以诗的方式回忆过去的人生，怀念逝去的诗友，抒写对亲人的深情和感激。2013年1月，他写下了一首短诗《与诗同行》：

一场大病，使人猝不及防
还活着，这是生活的唯一
还写什么呢？写病中零碎感受
至少说明，我与诗同行
诗，仍是我心灵的好伙伴
诗，忠诚地伴随我度过日日月月
日日月月，我在病中煎熬
对自己说：我活过了，写过了
这一生，有诗为伴，与诗同行
这一生，过得，还算可以……

朴实的文字之间是诗人对人生的总结和感悟，其中有淡淡的忧伤，也有难言的无奈。但是，因为诗，他超越了很多苦难；因为诗，他活得真诚。最后一句，“这一生，过得，还算可以……”没有高调，平淡中体现了一种超然。因为诗，他对自己的人生是基本满意的。

柯先生于2014年离开了我们，但渝北区还为他编辑出版诗集，使我们感受到他晚年的生活和思考，这是对他的最好纪念。对于柯愈勋，是诗给他带来了荣耀，是诗使我们记住了他。在这里，我们应该感谢作家陆正英女士，在柯先生的最后岁月里，是她一直陪伴左右。我对柯先生的采访，也是在她的帮助下完成的。

华万里的人生是非常艰难的，尤其是在年轻的时候，家庭破碎，亲人离散，使得他四处飘零，可以说他度过了很多人都不曾经历的“黑暗”岁月。华万里很少在公开场合谈论童年的凄惨，他把那段岁月看成了认识人生、寻求超越的“财富”。华万里写诗时间很长，始于1975年，但他在早期受到的关注并不多。自从《星星》诗刊在1987年推出他的一组22首诗并发表了王明凯、公刘的推荐文章之后，他才开始成为诗歌界的热门人物之一。就数量来说，华先生的诗不算太多，到现在为止只出版了诗集《轻轻惊叫》《别碰我的狂澜》《花雀》等。这部诗集《花雀》的第一首诗是《一生》，题目很大，内容只有四行：

我的一生都在看云
我的一生都在诗歌中玩词语魔方
我的一生都在与自己为敌
我的一生都在爱情中奋斗

我们完全可以通过这四行诗来观照华万里的人生理想和诗歌探索，理解他的“一生”。

“看云”是沉思，是发呆，也是超越现实的梦想，这或许可以看成是华万里诗歌的总体追求，玄远而高妙。

“词语魔方”是华万里诗歌与众不同的地方。他的诗，无论写什么题材、主题，都会在语言建构方面花很大的力气，一个很普通的事物或者体验，在他的语言烛照之下，往往就会显得非常新奇，甚至使人眼前一亮。诗是语言的艺术，而“诗家语”属于犯法（语法）的语言，一个在语言上缺乏灵气和创新的人是很难成为优秀诗人的。在语言探索上，华万里不只是在重庆，即使在整个中国诗坛上，也是具有独特性的一个。他往往打破语言的常规组合方式，通过语言的新奇重组，创造出一种新奇、别致、使人惊奇的语言效果，“普通”在他的语言中得到升华，“平常”在他的语言中成为“非常”。

“与自己为敌”是一种发生在个人身上的“内部斗争”，一方面是不断肯定和否定自己，另一方面是在不断的肯定和否定之中超越自己。这种斗争可能体现在人生的完善上，也可能体现在艺术的探索上。对于诗人来说，只有不断否定自己，不断发现和创新，才具有长久的艺术生命力。华万里在艺术上的创新意识是非常突出的，即使年过古稀，他的诗中依然呈现出一种青春气息，没有陈腐味，令人敬佩。他自称“青年诗人”，这是有道理的，心态和诗意的年轻，造就了华万里诗歌的独特魅力。

“在爱情中奋斗”可以说是华万里的终生梦想。这里的爱情可能是现实中的，也可能是想象中的。他曾经告诉我，在创作缺乏灵感的时候，他获得灵感的两个主要渠道就是听音乐、看美女。他的很多诗的灵感来自异性或者对异性的想象，异性始终是他诗歌的主角。他的有些作品甚至写到性爱，偶尔还把两性关系暗含在一些日常生活中的平常体验之中，通过语言赋予作品一种人性的、肉体的质感，只是写得含蓄、写得有技术含量，所以读起来不庸俗、不低俗。华万里被有些读者称为“中国艳体诗之王”，我以为，就华万里诗歌的表达方式看，“艳体诗”之说有夸大之嫌，但他对异性的关注和想象确实构成了他诗歌的核心题材和主题。他说，“我的诗歌中，千万只花雀/又唱又飞”，他也说，“我终于体会到：爱情是诗歌/结婚后/变成散文”（《花雀》）。我们由此可以猜测，华万里的诗是由无数的爱情故事组成的生命与精神的长跑之旅。

我们注意到，华万里在这部诗集中出现了大量的短诗，有些只有三五行，与过去的一些作品相比，少了铺陈，多了淡然，少了华丽，多了本真，体现出诗人在艺术上的一种转向和调整。这对于一个年逾古稀的诗人来说，是一件不容易的事情，但也是一件难得的好事，说明他还在不断思考诗歌的艺术问题。

基于这样一些特征，我们可以认为，华万里的诗在精神上是个人的，在表达上是精致的，但在多元化的诗坛上，他的诗只是其中之一路，在精神品格、艺术方式的多样化等方面存在着格局还不够大的局限。我们还需要关注的是，华万里是个热心人，他对青年诗人的成长非常关心，他的艺术探索因此影响了很多人，这也使他成为重庆诗坛上独特的“这一个”。不过，他对诗人的培养尤其是在作品的修改方面，超越了合适的“度”，使那种只适合他自己的语言方式和表达风格流布太广。

金铃子是我的本家，她是重庆70后诗人的重要代表之一，在全国都具有较大的影响。我长期关注金铃子的创作，并在不同场合肯定了她的勤奋、敏锐和大胆探索。金铃子的诗属于比较尖锐的那种类型，她几乎不写不温不火的文字，而是通过语言直接切入自己的内心，甚至赤裸裸地解剖自己。“我在我身体里点灯”（《我住长江头》）可以说是她诗歌的一种追求，就是以诗的方式照亮生命的“黑暗”。面对“黑暗”，缺乏光亮和尖锐的文字，是难以获得穿透力的。

金铃子在短诗、长诗的探索上都敢尝试，而且拥有自己的特点，这是需要底气的。从这本《我住长江头》看，金铃子的诗歌事业之路越来越宽，对人生、现实的观照越来越广泛。她既写故乡，写亲情，也写历史，写现实，写他人。在表现方式上，她所拥有的手段也越来越多，很多作品似乎是信手拈来，却有值得回味的诗意，使人觉得她的作品中多了一些思想甚至哲学的元素，而且不是强加上去的，而是自然地融入其中的。金铃子对自我的解剖是残酷的，她的不少作品都是嘲笑、调侃自己，她通过这种方式重新解读常识性体验，抒写世界的虚无，人类的虚伪，现世的麻木。在这本《我住长江头》中，我们可以看到很多这样的作品，她说《我们都是瓜娃子》，她也说《多么地“二”》，但我们从这些作品中读到的是诗人的真实，是诗人揭开面纱之后的生命体验。诗歌，在本质上就是发现和表现诗人心目中的真实，寻找生命的终极走向。

金铃子的诗美发现是别致的。她的很多作品关注爱，以及爱情。在诗中，她有时火热，有时冷静；有时赞美，有时批判；有时调侃，有时又尖锐地解剖。这一方面体现了她对爱的渴望，另一方面也暗示了诗人对爱的怀疑。《爱情消逝，我却不能写下一个字》其实写的是对爱的渴望。即使在《江津石笋山》这样的作品中，诗人也思考着爱与爱情。《爱情不相信那只鸟》是一首短诗，诗人写道：

爱情不相信那只鸟，它一飞
就真的飞走了
永远不再回来，不但让我，而且也让那一列青山
久久地站着，念念不忘
还是天空有情，为我留下安慰
一大片辽阔的白云
隐隐作疼的无边蔚蓝

这首诗抒写了诗人对爱情的独到理解，且在表达上比较别致，避开爱情

写爱情，属于诗歌创作中的“曲写”。我们注意到，《江津石笋山》和《爱情不相信那只鸟》这样的作品中都使用了一个意象“鸟”：“鸟”飞来，爱情就在；“鸟”飞走，爱情就没有了。我不知道诗人是不是在这个意象上寄予了什么特别的暗示或者象征，比如暗示爱情的领空是开阔的，但爱情也是容易发生变化的。如果我们进一步留意一下，金铃子的一些长诗如《越人歌》《我住长江头》等等，都或多或少地有爱情体验穿插其中，给作品带来了一种独特的个人气息和精神感悟。

金铃子是在开放的90年代成长起来的诗人，善于吸收最新的、流行的诗歌技巧，并从中寻找最适合自己的表达方式。这就使她的有些诗歌不是一看就能够明白其中意味的，这是因为她的想象很独特，时常在作品中突然冒出一个甚至一组意象，而这些意象之间并没有平常的联系，我们如果用平常的思维就无法跟上诗人情绪的转换方向和节奏。或许正是这种新奇的写法，使许多人看到了她诗歌的独特之处，也给她带来了名声。对于诗人的类似写法，我们还需要进一步观察和揣摩，分析其在诗歌艺术探索中的作用与意义。

金铃子是个多面手，不但能诗，还善书画，其书画作品也在许多重要的报刊上发表过。我一直相信，诗与画是存在相通的元素和气质的。夸大一点说，所有的艺术在哲学层面上都是相通的。我有时在想，如果有一个既懂得诗歌，又谙熟书画的人，将她的诗书画作为一个整体来考察，或许能够更好地理解她的作品。

泥文是我熟悉的诗人。我最初和泥文联系的时候，他还主要是在网络上发表自己的作品。我觉得他的诗接地气，有思想，语言也比较有特色，因此时常在博客中和他交流创作方面的一些感想，鼓励他坚持自己的诗歌道路，最终必定有所成。在很长一段时间里，泥文是重庆诗歌的“局外人”，他不知道重庆的很多诗人，他无法与作协取得联系，他几乎没有机会参加诗歌活动，他只是一个人寂寞地摸索着。他的坚持使他最终获得了令人满意的收获，他的作品不断在各种报刊中发表，也被选入很多诗歌选集；他的第一部诗集《泥人歌》入选“21世纪文学之星”丛书（2013年卷），这是重庆诗歌界的第一次，也是那套丛书中唯一的诗集。泥文似乎一下子成为重庆诗坛上一颗耀眼的新星，但我知道他在探索之路上的艰辛与寂寞。

在诗坛上，泥文的主要身份是“打工诗人”。“打工诗人”指的是那些远离家乡、在外地务工谋生的诗人。我个人以为这个称呼并不准确，因为“打工”这个词本身就内涵不清。在市场经济时代，许多企业的工人都可以被称为“打工者”，一些事业单位的人也属于“打工者”。我觉得，使用“打工”这个词具有一定的贬义，割裂了他们与企业、单位之间的血肉联系，好像他们只是这些企业、单位的附庸，让他们缺乏安全感，更缺乏主人翁意识。不过，就像“朦胧诗”不是一个准确概念而最终成为一个专有概念一样，“打工诗人”也已经被诗界和读者所接受，同时也淡化甚至消除了本来可能具有的贬义。在重庆，“打工诗人”队伍非常庞大，泥文、张守刚、凹汉（陈传贵）、何真宗、程鹏等在全国诗歌界都具有一定的影响，他们的创作为重庆诗歌带来了一股清新的空气，一扫诗歌中的陈腐气息，使诗歌和生活再次接上了关系。

泥文的诗在数量上不算多，他的个人诗集除了《泥人歌》，就是这本《我多想停下来》。他和大多数诗人一样，太忙，养家糊口成为人生的第一要事。他对自己的要求也比较严格，不随便下笔。我对这种既注重现实生活又在艺术上严格要求自己的诗人，一直是持肯定态度的。诗是一种精神修炼，其价值不可低估，但诗歌的探索必须立足于自己所面对的现实。

概而言之，泥文的诗主要涉及三个方面的题材和主题，一是故土和乡村，二是打工生活，三是对自我人生的解剖。故乡永远是我们的人生出发地和精神归宿，尤其是来自乡村的人，他们的童年记忆决定了他们与故土无法分割的血肉联系，远离家乡而怀念家乡是“打工诗人”的共同特点。泥文对故乡的书写从多个侧面展开，有故乡的美、故乡的人、故乡的痛，也有故乡的凋零。对于我这种来自农村的诗歌爱好者，我能够体会和理解他的那种心情，也对他诗中的真情深感认同。其中有一首《农民这个词》：

用汗水说话，用锄头写字
用铺展开来的泥土为纸
用日子装订成一本厚厚的书
农民这个词是刊号
在大地的网络里注册
你查阅，你要走进
他的山，他的水，他的泥土，他的旷野

走进那阡陌纵横
那用汗粒编写的书页
他无渠道发行
仅供后人借鉴,学习或卧薪尝胆
你要听到他的鸟声或者虫鸣
你要看到他的荷塘月色
他的草药医治你富贵的病
那是你闲时的怡情
其实,他仅能装点
阳光雨露留下的后遗症

在这首诗中,诗人使用的意象是现代的,甚至是都市的,但他抒写的却是对农民的勤劳、封闭的赞美、认同。其中还加入了都市人对农村的向往以及诗人对这种向往的看法。这样的诗是温暖的,有底蕴的,也体现了一个“打工诗人”对故土的怀念和认同。这种类似后现代味道的诗在泥文的作品中占据了很重的分量。

在打工生活和自我书写中,泥文尽量避免对外部现象的描绘,而是努力深入内部,深入生命底层,思考人生之艰难,体会现实与生命之驳杂,并在这个过程中提升和净化自己的心灵世界,在不完美的世界寻求、创造生命的完美。漂泊感是泥文诗歌的重要取向之一,这种感觉来自他的四处奔波,来自他的居无定所,来自心灵的无所皈依,这或许也是打工诗歌的重要特色之一。漂泊感其实无所谓,它或许还能够给诗歌带来具有厚重意味的沧桑感,但是因为这种漂泊,诗人心中还有“块垒”,还有没有解开的郁结,还有未曾愈合的伤口,还有前途未卜的未来……这些书写增加了他作品的沉重感甚至疼痛感,体现了诗人的敏锐,也是他的作品不同于其他“打工诗人”的作品的超群之处。我愿意为泥文祝福,希望他生活得幸福,同时写出更多的好诗。

感谢渝北文联、作协和唐文武、李蜀霖先生的信任,邀请我参加今天这个盛会。我在上面简单点了几位诗人的作品,勾勒了他们在诗歌创作中的一些特点,说得粗浅,肯定语多谬误,不当之处请大家批评。

其实,几位诗人中,除了柯愈勋、华万里长期在渝北生活、工作之外,另外两位都属于外来者,他们只是居住在渝北或者在渝北工作,但渝北文坛接纳了他们，并为他们出版了厚重的诗集。这说明渝北这片土地是包容的，包容的文化氛围一定能够养出优秀的人才。如果按照户籍统计，除了这几位之外，还有很多生活、工作在渝北地区的诗人，比如傅天琳、娜夜、杨矿、王顺彬、刘忠华、雨馨、白月、李成琳、二月蓝、蔡书清、诗琦、陈捷等等，他们的诗同样具有自己的特色，具有自己的影响，共同构成了渝北诗歌乃至重庆诗歌的丰富景观，为重庆诗歌的重镇地位增加了分量。渝北或许还有很多没有被发现的诗歌力量和正在成长的年轻诗人，只有把他们都团结起来，我们才能为未来诗歌的发展铺就更加宽阔、厚实的路基。

2016年6月13—14日，草于重庆之北，为6月17日下午在两江诗书画院举行的渝北诗人研讨会而写

在云之阳，诗意缭绕

——序云阳诗人选集《在云之阳》

重庆是中国诗歌的重镇。这个说法比较笼统，但大致可以从以下几个方面来理解：一是拥有悠久的诗歌传统，虽然重庆的古代、近代历史上没有出现过本土大诗人，但历史上的不少诗人在这里留下了许多流传久远的诗篇，李白、杜甫、刘禹锡、李商隐等诗人在重庆创作的诗篇和以重庆为抒写对象的诗篇，为重庆诗歌的发展积累了独特而深厚的文化遗存；二是自新诗诞生以来，重庆在每个时代都出现了具有代表性的诗人，推出了具有代表性的作品，尤其是在抗战时期和新时期，重庆新诗形成了两个高峰；三是重庆诗歌的群众基础好，诗歌爱好者多，各类诗歌活动非常活跃，使诗歌成为凝聚精神、传承文化的重要方式之一；四是重庆的诗学研究实力雄厚且成效突出，成立于1986年的西南师范大学（现西南大学）中国新诗研究所，团结各方面的诗歌研究者，培养了一大批诗学研究人才，取得了突出的学术成果，其中当然包括对重庆诗人与诗歌的研究。

“诗歌重镇”是一个难以量化的集体名词，每个诗人、评论家都是为其添砖加瓦的个体。准确地说，应该是重庆的诗歌创作、研究实绩来自众多诗人、评论家的共同付出。最近几年，我多次走出校园，走出书斋，到重庆所辖的区县参加诗歌活动，接触了许多在平常关注不多但默默写作，而且写得不错的基层写作者，他们名气不是很大，但他们对诗的理解和执着追求却不亚于一些著名诗人,他们同样是重庆诗歌发展的重要力量,其中有些人或许就是今后的著名诗人。为此,我一直比较关注重庆的区县所编辑的文学刊物和诗歌选集,往往可以从中发现一些与诗歌有关的新的信息。

《在云之阳》是云阳当代诗人的作品选集,收入46位诗人的作品。在我看来,这部诗选是沉甸甸的,带着乡野的芬芳和情感的温暖。

云阳只是重庆的一个县,而且是经济不算很发达的县,以诗歌为代表的当代文化在当地受到如此关注,取得如此成绩,是值得我们欣慰的。云阳的诗歌创作成绩为重庆这个"诗歌重镇"增添了一份沉甸甸的重量。

我曾先后两次去过云阳:一次是参加奉节的诗歌活动时路过,只和少数几位朋友进行了短时间的聚会;一次是参加重庆市作协组织的"种文化"活动,接触了当地的一些作家、诗人。我知道云阳在文学创作方面的成绩相当不错,但实在没有想到仅仅诗人就有那么多,把他们聚集在一起就是当地文化的一份厚重收成。

一个县,有那么多诗人——而且,我猜测,或许还有更多的爱好者、学习者的作品没有能够收入,我们可以肯定地说,这个地方的诗歌氛围一定是比较浓郁的。我时常讲,一个没有诗歌的地方往往缺乏文化、缺乏底蕴、缺乏梦想,当然也就缺乏想象力,缺乏发展的活力。云阳肯定不在此之列。

云阳多山,但不缺水,长江从县域穿过,周边与重庆的万州、开州、奉节和湖北接壤,那里有著名的历史古迹张飞庙,有著名的风景区龙缸,还有著名的休闲设施登云梯,加上与三峡的核心区相连,培养了云阳诗人独特的生活方式和精神风貌。

诗人有大诗人、名诗人和普通诗人、诗歌爱好者之分。在诗歌史上,经过了时间与艺术的淘洗,能够称为大诗人的诗人并不太多,而且对历史化程度不高的当代诗人来说,划分等级似乎不太合适,尤其是在文化发展的多元时代,诗歌的受众越来越少,大多数诗人都只能在一定范围、一定群体甚至一定的圈子里产生自己的影响,有些人甚至没有什么影响,他们只是为了抒写对于历史、现实、人生的感悟才写诗。

在云阳诗人中,名气较大的诗人不多。在这些入选的诗人中,我零散地阅读过作品的人不少,但除了徐庶、张守刚等少数几位,我对其他诗人大多不太熟悉。

张守刚是当代云阳诗人的突出代表之一。他曾经离开家乡四处“打工”,无论在怎样恶劣的生存境遇中,一直都坚持诗歌创作,成为全国有名的“打工诗人”,数次被读者评为全国十佳“打工诗人”。他的诗关注生活,思考人生,有血性,苦难中有追求,先锋中有根基,在重庆诗歌界甚至整个中国诗歌界都拥有自己的地位和影响。他的诗歌可以分为前后期(当然这样的划分不一定准确),前期侧重于抒写打工生活、工作的艰辛、流浪的酸楚、漂泊的无奈以及对故乡和亲人的思念,这些诗歌成就了他“打工诗人”的名气,也铸就了他诗歌的脊梁。后来,张守刚从喧嚣忙碌、漂泊流浪的异乡回到家乡,一方面继续自己的诗歌写作,同时也开拓出与自己爱好和特长相关的事业——教授学生读书作文。我经常在微信里看到他学生的文章,可以看出他对自己现在的选择非常用心。在本书编选中,他似乎有意避开了人们较为熟悉的早期诗作,选择了历经沧桑后回到故土的抒写闲适自由愉悦、与家人相亲相爱的作品。这组《云阳书简》,选择的是云阳的地名作为抒写对象,让它们成为情感的载体,倾注自己的爱和思。

江水不动声色
你在自己的巢穴边
感觉它的激流暗涌
金海湾　它不是一个地名
却和水息息相关
从长江岸边喘息着上来的人
把握不住自我
夜夜笙歌的地方
张大嘴歌唱的人
总是走调
哦　金海湾
从歌声的漩涡里
拔出来
你认识了自己

——张守刚《金海湾》

这里有诗人对庸常生活的感悟,对闲适人生的向往,也彰显了他独特的精神向度和艺术追求。诗人将自己隐藏起来，借这些地名说话，他的走与停，观察与体验，无一不饱含深情。这些地名，是在身体里和精神一起生长的，有温度和厚度，也有着不能触碰的疼痛。“而我的家就在前方/它一声不吭/伸长臂膀时时接纳我/包括我满身的尘土。”守刚的这种转变令人欣喜，他从“打工诗人”的艰辛挣扎回到平和温暖的家的怀抱，同样有着滔滔不绝的诗意抒写。

如果说张守刚是从故乡到他乡，然后又从他乡回到故乡的一个代表诗人的话，那么丁小炜则是义无反顾地从云阳的大山深处通过从军之路走向山外，最终成了一位军旅作家，出版了散文集、诗集和长篇纪实文学。军旅生涯熔炼了他骨子里的硬气和豪气，打开了另一个广袤的文学世界，他又以精神的方式不断回归，固守着自己的文学梦想。正如他自己所说：每一个诗人的内心，都保存着一张隐秘的诗歌地图。我想故乡云阳就是他内心深处坚守的那张地图。

怀念一个人
以及那些遥远的忧伤
怀念一个村庄
以及那些往日的时光
怀念一座城市
以及那些奇怪的梦想
怀念 是一杯黄昏的酒
醉意随夜色慢慢浓重

想去那座城市
火车速度越来越快
我的计划越来越慢
想回到那个村庄
村庄里的人越来越少
我心里的痛越来越多
想去见那个人
却渐渐忘记了那人的模样

——丁小炜《怀念》

这样的诗句很容易戳中读者心中的柔软部分，这个铁血男儿始终怀揣一座城市、一个村庄、一个人。岁月不断打磨着每个人的外表，但丝毫消损不了记忆之中珍藏的如水的灵魂。即使身在天涯，他内心依然渴望回到那个村庄，这种感情在他的《江上风清的故乡》《回乡》《母亲节致母亲》等作品里均有体现。那个叫五爪坪的地方镌刻在他的生命之中，那里躺着他“永远33岁”的母亲，虽然“冷风灌满贫瘠的山村/阴雨拂过垮塌的老屋”“埋在土里的先人”，但是“这是我江上风清的故乡/这是我满腹经纶的故乡”，可以看出他对故乡的热爱。家乡的一草一木，一山一水，都牵动着他的心，成为他创作的源泉，也成了他精神上最重要的依恋。当然故土恋情只是丁小炜诗歌的一个内容，他的诗歌题材广泛，抒写自如，技巧娴熟，既有着军人的遒劲阳刚、大气磅礴，又保留着山里孩子的淳朴清新，不矫情，不做作，自然而然，真实动人。这种温暖和慰藉成为拨动读者心灵之弦的重要元素。

故乡是一个人的精神故园，是灵魂的最后皈依。山水、历史、文化、风俗、亲情……故乡的一切都是生命的记忆与安抚。当这些融入我们的灵魂，又往往呈现出个体的独特印记，怀让我们的念里有疼痛，向往里有泪水。在这本诗选中，李建春、徐庶、谭文豪、三峡红枫、大山老狼、心忆、方悄、江岛等很多诗人，都深情地抒写着云阳这块神奇而美好的土地，写着它的沧海桑田和对它不变的眷恋。常言道，一方水土养一方人，而人的气质和性格往往决定诗歌的风格和精神向度。现实生活中的一切都赋予了云阳诗人感悟独特的个性和不同的人生思考。

李建春的组诗《回望故乡》中有不少精彩的抒写。“门前的槐花绽放如初，/是不是在等待我——/愈发苍老的步履，/和原汁原味的乡音？”（《老屋》）“星空下赤条条的奔跑，/夜幕里萤火虫的光亮。”“多年以后，我一直在抚摸/小溪年轻时的模样”（《小溪》），还有《龙缸》的远古和神秘投射在心中，“生命开始过滤，清洗满腹心事，/虔诚地，触摸天人合一的宗教”。这些诗句，无技巧，不雕饰，但每一个字都发自肺腑，和故乡的心脏一起搏动。谭文豪是故乡的忠实守望者，作品浸透着对故土的热爱，文字朴实而真诚，让我们读到了一种情怀。他的《故土情长》有这样的诗行：“玉带河畔禅音骤停，/凋零的枯叶撩动心灵的涟漪。/金桂初开、暗香如风袭遍街衢巷陌，/熏醉雕栏画窗外的碧水蓝天。//篱墙青瓦难掩老屋泪痕，/梦言归期终究乡愁愈浓、眷恋更深。”古典意象、古典情韵流动在诗人的心中,让我们体会到诗人对远去的故土的那份依恋和怀念。周斌走进春天的田野,体验的是一种失落,是对乡村凋零的痛感,深深地体会到“疯长的年龄丈量过无数春天/也没测准心田的尺寸”(《每年春天都复苏一次》),每年春天到来,希望复苏,但随着年龄的增加,依旧无法知晓心底的爱恋,这是一份难以言说的深情。为了生活,年轻人不得不到远方去打拼,而离开后,“记忆在不规则的村组公路颠簸/回乡只是一年中不多的几次旅行”(《乡村远行》),乡村成了佝偻的高龄乡亲经营的最后的家园,于是他说《放弃乡村》:

乡下老屋经不住岁月的盘剥
以坍塌的模样
挫伤我抵达的乡愁
遗失的童趣被蛛网灰尘
淹没得面目全非
思念像院坝疯长的杂草和无名花
绿得让骨子惊悸
人去楼空的土墙瓦房
父母以坟茔的姿势郑重地
搁置着亲情的念想
回家已成奢望
我将中年安放在县城
放弃了生我养我的乡村
在蜗居修缮梦里老家

乡愁袅绕心间,他的诗带着泥土的芬芳,但又追求表达上的精致和优美。有人说,如果一个人的记忆里没有乡村,没有了泥土味,那么这样的人生是可悲的。我欣喜地感受到云阳诗人对故乡痴心不悔的爱恋,记忆中的泥土味、小河、田野、野葱、晚春、春播等等在诗行里弥漫开来,用诗意去点缀日渐荒芜的乡村,用想象去温暖渐渐老去的回忆。

三峡红枫,从笔名就可以看出,他对三峡这块土地的深厚感情。《无以言说的三峡》,带着仰望的角度,用热切的目光,认真地与绝壁上轻轻摇曳的古藤、不断上涨的江水、被淹没的岩画交谈,当一切都成为过去,“在三峡,如今我唯一能把握的是/让自己的/一只眼睁着,另一只眼闭上。不让痛苦过夜。/我知道,即便千次,我也无能抚慰那些/黯然离开的背影”。写出了一种难以言说的痛苦和不舍,也写出了峡江人世世代代膜拜的光荣与梦想及其远去之后的沉痛。他甚至直接喊出《说吧,三峡》,“如果表述的语言太轻/就坦露伤口,让骄傲的祖国感到疼痛。/像一幅风化的岩画,坦露/岁月的牙痕”,诗人将内心的情感真实袒露,在疏密有度的意象中让诗歌蕴含了深度和厚度。三峡红枫通过熟悉的意象开启了记忆之门和联想之门,使我们感受到一种悠远而深邃的时空感。大山老狼的诗,同样抒写那片熟悉的土地,他的作品通过较为浓郁的情思将自己的情感体验和理性思考诗意地融合在一起。

三峡刘星《灵魂出窍的十三个片段》(节选)、徐庶《矜持的内心》(组诗)以及方悄等人的作品更侧重于灵魂的抒写。刘星的沉潜,徐庶的飞扬,同样都是用心的抒写。近年来,徐庶的创作非常活跃,他和儿子徐毅经常共同出现在一些重要报刊的版面,成就了一段“父子诗人”同台献艺的佳话。他的诗风也在发生一些改变,《我有所悟》以小写大,由外向内,由感悟转向体验,“风起/我才看见/那些矜持的树木内心/藏着一道雷电之手/往风的裂口里/有人伸进带倒钩的爪子/想要掏出什么/伸出一半又悄悄缩了回去……此时,灯火被月光灌满/我才所悟,为何右手/不可一生紧握的是/自己的左手”,诗人努力向深处拓展,倾向于细腻和深入的表达。生活的点滴依旧是诗意的触发点,但挖掘更深。方悄出版过多部诗集和散文集,他说,“秋天是一颗心/心中装着远方/远方装着一个人”,“在相爱的尽头/是另一种秋天,在那儿/我的呼吸缓缓结冰”(《秋心》),通过层层递进的方式抒写了一种充满爱意的人生,细腻而优美。

几乎每一个云阳诗人的作品里都表达了对故土的眷恋,或深或浅。江岛把黑夜安放在梦乡,于超然的体验之中回望与追寻,故乡成为他抒写的动力和方向:“抵达你的路途还很遥远/春天过了,路程也如万物生长/想念的时候,只有把牵绊我的草叶/押成诗集里不动声色的那一行”(《把我的黑夜安放在你的梦乡》);“时间从来不会淡忘/家乡的日历旧了但草色还会再青/能够忆起的,在虚无的命运里/如同那撩开天空的阳光/直达心房,以及你身体无所不及的深处”(《山中,这虚静的时光》)。时间、命运和家乡的记忆融合在一起,意味悠长。邹宏是特色比较突出的诗人,他抒写了一种近乎荒芜的体验，但也许是另外一种守候，“这么多年了/你嶙峋的梦想还在那里张扬//别靠近它/别靠近那些陡峭的欲望/铁索本来可以信任/但他不能成全太多的妄想”（《鹰嘴石》），冷静、智性的抒写，带给我们不一样的启示。忠民《我是卡在夜幕口中的一根骨头》：“夜幕，猛兽一样/将村庄、山冈、河流一口吞下/我是卡在它口中的一根骨头/吞，吞不下/吐，吐不出。”这种表达看似坚硬，但如鲠在喉的体验正好是流浪他乡的诗人对故乡的思念与向往。这些诗，立足乡村，写曾经的美景，也写如今的荒芜，都蕴含深深的沉痛感和对故乡永恒不变的祈祷祝福。

云阳的女诗人群体不容小觑。她们用女性特有的笔触，关注个人的情感体验，抒写真性情，表达真情感。胡馨月是其中比较有特色的一个，她用笔尖触摸个人的内心，诗质细腻，工笔画一般抒写着自我感觉，忧伤、唯美，但又不乏思考。她往往将经验性、印象性的感悟，过滤提炼为鲜活的诗意。这样的诗，如果语言和技巧处理不当，就可能落下现代诗歌的流行病，从而降低它本身的特质和内涵。《铁轨旁的春天》写出了一个孤独的女孩，站在世界之外，享受着陌生和黄昏，“她喜爱黄昏的愚蠢/列车经过，是世界的震颤/她在轰鸣声中享受美味/车厢稍纵即逝，没有出乎意料的转折/人们假装不知道她毁掉自身”，写出了一种疏离和拒绝。庭屹的诗带着理性的光芒，锋芒犀利，你看《镜子》：“它空，但藏尽世间匕首。//镜子从不杀人，伸手进去，镜子背面/的背面以北，满地碎屑、鬼魅、牙齿。//时光、山林和风声住在那里。”一面冰冷的镜子，让诗人生发了如此多的思考。《偏执狂》告诉我们，在这个充满泡沫和喧嚣的时代，安静和低调显得尤为重要，安静可以磨炼一个人的宽度和高度。《天涯》写出了人在天涯对故土的无比思念和渴望。有时她也使用长句，语言简洁、干净，读罢让人不忍释手。

做语词的偏执狂，进入，迷乱，警醒。
说语词想说的话，说它没有说过的话。
旧面孔翻晒。涂天生丽质的雪花霜，
直到开口，它被自己惊吓，七魂出窍。
八魂无归。九魂在云天，十种魂魄落下来。

——庭屹《偏执狂》

诗人从日常体验、个人感悟出发，并将其汹涌剖开，让那些寻常的平淡的词语滚滚而来,绵密的意象,急促的节奏,形成一种澎湃之势,在沉思里有了力量和方向。

在雪里梅香、听雨、松果果等诗人那里,诗意来自内心,表达婉转,多用象征、曲笔。雪里梅香的"我迫不及待扔出我的湍急/让浪花开得更灿烂些吧/风口浪尖上才能缔造出生命的图腾",看似深情和柔情,其实有着男性般的豪情,可以感受到情感拨动后留下的余音袅袅。

《在云之阳》这本诗集是云阳诗群的一次集体亮相,向外界展现了云阳诗歌的综合实力,让很多一直默默行走在诗歌道路上的诗人走向了大众,也让我们对他们充满了期待。这里有50年代出生的忠民等,也有80年代的松果果、胡馨月等,90后的张山等人也开始崭露头角。当然,60、70年代的弓长、徐庶、张守刚、丁小炜、朱卫平、周斌等依旧是云阳诗群的中坚力量。为了推广云阳,云阳成功地举办了几次国际飞行表演和大型诗会,体现出地方政府对文化的重视,提升了云阳的知名度,同时也刺激了云阳诗人的写作热情。他们尽情展现云阳的山水风光,抒写生命的真实体验,在诗歌里恣意地表达和诉说。

每个人的人生都是一部绝版的书,经历、阅历、个性、审美等方面的差异,让这部诗集像一个多声部的大合唱,唱着三峡,唱着云阳,唱着历史,唱着现实,每个人从自己的生命体验和感知出发,让个人意识和群体意识交织融汇,最后创造出千姿百态各具特色的作品来,也为重庆这个诗歌重镇增添了一份沉甸甸的收获。

我的老师吕进先生一直呼吁新诗应该在新的文化语境中加强精神、诗体和传播方式等方面的重建。这些年来,传播方式的重建取得了不错的进展,从诗歌网站到个人博客、微博,再到微信、微信公众号等现代传播方式,使诗歌在走向读者方面出现了一些新气象,但是诗歌精神、诗体重建等方面取得的进展还远远不够理想。当下诗歌在普视特征方面缺乏大气象,琐屑体验、个人身世感代替了对生命的深度思考,而在诗体上放逐了诗歌所具有的一些不可替代的特征,显得随意和散漫,最终导致当下的不少作品只有小技巧而缺乏大智慧。这些都在一定程度上淡化了诗歌自身的独特性和不可取代性,影响了新诗艺术的进步。有些诗人或许会说,自己想怎么写就怎么写,和别人无关,和规则无关。每个诗人都有这样的权利,但是艺术的发展有它的规律，读者的选择有他们的标准，而且时间是残酷的，一个诗人如果缺乏温暖的情怀、包容的胸怀和烛照万物的境界，缺乏建构独到的不可替代的话语方式，他是很难为诗歌艺术的进步和发展做出实在贡献的，历史自然也就不会记住他。我们应该随时回头去看看那些在诗歌发展史上被后人记住和言说的诗人，从他们身上寻找具有永恒特征的艺术方向和力量。客观地说，这些不足在云阳诗人的作品中都或多或少地有所体现，如果要想取得更大的进步，这些问题应该在未来的探索中引起足够的重视。

由于篇幅、精力等方面的原因，我不可能对每位入选的诗人及其作品都进行详细评点，提到的诗人和作品也不一定就是书中最优秀的，观点可能存在偏颇。希望建春、守刚两位主编和朋友们批评指正。对我来说，接受批评的过程也正好是一个学习、交流进而提高的过程。

总之，读完这本诗选，我为云阳诗群感到惊喜，更要祝福他们，期待诗人们在那片神秘而古老的土地上都长出生命的翅膀，拥有更温暖的情怀，建构更宏大的格局，飞翔在艺术的圣殿之上。

2016年11月1—6日，在重庆之北

祝贺·回顾·期待

——在2016年度“银河之星”颁奖仪式上的发言

非常高兴参加重庆新诗学会的年会和“银河之星”颁奖仪式。因为杂事较多,平常几乎没有时间参加大家的每月聚会,也很少和大家交流自己的一些想法。参加此次会议之前,傅天琳老师叫我一定要讲几句,我实在不便推辞。

在这里,我想讲三个词:祝贺、回顾、期待。

第一个词:祝贺。祝贺获得2016年度“银河之星”称号的几位诗人。我与这几位诗人都比较熟悉。张远伦是重庆诗坛的新生代,属于重庆70后诗人中在全国具有一定影响的少数诗人之一,他出版过多部诗集,最近出版的《那卡》收入“青春诗会丛书”,全国只遴选了15位诗人,跻身其中实属不易。远伦的诗有一种神秘的特性,历史、文化、现实、人生、梦想在他的作品中都可以神秘而优美地结合在一起,是天然生长的诗,几乎没有雕刻的痕迹,他似乎生来就是一个优秀的诗人。远伦的评论也写得很有特色,我看好他未来的发展。二月蓝最近几年比较活跃,作品也不少,在国内和韩国都出版了诗集。她的诗大多为短章,风格变化比较大,过去注重意象的营造,追求诗的含蓄性,比较重视语言的张力,近期主要在口语写作方面进行了尝试,追求诗的直接性、生活化。这两种写法各有特点,但相比而言,我更喜欢她先前的作品,感觉其中更多一些诗味,多一些令人反复阅读的文字魅力。梦桐疏影来自基层,是教学一线的优秀园丁,她很勤奋,善思考,细腻而大气,为人为文走的都是正路，既写散文，也写诗，还写评论，是个低调而有特点的多面手。她的诗，看似信手拈来，但又不是生活的复制，而是经过了心灵的熔炼和提升。她的语感相当不错，有一种天然的灵气，充满想象力，大胆而不张扬，舒放而又克制，超越了那种常见的平淡、刻板、做作的写作方式，读来具有余味，也令人回味。张建敏在学生时代就开始写诗，最近几年重拾诗笔，写得相对较多。建敏为人踏实，为《银河系》、重庆新诗学会做了很多实实在在的事情，在人品上为自己赢得了口碑。他不是那种才气逼人的诗人，手法比较传统，但他懂诗，懂人生，有自己的目标和方向，所以他的作品给人实在、厚重的感觉。

我不是“银河之星”的评委，但我知道，第一届“银河之星”只评选了一位诗人，第二届评了两位，第三届一下子就评了四位，这种变化既说明重庆诗人在不断以作品说话，读者认可的作品越来越多，也体现了《银河系》诗刊对重庆青年诗人的关心和扶持。重庆诗人很多，即使获得这样一个“小奖”也非常不容易，这四位诗人能够被评委遴选出来，是因为他们在创作上的实力和潜力。

第二个词：回顾。今天颁发的是重庆新诗学会和《银河系》诗刊主办的“银河之星”诗歌奖。有些朋友或许不知道《银河系》的历史，我想顺便在这里介绍一下。应该说，我对《银河系》诗刊是比较熟悉的。20世纪80年代的诗坛非常活跃，国内出现了许多民间诗歌刊物。重庆是当时的诗歌中心之一，一些诗人商议之后，决定创办一份本地的诗歌刊物。1989年《银河系》创刊的时候，主编是方敬、吕进、杨山，他们都是我敬重的老师。我当时还在西南师范大学（现西南大学）中国新诗研究所跟随方敬、吕进、邹绛三位先生攻读硕士学位。《银河系》的发刊“弁言”是吕进老师亲笔撰写的，为了节约时间，吕老师派我亲自把稿子送给杨山老师。当时的交通还不方便，我从北碚出发转了几次车，才到了当时重庆作家非常向往的重庆村三十号（当时的重庆市文联所在地，现在是重庆文学院所在地）。我在路途上阅读了吕进老师的手稿，是我非常熟悉的整齐娟秀的字迹，一格一字写在新诗研究所的专用稿纸上。记得手稿里有这样的话：“让红色的太阳、绿色的太阳、黑色的太阳一起照耀诗的星空。”当时是一个非常热闹而多元的诗歌时代，吕进老师的意思是说，让现实主义、浪漫主义、现代主义等各种思潮都有自己的生长空间，共同推进诗歌的繁荣发展。因为担心被人抓辫子，方敬、吕进二位先生商量后将其改为了“让太阳照耀诗坛”。最初的时候，方敬、吕进、杨山等老师还举行过刊物的定稿会，后来，由于编辑部内部有人认为吕进先生发表过周伦佑的对话，是搞自由化，所以吕进先生辞去了主编职务，刊物的具体组稿、编辑工作主要就是杨山先生主持。由于经费原因，《银河系》并非都是定期出版，有时一年出满过四期，但很多年份只出版了一两期，有时是几期合刊。在座的不少老师、兄长、朋友也都为《银河系》的发展付出了心血，贡献了力量。在傅天琳老师接掌重庆新诗学会和《银河系》之后，她利用自己的影响、人品和感召力，促成了学会和刊物的改革发展：首先是凝聚了人气，使过去以年长者为主要作者的工作团队格局发生了改观，增加了不少年轻人，尤其是底层、基层的年轻人，为重庆诗坛发现和培养了新生力量；其次是刊物的编辑、出版更加正规，每年都出齐了四期，并开设了一些新的栏目，推出各区县诗人方阵，使许多在过去被隐藏、被遮蔽的诗人受到了关注；最后是不断扩大刊物影响，继续延续了每个月的月末交流活动，同时探索传统媒体与现代媒体的融合，开设“银河系”微信平台，评选“银河之星”，等等。虽然傅老师谦虚地称之为“小刊物”，是为诗人的成长搭建平台、铺路的“小刊物”，但这些实实在在的事情其实为重庆诗人的成长、重庆诗歌的发展做出了令人尊敬的贡献。正因为如此，我们才有了每个月的聚会，才有了今天这样的热闹场面。

第三个词：期待。重庆被认为是中国诗歌的重镇，诗人多，作品多，诗学研究和诗歌活动非常活跃。作为一个长期生活在重庆、关注重庆诗歌发展的人，我也因此而感到自豪。不过，我更愿意认为，这是对过去重庆诗歌及其成就的判断。在“五四”时期、抗战时期、新时期，重庆诗歌取得了令人瞩目的成就，可以大书特书。但是，参照全国诗歌的发展状况，反观当下的重庆诗歌，我们必须清醒地意识到目前的重庆诗歌其实是存在诸多问题的。在这里，我想根据自己的了解和理解随便点几点。

一是“诗歌重镇”的地位面临着挑战。当下的重庆诗人不少，但具有全国性影响的重庆诗人、作品不够多，具有特色和诗学价值的探索还没有形成气候；在庞大的诗歌队伍中，不少诗歌写作者还处于爱好者、模仿者、追随者的层次，还没有形成自己的地位和影响。在诗歌创作的同质化现象非常明显的今天，具有诗学价值、创新特色的探索就是诗歌的生命活力，也是诗歌发展的实力与潜力，我们必须静静地想一想：在当下的重庆诗歌界，究竟有多少诗人、多少作品可以在全国拥有别人不可替代的地位？

二是视野不够开阔。一些诗人往往只是站在重庆这块土地上评价自己，或者只是在小圈子里评价自己，甚至只站在个人的角度评价自己，自我陶醉、沾沾自喜的情况普遍存在，而没有在全国范围内来考虑诗人个人和重庆诗歌的位置和影响，没有从历史的视角来打量当下诗人与诗歌的得失，存在着坐井观天的问题。忽略纵向比较的基石，缺乏横向比较的勇气，我们的判断就可能出现失误，我们的探索就可能失去方向，就可能存在重复别人的弊端。对诗人和作品的评价有不同层次的参照系统，你可能在某一个镇属于一流诗人，但在区县层面就成为二流诗人了，到了重庆诗歌界就属于三流诗人了，而上升到全国范围，可能就无法入流了。我们至少应该以全国的诗歌发展作为自我评价和评价他人的参照。

三是存在比较严重的浮躁倾向。浮躁是当下整个社会在人心和文化方面的通病，也影响着诗坛。有些诗歌作者以组织和参加各种诗歌活动来引起关注，有些单纯用发表作品的数量、获得征文奖的次数来判断他人和自己的地位和影响，而没有静下心来认真修炼自己，没有认真研究别人的作品、分析自己的不足、寻找突破的路径，甚至像娱乐场一样，关注的是八卦、流言，指责这个刊物发表的作品不好，那个刊物发表作品依靠关系。诗坛不是世外桃源，我不否认诗坛上可能存在一些所谓的“潜规则”，也不反对人们对诗坛现象的批评，但我们的根本任务应该是拿出好作品。忽略深度探索的浮躁、指责，追求表面繁华而忽视文本建构，对于诗人和诗歌的发展来说，并无多少益处，还可能是一种轻重不分、存在方向性失误的危险信号。

四是胸怀不够宽广，包容性有待提高。一些诗人存在着比较严重的自我迷恋倾向，认为自己的探索才是正路，而其他人的实验都不如自己，对于和自己的探索不一样的观点、手法，都不予认可，甚至由此形成了非艺术的、复杂的人事问题。这样的心态、做法和大诗人的人品、人格要求存在着很大的距离。写诗的格局和做人的格局存在密切的正相关关系，人生格局不大的诗人，很难写出具有大格局的作品。我历来主张诗歌应该在坚守艺术底线的前提下多元发展，优秀的诗人一般都敢于、勇于欣赏和肯定别人的长处，乐于取人所长补己之短。优秀的诗人需要的是对艺术探索的自信而不是盲目的自大。在我看来，自信来自积累与底气，自大来自自卑与心虚。

五是一些诗人的历史文化底蕴较薄。不少诗作者认为写诗就是靠才气，和历史关注、知识积累没有必然关系，这是一种误解。才气当然是必需的，但是，才气和天赋、积累都有关系，并不只是先天的。不关注历史，我们如何知道现在的诗是怎样发展过来的？如何知道现在的诗跟过去的诗相比是进步了还是退步了？在一次关于重庆诗歌的访谈中，我发现，不少在20世纪70年代及以后出生的重庆诗人不知道“五四”以来的许多重庆诗人，更别说全国诗人、世界诗人了；有些人知道了，也不以历史的、发展的、艺术的眼光对他们的功过得失给予公正的评价，而是多以不屑、否定的态度来看待；有些人甚至宣称，自己从来不读别人的书，不读别人的诗，以显示自己是天生的诗人……种种现象，不一而足。一个诗人缺乏历史文化底蕴，就缺乏广度、深度、厚度和高度，就缺乏丰富的文化、艺术、思想等的多元参照，就失去了完整看待世界和他人的能力与眼光，最多能够凭借一点先天的才气进行写作，但这种凭借才气的写作，有时是不可信的，因为它所具有的后劲往往不足，会导致诗歌作品的“空壳化”倾向。作为一个教育工作者，我对这种状况充满忧虑。虽然我在很多场合为重庆诗人、重庆诗歌唱过赞歌，但我对当下重庆诗人队伍的整体状况并不是特别满意。

我并不是要把当下的重庆诗歌说得一无是处，重庆诗歌所取得的成就有目共睹。在过去，我撰写过数十篇讨论重庆诗人、重庆诗歌的文章，大多是以肯定的方式来写的。我是想通过这种方式为诗人们鼓劲聚力。但是，我更明白，深入地了解历史与现状，我们才有讨论未来发展的基础，我们才有期待未来辉煌的底气。

我认为，重庆的诗人们，尤其是年轻的诗人们，一定要静下来，从浮躁中静下来，从功利中静下来，从眼前的得失中静下来，安静地充实自己，安静地体验真正的现实与人生，安静地思考什么是真正的好诗，开阔地关注整个中国乃至世界诗歌的发展潮流，还应该回到更远的历史中去，寻觅我们的诗歌、文化的来龙去脉，透过表象，深入本真，寻找真正适合我们自己的、独特的艺术道路和方向。

重庆诗歌中的同质化倾向比较明显，很多作品的面孔相似度很高，这说明我们在艺术探索中缺失独特性，因此需要重视难度写作。当我们觉得诗歌越写越容易、每天能够写出几首甚至十几首的时候，我们就要特别注意了，这说明我们已经进入了一种套路，已经进入了模式化的写作方式，已经走在了提升很小甚至退步的路上了。这种时候，我们尤其需要冷静，必须开始新的“攀岩”，在艺术的“绝壁”上开辟自己的新路。

很多重庆诗人还缺乏代表作。代表作是一个诗人在全国范围内（而不仅仅是在某一个乡镇、某一个区县，也不仅仅是在重庆辖区）具有影响、被广泛传播和接受的代表性作品，是一个诗人的标签和身份。梁上泉的“小白杨”、傅天琳的“果园”、李钢的“蓝水兵”、李元胜的“虚度时光”，等等，都是别人难以取代的意象或作品，每每提到这些意象或作品，我们就自然会想起它们对应的诗人，反之亦然。这些诗人及其作品会不断被读者、评论家甚至诗歌历史所提及和记住。缺乏代表作是当下中国诗歌存在的问题，也是重庆诗人必须面对和深思的问题。

在我看来，没有哪一首优秀的诗歌作品是可以轻而易举获得的，看似随意的作品，有时也融合了诗人几年甚至几十年的感悟、思考和人生、艺术积累，也可能经过了诗人数次甚至数十次的取舍、打磨。优秀的诗歌有很多可以讨论的构成因素，但诗人及其作品中所体现出来的情怀、胸怀、境界，始终是我们评价诗歌优劣的不可或缺的元素。我期待重庆诗歌在慢下来、静下来之后，能够取得更快的发展，我期望更多的重庆诗人为诗坛和读者奉献出自己的代表作。

今天本来是个高兴的日子，诗人幸会，辞旧迎新。我本是一个比较温和的人，不太愿意公开地触及可能导致矛盾的话题，本来也可以说几句好听的话让大家都高高兴兴。但我今天谈的却主要是问题，或许会让喜悦万分的诗人朋友们扫兴。这些话题都是从现象出发来谈的，思考得不深，也不全面，肯定有说得偏颇甚至不对的地方，也可能在有意无意间伤害到一些朋友，不过我的出发点肯定是好的，是为了重庆诗歌的繁荣与发展，是为了“诗歌重镇”之名的名副其实，我希望重庆的诗人们以自己的踏实探索和优秀作品赢得广大读者的关心和尊重。现在是辞旧迎新，我希望我谈到的都是“旧”的，更希望我们即将见到的都是“新”的，那么我今天改变风格所说的这些话，也就有了它自身的意义。不当之处，请大家批评指正。

在这里,我还要代表参加今天这个活动的所有诗人朋友,并以我个人的名义向市作协表示感谢。在这之前,我参加过重庆新诗学会的几次活动,都是借助老年体协的茶馆,连会场都无法布置,只能随意坐着聊天喝茶,自己付茶钱,自己付饭费,虽然自在、自由,适合诗人们追求自由的心态,但也觉得有些寒碜。作协领导特地把今天的活动安排到作协会议室,陈川主席亲自出席活动,中午还为大家安排了工作餐,作协的其他一些朋友也牺牲休息时间为大家服务。这体现了作协对重庆诗歌和诗人的关心与尊重。当然,我更希望重庆的诗人们以自己的踏实探索和优秀作品赢得广大读者的关心和尊重。

根据2017年1月21日发言稿整理

英美学者眼中的重庆诗人与诗歌

在中国新诗史上，重庆具有重要的地位和作用。重庆有中国最早的现代诗人之一——吴芳吉。“五四”新诗人邓均吾后来长期在重庆生活、工作，他与郭沫若同为创造社成员，交谊颇深。在20世纪30年代，重庆籍诗人何其芳以其充满梦幻情调的散文诗集《画梦录》和诗集《预言》，为当时的诗歌界带来了新鲜的诗风，成为中国诗歌史上的重要诗人。他后来的《夜歌》与前期作品的风格有所不同，表达了时代情绪并具有明显的思想向度。

在抗战时期，重庆是当时国民政府的陪都，许多作家、诗人也随之移居重庆多年，他们在重庆生活、创作和从事其他文学、诗歌活动，这些作家包括梁实秋、老舍、臧克家、郭沫若、艾青、胡风、陈敬容、邹荻帆、臧云远等等，也包括从海外归来的林语堂等。他们在重庆创办刊物、创作作品，这一时期出现了许多佳作。重庆是中国现代诗歌史上重要的诗歌流派“七月派”的主要活动地之一。这些都使重庆成为当时的中国新诗发展的中心之一，也为后来的重庆(甚至全国)的诗歌发展奠定了良好的文化、诗学基础。

在当代，重庆也出现过不少具有影响的诗人和作品。50年代的梁上泉、雁翼、孙静轩等诗人以独特的视角打量新时代、新生活，体现出清新的诗风。尤其是在新时期以来，重庆的诗歌创作和研究都在全国处于比较领先的地位。比如80年代初“归来”的诗人方敬、邹绛、余薇野、穆仁等，与“朦胧诗”诗人同时的傅天琳、李钢等，稍后的“大学生诗人”群、90年代的新生代诗人群等，都在全国产生了较大影响。1986年建立的西南师范大学（现西南大学）中国新诗研究所，是全国第一家专门研究新诗的学术机构，在现代诗学研究方面具有全国性影响，在海外华文诗歌界、诗学界也享有很高声誉。

当我们拓展视野，了解一下重庆以外的诗人、学人（尤其是海外学者）对重庆诗人、诗歌的介绍和评论，也许可以获得审视现代重庆诗歌历史与现实的新角度，获得对重庆诗歌的更准确的评价。在英美学术界，人们对重庆诗歌的关注和研究并不很多，几本专门翻译和介绍中国新诗的著作都很少提到重庆诗人，或者谈得很简略，更没有“重庆诗人”这一称谓。这里所说的重庆诗人是为了表达的方便而使用的，主要包括：（1）重庆籍诗人；（2）不是重庆籍但长期在重庆工作的诗人。

就现在的阅读范围，我见到的涉及重庆诗人的英美学者的著作主要包括：

（1）哈罗德·阿克顿（Harold Acton）与陈世骧编辑并翻译的《中国现代诗选》（*Modern Chinese Poetry*, Kemp Hall Press，1936）；

（2）许芥昱（Kai-yu Hsu）编选、翻译的《二十世纪中国诗选》（*Twentieth Century Chinese Poetry*, Doubleday & Company, Inc.， 1963， Cornell University Press, 1970）；

（3）许芥昱（Kai-yu Hsu）：《中国文学风景》（*The Chinese Literary Scene: A Writer's Visit to the People's Republic*，Vintage Books，1975），该书有一个副标题“一个作家的人民共和国之行”；

（4）杜博妮（Bonnie S. McDougall）编选、翻译的《梦中道路：何其芳散文诗歌选》（*Paths in Dreams: Selected Prose and Poetry of Ho Ch'i-fang*，University of Queensland Press，1976）；

（5）许芥昱（Kai-yu Hsu）编选、翻译的《中华人民共和国文学》（*Literature of the People's Republic of China*, Indiana University Press，1980）；

（6）奚密（Michelle Yeh）翻译的《中国现代诗选》（*An Anthology of Modern Chinese Poetry*, Yale University Press, 1991）；

（7）奚密（Michelle Yeh）的专著《现代汉诗：1917年以来的理论与实践》（*Modern Chinese Poetry: Theory and Practice since* 1917, Yale University Press, 1992）；

（8）叶维廉编选、翻译的《防空洞里的抒情诗：1930—1950中国现代诗选》(*Lyrics from Shelters: Modern Chinese Poetry* 1930-1950, Garland Publishing, Inc.,1992);

(9)张明晖(Julia C. Lin)翻译的《红土地上的女人:中国现代女性诗选》(*Women of the Red Plain:An Anthology of Contemporary Chinese Women's Poetry*,Penguin Books, 1992)。

这几部书在英美汉学界都具有较大影响,得到了较好的评价,有的书还多次再版。它们涉及的重庆诗人主要包括朱大枏、何其芳、方敬、梁上泉、雁翼、江日、陆棨、傅天琳等。重庆出生不在重庆生活、创作的郑玲等不在本文考察之列;瑞典学者马悦然翻译过杨吉甫的小诗,因为译者并非英语国家的学者,也不属于本文的关注视野。在这里,我想根据编者以诗人为线索的原则,将这几部书中对重庆诗人的评介和作品的翻译、介绍情况,进行一番简单的清理。

一、朱大枏

许芥昱编选、翻译的《二十世纪中国诗选》在"新月派"一编中涉及诗人朱大枏,并对他进行了简单介绍。"作为1926年创办于北京的《诗刊》的早期写稿者之一,来自四川省(原巴县,既现在重庆市的巴南区——引者)的朱大枏,并没有成为新月派的主要成员之一。然而,他的诗歌,帮助闻一多和徐志摩检验了他们关于新诗的理论。他全心关注节奏的平衡和尾韵的统一。"[①] 编者还就朱大枏的作品与陶渊明的作品进行了比较。但总的来说介绍得不详细,连作者的生卒年等信息也没有(应该是1900—1930年)。该书翻译了朱大枏的6首诗,都出自《中国新文学大系·诗集》,分别是《加煤》《风雨声中的梦》《月夜梦回作歌》《笑》《时间的辩白》和《逐客》。

国内出版的现代文学史著作很少谈到朱大枏,甚至在重庆诗歌界,人们也很少专门谈论他,也许是由于他生命短暂,作品不多。但海外诗学界却不因此而忽略他们认为在艺术上具有特点的诗人。奚密在其专著《现代汉诗:1917年以来的理论与实践》中谈到现代诗的意象、隐喻时,以朱大枏的《逐客》作为例子加以评述。她说:

---

①许芥昱编选、翻译:《二十世纪中国诗选》(*Twentieth Century Chinese Poetry*) Doubleday & Company, Inc.,1963,Cornell University Press, 1970,p.129.

隐喻大量存在于中国传统诗歌中,但它很少成为一首诗最主要的或者语义的力量。意象的本来意义经常与它的隐喻含义显得同样重要;其隐喻含义并不消除或者替代其本来意义。在中国现代诗歌中,很容易发现与此相反的情形,诗人有意识地创造精巧的隐喻,而且诗人的机智在诗学效果中也扮演很重要的角色。在这一点上,许多现代隐喻接近于西方的隐喻般的空想——比如,受到新月诗人影响的朱大枏(1900–31)[①]的《逐客》:

自从你搬到我心里居住,
苦恼就是你给我的房租;
但我总渴想有一天闲静,
心里没有你的舞影歌声。

我几时贴过招租的帖子?
我一生爱好的就是空虚。
去吧,你乘隙闯入的恶客,
你镇日歌舞着无昼无夜!

你舞蹈的震撼你的叫嚣,
我心可受不住这样搅扰!
去,你不用向我装痴装傻,
有一天我就要赶你搬家!

朱大枏通过扩展的隐喻,通过一系列意义相当的意象,把爱情,或者对于爱情的矛盾态度描述为痛苦:房子/心;房客/他爱的女性;房租/不安的状态;噪音/爱的忧虑;等等。[②]

这些现象说明,西方学术界、诗歌界对诗歌的观念和评价标准与中国本土的诗人、理论家是存在差异的。我们所关注的诗人并不一定就是西方学者感兴趣的。两相比较,或许对于我们在更开阔的视野中理解诗歌,尤其是理解重庆诗歌,是有好处的。

---

①应为1930——编者注。

②奚密:《现代汉诗:1917年以来的理论与实践》(*Modern Chinese Poetry: Theory and Practice since 1917*), Yale University Press, 1992, pp.66–67.

二、何其芳

何其芳出生在四川省万县，即现在的重庆市万州区。他的不少作品抒写了重庆的人文、风光，而且他给重庆诗人乃至整个中国诗歌所带来的影响是多方面的。上面提到的几部书(除了专门的女诗人选集外)都涉及诗人何其芳，而且在他不同的创作时期所选作品都比较多，英美学者一直是将其作为中国新诗史上重要的诗人之一来加以介绍的。

哈罗德·阿克顿与陈世骧编辑并翻译的《中国现代诗选》是目前能够见到的最早介绍何其芳诗歌到海外的著作之一，当时，何其芳还是一名大学生，但是编者仍然对他给予了重视。该书所附录的诗人小传是这样介绍何其芳的：

何其芳，1911年生于四川省，他在那里与他的家人生活到他满15岁，接受了严格的传统教育。在10岁以前，他就被要求从头到尾背诵四书、《诗经》和《楚辞》，而且，从那时到现在他还在继续学习传统散文和诗歌，孔子和庄子，并从那种早期的训练中获得了相当的益处。1931年他进入国立北京大学，现在还在那里学习哲学。他的诗歌是用现代的习语写成的，但是，因为他受到了传统的熏陶，他的诗歌有时候具有一种古老的风格：他通过微妙的方式使用过去的诗歌语汇，没有人能够指责他是故意在搞拟古主义。他比大多数中国当代诗人具有更敏锐的观察才能和更灵敏的耳朵。

他并不是多产的诗人，他最近的作品发表于《文学季刊》《诗与批评》和《北方日报》。这些作品还没有结集成书。[①]

这本诗选收入的是“五四”以来15位新诗人的作品，按作者姓氏音序排列目录。何其芳有10首作品被收入，是数量较多的一位：《夜景(一)》《岁暮怀人(二)》《柏林》《古城》《掉到地上》[②]《秋天》《季候病》《休洗红》《月下》《花环》。这使我们不得不佩服编选者独具的艺术眼光：当时，新诗诞生还不到20年，而何其芳的创作生涯也刚刚开始，他的作品还没有结集出版。

许芥昱编选、翻译的《二十世纪中国诗选》对何其芳的生平和创作进行了比较长的介绍，其中包括他的家庭教育、所受到的影响等。文中说：

---

①哈罗德·阿克顿、陈世骧：《中国现代诗选》(*Modern Chinese Poetry*)，Kemp Hall Press，1936，pp.162—163.

② 由于原书没有注明资料来源，此诗的中文文本尚未查到。英文翻译为“Fell to the Ground”。

1931年,他离开成都到北京大学学习哲学。那时,他已经开始诗歌创作。他的良好的文学素养使他能够极好地掌握语言。但是,充满其诗篇的是他对于永恒的爱与美的青春般的追求。就像他自己后来承认的,它们很精致,也有一点空洞。他的早期诗作之一《预言》,体现了他对自然的欣赏和他接受19世纪西方浪漫主义浸润的全面融合。他成为卞之琳和李广田的亲密朋友,并在1936年与他们出版了一本合集《汉园集》——这是北京大学所在的一条街道的名字。那时候,他们三人在写作风格上有很多的共同之处。同一年,何出版了他的《画梦录》,一本使他获得了一项文学奖的散文集。于是诗化散文在当时成为时尚。

战争开始后不久,他被迫回到四川,但很快又离开,到了延安,共产党当时把那里作为自己的首脑机关。在那里,他在鲁迅艺术学院讲授文学,并成为左翼文学运动的核心成员之一。他学习了马克思主义的社会理论和文学理论,并认定,他必须停止抒写个人的梦与幻想,他已经觉得这样对任何人都没有什么价值。1937年的时候,他承认:

“我爱那云,那飘忽的云……”/我自以为是波德莱尔散文诗中/那个忧郁地偏起颈子/望着天空的远方人。

但是当他在旅行中看到笼罩在城市以及农村的没有结束的悲剧,他下定决心:

从此我要叽叽喳喳发议论:/我情愿有一个茅草的屋顶,/不爱云,不爱月,/也不爱星星。

他毅然告别诗歌到战场体验生活。他希望报告生命与鲜血的戏剧。他渴望见到彻底的胜利和战争的受害者张开双臂欢迎自己国家的解放军而流露的灿烂的笑容。但是他幻灭了。黑夜的行进没有尽头,几个星期都不得休息;还有,他根本就没有见到敌人。当然,当呼啸的子弹迫使他隐蔽的时候,他听到了敌人。他那没有经过训练的身体很快就筋疲力尽。在9个月的时间里,他只写作了一篇报道。诗人走向了痛苦的觉醒,认识到生活中的丑恶现实,并且坦白说:“写作报告文学不容易,……”

他又回到四川教书。工作之余的晚上,他就匆匆记下他在北行的旅途中获得的印象以及战争体验。他又回到了诗歌,比以前写得更自由。他试图让那些他在前线和村庄见到的人物自己说话,讲述他们自己的故事。在他自己对旧事物的踌躇,和意识到新事物、新观点必须抓住并值得记录之间，形成了一种冲突。他通过这样一种思想为自己重新回到诗歌进行了辩护。他的《夜歌》(1945年初版)就是在这些年中完成的。

即使在把《夜歌》奉献给读者之前，他已经开始感觉到一种负罪感。他自己批评了这本作品："这个时代，这个国家，所发生过的各种事情，人民和他的受难、觉醒、斗争，所完成的各种英雄主义的业绩，保留在我的诗里面为什么这么少呵。这是一个轰轰烈烈的可歌可泣的世界。而我的歌声在这个世界中却显得何等的无力，何等的不和谐！"……[①]

该书翻译了何其芳10首诗，数量较多：《预言》《岁暮怀人》《秋》《花环》(译者在"附录"中用拼音标注中文出处时写成了"花圈"，有误)《月下》《病中》《夜景》《醉吧》《夜歌(四)》《我好象听见了波涛的呼啸》。

许芥昱的《中国文学风景：一个作家的人民共和国之行》是他在离开祖国近30年后于1973年重访中国的收获。他在半年多的时间里访问了许多中国作家，介绍了他们的创作情况，也翻译了一些当代文学作品。何其芳是排在诗歌部分的第一位诗人。[②]他在介绍何其芳时说：

何其芳近来很少写作，但他的沉默不能归咎于任何意识形态的直接压力。多病的身体和文学研究所的所长职务留给他的时间太少。

如何有效地把最好的知识和他那一代作家结合起来。早期的传统教育使他感染了丰富的中国文学传统；在北京大学学习哲学和西方文学使他磨砺了感觉能力；军阀的腐败和穷人的悲哀使他在延安拥抱了马克思主义。他想宣布中国新时代的到来，但他觉得自己的诗在中国社会的变动中显得太精致、太文雅、太遥远。在写作中，他被服务于无产阶级的愿望和把中国诗歌提高到一个新高度的雄心所分裂。在20世纪30、40年代，他在延安(他教书和试图向无产阶级学习的地方)和国统区之间穿梭。虽然他完全相信中国需要马克思主义，但他在使用农民语言方面却遇到了困难。

当他最终永久地加入到他的延安朋友中的时候，他成为解释和坚持毛

---

①许芥昱：《二十世纪中国诗选》(*Twentieth Century Chinese Poetry*), Doubleday & Company, Inc., 1963, Cornell University Press, 1970, pp.215-216.

②书中选译了一些论文及小说、戏剧片段，配有作家采访记，还专门有一个部分《民歌、民谣与史诗一瞥》涉及诗。何其芳是诗歌部分介绍的第一位诗人，其他诗人依次是：梁上泉、严阵、阮章竞、贺敬之、臧克家、邹荻帆、郭小川、郭沫若、冯至、田间、陈毅、袁可嘉、郑敏、李学敖、李瑛、陆萍与其他年轻的无产阶级诗人。

泽东文艺政策的主要人物。他参加过农村解放运动，这甚至使他后来在“文化大革命”中避开了尖锐的批判。他下定决心要成为一个真正的马克思主义作家，而不妥协于自己的艺术标准。“甚至毛主席都仍然接受他，尊重他”，他的一位北京的同事说。

“虽然他自己的诗在近些年没有对中国诗歌的发展产生任何具有意义的影响，但总体来说，他为中国现代文学所做的比我们任何人都多。”臧克家说。臧在50年代后期到60年代是全国最有影响的诗歌刊物的主编，他大概说出了许多人都赞同的关于何诗的见解。①

这段介绍没有涉及何其芳的具体作品，而主要谈论了何在思想上的转变，尤其是对于马克思主义的追求。这显然是在谈论何其芳到延安以后的思想，而不是他的早期文学观念。该书翻译的何其芳的《西回舍》出自《诗刊》1964年第3期。

英国学者杜博妮编选、翻译的《梦中道路：何其芳散文诗歌选》是一部专门的何其芳作品英译本。所选作品均是何其芳1949年以前所作，其中的诗歌（及散文诗）作品如下：《预言》《脚步》《慨叹》《爱情》《休洗红》《夏夜》《圆月夜》《柏林》《古城》《初夏》《墙》《虫》《扇》《扇上的烟云》《黄昏》《画梦录》《哀歌》《送葬》《于犹烈先生》《声音》《醉吧》《云》《成都，让我把你摇醒》《夜歌（一）》《夜歌（二）》《夜歌（三）》《夜歌（四）》《我们的历史在奔跑着》《我看见了一匹小小的驴子》《我想谈说种种纯洁的事情》《这里有一个短短的童话》《多少次啊当我离开了我日常的生活》《北中国在燃烧（断片一）》《北中国在燃烧（断片二）》。除了作品翻译之外，尚有译者撰写的《前言》与《结语》，前者包括《何其芳的早期生活及其时代》《何其芳与新文学运动》《文学进入政治：抗日战争》等三个部分，主要介绍了何其芳的文学、思想经历及艺术观念的转变；后者包括《何其芳的文学成就》《“爱，思考与自我牺牲”》，主要论述了何其芳的文学创作成就。杜博妮说：

何其芳一直非常明白自己在文学才能方面的局限，并不断地为此道歉。虽然自己有不足，但他也有一个一直坚持的坚定信念：艺术有其自身的存在规律，必须研究与把握。除此之外，他再也没有自找麻烦去设计出一套一直坚持的艺术或者诗歌理论；在大学学习的哲学并没有带给他多少对系

①许芥昱：《中国文学风景：一个作家的人民共和国之行》（*The Chinese Literary Scene: A Writer's Visit to the People's Republic*），Vintage Books，1975，pp.168-169.

统思考的爱好，他回避了对于那些充满其创作活动的假定的严格审查。虽然在他成熟以后，其作品变得更为简朴，但他早期散文和诗歌的主要特征是它们的敏感意象和内省的感伤。然而，他至少持续到1936年底的基本原则是，诗不只是个人情感的表达，也不只是与自然或者人类交流的一种形式，而是美的创造。他相信，在诗中，美主要是通过意象或者象征而获得的，而多种韵律因素被用来达到额外的效果。在何其芳的学习中，美的玄学特性或者象征的认识论角色可能是他遇到的一些问题，但这些问题显然没有引起他的兴趣。[①]

许芥昱编选并主译的《中华人民共和国文学》包括六个部分，有些作家、诗人根据所收入作品的创作时间不同而在不同的部分出现，但只是在第一次出现时才对作者进行简单介绍。对何其芳的介绍大部分与其另外一本书《二十世纪中国诗歌》的介绍相似，这里不再引述，只是就他对何其芳后期的情况介绍加以简单摘录："在1949年中华人民共和国成立以后，他被给予了很高的学术职位，并且写了几本文学批评方面的著作；然而，从1942年开始，他的诗歌作品就很少见到。在'文化大革命'中，就像其他许多人一样，他也受到了批判，但在70年代初期，他又恢复了科学院文学研究所所长职务。据说，在粉碎'四人帮'后，他曾计划创办一家新的诗歌刊物。但是，在这个计划实现之前，他就于1977年7月24日去世了。下面翻译的诗歌(指出现在本书第三个时期的诗歌——引者)包括他最后发表的作品。它们在很大程度上是用流畅、明朗的口语写成的，用的是含西方押包韵方式的西方四行体，但间或又回复到中国的传统形式，比如律诗与绝句。"[②]

该书的第三部分《"大跃进"和反修正主义1959—1961》中翻译了何其芳的6首诗：《听歌》《赠杨吉甫》《赠范海亮》《夜过万县》《在越南的第一个早晨》《三个越南南方的女青年》。第四部分《人民群众的社会主义教育1962—1964》翻译了何其芳的《重游南开》《张家庄的一晚》。第六部分《再生：粉碎"四人帮"——归来与逆转1971—》翻译了何其芳的《忆昔》。这些作品的译者都是英国学者杜博妮。

①杜博妮：《梦中道路：何其芳散文诗歌选》(*Paths in Dreams: Selected Prose and Poetry of Ho Ch'i-fang*)，University of Queensland Press，1976，p.223.

②许芥昱：《中华人民共和国文学》(*Literature of the People's Republic of China*)，Indiana University Press，1980，p.527.

叶维廉编选并翻译的《防空洞里的抒情诗:1930—1950中国现代诗选》主要是从艺术性的角度选择诗人及其作品的,涉及的诗人比较少,只有18位,除了艾青、臧克家、绿原等外,都是在20世纪三四十年代具有一定影响的现代主义诗人,《九叶集》的九位诗人和他们的老师卞之琳、冯至都在其中。何其芳到延安以前的作品也是叶著所关注的。编者对何其芳做了简短却非常精彩的介绍:

虽然何其芳在一首宣言诗《云》(1937)中指责了“云,月亮和星星”,但是,具有讽刺意味的是,他也许将以他那些关于“云,月亮和星星”的诗歌而被记住。就像卞之琳一样,何其芳在现代中国知识分子中也是相当典型的,他们接受的教育领域很宽,从中国传统文学到他们可以插手其中的几乎任何西方的东西。15岁以前,何其芳已经读过李白、杜甫、白居易、韩愈、苏轼、陆游以及几乎所有中国传统小说。当他进入北京大学以后,他立即转向了中国新文学,并开始贪婪地阅读西方作家的作品,如屠格涅夫、契诃夫、莫泊桑、莎士比亚等等。他在1937年以前发表的诗歌在内容与节奏两方面都充满了传统的“词”一般的和谐。事实上,绚丽、精巧、新奇、梦幻般的、多愁善感、忧郁是经常用来描述他的一些修饰语,但是,在这些词语当中,人们也感觉到诗人对于过去的世界充满欢愉、温柔加上温暖的优美复述。①

该书共翻译了何其芳的7首诗:《秋》《休洗红》《柏林》《夜景(一)》《夜景(二)》《送葬》和《云》。这些诗都是他1937年以前的作品。

奚密的专著《现代汉诗:1917年以来的理论与实践》在谈论中国新诗的一些艺术特征时,多次谈到何其芳及其作品,包括他的《秋天》《休洗红》《生活是多么广阔》等。她翻译的《中国现代诗选》选入了何其芳的《预言》《土地庙》《沙尘天》《秋天》《成都,让我把你摇醒》《我想谈说种种纯洁的事情》《云》等7首作品,而且对何的介绍又体现出另一种特点:

一首长诗的主题——成都,是四川的省会。在抗日战争(1937–45)期间,国民党政府撤退到这个西南的省份,并宣布成都的临近城市重庆为中国的陪都。战争开始于1937年7月7日,日本部队开始向芦沟桥开火。这首诗的题词作者爱罗先珂,是俄罗斯的诗人和童话作家。他在4岁的时候因为麻

①叶维廉:《防空洞里的抒情诗:1930—1950中国现代诗选》(*Lyrics from Shelters: Modern Chinese Poetry 1930–1950*), Garland Publishing, Inc., 1992, pp.209–210.

疹而失明。1921—23[①]年,他在中国教书并与鲁迅和其他作家很熟识。1923年回到俄罗斯以后,他全身心投入翻译和盲人教育。在《成都》中提到的弗拉基米尔·马雅可夫斯基(1883—1930)和叶赛宁(1895—1925),都是俄罗斯诗人,都自杀了。[②]

除了对诗人本身的介绍之外,对一些作品中所涉及的历史、文化背景也进行了简单介绍,对西方读者了解中国文化、读懂中国诗具有一定的指导作用。

三、方敬

方敬的名字出现在许芥昱编选并翻译的《20世纪中国诗选》中,有专门的介绍,但资料简略,且错漏较多。简介是这样写的:

方敬(1913? —),成长于中国西部的一个小镇,自己悄悄开始了文学写作,在40年代早期开始出版一些小册子。他的诗行间谦逊的风雅和对同胞的意味深长但又表面平淡的同情,使他的作品在他的同代人中更为显眼。1948年,他出版了《行吟的歌》和《生之胜利》,后者是一本散文集,描述了他40年代早期在中国西南地区的旅行中所见到过的人与风景的印象。[③]

这个简介中的问题有好几处:首先是将方敬的生年1914误为1913(方敬于1996年3月17日去世);其次,对方敬的出生地也只做了一个大概估计,连四川都没有确定,其实应该是"四川万县",即现在的重庆市万州区;最大的问题恐怕是对方敬创作历程的了解不够,只提到了他早期的两部作品,其实方敬的诗集在《行吟的歌》之前还有《雨景》《声音》和其后的《受难者的短曲》,散文集在《生之胜利》之前还有《风尘集》等。这些都说明,作者对方敬的整个创作并不是很熟悉,但仅读了他的一部分作品就确定了选择他,至少说明在编者的眼里,方敬应该受到关注,虽然他选择的不一定都是方敬的代表作。

该书翻译了方敬的6首诗:《夜》《夜宿》《歌》《游子谣》《送葬曲》和《众生之路》,都选自诗集《行吟的歌》。

---

①应为1923——编者注。

②奚密:《中国现代诗选》(*An Anthology of Modern Chinese Poetry*), Yale University Press, 1991, p.60.

③许芥昱:《二十世纪中国诗选》(*Twentieth Century Chinese Poetry*), Doubleday & Company, Inc., 1963, Cornell University Press, 1970, p.383.

四、梁上泉

许芥昱的《中国文学风景：一个作家的人民共和国之行》在介绍诗人时，对梁上泉做了如下介绍：

作为共产党养育的孩子之一，梁上泉一直为党做着政治、文化方面的工作。他在1950年前后开始发表诗歌，到1962年已经出版了7部诗集。他的工作使他走遍了中国的许多地方，也使他接近了各种各样的人。

他的诗基本上是民歌，有中国传统诗歌影响的痕迹。他最擅长的手段是在一系列波动的节奏中抓住所出现的意象。……梁自从“文化大革命”以来就没有写作任何作品，但他在50、60年代创作的作品仍然在年轻的无产阶级诗人那里发挥着巨大的影响。①

介绍中还谈到了梁上泉的《花桥》一诗，并做了简单分析。该书翻译了梁上泉的三首诗：《山泉》《杜鹃》《回乡》。这段介绍文字相当简略，连作者的出生地、出生时间都没有，也没有涉及具体工作，这说明编者所掌握的梁上泉的资料十分有限。

梁上泉是许芥昱编选并主译的《中华人民共和国文学》主要关注的诗人之一，在该书的六个部分中，有三个部分都翻译有他的作品。编者对他给予了比较详细的介绍：

作为诗歌领域相对的初来者，梁上泉，四川人，在1953年才开始他的写作生涯。然而，在10年时间里，他出版了8部诗集，包括《喧腾的高原》《开花的国土》和《山泉集》，为他赢得了大量的追随者。

最值得注意的是他作品中的抒情特质。它们体现出在不失去自然的前提下对于推敲的良好尺度。中国传统诗歌的影响非常强大，抓住民歌魅力的努力也相当成功。评论家已经评论过梁在表现农村风光、边境风情或者普通人形象方面的能力，认为他都使用了同样的不可思议的方式。

在“文化大革命”中沉默了多年以后，梁已经出版了一本新的作品集，《歌飞大凉山》(1976)。他的作品已经定期出现在《四川文学》杂志上。②

---

①许芥昱：《中国文学风景：一个作家的人民共和国之行》(*The Chinese Literary Scene: A Writer's Visit to the People's Republic*)，Vintage Books，1975，pp.173-174。

②许芥昱：《中华人民共和国文学》(*Literature of the People's Republic of China*)，Indiana University Press，1980，p.76.

该书第一部分《从延安到北京1942—1955》翻译了梁上泉的《长城内外》;第三部分《"大跃进"和反修正主义1959—1961》翻译了梁上泉的《放筏》《彩色的河流》;第四部分《人民群众的社会主义教育1962—1964》翻译了梁上泉的《花桥》《黑水芦花》。主要问题是,在三个相距很长的时间段,所选作品都出自《山泉集》,难以真正反映诗人的创作实绩,其实,在这期间,梁上泉出版过多部其他诗歌作品集。

五、雁翼

雁翼是河北人,但在走上诗坛前后,他长期生活在重庆。

许芥昱编选并主译的《中华人民共和国文学》中对雁翼的生平和创作也进行了一些介绍:

雁翼把浩然和李瑛的一些因素融和[①]到了自己身上。在40年代早期,作为一个"红小鬼"在八路军中跑腿,这个贫苦农民的儿子很快发现,自己被为红军的文化工作队写歌和韵脚所吸引。在解放战争的最后阶段,他与不同的部队跑遍了中国的北方和西北地区,重新走过了红军走过的许多地方。他用诗歌方式写下的那些年的印象的代表性作品集是《白杨赞歌》(1962)。[②]

可以看出,编者对雁翼的了解并不是很多,连他的出生年份和籍贯都没有介绍,估计是冲着他的这首作品而来的。该书第四部分《人民群众的社会主义教育1962—1964》翻译了雁翼的一首诗《重访战地》,选自《诗刊》1962年第6期。

六、江日与陆棨

江日与陆棨和其他一批诗人没有在许芥昱的《中华人民共和国文学》一书的目录中列出名字,而且也没有专门的小传加以介绍。这可能是因为他们当时年龄不大,代表作品也不多,更主要的可能是编者找不到他们的生平材料,而又对他们的一些作品感兴趣,所以就直接翻译了作品。

在该书中,这一批诗人出现在第四个部分《人民群众的社会主义教育

①应为"融合"——编者注。

②许芥昱:《中华人民共和国文学》(*Literature of the People's Republic of China*), Indiana University Press, 1980, p.719.

1962—1964》中，编者在这一部分的最后增加了一个小题目《60年代早期的诗人》，介绍了张万舒、郑成义、纪鹏、江日、戈非、宫玺、李家勋、陆棨、宁宇、史文熊、石英、王石祥等诗人的作品，所选作品都不多。

编者为这一部分撰写了一个总体介绍，其中提到了江日的名字：

在揭示文学与政治的相互关系的中国文学风景中，有一个怪现象，就是某一个具体的写作生涯显得支离破碎。这种现象在60年代早期尤其明显，当时，一大批年轻的无产阶级诗人突然出现并为那个年代的前几年的成功而欣喜，但在“文化大革命”期间又再也见不到了。

我们对这些诗人知道得很少。张万舒创作了质量较好的抒情诗。纪鹏擅长写海军生活。像唐大同一样，江日写的诗也是关于在四川内陆的河流上来往的船夫的。戈非被认为是为最有前途的年轻诗人之一。宫玺的作品最早出现于50年代，写的是作为一个士兵的生活，王石祥也是这样。四川的李家勋是一位更加出色的诗人，他最早在“大跃进”运动中开始发表作品。宁宇被认为是擅长于记录船厂体验的诗人。史文熊是一个全日制工人，而石英写的是公社的生活。这些人在近些年来都没有发表过任何东西。[①]

书中翻译了江日的《川江儿女》（选自《诗刊》1963年第2期），陆棨的组诗《重返杨柳村》（选自《诗刊》1963年第3期），都是许芥昱翻译的。

七、傅天琳

女性文学（包括诗歌）是20世纪后半期受到学术界关注的重要话题，女性诗歌的翻译也受到较多关注。张明晖主译的《红土地上的女人：中国现代女性诗选》是比较集中地介绍中国现代女性诗人作品的集子，书名是四川诗人嘉嘉的一首诗的题目。

该书在英语国家具有一定的影响，共介绍了32位中国现代女性诗人和她们的101首作品。该书的主译者张明晖，是美籍华人学者，出生于上海，在史密斯学院获得学士学位，在华盛顿大学获得硕士和博士学位。她现在是俄亥俄大学的英语教授，主要从事中国现代文学（主要是诗歌）的翻译、研究工作，出版了《中国现代诗歌简介》（1972）和《中国当代诗歌论文集》（1985）等著作。

①许芥昱：《中华人民共和国文学》（*Literature of the People's Republic of China*），Indiana University Press，1980，p.720.

该书对重庆诗人傅天琳给予了介绍：

傅天琳(1946—)，出生于四川省资中县，是最近几年文坛上出现的很有潜力的女诗人。1961年从一所电力学校毕业以后，她在农村的一个果园劳动，同时开始了她的写作生涯。她的第一本诗集《绿色的音符》在1981年获得了全国性的诗歌奖。她的其他诗集是《在孩子和世界之间》《音乐岛》《红草莓》。她的诗因为明白、精练和深刻而为人称道。她现在在重庆出版社工作。①

书中收入了傅天琳的7首诗:《我是苹果》《汗水》《闪光的夜露》《太阳河》《给孩子》《我是男子汉》《最后一班公共汽车》。

需要注意的是，这几本书(尤其是1936年的选本和许先生的几本书)中的大部分都出版较早(女性诗歌选本涉及的范围有限)，这一方面体现了许多学者在中国诗歌的对外翻译介绍方面做出了特殊贡献，但另一方面，由于资料储备和人员交流非常有限，选择的范围也就相对较窄，比如许芥昱介绍中国当代诗歌主要是以《诗刊》和有关诗集、诗选为基础的，对其他刊物关注很少。其实，《人民文学》《星星》等刊物都有值得关注的作品。有些学者在不同时期介绍同一位诗人时，其作品甚至全部出自一部诗集(选集)，因此，他所选择的诗人不一定是最有艺术成就的诗人，同样，他选择的作品也不一定都是代表作，而且对诗人的介绍存在不少错漏。我们应该从两方面来看待问题，才能够做出比较准确科学的评价。

由于对90年代的诗歌翻译材料掌握得不够，中国翻译家的译本又不是本文的打量对象，所以文中的遗漏之处肯定很多。好在本文的主要目的是提供一些信息，以引起诗歌界的思考。其实，读完这些书籍，我由此想到的问题不是重庆还有多少诗人应该进入这样的作品选中，或者他们有多高的地位，需要有些学者把他们介绍到西方——这不是由我们来决定的。但我们应该清醒的是，如果以更加开阔的眼光打量，或者站在全国、全世界的角度看，重庆诗人中的确还缺乏大家、名家，缺乏能够代表一个时代诗歌艺术成就的诗人。这也许是重庆诗歌最大的弱点，也是我们今后应该努力超越的地方。

2002年10—11月，于重庆之北

①张明晖:《红土地上的女人:中国现代女性诗选》(*Women of the Red Plain: An Anthology of Contemporary Chinese Women's Poetry*)，Penguin Books, 1992, p.32.

地域诗史研究的全局意义

这些年来，随着新诗历史的不断延长，新诗史的研究受到了学术界越来越多的关注，除了所有的现当代文学史著作都会涉及新诗之外，还出现了不少研究新诗历史的专著。祝宽的《五四新诗史》(1987)，苏光文的《抗战诗歌史稿》(1991)，杨里昂的《中国新诗史话》(1992)，黄子建、佘德银、周晓风的《中国当代新诗发展史》(1993)，柯文溥的《中国新诗流派史》(1993)，洪子诚、刘登翰的《中国当代新诗史》(1993)，龙泉明的《中国新诗流变论》(1999)，刘扬烈的《中国新诗发展史》(2000)等从整体上或从某一时段、某一侧面描述了新诗发展的历史。同时还在现实主义诗歌史、现代主义诗歌史、新诗文体探索史等方面出现了不少颇有价值的著作。

尽管这些专家在资料收集、体例设计、具体论述等方面都花费了大量精力，可以使我们通过这些著作了解新诗发展的一些情况，但读过之后，总觉得这些著作给人这样一种印象：许多具体的人、事被遮蔽了，复杂的新诗历史在经过人们的解读之后显得相对单薄，很难在其中感受到风起云涌的动人景象。这也不奇怪，漫长的中国新诗发展史在经过时间与艺术的淘洗之后，往往只剩下一些优秀的诗人与作品，剩下薄薄的一本，最终变成了“优秀诗人及作品史”。不过，需要注意的是，在这种“优秀诗人及作品史”之外，还有大量的相关研究成果，比如诗人研究，甚至诗人的交游研究，诗歌思潮研究，诗歌流派研究，等等。优秀诗人与作品的出现往往不是偶然的，它们都需要长期的艺术积淀,需要大量的其他诗人和作品作为铺垫。对铺垫性的诗人及作品进行研究,可以使我们更清楚地了解诗歌艺术演变的规则与轨迹,揭示诗歌历史的丰富性。我曾经针对当下的“先锋诗”说过,一个时代的“先锋诗”、先锋思潮等大多是开路的,它们因为具有创新与破坏特征而受人关注,但先锋诗人往往不是成熟果实的收获者,后来那些吸收多种诗歌观念而集大成的诗人更有可能获得丰硕的果实。这种情形在任何一个时代都存在。因此,在诗歌史研究中,我们不能忽略了开路者而只关注那些取得丰硕果实的诗人,否则就可能违背诗歌发展的规律,也与历史事实不相符。

诗歌史研究并不等于“优秀诗人与作品史”研究,在史识上至少要注意两个维度:一是重现历史的史实意识,通过述史,使人能够回到历史的情景中,回到历史的丰富与复杂之中;二是评价历史的艺术意识,要能够通过对历史的描述让人懂得哪些是优秀诗人,哪些是好诗,知道哪些诗人、哪些作品最终构成了诗歌艺术发展的主流。重现历史是诗歌史书写的第一步。为了实现这一目标,一些研究古代诗歌发展的专家在对诗人、诗歌进行研究的时候,往往需要进行大量的前期工作,包括考据、甄别方面的工作。由此我想,我们在研究新诗历史时,如果能够在做宏观描述的时候也保存大量的史料,这对后来的研究者肯定是有好处的,至少可以免除不少考据方面的精力。在这方面,已有不少诗人、学者投入了相当的精力,取得了大量成果,比如对“文革”地下诗歌活动资料的收集与研究,对一些诗歌流派资料的整理与研究,等等。

新诗史研究要实现这两个史识,大致需要经过这样几个层次或者说步骤:个案研究、群体研究、地域研究与总体研究。

个案研究主要是诗人研究,包括诗人的创作经历、艺术追求、艺术成就与局限等。诗歌创作具有个人性的特征,所谓的“诗坛”、“诗史”都是由众多个人的艺术探索和作品构成的。个案研究是诗歌史研究获得深度与广度的基本前提。

群体研究包括诗歌流派研究、诗歌思潮研究等,流派、思潮等是在个人创造的基础上形成的具有相似性的艺术景观,而且可能是跨地域、跨时段、跨年龄的。思潮、流派是诗歌艺术发展的必然结果,也涉及诗人的兴趣、爱好等,对它们的研究是诗人个案研究的深入与拓展,可以在一定程度上揭示诗歌艺术内部的交流与协调,也可以打量不同群体之间的交叉、对立、冲突及其社会文化背景和艺术渊源。

地域研究也是诗歌研究的重要层次之一,尽管有些作家、学者在新的文化文学思潮影响下提出了“反文化”“反传统”等主张,但文化对诗歌的影响是非常明显的。在《诗经》、楚辞时代,北方诗歌的现实主义特色和南方诗歌的浪漫主义特色是无法抹杀的。在现代,乡村文化和都市文化影响下的诗歌存在着差异;发达地区和西部地区的诗歌在艺术上所取得的成就是不同的;齐鲁文化与巴蜀文化中的诗人有着不完全相同的艺术观念、艺术风格和成就……这些都是诗歌具有地域特征的体现。不同地域的诗坛本身又是由大量诗人、群体、作品构成的,具有多样性与丰富性,它们同样体现了中国新诗的多元与丰富。有些诗歌群体也与地域文化有着关系,比如“湖畔诗派”“西南联大诗人群”“白洋淀诗群”“北大荒诗群”“西部诗歌”等,诗歌的地域性研究有时也与个案研究、群体研究相结合,推进诗人研究、群体研究的深入。

总体研究就是宏观研究,是对整个中国新诗发展的研究。整体研究需要立足个案研究、群体研究、地域研究,才能获得中国新诗发展的多样信息,才能在广泛的参照中对新诗发展做出客观评价。

一般而言,这几个层次需要一个个突破,才能写出完整、科学、符合历史事实的新诗史著作。换句话说,优秀诗歌史的完成在很大程度上不只是具体写作者的功劳,而是集合了众多研究者的研究成果。如果个案研究、群体研究、地域研究等方面的成果出现欠缺,优秀新诗史的出现也就缺乏基础和依据。

在新诗批评史上,诗人个案研究、群体研究已经取得了相当突出的成就,出版了不少诗人研究、流派研究和思潮研究方面的专著。关于有些诗人与群体的学术专著已经有了多部,比如:研究艾青的著作有《中国当代文学研究资料·艾青专集》(海涛,金汉编,1982)《生活的牧歌——论艾青的诗》(晓雪,1957)、《艾青论》(骆寒超,1982)、《艾青研究论文集》(骆寒超编,1983)、《艾青传论》(杨匡汉、杨匡满,1984)、《艾青传》(周红兴,1993)、《艾青的艺术世界》(张永健,1998)、《艾青传》(程光炜,1999)、《艾青评传》(骆寒超,2001)等;在九叶诗派的研究方面,除了大量的个案研究、论文和不少专著的章节外,还出现了《九叶诗派研究》(游友基,1997)、《九叶诗派的合璧艺术》(蒋登科,2002)、《九叶诗人:"中国新诗"的中兴》(唐湜,2003)等著作。这种研究为我们进一步开展新诗史的整体研究奠定了基础。但是,遗憾的是,虽然地域文学史研究方面的著作在近些年来出现了不少,但除了台湾、香港地区外,我们其他地区的地域新诗史研究还显得非常薄弱,这使新诗史的整体研究在把握和揭示诗歌的地域性特征方面显得不足。从某种意义上说,因为不少新诗史著作只注重对"全国性"诗人与作品的关注,诗歌的地域性、民族性受到了一定程度的忽视,也使诗歌史研究在一定程度上损失了中国性,当然更使我们在了解新诗的多元化演变轨迹方面出现了空白。

最近,这种情况开始逐渐受到学界重视。吕进主编的《20世纪重庆新诗发展史》(重庆出版社,2004)是中国(除台湾,香港地区外)第一部地方新诗史。它的出版为地域新诗史的研究开了好头。这部50多万字的著作,从重庆新诗的文化遗传到20世纪末期重庆新诗的发展状况有全面涉猎。与"全国性"的新诗史著作相比,这部著作自有其独特与丰富之处。一方面,除了部分在整体性新诗史著作中提到的诗人、诗群外,书中讨论的大量诗人、诗歌事件、活动、刊物等并没有受到人们的重视,而他(它)们在新诗发展中是有其地位与价值的:有的是作为铺垫而存在,其艺术探索的某些方面可以为新诗发展提供启发;有的是因为研究者的遮蔽而被忽略的,比如与郭沫若同时期且同过事的邓均吾虽然在初期新诗的诗体建设方面取得了独特的成就,但因为其艺术向度与当时主流方向存在差异而被长期忽略;又比如与何其芳同时期的重庆诗人杨吉甫的小诗虽然受到瑞典学者马悦然等的高度重视,却较少得到中国诗学界的关注。另一方面,这部书的地域特色非常明显,通过对重庆新诗各个时期的研究和对具体诗人、诗论家的全面打量,我们可以明显看到重庆诗歌与重庆的自然山水、巴渝文化的关系,以及它所体现出来的"传统的先锋"或"先锋的传统"的艺术特色。而且,这部书并不是封闭地研究重庆新诗,而是始终在整个中国新诗的发展框架中定位重庆新诗的发展:在论及抗战时期重庆新诗的第一次高潮时,就谈到了大量诗人聚集到陪都重庆的历史事实,论及了他们在重庆开展的诗歌活动和创作的作品;在论及吴芳吉、邓均吾、何其芳、方敬、梁上泉、吕进、石天河、余薇野、张继楼、傅天琳、李钢以及更年轻的梁平、李元胜、冉冉、冉仲景等诗人与诗论家时，既涉及他们对重庆诗歌发展的贡献，也论及了他们在整个中国新诗发展中的地位与影响。

这样一部地域性的新诗发展史既为“重庆是中国新诗的重镇”这一观念找到了历史的证据，拓展了中国新诗的研究领域，也为进一步撰写更全面、更科学的全局性的新诗史著作提供了史料、学理等方面的重要铺垫。可惜，这样的地域性的新诗史著作目前还太少。如果要写出比较满意的新诗发展史，我们还需要大量的类似著作的出现，甚至每个省（自治区、直辖市）都应该编写一部这样的著作。这当然只是一个诗歌爱好者的美好梦想，因为我发现，在许多地方，研究个人的专著、论文集倒是出版了不少，但对一个地区新诗发展的整体研究似乎并没有受到大家的重视。我希望这种情况能够在有识之士的带领下有所改观，我天真地期望这种梦想能够实现，如果实现了，我们的新诗史研究肯定会获得更丰硕的成果。

2004年12月16日，于西南师范大学中国新诗研究所

关于重庆诗歌的一次“田野调查”

——《重庆诗歌访谈》和一些背景材料

这是我很用心做出来的一件事情。

长期以来，我主要从事新诗的研究和教学工作。在具体工作中，我一直认为，研究诗歌不能够只是从理论到理论，从作品到作品，尤其是从事当代诗歌研究的人，应该尽可能在教学、科研活动中对诗人的生活经历、创作心态、文化背景等有所了解，并将其和自己的工作结合起来。古人有知人论世之说，在中国这个诗民族，把这种观念延伸开去，就是知人论诗。谈诗，最好要了解诗人，因为诗与诗人的关系太密切，或者可以说，诗是另一个诗人，是文字的诗人、文化的诗人、精神化的诗人。客观地说，我的诗歌研究、教学工作基本上就是这样开展的。我和许多诗人都保持着良好的关系，老中青诗人都有，我读他们的作品，也读过或听过他们对于诗歌的看法和对自己创作的评价，这对我了解他们的创作是有帮助的，但在接受这些信息的时候，我尽可能保持思考的独立性，不受诗人观点的左右。

不是每个研究者、读者都能够和诗人取得直接的联系，那么，通过文字的方式倾听他们对于诗歌的看法，就是一件很有意义的事情。多年来，我曾经因为工作需要获得了一些特殊的机缘，采访过不少诗人和评论家，比如艾青、臧克家、卞之琳、方敬、辛笛、唐湜、高瑛、梁上泉、流沙河、孔孚、吕进、傅天琳以及美籍诗人、学者叶维廉，韩国诗人、学者许世旭，等等。我一直对采访活动的资料非常珍视，因此希望继续将这一工作进行下去。

一、话题的缘起

过去对诗人、学者的访谈没有设定的主题，没有既定的目标，因为一些机缘和他们聚会，恰好遇到一些有趣的话题，就和他们进行细致而深入的交流，最终了解他们对于人生、艺术等多种话题的看法。

这一次的工作有所不同，我首先设定了采访的区域、对象和主题。

这与我对重庆和重庆诗歌的关注、了解有关。1983年秋天，我从偏远的川北山区来到重庆读书，后来又长期在西南大学（及其前身西南师范大学）中国新诗研究所读书、工作（虽然1990—1992年曾在广西民族大学工作两年，1997—2000年在苏州大学攻读博士学位，2001—2002年在美国加州大学圣迭戈校区作富布莱特访问学者一年，2001—2003在西南师范大学心理学博士后流动站驻站工作，但除了在广西之外，其余时间都是在职外出的，即使在广西那两年多，我也和重庆诗歌界保持着密切联系，每年都会回重庆），已经在这里近30年，对于重庆诗人、重庆诗歌是很有感情的，了解得相对比较全面，很多诗人都成为我的良师益友，因此，我总是希望自己能够为重庆诗歌的发展做点有意义的事情。在过去，这种“事情”主要是对一些诗人的创作情况的个别关注。在我的印象中，我因为各种原因为重庆诗人、学者撰写的评论性文字至少有50篇，还参加了《20世纪重庆新诗发展史》等书的撰写，参加的各种诗歌活动就难以统计了，每年都会有那么几次。

作为一个处于内陆、相对封闭的城市，重庆的文化，尤其是近现代以来的文化，在其影响力方面无法和北京、上海、浙江、江苏、陕西等发达地区或者文化积淀深厚的地区相比。但这不能说重庆文化就没有特色甚至说重庆没有文化。事实上，在20世纪，重庆的文学曾经有过多次的辉煌。在“五四”前后，重庆诗人吴芳吉和后来一直在重庆工作的邓均吾等在诗歌体式试验等方面所取得的成绩为诗界、学界所瞩目。抗战时期，因为拥有“陪都”的特殊身份，大批作家、诗人来到重庆，创办刊物、组织诗歌活动，在重庆创作了许多有影响的作品，形成了重庆文学发展的一个黄金时期。在当代，重庆文学、诗歌取得了新的进展，出现了许多有影响的作家、诗人，如杨益言、方敬、邹绛、高缨、雁翼、张继楼、杨山、梁上泉、陆棨、黄济人、傅天琳、李钢、虹影、柏铭久、张者、莫怀戚、李元胜、冉冉、冉仲景等等，这些人有的是本土的，有的是来自外地的，但在身份上都被贴上了“重庆”的标签。可以说，重庆作家队伍的构成是相当复杂的。

多年来，在关于重庆文学的各种讨论中，不同的人从不同的参照系统出发，对重庆文学的成绩进行了不同的评价。就诗歌而言，我和许多诗人、评论家有过会议上的讨论，也有过私下的交流，大家对重庆诗歌的成就、贡献、地位等的评价并不完全一致。有些人认为重庆是中国诗歌的重镇；有人认为，重庆曾经可以被视为中国诗歌的重镇，而在20世纪80年代之后，在全国诗歌界，最多处于中游甚至中游偏下的水平；还有人认为重庆没有进入过诗歌重镇的行列；有人对于这样的话题没有任何兴趣，只关注自己的诗歌世界，不愿意发表自己的意见。而且，不同年龄的诗人对这类问题也有不同的看法，出生在20世纪50年代及以前的诗人大多认为，重庆诗歌在全国具有较高的地位，而在60年代及之后出生的诗人则对此比较谨慎。

可以看出，在不同年代的诗人和谐相处、共同探索诗艺的大背景之下，重庆诗坛其实存在着多元的艺术发展格局，几乎每个诗人、评论家甚至普通读者都对诗歌艺术、对重庆诗歌有着各自不同的看法。作为研究诗歌的人，我们不但要总结、概括诗歌的基本特征，也要了解每个具体诗人对诗歌的看法和他们在艺术上的不同特点，尤其是在最近这些年，口述历史及其研究成为学界的热门话题，甚至成为“显学”。在之前，我读过多部关于诗人、诗歌的访谈著作，如香港诗人王伟明的《诗人诗事》(1999)、《诗人密语》(2004)，孙文涛的《大地访诗人》(2003)，西渡、王家新的《访问中国诗歌：中国23位顶尖诗人访谈录》(2009)，等等。不少诗歌刊物、网站也发表了大量的诗歌访谈文章。于是，我便有了采用访谈的方式为重庆诗歌“摸家底”的想法。

二、关于“重庆诗人”与“重庆诗歌”

在开展这个课题的时候，我们首先面对的是“重庆诗人”的范围问题，也只有厘清“重庆诗人”“重庆诗歌”的内涵，才能进行课题设计和开展具体的访谈、研究工作。要回答这个问题，我们至少要对以下几个群落进行梳理。

第一，抗战时期的重庆诗人、作家。抗战时期活跃在重庆的作家、诗人，除了少数人之外，大多数都不是在重庆成长起来的，他们是因为战争、政治等原因来到重庆的，创作的主要作品大多也和重庆历史、文化没有直接的关系，在诗歌史上，他们的成就也很少和重庆、重庆文化结合在一起。当然，我们必须承认，他们旅居重庆的时候带来了重庆诗歌的活跃，为重庆赢得了文学界和其他领域的关注，留下了许多艺术的、精神的资源，也为我们后来者留下了许多津津乐道的话题，比如，他们的后人在追寻先辈足迹的时候，可能重新踏上重庆的土地。一些学者在研究中可以把重庆和一些著名作家、作品搭上关系，多了一些学术上的话题，比如，在撰写有关诗人、作家评传的时候，会涉及许多有关重庆的话题。但是，在他们离开以后，从文学创作的角度说，重庆及其文学虽然有了一些新的内涵，不过在很大程度上又回到了以前的状态，诗人还是原来的那些诗人，只是在诗歌观念、视野、技巧等方面获得了一些新的拓展。

第二，身在外地的“重庆人”。许多在文学史上有影响的重庆诗人、作家，大多数都是在走出重庆之后才为人关注的，有些是在离开重庆之后才开始诗歌创作或者获得诗名的，比如吴芳吉、何其芳、沙鸥、张永枚、张永权、鄢家发、虹影①、张者②、柏桦、廖亦武、何小竹、李亚伟、尹丽川等等，对于这些作家，读者和学者很少将他们和重庆文化、文学联系起来看待。有些人的身上和作品中已经很少有重庆文化的因子。他们的成绩和影响在本质上不能代表重庆诗歌、文学的真实水准。

第三，重庆诗歌界的“外地人”。随着经济社会的发展和人员的不断流动，当代的许多有影响的重庆诗人、作家、评论家并不是重庆本土的，比如邓均吾、杨本泉（穆仁）、张继楼、杨山、梁上泉、吕进、石天河、傅天琳、李钢、黄济人、彭斯远、刘扬烈、马立鞭、徐国志、万龙生、邹雨林、李元胜、张者、柏铭久、邱正伦、普冬等等，他们带着其他地区的文化基因、带着童年的家乡记忆来到重庆，其后长期在重庆生活、工作和创作。有些人在来到重庆之前已经是比较有名的诗人、作家，有些是在来到重庆之后才开始文学创作的，但最

①虹影是个特殊的案例。她是重庆人，她的诗歌创作主要集中于在重庆生活期间，她的小说成名作《饥饿的女儿》也是以重庆为背景的。她后来主要生活在国外，先是英国，后来是意大利。在国内，从诗人这个层面说，我还是愿意把她看作是重庆诗人。

②张者是河南人，出生在新疆，后来在西南师范大学（现为西南大学）读书，之后在重庆作家协会工作。但他大多数时间是在北京生活和创作，也就是说，除了人事身份和重庆有联系之外，张者在文化上好像和重庆没有很深的关联。

后都融入重庆文化之中，成为重庆文学的中坚力量。在这些作家、诗人中，四川人占了相当大的比例。按照传统的观点，重庆在1997年成为直辖市之前属于四川，他们应该还是属于巴蜀文化这个大文化圈的。

第四.重庆诗歌界的“本地人”。还有一些作家、诗人是土生土长的重庆人（或者很小的时候就到了重庆），他们从小就接受重庆文化的熏陶，其后又在重庆从事文学创作，如邹绛（虽然出生在四川乐山，但他的籍贯是重庆市巴南区，而且后来长期在重庆工作）、冉庄、周晓风、莫怀戚、培贵、华万里、柯愈勋、王川平、梁平[①]、萧敏、万启福、谭朝春、冉晓光、李北兰、谭明、冉冉、冉仲景、赵兴中、钟代华、唐诗、张远伦，等等，在这个群体中，还有一大批出生于20世纪60年代及以后的诗人、作家。如果从文化的角度讲，这些作家身上的重庆文化基因是最为完整的。

这种划分不一定具有学术意义。在现代，人员的流动是很正常的现象，这促成了文化、文学的交流。即使是本土作家，他们的视野也不会像过去那样，只囿于对本地文化的关注。但是，也是由于人员流动的频繁，人们有时对于作家的地域身份产生了茫然甚至质疑，哪些是“重庆诗人”“重庆作家”，哪些不是“重庆诗人”“重庆作家”常常成为人们讨论甚至争论的话题。深一层讲，关注、讨论作家的地域身份还只是表象，人们主要关注的是重庆有没有文学。比如一些作家从外地来了，如邓均吾、梁上泉等，他们以前的创作是不是应该算作重庆文学的收获？一个作家出生在重庆，但后来离开了重庆并成为著名作家、诗人，比如何其芳等，甚至有极端的例子，其祖籍是重庆，但他出生、成长、生活、工作、创作都不在重庆，比如叶延滨[②]，他们在重庆之外创作的作品算不算重庆诗歌、重庆文学的一部分？还有一种人，他们在重庆出生，也在年轻的时候创作了一些作品，但后来离开了重庆，成为外地的诗人、作家，比如张永枚、张永权、鄢家发、廖亦武、李亚伟、何小竹、冉云飞、尹丽川等等，他们在重庆期间创作的作品虽然不多，但是不是应该归入重庆文学的研究对象？诸如此类的问题一直困扰着很多诗人和学者，李钢

①在重庆诗人中，梁平是一个特殊的案例。他是在出版了大量诗集并获得相当的诗名之后才到成都工作的，他的主要作品都是在重庆创作的，而且出现了《重庆书》这样的关注重庆历史、文化、现实的厚重作品。因此，即使在他去成都之后，大多数人还是把他当重庆诗人看待。

②据叶延滨自己说，他在办理退休手续的时候发现自己的档案里记载的祖籍是重庆的荣昌县。

在和我谈到重庆之外的一些重庆籍诗人的创作时，就会反复追问我：该诗人究竟是否应该算作重庆诗人？有时候，我对这个问题也很难回答。但在开展这个课题的时候，我们又必须做出自己的选择。

基于上面的分析，我们认为，除了第一、二种情形中的特殊案例之外（比如虹影），本课题认同的主要是第三、四种情形，也就是说，在本课题中，所谓的“重庆诗人”主要是指前文列举的第三、四类诗人，他们的作品构成了我们所说的“重庆诗歌”。至于有些诗人在接受访问时认为，重庆真正有实力、有成绩、有影响的诗人都是那些离开了重庆的诗人，这则是另外的话题了。

三、访谈对象的选择

即使按照我们确定的标准，重庆的诗人、评论家也很多。[①]在任何一个区县，我们都可以找到数位发表过作品甚至出版过诗集、产生了一定影响的诗人，保守地说，我们至少可以统计出超过200人的名单。因为时间、精力和课题容量等方面的原因，要对所有可以称为诗人的人进行深入细致的采访，几乎不可能，也没有必要。

为此，我们提出了一些具有操作性的设计，主要从以下几个方面的因素来遴选访谈对象。

第一，年龄因素。不同年龄阶段的诗人经历过不同的诗歌时代，他们对诗歌有着不同的了解和理解，在创作上也取得了不同的成绩。因此，对不同年龄阶段的诗人都要有所涉及，由此可以勾画出重庆诗歌的纵向发展脉络。在这个过程中，我们对于两类人关注得相对较多：其一是年龄较大的诗人、评论家，1940年以前出生的那些诗人、学者经历过多个历史时期和诗歌时代，他们谈论的经历在一定程度上说就是后来者感受的历史，对他们的重视实际上是对重庆诗歌发展史料的抢救；其二是20世纪六七十年代出生的中青年诗人，在文学界被称为“60后”“70后”，他们中的有些人在艺术上也许还不够成熟，在诗歌界的影响还不够大，甚至在某些方面体现出了艺术观念上的偏颇，但是我们必须承认，只要他们坚持艺术探索，重庆诗歌未来的历史在很大程度上是需要他们来书写的，从他们身上，我们可以捕捉未来重庆诗歌发展的大致方向和潜力。

---

① 作为访谈对象，这里特指在采访期间仍然健在的重庆诗人、评论家。

第二,地域因素。在2011年成立大足区、綦江区之后,重庆现在有38个区县,当然不是每个区县都有影响较大的诗人,但是,在对象选择的时候,我们尽可能考虑到身居区县(尤其是离主城较远的区县)、平常交流不多但在创作上取得了一定成绩的诗人,他们代表着重庆诗人的一种生存状态,是重庆诗歌发展的重要力量。

第三,文体因素。诗歌的体式多种多样,不同的诗人可能在不同的领域取得了自己的成绩。抒情诗当然是诗歌中最重要的样式,但这是一个笼统的概念,它从不同角度又可以分成很多类别,因此,课题涉及的抒情诗诗人最多。其次还有散文诗、儿童诗、讽刺诗、格律体新诗、微型诗等,对于这些诗歌样式的探索者,我们也尽量予以考虑,以体现重庆诗歌的丰富性。此外还有一个特殊的群体,就是主要在网络上写作并产生了一定影响的诗人。在网络成为重要写作和传播手段的时代,忽略网络在诗歌发展中的作用,肯定是不明智的。

第四,作品因素。无论是对于诗人还是读者,或者对于诗歌史,作品因素都是第一的。因此,在不同年龄的诗人中,我们尽可能选择的是在同代人中具有一定代表性的诗人。这种"代表性"并没有统一的标准,我们掌握的基本分寸是:(1)作品较多,而且有些作品产生过较大影响的诗人;(2)在全国性的诗歌、文学期刊比如《人民文学》《诗刊》《星星》等发表作品较多的诗人;(3)受到诗歌界、诗学界关注较多,作品被选入诗选、年度诗选,被多次评论(主要是纸质媒体)甚至进入文学史教材的诗人;(4)获得过全国性的诗歌奖励的诗人。对于获得某些民间组织评选的奖项的诗人也有所关注,但要进行适当的甄别,主要根据作品本身来确定是否作为访谈对象。

第五,诗歌评论及研究。1986年6月18日,西南师范大学(现西南大学)中国新诗研究所成立,它使重庆拥有了全国第一家专门研究新诗的学术机构,在诗歌界享有相当大的声誉,为重庆乃至全国新诗的发展都做出了贡献,是中国和重庆诗学研究的重要力量,也是新诗研究后备人才的培养基地之一。除此之外,还有其他一些在高校、学术机构工作的诗歌评论家也在诗歌界享有自己的影响和名声。可以说,诗学研究队伍是重庆诗歌、文学发展的重要力量,不少专门从事诗歌研究的专家在全国具有影响力,他们也非常关注重庆诗歌,为重庆诗歌发展做出了贡献。对这些专家的访谈,可以为我们评价重庆诗歌提供特殊的视角和学术参照。[①]

在这些标准确立之后，我们基本上都按此选择访谈对象。当然，可能有些计划采访的诗人最终没有能够进入访谈名单，主要原因是：(1)有些诗人联系了多次也无法联系上；(2)有些计划中的访谈对象因为种种原因而一直没有就访谈问卷进行回答，多次催促也没有结果，甚至谢绝了采访；(3)在本课题开展的过程中，有些计划中的采访对象去世了，最终无法继续访谈；(4)我们对重庆诗人、诗歌的了解也还不是完全准确的，对有些诗人关注不够，在确定名单的时候可能有所忽略。

四、访谈过程的简单回顾

在文学研究中，资料收集是非常重要的，资料收集不足可能导致文学研究根基的薄弱。但是，在现当代文学研究中，尤其是在当代文学研究中，因为历史正在发生，许多资料还是鲜活的，掌握和使用起来相对比较容易，这导致了有些人对资料的收集整理不够重视，认为这些资料的“历史感”不足，价值不大。这其实是一种偏颇的看法，随着时间的流逝，很多看似容易收集的资料可能会很快就消失。在采访过程中，我已经明显感觉到这一点，因为时间关系还没有来得及采访的几位诗人，就因为年龄和身体的原因而突然离开了我们。

关于文学研究资料的收集整理，不同的人往往采用不同的方式。有些人直接收集报刊资料，即将有关文字资料分类整理，甚至将有关报刊直接保存下来，或者对这些资料进行分门别类的整理，刘福春在新诗发展史料方面所做的工作就属于这种类型，是资料收集整理中最实在、最有效的方式之一；有些人采取传记方式，将某些作家的经历、创作通过系统研究保存下来，具有一定的系统性，在现代作家研究中，采用这种方式的人很多，许多有成就的诗人、作家都有传记，有的是自传，有的是学者、亲人为其撰写的传记，有些作家甚至有多部传记出版；有些人通过访谈以“口述史”的方式收集整

①在访谈的评论家中，李怡是个特殊的案例。他是重庆人，2011年底调离重庆，但他从20世纪80年代后期开始就长期在西南大学(原西南师范大学)工作，写过多篇关于重庆诗歌的论文，有些著作中也有关于重庆诗歌的章节，比较熟悉重庆诗歌的历史与现状，因此将他列为访谈对象。同时，有些从事诗歌研究的专家主要从事诗歌理论研究，基本上不涉及具体诗人尤其是重庆诗人的研究，比如陈本益教授，我们也就暂时没有将他们作为访谈对象。

理文学发展资料,即对当事人和与之有关的人进行专题访谈,比如傅光明对老舍之死的访谈,香港诗人王伟明对诗人、评论家的访谈,孙文涛的“大地谈诗”系列,等等。这些方式对于文学研究来说,都是具有价值的,至少对于保存文学史料是有效的。

对于重庆诗歌发展的资料收集和保存,我们很难通过传记方式来开展,主要是工作量太大,人力、精力、财力等都有限,很难在短期内完成。于是,我们计划借鉴访谈的方式对不同时期的代表性诗人、评论家进行采访。这个访谈计划是从2009年底开始的。当时,我在个人的人生经历上遇到一些令人困惑的事情,好像自己过去经历、认识的一些现象、一些人和事实出入很大,甚至完全翻了个个儿。我一直努力做一个实在人、善良人,但在当时,我甚至对这样的追求产生了怀疑。不过,我是一个停不下来的人,于是我开始从另外一些角度思考人生,同时也试图从另外一些角度思考似乎已经成为“共识”的诗歌话题。我首先想到的就是人们经常在嘴上提到的“诗歌重镇”的问题:什么是诗歌重镇?它应该具有哪些特征?重庆是诗歌重镇吗?对这些问题越想越迷惑,很难得到一个准确的答案。于是我想到了求助诗人,接着便有了对重庆诗人展开访谈的想法。

这种方式类似于学术界常常采用的“田野调查”方式。田野调查(field study)又叫实地调查或现场研究,是自然科学和社会科学(如人类学、民俗学、考古学、生物学、生态学、环境科学、民族音乐学、地理学、地质学、地球物理学、语言学、古生物学、社会学等)的研究中使用较多的科研方法之一,是由英国功能学派的代表人物马林诺夫斯基(B. K. Malinowski)奠定的,在中国,利用田野调查法取得卓著成就的当推著名社会学家费孝通先生。田野调查法最重要的研究手段之一就是参与观察。在当代,田野调查法应用于许多学科之中。我们之所以说这个课题所采用的只是类似于田野调查的方法,是因为我们虽然借鉴了这种方法中的一些做法,但在具体方法、程序等方面和典型的田野调查法存在很大的差别,比如没有和访谈对象生活在一起,和每个对象交流的时间也有限,因此它更接近于口述史的研究方法。

我最初设想的是在全国范围内找一些有影响的诗人进行访谈,请他们谈论他们心目中的重庆诗歌。这个想法很快就被自己否定了。全国那么多诗人,住得很分散,需要花费很多时间和精力才可能取得一定的效果,而且,即使对主要的诗人进行了访谈，我们也很难由此对重庆新诗的成就与问题做出准确的判断，因为他们对重庆诗歌发展中的一些细微的问题并不一定了解；同时，在全国范围内，关于诗人的访谈，已经有很多人在进行，没有必要去重复别人已经做过或者正在开展的工作。于是，最终确定就“重庆诗歌”进行访谈，这样既可以收集访谈对象的一些资料，也可以由此总结诗人心目中重庆诗歌的历史和现状，而且，重庆诗人大多是我熟悉的，范围相对较小，开展起来也比较方便。

万龙生是我找的第一个“试验品”。选择他的理由，一是我们很熟悉他，是多年的老朋友，可谓忘年交；二是他对诗歌很执着，即使退休了，也还在为诗歌奔忙、操劳；三是他对网络、电子邮件很熟悉，交流起来比较方便；四是他已经退休，时间相对充裕。结果，他的确在很短的时间里就回答了我提出的问题，而且回答得比较充分，敢于直言。经过几次的反复沟通，我感觉开局的效果还不错，于是对开展这项工作有了更大的兴趣和信心。

在接下来的时间里，我对访谈工作进行了较长时间的准备，主要是进一步了解诗人及其创作情况，根据每个人拟出不同的访谈提纲。接着开始了具体的工作，对不同诗人采用不同的访谈方式，对于年龄较大、不熟悉电脑和网络的诗人，采取上门拜访的方式进行访谈，或者安排学生根据我们事先准备的提纲进行访谈，其中有几个诗人还采用了最传统的邮寄方式，将访谈提纲寄给他们，他们根据问题进行回答之后再将稿子邮寄给我；对于相对年轻的诗人，或者虽然年长但熟悉电脑、网络、电子邮件的诗人和评论家，则主要采取电子邮件、网络通信工具等方式进行采访。尤其是通过电子邮件、网络通信工具采访的诗人，有些问题的回答是经过多次探讨的。

虽然整个工作开展得还算顺利，每每在收到或整理出一份访谈材料时也感觉很欣慰，但整个工作过程比我设想的要艰难许多。主要是时间问题，有些访谈对象因为忙，甚至联系了一年都无法接受访谈；有些访谈对象时间空余下来之后，我自己又找不到合适的时间。在这个过程中，现代网络技术帮助了我，有许多诗人的访谈是通过网络、电子邮件完成的，虽然经过了多次反复，但也给了访谈对象更多的思考、总结、打磨的时间，也使我免去了许多奔波的艰辛。

五、话题的设计

在给每位诗人的访谈提纲中，我都写了这样一段话：“我们的主要目的是了解你和重庆诗歌的情况，并把它戏称为‘摸家底’，同时也是为了收集、整理和保存重庆新诗发展的史料。这些问题是针对所有采访对象设计的，在你初次回答的基础上，我们可能会根据你个人的创作追加一些问题。由此给你带来的麻烦，我们深表歉意，并希望得到你的配合。为了新诗艺术的发展，也为了重庆诗歌的进一步繁荣，我们希望你能够抛弃所有担忧，说出心中真实的想法和感受。我们感谢你，我们相信，读者和历史也会记住你。”这是我们开展这个课题的主要目的。

根据访谈目的，我们给每个访谈者提供了访谈题目，但因为每个人的创作时间、取得的成就、在诗歌界的影响都存在一些差别，因此，我们给每个访谈对象提供的题目在数量上、话题上并不是完全一样的。大致划分，每份提纲都主要包括三个方面的内容：一是本人的创作经历与对诗歌的看法，有些诗人经历的事情比较多，这部分的问题可能就要多一些，有些年轻诗人则只是涉及部分话题；二是对重庆诗歌的看法，包括重庆新诗发展的历史、有影响的重庆诗人、重庆诗歌发展中存在的问题等等；三是重庆诗歌发展中存在的问题及其解决意见，未来重庆诗歌发展的预测和设想。

通过这三个方面的了解，我们可以对重庆诗歌的发展情况、对诗人的创作经历有大致的了解，可以为重庆诗歌史的撰写提供比较新鲜的史料。同时，由此得到的关于重庆诗歌未来的发展设想，也可以为我们把握未来诗歌的发展提供有益的参考。

六、访谈结果概述

虽然在不同诗人的访谈题目中存在一些相同或相近的话题，但在具体访谈中，我们不是采用选择、判断之类的题目进行采访，而是主要关注诗人的个人感受和认识。在具体操作过程中，为了体现诗人的个性和风格，我们不采用综述的方式来表述采访内容，而是将诗人对问题的回答直接公布出来。因此，对于历时数年的访谈活动，我们无法以数据统计、分析的方式进行处理，不过，对这项工作，不做简要的综述也是不合适的。许多关注重庆诗歌发展的人可能只掌握了单个或部分诗人的意见，这就很难从中了解当下重庆诗人、诗歌的整体状态，难以把握重庆诗歌的优势与不足，换句话说，我们最初设计的初衷就难以实现。为此，我们试图主要从以下三个方面对整个访谈情况进行简单综述。

1.对自己创作的总结

在访谈中，根据我们设计的访谈题目，几乎每个诗人都谈到了对自己创作经历的总结，对自己作品的评价。在回答这类话题的时候，不同诗人体现出不同的态度。有些诗人自我评价甚高，把自己的优点、成绩表达得很充分，当然，有些是引用别人的评价来谈论自己的。这对我们了解诗人的信息、研究诗人的作品，是有帮助的。有些诗人非常谦虚，认为自己只是爱好诗歌，在诗歌创作上不能说取得了很大的成绩，但是愿意继续努力，为重庆诗歌的发展做出贡献。还有一些诗人，对自己的创作只是以很短的言语来回答，甚至没有涉及实质问题。对于所有的回答，我们都很看重，第一类诗人体现了其直率、开朗和对自己的作品、研究资料的重视，说明他们对于诗歌是用心的；第二类诗人具有良好的个人修养，摆脱了个别诗人以自我为中心的心态，也许是受传统文化的影响比较深，为人比较低调，这样比较容易在诗歌界形成良好的人缘，尤其是在浮躁的社会文化语境中，这样的人往往更受人尊敬，但低调并不代表他们在艺术探索上的成绩不高；第三类诗人不太愿意谈论自己的创作，也许在他们看来，诗人就是创作出诗歌作品，而作品写出来了，就不只是属于诗人自己，对它们的评价是读者和评论家的事情。

2.关于重庆诗歌的历史与现状

对这些问题的回答，情况比较复杂，比如对于重庆诗歌的地位，大多数诗人认为重庆新诗的发展是有成绩、有影响的，而且列举了多方面的理由；也有部分诗人认为重庆诗歌在抗战时期和新时期具有较大影响，但在其他时期的地位并不高，尤其是在新时期之后，重庆诗人很多，看起来很热闹，但能够在全国产生影响的诗人并不是很多。换句话说，两个“黄金期”之外的重庆诗坛是缺乏重量级诗人的。

为此，对于重庆是否可以称为“诗歌重镇”的问题，也就存在几种不同意见：有人认为，重庆是当之无愧的“诗歌重镇”，比如诗人多，作品多，评论家多，有影响的诗人、作品也不少；也有人认为重庆诗歌在一些时段具有“重镇”的特征，但在20世纪90年代之后，这种地位远远不及其他一些地方；还有一些人认为，重庆根本就没有达到成为“诗歌重镇”的条件，也没有成为过“重镇”，很多说法都只是自我拔高、自我安慰而已。

还有一些现象值得注意。大多数20世纪60年代及之前出生的诗人，对于重庆诗歌的历史相对比较熟悉，他们可以举出许多重要的诗人、作品、诗歌活动，这说明他们对重庆诗歌的历史是比较关心的，这也许可以使他们能够在历史的演变过程中比较客观地评价他人和自己的创作。而其后出生的诗人中，有一部分对重庆过去的诗人、诗歌了解甚少，除了还活跃在当下的少数诗人外，他们说不出几个重庆诗人的名字，有人甚至明确表示不关心重庆诗歌的历史，不关心其他诗人和创作。这可能和当下诗人的封闭性写作、自发性写作有一定关系。这种状态也许会对诗人的艺术视野带来一定的负面影响。当然，我们不排除有些诗人因为种种顾虑而故意回避这个问题的可能。

3.关于重庆诗歌存在的问题及未来发展的设想

对于重庆诗歌存在的问题，大致有这样几方面的回答，一是有影响的诗人和作品还远远不够，二是存在小圈子、小利益方面的局限，三是重庆缺乏自己的诗歌刊物，缺乏对诗歌艺术的真正研讨和推介。针对这些问题，有些人向重庆作家协会和有关组织提出了建议，认为应该关注所有的诗人，尤其是那些年事已高但还在创作的诗人和那些正在生长的力量；应该组织真正的研讨会，敢于对创作、作品中存在的问题进行尖锐批评，不能只说好话；重庆诗人应该加强对外交流，以便拓展视野，促进诗人、诗歌的发展与进步。当然，更主要的是诗人应该克服浮躁情绪，克服功利观念，能够安静下来，深入思考我们存在的不足和面临的困难，深入探索诗歌艺术的特征和规律，写出真正有影响的作品。

我们的感觉是，虽然对某些问题的答案存在一定的分歧，但诗人们的回答都比较真实，代表了他们对诗歌的真实感受或者想法。不管对重庆诗歌是肯定还是批评，我们认为，都体现了诗人们对重庆诗歌的关怀，对重庆诗歌未来发展的期待，这对于推动重庆诗歌的发展是有益的。

七、几点遗憾

最初开展这项工作，还有另一个原因，就是不断在一些报刊上见到许多老诗人甚至年龄并不大的诗人去世的消息。仔细想想，有些我所熟悉的诗人年纪确实很大了，我虽然希望他们能够健康长寿，为诗歌发展做出更大的贡献，但自然的规律是无法抗拒的。我的导师方敬、邹绛都是著名的诗人、翻译家，他们在世的时候，我和他们有过很多交往和交流，也学到了很多东西，但是，当时的确没有想过就一些具体的诗学问题对他们进行深入、细致的采访。现在想来非常遗憾。

即使在开展这个工作的过程中，也还不断发生一些令人意想不到的事情。比如杨山，在开始这个项目的时候，我偶然在重庆文学院举行的张天国诗歌讨论会上碰到他，和他谈了这个访谈计划，希望得到他的支持，他欣然答应。但是，在我还没有真正对他进行采访的时候，他就离开了我们；比如培贵，我在2010年12月31日通过电子邮件给他发去了访谈提纲，并在电话中希望他支持，他也是欣然答应的，不过后来一直没有消息，据诗人徐国志后来告诉我，主要是因为事情太多，而且培贵认为最好是找机会面对面交流，我也不好过多地催问，因为我知道他一直都很忙，待有机会见面的时候再说，但是没有想到的是，在2011年6月3日，他就因病突然离开了我们，我发给他的访谈提纲也就失去了意义。

另外，在确定访谈对象时，我对年长的诗人不设年龄限制，因为他们经历的历史和诗歌时代相对比较长，而年轻的一代，则以出生在20世纪70年代为限，“80后”诗人暂时不在此次访谈计划之中。因此，目前进入这个名单的诗人中，年纪最大的是生于1923年的杨本泉（穆仁）先生，最小的是生于1979年的青年诗人西叶。由于对重庆诗人、诗歌了解并不是完全准确，对有些诗人，尤其是一些有潜力的青年诗人，可能有所遗漏，但愿今后有机会弥补。

还有，在当下的诗坛上，新诗、传统体诗（旧体诗）都很活跃，甚至在有些地方，创作传统体诗歌的人比创作新诗的人还多。在重庆，创作传统体诗歌的人也不在少数。由于我们主要研究新诗，对重庆新诗的历史和现状了解得相对多一些，因此，这次访谈活动都是针对新诗和新诗诗人的，不涉及传统体诗歌和诗人。从这个角度讲，我们的访谈也许并不能反映整个重庆诗歌的发展状况。

当然,遗漏有些诗人是没有办法的事情。有的人实在找不到联系方式,还有一些人的联系方式可能变了,我和他们反复联系,但最终都没有任何结果,比如王长富、菲可、宇舒等;也有一些诗人,虽然联系上了,他们也曾答应接受访谈,但不知道什么原因,多次催促之后也没有得到答复,估计他们是有自己的不便之处,比如马立鞭、梁平、欧阳斌、李海洲、何房子等。

还有一点遗憾就是,这个访谈工作前后持续了接近三年的时间,而在这个过程中,许多情况发生了变化,一些诗人创作出了新的作品,出版了新的诗集,获得了新的诗歌奖项,但我没有时间对这些变化进行一一补充。为了保证访谈信息的准确性,我们列出了具体的访谈时间,而在这个时间之后的信息没有涉及。

我是教师,也是编辑,还有一些其他的应酬,平常一直都比较忙。对诗人、评论家的访谈大多是利用业余时间进行的,因此,有些问题的设计也许不一定科学,对有些诗人、评论家的访谈可能没有完全把他们的成就、地位体现出来。这些都只有在今后的进一步研究工作中努力来弥补了。

八、感谢及其他

这个课题得以完成和成果最终出版,得到了西南大学中国诗学研究中心的支持,作为重庆市重点文科研究基地,中国诗学研究中心对我申报的课题予以立项支持,使研究工作有了部分的经费保障。重庆市作家协会的领导对这个课题也很重视,王明凯、陈川、冉冉等都给予了不少的帮助。在访谈过程中,几乎所有接受访谈的诗人、评论家都给予了热情的支持,有人还提出了具有建设性的意见和建议,使我们工作的开展相对比较顺利。有几位研究生协助我采访了多位诗人,为课题的顺利完成提供了帮助,书中有关访谈材料的后面已经注明参与者的名字。

对于所有关心、支持这一工作的单位和个人,我都要表达真诚的感谢。我愿意用自己对诗歌的热爱和进一步的研究工作来回报大家。

当然,任何事情都不可能是完美的,这个课题也是一样。重庆的诗人很多,我们访谈的毕竟只是其中的少部分,我首先为这样的结果表示遗憾。也许有些诗人会对此说东道西,甚至会认为这样的工作一文不值,这没有关系。如果有机会的话,我也许还会继续开展这项工作,其他人也可以从不同的角度来开展。只要我们的目的是为了新诗艺术的发展,就不用担心由此带来的麻烦。

目录的安排原则上是按照访谈对象的出生年份顺序排列的。但是,有些诗人的年龄没有办法掌握,也不便于过分细致地去了解(在有些人看来,年龄属于个人隐私的范畴。幸好,年龄问题并不是这个课题的核心内容),只是知道大致情况,所以不一定准确。我们关注的主要是诗人的创作和他们对于诗歌艺术的思考,排在前一点后一点,似乎不会影响这个目标的实现。

顺便说一句,最近这些年,我个人也接受了不少采访,采访内容基本上都在一些公开发行的报刊上发表了。在做这个课题的时候,由于不便自己采访自己,所以就把香港诗人王伟明和我的一个对话材料作为附录列于书后。这样做,一方面是感谢王先生——我这个课题在很大程度上是受到了他的启发,另一方面,这篇对话是在香港和菲律宾等地的报刊上发表的,一般情况下难以见到。

2012年9月17日,改定于重庆之北

重庆新诗的多元景观

PUXIE SHENGMING DE YUEZHANG

一个不应被忽略的创造社诗人——邓均吾[1]

创造社研究中，只谈郭沫若、成仿吾、郁达夫、郑伯奇，忽略了其他一些作家的文学活动和文学创作，这是一个不小的缺失。这样，创造社研究就被狭窄化了。例如刘绶松的《中国新文学史初稿》，唐弢主编的《中国现代文学史》，郭志刚、孙中田主编的《中国现代文学史》，马良春、张大明主编的《中国现代文学思潮史》等著作中就都没有涉及创造社的早期成员邓均吾。即使在祝宽的《五四新诗史》、柯文溥的《中国新诗流派史》等一些新诗史研究专著中，邓均吾也未受到应有的注意。从20世纪80年代开始，学界对这种现象已有所反省。1991年在北京召开的创造社国际学术研讨会上也提出了这一问题，研讨会综述写道："迄今为止，学术界对陶晶孙、白采的小说，邓均吾、穆木天、成仿吾的诗歌，以及叶灵凤、敬隐渔等人创作的研究还很不够，甚至是一片空白。他们在艺术上不同程度地表现了具有个性色彩的情调、风格。展开这方面的研究，不仅对于如何把握创造社的整体文学成就和文学倾向，而且对于'五四'作家个体艺术水平的再审视也极有意义。"[2] 正是为了在一定程度上弥补这一缺失，我们试图对邓均吾在早期创造社时期的活动和他的新诗创作进行一番探讨。

①本文系与吕进教授合作完成。

②蔡震：《创造社国际学术研讨会综述》，《文学评论》1991年第5期。

一、邓均吾与早期创造社和浅草社

邓均吾，四川古蔺人，出生于1898年11月5日。在“五四”新文化运动的感召下，他冲破封建家庭和旧意识的束缚，于1920年离家远行，从重庆沿江东下，寻求人生的新理想。在好友吴芳吉的推举之下，邓均吾于1921年从长沙奔赴上海，打算在那里的一所女校担任英语教员。但是，等他赶到上海，那个教职已被泰东图书局编辑所的一位文学主任占用并且不愿退让。无奈之下，他只得留在泰东图书局编辑所做一些“既没有正式的名义，也没有固定工资”的校对工作。[①]1921年4月，邓均吾在上海结识了郭沫若和成仿吾。郭沫若当时刚从日本回国，正在策划创办一种文艺刊物，与邓均吾同住在上海马霍路的泰东图书局的编辑所里。年轻的邓均吾给郭沫若留下了很好的印象。郭沫若写道：“在编辑所里有一位四川人邓均吾，这要算是我在马霍路遇着的一粒砂金，他很年青，在当时怕只有二十三四岁。他的态度很冷静，他没有喜怒哀乐表现出来。但一眼看来便可知道他不是呆子，也决不是胸有城府的人。”[②] 从那时开始，邓均吾就在郭沫若、成仿吾、郁达夫等人的帮助和支持之下开始了自己的文学生涯，与创造社的主要成员结下了深厚友谊。

1921年7月郭沫若离沪时送给他一本英译的《海涅诗集》，帮助他从外国文学中吸取艺术营养。他则在熟读之余逐首翻译，新诗创作也有长足的长进。郭沫若回忆说，1922年暑期“回到上海最感受着惊异的是邓均吾的进步。去年在上海同住时，只觉得他是一位有趣的人，他的英文还好，对于旧式的诗词也有些教养。我走的时候曾经把我所有的一本英译的《海涅诗集》送给他。隔了一年回来，他已经把那《海涅诗集》读得烂熟。他自己还写了一册新诗稿，交给我看时，他那诗品的清醇是举世无匹的”。[③] 为此，郭沫若帮助邓均吾挑选新诗作品发表在《创造》季刊第一卷第二期和第二卷第一期上，那即是邓均吾早期新诗的代表作《心潮篇》和《白鸥》两组作品。成仿吾也对他的诗歌创作极为支持，曾在《创造周报》上撰文，反驳对邓均吾诗作的无端攻击，还对他的《歌德传》等译作给予好评。1923年10月，郁达夫离开上海赴北京就职，在途中曾两次写信问候邓均吾（成均）和郭沫若、成仿吾，对

①郑伯奇：《忆创造社》，全文刊于《文艺月报》1959年第5、6、8、9期。

②郭沫若：《创造十年》，《郭沫若全集·文学编》第12卷，人民文学出版社1992年10月出版，第96页。

③郭沫若：《创造十年》，《郭沫若全集·文学编》第12卷，人民文学出版社1992年10月出版，第137页。

三位“叛逆时代而生存者”的“孤凄的影子”十分怀念，并祈愿他们“精神能够振刷”[①]。邓均吾对郁达夫等人的为人和才华十分称颂，但对他们的感伤却不很认同。他曾对陈翔鹤说：“他们只是喊痛，喊苦，求其实，中国比他们穷苦的人还很多。到将来中国的青年被他们一一叫醒了，那才真苦呀！”[②] 邓均吾与郑伯奇的交谊也很深，郑伯奇1921年暑假第一次到泰东图书局时就同邓均吾住在编辑所的同一个房间，1923年再到泰东图书局时也和他住在一起。郑伯奇后来回忆第二次见面的情形时说：“在马霍路和我同住的有邓均吾同志。我第一次来泰东时就和他同住一个房间，这一次就更熟了。均吾是四川人，从语言相貌上，就具有四川人的特点。不过他很文静，喜欢沉默，给人一种忧郁的感觉。他写了不少清新流丽的诗，受到沫若的称赞。他擅长英文，正从英文翻译希腊神话。我们住在一起，谈话的机会自然很多，一同游玩的时候也不少。”[③]

1921年6月8日[④]，创造社在东京成立，其核心成员为郭沫若、郁达夫、成仿吾，他们决定出版《创造》季刊。1922年5月1日[⑤]，《创造》季刊第一卷第一号在上海出版，由泰东图书局发行。邓均吾大约是在1921年冬天参加创造社的，是创造社在国内发展的首批社员之一。从1922年下半年起，邓均吾和郭沫若、成仿吾、郁达夫一起编辑《创造》季刊。但人们提到的《创造》季刊编辑仅有后面三位。《中国新文学大系·史料·索引》卷对《创造》季刊就有如下介绍：“创造社机关志。创刊于1922，第二卷第二期停刊。编者，第一期郁达

①郁达夫：《海上通信》，《创造周报》第20号（1923年10月20日）。

②陈翔鹤：《郁达夫回忆琐记》，全文刊于《文艺春秋》1947年第1–3期。

③郑伯奇：《忆创造社》，全文刊于《文艺月报》1959年第5、6、8、9期。

④据马良春、张大明主编的《中国现代文学思潮史》（北京十月文艺出版社1995年11月出版）上册第262页注释②称：“由于当事者记忆十分混乱，历来文学史家关于创造社成立的日期，多采用了郭沫若‘七月初旬’这样一个不正确的说法。今据赵南公1921年的日记和郁达夫的《友情和胃病》，将创造社成立的日期订正为1921年6月8日。”

⑤关于《创造》季刊的创刊时间，学术界有几种说法，上海书店1983年9月影印的《创造》季刊在《影印说明》中说该刊是“1922年3月创刊”，该刊第一卷第二号刊登的创刊号目录上印有“五月一日出版”字样，成仿吾在1923年5月出版的《创造》季刊第二卷第一号中的《编辑杂谈》一文中也说：“本志的创刊号是去年五月一号出版的，我们就把这May Day做了我们的纪念日。”本文从此说。

夫，第二期郭沫若，第三期以后成仿吾。”[1] 不过，几位编辑的一份联名启事可以为我们提供一些更为确切的信息。《创造》季刊出版后，在读者中产生了广泛影响，有人便冒充该刊编辑招摇撞骗，该刊第二卷第一号刊出《创造社启事》予以揭露：

本社目下从事于《创造》杂志之编辑，负有完全责任者，为仆等四人。顷有赵某假本志编辑员之明名，在南通及商务印书馆小说世界社方面，招摇撞骗者，同人等不胜诧异，合当申明以昭奸慝。

郁达夫　成仿吾　邓均吾　郭沫若同启[2]

由此可以看出，邓均吾是《创造》季刊的主要编辑之一。也许由于他当时的知名度还不高，也许是每期的编后记没有由他署名，所以研究者便忽略了他的存在。

《创造》季刊每期都包括“创作”“评论”“杂录”几大类，而“创作”类几乎包括了诗歌、散文、小说、戏剧文学等所有文体。该刊在读者中越来越享有声誉，不断再版。上海书店1983年9月影印出版的《创造》季刊有几期都是该刊的再版版本：第一卷第一号根据的是1929年5月25日出版的第五版；第一卷第三号根据的是1927年8月25日出版的第五版；第一卷第四号根据的是1923年9月10日出版的第三版；第二卷第一号根据的是1923年7月的第二版（再版）。于是上海的《中华新报》[3] 便想借创造社来扩大自己的影响，该报主笔张季鸾出面向郭沫若提出了由创造社在该报编辑一个副刊的请求。经过郭沫若、郁达夫、成仿吾与陶晶孙、何畏等人商定，决定由邓均吾和郁达夫、成仿吾共同主持该文学副刊，这便是早期创造社的另一个重要刊物《创造日》。郭沫若说：“是在七月中旬，上海有一部分同学在消闲别墅燕集。席上有《中华新报》的主笔张季鸾。……他在席上对我说，要我们分点余力来替《中华新报》每天编一项文学副刊，……在民厚南里商议的时候是在晚上，……在五个同人的会议中就只有我一个人在反对，结果是我服从了多数。但同时的决议是日刊由达夫、仿吾、均吾负责，我的力量多用些在《周

---

①《中国新文学大系·史料·索引》，上海良友图书印刷公司1936年2月15日初版，第470页。

②刊于《创造》季刊第二卷第一号（1923年5月出版）。

③《中国新文学大系·史料·索引》在介绍《创造日》时说：“创造社编。《中华新报》副刊。”见该书第479页（目录错为478页）。

报》方面。日刊又定名为《创造日》……”[1] 郑伯奇也回忆说:“同年(1923)七月下旬,在《中华新报》上开辟了《创造日》的版面,除星期日外每天发刊,由达夫、仿吾和邓均吾负责编辑。”[2] 该刊于1923年7月21日创刊,除了最初四个星期之外,均为每日一期,至1923年11月2日停刊,共出版101期。开初,《创造日》由三人共同编辑,报社付给的一百元编辑费也由三人分用,郁达夫六十元,成仿吾和邓均吾各二十元,多少缓解了他们在经济上的困窘。1923年10月5日,郁达夫应北京大学之聘担任统计学讲师,离开上海,《创造日》便由两“吾”负责。郭沫若回忆说:“达夫一接了北大的聘,那篇《苏州烟雨记》也就因‘作者卧病’而中辍。以后的《创造日》是仿吾和均吾负责的,一百块钱也就由他俩分用。”[3]

《创造日》时期是邓均吾最劳累和发表作品最多最集中的时期,在总共101期中(第23期期号重复,所以终刊号标为100期),有87期刊发了他的新诗和翻译作品。成仿吾在谈到《创造日》时说:“开辟这块新土地,本来是我们的一个小小的冒险。真的,我们自己手中待做的事情太多了。而且我们所恃的,仅我们的几个好朋友的一德一心,我们是手无寸铁的。”由于“外来的投稿太少”,该刊所刊发的作品主要是创造社社员创作的。在《创造日》终刊的时候,在谈及《创造日》所发表的作品时,成仿吾只提到了周全平和倪贻德的小说,同时谈到了邓均吾的创作和翻译:“均吾的《神话》与《歌德传》都是空前的壮举。《歌德传》不曾登完,真是可惜。”[4]

在参加创造社和编辑该社刊物的同时,邓均吾还是浅草社的发起人之一。浅草社主要成员在年龄和经历上更为接近:林如稷,四川资中人,1919年随家人到北京上学,1921年春考入上海中法通惠工商学院就读;陈翔鹤,重庆人,1920年到上海,入复旦大学读书。这三位来自巴蜀的同乡都爱好文学,对社会和人生有着相同的感触,很快成为莫逆之交。他们商量要组织一个文学社团,创办刊物,为文学做一点切实有益的工作。1922年春天,由林

①郭沫若:《创造十年》,《郭沫若全集·文学编》第12卷,人民文学出版社1992年10月出版,第173—174页。

②郑伯奇:《忆创造社》,全文刊于《文艺月报》1959年第5、6、8、9期。

③郭沫若:《创造十年》,《郭沫若全集·文学编》第12卷,人民文学出版社1992年10月出版,第180页。

④成仿吾:《创造日终刊感言》,《创造日》1923年10月31日。见《中国新文学大系·史料·索引》,第106—107页。

如稷出面，他们邀请北京的陈炜谟、韩君格，天津的赵景深，南京的党家斌，上海的王怡庵、陈竹影、马静沉、罗石君、李开先等十多人，在上海成立了青年文学团体浅草社，并决定编辑《浅草》文艺季刊，推举林如稷为编辑。林如稷后来回忆说："1921年，我从北京转到上海读书，在那里认识同乡邓均吾和陈翔鹤"，"我们便在次年不自量力地约集几个在北京求学的陈炜谟……等创刊了《浅草》文艺季刊。"①

《浅草》季刊于1923年3月25日创刊，该刊创刊后很快便引起了文学界的广泛注意。1923年夏天，北京的冯至，上海的陈学昭、季志仁也加入浅草社。《浅草》共出版4期，于1925年2月停刊。在此期间，浅草社于1923年7月5日借上海《民国日报》副刊版面创办了《文艺旬刊》，由王怡庵编辑，自第21期起改为《文艺周刊》，1924年9月16日停刊，共出版51期。对浅草社，鲁迅曾评价说："发祥于上海的浅草社，其实也是'为艺术而艺术'的作家团体，但他们的季刊，每一期都显示着努力：向外，在摄取异域的营养，向内，在挖掘自己的魂灵，要发见心灵的眼睛和喉舌，来凝视这世界，将真和美唱给寂寞的人们。"② 这种特点与郁达夫在《创造日宣言》中所倡导的"唯真唯美的精神"存在着相通的地方。郑伯奇就说过："当时沉钟社是新兴起来的青年作家团体。他们的倾向跟创造社很相近，可以说是创造社的一支友军。"③ 沉钟社是浅草社的一些成员后来在北京成立的文学社团，是浅草社文学活动的延续，郑伯奇文中提到的"沉钟社"应是"浅草社"。

邓均吾由于编辑创造社的刊物，没有直接参加《浅草》和《文艺旬刊》(《文艺周刊》)的编辑工作。但他积极参加浅草社的文学活动并以"默声"为笔名给刊物写稿，《浅草》第一卷第四期的"本社出版物长期担任文稿者姓名"共列出17人，其中就有"邓均吾"。四期《浅草》，就有三期刊发了他的新诗共15首，《文艺旬刊》也发表了他的翻译作品和通信。与此同时，他还充当了创造社与浅草社之间交流的桥梁。1922年夏天，邓均吾介绍陈翔鹤、林如稷等浅草社作家与郭沫若、郁达夫、成仿吾、郑伯奇等创造社作家相识并成

①林如稷：《鲁迅给我的教育》，《仰止集》，四川人民出版社1962年9月出版。

②鲁迅：《〈中国新文学大系·小说二集〉导言》。

③郑伯奇：《二十年代的一面——郭沫若先生与前期创造社》，全文刊于重庆《文坛》半月刊1942年1—5期。

为好友，两个社团也从此成为友好社团，互赠刊物。成仿吾在《创造》季刊第二卷第一号的《编辑杂谈》中罗列了“曾蒙赐读”的8种文艺刊物，其中就有《浅草》季刊。郑伯奇回忆说：“我们虽是初见，却处得很好，并由于均吾的介绍，我认识了沉钟社的陈翔鹤先生。均吾翔鹤都是川人。”① 也由于邓均吾的联络，《浅草》季刊从第一卷第三期起改由泰东图书局发行。

在沪上，邓均吾的生活极为艰苦，他凭着对文学的执着和朋友的资助才勉强度日。1923年秋天，浅草社的好友林如稷赴法国留学，年底，陈翔鹤离开上海到北京大学读书，浅草社已经名存实亡，连早已编好的《浅草》第一卷第四期也拖延到1925年2月15日才出版。1923年下半年到1924年上半年，创造社的《创造日》、《创造》季刊、《创造周报》也相继停刊，早期创造社的活动趋于停止，邓均吾也不得不中断了自己的文学活动，于1924年夏天回到四川。

在前期创造社时期，邓均吾不仅与创造社的主要成员建立了很深的文学友谊，参加了创造社三个主要刊物（还包括《创造周报》）的编辑工作，而且在文学创作、翻译尤其是新诗创作上取得了可观的成绩，毫无疑问他们早期创造社的重要成员。在研究创造社的文学活动和创作时，我们自然不应该忽略这一历史事实，应在现代文学史上还给邓均吾一个合适的位置。

二、邓均吾的文学翻译、诗歌创作及其研究现状

邓均吾早期（前期创造社时期）的文学活动除了文学编辑之外，主要是文学翻译和新诗创作。

他的文学翻译包括诗歌、小说、散文等多种文学样式，可惜的是，除了已发表的之外，其余译稿均毁于回川之后的一场大火。他曾把郭沫若送给他的《海涅诗集》英译本全部翻译成中文，目前仅见一首《松》（1923年8月3日《创造日》第12期）。《希腊与罗马神话略述》连载于1923年8月3日至1923年10月17日的《创造日》第12期至第85期；《歌德传》（布尔·卡恩斯著）连载于1923年10月19日至11月2日的《创造日》第87期至第101期，因《创造日》停刊未能刊完。译者在《创造日》停刊号上刊载了关于该文的一段附言：“创造

①郑伯奇：《二十年代的一面——郭沫若先生与前期创造社》，全文刊于重庆《文坛》半月刊1943年1—5期。

日停刊了，本译稿只得在此中止，此后将继续译出，出一单行本以就正于读者。”[①]《艺术》（英国高尔斯华绥著）刊于《文艺旬刊》1923年10月16日第11期；《干道之上》（英国邓桑尼勋爵著）刊于《文艺旬刊》1923年12月6日第16期。另外，邓均吾翻译的《贫民》（俄国杜斯妥以夫斯基著）、《虚无乡消息》（英国毛列斯著）列入创造社世界名家小说集由上海泰东图书局于1922年8月出版；《希腊神话》列入创造社丛书由创造社出版部于1928年5月出版。这些译著大多是第一次被介绍到中国，在当时和后来，郭沫若、成仿吾、郑伯奇等人都对其给予了较高评价。

不过，邓均吾主要是一位诗人，他早期的文学贡献主要还是在新诗创作方面。他在1921年春天到达上海之后即开始新诗写作，1922年下半年开始在创造社和浅草社的四家刊物上发表作品，两三年间共发表新诗70首，其中在《创造》季刊、《创造周报》和《创造日》上发表55首，在《浅草》季刊上发表15首。1923年4月，创造社编选了第一本诗文合集《辛夷集》由上海泰东图书局出版，共收入郭沫若、张资平、郁达夫、成仿吾和邓均吾的诗文21首（篇），邓均吾的收入了《虹》《夜》《哭》《月与玫瑰》和《半淞园》五首，在数量上仅次于郭沫若。邓均吾当时曾将在创造社的刊物上发表的新诗编为诗集《白鸥》，列入创造社出版部以此书为名的《白鸥丛书》中准备出版，1926年2月5日出版的中期创造社刊物《洪水》半月刊第一卷第10、11期合刊刊登的《创造社出版部启事》也通告了《白鸥》为已印书目，但是由于邓均吾那时已经离开上海，不久创造社又被查抄，书稿失落，最终未能出版。

邓均吾的诗受到创造社同人的好评。郭沫若称：“他那诗品的清醇，在我当时所曾接触过的任谁一位新诗人的新诗之上。”[②] 成仿吾说，他的《檐溜》“是多么一首好诗！他的诗的好处是全凭着听觉在做骨子的。我们幻想着一位诗人辗转反侧地不能成寐，而檐前的雨滴，又点点滴滴地滴入那凄凉的心坎，那时对于无眠的抑郁自然会集矢在这单调的雨声上了，所以我们的诗人要渴望着雄浑的鸡鸣，把这单调的雨声打破！这首诗不管它还有什么象征的意义没有，就单从这如实的解释，已就是一首好诗，它的好处全靠有末

①1923年11月2日《创造日》停刊号《歌德传》译者附白。

②郭沫若：《创造十年》，上海现代书局1932年出版。收入《郭沫若全集·文学编》第12卷的《创造十年》已经将此句更改，参看138页注②引文。

尾的'鸡鸣'二字,要这样才统一,统一在听观之下,统一在一个整囫的音乐里。"[①]他认为邓均吾是"一个极真挚的诗人"[②]。郭锡光说:"我往下再读,是均吾先生的一首《虹》。那种缠绵悱恻的意思,是暗藏在那悲壮流利悠扬的音韵中,如何的感人。"[③]邓均吾当年的诗作没有结集出版,加上在其后的数十年间他很少写诗,人们对他的早期新诗的关注越来越少,只有一些早年好友断断续续地在回忆文章中有所提及,几乎无人进行过较为系统的研究。

20世纪80年代初期,当人们开始重新打量新诗和新诗历史的时候,学术界有人在研究创造社的诗歌创作时重新提起了邓均吾。钱光培、向远在《现代诗人及流派琐谈》中的《"创造社"之群》一章列有"成仿吾和邓均吾"专节。他们对诗歌界和学术界对邓均吾的忽略提出质疑:"我们感到奇怪的是,多少年来,对于邓均吾的诗,竟没有多少人加以注意。不仅各种现代文学史上见不到对他的诗的评价,各种诗歌刊物上见不到对他的这些诗的介绍,甚至在最近出版的选择范围较宽的《新诗选》(上海教育出版社出版的'现代文学参考资料'之一种)中也找不到邓均吾的名字,这实在太令人奇怪了!"[④]金钦俊在谈到创造社的诗歌创作时说:"邓均吾的《心潮篇》《白鸥》等组诗,显示了对于自然美的灵敏感应,以及由自然入于幻想的浪漫的诗心。"他认为《海滨》"全篇韵致清新,风神灵活,即在创造社诗人群中也属一流之作。但他不久便沉寂了,以致诗坛久不再提起他的名字,这是很可叹惜的"[⑤]。邵伯周在论及创造社和浅草社、沉钟社的浪漫主义倾向时都提到邓均吾的名字,他认为创造社"这个浪漫主义作家群至少包括郭沫若、郁达夫、王独清、倪贻德、淦女士,也可以把成仿吾、邓均吾、敬隐渔包括在内。……邓均吾的《自题照片》《游春》赞美坚决前进的品格:'不顾形容枯槁,不顾旅途寂寞,而焕发"蓬蓬勃勃的生命力"去"摘取芳香、甜蜜的果子"。"[⑥]不过,这些研究仍然不系统、不全面,囿于郭沫若等人当年的评价,未能站在当下的诗学高度对邓均吾的诗歌进行艺术上的打量。

①成仿吾:《评〈创造二卷一号创作评〉》,《创造周报》1923年7月7日第9号。

②成仿吾:《作者与批评家》,《创造周报》1923年8月12日第14号。

③郭锡光:《读〈辛夷集〉杂感》,《创造日》第3期(1923年7月24日)。

④钱光培、向远:《现代诗人及流派琐谈》,人民文学出版社1982年2月出版,第160—164页。

⑤金钦俊:《新诗三十年》,中山大学出版社1991年5月出版,第161—162页。

⑥邵伯周:《中国现代文学思潮研究》,学林出版社1993年1月出版,第164—166页。

邓均吾一生淡泊名利，没有写过关于自己的文学活动的文章，这为研究他的诗歌创作留下了难题。但是，随着对邓均吾的文学活动和创作的关注，他的诗歌不断被收集、整理和出版，四川人民出版社1981年出版了《邓均吾诗词选》，收入他在五十年间创作的新诗、旧体诗词和译诗251首，不过，那并不能代表邓均吾在诗情勃发期的艺术成就。1998年10月，重庆出版社出版了《白鸥：邓均吾早期诗选》（邓颖编），选入了诗人在1922—1948年间创作的新诗78首、旧体诗110首、译诗6首，其中的新诗除了个别篇章写于20世纪20年代后期之外，绝大部分是在创造社初期完成的作品，这就为我们研究他早期的诗歌创作成就提供了一份颇为珍贵的资料。

三、邓均吾早期新诗的定位

早期创造社强调文学应该是“人性的表现，是我们人性中一点灵明的情髓所吐放的光辉”[①]，“是反抗精神的象征，是生命穷促时叫出来的一种革命。……反抗精神，无论如何，是一切艺术之母”。[②] 人性表现和反抗精神是创造社诗歌的总体追求，但在不同诗人那里又有不同表现。郭沫若的诗配合着五四时代的“暴飈突进的精神”，追求着“男性的粗暴”的艺术个性[③]，他的诗是爆发式、外倾型的，突出高大的“我”，却在一定程度上缺乏余韵。邓均吾的诗所表达的却主要是个人的、内在的点滴感受，不追求气势的宏大，注重感受的细腻真挚，与当时流行的小诗似乎有更多的近似。郭沫若曾说：“文艺本是苦闷的象征，……无论表现个人也好，描写社会也好，主要的眼目，总要在苦闷的重围中由灵魂深处流泻出来的悲哀，然后才能震撼读者的魂魄。”[④] 可以说，邓均吾的诗就是从“灵魂深处”流淌出来的个人的感受与沉思。

远离家乡的诗人是苦闷、寂寞的，外面的世界并未给他指出一条光明的路。诗人感受到人生的动荡：“窗缝中射进了阳光一缕，/浑夹着无数的微尘，/氤氤氲氲地/绝没有些儿的安静。/啊，好一幅人生的摄影！”（《尘》）诗人因此反问：“我听说‘乐园’已无，/你又将导我何处？/碧澄澄的天海无有尽

①郭沫若：《论文学的研究与介绍》，《文艺论集》，光华书局1925年初版，第225页。

②郭沫若：《〈西厢〉艺术上之批判与其作者之性格》，《文艺论集》，光华书局1925年初版，第303—304页。

③郭沫若：《我的作诗的经过》，王永生主编《中国现代文论选》第一册，贵州人民出版社1982年8月出版，第168页。

④郭沫若：《论国内的评坛及我对于创作上之态度》，《文艺论集》，光华书局1925初版，第177—178页。

头，/我将向哪儿求我的归宿？”（《虹》）“刚辞了漫漫的长夜，/又加入攘攘的白日。/我倚枕尽思，/‘什么是人生的意义？’”（《破晓的情绪》）他更直接感受到生命被压抑的现实，连“寂寞的深巷之中，/一个卖小食的呼叫”也“表现出全部人生压迫底情绪！”（《深夜之巷》）

与郭沫若等人不同，邓均吾的诗主要是对生命的言说。他的诗，个人色彩浓于社会色彩，一般没有很宏大的视野，却有个人生命的深入，对社会的关注主要是通过个人的向内的思索来实现的。“失了的寻思，/未来的希冀，/可不和水中的云影一样？”（《云影》）“眠寝中，啊！时还有噩梦来寻！/只有逃到‘死乡’/才能获得无疆的安静！”（《夜之二》）“人生好像是不得已似的！……我们不过是一群可怜的戏子罢！/枯燥的戏儿时才能演完？”（《不得已》）“墟墓般的沉寂，/冰铁般冷清，/倦眼朦胧般的卧着。/一切都无有了！/隐约触耳的音清，/是‘悲哀’的微语。”（《深夜》）在创造社诗人中，对“自我”及其实现的重视几乎是一致的，但在不同诗人那里，其表现方式又各有不同，诗歌的风格也就出现了差异。如果说，郭沫若是外向型的，那么邓均吾就是内敛型的；郭沫若善于将内心的思考爆发出来，邓均吾则长于细细把玩个人的点滴感触。这就使两人的诗歌形成了不同的格调，郭沫若的诗歌雄浑、大气，邓均吾的诗歌细腻、柔和，郭沫若将个人思考与时代思潮融合在一起，而邓均吾则主要在个人的情感世界中流连。这两种格调的诗歌很难说有高下之分，而是体现了中国诗歌的源远流长的“两立式”结构。就其本质而言，诗表现人的终极关怀。一部《唐诗三百首》，体现了历史对诗的严格选择与无情淘洗。我们的民族是一个饱经苦难的民族，诗外世界几乎一直是动乱、战争的同义语。诗不得不、也应当充当号角和旗帜。这样，言说终极关怀的诗反而不为人看重。今天，当我们重新发现它们的时候，我们也发现了新诗的一块被忽略了的新大陆，发现了新诗发展的另一种思路。因此，对邓均吾这样的另类诗人的发现，是一个重要发现，对于新诗史的充实与丰富、对于新诗的多元与繁荣，都具有学术价值和现实意义。

邓均吾常常把自己投入自然的世界之中，他对自然有一份特别的迷恋：“又不是秋天/怎会有红醉的霜叶，/哦，大自然的微妙哟！……我们歌，我们笑，/在自然的怀抱中/梦一般的旅行！”（《半淞园》）“自然怀抱中，万物各自得！”（《回忆中的景物》）诗人的绝大多数作品都表现了自然的丰富与和谐以及诗人对大自然的向往和迷恋，但它们不是人们常说的山水诗。诗人从对自然的观照中抒写的是个人的品性和人生意绪，它不象郭沫若那般明朗，而是充满苦闷、迷茫和追问。郭沫若歌唱大自然，主要是张扬大“我”，喜用大形象，如“太阳”“地球”“月亮”“天狗”等等。邓均吾歌唱大自然，是借大自然的丰富、和谐来寄托个人的生命渴望，因此，他在诗歌中所歌唱的往往是大自然的细腻微妙的生命暗示，不注重气势的营构而倾心于同自我内心的合拍。邓均吾诗歌中的景与物都是极其平常的，但他能够于平常的景物中发现不平常的诗情。他最倾心的是大自然的平静、和谐，“净无纤尘的青天，/好一幅无边际的云蓝的纸！/玉梳一样的月痕，/水晶一样的星星，/安排出的/是什么奇字?”(《夜》)这里有赞美亦有沉思，想象独特；“蓬蓬的白云！/假如我有两道翅儿/我定要随你飞去！”(《白云》)诗人称颂白云的自由，其间蕴含着自己的渴望；“月光照着的桃花，/别有一般的风韵。/月似欲言，/花似欲笑，/却终竟悄悄相对。”(《花》)“我爱花的美丽/我爱星的光明，/有了光明、美丽，/宇宙才有生命。”(《今夜的风》)歌唱花、歌唱自然，实际上是在歌唱生命。他的《白鸥》一诗可以说是诗人的自况，“如墨的雨云/在天空沉淀，/顷刻间狂飙快到了。/矫矫的一只白鸥哟，/归来，归来，/莫尽在那冥漠之乡游翱！”这里的“天空”是现实的象征，“白鸥”则是置身其间的生命的象征，诗人渴望生命在“雨云”之中的超越与升华。我们也可以把这首诗看成是邓均吾整个早期诗歌创作的诗意的概括。

邓均吾是“五四”时期诗的文体重建的最早探索者之一。

在“五四”新文化运动中，胡适等人提倡诗体解放，这当然是对的，但“解放”以后的新诗的诗体重建却鲜有建树。对新诗的“新”的误读，导致自曹丕以来的诗文文体之别在中国诗歌的新旧交替中又被混淆在一起，其结果是造成了早期新诗诗质的淡薄。

在创造社诗人当中，郭沫若的《女神》是中国新诗的划时代之作，但他对诗歌的诗体重建同样是不重视的。

邓均吾没有谈论过自己的诗歌主张，但他的创作却显示出他对新诗诗体重建的实绩。他注重意象的营构，不将情感的名字直接说出，这就使他的诗歌显得较为含蓄。如《人生的观赏》：“紫罗兰的芬芳，/一秒钟的微嗅，/永远盈溢在鼻腔里。//玫瑰花的美丽，/一秒钟的凝睇，/永远呈现在眼帘里。//

Muse的娇音,/一秒钟的聆闻,/永远荡漾在梦魂里。//美妙的人生,/无涯的观赏,/只一秒钟——/一秒钟于我已足!”这首诗不是邓均吾的代表作,但诗人对表达方式的重视却明白地体现了出来。

他注重诗的外在形式,尤其是音乐性。诗歌与音乐有着密切的关系,既包括情感的音乐状态,也包括外在的音乐性,而前者只有通过后者才能在文体上体现出来。邓均吾的诗在体制上一般都寻求短小,有相当一部分作品可以称为小诗,诗行也较短,这些都有助于建构诗歌与散文不同的音乐性。在邓均吾的诗歌中,这种音乐性首先表现为诗行节奏的大致相当,在大多数情况下都注重对韵脚的设置。在诗节的建构中,邓均吾比较注意节与节之间的对应与匀称,他的不少作品可以看成是现代格律诗。上面提到的《花》《人生的观赏》等诗都是明显的例证。但是,早期新诗人中,邓均吾能以最大的努力克服别人当时甚至没有意识到的弊端,这是他作为一个诗人所具有的超群的文体自觉,也是我们今天应该从这位80多年前的诗人身上总结和吸收的艺术启示。

1998年12月—1999年1月5日,于中国新诗研究所

梦幻中的真性情

——何其芳《预言》集的艺术特色

在新诗史上，何其芳是一个有颇多争议的诗人。人们常常以延安时代为界，将其创作划分为两个时段，认为他前期的作品具有很高的艺术成就，而后期作品在艺术水准上降低了。人们将这一种现象概括为思想进步、艺术退步的“何其芳现象”。我们不管这种概括是否准确，但必须承认，何其芳的诗歌在前后两阶段的创作的确存在很大差异，并且，他前期的作品也的确更多地传达了何其芳作为一个诗人的真性情。

何其芳前期诗歌创作的代表诗集是《预言》，后期诗歌创作的代表诗集是《夜歌》。

唯美是何其芳写《预言》时期所极力追求的诗的境界。这种追求有多方面来源，除了诗人独特的体验之外，外国艺术经验和中国古代诗歌传统对他的影响也是十分明显的。在早年的时候，他就“读着许多时代许多国土的诗歌”[①]。在大学时代，他既爱唐五代那些精致冶艳的诗词，钟情于那种憔悴红颜上的妩媚，又温柔多情地读着克里斯丁娜·乔治娜·罗塞缔和阿尔弗列·丁尼生等19世纪著名的西方诗人的诗篇，并在几位班纳斯派以后的法兰西象征主义诗人的作品中找到了同样的迷醉，他还认真研读过现代英美诗人的

①何其芳：《刻意集·序》，文化生活出版社1946年10月出版。

诗作。[①]这一切不能不在何其芳的创作中产生影响，而这种影响是综合性的，并非以某一人或某一思潮为主。因而，在何其芳的早期诗歌中，外国诗的影子总是若隐若现，似有似无的。

何其芳曾在《云》中写过如下诗行：

我爱那云，那飘忽的云……

我自以为是波德莱尔散文诗中

那个忧郁地偏起颈子

望着天空的远方人。

这可以被视为何其芳早期创作心态与艺术路向的自白。其一，他喜爱波德莱尔，这是毋庸显疑的，还将自己比作其作品中的形象；其二，“飘忽的云”与“天空”是何其芳早期诗歌的立命之所，那是一种超越大地（即现实）的幻美之境；其三，“远方人”暗示着飘零、孤独的无所依托，这是诗人当时的心态，他无法投入现实之中，更无法融入他乡之土，其矛盾、彷徨之心境由此可见端倪。“独语”是何其芳早期诗歌的独特面孔。

唯美是何其芳的《预言》的主要特点之一。“美”是何其芳早年诗歌的最高境界，可以被视为他追求的理想的人生境界。他早期的诗以爱情诗为主，但不乏其他类别的诗，特别是在大自然的景观中，诗人随处都可以感受到美的存在，甚至连死亡也是美的。《花环》是一首悼亡诗，诗人却写道：

开落在幽谷里的花最香。

无人记忆的朝露最有光。

我说你是幸福的，小玲玲，

没有照过影子的小溪最清亮。

……

你有美丽得使你忧愁的日子，

你有更美丽的夭亡。

何其芳诗歌的唯美追求总是在寂寞、忧愁之中获得的，或者说是诗人对这种境界的艺术升华，由此而构成充满纯真的诗意世界，那便是诗人空虚但并不是没有期待的世界。正是在这样一种梦幻情调中，何其芳的诗获得了一种超然物外的境界，一种与诗人当时的心态、处境相一致却与混沌的现实

①参看何其芳：《梦中的道路》，《何其芳文集》第2卷，人民文学出版社1982年10月出版。

相远离的情状。但在另一方面,我们可以认为,诗人并不是在回避现实,他是以唯美的眼光提升现实,这是诗的至境。也正因为如此,何其芳的诗所画的"梦"才与众不同,形成独立于群体之外的"我"的形象,也显示了新诗艺术探索的另一路向。

意象繁复是何其芳的《预言》的第二个特点。这显然是受了象征主义诗歌乃至意象派诗歌的影响。象征主义诗歌同样具有唯美倾向,但它们往往于"病"中求美。如果我们不把《恶之花》的"恶"理解为"罪恶"而理解为"病态"的话,我们就可以清晰地感觉到何其芳诗中的"恶"的因素:孤独、忧郁、彷徨。这一切都是极为个人化的感受,与诗人的真性情有最紧密的关联。对意象的营造是何其芳从象征主义和意象派那里获得的最重要的艺术启示,但这也仅仅是启示而已。何其芳诗歌的意象不像波德莱尔那般都市化、直接"病态化",而是以柔和为主调,这恐怕与诗人的东方式的审美观念与道德观念又有很深的因缘。"你青春的声音使我悲哀。/我忌妒它如流水声睡在绿草里,/如星群坠落到秋天的湖滨,/更忌妒它产生从你圆滑的嘴唇。/你这颗有成熟香味的红色果实/不知将被啮于谁的幸福的嘴。"(《赠人》)这里的意象不是波德莱尔笔下的"垃圾""苍蝇""妓女"等等,而是"流水声""绿草""星群""秋天""湖滨""香味""果实"等等,大多是自然之物,而且是一些静态的物象,这是与何其芳的东方式的审美观相一致的。同时,诗人也通过这些意象将心中的"动"凝定为诗篇的"静","动""静"合一,构成了一种既区别于中国古代诗歌也区别于西方现代诗歌的独特的诗意境界。

意象的营造构成了诗意的朦胧,这是现代主义诗歌的特点之一。何其芳绝不以直白的方式把心中的感受告知读者,而是让这种感受隐身于诗行之间,形成一种迷蒙隐含、若隐若现的情形,这也正好构成了诗的含蓄与余味。《病中》有这样的诗行:

想这时湖水
正翻着黑色的浪,
风掠过灰瓦的屋顶,
大街上沙土旋转着
像轮子,远远的郊外
一乘骡车在半途停顿,

四野没有人家……

四个墙壁使我孤独。

今天的墙壁更厚了

一层层风，一层层沙。

这里写的是“病中”的孤独，但诗人并没有直接落笔这一意念，而是借几个跳动的场景来暗示。在这里，场景与意象的隐含意义是十分明确的。

在意象营构中，何其芳很注重意象的整一性，这是与中国其他一些象征主义诗人或现代主义诗人所不同的。在他的诗中，意象的柔和是一致的，绝不在一大堆柔和意象中加入某一个或几个“刺眼”“刺耳”的意象。由此可以看出，整一性也是何其芳唯美思想的一个方面，他所追求的唯美还是正面的，不同于波德莱尔以及中国的李金发、闻一多等诗人的作品。协调与和谐是何其芳对生命与艺术的最高追求。这一点，恐怕与中国人追求和谐、整一等人生与艺术境界有一定关系。可以看出，何其芳在借鉴西方艺术经验的时候，并没有忽略对民族传统的继承与发展。借鉴与继承相结合，构成了何其芳诗歌的新境界。

正因为和谐与协调的需要，在诗体建设上，何其芳的《预言》十分强调和营造诗歌的外在音乐性。《预言》中的作品，大多数都具有韵脚，诗行也相对整齐，这在当时的现代主义诗人中是很少见的，有人甚至提出了散文美追求，极力反对诗的音乐性。因此，单从这一角度讲，我们认为何其芳就是一个独立的，有个性，不随波逐流的诗人，他在新诗文体建设方面为我们提供了值得学习与借鉴的经验。

基于上述分析，我们认为，《预言》时期的何其芳是一个主要受象征主义影响同时又注重个人艺术创造的诗人，他诗中的唯美、孤独、忧郁都显得真实而又亲切，他营构意象的整一性与他的唯美追求协调配合，表达了一个处于孤独、彷徨中的青年诗人唯美的真性情。

而有些论者对何其芳早期诗歌多有批评，凡尼认为：“何其芳同志在北京大学学习的生活，不仅养成了他孤僻的性格，更主要的是形成了他对革命斗争，对政治生活长久的冷漠，以至时代、形势在发生急剧变化的时候都没有能够激起他的反响和震动。”[①] 这完全是从庸俗社会学的角度在谈论诗歌

①《文学评论丛刊》，中国社会科学出版社1979年卷。

与诗人，我们不禁要问：为什么诗中就一定要表现政治与斗争？难道人的性情，性灵与丰富、细腻的内心思考就不是诗的歌咏对象吗？正是这种庸俗社会学思想的长期制约，我们对不少诗人给予了不恰当的批评或拔高，这是不符合历史和艺术事实的。

这种思想的另一种表现，就是极力从诗中去寻找革命的、反抗的、进步的思想，这实际上也是对诗歌艺术的一种曲解。何其芳的《秋天》中写道：

震落了清晨满披着的露珠，
伐木声丁丁地飘出幽谷。
放下饱食过稻香的镰刀，
用背篓来装竹篱间肥硕的瓜果。
秋天栖息在农家里。
……
草野在蟋蟀声中更寥阔了，
溪水因枯涸见石更清洌了。
牛背上的笛声何处去了，
那满流着夏夜的香与热的笛孔？
秋天梦寐在牧羊女的眼里。

这首诗写得很美，是何其芳唯美思想的艺术呈示：对农家生活和谐、宁静的歌赞表达了诗人对这种人生境界的向往与钦羡。而有人却对此做了如下评价："这首勾勒秋天景象的诗，把农、牧、渔都描绘得诗意盎然，显然是美化了国民党反动统治下的中国农村。"[①] 这简直是无稽之谈，为什么总要把诗与政治、斗争联系在一起并且联系得那么牵强附会呢？难道诗人的心灵就不能有一刻超然、纯美的时间吗？创作自由应该是作家最起码的权利。

中国诗歌发展存在一种两立式架构，也就是存在两种不同艺术取向，一是关注生存的，对社会、历史进行多方面打量，二是关注个人内心，抒写诗人细腻的情感、情绪体验。这两种取向的诗在艺术上很难说有什么高下，只是在不同文化语境下，人们对他们的关注程度有所不同。在近一百多年来的中国历史上，由于社会生活的变化多端，风云变幻，人们更多地注意那些关注时代风云、民情民生的诗歌，而对抒写生命感悟的作品评价较低，甚至给

①周忠厚：《啼血画梦　傲骨诗魂——何其芳创作研究》，文化艺术出版社1992年5月出版，第21页。

予批判、否定。我们看重郭沫若而忽略邓均吾,我们给七月诗派很高的评价而忽略九叶诗派,我们肯定何其芳后期的创作而在很大程度上忽略(甚至是贬低)其早期作品,等等,这些都是不大符合诗歌艺术发展的实际的。我们应该看重前者,但同样应该看到后者在新诗艺术发展中的重要作用。

在山东莱阳时期,何其芳的诗风有所变化,由过去的追求宁静开始转向较多地表现冲突。诗人开始反思自己,用更多的心智关心当前的社会处境,“云”与“天空”的幻美在诗中渐渐消失。但是,诗人对自我的解剖、对当时现实的观照并不是像有些人所说的那样是阶级斗争观念的加强,而是出自诗人内在的冲突与矛盾。在《送葬》中,诗人写道:“燃在寂静中的白蜡烛/是从我胸间压出的叹息。/这是送葬的时代。……/我看见讷伐尔用蓝色丝带,/牵着知道海中秘密的龙虾走在大街上,/又用女人围裙上的带子/吊死在每晚一便士的旅馆的门外。/最后的田园诗人正在旅馆内/用刀子割他颈间的蓝色静脉管。”因此,诗人说“我埋葬我自己”,这里有诗人对人生向度的重新思考,但与郭沫若表达凤凰集香木自焚又从火中再生的诗篇不同,何其芳采用的是现代主义式的自剖,不是空洞的宣言、口号或者某些外在的观念,这是敏感、内向的诗人与激情迸发的诗人的最大区别之一。

不过,这一状况并没有延续多久。到延安之后,何其芳的诗开始转向另一种路向,即关心大众、关注现实,并且接受了革命思想的引导。在谈到自己过去的创作时,何其芳有一段自我批判式的总结:“我开始受了一些中国新诗作者的影响,后来又受了一些外国的诗作者的影响,也曾经有过专心一意地去写的时期。然而,不用说那些早期的作品,就是抗战以后写的一些诗,我最近有机会再找来翻了一下,它也给了我一个如何可慨叹的失望啊。这个时代,这个国家,所发生过的各种事情,人民和他的受难、觉醒、斗争,所完成着的各种英雄主义的业绩,保留在我的诗里面为什么这样少呵。这是一个轰轰烈烈的可歌可泣的世界。而我的歌声在这个世界中却显得何等的无力,何等的不和谐!对于这个世界,我实在是知道得太少了,而且就是我窥见这样一个角落,我过去也不能正确地去理解。”① 这一批评说明何其芳对自己要求十分严格,但另一方面,我们发现何其芳已与《预言》时期判若两人。

①何其芳:《谈写诗》,王永生主编《中国现代文论选》第一册,贵州人民出版社1982年8月出版,第221页。

在这里，我们暂且撇开人们时常谈论的思想上进步，艺术上退步的“何其芳现象”不谈，我们不得不承认，何其芳在《预言》之后的诗虽然不像《预言》那般迷蒙、充满梦幻与华美，而是显得朴素、明朗，但那些诗也在一定程度上失去了早期作品的丰富性。《预言》中的作品充满迷离情调，表达了诗人的真性情，而后来的作品则受到当时外在的政治观念的影响，情绪流向相对单一，诗人似乎变成了一个观念的人，少了性情的人，这显然有着“文艺为政治服务”的影子。不过，与其他一些诗人相比，何其芳还是在努力坚持诗歌文体的特性，在艺术上比许多一直跟随主流文化的诗人要高明得多，比如，他提出：“中国的新诗我觉得还有一个形式问题尚未解决。从前，我是主张自由诗的。因为那可以最自由地表达我自己所要表达的东西。但是现在，我动摇了。因为我感到今日中国的广大群众还不习惯这种形式，还不大接受这种形式。而且自由诗的形式本身也有其弱点，最易流于散文化。恐怕新诗的民族形式还需要建立。”[①] 他的这一观念中也许包含着当时诗歌大众化思潮的影响，但是，他对诗体建设的重视与敏感是具有诗学价值的，我们也可以看出他在一定程度上对以前创作中体现出来的诗的音韵美有所延续。

何其芳诗歌的转向说明当时诗歌的政治化观念是十分强大的，但我们不可否认，何其芳《预言》时期的作品是具有现代主义特点的。卞之琳对此有过较为公允的评价，在谈到自己第一个阶段（1930—1932）的创作时，卞之琳说：“同时我和同学李广田、何其芳交往日密，写诗也可能互相契合，我也开始较多写起了自由体，只是我写的不如他们早期诗作的厚实或浓郁，在自己显和不显的忧郁里有点轻飘飘而已。”[②]（重点号系引者所加）在这里，“厚实”主要指李广田的诗，而“浓郁”则主要指何其芳的诗。何其芳早期诗歌的浓郁即是他诗歌的丰富性，这种丰富性探索对新诗发展是起过重要作用的，何其芳对后来者的影响主要是《预言》及同时期的散文集《画梦录》，而不是他后来的作品。

1996年2月2日，写于中国新诗研究所

①何其芳：《谈写诗》，王永生主编《中国现代文论选》第一册，贵州人民出版社1982年8月出版，第222页。

②卞之琳：《雕虫纪历·自序》，《雕虫纪历1930—1958》，人民文学出版社1979年9月出版。

西方视角中的何其芳及其诗歌

一、概述

何其芳是20世纪中国新诗、诗学发展中的重要人物。他的诗歌创作和诗学研究对中国新诗的发展做出过突出贡献，也受到西方学界的关注。从他的创作刚刚起步的20世纪30年代开始，西方国家出版的许多中国现代文学作品选集就开始涉及何其芳的翻译、研究，而且对他不同的创作时期的作品都有较多关注。这里所谓的“西方”是相对于“东方”而言的，由于笔者所学外语的限制，又主要是指欧、美、澳等英语国家。在这里，我们试图根据一些在上述地区比较流行的英语著作，把对何其芳诗歌的翻译介绍、研究情况进行一番简单梳理，以使国内诗歌界、学术界对海外的何其芳研究有更多的直观了解。

本文所参考的著作主要包括以下一些：

（1）哈罗德·阿克顿（Harold Acton）与陈世骧（Ch’en Shih-hsiang）编辑并翻译的《中国现代诗选》（*Modern Chinese Poetry*, Kemp Hall Press，1936）；

（2）许芥昱（Kai-yu Hsu）编选、翻译的《二十世纪中国诗选》（*Twentieth Century Chinese Poetry*, Doubleday & Company，Inc.，1963，Cornell University Press，1970，所选作品从新诗诞生一直到20世纪60年代初期）；

（3）许芥昱（Kai-yu Hsu）：《中国文学风景：一个作家的人民共和国之行》

（*The Chinese Literary Scene: A Writer's Visit to the People's Republic*，Vintage Books，1975）；

（4）杜博妮（Bonnie S. McDougall）编选、翻译：《梦中道路：何其芳散文诗歌选》（*Paths in Dreams: Selected Prose and Poetry of Ho Ch'i-fang*，University of Queensland Press，1976）；

（5）许芥昱（Kai-yu Hsu）编选、翻译的《中华人民共和国文学》（*Literature of the People's Republic of China*，Indiana University Press，1980，综合性文学作品选本，涉及从1942年开始到70年代后期的小说、诗歌、散文、戏剧文学、电影文学和文艺理论等）；

（6）奚密（Michelle Yeh）翻译的《中国现代诗选》（*An Anthology of Modern Chinese Poetry*，Yale University Press，1991）；

（7）奚密（Michelle Yeh）的专著《现代汉诗：1917年以来的理论与实践》（*Modern Chinese Poetry: Theory and Practice since* 1917，Yale University Press，1992）；

（8）叶维廉（Wai-lim Yip）编选、翻译的《防空洞里的抒情诗：1930—1950中国现代诗选》（*Lyrics from Shelters: Modern Chinese Poetry* 1930-1950，Garland Publishing，Inc.，1992）。

这几部介绍中国现代文学（主要是诗）的著作在欧美汉学界具有较高地位，得到了较好的评价，有的还多次再版。尤其是许芥昱编选、翻译的《二十世纪中国诗选》是西方出版的第一部全面介绍中国现代诗的英语著作，被认为是中国现代诗的"经典"。由于所介绍的诗人和作品数量较多，其后的不少关于中国诗人的著作、论文，都采用了该书的翻译文本，比如美国学者张明晖教授（Julia C Lin）教授的《中国现代诗简介》（*Modern Chinese Poetry: An Introduction*，Seattle and London: University of Washington Press，1972）、荷兰学者汉乐逸（Lloyd Haft）的《卞之琳：中国现代诗研究》（*Pien Chih-lin: A Study in Modern Chinese Poetry*，Dordrecht（Holand）and Cinnaminson（U. S. A.）: Foris Publications，1983）等。因此，基于这些著作来了解西方的何其芳研究，大致可以呈现何其芳诗歌在西方诗歌界、学术界的地位和影响。

二、生平介绍与作品翻译

出于对诗人和作品的全面了解，西方出版的许多翻译著作都有对入选作者和作品的简单介绍。其介绍体例不尽相同。有的主要介绍作家生平，有的也同时介绍作家的创作情况、作品的主要风格及影响。关于何其芳的介绍也是如此。

哈罗德·阿克顿与陈世骧编辑并翻译的《中国现代诗选》是目前能够见到的最早把何其芳诗歌介绍到海外的新诗选集之一。当时，何其芳还是一名大学生，刚刚开始诗歌创作，没有出版过诗集，包括他最著名的诗集《预言》也并未出版，但编者仍然对他给予了相当的重视。该书所附录的诗人小传是这样介绍何其芳的：

何其芳，1911年生于四川省，他在那里与他的家人生活到15岁，接受了严格的传统教育。在10岁以前，他就被要求从头到尾背诵四书，《诗经》和《楚辞》，而且，从那时到现在他还在继续学习传统散文和诗歌，孔子和庄子，并从那种早期的训练中获得了相当的益处。1931年他进入国立北京大学，现在还在那里学习哲学。他的诗歌是用现代的习语写成的，但是，因为他受到了传统的熏陶，他的诗歌有时候具有一种古老的风格：他通过微妙的方式使用过去的诗歌语汇，没有人能够指责他是故意在搞拟古主义。他比大多数中国当代诗人具有更敏锐的观察才能和更灵敏的耳朵。

他并不是多产的诗人，他最近的作品发表于《文学季刊》《诗与批评》和《北方日报》。这些作品还没有结集成书。①

这本诗选收入的是“五四”以来15位新诗人的作品，按作者姓氏音序排列目录。何其芳被收入作品10首：《夜景(一)》《岁暮怀人(二)》《柏林》《古城》《掉到地上》②《秋天》《季候病》《休洗红》《月下》《花环》，是集子中数量较多的一位，尤其是对于一位尚在大学读书、还没有出版过诗集的年轻诗人来说。许多学者认为，何其芳在诗歌方面的成就主要集中在早期，而本书所选作品基本上能够代表他早期的艺术水平。这使我们不得不佩服编选者独具的艺术眼光：当时，新诗诞生还不到20年，而何其芳的创作生涯也刚刚开始，他的作品还没有结集出版。

---

①哈罗德·阿克顿与陈世骧编选并翻译的《中国现代诗选》，第162—163页。由于本文第一部分已经涉及注释中部分资料的具体出处，在注释中不再标注这些资料的具体来源，只注中文译名和页码。下同。

②由于原书没有注明资料来源，此诗的中文文本尚未查到。英文翻译为“Fell to the Ground”。

许芥昱编选、翻译的《二十世纪中国诗选》对何其芳的生平和创作进行了比较长的介绍。

一本一本书他都能够背诵下来，非常全面的传统训练使何其芳在中国传统文学作品方面做了很好的准备。15岁的时候，他已经完成了那一阶段的教育，在四川省成都市的一所现代学校注册上学。在接下来的五年中，他目睹了这个旧式的中国家庭在外国观念的冲击之下出现的戏剧性没落，正是这些观点导致了打破社会压力的情绪的高涨。学生们都阅读刚刚介绍过去的关于达尔文、克鲁泡特金、美国民主和马克思的书籍。他们以行动回应了北京、上海的学生运动。在地方军阀恢复了使用强烈手段清除左派的时候，成都一度出现了黑暗的日子。镇压的浪潮，包括暗杀，使许多年轻人逃离。何其芳不在受到威胁的人员之列，但他看得太多，在他心里播下了反叛的种子和对于旧传统的怀疑，包括对他从中获得了丰富享受的文学传统的怀疑。

1931年，他离开成都到北京大学学习哲学。那时，他已经开始诗歌创作。良好的文学素养使他能够极好地掌握语言。但是，充满其诗篇的是他对于永恒的爱与美的青春般的追求。就像他自己后来承认的，它们很精致，也有一点空洞。他的早期诗作之一《预言》，体现了他对自然的欣赏和他接受19世纪西方浪漫主义浸润的全面融合。他成为卞之琳和李广田的亲密朋友，并在1936年与他们出版了一本合集《汉园集》——这是北京大学所在的一条街道的名字。那时候，他们三人在写作风格上有很多共同之处。同一年，何出版了他的《画梦录》，一本使他获得了一项文学奖的散文集。于是诗化散文在当时成为时尚。

战争开始后不久，他被迫回到四川，但很快又离开，到了延安，共产党当时把那里作为自己的首脑机关。在那里，他在鲁迅艺术学院讲授文学，并成为左翼文学运动的核心成员之一。他学习了马克思主义的社会理论和文学理论，并认定，他必须停止抒写个人的梦与幻想，他已经觉得这样对任何人都没有什么价值。1937年的时候，他承认：

“我爱那云，那飘忽的云……”
我自以为是波德莱尔散文诗中
那个忧郁地偏起颈子

望着天空的远方人。

但是当他在旅行中看到笼罩在城市以及农村的没有结束的悲剧，他下定决心：

从此我要叽叽喳喳发议论：

我情愿有一个茅草的屋顶，

不爱云，不爱月，

也不爱星星。

他毅然告别诗歌到战场体验生活。他希望报告生命与鲜血的戏剧。他渴望见到彻底的胜利和战争的受害者张开双臂欢迎自己国家的解放军而流露的灿烂的笑容。但是他幻灭了。黑夜的行军没有尽头，几个星期都不得休息；还有，他根本就没有见到敌人。当然，当呼啸的子弹迫使他隐蔽的时候，他听到了敌人。他那没有经过训练的身体很快就筋疲力尽。在9个月的时间里，他只写作了一篇报道。诗人走向了痛苦的觉醒，认识到生活中的丑恶现实，并且坦白说："写作报告文学不容易，……"

他又回到四川教书。工作之余的晚上，他就匆匆记下他在北行的旅途中获得的印象以及战争体验。他又回到了诗歌，比以前写得更自由。他试图让那些他在前线和村庄见到的人物自己说话，讲述他们自己的故事。在他自己对于旧事物的踌躇，和意识到新事物、新观点必须抓住并值得记录之间，形成了一种冲突。他通过这样一种思想为自己重新回到诗歌进行了辩护。他的《夜歌》(1945年初版)就是在这些年中完成的。

即使在把《夜歌》奉献给读者之前，他已经开始感觉到一种负罪感。他自己批评了这部作品："这个时代，这个国家，所发生过的各种事情，人民和他的受难、觉醒、斗争，所完成的各种英雄主义的业绩，保留在我的诗里面为什么这么少呵。这是一个轰轰烈烈的可歌可泣的世界。而我的歌声在这个世界中却显得何等的无力，何等的不和谐！"他有负罪感，因为在他《夜歌》中至少写过一次：

生活并不美丽，并不美丽。

1942年，他又一次离开了诗歌，试图成为他希望描绘的事件、人物中的重要一员。他也开始重新估价他的风格和语言，认为它们太"欧化"，远离了读者大众。他到了北方，研究和收集民歌。他所编辑的一本陕北民歌于1951年出版。

但是，在50年代中期又回到诗歌的时候，何其芳依然保持着他精练的文学语言。他对民歌的研究在他的风格中没有留下任何影响。①

这是许芥昱在该书中介绍何其芳经历与创作较长的文字之一。也许主要是出于对何其芳诗歌创作成就的肯定，也许是编者对何其芳掌握了比其他诗人更丰富的生平材料——因为在他后来主编并主译的《中华人民共和国文学》中，在谈到70年代后期的新诗创作时，许芥昱对一位诗人进行了比其他任何人都全面的介绍，就主要是因为当时的《诗刊》发表过一篇介绍那位诗人的生平和创作的文章。不过，从何其芳在新诗史上的地位和影响看，对他进行比较全面的介绍，应该主要是出于对他的艺术地位的肯定和认同。而且，该书共翻译了何其芳的10首诗，数量是比较多的(按目录顺序，收录作品比何其芳多的诗人是：郭沫若15首、闻一多21首、徐志摩21首、冯至16首、卞之琳14首、郑敏12首、王统照13首、臧克家19首、艾青11首、袁水拍14首)：《预言》《岁暮怀人》《秋》(以上选自《汉园集》)，《花环》(译者在“附录”中用拼音标注中文出处时写成了“花圈”，有误)、《月下》《病中》《夜景》《醉吧》(以上选自《预言》)，《夜歌(四)》(选自《夜歌》)以及《我好象听见了波涛的呼啸》(1954年9月3日作，选自《诗选：1953.9—1955.12》，中国作家协会编，1956年出版)。

许芥昱的《中国文学风景：一个作家的人民共和国之行》是他在离开祖国近三十年后于1973年重访中国的收获。他在半年多的时间里访问了许多中国作家，介绍了他们的创作情况，也翻译了一些当代文学作品。何其芳是排在诗歌部分的第一位诗人②。他在介绍何其芳时说：

何其芳近来很少写作，但他的沉默不能归咎于任何意识形态的直接压力。多病的身体和文学研究所的所长职务留给他的时间太少。

①许芥昱编选、翻译的《二十世纪中国诗选》，第215—216页。

②书中选译了一些论文及小说、戏剧片段，配有作家采访记，还专门有一个部分《民歌、民谣与史诗一瞥》涉及诗。何其芳是诗歌部分介绍的第一位诗人，其他诗人依次是：梁上泉、严阵、阮章竞、贺敬之、臧克家、邹荻帆、郭小川、郭沫若、冯至、田间、陈毅、袁可嘉、郑敏、李学敖、李瑛、陆萍与其他年轻的无产阶级诗人。

如何有效地把最好的知识和他那一代作家结合起来。早期的传统教育使他感染了丰富的中国文学传统;在北京大学学习哲学和西方文学使他磨砺了感觉能力;军阀的腐败和穷人的悲哀使他在延安拥抱了马克思主义。他想宣布中国新时代的到来,但他觉得自己的诗在中国社会的变动中显得太精致、太文雅、太遥远。在写作中,他被服务于无产阶级的愿望和把中国诗歌提高到一个新高度的雄心所分裂。在20世纪30、40年代,他在延安(他教书和试图向无产阶级学习的地方)和国统区之间穿梭。虽然他完全相信中国需要马克思主义,但他在使用农民语言方面却遇到了困难。

当他最终永久地加入到他的延安朋友中的时候,他成为解释和坚持毛泽东文艺政策的主要人物。他参加过农村解放运动,这甚至使他后来在"文化大革命"中避开了尖锐的批判。他下定决心要成为一个真正的马克思主义作家,而不妥协于自己的艺术标准。"甚至毛主席都仍然接受他,尊重他",他的一位北京的同事说。

"虽然他自己的诗在近些年没有对中国诗歌的发展产生任何具有意义的影响,但总体来说,他为中国现代文学所做的比我们任何人都多。"臧克家说。臧在50年代后期到60年代是全国最有影响的诗歌刊物的主编,他大概说出了许多人都赞同的关于何诗的见解。下面所选作品出自他最后发表的诗作,是他在重访曾协助进行土地改革的村庄后而写的。[①]

这段介绍没有涉及何其芳的具体作品,而主要谈论了何在思想上的转变,尤其是对于马克思主义的追求。这显然是在谈论何其芳到延安以后的思想,而不是他的早期文学观念。《中国文学风景:一个作家的人民共和国之行》所翻译的何其芳的《西回舍》出自《诗刊》1964年第3期(该期刊物还有何其芳的《古国》《重游南开》《张家庄一晚》等诗)。

英国学者杜博妮编选、翻译的《梦中道路:何其芳散文诗歌选》是目前见到的唯一一部专门的何其芳作品英译本。所选作品均是何1949年以前所作,其中的诗歌(及散文诗)作品如下:《预言》《脚步》《慨叹》《爱情》《休洗红》《夏夜》《圆月夜》《柏林》《古城》《初夏》《墙》《虫》《扇》《扇上的烟云》《黄昏》《画梦录》《哀歌》《送葬》《于犹烈先生》《声音》《醉吧》《云》《成都,让我把你摇醒》《夜歌(一)》《夜歌(二)》《夜歌(三)》《夜歌(四)》《我们的历史在奔跑着》

①许芥昱:《中国文学风景:一个作家的人民共和国之行》,第168—169页。

《我看见了一匹小小的驴子》《我想谈说种种纯洁的事情》《这里有一个短短的童话》《多少次啊当我离开了我日常的生活》《北中国在燃烧(断片一)》《北中国在燃烧(断片二)》。除了作品翻译之外,尚有译者撰写的《前言》与《结语》,前者包括《何其芳的早期生活及其时代》《何其芳与新文学运动》《文学进入政治:抗日战争》等三个部分,主要介绍了何其芳的文学、思想经历及艺术观念的转变;后者包括《何其芳的文学成就》《"爱,思考与自我牺牲"》,主要论述了何其芳的文学创作成就。杜博妮说:

何其芳一直非常明白自己在文学才能方面的局限,并不断地为此道歉。虽然自己有不足,但他也有一个一直坚持的坚定信念:艺术有其自身的存在规律,必须研究与把握。除此之外,他再也没有自找麻烦去设计出一套一直坚持的艺术或者诗歌理论;在大学学习的哲学并没有带给他多少对系统思考的爱好,他回避了对于那些充满其创作活动的假定的严格审查。虽然在他成熟以后,其作品变得更为简朴,但他早期散文和诗歌的主要特征是它们的敏感意象和内省的感伤。然而,他至少持续到1936年底的基本原则是,诗不只是个人情感的表达,也不只是与自然或者人类交流的一种形式,而是美的创造。他相信,在诗中,美主要是通过意象或者象征而获得的,而多种韵律因素被用来达到额外的效果。在何其芳的学习中,美的玄学特性或者象征的认识论角色可能是他遇到的一些问题,但这些问题显然没有引起他的兴趣。①

许芥昱编选并主译的《中华人民共和国文学》总共分为六个部分,有些作家、诗人因为所选作品的创作时间的不同,往往在不同的部分重复出现,但只是在第一次出现时才对作者进行简单介绍。对何其芳的介绍大部分与其另外一本译著《二十世纪中国诗选》的介绍内容相似,这里不再引述,只是就他对何其芳后期的情况所做的介绍加以简单摘录。"在1949年中华人民共和国成立以后,他被给予了很高的学术职位,并且写了几本文学批评方面的著作;然而,从1942年开始,他的诗歌作品就很少见到。在'文化大革命'中,就像其他许多人一样,他也受到了批判,但在70年代初期,他又恢复了科学院文学研究所所长职务。据说,在粉碎'四人帮'后,他曾计划创办一家新的诗歌刊物。但是,在这个计划实现之前,他就于1977年7月24日去世了。下

①杜博妮:《梦中道路:何其芳散文诗歌选》,第223页。

面翻译的诗歌(指出现在本书第三个时期的诗歌——引者)包括他最后发表的作品。它们在很大程度上是用流畅、明朗的口语写成的,用的是包含西方押包韵方式的西方四行体,但间或又回复到中国的传统形式,比如律诗与绝句。"①

该书的第三部分《"大跃进"和反对修正主义1959—1961》中翻译了何其芳的6首诗,即《听歌》《赠杨吉甫》《赠范海亮》《夜过万县》《在越南的第一个早晨》《三个越南南方的女青年》(均出自《人民文学》1961年第10期)。第四部分《人民群众的社会主义教育1962—1964》翻译了何其芳的《重游南开》《张家庄一晚》(均选自《诗刊》1964年第3期)。第六部分《再生:粉碎"四人帮"——归来与逆转1971—》翻译了何其芳的《忆昔》(节选自《诗刊》1977年第9期)。这些作品的译者都是英国学者杜博妮。

叶维廉编选并翻译的《防空洞里的抒情诗:中国现代诗1930—1950》主要是从艺术性的角度选择诗人及其作品,涉及的诗人比较少,只有18位,除了艾青、臧克家、绿原等,都是在20世纪三四十年代具有较大影响的现代主义诗人,《九叶集》的九位诗人和他们的老师卞之琳、冯至都在其中。这恐怕与叶维廉自己的创作经历、诗歌观念和对现代主义诗歌的长期研究有关。何其芳去延安以前的作品是叶维廉所关注的。译者对何其芳做了简短而精彩的介绍:

虽然何其芳在一首宣言诗《云》(1937)中指责了"云,月亮和星星",但是,具有讽刺意味的是,他也许将以他那些关于"云,月亮和星星"的诗而被人记住。就像卞之琳一样,何其芳在现代中国知识分子中也是相当典型的,他们接受的教育领域很宽,从中国传统文学到他们可以插手其中的几乎任何西方的东西。15岁以前,何其芳已经读过李白、杜甫、白居易、韩愈、苏轼、陆游以及几乎所有的中国传统小说。当他进入北京大学以后,他立即转向了中国新文学,并开始贪婪地阅读西方作家的作品,如屠格涅夫、契诃夫、莫泊桑、莎士比亚等等。他在1937年以前发表的诗歌在内容与节奏两方面都充满了传统的"词"一般的和谐。事实上,绚丽、精巧、新奇、梦幻、多愁善感、忧郁是经常用来描述他的一些修饰语,但是,在这些词语当中,人们也感觉

①许芥昱:《中华人民共和国文学》(*Literature of the People's Republic of China*),Indiana University Press,1980,p.527.

到诗人对于过去的世界充满欢愉、温柔加上温暖的优美复现。[①]

从第一句话就可以看出编译者对何其芳的评价,他对何其芳诗歌的艺术性更加看重,因而也就更看重何其芳在奔赴延安以前的作品。该书共翻译了何其芳的7首诗:《秋》《休洗红》《柏林》《夜景(一)》《夜景(二)》《送葬》和《云》,都是1937年及以前的作品。

奚密的专著《现代汉诗:1917年以来的理论与实践》是比较少见的研究中国现代诗的英语学术著作之一。在谈论中国新诗的一些艺术特征时,该书多次谈到何其芳及其作品,包括他的《秋天》《休洗红》《生活是多么广阔》等。她翻译的《中国现代诗选》选入了何其芳的《预言》《土地庙》《沙尘天》《秋天》《成都,让我把你摇醒》《我想谈谈种种纯洁的事情》《云》等7首作品,她对何的介绍又体现出另一种特点:

何其芳(1910—77),四川人,1931到1935年在北京大学学习哲学。他最早的作品发表于1929年,并以他的诗歌和散文诗而知名。1938年夏天,他到了延安,在鲁迅艺术学院任教并加入了共产党。1949年以后,他担任了一些重要的职务,包括中国社会科学院文学研究所所长,《文学评论》主编。他承认他的早期作品受到过法国象征主义诗歌和晚唐诗歌的影响。

一首长诗的主题——成都,是四川的省会。在抗日战争(1937—1945)期间,国民党政府撤退到这个西南的省份,并宣布成都的临近城市重庆为中国的陪都。战争开始于1937年7月7日,日本部队开始向芦沟桥开火。这首诗的题词作者爱罗先珂(1895—1952),是俄罗斯的诗人和童话作家。他在4岁的时候因为麻疹而失明。1921—1923年,他在中国教书并与鲁迅和其他作家很熟识。1923年回到俄罗斯以后,他全身心投入翻译和盲人教育。在《成都》中提到的弗拉基米尔·马雅可夫斯基(1883—1930)和叶赛宁(1895—1925),都是俄罗斯诗人,都自杀了。[②]

除了对诗人的生平进行介绍之外,对一些作品所涉及的历史、文化背景也进行了简单介绍,这对于西方读者了解中国文化、读懂中国诗歌具有一定的指导作用。而且,文中还特别谈到了几位俄罗斯诗人与“自杀”的关系,似乎暗示了何其芳诗歌中的某种献身情结。

---

①叶维廉:《防空洞里的抒情诗:中国现代诗选1930—1950》,第209—210页。

②奚密:《中国现代诗选》,第60页。

从以上的文字可以看出，西方学者在翻译、介绍何其芳时，对他所受到的传统教育给予了较多重视，对他的前期作品的关注多于后期作品，将他的诗的艺术性基本上概括为唯美、精致、绚丽。同时对何其芳在艺术上的转向也给予了关注，尤其是许芥昱，还分析了这种转向的政治、社会、文化方面的原因。这些介绍文字虽然比较简短，但总体来看，仍然较好地呈现了何其芳作为一位现代诗人的丰富性。

三、西方的何其芳诗歌研究

就目前所掌握的资料看，西方学者在介绍何其芳时，主要是介绍他的生平和作品中体现出来的一些艺术特色，尤其是他在艺术观念上转变。对他进行综合研究的论文较少。连杜博妮在专门翻译介绍何其芳作品的《梦中道路：何其芳散文诗歌选》中评介何其芳时，也主要是以他的生平经历为线索。在何其芳的介绍方面，人们基本上尊重了历史事实，都承认中国传统、西方象征主义诗歌对其创作的影响，都注意到了何其芳在艺术上的转变及其内在、外在原因。但也存在分歧，比如对某些事件在何其芳的人生和创作生涯中所产生的影响就有不同的评价。

许芥昱认为“早期的传统教育使他感染了丰富的中国文学传统；在北京大学学习哲学和西方文学使他磨砺了感觉能力”，而杜博妮认为“在大学学习的哲学并没有带给他多少对系统思考的爱好，他回避了对那些充满其创作活动的假定的严格审查”。这种差异并不能说明人们对何其芳的人生与艺术的评价存在很大的差异，只是角度有所不同而已。前者所谓的“感觉能力”是就诗人认识世界的深度而言的，而后者所谓的“系统思考”是从诗歌创作的表达方式而言的。不过，他们的观点都与国内一些学者的看法存在不同，有国内学者认为：“何其芳同志在北京大学的学习生活，不仅养成了他孤僻的性格，更主要的是形成了他对革命斗争，对政治生活长久的冷漠，以至时代、形势在发生急剧变化的时候都没有能够激起他的反响和震动。”[①]这是从外在现象谈论诗人与诗歌，而对诗人内在的心理状态及其与创作的关系考虑较少。

西方学者对中国现代诗的翻译介绍大致可以分为两种类型：一是注重

①凡尼先生观点。出自《文学评论丛刊》，1979年卷。

艺术性，以他们自己所认定的艺术标准选择作品，而对那些他们认为艺术水平不高的作品则关注甚少，甚至根本不涉及，叶维廉是这类学者的代表；一是注重历史性，试图向西方介绍中国现代诗在发展中出现的各种艺术现象、思潮和重要诗人，许芥昱是这类学者的代表，他在介绍20世纪中国诗歌的时候，甚至没有忘记20世纪50年代出现的民歌。我们很难评价这两个角度的高低，它们选择诗人、作品的角度和目的本来就有所不同。具体到何其芳，叶维廉等人是希望把他的最优秀的作品介绍到西方，体现中国现代诗的艺术成就，而许芥昱等人则试图把何其芳各个时期的代表性作品都介绍到西方，揭示何其芳本人和中国新诗的艺术演变历程。但总体来说，在西方学术界，介绍中国现代诗的艺术性的选本多于历史性选本，翻译出版的个人诗歌选本或个人研究专著也主要是那些在中国现代诗歌艺术探索中具有开拓性并取得了重要成就的诗人，比如闻一多、何其芳、卞之琳以及"朦胧诗"诗人中的几位主要诗人。

当然，在不少学者那里，关注诗歌的艺术性并不等于忽略外在因素与诗歌发展的关系。梁秉钧在谈到中国现代主义思潮的文学与社会文化背景的时候，就谈到抗战时期的诗人们聚集到桂林、昆明、重庆、延安、香港等地创办刊物、出版社的历史事实。他说："像许多其他知识分子和学生一样，诗人艾青、何其芳、田间到了延安——那里是中国共产党的中心，游击队与日本军队作战，创作具有更多政治关怀的诗。"①这揭示了何其芳等诗人在艺术上发生转向的原因。叶维廉也有类似描述，他说："在行动的需要和艺术创造的需要这一窘境所产生的碰撞中，一些重要诗人决定更多地转向行动，或者转向由行动鼓舞的写作。20世纪20年代后期，革命文学的提倡者如郭沫若、成仿吾，坦率地宣称'行动第一，艺术第二'，以此鼓动了口号诗歌的洪流。在30年代，随着日本侵略的加速和北方生活环境的恶化，一些开始是现代主义者的诗人如艾青（他曾经沉湎于波德莱尔、兰波、阿波利奈尔），或者着迷于唯美主义的诗人如何其芳，后来修正甚至放弃了语词的世界，而只为无产

①梁秉钧（Leung Ping-Kwan），《中国诗中的文学现代性》(*Literary Modernity in Chinese Poetry*)，作为介绍文章之一收入叶维廉编选、翻译的《防空洞里的抒情诗：中国现代诗选1930—1950》，第47—48页。写作该文时，梁秉钧在美国加州大学圣迭戈校区学习，他所在的香港也还是英国的殖民地，所以将其观点作为西方学者的观点看待。

阶级写作。何其芳的宣言诗说得非常中肯。”[①]叶维廉所说的何其芳的“宣言诗”,就是他多次提到的何其芳的《云》,何在该诗中说:“从此我要叽叽喳喳发议论:/我情愿有一个茅草的屋顶,/不爱云,不爱月,/也不爱星星。”对于“云”“月”“星星”的放弃,其实就是对早期艺术追求的放弃。当然,叶维廉是不赞同这种转变的。他认为,何其芳恰好是因为他所要放弃的这些因素而为后人记住的。

在前面关于何其芳生平的介绍中,我们已谈到一些对何其芳诗歌的评价,在此不再复述,只想从总体上看看西方学者对何其芳诗歌的评价角度和主要观点。

人们更注重何其芳的早期作品。按上面所涉及的资料统计,这8部著作总共翻译、介绍何其芳的作品81首(次),涉及《汉园集》《画梦录》《预言》等诗文集中的作品(抒情诗与散文诗)有53首(次),但涉及《夜歌》及其以后的作品只有28首(次)。同时,早期作品的重复翻译率远远高于后期作品。[②]有些在国内诗歌界、学术界谈论不多的作品也受到很大重视,出现了多种译本,比如《休洗红》《柏林》《秋天》等。叶维廉甚至说:“虽然何其芳在一首宣言诗《云》(1937)中指责了‘云,月亮和星星’,但是,具有讽刺意味的是,他也许将以他那些关于‘云,月亮和星星’的诗而被人记住。”他所谈到的评价何其芳诗歌的修饰语词“绚丽、精巧、新奇、梦幻、多愁善感、忧郁”等等,实际上也主要是针对何其芳早期诗歌的。虽然人们也谈到了何其芳在艺术观念上的转变,而且大多没有对这种转变给予评价,但从选择作品的情况看,西方学者对于诗的政治化倾向是不赞同的。除了许芥昱编著的《中国文学风景:一个

---

①叶维廉(Wai-lim Yip),《1930—1950中国现代诗中的语言策略与历史的关联》(*Language Strategies and Historical Relevance in the Poetry of* 1930-1950),《防空洞里的抒情诗:中国现代诗选1930—1950》,第29页。

②我有一种看法,在向外国翻译介绍中国新诗的时候,作品的重复翻译率越高,往往也说明在翻译者眼里,这些作品的艺术质量也就越好。我曾经对数十种英译中国现代诗选进行过统计,翻译(引用)两次及以上,或收入两种及以上作品集的20世纪中国现代诗(含台湾、香港地区的作品),总数不超过200首,而且大多是在新诗史上被人们认为是比较好的作品。让我觉得惊讶的是,一些在文学史著作中被多次提及的作品,要么没有被翻译,要么翻译或收入集子的次数很少,甚至只是在介绍中国新诗的演变历史时才提到。这一方面说明我们评价新诗的标准与西方人的标准存在差异,另一方面也说明,我们曾经高呼的新诗“走向世界”的目标其实还远远没有实现。

作家的人民共和国之行》《中华人民共和国文学》因为体例限制没有选择何其芳的早期作品之外,其他作品集和选集都在涉及他整个创作历程的同时,主要关注了其前期创作。

作品的艺术性是学术界关注的中心。西方学者在讨论诗歌的时候,角度比较多,有的是从社会、政治的角度展开,有的甚至把诗歌作为研究社会历史的一个部分。但总体来看,人们对作品的艺术性更加看重——无论是在翻译时选择作品,还是在进行评价的时候。

叶维廉在谈到中国现代诗语言所体现的外在音乐性时,认为戴望舒是较早使用"词"的节奏和交互母题的诗人。另外一些诗人,"像戴一样,辛笛与何其芳也用词的节奏、感觉来修饰他们的作品,但辛笛与何其芳也受到通过特色意象所创造氛围的吸引。"[①]在他看来,何其芳在借鉴传统的"词"方面比戴望舒有更新的创造,这是他的诗歌创作在艺术上的重要特征之一。

奚密的《现代汉诗:1917年以来的理论与实践》,仅就书名看,像是一部历史性著作。其实,它虽然在一定程度上勾勒了新诗发展的历史脉络,但主要是通过中国现代诗歌中的一些艺术特色、艺术手法展开的。隐喻(metaphor)就是其中之一。作者以何其芳、卞之琳、张错等诗人的作品为例论述了隐喻在现代诗歌中的一些独特表现。她对这首诗进行了比较详细的分析:

中国现代诗人不仅创造了丰富、复杂的隐喻,而且探索把隐喻作为一种结构策略来使用。换句话说,整首诗的结构有时候变成了它希望表达的主题的隐喻。……何其芳的《秋天》:

震落了清晨满披着的露珠,/伐木声丁丁地飘出幽谷。/放下饱食过稻香的镰刀,/用背篓来装竹篱间肥硕的瓜果。/秋天栖息在农家里。

向江面的冷雾撒下圆圆的网,/收起青鳊鱼似的乌桕叶的影子。/芦蓬上满载着白霜,/轻轻摇着归泊的小桨。/秋天游戏在渔船上。

草野在蟋蟀声中更寥阔了。/溪水因枯涸见石更清洌了。/牛背上的笛声何处去了,/那满流着夏夜的香与热的笛孔?/秋天梦寐在牧羊女的眼里。[②]

---

①叶维廉(Wai-lim Yip),《1930—1950中国现代诗中的语言策略与历史的关联》(*Language Strategies and Historical Relevance in the Poetry of* 1930—1950),《防空洞里的抒情诗:中国现代诗选1930—1950》,第34页。

②在原文中,此诗是分行排列的,为了节省篇幅,此处改为连排。

该诗以一组调动了五种感觉的丰富、敏感的意象开篇：寒露、伐木声、新稻的浓香、金色瓜果的丰满、背篓的重量。它们共同表达了秋收的充足与繁茂。

与第一节的橘色与金黄的快活色调相对应，灰暗（撒向江面的冷雾，白霜）与黑色（影子）成了第二节的基调。收获与伐木的强有力的活动让位给了渔夫，在寒冷的天气里"轻轻"摇桨。总体气氛很明显地给人更多的压抑之感。

最后一节开篇于对秋天的荒凉的描述，揭示了自然更深的衰败。夏天的生命与温暖只能在记忆中难以捉摸的意象中抓住，比如跳动的音符与记忆中的香气。在音乐之中，我们静止了：牧羊女正在水牛的背上睡去。第一节的热闹，第二节的压抑，在最后一节最终变成了沉默与静止。这首诗在意象、情态方面的逐渐变化，其自身就是秋天足迹的隐喻：从充满活力、生气勃勃的收获季节变成对冬天的静默的预期，从秋天色彩与香味的丰富变成即将来临的寒冷。这首诗的结构不只是通过意象的描写揭示了秋天的主题，而且以其敏感意象的逐渐变化表达了秋天的前进轨迹。如果我们改变意象或者它们的顺序，那么，我们就会失去许多诗意效果。这首诗表达了对主题的意象性模仿。就像F.奥康纳，她说她的故事的意义就是故事本身，在何其芳那里，诗的意义就是诗本身。[①]

引用这段文字，主要是想说明，一些西方学者对何其芳的有些作品是有他们独特的解读方式的，与中国学者不完全一样。同样是这首《秋天》，有学者就认为："这首勾勒秋天景象的诗，把农、牧、渔都描绘得诗意盎然，显然是美化了国民党反动统治下的中国农村。"[②]不需多说，我们就可以看出二者在评价取向上所存在的差异，以及何者更符合作品自身的艺术特色。

在论及中国新诗中的一个独特的艺术手段"回旋调"（circularity）时，奚密谈到了何其芳的《生活是多么广阔》。她说："就像在《江南》（康白情之诗——引者）中一样，回旋调创造了一个明显的框架，在其中，意象与意象相互关联。在何的诗中，这个框架是由第二、三节中每行诗的第一个相同的字'去'体现出来的。这首诗主要表现了一个人在生活中所做的两组事情。第二节

①奚密：《现代汉诗：1917年以来的理论与实践》（*Modern Chinese Poetry: Theory and Practice since 1997*），Yale University Press.1992.pp.69-70.

②周忠厚《啼血画梦 傲骨诗魂——何其芳创作研究》，文化艺术出版社1992年5月出版，第21页。

勾画了一组综合的、主要是体力方面的活动，其目标和功能是进行自我解释。第三节关注人的生活中内在的或精神的方面。”[①]“虽然明显的教化与平凡的思想之间存在断裂，何诗依然是现代诗歌试图创造内容与形式之间交互作用的良好例证。他所庆贺的生命的广阔被直接地而且几乎是可见地呈现于十五个‘去’字短语中，构成了诗的核心。正是通过这种重复，回旋结构在诗篇常规的时间进程之下，创造了一种特殊的空间效果。”[②]艺术手法的解读，也是理解诗歌的重要方式。像《生活是多么广阔》这样的作品，涉及的对象显得很分散，如果不能找到一个把它们串联起来的核心，就难以把握诗人的艺术旨趣。

在何其芳的作品中，《休洗红》并不是国内学者所关注的重要诗篇，但从20世纪30年代开始，它就成为西方学者翻译、介绍得最多的中国现代新诗之一，而且有人对它进行过具体评价。奚密在谈到中国现代诗的传统及其现代性的时候，就把这首作品与东晋无名氏、唐代李贺的同名作品并列，她说：“很明显，两首署名的诗为其自身创作继承了那首古代作品，尤其是它的母题；红色的衣服因为不断的清洗而褪色，代表了人生从青年到老年的过程。”[③]作者是想通过这样的描述探讨中国现代诗歌与传统诗歌的关系，探讨诗的传统与诗的现代性问题，“在这首现代诗中，虽然清洗红衣服的意象和短暂无常的主题依然存在，但它与传统诗之间存在很大的差异。最显著的差异就是，何诗表达了更大的国际化程度，对这一点，可以从它对独白的使用，以及从外在现实（洗衣时的秋景）到内在回应（‘慵慵的’‘粉红的梦’‘欢笑’的褪色，以及说话人在池塘里的颤抖之影子）之稳定延续的使用中看出来，因此就把焦点从外在移向内在，从一般移向个人。在诗篇开头处描写的日落时池塘的金碧，在诗篇结尾时变成了白霜与寒冷。合起来看，诗人的‘粉红的梦’褪色了。相比而言，两首传统诗相对来说更加注重客观化（必须承认，李贺的诗在创造更加戏剧化、更独特的情节方面比那首古代诗歌具有

①奚密：《现代汉诗：1917年以来的理论与实践》（*Modern Chinese Poetry: Theory and Practice since 1997*），Yale University Press.1992.p.94.

②奚密：《现代汉诗：1917年以来的理论与实践》（*Modern Chinese Poetry: Theory and Practice since 1997*），Yale University Press.1992.p.95.

③奚密：《现代汉诗：1917年以来的理论与实践》（*Modern Chinese Poetry: Theory and Practice since 1997*），Yale University Press.1992.p.115.

更多的个人性);它们评价的是生命的广泛的情景,然而这首现代诗通过其细致的个人感受强调了梦幻与现实之间、个人理想与冷漠的时间之间所存在的分裂。相比于生命的无常,普遍流行的失落之感,伴随而来的思乡之情,才是何诗的真正主题,它一次次出现于他在20世纪30年代的早期诗歌中。"[①]这种比较,一方面阐述了中国现代诗与传统诗歌之间的密切关系,另一方面也揭示了现代诗歌与传统诗歌在诸多方面存在的差异。尤其是对何其芳这样的深受传统诗歌影响的诗人,这样的研究是我们思考传统价值及其局限的有益参考。

总体上说,西方学者对何其芳的研究还显得比较分散,以学术方式关注他的学者不是很多。这也是中国新诗在向西方介绍上的普遍现实。相比中国传统诗,西方学者对中国现代诗的关注还非常有限,而且在这有限的介绍中,也还存在一些错漏,在生平方面、作品理解方面都有。在介绍中国现代诗歌的时候,西方学者都注意把新诗与传统诗歌的关系作为一个重要角度,这是颇有眼光的,也是具有学术价值的。但除了个别华人学者,真正理解中国诗歌传统,以及与之相关的哲学、文化传统并能够认识到它们的价值的西方学者,还不是很多,不少人都只是从常识出发,进行表面的比较,并没有深入中国诗学传统的核心,也就难以把传统对现代诗的影响揭示得很深刻。

2002年9月9日至10月8日,
于西南师范大学中国新诗研究所

①奚密:《现代汉诗:1917年以来的理论与实践》(*Modern Chinese Poetry: Theory and Practice since 1997*),Yale University Press.1992.pp.115—116.

晴天的思绪

——漫论方敬新时期的诗歌创作

不会结束，永远在开始，
过去了的又还没有过去，
没有来的可正在走来。
岁月流失在水土里，
生长着渴望者的渴望，
眼睛生来就要看向远方；
每个季节有不同的表情，
短暂的过客有长久的梦想。
——方敬《渴想》

这是老诗人方敬1987年3月写的一首诗中的一节，朴素的诗句里饱含着浓郁的情思，有对过去的追忆，更有对未来的期盼。

诗人同普通人一样，在漫长的历史之河中，每一个人都只能是“短暂的过客”，但是，诗人的魅力在于他留给当今和后世“长久的梦想”。

在中国诗坛，方敬的确是老一代诗人了，他在20世纪30年代就步入诗坛，创作了许多优秀的诗篇。如果按照“莺老莫学舌，人老莫作诗”的古训，新时期的方敬早已过了作诗的年龄。不过，那只是生理上的年龄。艺术上的青春有时候是与生理年龄无关的，在新时期，艾青、流沙河、公刘、牛汉等都体现出了充满活力的艺术青春。他们心理上的青春是不老的,在诗歌创作上展示出了艺术上的不断发展与超越。

方敬也是这样。20世纪三四十年代的创作丰收期之后,由于众所周知的社会原因和他所承担的繁重的社会工作,方敬在诗歌创作上出现了断断续续发展的状况。但是,进入70年代后期,年近古稀的诗人再次勃发了青春般的诗情,在其后的十数年里,方敬创作了许多诗篇。这个时期的作品主要收录在《花的种子》和《飞鸟的影子》两部诗集里,尤其是后者,更显示了方敬新时期诗歌创作的延续性和整体水平。

方敬早期的诗歌创作与新时期的诗歌创作在社会背景和个人心态方面都有所不同。三四十年代的中国是沉重的、寻找目标与方向的中国,而新时期的中国则是新生的中国,是找到了目标并且在为这个目标而奋斗的中国。早期的诗人是充满激情、渴望但面对人生与现实又有些忧郁的诗人,新时期的诗人早已经历了风风雨雨,而变成了一个坚定、执着、充满个人凝思的诗人。从作品看,如果说他早期的创作体现了诗人在"阴天"的忧郁,那么,他新时期的创作则有了新的开拓,在人生意绪、语言方式、诗体结构等方面都发生了显著变化,可以称作"晴天"的思绪。

有人曾对方敬说:"你的诗写得年青,你的心并没有老。"方敬是这样回答的:"是你那颗年青的心跳动在你的诗里,而在我的心里跳动着的是你那年青的诗。"方敬的诗因为年轻的心的复归而重获生命。他说:"我诗中许多自己的愿望、希冀和梦,看来不过是赤子的稚情和痴想。"心理上的青春并不是青年人的专利,对人生充满希望和爱心的诗人永远具有青春的情怀。"赤子的稚情和痴想"使方敬的诗获得了真与美的艺术张力。

方敬的独特之处在于,他既具有丰富的阅历,对人生与艺术有深刻而独到的见解,又具有向前看的心态,在对过去、现实的审视中,思考着人生的真谛,渴慕着未来的美好。这就使他的诗具有了深度、广度和青春般的生机与活力,因此,他的诗不仅是属于他自己和他那一代人的,更属于这个时代与未来。优秀的诗歌都具有这种超时空的"普视性"。

对生命的爱是方敬诗歌的一贯母题。如果说他早期的爱由于环境的影响而变得有些忧郁的话,那么,新时期他的诗歌中所体现的爱则是另一种模样了:明朗、执着、欢快。因为爱而赞美、渴望、追求。在《祝愿赋》里,诗人

“唱着永不终止的进行曲”，为奋进的人们抒唱“美满的祝愿”：

举杯不是为了消愁，
抽刀断不了水流，
大河在生活里波澜起伏，
生活流着潋滟的洪波，
生命的浪花为大河而歌，
远航的船不在此岸停泊。

这是一种激奋的情怀，是诗人为爱而唱的人生进行曲。在《生命赋》里，诗人又写道：“生命长成一棵树/让空气呼吸自己/让阳光吸收自己/让水分啜饮自己……每个日子都有昼有夜/生活的大海有潮有汐/从一个起点到一个起点/时代的伙伴离昨天而去。”这种感悟与体验不是毫无依托的浅薄吟唱，而是诗人从过去的思考中获得的。诗人不是在追忆中感叹生命的易逝，而是从逝去的岁月里找寻进一步创造的力量。青春活力的加入使诗人丰富的人生体验找到了倾吐的力量和方向。

理想光辉是方敬新时期诗歌创作中所体现的重要美学特色。作为人格精神与审美精神的主要内涵，理想光辉的闪现往往是高格调、高品位的诗歌的标志之一。诗是文学中的文学，作为心灵的艺术，它应该给人们的心灵以审美启迪，给人们的精神发展以审美引导。理想光辉的创造是由诗人的爱心决定的，那些对人生认识得不全面、不深刻、缺乏爱心的诗人是无法唱出对人生的赞美与追求的。方敬属于那种眼界开阔、执着追求的诗人，他能从现实中，甚至从现实的苦难、困扰之中，挖掘出生命的亮色，给人以超越现实本身的审美感受与启示。这一点，是包括方敬在内的不少老一代诗人留给诗坛的富有独特诗学意味的财富。我们读《花一般的感情》中的几节：

热情如火，
烧成了耐火砖，
再没有什么火能把它毁焚。

激情似瀑，
为不锈钢淬火，
再没有什么能使锈生。

把浮云托付给天空，
把流水托付给大海，
把爱托付给心。

让风去追逐云彩，
让风去吹动水波，
把光给向着未来的眼睛。

这里有挚情与希冀，有自由而美好的祝愿，在这种心态中，诗人是欣慰的，他唱道："让我唱着歌前进/要唱就爽性唱吧/唱得人心醉/唱得人清醒。"这"心醉"，应该是对人生之爱的迷恋，这"清醒"，应该是为了这份爱而付出的真情与心血。理想光辉带给诗歌的是生命的亮色，是引导人们向着某个目标奋进的美学力量。

方敬不是那种狂飙式的歌者，也不是那种浅吟低唱的诗人。他总是循着自己的内心体验，唱着属于他自己的歌。如果我们对方敬新时期诗歌的题材进行一番打量，我们会发现，他的诗中几乎没有直接针对现实的所谓大事件而抒写的作品，但这并不意味着诗人脱离现实与人生，相反，体现了诗人对自己内心体验的尊重。真正的诗人都是尊重自己的体验的，优秀的诗篇都不是超越人生体验的所谓"创造"。诗人总是把对人生的看法与态度融合进自己的体验中。诗歌的题材本无大小之分，而诗的包容量却有大小之别，所谓"一花一世界，一叶一如来"，是也，诗人往往在点滴之中抒写"大千"与"万有"。

方敬对于生命之爱的抒写即是如此。在诗中，生命不应该是一个抽象的哲学概念，而是包融在现实之中的独特的存在。方敬把生命之舟放逐于时代、民族、自然、社会、艺术等因素之中加以把握，这就增加了他的诗的具象性、可感性与启示性。

组诗《春恋》抒写了诗人对春天的赞美，展示了诗人对蓬勃向上的生命的追求；《夏晚街景》抒写了自然之美、闲逸之美，也映照着生命的律动："年青的妈妈，/罩着夏晚的月华，/轻轻推着敞篷小车/让仰卧的小宝宝/望着星空长大。"还有《一角》对童真的歌唱、《鸵鸟》对失去自由的沉思、《梦游》中开广的思绪、《兵马俑》的"思古之幽情"和对时代的展望、《金婚》中的爱情歌赞等等，都体现了诗人对生命的各个层面的思索，体现出了诗人对人生的爱恋与追求。即使身处英伦大地，诗人也没有忘记对爱的抒唱。《伞》写了历史的变迁；《马克思在伦敦》写了对和平、友谊的赞颂。诗人这样认识马克思：

属于晨曦，属于大地，
马克思，我们属于你，
你的沉思和远视，
从过去到未来的世纪，
你属于新人类的全体。

诗人在他乡，怀着的是思乡浓情：

我的圆心是一颗相思子，
带着北京的时间来，
带着北京的时间回去，
心爱的时间不差分秒，
心脉按照它的节奏在跳。

——《圆心》

在诗集《飞鸟的影子》的《人杰地灵》一辑中，诗人是作为一位老人出现的；对师长与友人的回忆与歌唱，展示了诗人对人生另一个层面的爱与思索；对好山好水的抒唱，唱出了面对大自然的又一种人生情味。但诗人是一个童心不老的诗人，对人生怀着一份沉思，更有一份追求。像他写给鲁迅的《奶》：

一看到草，
就想起您吃的；
一看到奶，
就想起您挤出的。
……
未生者将要吃，
您挤出的奶。
时光冲不淡
未来对您的爱。

这种对鲁迅的人生做出的审美评价自然也包含着诗人自己的体验，展示了一代伟人留给后世的启示。

当然,赞美并不是爱的代名词或同义语,忧郁可能也有爱的渗透,当爱而不能爱或爱受到压抑的时候,诗人便会忧郁,方敬新时期的诗歌出现于一个张扬爱的时代,这自然与阴郁、忧愁无缘。为了强化爱的执着、表现丰富的人生、找寻人生真谛,诗人以丰富的人生体验为依傍,对他所观照的生命系统进行了哲理化处理。当然,这种诗并不是通常意义上的哲理诗,而是将对生命的哲学性认识融入诗人独特的人生体验中,避免了那种疏浅的说教,在具有艺术个性的同时又具有超越个人的"无名性"和广泛性。

诗的最深层的内涵是人生哲学。这种"哲学"不是一门学问,而是一种精神,是诗人对人生的规律性认识,是诗所体现的对人生的深刻、全面的体悟。方敬的诗在形象抒写的同时,常常还渗进了一些警句式的诗行、诗节,它们与诗人的体验融为一体,又有一种独特的审美功能,恰如锦缎上的精美刺绣。像下面这些诗行:

往事知多少
春不是美丽的谎言
秋并非斑斓的呓语
每个季节各有感受
得为所有的季节珍惜
……
爱象一个吻
追求是一个梦
短短的时日那么长
长长的岁月那么短
……
记得的就让它记得
忘掉最好是忘掉
遗忘是记忆的源
流成了生命的泉
……

——《季候赋》

冬天睡了一大觉，
春天做梦不觉晓，
没有想到夏天猛醒来，
所有钟表都要拨早。

要早一点钟就上道，
要早一点钟就起跑，
要像太阳那么年青，
要同太阳一块起早。
——《早上好，太阳》

陌生的时辰，陌生的地点，
陌生的路，没有行程的终点。

路，绵延不断，一站复一站，
自始发站出发，永向下一站。
——《陌生行旅》

记忆从钟面滑去
光阴流失于忘却里
——《己巳春节题词》

胸中有浪涛
眼里有风暴
——《海灯》

这些诗行是熟悉的，人们都有这种种的感受；但这些诗行又都是陌生的，它们是诗人方敬的独特的艺术创造。诗人把世间万物作为诗情的承载物，又从这些物象上展示了天生的深厚与独特。这种既熟悉又陌生的表现是诗歌创作的高境界。从熟悉中展示发现，从平凡中找到神奇，展示了诗人高超的诗美感受力；而又将熟悉艺术化为陌生，则体现了诗人非同一般的诗美表现力。如果诗人对人生没有深刻体悟或者对诗歌艺术没有独特把握，他是无论如何也无法达到这种境界的。

关于表现，我们有必要看看方敬诗歌的语言。方敬与其挚友卞之琳在诗歌风格上各有不同，但在语言的选择运用上似乎有着一些相似。卞之琳自称有一种“洁癖”，方敬在赠给卞之琳的《襟服》一首中也抒写了这一点：“雕得精巧，镂得空灵，内心升华千种感情，濡染沧海的洁癖，人间贵有艺术的结晶。”

方敬诗歌的语言是精巧与朴素的结合。

说它精巧，是因为方敬很讲究诗歌语言的选择和运用，注意在一首诗的整体氛围中构筑语言风格，在节奏、韵式以及语言自身的搭配上都显出了特色。

说它朴素，是因为方敬使用的语言没有晦涩、古奥的毛病。它们都是源自生活本身，又经过了诗人的艺术加工与选择。这种语言具有强大的生命力，它既有丰厚的生存土壤，又渗进了诗人独特的创造。朴素并不是缺乏创造的代名词，朴素往往是真与美的化身，用朴素的语言表达出生命的真实，才是真正的“裸体的美”。

曾有一位外国评论家呼吁“不要忘记了方敬”，那是针对诗人早期的创作而言的。在新时期，方敬再次显示出了艺术上的创造力，从而获得再一次的艺术青春，这是人们不会忘记的，也是新诗史所不会忘记的。我们渴望着年近八十的老诗人能奉献出更多的佳篇，为新诗艺术殿堂再添新的风景，为他自己的艺术王国再添新的辉煌。

1994年3月，草于西南师大梅园

用生命谱写的乐章

——重读邹绛《现代格律诗选》

1996年1月9日著名诗歌翻译家、诗人邹绛研究员离开了我们。先生一世淡泊，虚怀若谷，宽厚谦和，为了他所崇尚的诗歌而辛劳一生，在诗歌翻译、创作、研究和教学等方面都做出了重要贡献。先生所译介的美国、苏联、智利等国家的诗歌，特别是美国黑人诗歌和聂鲁达抒情诗在读者中广有影响。先生极力倡导现代格律诗，从20世纪40年代开始现代格律诗创作，终生不辍，在创作和理论上都很有建树，他编选的《中国现代格律诗选》有填补这一领域空白之功。1992年，先生从数十年创作的作品中精选114首，编成《现代格律诗选》，这是他在有生之年出版的唯一一部个人诗集，也是现代格律诗创作的重要收获。

作为邹绛先生的学生，我有幸经常聆听先生的教诲，感受他的人品的崇高和他在诗艺探索上的执着，也获知了他的一些作品的创作过程，甚至成为他后期一些作品的第一个读者。这些都使我对先生所探索的现代格律诗有了较多的思考和认识。先生不幸辞世之后，重读他的诗集，我深深感到，他的诗是用生命谱写的乐章。

旧诗的模式被打破之后，中国新诗面临着新的文体规范的建设，从20世纪20年代开始，不少诗人就注意到建立新的格律的重要性，特别是闻一多提出的诗的“三美”主张产生了深远影响。新诗的文体规范当然不只决定于格律因素，但是，格律是最基本的因素之一。在中国诗歌史上，从律诗、绝句到词、曲等样式，相对统一并为全民族所认同的格律形式无疑推动了诗歌的发展与流传。同时，在各种文学样式中，诗歌与音乐的关系是最为密切的，这是由诗的内视性即心灵性特征所规定的，而格律正是诗的内在音乐性的外化形式。因此，新诗文体建设的重要内容之一就是对新的格律的探索，这种格律被称为现代格律或新格律，它是由现代汉语的特征和现代人内心世界所具有的音乐精神决定的。虽然直到20世纪末期，中国新诗还没有找到像西方的十四行诗那样，被一个民族甚至多个民族所认同的格律形式，但是，我们必须承认，闻一多、戴望舒、臧克家、冯至、何其芳、卞之琳、唐湜等诗人的成就是不可抹杀的，他们为中国新诗文体规范的确立做出了突出贡献。

邹绛是从1942年开始诗歌创作的。他所受到的艺术影响是多方面的。在中学时代，他就读到了臧克家的诗集《烙印》，诗的情绪深深感动了他。那时他喜欢自由诗，也多写自由诗。在国立武汉大学外文系读书时，朱光潜为他们讲授英国诗歌，且多是讲究音韵的作品；从徐迟的评介文章中，邹绛知道了孙大雨以音组（音顿）的办法翻译莎士比亚诗剧《黎琊王》；而后又不断读到卞之琳的《十年诗草》、冯至的《十四行集》、李季的《王贵与李香香》以及何其芳的现代格律诗理论；他所接触和翻译的大量外国诗歌也给了他艺术上的滋养。这一切都使邹绛对现代格律诗的合理性与可行性深信不疑，并为之而探索了一生。他在《我的诗路历程》一文中说："现代格律诗既有继承和借鉴，也有革新和发展。它有自己的合理性、必然性、创造性和多样性，因此它有很大的潜力可以发挥，诗人们在这方面的确是大有用武之地。"这是先生对他一生的艺术探索的总结。

就其实质而言，现代格律诗主要是从诗的外在形态或者说文体形态来命名的。它本身也是丰富多样的，邹绛所编选的《中国现代格律诗选》就总结了多种格律形式。现代格律诗的格律主要有两个制约因素：顿式与韵式。顿式规定诗行的整齐或规律性，韵式则规定诗节或诗篇的整一性或和谐性。在这两个因素的制约之下，与古代格律诗相比，现代格律诗仍然具有无限的可操作性，邹绛诗歌的格律就呈现出多种风貌。从体式上看，有借鉴而来的十四行体，比如《给缪斯眷顾的人们》《希望之歌》《最后的歌》等；有两行一节的双行体，如《我们渴望了多久》《火车上的对话》等；有字数、顿数相等的齐整体，如《青城山》《欢乐的泉水》《给阿尔维蒂》等；有诗行参差但节与节之间相互对应或诗行变化有规律的半格律体，如《踩土谣》《晶莹的笑声》《大海又笑了》《多美的国画》《山城的雪》等。他的诗注重韵脚的和谐性，有时采用随韵，有时采用交错韵，有时也采用自由韵。但他对韵脚的选择注重现代汉语的特点和语言的自然性，不为格律而损伤整首诗在音韵上的协调。诗行顿数上的齐整或规律性，韵脚变化上的和谐性，使邹绛的诗歌具有了优美的旋律，节奏感十分强烈，应和着诗人心灵的律动。《青城山》是这样写的："当我刚跨进这座绿色的城市，/ 我就像进入一个奇异的天地。/这儿到处都长着青翠的树木，/仿佛拥挤着许多绿色的居民，/这儿到处都充满深沉的寂静，/仿佛所有的居民都屏住呼吸。/当我刚刚跨进这座绿色的城市，/我就像步入一个奇异的梦境。"全诗四节八行，每行字数与顿数相同，均为12字5顿，虽然每顿字数不等，诗行之间对应音顿的字数也不完全相同，但全诗节奏整齐；韵脚为"市""地""吸" 和"民""静""境"，押自由韵。两相交融，于和谐的旋律之中写出了诗人对"天下幽"的道教圣地青城山的感受。

在创作中，邹绛非常严谨，几近苛刻，他对每一件作品都要经过反复推敲。他的诗既写现实生活，包括人们对美好人生的渴求与建构，也写个人的生命体验，他尊重心灵感受，不太关注所谓的重大题材，往往于普通题材中开拓新意。他特别崇尚自然，包括大自然和生命的本真之境，于朴素之中透射出生命的真意。他喜爱闲适、至静，而不喜欢浮躁与张扬，他的心性之中有一股浓郁的仙风道骨，他的诗往往是在静静的感悟之中表达生命之美、心灵之美和人生的真谛。对善与美的歌吟是他诗歌的一贯主题。《温暖的泥土》是诗人的早期作品，全诗四节，前两节说长着眼睛和耳朵等于没有长，他在现实中的所见所闻"都不真"，后两节是这样写的："但是，当我在这寂静的深夜时/独自走到了郊外，躺下身来/而且用耳壳紧贴着温暖的泥土/于是我就听到了杂沓的脚步/ 从我的四周传来，而且不断在/我的眼前奔赴着黎明的世纪。"写对现实的指控和个人的孤独，对众生的深爱和对"黎明的世纪"的期待，都是在平和、宁静的旋律中完成的，让人感悟而不是发布教化。《缙云山之秋》是20世纪90年代初期所作："雾季又悄悄地来到，/你总是被白云拥抱……/树叶还碧绿如玉吗，/可还有一阵阵松涛？/秋天又悄悄地来到，/你常常被夜雨笼罩……/黛湖还明亮如镜吗，/可还有一声声鸟叫？" "悄悄地"寻思，静静地探问，整齐的节奏和一韵到底的随韵方式，以优美的旋律表达了诗人对自然的热爱与向往，也体现了诗人超然物外的心灵渴求。先生的诗，虽简约齐整，却没有刀削斧凿的痕迹，这也许与诗人崇尚自然与自由有关。他是以格律规范着无限自由的心灵，同时又在制约之中探索着表达上的自由。这是一种很高的生命与艺术境界。

邹绛的诗，不尚奇词丽句。在他看来，朴素就是真实。就像他的为人一样，他的诗平和、大度，不事雕琢，有一种无为、淡泊的超然之境。诗人于平实、自然之中体现出对人生的执着的爱和对平静的生命境界的渴求，同时思索着生命的创造。因此，他的诗深蕴着审美启悟与审美净化。《观川亭》就包含着诗人的生命体悟："孔子曾站在这儿感叹过：/ 时光像河水在昼夜流淌；/今天虽说看不见河水了，/时光却仍然在不断奔忙。" 这是对生命的哲学性思考。

邹绛先生终生都在为他所崇尚的缪斯奔忙，在生命的最后时刻，先生还在安排研究生的考试，关心着他主编的《中外诗歌研究》。他还计划编选《中国现代格律诗选》续集，并且已收集到大量资料，他翻译的300余首美国黑人诗歌还没有润色成书。他的辞世使我们失去了一位良师益友，也是中国新诗特别是现代格律诗界的极大损失。但是，先生的一生是辉煌的、成就卓著的。早在1942年1月，先生就写过一首《我愿我是一首诗》："我愿我是一首诗，被人读了/又被人忘记，正如荒径上的枯叶/从前用低昂的绿叶向四方招引/ 人们惊奇的视线和赞美的话语/而现在，随同千百万纷飞的伙伴/落下来又和大地结合在一起…… "他的一生正是一首朴实而真情的诗，为我们留下了为人为学的无尽的启示。

1996年1月15日凌晨1时于嘉陵江畔向隅斋

寻梦的历程
——杨山诗歌创作刍探

一

最初读到杨山的诗是1984年，当时我刚进大学外语系不久，由于受到吕进先生的《新诗的创作与鉴赏》和他做的一次学术报告的影响，从小就有的对诗的兴趣一下子爆发了出来。有一次与几位爱诗的朋友在学校所在地北碚的街头散步，无意中看见文化馆的“诗苑”橱窗里抄录了几首杨山写北碚的短诗，觉得十分亲切，我便把它们抄在本子上，细细品读，总有一种身临其境的感觉。我便爱上了杨山的诗。

其实，对杨山这个名字，我并不陌生。我很钦羡他的诗的人生追求和品德，因而就记住了他，每每见到他的作品，我总是特别留心。后来，我“半路出家”进了中国新诗研究所，诗成了我的追求，我与诗界的交往自然也多了起来。与杨山认识之后，我总觉得可以学到不少东西，每次去文联出差或者寻诗访友，我都要到杨山家里拜访。虽然我们在年龄上相差悬殊，但我记住了杨山的一首诗《桥》：

道路与道路的连接
渴望与等待的组合
天天为去彼岸的祝福
用一支无声的歌

我们有诗为桥，似乎消除了老少之间的代沟。我们在一起谈诗谈人生，气氛总是很活跃，他的那份真诚、那份执着、那份对青年诗歌爱好者的关怀着实让我感动，也给了我不少教益。我们既是师生又是朋友。

诗品即人品。了解杨山的为人是理解他的诗歌创作的基础。杨山有一首《诗》这样写道："如果用韵律欺骗善良/每一字、每一行/该多么肮脏/发霉的就是发霉的/阳光就是阳光。"他也有一首《诗人》："永远嘲笑那些/用卑鄙换来桂冠的丑类/即使被奸贼挞伐得血肉淋淋/也不投降呻吟。"他对于诗的真诚、对于诗人的良心与责任的认识完全体现在这短短的诗篇中。

对杨山的诗，我是比较熟悉的，但是，我从来没有想到过要为此而写点什么。我对他太熟悉了，容易面面俱到，反而不好评论，而大概估计又只会损害诗人的作品。如今艰难地开始了，完全是为了一种永远铭记在心的爱与真诚。

杨山从1941年十七岁时开始发表诗，至今已经五十个年头了。对于短暂的人生，半个世纪并不短暂。他已出版了《寻梦者的歌》《黎明期的抒情》《爱之帆》三本个人诗集和一本与穆仁合著的《工厂短歌》，这些诗是诗人用心凝成的，半个世纪的风风雨雨，几十年的人生探索，全在他的心中也全在他的诗中。杨山的诗，记录的是他的人生探索与艺术探索的艰难的历程。

杨山自称是一个"寻梦者"，虽然每个时代有每个时代的梦，但杨山寻找的梦是人生与艺术的真谛。

在早期，诗人用一颗纯净的心苦苦追索。他也许迷惘过，但他没有失落，没有欺骗过自己的心灵。他真实而真切地抒写着对于现实、对于人生的独特的体验，他像一只小小的萤火虫，默默地追寻、默默地奉献，"默默的/泅过夜的海洋/默默的/走生命的路"（《萤》）。没有矫情的夸张与虚浮，只倾吐对人生的真切、深挚的情愫，对生命的爱。以对人生的体验与高度的艺术修养作为后盾。从这一点看，杨山的创作从一开始就带着自己独特的色彩。

我认为，在杨山早期的作品中，那些带有咏物性质的短诗是他最有代表性的作品。诗人借物抒情，虽然有时候"我"深藏在物的背后，但却自然而艺术地抒写了一个青年人的人生恋歌，以及他的追求和奋斗。他写小溪"冲破了冰谷/跨过了群山/哗喇喇的/奔向平原/而且还说/要和大海握手"（《小溪》）；他写《野花》"没有失意/没有忧郁/倔强的/生长在/幽静的山谷/聆听着/小溪/

讲它奋斗的历程”。诗人是在用“小溪”“野花”“瀑布”自喻,用这些富有生命力的形象展示他对生命的追寻。诗人用诗为自己勾画了一幅像,一幅活生生的画像,而不是影子。

如果把这些诗与他的那些直接揭示现实的诗联系起来看,我们会发现,诗人心中藏着一团追寻真理的火焰。他歌唱“光荣属于我们士兵的母亲”(《士兵的母亲》),他歌唱“你流着血向新世纪宣告/这儿已没有兔子的法律和狗的秩序”(《破坏》),他更歌唱“不要阻止我/不要用枪来恫吓/不要以死人的眼睛向我嘲笑/我要过去/参加/这行列”:

呵,我们的行列
是历史和真理的法律
是太阳
从空间来
到时间去!

——《行列》

诗人追寻生命的和谐,而当他的追寻在现实中失望的时候,诗人便不冷静了,便加入了与反动统治者做斗争的人民的行列,便愤怒地挥笔讨伐黑暗,宣布:我们的行列,是历史和真理的法律,是太阳!

1945年至1949年10月1日前,青年诗人杨山,发表了《睡熟的兵》《鞭》《我》《无题》《自画像》《雅歌》《他是一个中国人》《村庄》《呈献》《灯》《雨天》《心境》《方向》《星》《赠》《呼唤》《请》等诗,这些诗,按他在《诗选刊》所载《杨山自选诗》的前言所说,是“揭露国统区的罪恶统治和我作为一个中国人的本质情绪的反应”。

这些诗,或直抒胸臆呼喊,或托物言志抒情,奏响着时代的音符,描绘着现实生活的图景,他的诗产量不多,却是历史的见证。在艺术上,他恪守现实主义原则,吸取象征派的表现手法,而他由于忠实于自己的感受,摒弃虚伪,使得他的诗富有个性。有的诗反映了他的不成熟;有的诗,则体现了他的艺术追求的成就。

二

20世纪80年代是杨山一生中诗歌创作的繁荣期。自70年代末发表《找寻》《给一个普通的人》以后，诗人的诗兴一发不可收拾，他的《蔷薇集》《拾贝集》《浪花集》《黎明期的抒情》《山水之间》《北碚诗抄》《岸边》《爱花者集》《雨天的信》《乡思》《刻意集》等诗组，以及《归来呵，将军》《题残壁》《船歌》《给姑苏》《诗六首》《秋天的咏叹》《歌唱在醒来的秋天的早晨》《自画像》等数以百计的诗，如三月雨后的花朵，开遍国内外诗坛，引起了诗评家和读者的注目。这些诗题材广泛，有的诗，歌颂老一辈革命家，感情真挚；有的诗，反映了在党的十一届三中全会的阳光照耀下，各条战线欣欣向荣和劳动人民创造历史的生动风貌；有的诗，揭露了“文革”的种种暴行与“四人帮”的罪恶；有的诗，抒发了诗人在新时期的壮志豪情，对党对祖国人民深沉的爱；有的诗，沉吟反思；有的诗，饱含哲理，一切生活的积累、感受、思考自如地喷射，这是杨山的创作诗的春天。

杨山这一时期的诗，在内容和表现上都较早期有很大的发展。我认为：他更注重对人生的深刻反思和细致解剖。他的小诗，更具特色：“请进来/和春风/一起/将那遗失的一切/久久倾吐……”（《我打开我的门窗》）诗人追索过去：

听雨在巴山楼头
雨点儿敲开了记忆的门扉
我想起我们在那小小的的屋里
雨点儿和油墨香将两颗心沁醉
几十年过去了，雨点儿将青鬓染白
你可斜倚楼头将昔日情景回味
雨天，我多想你打着伞前来并肩倾吐
倾吐寻梦者风中雨中寻梦的故事……

——《雨天的信（二）》

杨山似乎特别喜欢“雨”，“雨”的形象贯穿他创作的始终，大概是雨的特点正好与他的人生之路相一致吧。迷迷茫茫，能遮挡一切，又能清洗一切，能给人愉悦，也让人惆怅。在早年，他写过，“如果我讨厌雨/我宁肯在雨天干渴而死”（《心境》），抒写了一种奋斗的情怀；在后期，诗人以“雨天的信”为题写了一组优美的诗篇，他在雨中寻找往日的故事、今日的沉思、未来的追求，这一切，全来自他的风风雨雨的人生之旅。雨给杨山的诗增加了一层模糊的、沉重的氛围,既美又含意深蕴,有读不尽的情,品不完的味。

杨山在沉思中走向生命之河。作为老诗人,回忆昔日的人生是自然之事,叹息人生苦短也是可以理解的,但杨山并未生活在回忆与叹息的迷雾中。实际上,他的回忆也是一种认识,他把过去与现在相对照,让过去与现在都显得更明朗。他在回忆中歌唱追寻,显出一股青春的活力。旧梦已圆,新的梦又在呼唤他。在《雨天的信(五)》中,诗人写道:

于是,今晨,雨点儿
变做了亮晶晶的太阳
于是,我唱起童年的歌
将青春唤回,在心里开花
于是,我轻轻呼唤,来
臂挽臂,再出发……

诗人天真、执着得像个孩子,他唱道,“三月的风/送你的/全部是/三月晴天的记忆”(《祝舟》);对友人的祝福也是诗人的自信,他唱道,“青山绿水烟波/不是我之依托/只有/你飞翔的翅膀/是我的歌”(《送帆》);而对春天的彩云,诗人说,“我要摘一朵在我手中/骑着马儿/飞……”(《看云》)。这种天真与执着是对生命价值的重新确认,是对追求的再次肯定,也是杨山诗歌艺术魅力的精神支柱。诗,如果没有一种能让它支撑起来的永恒的精神,那么,它就只能永远匍匐在地上,永远不能飞进更多的人的心灵。

贯穿杨山诗歌的精神是爱与真诚。他是一个把人品、人格看成人的生命也把诗品、诗格看成诗的生命的诗人,因而,他反对那种“为赋新词强说愁”的创作态度,也厌恶那种只凭一点才气创作诗而人品与诗品相分裂的人。

如果我们把诗人的创作历程当作一个整体来看,我们会发现,诗人早期和近十年的作品构成了他创作生涯中的主要部分,而中间有一个并不算短的成绩不突出的阶段。虽然杨山曾在20世纪50年代与友人出版过一本《工厂短歌》,60年代发表了《漫步长江大桥》《数帆楼头》《雨天》等诗,但他在五六十年代的创作似乎没有使他特别眷恋。他说,在那个时代,他的感情被历次“左”的文艺思潮否定了。

敢于承认自己的创作歉收,也是一种真诚。

三

总体来看，杨山的创作历程是一个多风雨的历程，而在他的艺术追求上，又是一个平静的历程。他总是循着自己的追求，走着属于自己的路。

杨山不是一位多产的诗人(虽然他的创作不多的诗已有42种国内外诗选本选载)，这不只是因为他为人作嫁占去了许多时间，也不只是因为他的艺术生涯中有将近二十年的断层，还因为他对自己的要求太严格了，严格得近乎严酷。每写一首诗，他都要细细打磨，“原材料”和“半成品”是从来不随便抛出的。这种“苦行僧”式的创作才形成了他的诗在表现上的精致与风格的朴素。

精致，一是指他的诗一般无过剩的词语或诗行，二是指他的诗短小，没有过长的篇幅，总试图用最少的语言包容最丰富的情感。于是，他的诗中出现了为数不少的“单字行”与“双字行”，于是，他的诗在形象选择与时空跨度、情感跳跃方面显出了与众不同的特色：

春来了
以翠
献春晓
当撰写历史的人
想起你——
纸是你的化身
便想起
你和风的谈笑
——《竹韵》

短短的诗节把竹子的高洁与默默奉献的情怀抒写得淋漓尽致，可称妙笔生花，给人以精致玲珑之感。

朴素，是与诗人的气质相通的。杨山在人生追求上有他独特的色调：追求但不盲动、沉思但不沉沦。渴望生命的和谐，因而少有浮躁的感情，显得冷静而深沉。他写诗，不需要豪言壮语渲染，只需要把汩汩流淌的情愫展示出来即可。他的感情真诚，不虚张声势，也不需要华丽的词语加以装点。因此，在语言的选择上，杨山总是选择那些实在的与自己内心体验相契合的词语，而鄙弃浮华之言。朴素的感情最能动人，用朴素的语言表现的感情才不会走调变味，才是真正源自诗人的心灵的诗。真实的感情是不需要涂脂抹粉的，杨山深深地悟到了这一点。

朴素也是诗人对人生的深刻体察，当没有装饰的人生展示在人们面前的时候，人们才会认识到那才是真正的人生。有人说，裸体最美，这是就艺术而言的。没有个人功利，朴素的诗也该是最美的诗。

四

“全身冒着汗/我默默地/走/不回头/这是秋。”（《阳光下》）杨山已到了真正的收获的季节，但是：

谁愿意
要收获后的陶醉
——《秋兴》

他没有陶醉，还在默默地耕耘。

我期待着他的新的篇章。

1991年3月于广西民族学院相思湖畔

梁上泉叙事诗的三个维度

梁上泉是和新中国一同成长起来的诗人。从20世纪50年代开始，关注其创作的诗人、评论家就很多，一些文学史著作更将其列为中国的重要诗人之一。日本学者秋吉久纪夫、岩佐昌暲对他的诗进行过专题研究，美国华人翻译家许芥昱将其诗翻译介绍给其他国家的读者。如果仅仅称梁上泉为诗人，难以概括其在文学、艺术领域所取得的成就。诗人当然是梁上泉的第一身份，他在不同诗体的探索上都体现了自己的独特造诣，写得最多的是抒情诗，同时也创作叙事诗、儿童诗和传统体诗，出版过自创自书的传统体诗词作品集。他还创作歌词并奉献了多个具有影响的电影、电视和话剧剧本。独特的人生经历、时代语境和生活体验，使梁上泉的诗一直拥有乐观向上的格调。

就文学来说，中国是抒情文学的国度，中国诗歌是中国文学的世界性名片。叙事诗不是中国传统诗歌的主流，也不是现代诗歌的主流，但是，作为诗歌的重要样式之一，叙事诗并不是没有地位和价值的。中国现代诗歌发展史上许多具有影响的诗人都创作过叙事诗或长诗，如郭沫若、闻一多、艾青、臧克家、唐湜、洛夫、叶维廉、昌耀、杨炼、叶延滨、海子等。这一现象使人觉得，一个诗人，如果没有尝试过多种诗体的创作，尤其是叙事诗或长诗创作就很难成为优秀的诗人。如果说，抒情诗是诗人对于点滴感悟的抒写，那么叙事诗则显得更为厚重，是诗人对某类感受的深度抒写。在西方，影响最大的史诗基本上都属于叙事诗，有时甚至是作为叙事文学而存在的。叙事诗的构成元素涉及两个关键词：事与诗。就文体、文类来说，二者分属于不同文体，叙事是叙事性文体的主要功能，而诗则是以抒情作为主要特色的文体。因此，叙事诗属于杂糅性文体，但“诗”是这个具有偏正特征的概念的核心。叙事诗必须兼具两种文体的特质而又倾向于诗，成为具有诗性的文体。

叙事诗是梁上泉诗歌创作的重要部分。从1952年10月创作《山泉流响的地方》开始，到21世纪初的50多年里，虽然创作的叙事诗数量只有四十多首，但因为其中包括了《红云崖》《祖母的画像》等具有文学史影响的代表作，使叙事诗在梁上泉的诗歌创作中成为不可或缺的重要部分。

一、以叙事为线索，以抒情为旨归的艺术取向

叙事诗肯定离不开“事”，但就其文体来说，它又必须是诗。吕进认为：“叙事诗有情节，但不必完整；叙事诗有人物，但回避繁多。因为，叙事诗与其说是在讲故事，毋宁说是在唱故事，是在对一个简单的（甚或众所周知的）的故事进行抒情。叙事诗的灵魂是抒情。离开抒情，干巴巴地叙事，叙事诗就难免要‘丧魂落魄’了。”[①] 也就是说，叙事诗的最终旨归不是叙事，而是抒情。叙事诗的灵魂是诗，是抒情，是诗人因“事”而生的情感体验。叙事与抒情的关系处理是叙事诗文体得以成立的根本。

梁上泉熟悉叙事诗的基本特征。在他的作品中，叙事的元素都是作为抒情的线索或者载体而存在的，“故事”只是叙事诗的诱导因素和情感载体，力求叙事的简单、明了甚至片段化，而不像叙事文学那样追求故事的曲折多变和对具体细节的玩味，读者从叙事诗中获得的主要是“诗”的提升而不是“事”的敷衍。在《红云崖》中，故事的线索比较简单，情节虽然有变化，甚至显得比较曲折，但这些都只是为了更好地抒写诗人对于“故事”所体现的历史、人格、情怀等的主观感受，而“故事”发挥着制约诗人情感流向的作用——诗人必须在“故事”所限定的时间、地点、环境、人物、事件等方面充分调动作为诗人的艺术创造力和这些元素带给诗人的心灵触动。如诗中，老石匠罗老松因为传播红色标语，而被保安团押到了红云台修碉堡，他在黑夜用一根绳索吊下悬崖逃跑，“一根长绳就是一条路，/套上树干直往崖下吊”。

①曾心、钟小族主编《吕进诗学隽语》，泰国留中大学出版社2012年版，第65页。

诗人没有具体刻画他是怎样吊下去的，而是采用了拟人的手法抒写充满主观色彩的感受："台上的绳索，/齐对老人说:/再不给白狗子抬石头，/都愿拉起手，/帮你快逃脱！/所有的镐和铲，/所有的锤和錾，/一同争着要下山；/要去帮红军，/再不给白狗子干！"

这样的抒写在全诗中随处可见，构成了长诗的主体。在抒写罗老松在悬崖上雕刻"赤化全川"四个大字的时候，诗人采用了格式大致相同的诗行来表达刻字人的心情，"迎着太阳刻，/刻得汗水如雨下，/刻得钢錾直发热；//戴着月亮刻，/刻得顽石点头叹，/刻得火花永不灭；//冒着风雨刻，/刻得手掌起老茧，/刻得虎口裂出血；//顶着雷电刻，/刻得臂膀变成钢，/刻得人心变成铁！"表面上像在写事，骨子里却是写人，尤其是主人公的心理、情感体验。这其实也是诗人的情感体验。诗人通过故事的延展将这些饱含情感的抒写串联起来，穿过历史的烟云，构成了大巴山人民在20世纪30年代反击屠杀、追求新生的心灵史。

梁上泉的有些短篇作品甚至没有完整的故事，只有一些故事的片段，抒情是作品的主体，我们甚至可以把它们作为抒情诗来理解。比如诗人的另一首代表作《祖母的画像》，该诗抒写了诗人对祖母的怀念以及祖母对他的人生的影响。全诗没有完整的故事，只有作为情感载体的故事片段，我们甚至可以把这些片段作为诗意细节甚至诗歌意象来看待。诗人娓娓述说对祖母的感激和思念："我的祖母，/生在山谷，/长在山谷，/老了还在山谷！/周围三十里，/困住了她的脚步，/从小屋走向田间，/从田间走向小屋，/这便是她一生的道路。"我们不知道梁上泉的这首诗是否受到过艾青的名作《大堰河——我的保姆》的影响，但其写作方式和格调确实类似于艾青的作品，语言朴素，感情真挚，表面在叙事，但实质是抒情。梁上泉20世纪80年代及以后的许多作品也多以抒情为主，比如《林公树》《三千岁的少女》《难忘的歌》《云台仙子》《梦绕玉龙雪山》等，这些作品的题材大多和历史、神话、传说等结合在一起，本身就具有超越现实的特征。诗人在这些作品中几乎避开了对具体事件的描写，主要着墨于这些事件在诗人心灵上产生的情感波澜，体现了梁上泉的叙事诗的艺术探索在新的时代语境下的新进展。

二、借鉴民歌手法,建构诗的音乐性

在中国诗歌创作中,确立诗的文体特征的元素很多,最重要的手段之一就是建构独特的音乐性,它可以将对外在世界的认识内化为诗,将叙述性语言升华为诗的语言。在叙事诗创作中,为了消除“事”对“诗”的侵袭,提升作品的诗性特质,音乐性的建构显得格外重要。梁上泉的诗对音乐性的重视是一贯的,他的抒情诗都具有明显的格律特征,他的叙事诗也是如此。他在接受董莎莎采访时说:“我的诗歌都有比较严格的音韵。有很多读者,见了我都能背诵我的诗,就是因为我的诗比较朗朗上口,有古典诗的音韵特征。我这人比较顽固,一直都坚持把旧体诗的音乐性融入新诗里。”[①]梁上泉是令人敬佩的坚持追求诗歌音乐性的“顽固派”,而这也正好构成了他诗歌的重要特色之一。

中国传统诗歌在音乐性建构方面具有相对稳定的句式、节式和押韵模式,而在现代诗中,由于现代汉语的特征,音乐性的建构方式则是多种多样的。就诗歌的节式而言,既有句式整齐的格律体新诗,也有句式参差但诗节之间形成对应的诗歌体式,还有在长诗中出现的多种节式的组合体。就韵式而言,既有规律性的押韵,也有随韵,偶尔还存在句中韵。在诗歌创作中,所有建构音乐性的方式并没有高低之分,只要符合诗人的表达习惯,有助于诗人情感的抒写和对诗的文体的建构,任何合适的方式都具有不可忽视的诗学意义。

对诗的音乐性的重视既来源于梁上泉对传统经典作品的解读,也来源于他所接受的民间文化,尤其是民间歌谣。梁上泉出生于大巴山区,那里有着丰富的民间文化传统,他的文学之路是从创作传统体诗歌开始的。“他的诗作和剧作,大部分是以大巴山这方水土为题材的。其诗其剧其歌,蕴含着大巴山的灵秀、水的欢快、鸟的婉转,浸润着大巴山这块红色革命根据地的壮烈,散发着家乡黄土地的芬芳。”[②]正是由于故乡民间文化的影响,使梁上泉一直坚持着对诗的音乐性的重视,句式相对整齐且押韵的诗节设计正是建构音乐性的主要方式之一。如《山泉流响的地方》:

---

①蒋登科:《重庆诗歌访谈》,重庆大学出版社2013年版,第27页。

②杜泽九、陈官煊:《大诗人的巴山心——和著名诗人梁上泉摆龙门阵》,原载《达川晚报》,1994年3月18日,收入彭斯远编《透视梁上泉》,作家出版社2009年7月出版,第456页。

山泉流响的地方，
孔雀常在这里飞翔；
有个常来汲水的苗家姑娘，
打扮得孔雀一样漂亮。

山泉流响的地方，
白云常在这里飞翔；
阿妈常来漂洗织好的夏布，
它像那白云轻轻浮荡。

《山泉流响的地方》是目前能够找到的梁上泉的第一首叙事诗，这里引用的是该诗的前两节，以抒情的方式引发出接下来即将发生的母女之间的交流和对话。就每一行的字数来看，诗行似乎并不整齐，但是，两个诗节的结构是对应的，节奏方式几乎一致，而且每一节分别押随韵，读起来节奏铿锵优雅，舒缓之中透露出主人公对家乡的热爱。更为重要的是，这样的音乐性效果淡化了作品的叙事性，使作品的中心转向了情感的抒写。张中宇在谈到当下新诗的文体建设时提到"'韵不可废'，而且要特别注意四行或八行的'单元'以及'双节对称式'的诗体"[①]，应该说，梁上泉的探索给我们提供了有益的参照。

《山泉流响的地方》创作于云南，除了音乐性建构之外，我们还应该注意到诗人采用的语言非常朴素，甚至借鉴了民间口语和民间歌谣的调子。在其后的大量作品中，我们都可以读到这类旋律优美的诗行，比如《女儿树》中的诗句："走进深山峡谷，/家家梧桐树，/树子有大也有小，/美得像绿宝珠。/有的细嫩有的粗，/年轮计岁数。"这首诗写于巫山。巫山是三峡之中的诗歌之城，当地的民歌民谣非常发达，《竹枝词》就是其中之一。诗人深入民间，借鉴了当地民歌的表达方式，抒写当地的民风民俗，同时寄托着现代人对于历史、文化、现代的感悟，可谓多全其美。

在梁上泉看来，诗是来自民间的、大众的，来自丰富的生活体验。在几十年的创作生涯中，梁上泉走遍了祖国的山山水水，他接受华岗采访时说：

---

①张中宇：《"若无新变，不能代雄"——现代汉诗的探索及其必然性》，《西南大学学报(社会科学版)》2012年第1期。

"离开时代,离开人民,离开生活,作家的艺术生命就会干涸,我每年都有一半的时间到老、少、边、穷地区去体验生活。生活是不亏待作家的。有人故意叫我梁山泉,我也不以为怪。我希望自己对生活的感应能够像山泉永不枯竭。"①"我的诗歌带有明显的民歌特点,民歌、童谣这些形式的韵律,比较雅俗共赏、比较大众化,谱曲可以唱,离曲可以读;我家乡的民歌很丰富,去西藏、云南、新疆等地方,我都会收集、抄录当地的民歌。"②如果我们说梁上泉的诗是"走"出来的,一点儿都不夸张。通过在大地上行走,梁上泉真切地感受到民间文化的丰富,体会到了普通大众的所思所想,同时对大众所习惯的语言方式进行了深入了解,这就使他的诗在感情上适应了读者的内在需要,在语言上借鉴了民间口语和民间歌谣的方式。

在创作中,梁上泉也偶尔使用一些方言俚语。对于大多数外地读者来说,这些方言俚语可能会增加阅读的"梗阻",但换一个角度看,也因此多了一些揣摩的欲望。而对于使用那些方言俚语的读者来说,可能就显得特别亲切。如《春雨贵如油》中的诗节:"要下大雨就起床,/上山喊大家,/喊大家,去收水,/将来好把秧子插,/喊大家,搅田边,/才能收到好庄稼。"再如《女儿树》中的诗节:"小妹随着树苗长,/ 长大成村姑,/姑娘家开亲找人户,/嫁妆有出处。"第一例中的"收水""搅田边"都是四川农村的方言,前者是指将刚刚收获了小麦等作物的旱地关水、耕作,以便种植水稻;后者是"收水"的一个程序,就是在关水之后将田地的边缘部分进行反复耕耙,以防止渗漏。第二例中的"开亲""找人户"也是四川方言。"开亲"指的是男女青年在成年之后通过媒人找对象的意思;"找人户"的意思也是如此,只是这里专指女孩子,因为在传统社会女性都是出嫁到婆家,那里就是她的新的"人户"。单看字面,我们似乎觉得梁上泉的诗很简单、很明白,但是,这种简单、明白之中其实是蕴含着丰富文化的。这些方言俚语在一定程度上暗示了诗人所抒写的地域和文化,也体现了诗人对于区域文化、地方文化、传统文化的重视。

朴素的语言方式、相对整齐的诗行和篇章建构、对音乐旋律的重视,是梁上泉叙事诗一贯坚持的艺术追求,并由此构成了其诗歌独特的艺术风格。

---

①华岗:《不息山泉润尘寰——记诗人梁上泉》,原载《法制周报》1991年10月8日,收入彭斯远编《透视梁上泉》,作家出版社2009年7月出版,第454页。

②蒋登科:《重庆诗歌访谈》,重庆大学出版社2013年版,第27页。

三、把握主流话语，抒写个人体验

梁上泉的诗歌创作开始于1947年，并在1948年开始发表作品，但那只是他创作的起步阶段。他是在新中国成立后才真正成长起来的，可以说他一走上诗歌创作之路，他的创作就和时代达成了非常密切的关系，因此，梁上泉的诗具有非常明显的时代特色，他的诗的节拍是时代节拍的艺术化，他的诗的题材和主题都和时代精神紧密相连。

综观梁上泉早期的叙事诗创作，二元化思维比较明显，其中涉及的人物、事件在很多时候都是以“好”“坏”“善”“恶”等来区分的。这是和当时的政治氛围、文艺政策和艺术取向密切相关的。但是，他也有自己的独特策略，尤其是在“十七年”间，中国文学形成了明显的政治化倾向，甚至出现了独特的赞歌时代，诗歌所具有的那种反思功能、忧患意识荡然无存，很多作品成了时代精神、政治观念的“传声筒”。这一时期梁上泉的叙事诗虽然没有疏离对时代精神的关注，但他尽量避免直接歌颂当时的具体事件，他的许多作品以战争年代的生活为背景，抒写历史事件、历史人物。他所赞美的英雄人物大多数都是历史人物，尤其是在对敌斗争中英勇无畏、为国为民捐躯的人，或者为了前方的战斗而在后方积极劳动、工作和支援前线的人。《二龙井》《红云崖》《渠江长流》《将军石》《红大娘》《桃园一老人》《将军与孩子》《将军夜过巴州》《地下摇篮曲》《长征的路》《红井水》《铜像》《路标》等都是属于这方面题材和主题的作品。无论是长篇小说还是其他文学作品，抒写历史在“十七年”的文学创作中都是一种潮流。梁上泉的这种方式，既可以避开过分政治化、单一化的书写，保持文学的相对独立性，也可以通过对历史的关注表达诗人的历史意识和对于新时代的赞美，在一定程度上体现了“诗出侧面”的艺术追求。

对边疆和民族文化的关注是梁上泉叙事诗的另一个重要题材。这一点有点类似于闻捷。闻捷的《天山牧歌》抒写新疆少数民族的生活，其中还涉及当时被认为是禁区的爱情题材，但他是通过劳动来抒写爱情的，因而受到读者的认同。在共和国建立之后，对于大多数读者来说，边疆地区的少数民族是陌生甚至是神秘的，梁上泉以诗的方式抒写民族文化、民族情感，在题材上就具有自身的特色和优势，而且，梁上泉一直将这一题材的创作坚持到了新时期。值得关注的作品有《山泉流响的地方》《号角》《遥寄阿妈》《帕米尔的鹰笛》《千泪泉》《风雪乡邮路》《三千岁的少女》《神鹿的女儿》等等，这些作品或写历史，或写爱情，或写民族风情，大多具有优美的旋律和浓郁的抒情味。《帕米尔的鹰笛》中有这样的诗行："帕米尔的鹰笛，/旋律感人肺腑，/这是山鹰的精魂，/翔游在古老的部落，/鼓荡着一个民族。"诗人通过一个因为爱情而和财主斗争的传说故事，书写了一个民族的不屈精神及其延续。诗篇由小及大，由外及内，由过去到现在，题材不大，但视野开阔。换句话说，诗人在抒写中超越了事件本身，将作品的核心提升到了精神的层面。

无论是历史题材、民族题材还是少量的现实题材，梁上泉的叙事诗总体上所抒写的都是时代的主旋律，是对他所认同的正面力量、时代精神的赞美，这与诗人所处的时代语境和文学政策密切相关，也与出身贫困山区的诗人对主流观念和正能量怀着深深的认同有关。但我们不能说诗人就是一个追随主潮的附庸型诗人，事实上，他的有些作品，尤其是新时期以来创作的某些作品，充满反思意味，比如《良果谱》和《警枕》。前者写的是一个科学家在"搞科学研究有罪"的年代仍然坚持研究果树，培育优良品种，结果在深入大山的汽车上猝死，诗人为此感叹："不知你的年龄，/难数你的皱纹，/一辈子研究果木，/苦了自己，甜了别人！"后者写的是"文革"期间，武斗中的两派为了所谓的"战斗"而运来石头，并叫接受改造的人搬运。两派都要求接受改造的人把石头搬到自己的一方，结果是，把石头搬到其中的任何一方，另一方都会受到惩罚。最后，"我"把石头搬到了"牛棚"作为枕头，一是避免了武斗，二是警醒自己。诗人的抒写充满个人感悟和对历史的反思："为此事也曾被触及皮肉，/好在灵魂上没再添污垢。/今天先写下这石头记，/为让历史不重生绿锈!"

对历史和现实的反思是梁上泉新时期以来诗歌创作的重大变化，这种变化在梁上泉的叙事诗创作中也非常明显，体现了诗人视野的拓展、诗艺探索的新发展和新收获。日本学者岩佐昌暲在谈到梁上泉前后期诗歌创作的变化时说："过去的中国现代诗，包括"文革"时期的诗的一大特点是诗中'没有自我'，梁上泉的诗也一样，无论哪一首都巧妙地避开了'我'。他把自己的身份限定成党和社会主义宣传鼓动员，诗中不见其人，不闻其声。这种现象在八十年代以后发生了变化。……假若八十年代前创作的核心是'为社会主义而歌唱'，那么可以说新的诗观就是'自我的真情流露'。……他不再是老一代诗人，他已经是再生的‘新时期’诗人了。”①

随着时间的流逝与艺术的发展，人们对梁上泉诗歌的评价也在发生变化，最明显的就是20世纪90年代以来出版的文学史研究著作中已经较少谈到他的作品了。在文学发展中，这是一种很正常的现象。每个有成就的作家作品都会在历史发展的过程中不断被重读、重评，在大多数情况下，重读、重评的结果都会对一些作家作品在文学史中的地位产生影响，有些作家作品甚至会逐渐淡出文学史研究的视野。艺术发展没有止境，世界上几乎没有可以称为“完美”的诗和诗人。早在1956年，诗人沙鸥就曾在肯定梁上泉诗歌的艺术特色的同时，指出过他在诗歌创作方面存在的不足：“在生动、复杂的生活感受中，由于创作力的旺盛，很容易对一些感受不深的东西也急于描写，这样就出现了一些比较浮泛的作品……有的诗在艺术技巧上放松了追求，成为对生活的平板的叙述。”②几十年之后再阅读梁上泉的诗歌作品，我们会发现有些作品在追求生活真实方面显得比较突出，但在艺术的超越性方面显得不足，深度开拓不够，也缺乏具有哲学意味的开阔性。这不是诗人的过错，而是诗人所生活的时代在诗人的艺术探索上留下的深深印记。但是，诗歌史不会考虑这些原因，它只按照历史的进程选择或者淘洗，留下那些具有诗学价值的诗人与诗篇。

我和梁上泉先生交流他的创作的时候，他一直非常谦虚，不认为自己创作了多么优秀的作品，也不认为自己有多大的成就和多高的地位，他尤其觉得，当下的诗歌创作观念和他在创作高峰期的创作观念相比已经发生了很大的变化甚至是根本性的变化，自己的探索显得有些不合潮流了。这体现了一位长者的宽广胸襟，没有以自己的观念去要求别人，而是以新的观念检视自己的不足。我们如果要以今天的标准来编选当代好诗选，梁上泉的不少作品因为时代印记太明显，也许会被忽略掉。但是，作为对诗歌历史的打量，梁上泉的诗是不能忽视的，甚至那些在诗人自己看来已经过时的作品，也有其独特的历史价值。吕进说：“凡艺术都没有无限的自由，束缚给艺术

①岩佐昌暲：《老一代诗人的新生——论四川诗人梁上泉的诗》，叶方侠译，收入彭斯远编《透视梁上泉》，作家出版社2009年7月出版，第101—105页。

②沙鸥：《成长中的青年诗人——读梁上泉的诗》，原载《人民文学》1956年2月号，收入彭斯远编《透视梁上泉》，作家出版社2009年7月出版，第14—15页。

制造困难,也正因为这样,才给艺术带来机会。艺术的魅力正在于局限中的无限,艺术家的才华正在于克服束缚而创造自由。”① 梁上泉在新诗文体建设方面所取得的成就,尤其是在诗歌传统的现代化和现代诗音乐性建设上的探索,是我们应该认真对待的诗学财富。

2013年6月20日至7月3日,重庆之北

2013年8月9日修改

①吕进:《新诗诗体的双极发展》,《西南大学学报(社会科学版)》2012年第1期。

从历史走来 为今天喝彩

——序陈曦震叙事长诗《土家嫂儿》

中国是诗的国度。一般认为，中国诗歌中历时最悠久、成就最突出的是抒情诗，而叙事诗不是很发达。这种看法有一定道理，但也存在偏颇。说汉民族的叙事诗不很发达，也许争议不大，但不少少数民族都拥有自己的史诗，而史诗基本上都属于叙事诗。现代叙事诗也不少，不少优秀诗人都奉献了自己的叙事诗作品，比如艾青、臧克家、闻捷、唐湜、王致远、罗沙等等，我们还经常可以在一些期刊上读到一些短小的叙事诗，如叶延滨就是因为小叙事诗《干妈》而获得诗名的。

不过，在诗歌界，人们主要关注的还是抒情诗，因为抒情诗在作者队伍、作品数量、社会影响等方面都具有自身的优势。重庆被称为“诗歌重镇”，人们给出这样的评价，依靠的基本上都是抒情诗的创作和研究。我认识很多重庆诗人，但当我拿到陈川先生推荐的陈曦震先生的叙事诗《土家嫂儿》的时候，我非常吃惊：重庆诗坛居然还有这样一位古稀老人，默默创作，完成了长达四千多行的叙事诗，还被中国作家协会列为重点资助作品，而我们竟然没有关注到。我和陈先生没有什么交往，甚至以前并不知道重庆诗歌界有这样一位执着的诗人。从他的只言片语中，我发现陈先生是一个很低调的人，他在给我的信中说，因为长诗还没有出版，仍然在继续修改之中，希望我不要对外讲起——这和我的性格有点儿相似，在一件事情没有做成之前一般是不对外讲起的，更不会大肆张扬，以免在做不成或者没有做好的时候觉得难堪。我也从其他渠道知道，陈先生其实长期以来就一直从事创作工作，创作了不少戏剧、曲艺作品，也有小说、歌词等问世。他创作的歌舞剧《指路碑》曾于1998年11月获文化部“孔雀奖”银奖；另一部歌舞剧《山嫚儿》在2008年获得广东省文化厅“纪念建国60周年暨改革开放30周年全国优秀舞台剧剧本”二等奖。了解到这些信息之后，我对这位老人肃然起敬。有些人并没有写出多少东西，但他们却喜欢到处宣传，甚至是夸大的宣传，给人很浮躁的感觉。而有些人踏实地耕耘，却默默无语，甚至别人真心夸奖的时候，他们自己倒先觉得很不好意思。对于后一种人，我们应该给予更多的关注，他们也许才是真正的精英——在历史和时间消除一切烟云之后。

对于叙事诗，我平常关注和思考得不多。叙事诗在名称上可以说是一个矛盾的概念——诗是以抒情为主要旨趣的艺术样式，叙事不是它的本分。将“叙事”和“诗”组合在一起，必将形成一种特殊的诗体，这种诗体一定具有和其他诗体不同的文体特征。“叙事”是叙事诗的主要艺术手段，而“诗”是叙事诗的最终形态和本质内核。要将这二者巧妙地结合在一起，形成具有特色的诗歌文本，肯定是要花费很多功夫的。在这方面，陈曦震的尝试是值得关注的。

“事”是叙事诗的依托，没有“事”，就没有叙事诗。但叙事诗不是小说，其“事”必须完整而又简单，体现出一个故事的轮廓，而在蕴含意味、体现主人公心态、情感等内在因素的细节上又必须给予特别的重视。因此，叙事诗的“事”在作品中往往体现出有主线的跳跃，时空跨度很大，而在有些细节上又着墨甚多。换句话说，叙事诗的“事”因为诗人抒写的需要而和现实的“事”既有联系，又经过了匠心的剪裁。陈曦震的《土家嫚儿》在时间上跨越了几十年，以武陵山区恶劣的自然环境为背景，抒写了山里的土家男人在成年之后基本上都离开大山，甚至抛家弃子，远走他乡，形成了山里的成年男人十分稀缺的状况。山嫚儿的父亲也是在她出生之前就离开了大山，母亲在生她的时候难产而死，她在祖母的抚养下长大，但和老一辈女性不同，她通过自己的学习、实践，改变大山的面貌，最终成为栽桑养蚕、推动家乡致富的能手。这是新时代的土家女性，她为改变家乡面貌付出甚多，因此得到了诸多山下男人的赞赏，有些人甚至从外地回来，向她学习技术。大山也吸引了山外男人，他们甚至愿意到山里安家落户，由此改变了长期以来大山里很难留住成年男人的局面。这样一个大题材，如果写成小说，其字数肯定是不少的，甚至可能是多卷本。但是，这部叙事诗对“事”的书写却非常简略，而对于一些具有诗意的细节却非常重视，着墨甚多，比如对山里恶劣环境的刻画，对土家文化风俗的刻画，对动人爱情细节的描写，等等，因为它们所暗示的是作品的底色和背景，也暗示了主人公山嫚儿对山区面貌的改变和她身上体现出来的魅人的奋进精神、创造情怀。

“诗”是叙事诗的本质和艺术旨归，是叙事诗区别于小说和其他文体的根本之所在。这里所谓的“诗”，不只是诗的外形，还包括诗的精神、诗的韵味，是主人公内在情怀的表达，也是诗人通过主人公来表达自己的人生体验和精神取向。应该说，《土家嫚儿》在这方面做得不错，尤其是对于场景、人物内心世界的抒写细致而独到。在诗行处理上也是整一中寓变化，变化中求整一，既有节奏明快、旋律和谐的整齐诗节，也有富于变化、类似自由体抒写的诗节，同时还夹进了富有民族特色的民歌对唱等，使人读起来就觉得比较丰富，诗味甚浓。

叙事诗的“事”与“诗”是相互依存、相得益彰的。“诗”的内涵依托“事”的推进而展开，又为“事”赋予精神的能量。《土家嫚儿》除了“序”之外，共有十章，每一章都有一个相对集中的主题，总括起来抒写了主人公山嫚儿的数十年岁月和觉醒、奋斗的历程，通过“事”与“诗”的交织，山嫚儿的成长、反思、奋斗、创造、爱情等都得到了轮廓式的揭示，最终成长为一个敢于面对困难，不畏环境恶劣，大胆追求新变，并创造了奇迹的女子。她身上既有土家民族的质朴品性，又有现代人敢于突破、求新的品质，以及宽容、坚毅和具有奉献精神的品格。读完全诗，山嫚儿所经历的“事”渐渐淡去，而留在我们心中的主要是她的形象、她的心灵和品格，以及诗人对她的赞美。这应该是叙事诗达到的比较理想的艺术效果。

经过自己的创作实验，陈曦震对于叙事诗总结了自己的一套理论，他在长诗的后记《新妇新妆入时无——我和〈土家嫚儿〉》中说：

叙事诗——

有人。有事。有情。有景。

如要有小说叙事、塑人的长处，兼得短诗抒情、凝炼的优势，更有戏剧、影视结果精妙的独特——

虽非个中人不解，但尚可会意——
用抒情推进叙事，情中带事，以情感人。
事服务于人，情生动于事。
事宜含蓄，宜淡，宜虚，宜疏。
情宜奔放，宜浓，宜真，宜缜。
人随事立，景共情生，情事依存。
语言色彩因人因事而殊异；
语体风格因时因地而迥然。
结构灵活巧妙，动作删繁就简——
出意料：山重水复，意料之外。
入情理：峰回路转，情理之中。
一鞭残照千里，回身夜泊枫桥。
……

之所以引用这么长一段文字，是因为作者以传统的诗话方式谈论自己所认识和理解的叙事诗，也是对创作经验的总结，似乎没有说出什么，但实际上包含着丰富的思考。这种诗意的表达是一种传统的方式，我们由此也可以找到他在作品中大量采用古意古韵的源头。他长期从事戏剧、曲艺创作，在作品的韵味、音乐性的把握上具有先天优势。

为了能够尽可能实现叙事诗在表达上的特殊效果，作者在艺术表达上采用了多种手段。在这里，我们无法一一罗列，只是简单列举如下几个方面。

一是引进传统民歌的信息，提升作品的诗意内涵。《土家嫚儿》几乎每一章都涉及一些民歌样式的吟唱，既体现了作品所涉及的民族及其风俗，又通过民歌抒写诗人内在的感受。比如第一章山嫚儿的母亲去世之后，众人以“喜丧”的方式为她送行的歌唱：“人世受尽千般苦/天国去享万种福/来生投家好人户/老少团聚衣食足。”每一个诗行之间还加进了演唱时的“崩车”“崩壮”“崩崩车”“崩崩壮”等拟声词，那是少数民族的打击乐器的声音，气氛非常悲壮。又比如第五章写山嫚儿邂逅苗青时双方的对唱，苗青以山歌方式告诉她“山里姑娘都愿往山下嫁”，“一颗黄豆圆又圆/推成豆腐赚大钱/平坝一月小生意/胜你山上背朝天”，而山嫚儿也以歌声回答，“一盘石磨挡住眼/

随着磨孔望着天/天穹深深若秋水/单凭肉眼望欲断”，表达了她对大山的爱。类似的民歌、民歌对唱在作品中有很多，借用民间文化的方式，采用通俗的语言、整齐的句式，直接表达对于人生、现实的看法，像珠串一般将整个故事串联起来，形成具有独特风味的表达，也在一定程度上提升了作品的精神境界和美学向度。

二是大量采用象征、暗示的手法，建构作品的独特张力。比喻、象征、暗示等手法在古今中外的诗中都使用得非常普遍，这是和诗歌所具有的含蓄蕴藉的艺术特征有关的。在《土家嫚儿》中，作者同样使用了大量的比喻、象征和暗示。第一章中，山嫚儿的母亲去世之后，诗人对此写下了这样的诗句：

随后 这片砂地
像息壤般悄然
隆似一个未曾上过笼的土馒
朝着爸远去的方向
俯瞰……

明白人一看就知道，诗人所写的是山嫚儿母亲的坟堆。母亲和家乡的土地融为一体了，即使死了，她也还念着远去的父亲。可以看出，她死得不甘！这为山嫚儿后来的成长进行了很好的诗意铺垫。

在需要特别铺排的时候，诗人甚至整章都以象征的方式来写，比如第八章“双宫”。“双宫”是一种特别的蚕茧，就是由两只蚕共同织出的茧，里面有两个蛹，最后会飞出两只蝶。这本身就是一种象征，一种整体的象征，象征山嫚儿和陈壮双璧合一的爱情，象征他们以自己的劳动、创造而获得的幸福的生活。同时，他们的爱情还打破了山上留不住男人的历史，而且是男人主动找上门的，体现了山里的变化，体现了山嫚儿的奉献取得了收获。在这一章的最后，诗人这样写道：“知趣的月儿/悄悄绕走山崖/懂事的星儿/静静躲进云层/女式西装纸片模型上/蚕儿在倾情吐丝/人儿在吐思倾情”。诗句以优美的旋律写出了相恋的人情感的和谐与心灵的默契，“丝”与“思”的谐音构成了诗的弹性效果，既写出了他们因为蚕儿而相识的事实，又写出了他们相思相爱的默契。

三是把握叙述中的详略分寸，精心处理叙事诗“事”与“诗”的关系。《土家嫚儿》在这方面也达到了很好的效果,尤其值得注意的是几次关于爱情场面的描写。一次是第五章“邂逅”,山嫚儿下山购买修建蚕房所需要的东西,读书时的同桌苗青通过各种方式追求她,苗青住在山上,做着生意,日子过得不错,他喜欢山嫚儿,希望能够和她成为一家。但是,山嫚儿的目标是改变山上的贫穷面貌,通过自己的劳动创造新的生活,对苗青的自以为是根本不予接受。一次是第八章《双宫》,细致地刻画了一对恋人在桑树林中的心灵默契。有一节是这样写的:

她和他背着竹背采桑叶
采摘中偶有目光的对视
有手与手的触碰
有竹背同竹背的撞击
有身体与身体的触及
有脚掌与脚背的亲昵
他俩每次碰撞之后
先是急速地闪开
后来是慢慢退避
接下来发生的接触
有的是　苦心孤诣
有的是随机应变的　故意

可以看出,诗人非常注重细节的刻画,对男女恋爱中的心态抒写得惟妙惟肖。那么我们也许会问:作者为什么要那么细致地刻画爱情呢?细细想来,恐怕有多方面原因:一方面,爱情是人生的重要感情,尤其是在土家地区,男女的爱情是人们很关注的事情;另一方面,在山嫚儿的家乡,山下男人过去没有愿意到山上生活的,而这两个爱情场景,所抒写的都是山外男人追求山嫚儿,由此暗示山嫚儿具有超群之处,和其他女性已经不同,她所面对的是一个新的时代,一个和过去完全不同的时代。这样写的最终目的是使山嫚儿的形象显得更加完美一些。

可以说,陈曦震先生通过对叙事诗的独特理解和实验,也通过多种艺术手段的采用,塑造了山嫚儿的形象,抒写了民族与时代的变迁,体现出一种乐观向上的情怀。

任何作品都很难说达到了完美的水准——对于文学艺术来说，完美永远都是相对的，但是，对于这位古稀长者，我还是愿意表达我的敬意，因为他热爱诗歌、热爱生活、乐于探索。由于市场经济和物质诱惑的影响，当下的社会风气比较浮躁，一些文学创作者也没有能够摆脱这种风气，追求作品数量而忽略了对作品艺术质量的关注，有些人甚至失去了对文学的敬畏之心。这部《土家嫂儿》的完成，前后经历了二十多个春秋。它的雏形是1986年创作的百行小叙事诗《山韵》，修改后于1990年6月首发于《星星》诗刊“中青年自选诗”栏目。同年，《山韵》获得“建国40周年四川省优秀文学作品”称号，被编入诗歌集，1991年2月由四川人民出版社出版。之后，诗人以《山韵》为提纲，分章节，草拟了2000余行的叙事长诗的框架，但是由于种种原因，最终没有能够完成。2008年初，作者对《山韵》进行重新构思，赶写出了在广东省文化厅获奖的歌舞剧剧本《山嫂儿》。2008年夏天，诗人最终静下心来，在研读大量叙事诗作品和理论的基础上，开始了又一次的精神提升，并经过接近四年的构思、修改，完成了叙事长诗《土家嫂儿》。可以说，这部作品是作者花费半生心血完成的，其中所凝聚的爱，所付出的心血，所体现出来的对艺术的敬畏，值得我们以同样的敬畏之心去面对。

人们常说，诗歌是年轻人的事业，此话不错，但我也愿意说，诗歌不只是年轻人的事业，我们应该使诗意成为终身的追求。为此，我祝愿陈曦震先生在浮躁的当下语境中，继续保持自己的平静心态，创作出更多的好作品。

2012年5月9日，于重庆之北

寄情山水,张扬民族文化的魅力[①]

土家族诗坛是一座芳香迷人的百花园,五彩缤纷,争奇斗艳,如花满春山,形成了一派蓬勃发展的势头。土家族诗人们在运用民族民间文学形式创作时,十分重视民族生活、民族风情、民族家园等方面的表现题材,抒写了大量的脍炙人口的诗篇,给当代民族诗歌乃至整个新诗界增添了异彩。他们抓住少数民族的地域审美观念和文化精髓,依托美丽的河山和人文景观,播撒浓烈的民族气息,在民族的诗史上绘下光辉的一页。在土家族诗人的星空中,冉庄是一位应该受到关注的诗人。

冉庄和他的同时代诗人一样,接受着时代涌向的一个又一个浪潮,关心社会现实和人民大众的生活,执着于诗歌传统又始终保持自己的风格。在冉庄看来,许多少数民族诗人注重"对民族个性的深沉思考",这就使"他们的语体不但新颖,而且采纳人民化、群众化的大众语言入诗"。他们中的许多人一直坚持民族化和大众化,在不断的诗歌创作实践中,努力把传统和现代、民族化和现代化结合起来。他们都深受20世纪50年代以来的多种诗歌理论的影响,反映现实生活,紧跟时代步伐,感应人民心声,与大众同呼吸共命运。冉庄认为:"重要的是诗歌要忠于时代和人民,诗歌要反映人民的心声,要讴歌时代的主旋律……努力创作出人民群众喜闻乐见的诗歌。"他自觉地接受和实践诗歌的大众化、民族化理论,为自己的诗歌创作找到了合适的定位。

①本文系与本人硕士研究生乔军豫合作完成。乔军豫现为重庆市南川中学教师。

冉庄实验过多种文体，如诗歌、小说、散文、戏剧等，但他在诗歌创作方面的成绩更为突出，先后出版了诗集《唱高调的黑母鸡》《泼水梦》《沿着三峡走》《山河恋》《山海心曲》《与云为伴》《冉庄诗选》等。对民族地域风光的歌唱，对生活情怀的真诚流露，是他创作内容的主要方面。冉庄的创作先后得到了晓雪、钱光培、张同吾、吉狄马加、朱先树、潘颂德、查干、尹在勤、刘扬烈、万龙生等人的好评。《文艺报》《民族文学研究》《西南民族大学学报》《民族文学》等报刊都刊载过关于冉庄诗歌的评论。研究专论《交点上的艺术》也对冉庄的诗歌进行了详细的述评。随着创作风格的成熟，冉庄的诗歌也得到了一些文学史著作的认可，由吕进主编的《20世纪重庆新诗发展史》指出他的诗“真正做到了植根于生活，来源于生活又高于生活”，达到“青出于蓝而胜于蓝”的艺术效果。

冉庄“落生于贫困之家”，冉家因一场民族部落纷争不得不远离酉阳亡命他乡，用箩筐挑着坎坷的命运躲避到重庆，开始了风雨飘摇的生活。人无法选择自己的出身，在那种家庭境遇下，冉庄从小吃尽了苦头。但他没有抱怨和嗟叹命运的不公，相反，他在极端贫乏的物质生活和生存困境中寻找着诗意，发掘着蕴藏诗意的富矿。早年的不幸铸造了他的诗魂，成为诗人后来取之不尽、用之不竭的精神资源。自1956年发表第一首诗以来，冉庄便长期扎根于生养他的土地，深入社会生活，努力探索诗歌民族传统与现代转换问题，其诗集鲜明地体现了巴蜀文化的精髓和独特的地域观念。步入古稀之年后，他仍笔耕不辍。诗已融入了他的生命，化为他生命的一部分，他的生命也在诗歌的创作中不断变得丰富和完美，成为一个可以称为“时代的歌者”和“民族的号手”的诗人。

“每一个民族，不论其大小，都有它自己的，只属于它而为其他民族所没有的本质上的特点、特殊性。”（斯大林语）这种特殊性在诗歌创作中的反映，就是诗歌的民族特色。它在长期的创作实践中逐渐形成并发展成为区别于其他民族的独特标志。一个民族总是生存在特定的社会环境中，传承着特定的民族基因。民族生活的表层，可以揭示出能够左右一个民族生存和发展的特质，即民族赖以生存的自然地理环境，特有的历史文化氛围以及特定的民族情感、民族心理和民族性格。作为一个少数民族诗人，冉庄通过异彩纷呈的民族生活、特有的民族韵味，创作出具有民族特质的作品。冉庄的诗具有显著的民族特点，反映了本民族的精神风貌、性格特征以及心理状态。这既表现在内容方面，又表现在艺术形式方面。

土家族和其他少数民族一样，是中华民族大家庭中的一员，其文化历史悠久。诗歌就是民族文化的一部分，是民族文化得以流传的重要载体，是民族社会历史发展进程的精神记录。诗歌的民族性以该民族的世界观作为一种本质的精神实体，审美地反映民族的精神生活和独特的文化。诗人冉庄是民族文化的代言人，拥有自己民族文化的认同感，他立足本土，以强烈的民族责任感和使命感努力突破以往少数民族诗歌在中国文学大格局中弱势、边缘状态。从冉庄的诗歌里可以看出，他在创作时不仅了解和掌握民族的自然环境与地域风光，而且熟知民族的风土人情、乡间习俗、民族信仰等精神文化内涵，善于从民族的细微生活中看出其精神面貌。如民族的节庆、婚嫁、丧葬、祭祀等，常常纳入诗人艺术观照的视野，成为诗歌取得民族性与地域性的重要依托。

进入新时期以来，冉庄耳闻目睹了政治、经济、社会等方方面面发生的天翻地覆的变化，这激发了他的创作热情。他怀着满腔热血投身到火热的生活中，深切关注民族的发展，以一个少数民族诗人的切身体会，谱写时代的赞歌、民族精神的赞歌，以高亢激昂的声音，用滚烫炽烈的文字唱响三峡大地，唱响全国少数民族诗坛。同时，他还努力将本土文化和外来文化融合起来，在全球化的时代里，试图以文化复归的姿态试图开辟少数民族诗歌的复兴之路，为寂寞的少数民族诗坛唱响复兴的强音。《冉庄诗选》曾获得全国第六届少数民族文学“骏马奖”。

“描绘、歌咏大西南的山水与民族风情，是冉庄诗歌的主要内容。”（颜同林语）他的足迹踏遍西南的山山水水，以迥异于常人的目光打量村落山寨的风物，体验土家族和其他少数民族聚集地的生活，感悟大自然的美妙与壮观。他一路行吟歌咏，奏响柔婉和谐的琴弦，弹出赏心悦耳的乐音。长江三峡使诗人受到感染并陶醉其中，他运用明朗的光色与欢畅的格调加以礼赞：

沿着三峡走，/两岸景色秀：/秋风染红叶，/金橘满枝头，/站在船头望，/颂歌飞出口。/啊，美丽的峡江，/日夜在我心上流。//沿着三峡走，/如在画中游：/白帝笑颜开，/神女挥彩袖，/长虹从天降，/江天铺星斗。/啊，雄伟的峡江，/日夜在我心上流。

“三峡是诗之峡，是一片诗的沃土。”(吕进语）三峡地处西南边陲，森林茂密、河流纵横，地理位置特殊，多民族杂居，各民族历史文化融汇与交流，形成了它绚丽多姿的文化景观。冉庄表面上在写三峡的景色风光，实际上在写这个地区的民族风情，与“人都说山西好风光，景美人更美”有着异曲同工之妙。三峡是民族的家园，这里居住着多个民族，它们凝聚在一起，彼此了解对方的心理和性格，建立起兄弟般的关系。他们共同生产共同劳动，创造着美好幸福的生活。诗人从三峡的雄奇、秀丽的静态美写 到“观之以心”“日夜在我心上流”的动态美，主客交融，视角与时空交错，避免了单一感，诗情画意令人心折。三峡大地是诗人冉庄文化生命的母亲，在这里他找到了属于自己的文化之根，确立了他诗歌创作的姿态和内容。他与这块充满原始美丽和神秘的热土保持了一种亲缘关系，与这块热土上顽强、乐观的生存状态取得了血肉联系。“仁者乐山，智者乐水。”诗人身处尘嚣而寄情于山水，觅寻精神的寄托，在高山流水之间，在自然风物之间，在人文美景之间，诗情飘飞流连忘返。

纵观冉庄的诗歌创作，山水诗占相当大的比重。我们从中择其三首来窥一斑以知全貌。《黄山吟》：“踏遍长江山和水，/惟觉黄山美；/深潭流泉淌，/峭壁苍松翠，/云海浩瀚，/雁绕山飞。”诗人以景观物，把自我隐藏到景后，“无我之境”变得更加清丽和纯粹。《澜沧江》：“画廊悠长悠长，/凤尾竹与油棕树，/簇拥着傣家楼房。//落日余辉，/从云隙撒下，/道道光亮。//卜哨赶摆归，/拖一片彩霞，/洒一路芳香。//姑娘挽筒裙，/孔雀飞入江，/澜沧江翻起喧腾声浪。//醉了山，醉了树，/晚霞悄悄，/偷望迷人的澜沧江。”诗人用通感的手法来描写迷人的澜沧江，“诗中有画，画中有诗”。《绝壁苍松》：“侧着身子，/向着太阳，/攀着悬崖，/扎根石缝，/满脸微笑，/迎着春风。//雨淋日曝，/冰雪融融，/从不低头俯身，/从不随风西东，/不管风吹雨打，/依然坚定不动。”诗人以景抒情，“一切景语皆情语”。苍松面对恶劣的环境“依然坚定不动”，喻示了一种坚定不移的信仰和从容淡定的性格，也象征了诗人自己。

诗评家吕进曾在他的《中国现代诗学》里写道：“山宁静而水跃动；山高耸而水长流；山崇高而水秀美；山神秘而水亲近；山永恒而水易逝。所以，山与水构成了静与动、高与长、庄严与灵秀、神秘与亲近、永恒与易逝的交响，在这个交响中，山是为主的，水是附属的。中国诗人从这交响里获得无尽的诗意。”冉庄挥情山水，心扉洞开，诗意汩汩而来。时时同山水对话，把心付与自然，有返璞归真之意。诗人写山水之美，重视人在山水之间的活动，审美上则指向人的心灵之美。如《三峡黎明》中，诗人精心描绘了一幅多彩多姿的三峡黎明图，赞美了“航运姑娘”“岸边小伙”的辛勤劳动和心灵之美。

西南的山水与诗人冉庄结下了不解之缘，山水是他逃离滚滚红尘的绝好去处，是他心灵的庇护伞。他在《山水情缘》里写道：“我的祖籍在‘养儿不用教、西秀黔彭走一遭’的大山深处、乌江之滨；我出生在山城的嘉陵江畔。从小就习惯于爬坡上坎登山戏水，一到夏日便同小伙伴们赤条条地在嘉陵江里游来游去，早已与山水有着深深的情缘。……蓦然回首，数十年过去了，我对山水之情依然如初。然而我对山水的体会却随着年岁上增而渐变：年轻时，只肤浅地知道在山水之间有情感变化；中年时，只陶醉于山水灵性的审美抒发；年岁渐老，心境才渐渐融入山水自然，与之同化，与之合一。”诗人钟情于山水，对山水的理解有着一个渐变的心路历程和认知过程。徜徉在山水之间，在山水的基础上建构诗人自己的人格，建立自己的山水观与价值观，是诗人对自然的独特感悟。他说：“山水的灵性是我写不尽、述不完的主题。”

冉庄迷恋于山水，在游历山水间一路行吟，登山望远，攀树临风，俯草而卧，踏青而行，目及所处，皆有可赞之美。诗人寄情山水，潇洒旷达，借景抒怀，托物言志，陶醉在山水里去发现本真的生命。正如诗人自己所说：“我只想写出山的灵性，事物的表里，人的本性与真情，从而把自己的感情融入喷薄的日出，奇峭的山崖，奔腾的江流，烂漫的春花，恬静的原野，使之与大自然浑然一体，去追溯消失的自我。”对山水的向往和渴念，是诗人在心灵里发出的呼唤，在山水里怡情，在山水里悟理，在山水里感喟，在山水里充实，在山水里超脱。诗人专注于山水不是简单的欣赏把玩，而是给疲惫的身心寻找一个“栖息地”，给自己的诗歌寻找一个创作的突破口，在山水里追求一种体验颇深不好言说而又必须言说的存在。他的山水诗高扬着生命意识、个体意识与时代意识，流淌着山水的乐趣和艺术的潮汐，达到物我交融、物我皆忘的意境。

冉庄游走在山水的路上，为祖国壮丽的河山而感奋，为那里勤劳的人民而感动，诗人兴之所致，情思绵绵，创作的灵感迸发，诗笔豪迈，充满豪情壮志和爱国主义激情。他的山水诗诗情盎然,画意也甚浓。冉庄说:"'诗中有画'是我国古代诗人一直追求的一种艺术境界,也是我国诗歌的宝贵传统之一。"他继承和发扬诗歌这一优秀的传统,写诗如布景一样,每一首诗堪称一幅画。诗的色彩,大多清淡,但淡而有致,有山水的神韵,有山水的光泽。冉庄的山水诗所具有的艺术元素还表现在其对音乐的借鉴上,不仅讲究情绪的消长起伏引起的内在韵律,而且讲究语言的节奏、押韵和句式的排列。可见,诗人对此是经过认真思考和研究的。

吉狄马加在评价冉庄的山水诗时说:"冉庄在创作中追求人与自然的和谐美,追求明朗清新的风格,诗作大多简洁而富有韵律,注重语言锤炼,而在随手可见的化用古典诗词和考究的对仗、排比中,能够深切地感到传统文化在诗人身上的薪火相传。深厚的民族传统文化积淀,使他的作品充满了凝重之思、质朴之情、古典之美,从而显示出独树一帜的诗歌品质。"杨四平认为,冉庄的山水诗是对中国古代山水诗的继承和超越,它能入于山水,又能出于山水,既有自然美,又有社会美。诗中的山水是诗人眼中的山水,是祖国人民心中的山水。他的山水诗始终喧响着时代的潮声。冉庄创作这样的诗也许是一种路向,一个航标,一种声响,一种色调。滕久明在给"中国作家协会少数民族文学委员会"的贺信中指出:"冉庄是重庆市有代表性的少数民族作家,几十年来致力于诗歌民族传统与现代新诗相结合的实践与研究。他的诗歌歌颂了祖国的山水风情,具有浓厚的民族特色和地方特色,其作品不仅数量多,而且思想性、艺术性也很有深度,在读者和文学界有一定的影响。"我们应充分认识他的山水诗的价值,本真、超脱、无功利性的品格在我们世俗的环境中是具有启示意义的。

不同的民族有着不同的习俗,冉庄以他的诗笔勾勒出一幅幅色彩斑斓的民族风俗画和风景画。如《泼水梦》:

是天上雨/飞洒长空;/是人间情,/把我心拨动。/半城欢笑,/半城雨,/来到允景洪,/半醒半是梦。/孔雀湖畔,/青草坪中,/水蒙蒙,/雾蒙蒙,/半似月牙半似弓,/半如彩带半如虹……

一年一度的泼水节,是傣族的重大节日。民族的狂欢,水当然成了最主要的生命符号和艺术元素。人们把希望寄托于水,把一年来的快乐与郁闷、幸运与霉气都通过泼水发泄出来。只有在水中,人们聚集一堂才能深深感受到本民族所特有的价值观念、文化意识和风俗习惯而达到狂欢的共情。水是圣水、福水、吉祥水，泼得越多越有福，泼得越猛越有福。这种民族的狂欢意识能使人们在激情兴奋中感受到水给予的生命力量，体验到水对于民族生存、民族壮大、民族的生活的建构的重要性，在人与水的交融中，深刻理解生活的真谛。

这首诗汲取古典诗词的养分和民歌精华，注重意象的营造，语言精工，使用对仗、排比、比喻等修辞方式，把民族节日泼水节欢快、热闹的场面写得生动活泼、淋漓尽致。在诗行的构建上，直接运用了古典诗词的节奏五言行、七言行，并适当加以三、四行。整首诗显示出灵活多变、节奏鲜明的特点。可以清楚地看出诗人在借鉴古典诗词和民歌方面的成功。

“没有民族化就没有群众的喜闻乐见。”（周恩来语）一个民族的诗歌，主要是抓住富有民族特色的生活题材，着重表现民族的精神风貌。而具有民族特色的作品，则能够深深地扎根于广大的人民群众中，深受人民的喜爱，因而诗歌也就有了强大和长久的生命力。阅读和检索冉庄的诗歌，民族气息迎面扑来，那些写土家族、傣族、苗族、白族、布依族、彝族、藏族、景颇族等少数民族的诗歌，浓浓的诗意中蓄积着深厚的民族情愫。

冉庄以高远的眼光和宏大的民族视野进行诗歌创作，至今可谓硕果累累。他的诗里有民族的情结，有民族的气质，有民族的魂魄。如《鸭江山寨》表现了布依族人民丰衣足食的幸福生活。《金银岗》《金梭飞》赞美了苗族人民勤劳、勇敢、奋发向上的精神力量。这些诗尽显少数民族地区所特有的风光和少数民族人民的精气神。诗人立足现实和生活，以零碎的生活片段来反映整体的生活情貌。诗歌中的人物形象栩栩如生，让人过目不忘。泼水节上的少男少女，风华正茂；凤尾竹前的傣族姑娘，光彩夺人；蝴蝶泉边的白族小伙，能歌善舞；花溪湖边的苗族黛帕，笑语朗朗……民族风情尽收眼底。

冉庄歌唱民族团结和民族之间的深情厚谊的诗，总能打动和鼓舞人心。“一首溜溜的情歌，/唱红了一座山，/唱红了一座城。/唱得大哥大姐，/情真意切，/相依为命。//唱得汉藏同胞，/和睦团结，/谊长情深。”（《听〈康定情歌〉》）诗维系着人间爱，连接着民族情，是民族交流和沟通的桥梁。诗中少数民族之间亲密交往，四海一家，其乐融融，读来让我们感到中华民族大家庭的和睦和温暖。冉庄从民族的角度出发，深入发掘各民族之间的相同点，揭示民族生活的本质和时代的精神风貌，洞悉民族之间求团结、求和谐相处的文化心理。同时，诗人站在正确的视域能够把民族性和当代性有机融合，从而获得一个较广阔的表达空间。他在这方面创作了大量的诗篇，是民族历史文化传统及现实生活的折射。

诗人冉庄虽长期居家重庆主城，但对自己的故乡酉阳充满无限的深情和眷恋。土家族人民乐观开朗、热情好客、重情仗义等性格特征也在诗人的身上体现出来。在他的思乡诗中，那魂牵梦绕的山寨，那淳朴厚道的乡风，那血肉相通的乡亲，那熟悉亲切的乡音，那割舍不断的乡情，那形影相随的乡恋，格调颇似“浮云游子意，落日故人情”（李白《送友人》），处处动人心弦。“寻根人乌江，/一路热泪横”“到了故乡恋亲人”“大妈拉我手，/认我同宗人；/溪边浣衣女，/原是我侄孙。/东家迎，西家请，/山乡家家都沾亲”“亲人倾谈故乡事”“老者噙泪小儿笑，/中天明月是乡心”（《乡恋》），“谁人不夸故乡美？/故乡山水浓似酒。/离乡数十载，/情在我心头。”（《乡情》）读这样的诗，我们仿佛看到诗人跃动的赤子之心和热诚之爱。他置身于自己的民族家园，有对民族家园与生俱来而又得到升华的爱，并由此形成广博的民族感情、全民族观照下的民族感情。

“文学就是用语言来创造形象、典型和性格，用语言来反映现实事件、自然景物和思维过程。”（高尔基语）每一民族的文学都是在一定的民族语言上创造出来的，诗歌亦然。语言是诗歌的第一要素，只有掌握丰富的语言，才能创作出好诗。民族语言文字蕴含有特定的思维规则、表现形式及丰富的文化现象，是传承该民族所特有的文明和思想内涵的活化石，是长期积淀而来的精神财富，阐释了我们整个中华民族语言的多元一体的内涵。在冉庄的诗歌中使用少数民族的语言反映在一些民族特定的词汇上，如傣族语“卜哨”即少女的意思。使用这样的词汇感觉倍加亲切，符合少数民族的审美和情趣，是别的语言所无法替代的。这些词汇都是从少数民族的生活中提炼出来的，具有民族生活的鲜明烙印，恰当地加以运用，有助于表达特定的民族思想，有助于刻画民族心理和民族性格，有助于抒发民族情怀，有助于民族文化的进步和发展。

强调诗人的少数民族身份和诗歌的民族性，并不是要求诗人局限于狭隘的视野。一味固守民族传统艺术的模式，就难以克服其弊端，难以适应时代的要求,就不会获得更大的艺术空间。对于那些属于新的时代的文化艺术的表现元素,诸如表现时代特色的艺术语言、创作方法、艺术手段等,诗人应予以关注采纳,促使自身艺术的更新。每个民族的文化都不是凝固不变的,尤其生活在我们这个日新月异的时代。民族诗人应该紧跟时代,不断吸纳和接受新的事物和创作经验,在与外界的文化碰撞冲突和相互交流中得以充实和发展。诗人不仅要在民族的氛围里寻找创作的素材,还要敏锐地观察整个社会的新走向,在创作的新的生长点上,将民族的特色放置在整个大环境下,思考国家、社会的重大命题,创作出一系列能够扩展延伸的富有整个中华民族意识和生存普遍性意味的诗篇。

冉庄的诗笔长期行走在巴渝大地,千山万水皆有情,一草一木皆怀意,他自然而然也就受到巴蜀文化的浸润和熏陶。巴渝文化以“下里巴人”为主要特色。三峡地区是巴渝文化的主要代表地区,三峡地区巴人的竹枝词,通俗易懂,易于诵唱,深受土家族人民的喜爱和欢迎。冉庄不断借鉴和学习前人和民间的诗歌创作经验,在坚守传统诗歌艺术表现的基础上适当地汲取有益的元素,形成自己的语言特色和民族风格,明白晓畅、洗练平易、短小精致、注重格律。

诗歌的生命力蕴含在时代的潮流之中,脱离了我们当下的生活环境,诗歌的生命就会萎缩、枯竭。诗人只有走出小作坊,走出过度的“自我”,走进时代、民族、社会的深处,才会有所作为。冉庄在社会发展的浪潮中,没有忘记自己作为一个诗人的本色,始终关注社会、关注他人、关注人生,全身心投入到社会的实践中。笔下之情多是对社会现实的深思,对时代和人生的歌唱。《山海心曲》所抒发的可以说是诗人对我们这个时代的关注与沉思。

冉庄熟知诗歌创作的种种技巧,但“不刻意追求任何技巧”。他看重的不是技巧而是真情实感、自然本色。正如他所言:“我的任何一首诗,都是写的所见、所闻、所思、所悟。任何一首诗都有我真实的感觉和燃烧的情感。我总是在作品里袒露自己的真情和内心世界,让读者在品味中如闻其声,如见其心。”当诗歌处于边缘化的时候,冉庄站在诗歌的困境里发出自己真实的声音,实践着他的诗学主张,既不泥古守旧,也不追逐所谓的时尚。“每个民族都有自己的文化,民族的作家有权利和责任在自己的文学中体现出鲜明的民族文化特征。纵观今天的世界文学,成功的经验告诉我们,放弃自己的民族文化，摆脱自己的根基，将一事无成。”（吉狄马加语）冉庄自觉地、理性地继承民族的文化传统，“努力把诗歌写成既是民族的诗，又是个人的诗，在共性中着力追求自己的个性”（冉庄语）。这是难能可贵的。处于文化身份重构中的诗人冉庄同时也清醒地认识到，如果选择走简单的回归传统的道路也是行不通的，排斥其他文艺思潮和美学风格，也将步入死胡同。所有生命之间的沟通和融合，是民族与民族之间的共同追求和共同愿景，只有热情地融入民族文化的发展和民族文化的重新建构中，把所有的生存体验化为自己的创作来源，诗歌创作的源泉才不会枯竭，诗歌才不会成为“无源之水，无本之木”。

少数民族诗人在精神上要跨越不同时代，面临不同的文化参照，因而他们的诗歌创作本身就构成了一对矛盾：诗人既要坚守自己的民族立场，努力保持自己作品的民族特色，又要学习和借鉴整个人类的先进文化，不断调整和提升自己的创作。冉庄洞悉诗歌艺术的发展规律，正确处理诗歌创作本身具有的矛盾，在民族文化和其他文化的平衡中进行着艰难的摸索。冉庄十分认可涂鸿对自己的评价：“冉庄是一位十分传统但不守旧的诗人。从艺术修养上看，一方面，他深受传统诗歌美学的影响，整个审美倾向和艺术范畴是传统的；但另一方面，迅速变化的诗坛，现代诗歌的崛起，又不能不使他试图扬弃传统，更新自我，探索出一条新路来。”冉庄的艺术探索精神和审美价值取向对其他少数民族诗人也有着启示的意义。他走的是一条切实可行的诗歌创作和发展的路子。

诗贵在情。刘勰在《文心雕龙》里说：“繁采寡情，味之必淡。”冉庄自己也说：“感情是诗的生命。诗歌的本质重在抒情，感人心者，莫先乎情，情动于中，莫贵于真。”诗是真实强烈的情感抒写，真诚的生命之歌。没有情感的诗歌就像没有灵魂的躯体，是苍白的、羸弱的。诗歌之美重在情感，以情感人是诗歌实现其价值的重要手段。诗传递的是真情，是感动人的力量；唤起的是真情，是把人感动的力量。否则，再漂亮的文字也是“纸老虎”，无法走进人的心灵，因而也就不具备接纳读者的精神天地和灵魂活力，这样的诗，其生命是不会长远的。只有真实忠诚地反映民族的生活和心声，诗才具有民族的特征和价值。那种脱离民族生活和历史发展的进程的诗作，缺乏宏大的视野而显得小家子气，也容易陷入唯心主义的形而上学。冉庄在关注民族文化的传统与现实，以深沉的眼光打量和检视民族文化的历程，将民族的道德价值、地域风情、族源亲情、习俗信仰等呈现于诗作，情感摇曳，有对生命的体悟，有对风光的赞美，有对亲情的寻觅，有对爱情的歌颂，有对家国的守望，有对故人的感怀，有对岁月的回望。情感的民族性不断发酵、壮大，延展成为一种博大深广的人类共同的情感，唤起众多人的认同和共鸣。只有真正熟悉并掌握民族生活的真谛，真情地创作，真诚地歌唱，才有可能了解并正确运用民族的艺术表现形式，才有可能接触到民族特点的实质和精髓。

在冉庄的诗中，色彩浓郁的抒情和强烈有力的议论是一亮点，二者有机结合，显示出诗的情感与理性的力量，体现了鲜明的时代特征，表现了诗人的独立思想、价值取向和民族立场，具有本土化特色。冉庄的诗具有土家族的气质，少数民族的生活气息也弥漫在诗行里，有真感情。对于一个清醒、有自觉意识和自觉追求的诗人而言，始终关注现实，关注国家和人民的命运，关注人们形形色色的生活，怀着强烈的使命感，听从时代的召唤，传达人民群众的声音，以诗的方式介入现实和生活，以诗的方式呈现现实和生活，这是比较宝贵的品格。但他的诗过于追求平实，过于追求原生态，缺少精心打磨。对诗歌这一文学体裁而言，是不太符合诗歌讲究“蕴藉”“含蓄”的美学特征的。海明威创作小说很讲究“冰山原则”，他认为小说创作要像海上漂浮的冰山，有八分之七应该隐藏在水下，这样才能获得一种言外之意、意外之味、味外之旨。诗歌创作又何尝不是这样？这是冉庄先生应该注意到的一点，也是我们每个诗人应该注意到的一点。

2009年12月7日，在重庆之北

吕进：人与诗

在诗歌界与诗学界，吕进主要是以一位诗论家的身份出现的。从《新诗的创作与鉴赏》到《中国现代诗学》，从《给新诗爱好者》到《一得诗话》，从《新诗文体学》到《吕进诗论选》，从《对话与重建》到《现代诗歌文体论》，从《外国名诗鉴赏辞典》到《爱我中华诗歌鉴赏》……吕进的诗学著作和他主编的诗选、诗歌鉴赏著作，得到了诸多读者、专家的好评。但多数人并不知道他是从写诗起步的，在成都读小学的时候他就是一位诗歌爱好者，而且从来没有停止过诗歌写作。他曾说，研究诗歌的人最好有一点儿创作经历，否则就难以真正进入诗的情境，也就很难把握诗歌艺术的真谛。他在《中年》一诗中抒写了人生的四季，中年是人生的"山峰"。他这样写年轻时诗一般的人生憧憬："花开季节上山/春的步履，春的浪漫/一朵小花也会幻化出梦的故事/一泓小溪也会掀起诗的波澜/山路铺满惊奇/花丛掩着赞叹。"这种年轻的追求一直伴随着他，以写诗、论诗等方式体现出来，从而构成了他充满诗意的人生之旅。吕进曾这样对我说起他的诗："这些都是鸡下的鸭蛋哦，和鸡蛋不能比的。"这当然是他的自谦。他对诗的执着是无可否认的。

自20世纪70年代后期把主要精力投入到现代诗学研究后，诗歌创作在吕进那里就成了业余爱好。他写诗，仅仅是因为心中有一些感受需要表达。他不需要为了某种功利的原因"为赋新词强说愁"。发自内在的创作动机赋予了他的诗艺术上的真实性，可以作为"诗为心声"的佐证。虽然这一特性在当下的一些“探索者”那里常常遭到讥讽、贬斥，但恰好是这种特性，使我们可以通过诗人的作品了解他的人生与艺术观念。《吕进短诗选》收入他的二十多首短诗，主要是20世纪90年代以来的作品，这使我们可以从另一个侧面获得对他的人生、艺术追求的更多了解。

吕进的诗给人的第一印象是好读。诗的好读并不等同于直白、浅薄。一方面，他使用的语言与我们日常接触的语言很接近，没有为了所谓的深沉而故意杜撰、“创造”一些新语词。但作为一位诗论家，他深知诗必须具有创造性，否则就难以为诗。所以他的诗歌语言实际上是经过了诗化处理的，尤其是在语言的情绪化与音乐化等内在化方面下了不少功夫。他的《俄罗斯姑娘》，短短十行，写出了俄罗斯姑娘的美丽与气质：“不是时装将俄罗斯姑娘包装得漂亮/是她们的身姿能将任何衣裙变成时装//俄罗斯不但有贝加尔湖的闪亮/这里还是我们星球上美女的故乡//莫斯科的荧屏怎么在瞬间都破碎了/街道上到处是电视里走出的女郎//普希金的诗和乌兰诺娃的舞熏陶气质/鲜红的玫瑰和纯洁的白雪合成形象//最美的是彬彬有礼的一笑/在图书馆，在校园的林荫道上。”诗中的词语都是常见的，但经过作者的诗意组合，融合进了自己独特的体验，这些词语就从不同角度揭示了俄罗斯姑娘的美丽与教养，并蕴含了作者对她们的赞美。尤其是第五、六行，语虽朴实，但前者说的也许主要是外表，后者说的则更多的是内涵，蕴含着作者独特的话语机智。同时，相对整齐的节奏、自由韵式的使用，也使诗篇具有了独特的韵味。另一方面，他表达的情感很朴素，都是我们能够体会但不一定能够说出的人生感悟，“离别时刻不必太伤感/离别后面一定是重逢”（《想着重逢》），“一切都会过去/但不是一切都会遗忘”（《致卡纳别相教授》），这样的诗行，几乎与我们每一个人都可以找到联系。还有爱情、友谊、祖国、文化、游踪……朴素不是浅淡，朴素是感情的本真色彩，是人生的彻悟，因而也是真理的本色。吕进的诗通过自己的心灵发现并表达一些平常但具有真理性的体验，这是他的作品耐人品味的重要原因之一。

好读的诗并不一定小气。吕进的诗其实很大气，这与他的为人有一定关系。吕进本来就是一个大气的人，他所把握的人生、艺术的方向与目标，不会因为一些不和谐的插曲、杂音而放弃：“不为一朵乌云放弃蓝天/不为一次沉船放弃海洋//荒漠中守住一方绿洲/风暴里守住一片晴朗。”（《守住梦想》）这其实就是他独特人生追求的诗意表达。吕进在其诗论中认为，人生哲学是诗的深层境界，而对人生哲学进行诗意概括，正是他诗歌的重要追求。他是用诗总结自己的人生。《既然》一诗是吕进对待“往昔”的态度，“既然往昔能够成为往昔/就让过去的日子过去/一如花开以后的花落/一如春天以后的冬季//既然有冬雪就会有春雨/既然有花谢就会有花开/就让过去的日子过去/既然往昔能够成为往昔”。其实也暗示了他对明天与未来的重视。他的心里时刻充满“梦想”。正因为如此，他才能在自己的人生与艺术道路上走得那样踏实、那样果敢，也最终取得了令人刮目的成就。这样的人生哲理不是随便就能够得来的，而是作者自己人生体验的艺术化。这样的追求，看似简单、随意，但要真正做到，却不是容易的事。

有人并不一定赞同诗的哲理性，这中间也许存在一些误解。哲理是哲学的日常化、生活化，当然也是艺术化。诗不是哲学著作，是艺术。诗不讲道理，也不必抒写一些所谓的深刻理念。如果把哲理与空洞的说教混为一谈，当然是另一回事。诗只是体验人生。可以说，能够把人生的真实体验以诗的方式传达出来，诗就具有了成功的基础，再加上表达方面的策略，诗也就离成功不远了。如果能够通过独特体验发现生命的哲理或哲学，那么这样的诗往往都是好诗。李白的《静夜思》连小孩也容易背诵，但它是好诗，传唱千古。

诗贵发现。诗的发现，就是通过个人体验感受到与别人不同的、独特的对人生与世界的理解。吕进的诗在诗美发现方面是具有特色的。他发现了两个不同的香港：高高的与低低的、地上的与地下的、海面的与海底的、阳光的与夜幕的、金钱的与文化的（《香港印象》）。他发现了纽约的发达与阴暗：“欲望的深渊，金钱的王国/美元推动与指挥一切艰辛/冷冷的是人间至爱/热热的是股票行情/……曼哈顿更像一位风韵犹存的老妇/有三分傲慢，就有七分困顿。”（《曼哈顿》）他从日本的“小”发现了东京对人的约束：“一切都放在缩小镜下/窄窄的街道，矮矮的屋顶/……有如一切被塞进这个小岛/人也被塞入礼仪的小框/多想甩去皮鞋，扯掉领带/飞上蓝天，随意地舒展我的全身……”（《东京》）发现是创造的基础，没有发现就没有诗。如果说诗人有什么天赋的话，那么发现诗美的能力应该是其中最重要的方面。吕进的敏锐和他丰富的人生体验为他的诗美发现和艺术创造提供了良好的基础。但吕进更注重在诗中表现美的一面、善的一面、崇高的一面。

我们从最简单的历史与生活常识中也可以揣测，像吕进那一代人，其人生旅途肯定不是一帆风顺的；我们从他对现实中一些负面因素的揭示，可以看到他对人生与现实的认识是多侧面的。但他并没有刻意抒写人生之苦，尤其是没有仅仅从自己的角度去大发牢骚、指责社会、谩骂他人，当然更没有自暴自弃。诗不仅仅是发泄，诗是生命的升华。诗不仅仅是苦难，诗是苦难中的醒悟。诗是寻找，寻找不美中的美，寻找不和谐中的和谐。吕进的人生哲学是追求美，美的人生、美的理想，但他并不粉饰人生。他的诗主要提炼生活中美好的、值得传扬的因素。即使在艰难中，他也发现其中蕴含的生命动力；即使是离别时，他也找到相逢的期待与喜悦。下面是吕进1994年初在俄罗斯写下的《书与花》中的两节：

爱花的民族，爱书的民族
为了美丽的理想有过不美丽的失误
请接受一位东方人充满信心的祝福

憔悴的俄罗斯，美丽的俄罗斯
你是一朵已经凋谢的不该凋谢的花
你是一本没有写完的世界必读书

吕进当时所感受到的可以说是俄罗斯历史上最艰难的时期，苏联解体，经济萧条，但作为诗人的吕进却从俄罗斯人的教养上发现了它的希望与未来。

诗中的吕进与现实中的吕进几乎是同一的。这样的诗，才是真诗；这样的人，才是真人。表达美，揭示人生美好的一面，正是吕进诗歌的魅力所在。在消解崇高、理想的思潮肆虐、物欲横流的今天，在提倡诗歌精神重建的今天，他的这种追求应该是具有特殊的启示意义的。

吕进所理解的美是具体的，也是抽象的。它具体，是因为它来自生活中的人与事；它抽象，是因为它上升到了一种境界，具有穿透力与普视性，能够使我们感受到更丰富的人生。异国的文化、风情，诗人的祖国、朋友、游踪，甚至一些哲理性的人生思考，在吕进那里都泛出独特的滋味，诗的滋味。《新处女公墓》其实是对人生价值的思考，“相邻的两个陵墓的主人/生前的心灵距离却可能十分遥远”，“新处女公墓安放的未必都是处女般的灵魂/参观者的共同声音是对建筑师的赞叹”，这样的诗行可以给我们不少启示，对于我们把握人生是有帮助的。有些人在世时叱咤风云，但他们留给后人的却是更多的反思，这让人想起《瞻仰列宁墓》中的诗句：“时间从不自得地坐在主席台/时间从不神气地发表电视演讲//时间的工作效率也许不高/但是它永远能作出准确的判断。”一个人，人们在他死后对他的态度，可以说才是真实的评价，因为“时间把一切放到应有的位置”。

在修辞、结构上，吕进的诗也很有特色。《这是什么地方？》首问尾答，循环往复，给人整体上的完美感；《既然》采用了回文方式。这些与美籍华人学者奚密所看重的中国现代诗的回旋调其实是一回事。在他的诗中，还可以见到对偶手法，“乌鸦用叫声鸣出公墓的静寂/树冠用参天遮出公墓的森严”（《新处女公墓》），“守住梦想，守住不谢的花季/守住梦想，守住迷人的远航”（《守住梦想》）；拟人手法，“文字挤着文字/思想挤着思想/从地上到天花板/每间房子都是书的海洋”（《致卡纳别相教授》）；对比手法，“人人都富有教养，十分富有同情心/却不断传出抢人和杀人的新闻//人人都轻声说话，从不争吵/昔日的兄弟之间却不停地进行战争”（《俄罗斯素描》）；排比手法，“从遥远的异邦眺望你/才看得清你真实的形象/你是涛声不息的长江/你是钟情东方的太阳/你是我无处不飘香的校园/你是校园里我的书房的灯光//你是成功，你又是挫折/你是困惑，你又是希望/你是大海的浪花，不属于消失/永远开放在航船前进的地方”（《思念》）……这些手法看似平常，但在吕进那里却有特殊的作用，尤其是在建构诗的音乐性方面给人很深的印象。

从诗的篇幅看，短小是吕进诗歌的重要特征。诗不事铺陈，篇幅太长的诗往往难以形成情绪上的整一性，也就难以调动读者的参与欲。吕进的诗，追求节奏的相对整齐，读起来有韵律感。诗与音乐的关系十分密切，不注重音乐性的诗容易流于散漫、拖沓。新诗在音乐性方面存在许多缺陷，也许正是出于这一现状的忧虑，身为诗论家的吕进才试图在这方面进行更多的尝试。

2004年10月31日，于西南师范大学中国新诗研究所

柯愈勋：与命运抗争的诗人

柯愈勋(1940年7月—2014年5月20日)，原名柯愈勖，祖籍重庆市璧山县，生于重庆市南岸区，并在那里上完小学和中学。1961年高中毕业后到位于远郊的重庆市南桐矿务局当工人，长达26年之久，先后当过汽车电工、工会文体干事。1987年7月调到重庆市江北县(现渝北区)文化局任创作员，其后一直在文化馆任文学创作辅导干部。1979年加入四川省作家协会，1990年加入中国作家协会，曾担任多届四川省作家协会理事、重庆作家协会全委会委员。

柯愈勋的父亲柯尧放是重庆早期的一位知名诗人。他具有较高的文化修养，家中藏书丰富，曾任重庆市工商联秘书长、重庆市政协副秘书长。他的诗歌作品由柯愈勋编辑成《容庵丛稿》于1995年出版。由于受到家庭的影响，在重庆五中(后恢复原名重庆广益中学)读高中时，柯愈勋就开发始喜欢文学，阅读了大量的文学书籍。柯愈勋说："我高中毕业那年，他(指其父亲——引者)拒绝了领导提出的照顾，鼓励我：到煤矿去，去接受艰苦生活的锻炼。认为'诗人应自匠人来。'在煤矿数十年的磨难与摔打，雕塑了我的灵魂，使我深深认识了：什么叫底层，什么叫人民，从而影响了我作为作家与诗人的一生。"[①] 1962年，柯愈勋发表了诗歌处女作《一幅速写》，正式走向文坛，在诗歌、散文等文体的创作上都取得了可喜的成绩，出版有诗集《太阳从地

① 柯愈勋：《柯愈勋小传》，载《渝北文史资料选辑》2000年卷。

心升起》(四川人民出版社,1984)、《命运之河》(华夏出版社,1989)、《男人世界》(四川民族出版社,1995)、《歌乐山之魂》(重庆出版社,1996)、《沉默的歌乐山》(1999),散文诗集《渴望与挣扎》(1993),儿童诗集《青春日记》(重庆出版社,1992),散文集《流年似水》(1996)等。柯愈勋的作品曾获得“全国煤矿优秀文学作品奖”“第二届四川省文学奖”“第二届全国煤矿文学作品乌金奖”“建国四十周年重庆文学奖”,第二届、第七届“冰心儿童图书新作奖”等多种奖项。

从开始诗歌创作到20世纪80年代初期,柯愈勋都是以他的煤矿诗受到诗坛关注的,被认为是继孙友田之后崛起的又一位矿工诗人。由于长期生活、工作在矿山,他对煤矿工人的生活、思想、感情都有独特的了解和把握,“他自己自觉地把自己看作矿山的一个分子,情感单纯地热爱矿山生活,热爱矿山的人。对于命运的不公平的安排,似乎没有丝毫的怨尤。……黑沉沉矿山里一切起眼的、不起眼的景物;平凡生活中一切英雄的、非英雄的人物;到了他笔下都能极其自然地焕发出青春的活力,诗化成美好的意象来”[①]。柯愈勋的煤矿诗,以煤矿的具体生活为主题,在那种艰难的环境中歌唱着理想,歌唱着对于生命的热爱,歌唱着真诚而崇高的群体精神。《黑火炬》中有这样的诗行:“手臂高举再高举/旋转的天轮如腾腾烈焰/——我歌唱黑火炬//不是恶梦的残片。恶梦/连同笼罩恶梦的黑暗/都已不见踪迹//黑火炬,似旗//点亮万里长天。点燃一天朝霞/太阳,又/周而复始地开始巡礼……”。从“黑色”中发掘光明、表达希望、寄寓执着,是柯愈勋诗歌的主要特色。“哦,开掘和创造是他的生命/丰富的内涵。他的道路/注定和巷道一起——延伸不息”(《矿工》),从平凡的题材中发现诗意,是优秀诗人的专利,而作为诗人的柯愈勋,正像“矿工”那样,在煤层中,在与煤打交道的人们身上,寻找并创造着美好的诗情。在《诗和煤》中,诗人说:“不能燃烧,能叫做煤吗? /不能燃烧,能叫做诗吗?”在诗人心目中,煤和诗是具有同一性的,那就是燃烧的属性。煤燃烧,给人温暖与光明;诗燃烧,给心灵以慰藉与引导。煤与诗都是经过长久积淀的产物,煤在地层下经过了几十万年的沉默才得以升华,而诗,也不是生活的摹写,而是经过诗人心灵体验和创造的产物。柯愈勋的煤矿诗,不是勾画煤矿的具体生活——那是散文的任务,而是揭示

① 杨大矛:《长漂:命运之河——柯愈勋其诗其人》,《三月风》1989年第10期。

煤矿工人的心灵，表达底层人们对于生活、生命的感受和思考。因此，他作品中的形象，往往寄托着诗人的爱憎喜忧，“一串哈哈，火苗蹿上几蹿，/席棚里显得更加暖和。/凛冽的夜风在棚外呼嚎，/又奔向深不可测的空漠……//这时在你温暖的小屋。/火炉上水壶正在唱歌;/你会不会想到远方的矿山？/想到矿山的这一堆炭火?”(《一堆炭火》)，这两节诗写的是两个不同的场景，一是煤矿工人的生活，二是使用煤炭的人，“煤炭”是它们的连接物。诗人想借此表达煤矿工人艰苦工作的意义，最后的两个问题没有答案：人们也许会想到，也许不会，但无论如何，矿工们的人生价值是隐含在他们的工作中的，苦乐自知。

离开矿山以后，柯愈勋的诗有了一些变化，视野拓展了，题材更广泛了。但他仍然没有忘记煤矿的生活，而且对煤矿有了更深刻的体验，从《男人世界》这个题目就可以看出诗人对煤矿生活的新感受。恰如诗人自己所说，“回首：昨天的影子还拖在地上/几度夕阳红，几度秋水长/我羡慕我。记住不是遗忘”。(《中年》) 作为诗人生命底色的煤矿生活，对他整个的人生和艺术都具有决定性的影响。《岩石的声音》显得厚实而具有新意：“亘古的吟哦。如丝/如琴。响地火的繁弦/结石簇醒悟的红焰/入心。出心/坚实似铁沉重似铅。”与采用完整诗句的写作方式不同，在这首诗中，诗人使用短句式，节奏明快、有力，如“岩石”深沉吟唱之歌，给人以稳重、沉静之感。尤其是诗的最后一节，表达了深刻的哲理，超越了单纯的描述或者空洞的表态：“请贴近我。贴近，感受/历史的体温。”从平凡、普通题材中发掘更广泛的诗意，是柯愈勋煤矿题材诗歌在转换之后的重要特点。“支柱”是普通的，但也是丰富的，“每一根支柱，挺胸昂首/(这儿没有软骨头的位置)/每一根支柱，竭尽全力/既要奉献，就要全身心交出”(《关于支柱的十四行诗》)，“支柱”已经不仅仅是支柱，而是变成了一种象征，一种力量、责任与使命的象征。有人说这些诗“来源于煤矿，属于矿工，又高于煤矿，广于煤矿，属于社会。《男人世界》质朴中见功力，通俗中显高雅，抒情中含哲理，锤炼中求自然，沉郁又复沉重，是一部既有力度又有张力的练达之作!”① 这是符合柯愈勋的创作实际的。

相比于矿山题材的作品，柯愈勋其他题材的抒情诗显得更空灵、更内向，也更贴近丰富的生命现象本身。在表达自己执着的人生信念的同时，诗

①成善一：《魂牵梦绕矿山情》，见柯愈勋《男人世界》，四川民族出版社1995年出版。

人不再一味地歌唱,而是开始思考人生的多种存在。日记是人生的记录,在《日记》一诗中,柯愈勋写道:“生活之网啊谁能够摆脱/一步步,像踏没沙海的骆驼/一路铃铛,一路自己的歌//操劳不够。辛苦不够/生活之网,谁能够撞破?/时时,都提醒:作化蝶之蛾……//以我为圆心,塑造真我/我是我。我非我。非我即我/扉页之题辞曰:占有生活。”这些诗行揭示了人生的艰难,但诗人更表达了对人生的尊重和创造。“我是我”,那是个人的自我;“我非我”,因为“我”不仅仅是“我”,“我”包含着更多人、更广泛的意义。《酒》写的是酒醉后的感觉,其实是诗人换了一个角度看人生,“妙就妙在那一刻火辣辣的动情/火辣辣的忘情。那一刻清醒/陶醉的清醒。那清醒的胡涂/醉眼看世界,世界最清最真……/和谐燃烧着。燃烧的和谐/是生命的主旋律。心是清澈的贞纯/好一刻舒坦!舒坦融化于全身……/而火在水里——不见影、不现形”。醉中的感觉使诗人觉出了生命的美好、真实、纯洁,但那是在非正常状态中的感受,短暂的陶醉之后,这种感受就“不见影、不现形”了。诗人以一种特殊的艺术手段对现实进行了解构,内含浓郁的批判忧患之情。

柯愈勋的诗充满顽强的抗争意识,也充满期待,抒写着他在“命运之河”的感受、沉思、追求。“跨过命运之河/跨过/厄运像影子老跟着我/哀叹与抱怨,有过……/终不是我/相信什么呢?/相信从苦难与蹉跎中/崛起的人生,相信命运/并非前世注定无可选择”(《命运之河》),正是这种信念,使诗人能够在艰难的人生中走下去,也赋予了他的诗以亮丽的色彩。他的心中有一盏灯,“此刻,整个世界熟睡了!我从/黑暗的大地,降落/黑暗的地心。这是夜/很深很深的夜。深得像/这没有尽头的巷道,两厢的石壁/透出阵阵寒凛……”,“但,我,我不孤独/我身前,我身后,有/无数的星星,游动的星星/那是我的伙伴,我的兄弟/他们和我一块,在开拓祖国的黎明”,更因为“一盏灯照路,照我/行进在地心”(《地心行进》),诗人一直生活在现实的底层,在人生之路上艰难地摸索,但他有一个执着的信念,那就是对于生活的爱,对于生命的爱,对于世界的爱,对于他人的爱,使他在广泛的交流中发现了生命的真谛,发现了诗的源泉。

爱,是柯愈勋诗歌的重要主题,可以说是一贯的主题,虽然在不同时期,他表达爱的方式是不一样的。早期,他是通过对煤矿工人的生活描写表达出对于生活的热爱,后来,他在更广泛的题材领域、更深刻的人生体验中发现和表达着爱。他的爱情诗细腻而别致,有爱的渴望,有分别的苦恼,有思念的甜蜜,“你的声音,像银铃,像清泉,/银铃在轻轻震响,清泉明澈透碧。/我真想和你一起漫步到天边呵,/摘下那颗最亮最亮的星儿给你……”(《和你在一起》),这是纯洁、美好的情感;“梦醒了,不愿睁开眼睛/我愿于片刻中/温遍亘古的爱情”(《梦醒》),这里的“梦”不是“如梦初醒”的梦,是美好的梦,充满渴望与期待的梦。在诗人心中,爱不只是浪漫,而是与实实在在的生活结合在一起,与责任结合在一起的。他在《赠内》一诗中,真切地表达了对妻子的挚爱和感激,这中间就有责任的驱使:“二十年后你操劳在我身边。二十年前的你/是一枚彩照,与我相对于朝夕/笑,是甜甜的、怡人的、灿烂的/笑,二十年了,是一首隽永的诗。”爱情就是一首诗,生活也是诗,爱情与生活的美好结合更是优美的诗。在诗人的世界里,诗人也爱儿童,他的儿童诗表现了天真、纯洁的童心世界,抒写了儿童、青年对于美的渴望,对于自我完善、自我实现的梦想。

柯愈勋对大自然充满了爱。他爱日出,“日出给每天带来新的光彩”(《日出》);他爱晴空,“一望无垠的蓝色,/怡悦着我的感情,/仿佛要使我的心,/也变得透明纯净。//哦,我多愿我的心,/变成白鸽飞腾,/把我的倾慕,我的爱/写上那碧海天心……”(《晴空》),把自我投入到大自然中,使诗人的生命得到了净化,也使他的诗充满纯净、明亮的色彩。只要充满爱,任何地方都有诗意的存在。在柯愈勋那里,“山谷”“小树”“绿色的风”“晚霞”“小鸟”“树叶”等都赋予了他灵感,在《人和自然》一诗中,诗人宣称:“我崇拜太阳”“我崇拜大地”“我崇拜溪流”“我崇拜大海”,因为“大自然是一册书。我一页页翻读/读出了人生的哲理。读出了永恒的诗章。//那没有字的篇什,我也读出来了/我,是大自然的雕塑——/是大海。是溪流。是泥土。是太阳”。原来,在诗人那里,大自然就是另一种人生、一种存在,诗人可以从中发现自己、发现人生,发现许多美好的诗情。

在诗中,爱的升华往往可以创造出一种独特的崇高的精神。而当诗人把这种精神再度投射到他所观照的崇高的对象上,那些对象就愈显光辉、高大。在柯愈勋的创作中,《歌乐山之魂》与《沉默的歌乐山》,与他的矿山题材作品一样,再一次为他赢得了声誉。这两部诗集仍然是在题材上取胜,诗人以发生在重庆歌乐山的革命故事为题材,抒写了一个后来者对革命者崇高精神的赞美和对他们的崇敬之情，抒发了对民族的大爱。“惊涛在眉宇。风雷在眼底/苦难，雕塑两个字：不屈/黄河魂长江魂长城魂泰山魂/黄色种族，有挺直的背脊”（《你们和我们》），不屈，是诗人表现的中华民族的精神，而这种精神活生生地体现在一群先行者的身上，“作为真实地在这大地上，在我故乡的怀抱里存在过的人，我佩服他们，佩服那一群已化为雕像的人。他们无疑是我们民族的脊梁”。诗人“怀着至诚的爱心”抒写那段历史和它所包含的意韵，因为在他看来，“烈士们在生与死面前的种种心态，无疑地，是我们民族的一笔无可估量的宝贵财富。我们太需要这笔精神财富了”[①]。虽然有些作品显得比较理念化，但总体看，诗人投入了相当的热情和挚爱，以凝重的笔触表达了对于我们这个民族的深情和信心。有些诗篇在艺术上也有自己的特色。比如《刑讯室》这样的题材是难以把握的，诗人写道：“这里检验人，不是凭/慷慨激昂的演说/这里检验人，不是凭/斩钉截铁的誓言//最有力的发言，是/沉默，最权威的发言，是/沉默。沉默——/是真金，在地火里熬炼。”这首诗好像根本没有涉及诗的题目，但事实上诗人所写的都是烈士面对刑讯时的真实感受，而且把这种感受与我们今天的思考结合起来，节奏明快，蕴含着一种内在的力量。穆仁说：“时代精神与哲理思考，昨天与今天的历史感受，是《歌乐山之魂》真切而又颇耐咀嚼的主要原因。我以为这本诗在写作上的最大成功之处，还在于作者找准了一个开掘题材的绝佳视角——诗接《黑牢诗篇》。”[②]诗人把先行者的思想与后来者对历史的思考结合起来，既揭示了历史的延续，又包含着一些无法变化的恒定的东西：一个民族的魂魄！

柯愈勋的诗在艺术上追求质朴、自然，语言生活化，注重与现实保持密切的联系。但他的有些作品存在理念化的特点，诗人自己站出来说话，诗情表现得过“满”，具有说教意味，在一定程度上影响了诗的含蓄蕴藉的诗美张力的建构。

2003年7月3日，在重庆之北

①柯愈勋：《歌乐山之魂·后记》，见《歌乐山之魂》，重庆出版社1996年9月出版，第92—93页。

②穆仁：《诗接〈黑牢诗篇〉——谈柯愈勋诗集〈歌乐山之魂〉》，《现代工人报》1997年11月26日。

华万里:追求内在与典雅的诗人

华万里,本名唐桂林,后随继父改名华正善,笔名唐衣、方觉蝶、西点、地丁等,重庆市北碚区静观镇(原属四川省江北县)人。童年时代经历过许多磨难,四岁丧父,七岁丧母,成为孤儿,后被人收养,在他的人生中总共经历了三位父亲和四位母亲。1952至1961年分别在家乡读小学、初中,并在四川省江津地区艺术师范学校学习;1961年至1963年分别在家乡的皮鞋厂做学徒工,在化肥厂做工人,在酱园厂做炊事员;1963年至1971年在石灰厂当工人。1971年初,到彭水县城附近的农村落户,1971年至1978年,在彭水县的小学、师范学校当美术教师,1978至1980年在县文工团担任编剧,1980年至1984年担任《乌江》杂志编辑,1984年5月起在四川省江北县商业局工作,1986年5月到四川省江北县(现重庆市渝北区)文化馆担任文学辅导干部。华万里自幼喜欢读书,1975年开始文学创作,以新诗创作为主,在各类报刊发表诗歌作品近千首。1978年加入四川省作家协会。他的诗曾获得第一、二届四川省文学奖、重庆市建国四十周年文学奖、《星星》诗刊双年度奖等共计30余项,受到读者的喜爱。从90年代开始,致力于散文创作,他的散文追求诗的意境,力求融明清小品、“五四”散文和英美随笔于一炉,具有自己独到的特色,曾获得首届重庆散文奖。

由于种种原因,华万里的诗歌、散文都没有结集出版。1987年5月,重庆市江北县(现为渝北区)文化局主办的文学小报《华蓥山》出版了专刊,以八版的篇幅发表了《华万里诗选》112首，受到诗界、读者的好评。时任江北县文化局副局长的王明凯以《爱的初版》为题对华万里其人其诗给予了很高的评价："在这些爱爱相生的诗篇中，充满了苦涩苦思苦恋的变奏和反思；从题材内容到表现手段，都能辨出他纵继横移的脚踪，都能映出他独特的个性和风格，都是健康的、全新的，都能给人以美的启示和享受。"而且呼吁："在目前出诗集困难的情况下，我局抽出一笔款子，为他试出了这'本'诗选，希望读到此诗选的同好们，多多赐教。希望出版社的伯乐们，能将此诗选精斟细酌后，转为一件公开发行的于诗人于读者都有意义的'嫁衣裳'。"[①] 诗人公刘读到专刊以后写了专文予以介绍，并推荐了一组作品在《星星》发表，他在文章中不但对华万里的作品给予了好评，而且以"爱的初版"这个题目为蓝本，说："我还想袭用他那个篇名，略加改装，给自己这些文字定下一个题目：《爱应该再版》。必须说明的是，我使用的是'再版'一词，不可理解为'初版'的'第二次印刷'。四川省的或者重庆市的文艺出版单位，似乎没有理由拒绝给予支持。"[②] 虽然这些呼声是真诚的，但它们并没有促成华万里公开结集出版自己的作品。

华万里是个怪才，除了读书写作，他与人交往不多，但对于他认为的好友，他从来不回避自己对于艺术、人生的看法，哪怕是那些看来有点"离经叛道"的看法。他最大的爱好是读书、听音乐、谈女人，他说，在笔头枯涩时，往往有三种方式可以使他很快获得灵感，一是读好书；二是听音乐；三是到街上"打望"，看美丽的女人。[③] 敢于这样坦诚地谈论自己的诗人，往往都是敢于直面人生的诗人，如果他的艺术修养达到了相当的程度，快乐、苦恼、迷茫、苛求，一切人生的意绪，就可以在他的作品中化为充满魅力的诗行。

华万里的诗，"虚"、"实"互照互衬，体验之"实"与表现之"虚"构成了他作品独特的魅力。他关注的是我们生存其中的世界，长远的历史、眼下的现实都是他所观照的对象，但他绝不描写这些现象，而是从中把握一些自己发现的、具有独特启示意义的东西。他说："世世代代的众生相，加上表现的不

①王明凯：《爱的初版》，《星星》1987年第10期。

②公刘：《爱应该再版——评〈华万里诗选〉》，《星星》1987年第10期。

③1999年底，华万里在与笔者谈到诗歌创作时的谈话。

二手法,便构成我诗歌的众妙之门。”[1] 他所表现的“众生相”并不都是能够以外部的眼光看到的,但都能从内心去体会,是一种内在的、与生命的发展结合在一起的生存样相。

追求典雅是华万里诗歌的基本特色。他的诗歌意象来自很具体的历史与生活,但绝不是历史与生活的摹写,其间充满跳跃、省略,而这些跳跃、省略正是充溢的诗意之所在。由于人生经历多沉浮,华万里的诗多与农村、泥土保持着密切的关系,诗人不只是表达自己对于农村生活的感受,而且试图表达农业文明所蕴含的文化,以及自己与这种文化的精神关系。

《乌江农村主题及变奏》[2] 是一组优秀的抒情诗,曾获得《星星》诗刊1984—1985双年度诗歌创作奖。《回乡》有这样的诗节:“村童爬在牛背上/悄悄考证我的发型/议论我的惊疑和谈吐/顺手回答我的问询/指出一条短捷的新路//石屋里有我的童年/向我招手是炊烟/绿竹的静谧溢出清芳/平和的风夹着阳雀的旋律/亲人,亲人的眼睛/如出墙的杏花/闪烁出亲热的问候/闪烁出足衣足食的自负。”诗人的歌唱仿佛有时间顺序:从进村到见到亲人。但在这个顺序中夹杂着更丰富的蕴涵,细节描写使诗的情绪辐散很开,“村童”是实在的村童,但也是新一代儿童的代表,他的动作与情态,暗示着与“我”这种人之间存在的距离;故乡的一切,炊烟、绿竹、微风、阳雀,都是那样亲切、安静、和谐,勾画出一幅现代田园风光,其中包含的是诗人愉悦的心情。这首诗的意蕴与贺知章的《回乡偶书》有诸多相似之处:“少小离家老大回,乡音无改鬓毛衰。儿童相见不相识,笑问客从何处来。”诗人把传统的诗情在现代文化语境中进行重新演绎,也可以说是古典意味的现代阐释。《桐乡花雪》同样含有独特意味。桐花在阳春三月乍暖还寒的时候开放,甚至与雪花同时,“一场霏霏的寒讯来了/赶在春阳送暖之前”,诗人抓住这个特殊时节,挖掘出特殊的蕴含:“心绪是一个灵猴/对我慷慨地说:来了也好/冻醒些畏葸冻醒些迷茫/冻醒些得了桃红柳绿/就忘了桃红柳绿的自许/冻醒些‘人’字星的笔划/铸着嘹唳移过长天。”诗人由外在现象体验到的是内在的修养,是走向真实的期待,而且这种期待在乡村已经变成事实:“桐乡花雪年年降温成经验/山乡因此懂得苦寒不忘苦寒/我亦插一枝桐花在心上。”诗人以此自我

①华万里:《我的小传及诗见》,《星星》1988年第8期。

②刊于《星星》1984年第1期。

提醒，体现了他对于自我完善的看重。《千山》也是一首充满沉思的诗篇，诗人摆脱了一般山水诗的写作方式，给“山”寄予了特殊的情意，“一座山属于父亲/一座山属于母亲/其余的全属于儿女/儿女身上/凝满的情感是赤橙黄绿紫青蓝//向阳的不自满/背阴的不伤感/太阳照耀不到的地方/有月亮照耀/光明遍及正面和反面”，诗人写出了人生的两面，或者说两种不同的人生，对人生给予了自己的定位，“月亮落了/太阳又上山”，这中间包含的中国传统哲学的自敛、达观的思想非常明显，是优秀传统的现代版。

与这组诗在格调上相似的还有组诗《众妙之门》[①]。《致鹰》写道：“每天同自己争吵/同自己绝交，同自己竞赛/翅膀，拆散惊险又组合惊险/雷雨，关进体内又放出体外/用嘶鸣去截开幸福/一半披在身上/一半遮在心上/影子莽莽苍苍地映在地面。”鹰是孤独的，坚强的，为了理想的高飞，它必须与自己斗争，必须自己安慰自己。鹰是奋斗的象征，是不屈的象征。《菊愿》于平和的语气之中表达了一种玄思：“我愿为菊，种在幽幽秀岩/披同情之露/展欣悦之瓣/为知我者，或不知我者/含笑而开//让陶渊明走出花蕊/说我不再寂寞/有纯情女子的痴怀/让屈原与黄巢/或作叶，或作花/丢掉忧伤和愤懑/轻轻地说：当今可爱。”这是一种平民心态，含有无为之思，更包含着对和谐生命的热爱。公刘说：“华万里的不少作品，搅动了中国民族文化心理的积淀：老庄的虚静，禅宗的玄远，谢灵运、陶渊明的淡泊……《千山》和《杜鹃亭》，是其典型代表。若在过去，我会表示不以为然，可是，经过一些日子社会大学的谆谆教诲，倒暗暗钦慕起来了。反观我自己笔下，不免孽根难净，‘火气’太旺。我应该朝着这个方向努力才是。”[②]一位晚辈的诗给前辈诗人带去了启发，既说明公刘的宽容，更说明华万里诗歌在传统中发掘出了新鲜的美。

无论是写人物还是写事物，华万里的诗所最终表现的都是“人”，是人的思考、人的追寻、人的精神。他总是善于抓住对象最独特、最富有诗意和表现力的特征加以淋漓尽致的发挥，以精神之气贯通始终，敷衍成章。《山姑》[③]的开篇非常巧妙而奇特：“一个夜晚被冻醒/冻醒后方知自己是雪景。”诗人惜墨如金，但在短短的诗句中，其内涵是丰富的，一个“冻”字写出了山姑的处

①刊于《星星》1988年第8期。

②公刘：《爱应该再版——评〈华万里诗选〉》，《星星》1987年第10期。

③《梅女·山姑·月夜》之一首，发表于《红岩》1986年第1期，《诗选刊》1985年5期选载。

境，而“雪景”则包含着诗人的心灵评判：纯洁、美好。接下来的细节和心理刻画，则活化了山姑的性格，“砍柴的山姑”“想到火塘旁的祖母/咳弯了腰身的寒夜/想到多年来/活在父亲两鬓的风雪/她的柴刀更懂事了/恨不得/一下砍走一个冬月”，外在行为与内在感情同时迸发在诗行间，形成了张力。而在最后，诗人又换了一个角度：“丁丁的风/如啄木鸟的热情奏鸣曲/雪地/把打柴的姑娘/认作了火热的季节。”他不说自己认为姑娘是“火热的季节”，而是由“雪地”说话，既表达了诗人的感受，又保留了一种客观化的艺术效果，避免了诗的观念化。开篇的“冻”与篇尾的“热”形成对照，揭示了诗人对“山姑”的审美评价。《月夜》通过意象结构，抒写了月夜的独特魅力：“归鸟健谈/说得晚霞隐退/将月色鸣啭成如水的温柔……/鸟语入弦，吉他挂在枕旁/山地女子的手指/仍在指挥蟋蟀唱月光。”想象的独特带来语言的陌生化，诗歌所抒写的感觉也变得新鲜而陌生，诗味浓郁。

王尔碑说：“读你的诗，如读一卷人物画像。其中更多的是你的自画像。画自己，是需要勇气的。你画了，而且，从各个角度去画：或临空俯视，或远远静观，或近距离的审视，或站在未来世界的高峰遥望……或写意，或工笔，或半工半写地你画出许多不同的华万里。”[①] 视角的不断变换是华万里诗歌在抒写方式上的主要特点之一。《千山》《山姑》《月夜》等都是诗人人生态度的揭示。有时候，他甚至把自己的心态寄托于羊身上，《羊归》[②]一开始就出手不凡：“牧鞭一抖/落日‘啪’地响了一声就不再圆了。”心态与自然景色融为一体，接着，诗人抒写了“羊”的心态：

总觉得牧鞭在后面追我们
在身前唤我们
那位挥鞭的小母亲
追我们唤我们像我们一样浪漫
想她的圆乳房正月一样摇荡
想她的蓝头帕正旗一样飞扬
她背上的孩子是我们的乳汁奶大的呀
我们的分量

①王尔碑：《致华万里》，《星星》1988年第8期。

②刊于《星星》1987年3月。

驮在她身上

已听得见母羊型的村庄
在咩咩地等待我们
已听得清鞭声在头顶
缓缓成音乐
我们
大山的野性儿女
让血奔的旋律在村前戛然而止
让老母亲清点归来的头数如唱经

本是“大山的野性儿女”,但在另一种制约中,“羊”们不得不放弃野性,放弃自己本来的一切,在“鞭策”之中去适应新的环境。这首诗体现了华万里典型的人生态度:隐忍与适应。就像他笔下的“乌江玉米”,虽然“汗如雨下”,但是,“含着红须的棒子内/藏着无数值得钦佩的声音/乌江玉米/懂得真理和良种/懂得必须要笑,并为笑配上乐曲”,而且“种玉米的人,像玉米一样/彻底地为别人而生存/忘了锄头的伤痕,眼瞳的苦痛/乌江玉米/是相互证明的书”(《乌江玉米》),很难说谁依靠谁,也许是互相依赖吧! 这就是华万里诗歌所体现的生命理想。

华万里不是那种含有“火气”的诗人,他的同情心,他与世界万物的相互沟通和相互理解,都是内在的,用心的交流去实现的。他细腻,他内敛,他让一切具有生命的象征在他诗心的指挥下演出人生的戏剧,于是有了亲切的意象,含着淡淡忧郁的色彩,以及充满多重韵味的诗篇。他的世界是开阔的,但进入他的诗之后,只有生命的泉水在轻轻歌吟。王尔碑说:“华万里,因为你有同情心,才写出那么多触目惊心的好诗。它们使人想起历史,想起不应该忘记的往事而百倍珍惜今天。……同情心,缘于对世界的爱。由爱而诞生希望、美和力的循环。”[①] 透过优美的诗行,可以看到华万里实际上很单纯,他只是把人类自古以来的爱心投射到今天的世界,他说:“我尤喜国内的‘三李’(李白、李贺、李商隐);国外的‘三斯’(埃利蒂斯、佩斯、普拉斯)。我追求感觉圣洁,意象反衬,字音标新。我思即我诗,诗在中诗与西诗中交

①王尔碑:《致华万里》,《星星》1988年第8期。

融。忧患意识,弥漫其间。”[1] 在艺术手段上,这些诗人或许差异很大,但他们都是充满大爱之人,华万里从他们那里领会到的除了诗的传达方式,当然也包括他们的人类关怀,只是他消解了文化的隔膜,增加了单纯与明了,增加了更多的现代东方意味。“每个多余的夜,随叶凋落/每个恰当的词,进入果实/水的剪刀/删繁就简//水澄明到我的诗歌/我是用水写作的人/蹲在水的膝前/我高声呼叫:水,我简洁的母亲”。(《简单的水》)诗人删除的是生命中那些繁冗的段落,留下的是纯净流动的质地。[2]他一直以诗的方式思考着生命的来源和价值。

2003年7月13日,在重庆之北

---

①华万里:《我的小传及诗见》,《星星》1988年第8期。

②刊于《绿风》1994年第3期

再耕和他的诗歌风景

——序《行走的风景》

我与再耕交往已有多年。第一次与他见面大概是在1994年的夏天。我到永川参加一个儿童文学方面的会议，再耕也去了。我们一见面，他就很吃惊地对我说："原来你还这么年轻！我读过你的很多文章，那么老到，还以为你至少五十岁了。"在那以前，因为同处诗界，又共同生活在山城重庆，相互之间是知道的，也读过对方的不少东西，只是没有机会聚到一起。那次活动的参加者不多，带有休闲性质，白天谈谈诗文，晚上就到卫星湖游泳，清凉的夜风带走了炎炎热气，感觉很舒服。就是在那一次，我与这位早就熟悉的诗人交流不少，他坦诚，执着，甚至有些单纯。他说话不多，但总是面露微笑，语带机趣，给人内秀之感。我还清楚地记得，在离开的时候，再耕为刚刚落成的卫星湖宾馆留下的题词满是诗意："愿天空更蓝，愿湖水更清。"从那以后，我们的交往就没有中断过，通过电话、信函，以及一些文学活动。他出版的诗集，都赠予我，我也总是很认真地拜读。从他的作品中，我觉得他给我的最初印象是准确的。

再耕从事过多种职业，担任过中学教师，少年报副总编，青年报总编，体育报总编，搞过行政工作，还是重庆市体育记者协会常务副主席。写诗是他的业余爱好，但他从来没有放弃对诗艺的探索，默默耕耘在诗的乐土。从1973年发表处女作开始，再耕写过儿童诗、抒情诗，涉及的题材很广，经常在

《诗刊》《星星》《红岩》等刊物上发表作品，出版了诗集《五色土》(合集，1983)、《太阳和月亮》(1993)、《月亮弯弯月亮圆圆》(1995)，《鸽哨飞越远山》(1994)、《春去秋来》(1994)、《最初的年轮》(1997)、《太阳雨》(1997)、《力与美的旋律》(2002年)等。他无心以诗来换取诗外的收获，也无心去追逐艺术上的什么主义，或者营建所谓的风格体系。他只是想写出心灵所感，写出他对人生与现实的丰富体验。

格调的高雅是再耕诗歌的特点之一。诗人心中充满对人生的深爱，有一种理想乃至梦幻，因而他的诗便有一种向善向美的审美追求。也许这样的追求在20世纪90年代以后的诗坛上并不时髦，但对人生而言，善与美的情怀总是人们所渴望的，善与美的生命境界永远都会是诗的艺术主流。因为这种追求，再耕在重庆诗坛上一直拥有着自己的独特地位，在为人为诗方面都有不错的口碑。我很欣赏他的这种坚持，因为这种追求符合他那一代人对人生的理解，也是源自自己的内心体验。

《行走的风景》是再耕的又一部诗集。诗集编定之时，再耕打电话给我，希望我写一篇序文。我当时有些犹豫，写序之类的事情，不是我所长，尤其是为年长于我的诗人写序，心里总有一种惴惴之感。但再耕一再强调，我们是朋友，我对他的为人为诗都比较了解，可以更多地看出他诗中的不足，随便写写即可。我无法拒绝他的热情和信任。没有想到的是，我收到的书稿竟然是手写的，二百多页稿纸上，每一个字都誊写得非常整齐，让人觉得特别亲切。有好久没有读到这样的手写稿了，近些年读到的信件、稿子大多是打印的。再耕没有学会使用电脑，问及原因，他说这并不是他排拒现代科技，而是因为传统的手写书更适合他的思维方式，更有利于表达他的诗美发现。读着稿子，我油然而生出一种敬意。

《行走的风景》是一部以旅游题材为主的诗集，是诗人十多年间在国内的许多地方和国外多个国家旅行之后的心灵记录。不过，他不是外在世界的记录员，不是见到什么就立即像散文写作那样记录下什么，而是经过了一段时间的积淀以后，在新世纪头两个春天通过回忆和内在的重新体验而写出来的。我一直觉得，旅游题材的诗不好写，更不容易写好。诗歌是一种文化，诗人必须对于所写对象有相当的了解和理解，才能真正从中发现新的诗意。而旅游者往往是匆匆过客，看表面现象多，深入内里者少，一般很难涉及更深的文化内蕴。所以，不少旅游题材的诗，最终成了风景的记录，重复演绎的作品相当多。拿到《行走的风景》书稿时，我心里没有底，也为再耕捏了一把汗。然而，当我认真阅读其中的作品时，我逐渐放松了紧绷的神经。他是把那些旅途上的见闻作为背景，来表达自己的人生思考，而不是描摹外在物象。换句话说，除了个别题材，再耕的旅游诗与他的其他作品在诗美表达上并没有多少差异，我们在诗人所处的特殊文化语境中仍然可以读到过去的再耕，一贯朴实、真挚的再耕，对人生充满挚爱的再耕。更进一步说，再耕始终是以一个中国人的心态打量着他种文化、他种风情，无论“行走”在何处，诗人表达的都是一个中国人的内心世界，建构的是中国新诗的文化“风景”。在自由女神岛，再耕抒写了这样一幕：“船上和岛上挤满/来自四面八方的语言/一片叽里咕噜的嘈杂/诉说各不相同的对自由的理解”，“人们不约而同/在女神的头顶聚焦/那里有一只灰色的鸽子/在动荡中保持着安详/两个十分接近的主题/就这样天然地站在一起”(《自由女神》)。不同民族对自由有不同的理解，而诗人以自由女神和鸽子两个意象表达了自己的认识：自由与和平是近邻，是姐妹。在向游人开放的王宫，诗人发现，“世界上原有的禁区/正一个接一个开禁/旅游的阔步所向披靡/势不可挡地挺进/新的景点”(《开放的王宫》)，这正是现代文明对封闭世界的打破，不只是西方如此，东方民族也有着同样的渴望。在再耕的诗中，世界不分东西，没有南北，都是人类栖居的家园；黑白黄棕的肤色，都有着对于生命的共同热爱。

视野开阔是再耕旅游题材诗歌的重要特点。这种开阔性，主要体现在诗人的人类关怀和博爱精神上。在过去的有些时候，由于受到外在政治因素的影响，一些国际题材的诗歌也充满政治意识，一些诗人以自己的政治观念去评价其他国家的社会、文化，或批判，或赞美，导致了诗歌的狭隘化和诗意的单一。事实上，在政治之外，不同国家、民族还存在着许多超越政治的因素，譬如哲学、文化、经济、科学等等，这些因素都是可以借鉴、交流的。诗人有祖国，诗歌无国界，尤其是在打量不同文化中的人文精神方面，诗歌可以发挥很大的作用。除了留在祖国大陆、香港、澳门的足迹之外，再耕的这本诗集涉及美国、日本和东南亚的许多地方的人、物、风景、文化，诗人把自己的生命底色与这些歌唱对象结合在一起，或品味，或对比，获得了不少新鲜的诗美发现。在宫岛，诗人品味它的绿色；在华盛顿，诗人与松鼠交上了朋友;“各式各样的肤色各式各样的友爱/在车水马龙的街头/与自由自在的松鼠/踩着同一片无云的阳光/怡然漫步 和谐相处”(《华盛顿街头的松鼠》);教堂里的婚礼使诗人感受到“爱神至高无上 摈弃了/国界与种族的偏见/信奉有情人终成眷属的箴言”(《教堂婚礼》);在好莱坞,诗人发现了人世的沧桑,“影迷中一位真影迷/突然认出一位明星/许多年前照人的光采/照亮大半个地球/继而在不知什么时候/悄然消失 消失得无影无踪/原来明星就在此处/被安排从事接待”(《走进好莱坞》);在唐人街,诗人体验中国文化的深远与魅力,“古长安的兵马俑/排成雄壮的方阵/在黄河以北集结/苏杭的丝绸茶叶/景德镇瓷器宜兴紫砂壶/在长江之南扬帆起碇/东方源远流长的江河/在另一个半球的大陆/同样运载着精美的文明”(《唐人街》)……这些发现是诗人在异国他乡获得的生命思考,蕴含着异国情调,但绝不是异国的诗,而是饱含着一位中国诗人的情怀,饱含着对人生、文化的多向度观照。这样的诗,与他过去的一些作品相比,多了一些文化上的参照,亦多了一些深层的文化内涵,不是单纯的歌颂或者单纯的批判,而是满含思考,自然也就可以给读者带来更多值得玩味的情愫。

风格的形成是一个诗人在艺术上获得成熟的重要标志。再耕是那种追求朴素、真诚品格的诗人,他的诗一般比较单纯,包含着向上的人生理想,但他的诗并不单薄,单纯之中蕴含着丰富。不过,一个诗人的艺术风格并不是一成不变的,而是会随着诗人对人生、现实、艺术的不同理解发生一些变化,二十岁时创作的诗肯定与五十岁时创作的诗有所不同。一个成熟的诗人往往存在主导风格和非主导风格,在延续主导风格的前提下,他的非主导风格发生一些变化是很正常的,而且可以说是必然的,是诗人在艺术探索上取得进步的体现。从题材到风格,《行走的风景》在再耕的诗歌生涯中都是具有转折意义的,作品还是那样质朴、自然,但更多了一些人生的沧桑之感,多了一些沉重的内涵。这种变化也许与诗人的人生阅历和观照角度的变化有关,沉思中获得的体悟也许更能揭示生命的丰富。“当高高在上的人/从透明的水下隧道钻过/仰视的目光/是在重新审视/自己习惯的思维/及其动作”(《海洋公园》),对“习惯的思维”的打破是诗获得新意的重要手段,也是再耕的诗歌在格调上发生变化的主要原因。面对不断变化的世界,诗人感叹,“地图不断过时/地球变化太快/沧海桑田/已不是过去的概念”(《一座大桥与沧海桑田》);隔着玻璃拍照让诗人感悟到“动荡与平静/总是不断转换”(《隔着玻璃拍照》);在蝴蝶泉边,诗人通过与记忆中的蝴蝶泉的比较感受到沧海变迁,虽然“泉水清清/依然可作梳妆的明镜”,但“彩蝶寥寥”,于是诗人追问:“轻薄的翅膀/如何承载爱的重量?”诗人感慨:“几十年前那部电影/电影里那首至今年轻的情歌/在略显苍老的歌喉里打转/是否有些伤感的缠绵?”(《蝴蝶泉边》)记忆与现实碰撞出的恐怕不只是对蝴蝶泉的惋惜,更多的是对人世变迁的思考;《三道茶》更是蕴含着诗人的生命之思:“先是微苦/各人有各人苦处/继而微甜/各人有各人的甜头/一番虔诚之后/再细斟慢饮/能否品出些共同的回味?”“回味”什么?也许就是诗人接着抒写的:“留下浮躁/带去滋润/好赶前方的路程。”(《三道茶》)这是一种很高的人生境界,但不是所有的人都能悟出,也不是在任何时候都能够悟出,只有再耕这种经历过人生风雨的诗人才能获得;在石林,诗人自内心发出呼唤,“不如让石头还原/还原为自自然然的风景”(《穿过石林》);在翻越高原时,诗人感受自然的变化,也思考人生的短暂,“一天经历四季/春秋只是短暂的一段路程/人生浓缩了/会是什么样的感受?”(《翻越季节》);在《登夕照下的名山》中,诗人追问,“通往天堂的路在哪里?/为什么一不留神/就进了地狱?”;在《走出阎罗殿》,诗人写道,“下山的路/似乎更难走/悬崖峭壁间的人生/跋涉中寻觅启迪”,而人生就是这样行进在崎岖的山路间;在张家界,诗人说,“奇特的山川苍翠的林木/都只是盆景/盆景里比蚂蚁还小的人/又是什么”(《张家界》);在莫高窟,诗人体会道,“佛学深奥/苦念一生/有几人悟出真经?”(《莫高窟》)……像这样的诗行,像这些蕴含人生思考的艺术发现,在再耕的诗中随处可见,虽然有些沉重,但确实揭示了生命的另一层内涵,多了一些哲理的表达,暗示了诗人在理解人生时所发生的微妙变化。

不知道是不是年龄与阅历的关系,再耕的许多诗中都暗含了一种怀旧的心态,过去那些美好的记忆似乎给了他更多的回味,而现实的改变却带给他一些难以适应的无奈甚至尴尬。在《黄桷古道》中,诗人把步行与索道相比,获得了不同的感受,“与此平行的索道/牵引着轻松/而重返黄桷的怀抱/则是颇具深意的选择”;在《新牌楼》《石板路》《沙滩椅》《趵突泉》《星期天在八宝山》《钻进胡同》等作品中,我们都可以体味到诗人的这种心态。怀旧心态所带来的主要是对历史的尊重,诗人一般不是激情喷发,而是更注重比较冷静地从发展的角度打量世界与人生。与此同时，诗人对自然怀着一种向往——旅游，在很大程度上就是一种亲近自然的方式，这也许是因为人与自然的交流不需要防备，人与自然的默契是生命中随时潜在的向往，“雪峰塑造一种/静穆的美/黑牦牛也塑造/一种静穆的美//雪峰使风暴/精疲力竭/黑牦牛让雨点/软弱无能”(《雪峰下的牦牛》)，这种源自内里的力量是生命发展的动力，即使是对抗，也充满魅力。

我记得彭斯远教授说过：“通观再耕诗作，人们会发现，作者在追求诗艺表现时，所采用的手法既是民族的、古典的，但同时又是现代而新潮的。再耕从未轻视过对旧形式的利用，但更注重吸收传统表现手法而加以创新。这就显示了他既同一成不变的仿古有所区别，又与当前某些单用时髦语汇来包装诗句的拙劣做法，有着本质的不同。”[①]这段话说得比较笼统，但也在一定程度上揭示了再耕追求诗歌艺术上中和性的特征。所谓中和，是指在艺术观念上不偏于一极，而是吸收多种表现手段的优势，建构适合新诗艺术发展的新的表达方式。在这本诗集中，再耕依然保持着这样的追求，但也发生了一些变化。在诗体建构和表达方式上，他更倾向于自由与随意，较少雕琢的痕迹。这是艺术的坦然之境，它源于诗人理解生命的敞亮。但自由与随意并不是无度的，而是以成熟的内在传达代替外在技巧的经营。诗歌是追求自由的艺术，但在表达上永远都是不自由的。《从春天飞进夏天》有这样的诗行：“廊曼国际机场/变成了大型更衣室。”写季节在短时间内的突然变化，“两个季节/在同一天”的感觉通过“更衣室”这一意象准确表达出来；在《感受一衣带水》中，诗人说，“隔岸相望的路程/很短/你来我往的岁月/很长”，这一对比表达了中国与日本长期交往的友好关系。艺术表达的出色，并不一定是苦心经营某些字句，而是很自然地发现与表现一种诗意。有了独特的发现，诗篇往往就成功了一半。再耕很注意对诗美的发现，而且力图通过新颖的角度、明了的语言表达自己的这种发现。

我身边的一些朋友总爱问我，现在研究诗还有意义吗？的确，在物质化的时代，写诗读诗甚至研究诗都已经是一件很奢侈的事情，回想20世纪80年代那种诗歌热潮，恍若隔世。在有些人看来，现在谈诗甚至有些可笑。也的确有一些人，他们写诗、读诗、研究诗，而对于他们来说，诗似乎只是一种

---

①彭斯远，《发现和表现——读再耕诗一得》，《西南经济日报》1995年11月21日。

外在的工作，一种职业，一种求生的手段，与生命本身的发展好像没有直接的关联，于是，在面对物质利益的时候，他们可以把诗抛诸脑后，最终落入人世的纷争。但我一直觉得，心灵中有一些诗意，生命的境界与质量都会更高。20世纪90年代以来的诗坛纷繁复杂，许多诗人，甚至一些有成就的诗人，都失去了自己的方向，停笔了，或者在物质与精神之间苦苦挣扎，不知何去何从。但再耕没有，他在坚持自我的同时，也试图对过去的自己有所突破，这是令人欣喜的。我认识他的时候，再耕还是一位中年诗人，但他现在离老诗人的门槛已经不远了，我们在感慨岁月流逝的同时，也感受到诗人心灵的变化。不过，再耕对诗歌艺术的执着没有改变，我相信，在抛开外在世界赋予的诸多宿命的牵扯之后，他还会获得诗情的再次爆发，创造自己诗歌生涯的又一个春天。

我为他祝福，也期待着。

2003年6月16日，于西南师大桃花山寒斋

说是那寂寞的心的嘱托

——培贵诗歌创作漫议

从1971年发表处女作至今，培贵已经在诗歌创作之路漫漫跋涉了二十几个春秋。虽然他奉献给诗坛的只有两本诗集《彩色人生》和《风景树》，但是，他的诗已深深嵌入了人们的心灵，吕进、公刘、木斧、石天河、叶潮、罗良德、杨泉、余见都曾对他的诗进行过评价。在中国当代诗坛上，培贵是那种以质量而不是数量取胜的诗人。应该说，这是真诗人的基本特点。

对于诗，培贵是执着的。不管是在云贵高原的星空下，还是在繁华山城的斗室里，他都时刻轻叩着缪斯的门扉，把一颗爱心奉献给他所钟爱的诗神以及与之相关的艺术殿堂，除了新诗创作以外，他还创作了大量优美的歌词，同时还热心于向大陆读者介绍港台诗人的作品，在他兼任诗歌编辑的《企业文学》上每期都开设有"海那边的玫瑰"专栏，并编选出版了《台港爱情诗选》《台湾现代抒情诗选》《台湾小诗五百首》，以作品的艺术质量作为选诗的唯一标准，受到诗界的广泛好评。在培贵的人生之路上，时时都充满了诗的馨香。

培贵是那种不尚言谈的诗人，他崇尚智者的生活。他总是沉思着，面对纷繁复杂的人生，找寻他的心灵依托。对现实，他所进行的是心灵的评判而不是理性的辨识，这也许正是他放弃在大学专攻的法律专业而步入诗坛的主要原因。培贵天生具有诗人气质：外表沉静而内心敏慧，充满爱心而又善于体验。

如果除去在茫茫诗路上左冲右突的寻路岁月,培贵真正找到自己的艺术之路应该是在20世纪80年代初期。当时,中国诗坛已相当活跃,甚至出现了不少论争。培贵没有卷入任何一个流派,但他也正是在那个时候找到了自己的诗歌之路。他的诗歌创作由过去的“类似情绪的小诗”开始转向以体验为中心的诗,他的艺术追求由个人情绪的抒写转向了对更开阔的人生的思索,1981年底,培贵在省作协文学讲习班学习,为他真正走上诗歌新路奠定了良好的基础。1982年3月,培贵发表了《土地的报告》,引起了诗坛的关注,诗人也由此而有所了悟:“感觉到在中西之间,在古典写实、浪漫抒情和现代抽象、象征之间,找到了合适自己的路子。”①应该说,这是他经过摸索找到的艺术之路。

《土地的报告》是一首讴歌农村变化的诗,诗人把本没有诗意的“数字”赋予了诗的情味,具有相当的概括力,既有泥土的芬芳,也有内心情感的升华。在谈到自己的艺术追求时,培贵曾引用雨果的话说:“我希望自己的脚跟永远沾着地上的泥土。”由此可见,培贵的诗的转向与收获同他所深入感悟的人生与现实是密切相关的。

任何一个有成就的诗人,在诗歌艺术的开拓方面都有着独特的贡献。在培贵的诗歌中,最早受人关注的是他的人物诗。就总体而言,诗都是离不开人的,然而,培贵的人物诗却有与众不同的地方,诗人是利用对人的关注表现自己的内心情愫的。在手法上,诗人主要用了白描,用人物的行为自然流露出人物自身所包含的情感内涵。当然,这种流露中包含着诗人的审美选择与审美判断。正是这种选择与判断把独特的个人与他所处的环境融合在一起,使他所体现的精神具有了相当开阔的辐射效应。换句话说,培贵的人物诗因为诗人高超的艺术抽象力而由个别概括了一般。这是优秀的诗歌所具有的基本艺术素质。培贵曾经说过:“情,不仅仅只反映个人情绪、思想和内心活动,更重要的是还应该把个人的感情与社会生活、时代潮流联系在一起。”这是诗人对艺术实践的总结,也是诗人艺术观的揭示,可以说是我们了解培贵诗歌创作的一条重要路径。

培贵的人物诗所写的都是那些普普通通的人,而不是那种叱咤风云的

①培贵:《诗——我的追求》,《星星》1983年第7期。

人物。这种题材选择一方面是由诗人的人生经历所决定的。比如,诗人说,《卖煤者及其后裔》中的“卖煤者就是定期给我家挑灯的一个老人。他六十多岁了。佝偻的脊背形象地表明了生活的负重”。另一方面,它也有利于展示真实的生活,表现诗人内心最深刻也最富人情味的体验。在普通中发现神奇,是真正的创造。《英雄的诗和我的歌》《车站,有一位老人》《卖煤者及其后裔》《说书人说书》《深巷的回想》《蚕妇》《织绸女》等都属于这种类型。像这样的诗行:

来了收荒货老汉的吆喝
把深巷喊得又细又长
——《深巷的回想》

店堂的那厢。水
在壶中嘤嘤地哭了
历史泡在今日的杯中
惊堂木下,现代从古代中惊醒
茶,苦涩且冷
——《说书人说书》

成熟的爆响
响亮又芬芳
一朵花在巷的黄昏
悄然地开了
——《爆米花的少女》

从历史般的矿井中走出
骄傲地扛起太阳
在现象的背景上
我看见一帧逆光照像
黑色在你棱角分明的脸庞
涂写化石般的坚定与含蓄
——《矿工印象》

在诗人的笔下，这些普普通通的人变得陌生，他们的经历、行为都被赋予了更深的内涵，因此，诗的意义已远远超出了题材本身。诗人的体验——历史的，现实的，外在的，心灵的——一切都在诗中交融，汇成诗人情感的流泉，或轻松、或沉重、或赞美、或批评，都是从诗人内心流泻出来的，足见诗人艺术表现力的非同一般。诗人敢于涉笔这些极为平常的题材，本身就说明了这一点。吕进先生说，在以外部世界为抒写对象的诗中，“诗人要对外部世界进行感情概括。审美态度是一种表现态度，纯然的描绘或叙述外部世界是没有诗的”（吕进：《人物诗的探索——序培贵〈彩色人生〉》）。培贵正是用一种审美态度去打量外部世界的，“带着晴空的颜色/望着五光十色的橱窗/这城市微笑的眸子/山村和城市/会心地交换着共同的感情和话语”（《橱窗前，有一位农村大娘》），在这里，色彩的衬托、虚与实的对照，具体与抽象的交融，完全是由诗人的审美理想决定的。在培贵的诗中，外在世界是“为我所用”“为我所设”的，诗人的艺术创造不受外在世界的左右，或者说，诗人所最终遵循的不是生活的叙述逻辑，而是诗的抒情逻辑。

外在世界只有经过陌生化处理之后才可能变成诗的因素，也就是说，外在世界与诗的表现之间存在着若即若离的关系。如果说，外在世界是诗情的源泉，那么，诗人对此的体验才是诗质之所在。在这方面，培贵是颇下了些功夫的。除了独特的诗的发现之外，诗人在诗的表现上也有很深的功力，有时候是实虚互化，有时候采用意象，有时候又有内心的独白……比如下面这节诗：

无心把老来的日子沏成酽茶
一口一口品味余年
布满年轮的手伸向昨天
火山口下摘取一枝火种
在不是炉台的阳台
精心栽植一溜火红
拎在手中的喷壶虽不是钢包
喷洒的却依然是汗
离开了浇铸还是浇铸的劳动……

——《晚年》

诗写的是一个浇铸工人的晚年生活，展示了他对建设的热情和对生活的信心："当出钢钟敲响记忆/你总条件反射地朝车间眺望/望钢水倾泻的刹那/滚烫了冷却的激动/就像喷壶下簇拥的花朵/燃烧着一串红。"诗人采用的比喻很新奇，情景转换很有特色，"炉台"与"阳台"的联系无理而妙，"浇铸"二字包含着双层含义，这就使诗的内涵超越了具体的事件而具有更开阔的人生意味。

培贵的诗注重历史感的建构，试图在诗篇中展示人生发展的一种纵向线索，同时强化诗的情感的来龙去脉。为了达到这一目的，诗人采用了多种方式，像历史的回忆、时空的构筑、典故的运用等等。用典是培贵诗歌的一个特色，展示了诗人丰富的人生修养与艺术、文化方面的修养。但是，也正是这种追求，带来了一些负面效应。为了强化语言的陌生化、诗的历史纵深感，诗人的用典有时太多，甚至用"辞典"，似有雕琢之嫌，像"一条路穿越历史教科书""这路穿过白居易的新乐府"等等，与诗人所追求的朴素的诗风相抵触，也容易造成诗的晦涩以及与读者之间的"隔"，从而影响了诗意的表达。

当然，培贵是一个勇于探索的诗人，而探索中的失误是难免的。具有高度文体自觉性的诗人往往把自己的失误作为后来进一步探索的突破点。培贵正是如此，他的艺术追求是在不断探索的过程中逐步走向成熟的。《彩色人生》出版之后，培贵开始思索新的艺术课题，也就是在那时，他广泛地接触了港台诗歌，这种别样的作品对他的艺术转向有一定影响。在这以后，培贵的诗在题材上由关注外在世界而转向开拓内心世界，在表现上则用了更丰富、更具现代特色的手法，像意象手法、通感手法、变形手法等。这就是石天河所说的培贵诗的"蝉蜕期"："由于时代环境与心灵探求的变化，诗人要超越自我，更新自己的艺术生命，像新蝉蜕壳，响重飞高。"

培贵诗歌的这种变化主要发生在诗集《风景树》中。在诗集中，诗人对人生与现实的认识角度有了改变，更注重人的生命意识的揭示，并且把生命意识与使命意识融为一体，展示现代人内心特有的体悟以及为了突破某些困扰而进行的努力。因此，培贵诗歌创作的转化有这样一个明显的特点：对内心世界的开拓在很大程度上替代了对外在世界的吟咏与感叹。表现在语言上则是：丰富的意象替代了单纯的形象，语言的体验性替代了语言的叙述性，过去那种以用典建构的历史感正由新的语言方式完成。这样的结果，使培贵诗的风格也发生了相应的变化:由明朗变得凝重,对生命哲学的体悟超越了对生活哲理的寻求,诗由单线条的审美流向步入多线条的审美观照。可以说,《风景树》中的不少作品是培贵迄今为止最优秀的篇章。

在文学创作中,题材往往要选择文体。题材的拓展自然需要诗人在文体方面的开拓。培贵是一个具有较高文化修养和艺术素养的诗人,他在艺术探索过程中,在新的抒情领域显示出了令人难以忘怀的新的姿态。请读下面的诗行:

雁声滴落成雨
几页历史在哭
那支火辣辣的乐曲突然冷却
音符自每棵树上枯落
——《入秋之雨》

一枚神秘果成熟地
坠落 是我
我坠落于秋
秋是一眼古井
好深 好深
——《深秋季》

这些诗中,诗歌语言的表现性特征显得很突出,非特指的意象比浅层的比喻更具诗学魅力,这是因为非实指的意象可以包容比“实”的形象更丰富、更深厚的情感内涵。现代诗的广泛影响恐怕与诗歌意象领域的拓展不无关系。

培贵的《岁末情绪》也是颇具特色的。全诗写的是“中年的风景”,应该说是诗人内心世界的真实。诗化心为物,也得力于意象的营建:“一株丝杉/被风摇响又离弃/影子/像根黑色的拐杖//(有声音说/通向生命的路还很远)//很多很多的秋天过后/一匹黄了又黄的叶子/握在看相人手中/诠释命运/……”这种语言结构方式强化了诗的体验性,剥开层层的艺术包装之后,每一层都有独特的意味,诗人的感情不再是直接地流露,不再是一览无余,而是显得更有余味。

除了意象的营建,培贵的诗还很注意对色彩的运用。这似乎与现代主义诗离得更近一些，但培贵的诗不属于现代主义诗之列，他使用的色彩不具非理性的随意性，而是具有更多的东方特点，每种色彩都是在与其他艺术因素的交融中才有意义的。比如：

但是我呼唤的回声
烨烨然 带着少女初恋的鹅黄
——《骊歌》

顿时 我青色的哀思
变成一只雪白的鸽子
——《悼》

在这些诗行中，色彩起着很重要的作用，引导着诗人的思绪流向，也自然规定着与它相关的意象的辐射空间，形成了视觉效应与感觉效应的交融，使诗具有了浓郁的现代氛围。

《风景树》中最有特色的诗应该说是《千千情结》。这是一组由二十六首诗组成的大型组诗，我们从中既可以看出诗人探索的收获，也可以看到诗人对人生的深刻思索。组诗勾勒了诗人对爱情的种种体悟，情绪波动较大，但透过作品，我们不难看出诗人的直率、坦诚、执着。在这组诗中，过去那些对外在世界的体验已转化为对内心世界的解剖，对生命的体验强化了对单纯的使命意识的展示，下面的这些诗行也许可以作为佐证："我知道你并没有失去飞渡激流的信念/随手摘一片竹叶折成小船/递给你一个常绿的祝愿/如果无情的风暴再度袭来/请相信我的胸壁/将为你筑成忠诚的港湾""我差点哭了，却怕/泪水把残存的希望淋熄""喊着月亮母亲的名字/醒来听不见一丝回音/露珠晶莹的眼圈里/人和自然走向永恒……"这些诗句自然、流畅，给人以"清水出芙蓉，天然去雕饰"之感，已接近了那种"无技巧"的境界，诗人的体验与他的表现之间形成了不可分割的血肉联系。

当然，培贵的诗歌探索并没有完全疏离他过去的艺术经验，《风景树》中有两辑作品可以说是他过去创作的延续。《仙水星座》一辑写的仍然是普普通通的人，《原野回声》一辑写的是农村题材。培贵在探索中对自己过去的创作既有否定但更有肯定，从而最终构成了他自己的艺术风景地。

综观培贵的诗歌创作，我们可以看出，诗人的探索步履是很稳定的，他后来的作品大都较以前的作品有一定程度的突破。在他的诗中很难见到那种轻浅、庸俗的作品,不少作品能给人以新的思考与启迪。诗人的那种超越痛苦、困扰的精神力量增加了诗人的人格力量,使他的诗在格调上有很高的品位,可以说,培贵走上了新诗发展的正确路向。

培贵的诗充满灵性与智性。他的诗的灵性构成了独特的诗美特征:细腻,真切,富有韵味,含蓄而不晦涩,凝重但不呆板。他的诗的智性使作品获得了较高的哲学意味,于体验之中深含思辨与选择。灵性与智性的结合便构成了培贵诗歌的整体风貌,朴素但不浅薄,平凡却又神奇,这是诗人高度文体自觉性的最终艺术效应。

俗语说:"人到中年万事休。"培贵已人到中年,但他并未停下探求的步履,内心的种种情愫特别是对人生与艺术的双重挚爱促使他不断向前开拓。这个时期,他的诗具有一种热情的冷静,青少年的那种狂热在他身上已变成了深切的人生体验。诗人抛弃了海阔天空的梦幻,投入更深沉的思索中。因此,我们有理由相信,培贵的诗会走向更高的境界。他的又一个收获之秋应该不是很遥远。

1993年10月,在重庆之北

时光的守望者

——柏铭久三峡诗片论[①]

在中国南方,长江三峡是重要的文化象征,历代文人骚客对它的歌唱难以数计。在当代,以三峡为题材的作品也很多。这些作品,有来自过客型诗人的,也有来自坚守三峡的诗人、文人的。柏铭久是东北人,但是自从来到三峡,他就迷恋上了它。作为一个"外来者",他比土生土长的三峡人有着更开阔的感受、更丰富的参照,因而也能够创作出不同于其他人的作品。在重庆诗坛上,傅天琳是以其"果园诗"而受到诗界关注的,柏铭久则以其"三峡诗"为人瞩目。他们都是别人无法替代的。对于诗人,题材只是表象,只是诗人抒写生命感悟的触发物,但是,如果一个诗人能够长期坚守自己熟悉的题材,在时间的流逝中感悟生命的升华或者消亡,那说明他已经将自己的创作甚至生命和这些题材融合在一起了。虽然我们不赞同文学创作中的题材决定论,但是,坚持相对恒定的题材有时是可以为诗人打上独特的艺术标签的,甚至可以为诗人带来意想不到的艺术收获。

柏铭久的三峡诗歌有着强烈的使命感和历史感,充斥着对三峡旧有岁月的眷恋以及对时间流逝的抵触。他想"铆住三峡",通过对三峡历史文化的吸取,来构建自己的诗歌体系,从而创作出一种真正属于三峡的诗歌,在剧烈变化的时代潮流中做三峡的一个忠实的观察者和陈述者,写出一部切

① 本文系与本人硕士研究生张昊合作完成。张昊现为西南师范大学出版社编辑。

实属于三峡的“时光之书”。正如他所说：“铆住三峡，像马尔克斯铆住阿拉卡塔卡镇写出《百年孤独》，海明威铆住老渔民格雷格里奥·富恩特斯创作《老人与海》，普希金、泰戈尔铆住俄罗斯和印度。”①

基于此，柏铭久诗歌中的历史意象是浓烈的，他对于那些能够体现三峡厚重历史的事物有着特殊的偏好，比如古生物化石、原始人类遗存的“黛溪文化遗址”，并对其用了大量的篇幅进行描绘。另外，他的诗中最为常用的是黄桷树的意象，通过这样一种生命力十分顽强而寿命又十分漫长的树木来体现出厚重的历史感。为了对抗时代的飞速变迁，他从“朝发黄牛，暮宿黄牛，三朝三暮，黄牛如故”的黄牛峡中提炼出“慢”的意象，希望用与快节奏相对立的慢节奏来守住被文明进程所遮蔽、所摧毁的美好品质，借以探寻生命的本质，从奔涌向前的洪流中提炼出沉静而肃穆的美。

一、摈弃主观的观察与抒情

“真正的诗人应该与他的生命体验对象在精神上达成某种关系甚至融为一体，他才能获得属于自己的诗美发现②。”一个诗人如果仍是对现实人生保持着旁观的态度，以一种主观的视角来进行观察与写作的话，是很难对生命的实质产生深刻体会的。因此，柏铭久数十次地走入三峡，长期生活在淳朴的三峡人民之中，希望以此来尽力摈弃和排除主观性的想象因素，尽力以一个真正三峡人的视角和感受来描摹三峡、体会三峡。正因为这种独到的观察和写作态度，他才能写出“鹰的闺房/飘满云的暗香”（《望霞》）③，“层岩拔地而起/攒足劲像绷紧的弓/将童话般的小房屋/弹向白云深处……”（《对面·翠屏峰》）这样具有奇特视角的诗句。而这种同样十分独特的感受只有身处其中，才能深深体味。正如作者所说：“如果不身临其境，坐在书斋里，我是如何也写不出这些感受的。”④

---

①柏铭久：《铆住三峡，见证三峡，再铸三峡诗歌辉煌》，见《三峡：时光之书》，重庆大学出版社2010年出版，第1—2页。

②蒋登科：《走进另一种生命的情境——柏铭久诗歌近作片论》，《三峡学刊》（四川三峡学院社会科学学报）1997年第13卷第4期。

③柏铭久：《三峡：时光之书》，重庆大学出版社2010年出版。文中所引诗歌作品均出自该书。

④柏铭久：《铆住三峡，见证三峡，再铸三峡诗歌辉煌》，见《三峡：时光之书》，重庆大学出版社2010年出版，第2页。

这就为柏铭久的三峡诗歌添加了与其他抒写三峡的诗歌相区别的一些独到元素，在与山民长期的相处过程中，他彻底地走出了封闭的书斋和“象牙塔”，破除了对于三峡和三峡人的种种不实想象，“你的心与他们的心跳动在一起，你的血液与那里的历史与现实流汇在一起；你的梦与他们的梦梦在一起；你的诗就是没有那些词语，写的一草一木也能让人品出三峡的滋味”[①]。这是诗人的理想，也是他一直努力的目标，事实上，柏铭久的三峡诗中，直接提到有关于“三峡”的词汇或相关名词的作品的确很少。当对描摹和抒情对象有着深入其中的感受之时，即使没有关涉到客体的具体词汇，但从字里行间中所渗透的客体之神韵还是会自然而然地流露出来，为读者所感知。

当然，柏铭久的三峡诗不仅仅注重主观性的弱化。将主观化的想象排除之后，他把客体抬高到了很的地位，一方面整体性地投入客体之中，而不以既有的观念对客体进行断裂性的分割，另一方面他努力地使自己融入抒情客体之中，在对客体进行建构的同时也建构着主体，从而尽力贴近生命的本质，以此来进行世界与自我的双重建构，并由此获得一种饱含深刻内蕴的力。正因为这样，他的诗歌常常具有一种十分特别的魅力，即涅槃式的壮美与再生。他在《登龙峰·伫望》中写道：

没有什么/一滴晶亮的雨 利刃般/从我的额际向万丈谷底划去/我的半边脸/因默守神谕的誓言/沉重地支撑裂变的现实/而呈现出传统冷肃危机感的美/另一半因受蛊惑而哗变 倾颓

这一节诗中，诗人沉痛地表现了自己在“裂变的现实”中分裂成“传统冷肃危机感的美”和“因受蛊惑而哗变 倾颓”的两种相对立的两部分。在融入客体的过程中，长期处于裂变现实中的主体必然要面临这样一种极端对立的分裂，这也是沉静肃穆的自然与喧哗而骚动的人类社会的一种必然对立。其关键在于如何将这两种对立进行整合，从而构建一个新的自我。诗人在该诗的下一节中写道：“没有什么/背负如火如荼山林的责任/我试着将自己重新捏合/转身 准备上路/山岭那边是跨世纪的春天。”我们可以看出，诗人已经开始着手整合与构建，而其着眼点和立足点还是包容着自然情怀和

①柏铭久，《铆住三峡，见证三峡，再铸三峡诗歌辉煌》，见《三峡：时光之书》，重庆大学出版社2010年出版，第2页。

三峡情韵、处于山岭之外的“跨世纪的春天”。

二、变动中的赝品三峡

长期生活于其中的诗人，对于包含着他很多个人记忆碎片的三峡地区无疑是有着极深厚的感情的。他在《下落》中写道：“溅起的故事随时发生/溅起的初恋在老地方亮着/每爿山岩背后都有村庄 祖坟/我们不曾离开/‘我们曾拥有一条大河 转弯/繁华夜市 各地口音……’”但是随着三峡工程的修建，不仅三峡地区的山川地貌发生了极大的变化，还产生了百万移民。对于这些移民来说，随着“高峡出平湖”，蕴含着记忆碎片的建筑与地貌沉入水下，旧有的联系被彻底切断、隔离，重新搭建的“新三峡”是否还是传统记忆中的三峡，这的确是一个值得深究的问题。丧失原有记忆的故乡还能否称其为“故乡”也由此变得非常值得商榷。

三峡工程中涉及的一些重要文物，虽然大部分都按照原样拆迁重建，但是与原有环境相剥离之后，即使本真未变，而相附着的气韵、神态已经随着地位的挪移而损失殆尽，成了柏铭久所深恶痛绝的“赝品”。他写道：“赝品的天空/我们忽明忽暗 依斗门换了个地方站着/被阉割的裤裆里空空落落/谁谈到了夷陵大火八阵图里的马/一些人 还有一些人/都曾在此/悲剧般地站着”(《夔门赏月》)。变动中的“赝品三峡”能否还称得上是故乡，这的确是一个问题。而事实上，三峡对于诗人来说也不过是长时间居住的“第二故乡”，他真正的故乡远在东北平原。远在千里之外的故乡遥不可及，而眼前生活了二十多年的第二故乡又在剧烈的变动中逐渐沦为“赝品”，这对诗人的故乡意识造成了一种断裂。严重被扰乱的家园意识如何重新梳理，如何重新复原，是长期困扰诗人，也是为诗人所长久思索的问题。

与选择远走他乡的人所不同的是，即使江水不断上涨，柏铭久依然坚守在三峡边上，水涨多高，他便随着退多远，但始终不肯彻底离去。他在诗歌《对峙》中写道：“一座燃烧的山与一个一言不发的人/山熊熊燃烧越烧越旺似乎/想展开燃烧的翅膀带动山岭都飞起来/而那沉默的人/像钉子般站着/忘记冬夏。”这又涉及诗人“铆住三峡”的坚守意识，他以极其坚定的姿态对抗激烈变动的“赝品三峡”，力图通过自己的回忆来建构一个真正的三峡。“废墟上 一个老人又开始比量——/即使时日不多/还有一点点必要/也要为正下落的夕阳/搭一个巢 即使命运已安排 神已撤退/我们仍以自己的方式/在曾生活的某个地方活着。”(《一个人的下午》)他力图通过“比量”,通过在内心深处为记忆所搭建的“巢”来储存和构建想象中的故乡。这有点类似于心理学中“安全岛”的作用,通过封存在头脑中由记忆碎片所构建的“想象三峡”来对抗名存实亡的“赝品三峡”。

诗人是倔强的,他不认同“与时俱进”的家乡意识,他反感“像寓言里偷苞谷的熊/掰一穗夹在腋下一抬手又将前一穗丢了”,他质问“我们为什么而活着?”(《夔》)他所推崇的是一种不肯在时代洪流面前屈服的坚守意识、“铆住意识”。正如他在《对面·翠屏峰》中所说:“掰去棒子不肯在风中倒下的苞谷是另一种精神。”即使原有的可供回忆的风物已经为时代所摧毁、变形,但依然坚守,不肯妥协,这便是柏铭久与众不同的倔强的家乡意识。

三、无奈的历史意识

在诗人故乡所在的东北地区,石头是很少见的,因此对于饱含时光意蕴的石头,他的感情是十分浓烈的。而三峡地区最不缺少的就是石头,于是石头成为他的三峡诗歌中经常出现的元素。在《再捡一回石头》中,他写道:“江水在我面前一寸寸上涨/所有的一切将永沉江底 得抓紧 这些卵石无非是/大的大小的小 圆的更圆扁的更扁……/我心中的石头还少么? 但这是最后的机会/俯身 吐口唾沫 用手擦/这是刚飘落的鸟羽 游到陶罐上的鱼/风中落叶 没有口红/这个吻是怎么印上去的 密林一角/摸着脸颊仍感发烫。”不难看出,在这里,“石头”是作为时光或记忆的包孕物而出现的,诗人把不易封存的时光或记忆比作石头,一方面是想借助石头的坚硬和不易磨损来对抗流逝,另一方面则是想将石头所传达的沉重感附着在时光或记忆上,摆脱其固有的轻飘感觉。“石头”的这种作用在《倾斜的土地》中表现得尤为明显:“每捧土都能攥出晶亮的汗水/每捧土都有附有深吻的灵魂/每捧土都能感到/一代人盼望一代人的/心跳/捧起这捧土 你就是/惧怕流失/紧紧贴在大山脊梁的石头。”“土地”是另一个经常用来比附时光或记忆的意象,然而,“土”是松软的,因此也极易发生水土流失,所以诗人在这一诗节的结尾,又从“土”归结到“石头”,希望能以此对抗流失,“紧紧贴在大山脊梁”。

然而,时代的伟力毕竟是强大的,即使是最坚固的石头也只能与时光对抗一时，而无法真正永远留存。诗人曾在与湖北交界的三溪目睹了一次山体垮塌，不仅诗人向来所钟情的能长时间与时光相对峙的“千年黄桷树”被彻底摧毁，连“紧紧贴在大山脊梁的石头”也随着整个巨大山体的崩解而陷入彻底的无序混乱：“惊慌的空气 坍塌的道路 改嫁的溪流……/从前一直踩在别人头顶的巨石/现在被另一块斜斜压在身上/还在咒骂和叫喊 闪开 混蛋！/自己又为自己一时粗鲁惊呆/一些岩石已在对岸草坪歇息/一些还在激流中摸索/一场梦还没结束……”(《在山体垮塌现场》) 随着依附的大环境彻底改换，曾经希望借助庞大身躯和力量与时光抗衡的希望化为泡影。诗人曾设想“铆住三峡，像蚂蟥透过时间之皮往历史深处吸取血液”[①]。但是，随着提供依附的“皮”自身的剧烈变化、断裂，“蚂蟥”的牙齿无论多么尖锐都毫无用武之地，只能随着身份地位的混乱而陷入精神混乱，“还在咒骂和叫喊 闪开 混蛋！/自己又为自己一时粗鲁惊呆”。

三峡地区所经历的变化与改动是难以估量的，山川地貌的变动无论从广度与烈度上都远强于山崩这种对于某一单个山体的破坏，身处这场变动中的人们正如那些长期依附于山体的石头一样，陷入一种“失怙”状态。共同体与集体记忆的双重缺失导致个人对应方式与个人记忆的泛滥，有的人能够较好地处理，有的人则毫无办法，于是“一些岩石已在对岸草坪歇息/一些还在激流中摸索/一场梦还没结束……”可见诗人是无奈的，他所寄予厚望的“石头”依然不能负担与时光对抗的重任。对于时光摧毁一切的巨大能量他有着清醒的认识，“石头”意象的采用不过是无法寻找到恰当替换物的一种“权宜之计”罢了。

四、慢到骨子里的慢

快速变动的状态不仅是三峡地区更是当代生活的常态，飞速的变动摧毁了坚守的可能。“世界有的变化是缓慢的，譬如那些青山，李白被放逐途中遇赦‘朝辞白帝彩云间’是这样，苏轼三父子进京赶考时是这样，现在还是这样。而江河日下，清澈的水波和无数游鱼游走了……”山川大地本来长期处于缓慢变化之中，但是现在，人类的干预却导致往往需要几百年甚至几千年

①柏铭久，《铆住三峡，见证三峡，再铸三峡诗歌辉煌》，见《三峡：时光之书》，重庆大学出版社2010年出版，第2页。

才能完成的变化在短短的数年之间仓促而粗暴地完成。诗人对于这一飞速变化的过程是恐惧的,也是厌恶的,感叹:“时间从不留有缝隙 快速掠过未完成的高架桥 活着/我一直未完成我自己……”(《8628》)快速流逝的时间,不仅导致物质世界处于一种未完成状态,人的心灵状态也因为缺少仔细梳理和缓慢的建构而始终处于未完成状态之中。正是出于对飞速变动无法把握的恐惧,以及在此过程中自身缺失的担忧,诗人极力想找出一种恰当的方式进行抵御。

三峡地区的西陵峡以险要著称,其中的黄牛峡则最为险要,因而船行到这里要小心翼翼,慢上加慢,因此得名,有一首《黄牛谣》写道:“朝发黄牛,暮宿黄牛,三朝三暮,黄牛如故。”诗人由此得到灵感,提出“慢品西陵”,想用“慢”来与“快”针锋相对,从而达到保存和坚守的目的。人容易随着外部世界的飞速变化而变得浮躁,故而诗人说:“相对 久久注视/不说话 其实什么都说了/不用吩咐不需暗示/霞光照亮丛林 众鸟鸣叫山谷/心中蓄满了蜜 慢慢体验/宁静 相融。”(《慢》)只有“慢”下来,才能将烦躁排除,才能使心灵处于宁静安详的状态,才能够真切地体验到生命与自然的大美。在《航行日志》中,“快”与“慢”的对峙表现得更为明显:“西陵峡众峰只剩下一些线条有些/尖锐急速想戳破自己/举首 探望落日和宜昌/而另一些是慢 更大的夹角与弧 不经意不说出的/一生 他们不再相吻……”在这一片段中,有的山峰选择“快”,随着快速变迁的时代“尖锐急速想戳破自己”,另一些则选择“慢”,以“更大的夹角与弧”来对抗“尖锐”,以收缩和坚守的姿态来对抗飞快的变化。

诗人所强调的“慢”是决绝的,不容妥协的,他宣称:“慢 到下辈子……”“慢 慢到快要停滞/慢到骨子里/下辈子 下辈子……”(《航行日志》),“慢让一切生锈”(《8628》)。可见,“慢”并不是诗人一时的无奈之举,而是一种坚定的抉择。不仅在时间上要延长到“下辈子”,深度上也要“慢到快要停滞/慢到骨子里”,程度上更要“让一切生锈”。不过,“生锈”在这里并不是贬义的,“生锈”的部件相对于未生锈迹的部件来说不容易活动,也就不易转换位置,自然也就能够担当坚守的重任。当然,这里的“慢”并不是落伍于时代的表现,“慢”所针对的是因追随“快”时代而变得焦躁的心灵,诗人希望通过“慢”构建一个宁静的所在,以在飞速变化的时代中尽力保有相对完整的灵魂,维持对于自然人生敏锐的感觉，防止心灵随着“快时代”而麻木、停滞。

五、结语

柏铭久的三峡诗从多种维度上达成了突破。首先他抛弃主观，尽力融入客体，以客体的眼光来观察客体，以客体的感觉来抒发客体。他尽力消除自己主观化的想象，还原真实的三峡现场和三峡人的切身感受、真情实感。与此同时，他将主观化自我融入客体，希望从客体中获取纯粹能量来弥合自己在裂变的现实中产生的分裂对立的精神人格。其次，诗人对于处于变动中的三峡地区中大量产生的“赝品”是十分不满意的。为了与之相对抗、反驳，他试图建立封存于记忆中的“想象三峡”，并且倔强地坚守、铆住这个更真实的三峡，反对业已成为客观现实的“赝品三峡”。再次，诗人试图通过三峡中随处可见的石头来建立一个坚固的“三峡”，更希望自己能如石头一样紧密地依附于三峡之上，“铆住三峡”。不过对于“石头”的局限性他也有着清醒的认识：再坚硬的石头，当依附于其上的山体垮塌的时候，也会随着旧有位置的剧烈变动而陷入混乱无序的精神危机。最后，柏铭久从黄牛峡中提炼出“慢”的意象，主张“慢品三峡”，来与快速变动的三峡进行对峙。诗人谋求以“慢”的意识心态安抚在“快时代”中变得焦躁不安的灵魂，让被快节奏压缩遮蔽的自然与生活美感重新浮出，使其重新被人们感知变得可能。

2011年4月14日，草于西南大学

王长富:抒写爱的箴言

王长富,四川广安人。1949年随父母到重庆,落户在长江边上的重庆市南岸区。1956年至1960年在重庆南岸区上新街小学、第39中学学习;1965年至1968年在重庆五一师范学校读书,毕业后参军在部队文工团工作,1971年转业到重庆市第二电机厂当工人,1973年调至重庆五一机床厂宣传科工作,1978年至1986年任重庆汽车工业公司宣传部部长,1986年至1997年在重庆市总工会《现代工人报》社工作,先后任记者、编辑部主任、副总编,1997年起任香港《文汇报》重庆办事处首席代表、高级记者、办事处主任。

王长富自小喜欢川剧,川剧唱词培养了他对于韵律与节奏的兴趣。他在小学、中学时代阅读了不少唐诗宋词,并学着创作旧体格律诗。读中专时,他大量接触当时的诗歌作品,并开始新诗创作,1965年曾有作品《课堂》被上海的《萌芽》杂志留用,但因“文革”开始,最终未能发表出来。三年多的部队文工团生活,给了王长富练笔的机会,他创作了许多配合当时时代需要的歌词。转业到工厂以后,王长富找到了诗歌创作的生活之源。1971年4月28日在《重庆日报》发表的处女作《女车工》,预示着“工厂诗”成为他早期诗艺探索的主要题材。主要诗集有《五色土》(五人合集,重庆出版社,1984)、《情河之月》(四川文艺出版社,1990)、《江海曲》(四川大学出版社,1991)、诗选集《前行箴言》(作家出版社,1999)等,并出版作品朗诵录音盒带《爱潮》(西南交通大学出版社,1992)。作品收入《新中国五十年诗选》《星星四十年诗选》等选本中。曾获四川省文学奖、建国四十周年重庆文学奖。1979年加入四川省作家协会并担任两届省作家协会理事;1997年加入中国作家协会,担任重庆作家协会全委会委员。

在谈到自己的人生和艺术之路时,王长富说:“知天命之年常常反思,从反思这本选集中我知道,我对人生的追求没有变,对人与人交往的真诚没有变,对生活的热爱没有变,对爱情的执着没有变。”① 这种热爱与执着,正是他诗歌艺术探索的内在动力。无论面对怎样的生活环境,他的内在体验都是丰富的,因而都能找到诗的源泉。王长富的诗歌创作主要集中在20世纪80年代,最初受到诗界关注的是他的“工厂诗”:“王长富是以写工厂生活题材而走向诗坛的。在他的诗中,工厂的一景一物、一人一事是经常的咏叹内容,‘齿轮’‘机床’‘车刀’往往是触发感情的契机。”② 选择这种题材与诗人的生活经历有关,他当时接触最多的是工厂生活,因而就从工厂题材表达自己对于现实、生活的思考。《齿轮》写道:“紧紧地靠着机座! 紧紧/一台功率巨大的马达/牵动着我的理想飞腾/我忠实自己的轨道/一圈,又一圈/留下跋涉者的脚印。”题材是平凡的,但诗人把这些日常的对象与自己对生命的思考结合在一起,表达了对人生与现实的理解与思考,而且充满乐观向上的追求,体现了独特的诗意发现。《试新车抒怀》表达了一种对变化、新奇的内心体验,“一切都是崭新的/……八十年代的黎明/连阳光,也带着笑意/洒满新建的道路/……驾驶员的双手/紧握方向盘/眼光,/在展开的道路上/穿越雾障/穿越风雨”,这是1981年的作品,诗人紧紧抓住一个“新”字,表达了“新车”之内之外的多种情绪,尤其是乐观的奋进情绪,“连阳光,也带着笑意”,这样的氛围渲染不但确定了诗的主调,而且使诗具有了双重意味——新车与新的人生体验在“新”字上的结合,自然也就多了一些余味。《黎明,厂区大道》有这样两节:“晨曦用乳白色的长钎/打开每一个家庭的泉眼/长区大道,顿时翻卷波澜/……我们有生命的水珠呵/汇集起、汇集起汹涌的潮头/把航船推向彼岸。”把上班的人流比喻成从“泉眼”里喷出的“波澜”,新鲜而独特,这“波澜”“把航船推向彼岸”也因为它的汹涌而成为自然之事。在20世纪80年代初期的新诗中,这样的诗是具有特色的。从这个意义上说,题材并不能决定一个诗人

① 王长富:《前行箴言·后记》,《前行箴言》,作家出版社1999年9月出版,第293页。

② 罗良德:《他也重新开始——评王长富的新作》,《当代文坛》1988年第3期。

的地位与成就，而发现和创造才是他诗人身份的主要标志。“从实实在在的生活中发现美好、表现美好、呼唤美好”[①]的王长富具有这种发现和创造的才能。

当然，题材的单一也可以在一定程度上制约诗人艺术创造能力的发挥。一个诗人应该随着生活阅历的丰富和对生活了解的深入，不断拓展诗的表现领域。在肯定王长富诗歌特色的同时，一些批评者也指出了王长富早期诗歌的不足，“在熟悉的工厂生活中，诗人虽然获得过成功，更多的却是徘徊的苦恼，一种想要超越自己的苦恼。熟悉的题材领域和常常用的表现手法，使诗人的创作一度产生一种自我的重复。”[②]“他应该对自己的创作发展在两个方面保持应有的警惕：一是浮躁——因为渴望突破，渴望自我超越，往往会过分地对‘旧我’采取极端否定的态度，而这最终也许不是塑造出一个‘新我’，而是一个‘非我之我’；二是懒怠——因为形成了自己的艺术风格，形成了较稳固的创作模式，往往容易出现‘自我迷恋’过剩而‘自我批判’匮乏的艺术惰性，而这则是诗人难以实现自我超越的顽疾。”[③]也就是说，诗人应该突破，但又要很好地把握突破之度，否则，“超越”就是一句空话，甚至可能在未来的艺术探索中出现诸多失误。王长富本人也意识到这种局限的存在，体验过创作中的危机之感，“在诗的小道上，越过的那些深沟，那些陡崖，那些形形色色的栅栏，一个‘累’字可能还无法概括”[④]。他在作品中也进行过艺术化的思考。1984年，诗人写道：“被长篙一点/船就冲入激流，驶向江面/那轻轻一点的长篙/竟把来迟者点成岩石/呆立江岸/问远去的帆影/可否回头，再渡一船向南//……站在渡口/眺望抛去祝福/祝福长篙/祝福船……”（《在渡口》）1985年，诗人更写道：“有被忽略的痛苦/也有被忽略的幸福/无需埋怨命运/在别人不愿光顾的地方/有一条/属于自己的路。”（《悬崖上的树》）诗人的视野是开阔的，他已经意识到诗歌艺术的发展以及自己与这种新发展之间存在的距离，他在祝福他人的同时也在反思自己的人生，当然也包括艺术之路。正是在这种思考的过程中，王长富的诗风开始发生转变，“你也重新开始/我也重新开始……”（《告别》）由题材的相对单一转向题材

---

①罗良德：《跋涉者和他的箴言——王长富其人其诗剪影》，《中国青年报》1991年3月23日。

②罗良德：《他也重新开始——评王长富的新作》，《当代文坛》1988年第3期。

③傅宗洪：《当生命走向秋天的时候——对王长富诗歌创作的思考》，《精神文明报》1992年5月12日。

④王长富：《情河之月·后记》，见诗集《情河之月》，四川文艺出版社1990年出版。

的多元，由注重外在的关注转向对内心世界的开掘。

诗人面对的生命世界更丰富多样，自然可以从中发现更多的诗情。王长富“工厂诗”之外的不少作品除了保持了单纯、朴素、明亮的诗风之外，多了一些沉思与哲理。《太阳与海》是一首短诗，“升起的瞬间/终于挣脱/那缠缠绵绵的拥抱//壮丽的日出后/太阳有太阳的光辉/海有海的宁静”，语言简洁，但诗意浓郁。“太阳”与“海”都是大自然最伟大的存在，但它们各有各的性格，各有各的追求，一个以“光辉”给世界带来光明，一个以“宁静”给生命赋予意义。正是这“光辉”与“宁静”的对应，唱出了世界的主潮，咏出了生命的丰富。《春天的回信》也有这样的滋味：“你冬天给我来信/我春天给你回复//你寄来那么多冰凌子/差一点冰凉了心//暖暖的固执信念/终于把寒霜融化//寄给你一片绿叶/不相信你仍在冬天……”在诗中，诗人使用了多种对比，“冬天”与“春天”、“冰凉”与“融化”，把诗人的执着及其效果以诗的方式表达出来，强化了诗人热爱生命的人生主张。“很显然，这里的春天与冬天，已不完全是时令中的季节，它既是诗人感觉中的时空叠印与交错，也是象征与暗示的运用，在实在而绝对的哲理中外射出诗人的审美理想。”[①]有些作品甚至涉及生命中的荒诞：“难道你早有预感/这一放手的瞬间/便是‘永别’/……我自信地说/明天，还会再见//该轮到我放声大哭了/‘永别’的我们/竟生活在/同一个城市。”(《握别》)这种情绪体验在王长富前期的作品中是很少见到的，诗人似乎体会到了生命中的某些无奈。

在王长富的诗歌写作中，对爱情的思考一直是一个重要的主题。或者可以说，爱情诗是王长富诗歌中最有特色的部分。有人做过统计，在王长富20世纪90年代初出版的两部诗集《情河之月》《江海曲》所收入的121首作品中，爱情诗就有55首，占了将近一半的篇幅。[②]诗人通过抒写爱情的真谛、对爱情的追求和对美好情感的怀念，表达了对爱的执着。爱，是诗歌的永恒主题，绝大多数诗人都歌咏过爱情，爱情诗因此而成为难以获得创新的诗歌类型。王长富不是那种空洞地歌唱爱情的诗人，他把爱情融合在具体的现实、人生之中，发掘爱的真谛，表达爱的魅力。“读王长富的这些爱情诗，犹如观赏一群白鸽在朝阳朗照或晚霞辉映的万里晴空翻飞。鸽哨的悠悠长鸣，

①吕进、王毅：《执着于生活执着于真情——王长富的两集新作谈片》，《重庆日报》1991年8月3日。

②彭斯远：《心灵放飞的白鸽——读王长富的爱情诗》，《希望周报》1991年3月26日。

既使你分享到主人公的爱之愉悦、欢乐，又让你在扑朔迷离的云雾中游荡，从而咀嚼到爱之苦涩与悲凄……”①

对爱情的忠贞与执着是王长富的爱情诗的主要特点。诗人对爱情的《回答》是：“即使你考验一千次/我的舌头，决不说后悔/即使你一千次考验/我的翅膀，不会向着别处飞//心。只能给人一次/我等着你给我送回……”这是一首具有哲理意味的诗，也是诗人爱情理想的诗意表达。当然，爱情绝不只是单一的色调，它往往与离愁、别绪，与思念甚至痛苦融合在一起，只有把这些滋味都体会到了，都表达出来了，人们才能说诗人体会到了爱情的真谛。在王长富的诗中，有爱情甜美的抒唱：“就这样抖落那些尘埃/就这样融化那些霜雪/屋子温暖/你的心温暖/一次次梳理羽毛/每一片/都是柔情。”（《白鸽子》）“白鸽子”是纯洁的象征，也是诗人心中爱情的象征；有离愁别绪的咀嚼：“远离的时刻/就望着那轮月亮/就拽着月光的纤绳/一个秋千/荡回你的身旁……其实八千里路不远/就隔着一个月亮。”（《望着那轮月亮》）因为爱而思念，因为思念而缩短了心与心的距离；即使是“苦果”，诗人也从中品味到一种永久的魅力：“拾起那枚拒绝的苦果/我把它放进心窝/每天，我加糖/一勺、又一勺//等冬去春来/等苦涩脱尽/很甜的一处园林/会让你大吃一惊。”（《苦果》）诗人守护着一份真诚，也守护着生命中最美好的记忆。

王长富在诗的传达方式上注意追求多元，注意吸收新的艺术营养。比喻、象征、暗示、变形这些具有现代色彩的手法虽然没有成为他的主要手段，但已经逐渐融入了他既有的诗歌观念中，形成了一些新颖的闪光点。诗是无言的，诗艺探索的道路是没有止境的，诚如王长富所理解的爱是永恒的一样：

那么，不必诉说了，一个字也多余
每滴晶莹浪花，就是一页诗篇
那么，不必询问了，一句话也不要
冲开禁锢的阀门，就是一篇宣言
终于有一刻，回报这千辛万苦的奔波
坚信有一天，走完这九曲回肠的缠绵
那么望一眼水天一色的大海吧

①彭斯远：《心灵放飞的白鸽——读王长富的爱情诗》，《希望周报》1991年3月26日。

永恒的蔚蓝中,有永恒的地平线

——《爱潮》

王长富对人生充满梦想与挚爱,对诗歌艺术的探索胸怀执着,这在他所处的那个诗歌时代是具有特色的。但是,随着诗歌艺术的发展,他的诗的局限也逐渐显现出来,比如理念化的因素是他诗的主色,对外在世界的关注多于对内心世界的挖掘,诗歌的风格特征不怎么明显,等等。回忆自己的探索之路,诗人也冷静地意识到这一切:"编这本选集的时候,我却常常被自己的诗激动,常常掩卷沉思,沉浸在凝思、苦涩、相思、惆怅、欢愉、幸福、兴奋与陶醉之中。这些诗,从艺术上讲,并没有什么过人之处,特别是起步的那些年,受时代局限,尚有许多直露、空泛、概念的痕迹。为什么能让自己激动不已,无非这些诗都是自己心灵真实的感应,都是自己人生路上对生命、对生活感悟的一腔真情。"[①] 对真实的追求是王长富那一代诗人的共同特点,虽然他们所理解的真实也许存在外在化、理念化的不足,但那不完全是他们的过错,是时代所赋予的文化语境带领他们朝着那个共同的方向前进。他们所留下的启示和教训在后来诗人的探索中已经发挥了重要的调整作用。这也体现了他们的价值。

2003年5月,于重庆之北

①王长富:《前行箴言·后记》,《前行箴言》,作家出版社1999年9月出版,第292页。

论叶延滨诗歌艺术的特质[①]

20世纪80年代中期的社会转型几乎给中国社会的各个领域带来了革命性的变化,文学尤其是诗歌以超乎想象的速度走向人们生活的边缘,以经济为参照的价值取向成了衡量一切的标尺。然而,就是在这样的时代语境中,为什么叶延滨却"从80年代进入创作旺盛期"(叶延滨:《沧桑·后记》)呢?一方面的原因是他的诗歌创作不怀世俗的功利目的,是纯粹的诗性写作;另一方面的原因是他对诗歌艺术执着的追求和偏爱,在用创作实绩不断给读者带来惊喜的同时,其诗歌艺术的特质也在喧嚣杂乱的多元化写作环境中得到了彰显。

20世纪90年代以降,叶延滨出版了《血液的歌声》(1991年)、《禁果的诱惑》(1992年)、《现代九歌》(1992年)、《与你同行》(1993年)、《玫瑰火焰》(1994年)、《二十一世纪印象》(1997年)和《沧桑》(2002年)等诗集。细细解读这些艺术和情感俱佳的作品,我们不难发现叶延滨诗歌艺术具有如下特质。

一、意义内涵的厚重

传统诗话要求诗应具有"韵外之致"和"言外之意",这其实是要求诗应具有丰富的意义内涵,否则读之便会像嚼蜡一样无味。诗歌意义内涵的丰富性一则体现为诗的复义现象,二则体现为诗对生命的深层体验。拥有厚重的意义内涵是叶延滨诗歌艺术的特点之一,他的诗读起来饶有兴味,让人

①本文系与熊辉博士合作完成。

若有所思,读者的心不再游荡于浮华的俗世而进入了真实的生命体验之中。

以多元化和个性化为表征的诗坛似乎显得并不萧条。在一个追求物质发展速度的时代里,急功近利成了现代人的通病,因此,大多数诗歌作品有如都市里的“泡沫经济”,繁华的表象背后是贫瘠甚至隐藏着深深的危机。一些粗制滥造的诗歌作品虽然让诗坛显得十分热闹,但其自身在艺术建构和情感体验上显得十分浮泛,其承载的思想连最表层的意思都缺乏严肃性和高雅性,哪还有内涵可言呢?20世纪90年代以来,诗坛的流行语是以身体的某一部分为观照对象的“写作”,诸如“身体写作”“下半身写作”等。如果非要给这类诗歌加上什么内涵的话,那便是还原在物质流溢的现代文明中被异化了的人,解除物质文明对人的压抑,从而使人在生理上找回自我。以“身体”和“性”来写作的路向有横植外国思潮的嫌疑,因为中国的社会现实有别于西方:西方社会已步入后工业化阶段,而在中国,封建愚昧思想对人的禁锢还没完全解除,对人的发现也应与改变贫穷落后社会面貌同步,主体意识的觉醒、对生命的发现和追问才应是当下中国诗歌内涵的主流,抵制物质对人的异化对中国社会实际而言似乎为时过早。当然,随着物质文明的发展,我们应提防人的精神在现代文明中的失落和异化。根植于本国文化的土壤,关注当下中国人的生存状态,紧扣时代的鲜明特征,这使叶延滨的诗全然没有模仿和故作之态,他在浮躁的诗歌环境中依然把持着自我,将“爱”“乡情”“亲情”以及“生命”等作为诗歌观照的对象,写出的诗不仅有丰富厚重的思想内涵,而且符合当下中国人的生存现状。

伴着自然科学的进步,物质文明的发展成了社会发展的主导,它进而侵占了人类的精神家园并挤压着人的精神空间。在物质的诱惑下,人们除了成天疲命奔波外,几乎没有时间没有精力甚至没有心情去思考生命本身的存在之义。在城市的灯红与酒绿间,在高楼与拥挤的人群中,叶延滨坚守着宁静的心灵空间,这给他提供了一个思索人生、社会和我们赖以活着的自然的场所。诗是诗人用心灵说出来的话,每一行都凝结着诗人对生活的思考体验。叶延滨一生漂泊在外,用他自己的话说,在半个多世纪里,“我的名字带上我出生地给我的那个‘滨’字,跑遍了中国”(叶延滨:《沧桑·后记》)。漂泊给人以沧桑,沧桑给人以沉思,沉思给人以深刻,叶延滨的诗正是他心灵的“沧桑之歌”,给人以思索,教人深刻。在《沧桑》一诗中,诗人以“灵魂上的千年虫"喻指"沧桑",暗示生活的沧桑经历堆积起来会毁人心思。诗人的情感也因生活经历的丰富而更加敏感,一草一木都寄寓着一段心情:手背上爬过的"花瓢虫"使他想起生活的艰辛,溅在眉梢的"泉水"让他想起生命中的某次激情,而被风扯动了的"铃声"让他想起遥远的故乡。生命到底是什么?生命是时间和情感的抽象。"精彩的日子是花朵","痛苦的日子是疤结",而日子"像泪水笑脸上滑落/变成一张照片一行诗一封信/一次梦中醒来的不眠……"(《脱落的日子》),生命在"精彩"和"痛苦"的两极间摆动,其意义也会在每次经历之后无声地流淌出来。欲望是生命的构成要素,欲望和人的修养呈二律背反的关系:"你的知识一天天地增长/你的欲望才一天天萎缩。"(《最朴素的真理》)欲望给人奋斗的动力,欲望也使人掉进泥沼,在物质至上的社会里,没有人去提升自己的内在素养,于是这个社会继续病态地发展着,欲望的膨胀淹没了人本身的存在意义。在《欲望之河》中,诗人将眼光从个体的人扩展到整个人类,认为正是人类的欲望才使地球这个可爱的"蓝色星体发出叹息",历史的长河不过是"一条欲望之河",抒发了诗人在物质的开发掠夺过程中对整个人类命运的担忧。从《青春》到《中年》则记载了人思想的转变,青春"是个考试的梦""是个爱情的梦",青春"强壮有力,多么地健美",充满了希望。而中年则是对往事的留恋,对南方小城乡恋一样的回忆,但韶华已逝,除了咏叹之外,谁又能真的回到从前呢?《选择》这一类作品体现出了诗人在理想与现实之间所做的无奈选择:"苹果"和"小刀"本是典雅的静物图,但现实的结果却是"铁锈紧裹小刀的全身","腐烂""丑陋着苹果的遗容"。总之,叶延滨以他丰富的人生经历为背景,以对生命之思的深刻性为主色,以不受物欲冲击的心灵为框架,为我们描绘出生活的沧桑并展示了诗人深层的人生思考。

农业化生产方式使中国传统文化具有浓厚的乡土情结,对叶延滨这样一个一直漂泊在外的人来说,故乡和亲人是他永恒的情感依靠和归宿。诗人对故土的感情是深沉而真挚的:

给我一双充满泪水的眼睛/让我看够这祖父般苍老的土地/还有那妹妹一样清纯的天空/给我一双洞听八方的耳朵/让我听够这祖母织出的故事/还有那揪心窝的兰花花哭泣的歌/给我一双手学爬就在你胸膛上/给我一双脚学走丈量你的情与爱/给我一颗心我就知道你的痛苦/给我一张嘴让我说出

你千年的梦/给予我这一切啊,就是个你……

——《故土》

“故土”俨然亲人般亲切:“苍老的土地”有如“祖父”,“清纯的天空”有如“妹妹”,故乡的历史与传说有如“祖母织出的故事”;故乡用她的“胸膛”让我学走路,用她的“情与爱”教会我生活,而“我”也能读懂故乡“千年的梦”。这“千年的梦”是什么呢?在《偶得》中,诗人写道:“很老的土地了,已是一位/没有乳汁的老妇人/那些星星点点的草棵/让人想起那些老人斑……”古老的土地像一位“老妇人”,养育了一代代儿女,而她却日渐“贫瘠”病老,故土千年的梦便是使其贫瘠改变,使其容得到装扮。在《中年》一诗中,诗人说自己的“魂”常溜到一个“南方小城”,那些“青石铺成的小街”、小店里的“红油素面”“黄桷树”“布衫”等意象为我们勾勒出一幅生动形象的南方小城图。叶延滨的诗心为什么会经常停留在那个不是他故乡的南方小城呢?这一方面与诗人的乡土情结相关,另一方面也显示出诗人对都市的反叛,他神往那宁静祥和的小城,排斥这喧嚣杂乱的都市。

在物欲四溢的世俗红尘中,在霓虹和装潢竞彩的虚假社会里,对土地田园的慕恋折射出诗人对都市文明的厌倦。《都市消息》将都市里各种病态现象写得一目了然;《包装时代》深刻而形象地揭示了我们这个时代的多个侧面:“时代是年轻的模特儿下班了”,美丽只是“幻觉”和“背影”,你真正面对的是个“空荡荡的”“T字台”;“时代是个老奸的政客走马上任去了”,“战争”“和平希望”和“利好股市”只是虚假的“许诺”,你真正面对的是一个空荡荡的“投票箱”;“时代是个只会鉴名的名人”,“电视剧、后现代小说,还有MTV……”只是“追星族”的“鉴名”,你真正面对的是随风而去的文化快餐。诗人对都市人生也感到十分沮丧,在《都市病房》中他曾说:“都市的人死得都很轻盈/……活着的时候却很沉重。”都市人没有“小木屋”,只有“水泥浇铸的匣子”,都市人没有串门拉家常的空间,屋子里只有“一个小小的孔/以便安装一把锁”,都市人没有自由的空气和闲散的心情,其生活的一切内容早已“定制”有序。这一切怎么不叫诗人怀想起他曾住过的安静祥和且自由闲散的南方小城呢?这种对土地田园和对繁华都市的不同心情,承接了我国古老的诗歌传统,反映出中国人浓厚的乡土观念;同时,也是对物质文明逐渐吞噬我们精神家园的一种忧虑。叶延滨的这种思想无疑对重建中国的人文精神以及协调好物质文明与精神文明的发展关系提供了某种启示。

“爱”是人类永恒的话题，对一个诗人而言，爱是其创作的根基和源泉。没有爱心，诗人打量世界的方式和对生活内容的关注就会出现偏差，唯有用善良和充满爱意的眼光去打量我们身边的人和事，诗人写出的诗才可能富含诗美并满足多数读者的审美期待。只有在爱的世界里，我们才能顺利地成长，每一个人都直接地受惠于母爱，它与我们相伴一生并最能经受住世俗眼光和时间的丈量。叶延滨对母爱的体验是简单而深层的：母爱将儿时上学后的周末变成天堂，将被爱情遗忘了的“知识青年”的青春变得美丽；“母爱是医院里的药瓶”，在我们受伤生病时发出内心的叹息并护理我们康复；“母爱是一根灯芯”，为了我们的成长而默默地燃烧，然后在我们学会自立时“悄悄地熄灭”。《母爱》用简单的生活场景将天下母亲的痛子之心和天下儿女的感激之情表现得深层凝重。爱有时是与善良同义的，对叶延滨来说更是如此，他用自己善良的诗行去关注下层人的灰色人生，在刻画出这类人生活贫困的同时，诗人的爱心也得到了凸现。例如在《窗外的工地》中，像机器一样工作的人“在想下岗的老婆和升学的女儿”，他们尽管像工蜂一样成天忙碌，但家庭经济的拮据仍是不可改变的现实，这一幕“蜇痛了诗句”，让诗行“发出几声呻吟”。爱对叶延滨来说是一个含义宽泛的字眼，体现为爱母亲、爱故土家园、爱生活艰难的人，更爱本民族的语言文化。一个深谙本民族文化的人必然会被本民族古老而悠久的文明折服，一个吮吸本民族文化成长起来的诗人也必然会懂得去珍爱自己的民族和祖国。《加拿大诗情》（组诗十八首）中有一首题为《唐人街·龙虾与汉字》的诗，叶延滨在海外面对有汉文化象征的汉字时直接反问道：“还有比汉字招牌更挑逗人的吗？”他在加拿大的唐人街吃着“龙虾”，饮着“青岛啤酒”，听着熟悉的“乡音”，仿佛又回到了大洋彼岸的祖国。是啊，无论身居何处，民族文化和祖国人民都让我们魂牵梦绕。从对“母亲”的爱到对“一群工蜂”的爱，从对故乡的爱到对中华民族及其文化的爱，叶延滨的诗歌内涵也由此而更加凝重、更加深沉。

二、传统文化的传承

在“失语症”和异质文化隔膜严重困扰中国诗坛的今天，对传统文化和诗学的自觉传承和发展不仅是一个诗人自身丰富的文化积淀和文学素养的体现，而且是对本民族文化价值的认同。

新诗是在与传统文化断裂的语境中发展起来的。出于一种策略也好，出于一种完全的背离也罢，“大胆拿来”西方文化与“打倒孔家店”的结果是让新文学成了“断奶的婴儿”，它生长在中国文化的土地上却吮吸着外国文化的营养。这是一种非常态的文学发展路子，值得从事文学创作和研究的人深思！新时期以来，由于对西方工业技术和经济实力的倾慕，西方的各种“主义”“代”和“思潮”走马灯似的涌入中国，在创作上，诗歌最为突出地反映了这一文化引进潮流。由于有深刻的哲学思想基础，我们不否定各种外国文化思潮和文学理论的合理性，但如果以抛弃本土的传统文化思想为前提，并不加选择、不加吸收地照搬外国文学思想，其结果只能是揠苗助长，创作界和理论的繁荣也只能是暂时的，其背后必然隐藏着深深的危机。“诗是最富民族性的文体，诗学是最富民族性的文学理论”(吕进:《中国现代诗学》)，中国诗歌繁荣的重要前提是在借鉴西方的同时把握中国诗歌传统的精髓，只有立足本国文化传统，应用本土文化思维，才可能走出“失语”带来的困境和解除异质文化的隔膜，让诗歌这种“最富民族性的文体”走向复兴之路。

20世纪80年代中期以来，由于诗歌的地位从社会政治的中心转变为社会经济的边缘，诗歌内部也经历了一次现代性嬗变:诗歌服务政治的功能和表现意识形态的功能开始弱化，个人化的自由写作成为诗歌创作的一元方向。诗歌地位的转变带来了创作方式的变化，而创作方式的变化必将导致诗歌表现主题和观照对象的变化。部分诗人在缺乏文化价值认同的语境下坚持个人化写作，使诗坛新潮迭起，多元共生。这在给诗坛带来表象繁荣的同时，其自身的弱点也暴露出来:这类诗只重视语言和形式的打造，脱离原生态生活，在疏离社会历史关怀的同时也忽视了对人的生存现状的人文关怀;也有一些诗将审美视角转向当下人日常琐碎的生存现状，其平面化和世俗化的价值取向仍然使这些诗歌作品没有理性深度和人文精神。因此，用“浮躁”或“粗浅”来概括今天的诗坛也许并不全面，但至少总结了诗坛特征的某些方面。试问，一个没有本土文化积淀的人，一个追赶西方文化思潮的人，其诗歌作品能在本国文化的土壤上生根吗？他们至多是昙花一现，诗坛不会留下其作品的影响，一个不认同本民族文化价值的诗人的作品必然不会被本民族文化所认同，更别说接纳了。

叶延滨懂得传统文化之于诗歌创作的重要性，他对中国的诗歌传统有浓厚的感情，对曾生他养他的出生地也念念不忘："半个世纪之后，我献给我出生地的，就是这本诗集。"（指《沧桑》——引者）他在《沧桑》后记中道明了他写诗出集子的目的。一个不忘故土的文化人自然也不会忘掉本民族的文化传统，叶延滨的诗歌创作体现出了对传统文化的自觉传承，这也是他的诗歌创作能一直立足诗坛并吸引读者的原因所在。叶延滨首先认同传统诗歌的价值取向，他除了关注当代人的生存状态外，也注意去把握诗歌的社会价值和审美价值。由于他将文学的审美性与功利性，个人化与社会化结合起来，因此，他的作品既体现出了对艺术的探索与创新，又体现出了对生命意义和价值的追问与思考。比如《镀银的山坡》最后一节就体现出了诗人对诗美的追求与对生命情感体验的完美结合：

长天一声雁唳/一队悄然远去的相思之翅/像一串泪珠/滑落在我的眼角，啊这镀银的山坡/是谁让我与你/相对无语于银色的寂静

从艺术的角度来看，该诗不仅营造了一个幽静凄美的意境，而且"雁唳""相思之翅"等意象将一种遥远而忧伤的感受带回到现代人的生活中，读后味之良久。从生命情感关怀的角度来看，这几行诗不仅体现了"天人合一""物我同一"的传统文化思想，比如"雁唳"是诗人的哭喊，一队远去的雁翅是诗人相思的"眼泪"；而且，这几行诗体现出了强烈的生命意义和深层的情感体验，是艺术性强和情感丰富的作品。在今天这种艺术与人文关怀难以兼顾的诗坛上，这样的诗无疑应被视为佳品。在《足球记者的手记》和《奇迹》等一类诗中则体现出了诗人将诗歌的审美价值和社会价值相融合的自觉。早在孔子之时便确立了诗歌的"怨刺"功能，认为诗是"经国之大业，不朽之盛事"，但与此诗歌观相对立的却是"为艺术而艺术"的观念。诗歌的审美性和诗歌的社会性这两者本无高下优劣之分，只是各自偏重的侧面不同，如果能将二者的关系加以协调，那诗自然会上一个新高度。在诗歌地位边缘化的今天，诗歌的社会作用相对减弱，叶延滨继续着诗歌"怨刺"的这一传统，不但没有削减其诗歌的艺术性，反而在表明其诗歌价值取向的同时，流露出诗人思想的深度和忧国忧民的情怀。

我国传统诗歌的佳作多是抒情诗，其对"人"和对"情"的关注多于对外物的刻画，在具有深层的人文关怀的同时，显出较强的人文精神。除了在诗

歌价值取向上追求生命关怀与诗美的结合和社会关怀与诗美的结合外，叶延滨在审美意识上也自觉地传承了我国优秀的诗歌传统。无论当前的诗歌创作和艺术追求多么驳杂化和个性化，但有一点却是可以肯定的，那就是生成于中国现实与历史文化传统笼罩中的中国现代新诗，其在表现论与再现论的二元对立中，在群体精神与主体精神的二元对立中，在西方现代主义诗歌的主体神话与后现代主义的解构思潮中，不可能离开民族审美意识，它会自觉或不自觉地体现为对传统文化及艺术思维的继承和阐释。以弗莱为代表的原型批评家们，也正是在荣格的“集体无意识”（或称“种族记忆”，或称“原型”）理论基础上阐明一个民族（或种族）文化在后世文学中的再现，指出原型（即民族文化或民族心理）始终会在一个民族不同时期的文化中存在，这是毋庸置疑的（参见弗莱:《批评的解剖》）。我国传统文化追求平实而不崇尚浮华，追求朴素美并看重事物的品格，这一点尤以老庄追求的“返璞归真”为圭臬。这其实也是中国传统文化讲求内敛的体现，孔子曾倡言:“日三省吾身。”所以，传统诗歌对梅、兰、竹、菊和松等的赞颂则意味着对人格精神的建构和对内在审美意识的偏好。读叶延滨的作品，一个现代人对工作、家庭、社会、祖国乃至整个地球的热爱、忧虑和责任便会油然而生。人格精神是一个抽象的词汇，但它却在叶延滨的诗中得到了形象的诠释，“文如其人”，这与诗人的人格修养和平日的为人原则息息相关。

对个体审美人格和精神的建构是叶延滨构造其诗歌审美大厦的基石。叶延滨注重在传统文化中去寻找精神的营养，因为传统文化能将诗人从现代都市的繁乱中解脱出来，能将那“七窍生烟”“头破血流”“如痴如醉”“忘记归路”的灵魂招回家。在《读诗的时候点燃一根烛》中，叶延滨这样写道:“精神是一介寒士/就像一本好书般清贫/清贫好啊无人生嫉无人打劫/于是传之后人去读……”什么是人的精神呢？在诗人看来，精神“就像一本好书”，是知识、是文化；精神是“一介寒士”，不对人产生嫉妒、不对人产生坏心眼，也只有这种精神，才是“传之后人去读”的好书。这种讲求内敛的品格是叶延滨对日益膨胀的都市文明产生厌倦之情的又一重要原因。在以物质为价值标尺的社会里，追求外在的物质满足成了人们的生活目标，还有多少人懂得文化对于民族精神和个体人格的重要意义呢?“那些金黄色的屋背”在风中“空洞得悠远”，“从地下冒出来的高楼/一个接着一个地抬高了人们的视线/

暴发户般地在每扇玻璃墙挂上一颗太阳!”(《都市印象》)生活在一个“屋脊占据了所有的地面”“高楼占据了所有的空间”的时代,诗人在过去与现实之间,在传统文化与现代文明之间迷茫着,但又清醒着:

雨从瓦屋的檐沿流下/唱着千古不变的民谣/雨从高楼的玻璃上淌下/默默地成为时代的脸——/不知流的是泪/还是流的汗……

——《时代》

“瓦屋的檐沿”与“高楼的玻璃”是过去与现在的对照,“千古不变的民谣”与“时代的脸”是传统文化或民族精神与现代物质文明或时代面貌的对照。不管流的是“泪”还是“汗”,其味都是咸的,都表现出一种伤心和艰难,而“泪”和“汗”随时光的流逝都会蒸发得无影无踪,只有“民谣”可以千古不变。这首诗恰到好处地体现出了叶延滨对传统文化及其精神的坚守与传承。

除审美价值和精神价值外,叶延滨还自觉认同了传统诗歌的艺术价值。在炒作、新潮、先锋的诗坛中,叶延滨清醒地意识到,只有扎根本民族传统文化的土壤,一种文艺思潮或艺术形式才可能生长,只有把当下的“新”与传统的“旧”相结合,诗歌才可能在艺术上有所提高。在《叶延滨诗选·后记》中有这样一句话:“根扎进了传统的土壤,越扎越深,而枝叶却以叛逆的姿态向天空伸展,展示一个飞翔的梦境。”叶延滨的话对今天的诗歌创作和诗歌理论有一定的指导意义:只有继承传统,才可能“叛逆”创新;只有创新,才可能有“飞翔的梦境”。在后现代举起“解构传统”“躲避崇高”旗帜的时候,诗坛兴起了一股反叛逆流。反叛意味着新变、意味着发展,但反叛的前提是什么?用外国的东西反叛本土的东西纯属无稽之谈,一则文化本无高下之别,二则异质的两种文化本来就互不认同,何谈反叛消解呢?以叶延滨的观点,反叛需以传统文化为基础,唯其如此,才可能在新时代里塑造民族文化新形象。在文化全球化的今天,在西方文艺思潮和艺术形式被大量译介到中国的今天,只有把握住传统文化及其精神,我们今天的诗歌艺术才能够在显出民族特色的前提下超越传统诗歌。叶延滨的很多作品在艺术形式上直接传承了我国传统的诗歌艺术形式,比如讲韵律、讲意境、讲“象外之象”和“言外之意”等,在此仅做提示,留待后面做详尽的探讨。

三、诗歌艺术的拓展

艺术创新是诗人最根本的品质。新时期以来,在诗歌艺术及其形式急剧演变更换的浪潮中,正是艺术上的不断拓展与创新,以及对传统诗歌艺术的传承与反叛,才使叶延滨的诗凭着成熟且个性鲜明的艺术特质被诗坛接纳并为人称道。

极端地说,诗是一种形式艺术,而语言则是诗歌形式的主要构成要素。任何一种文体艺术都可用语言进行区分,海德格尔说“语言是存在的家”,一切文体都必须诉诸语言才可能存在,而“文学语言的特征与各种文体的自身特征相一致,换句话说,不同文体的语言方式是不同的”(蒋登科:《散文诗文体论》)。因此,对语言的把握是诗人的首要素质。作为一个成熟的诗人,一个有自身艺术特色的诗人,叶延滨首先用语言来显出他的诗歌艺术个性。正是如此,他的语言世界丰富多变但又相对稳定,显得既不先锋又不保守,既浅显明了又不落俗,他用自己有特色的语言抒写着那份浓浓的诗心。“日常性”是叶延滨诗歌语言的一大特点。日常的口语、俗语没有文化惰性,它是鲜活的,与原生态的生活有着天然的亲密关系。相对于那些玩弄语词的“智性”写作而言,它能清除语言上的积垢并排拆异质的文化思维和表现形式,写出的诗不会让读者感到有文化隔膜。在一部分人脱离原生态的生活并失去语言资源的情况下,日常性的语言无疑给诗坛带来了新鲜和活力。诗歌语言的“日常性”并不等于“散文化”,也并不意味着将诗性排除,关键看诗人如何让这类语言入诗。而诗人运用日常语言写诗的过程则表现出了一个诗人对语言的驾驭能力。叶延滨的很多诗是用大众熟悉的日常语言写成的,这些作品不同于政治白话或民谣,而是真真切切地以诗的方式去关注当下人的生存状态,反映当下生活和时代气息的现代诗歌。这些日常语言经过诗人的艺术加工后并不粗俗浅白,而是诗味浓厚。比如《足球记者的手记》《立场转变》《鹰与筝》等,凭着诗人独特的审美视角与诗性操作,其中的日常性语言在表达出诗意的同时让人感觉到叶延滨诗歌语言的新鲜但不艰涩。《时空游戏》中有这样几行诗:“你的世界是个老太婆/是老太婆飞溅的唾沫/是唾沫后的几颗黄牙/是黄牙间的一条长舌/是长舌上逃命的爱情/是爱情却忘记了年龄。”“老太婆”“唾沫”“黄牙”“长舌”等都是近乎俗化的日常性语言,但读者读该诗时除了领会到激情和诗意外并无庸俗的感觉。

作为有双重视点(内视点和外视点)的文体,诗歌的韵律有内在韵律和外在韵律。前者表现为诗歌感情的跌宕起伏、错落有致,后者表现为字或词的押韵。《成熟的季节》中,"漫→险→箱→价→烂"等几个韵脚出现在诗的各节中,情感似乎因有了押韵而更加浓烈,更加耐读。而在《沧桑》中,这两种"韵"几乎完美地结合在一起,诗中不仅洋溢着流畅且富有韵味的诗情,而且语言因押韵而较明朗且有节奏。但总体说来,叶延滨的诗讲求韵律的并不多。在我们倡导诗体重建的今天,作为一种诗学传统,诗的韵律无疑更应引起我们的重视。韵律虽然在某些时候对情感的表达有一些约束,但它却对诗的感情有补救和烘托渲染的作用,用何其芳的观点说:"诗的内容总是饱和着强烈而深厚的感情,这就要求它的形式能利于表现一种反复回旋,一唱三叹的抒情气氛,而格律恰好适应了诗歌内容的这一要求。"(何其芳:《关于格体诗》)虽然韵律只是格律的一个方面,但不管怎样,它总会有利于诗情的表达。在此,我不是想以格律诗这一种形式去覆盖诗歌形式的多元化,既然一些内容适合用格律诗去表现,那必然也有一些内容更宜于用自由诗去表现,这是一个浅显的道理。而今天的诗体形式之所以出现危机,是因为很多人对诗这种文体的必要特征知之甚少,以为写自由诗十分容易,什么都可以用自由诗去表达,以为"自由"意味着对形式的完全抛弃,这些错误的观点是导致诗歌形式泛滥和诗体形式模糊的重要原因。一个有文化素养并懂得民族诗歌传统的诗人,他对诗体形式的追求和建构应完全是自觉的。从诗歌形式的多样化中便可证实叶延滨对韵律及形式的自觉探索,只是希望诗人能更多地写出情感和形式(主要指韵律)兼顾的作品,否则,便会失去诗歌文体的一大优势——韵律。

在新诗诞生的近一个世纪里,关于新诗形式的创作尝试和理论探讨始终是新诗建设的前沿问题。胡适讲求"作诗如作文",闻一多讲求句式的"均齐",何其芳讲求"有规律地押韵",而郭沫若则倡导"主情说",讲求"抒情的便是诗"。不可否认,每一种主张都是合理的,它们构成了诗歌理论和创作的丰富性,其侧重于诗体形式的某一个方面并对之进行了相对深入的探讨,这对新诗的发展而言是一种突出的贡献。在诗体形式方面,叶延滨主张形式的多样化,他的诗并不局限于某一类形式。首先,叶延滨的诗大多是自由诗,每一首诗没有固定的韵,每一节没有固定的行数,每一行没有固定的字数，诗情完全成了主导并联系一切的纽带。诗通常是诗人情感的直接抒写，除了叙事诗外，一般的抒情诗较少采用对话的形式，但叶延滨的几首诗几乎全是由对话写成的，比如《花儿》，每一节都以小孙孙的“这是啥花儿呀”开头，然后以老爷爷的回答结束。《落伍者》这首诗则采用自问自答的形式，否定了所谓“落伍者”的落伍。叶延滨在诗中还善于应用各种写作手法，比如“顶真”手法，将前一行诗的结尾作为下一行诗的开头，使整首诗显得十分连贯，逻辑紧密，《时空游戏》可以说是这类诗的代表，其中的主要两节都采用了这种表达方式：

你的世界是一个少女
是少女身旁婀娜垂柳
是垂柳般的秀美长发
是长发下的羞涩低语
是低语中的呢喃诗句
是诗句样的初恋岁月
……

该诗不仅读起来给人一种回环连贯的感觉，而且句式相当均齐，显出了作者对形式的努力追求。《时代》一诗的形式也颇有创意，不仅每一节诗的诗行形成并列排比的关系，而且每一行后面都有意义相反的说明，如第一节：“这是道具库/（当然也是一个世界假肢房）/这是布景场/（假的像真的，不，比真的好）……”这样的诗总能让读者在生活的表象中去发现生活真实的面貌。叶延滨诗歌的形式除了上面所提及的以外，还有很多与众不同且个性鲜明的诗体形式，在此不做过多的论述，只是想说明一点，叶延滨的诗歌表现形式是新颖而丰富的。

虽然叶延滨讲求韵律的诗不多，但这并不表明他对诗歌这一外在形式的忽略甚至抛弃，他用自己的创作实际向人们展示了他的诗歌形式观念：诗歌的形式是丰富的，单一的要求格律或单一的要求自由都是不合理的，不同的诗情自有其合适的形式，不同的诗人自有其偏爱的形式。叶延滨进行着多种诗体形式的尝试，除了上述诸种自由形式外，他的有些诗也讲求韵律，讲求句式的均齐。如《赠美发师某君》共有五节，每节都是两行，每行都是四个字，整首诗显得相当均齐。《节日夜剪辑》也是一首句式均齐、格律较强的诗：

电视机。
瓜子。点心。茶。
大歌舞。
小品。相声。笑。
麻将牌。
四筒。二饼。碰!

门铃声。
送礼。请坐。茶。
打哈欠。
送客。起身。笑。
三缺一。
北风。五条。碰!
……

这首诗不仅每一节行数相等,而且每一节中相对应的两行的字数甚至标点符号都相同。该诗还有一大特点是每一行,每一句都由名词构成,真正体现了闻一多“诗之三美”中的“建筑美”,由此可见叶延滨在形式的追求上真可谓用心良苦。

叶延滨的有些诗写得诙谐幽默,在引人发笑的同时,其深刻的生活思考也给人以启示。诗人常以机智灵巧的思维和幽默风趣的笔调将一些庸俗的社会丑态和钻营俗气的人戏谑一番,谈笑间将严肃的社会问题针砭得淋漓尽致。例如《奇迹》一诗中,“终于在丰盛的宴会上有了位置”的人“只是……牙签”,“一级一级往上钻朝上爬”的人只是“痰盂”,“敢向一切人露出锋刃”的人是“一把……剃刀”,“占尽了天下的风景处处风流的人是“满筒……垃圾”。实际上,“牙签”在宴会上无任何位置可言,“痰盂”向上爬的代价是招来万人的唾骂,“剃刀”在任何人面前都光泽不减,连好人也照“剃”不误,“垃圾”看似风流,其实骨子里全是糟粕,没有一点才气。

既然叶延滨在诗歌艺术上传承了我国古代诗歌艺术的传统,那他必然会“立象尽意”,注重意象的选用和诗情表达的含蓄。西方诗歌讲求“摹仿”再现,中国诗歌讲求含蓄表现,最早的诗歌表现手法“兴”是先言他物以引起所言之物，便是一种含蓄表现的传统方式。王国维的“意境”说以及朱光潜的“情趣与意象的契合”都是对中国诗歌传统中关于含蓄表现的言说。叶延滨对意象的应用可以说是他诗歌艺术成熟的一大标志，他将一些难以表达的情感诉诸事物形象，不仅能形象地表达出情思，而且使诗歌本身具有了含蓄的诗美，并能为读者营造出优美的意境。在《归》这首诗中有这样几行诗：“一声角号吹走漫天流云/听到冰雪之路上轧轧的车轮/一串鸟啼溅起一圈圈涟漪/啊，此刻不敢睁开眼睛/怕归路上那年迈的桥/被一对目光折断……”这6行诗中有近10个意象：“角号”“漫天流云”“冰雪之路”“车轮”“鸟啼”“涟漪”“眼睛”“桥”以及“目光”。正是这些意象，将诗人归家时那种澎湃起伏的心情以及不敢正视母亲和故土的矛盾心理表现得生动形象却又含蓄诗化。这些形象已不再是单纯的写实，而是寄托了诗人的情思，并为我们营造出一个富含归家情绪的意境。此种表现方式和其他诸种符合传统的诗歌美学要求的表现形式在叶延滨的很多诗中都有所应用。

在缪斯的道路上，叶延滨不懈地跋涉了很久，其间的艰辛和磨难毋庸多说，与诗人一样，我们今天能读到他的好诗便是一种莫大的欣慰。也正是在不断的跋涉与追求中，叶延滨的诗歌艺术特质才日趋鲜明和成熟。写下这篇文章，也不足以全面深刻地勾画出真正的叶延滨和叶延滨的诗，唯有诗歌文本本身才能告诉读者一切。

2003年春于西南师范大学中国新诗研究所

附记：众多关于叶延滨的介绍都谈到了他于1948年出生于哈尔滨、后来在延安插队等事实，但几乎没有涉及他的籍贯问题。这其实和他父母的工作变动有很大关系。叶延滨的父亲叶兆麒（1919—2006），又名贺大谷、史太洛，出生于四川荣昌县（现重庆荣昌区）一个小职员家庭，1936年在成都读书时投身抗日救亡运动，参加了中华民族解放先锋队，是成都市学生救国联合会三个主要负责人之一，分管组织工作。1937年去陕西三原县云阳镇参加中国工农红军。1939年5月到延安，先后在马列学院、延安大学教育系学习，任八路军留守兵团宣传部政治教员、陕甘宁边区师范学校教导主任。1945年9月初，叶兆麒奉命调往东北，并于11月1日在沈阳参与创办了《东北日报》,先后担任编辑、办公室主任、秘书长、党委(党组)成员,叶延滨就是在东北出生的。1949年5月,叶兆麒调到武汉参与创办中南局机关报兼武汉市委和湖北省委的机关报《长江日报》,并担任秘书长、总支书记和中南局直属党委委员、军事代表,叶延滨随迁到武汉。1949年10月,叶兆麒调往四川,任川南区党委秘书长,1950年2月,调乐山专署工作,先后任专署副专员、专员并乐山地委委员。叶延滨也随父母到了四川,1959年前在成都读小学,1959年随“下放锻炼”的母亲到大凉山区生活,1968年在大凉山的西昌高级中学(西昌一中)毕业,之后到延安李渠公社插队当农民,1977年调到四川西昌地委当新闻报道员,1978年考入北京广播学院,1982年分配到四川省作家协会工作,1994年调到北京广播学院任文学系主任、教授,1995年调入中国作家协会《诗刊》社,先后任副主编、常务副主编、主编。叶兆麒从1952年起则先后担任四川省政府党组办公室主任、四川财经学院党委书记兼副院长、成都大学党委书记兼副校长、中共自贡市委书记兼革命委员会主任(市长)、四川省科委副主任、顾问等职务。1984年离休,享受副省级待遇。因此,从父辈这个意义上说,叶延滨的籍贯是重庆荣昌,他应该是地道的重庆人。